Los amantes clandestinos

ANA CABRERA VIVANCO

Los amantes clandestinos

Grijalbo narrativa

Primera edición: abril, 2017

Printed in Spain – Impreso en España

ISBN: 978-84-253-5139-6
Depósito legal: B-2.301-2017

Compuesto en Revertext, S. L.

Impreso en Romanyà Valls, S. A.
Capellades (Barcelona)

GR 5 1 3 9 6

Penguin
Random House
Grupo Editorial

A María Sieres: mi madre catalana.
Por siempre estar

El meu avi va anar a Cuba
a bordo del Català,
el millor barco de guerra
de la flota d'ultramar.

El meu avi (habanera)

Joaquín Alegret, catalán de nacimiento, cubano por lazos del corazón y ciudadano americano por culpa de una emboscada del destino, murió en las primeras horas de un amanecer de octubre, en una clínica privada de Miami, con las manos de su mujer atadas a las suyas y sus dos hijos y nueras, abrazados, velando al pie de su cama. Hasta el minuto final mantuvo la disciplina de un cabeza de familia y contó con los arrestos suficientes para dictar a sus seres más queridos su última voluntad. Ordenó por prioridades cómo tenía decidido que fuera su funeral: las canciones catalanas que quería le dedicaran, el color de las insignias que habrían de cubrir su féretro, los gastos innecesarios que prefería que se ahorraran con las ofrendas florales que al fin y al cabo no valían la pena, y las lágrimas que tampoco merecían ser malgastadas, porque las únicas lágrimas que merecían derramarse en esta vida no eran las que nacían de la pena sino de la felicidad.

Hacía más de cuatro décadas que echaba en falta su Cataluña natal, pero bastaba que cerrase los párpados para visionar la franja rosa que clareaba sobre el Mediterráneo aquel amanecer de abril de 1924 cuando el barco que lo llevaría a Cuba emitió un último silbido anunciando que zarpaba del puerto de Barcelona, dejando atrás su ciudad, alborotada de gaviotas bajo el primer atisbo de luz de la mañana.

9

Si algo se llevó a la tumba, y no le contó a nadie, fue el flashazo premonitorio que le trajo la memoria la noche que le sobrevino el ataque al corazón y le hizo caer doblado en la bañera clamando por su mujer con el alarido de socorro que le arrancó el dolor. Fue curioso que en ese justo momento su mente focalizara con entera nitidez la figura anciana y fúnebre de aquel judío vestido de negro impenetrable, que compraba y vendía libros viejos en una vetusta callejuela de La Habana con quien no medió más trato ni intercambio que los libros y la frase sentenciosa que supuso borrada de sus recuerdos y retuvo en su conciencia sin querer: «Lo único que tenemos en común las aves migratorias como usted y como yo, señor Alegret, es que el día que nos toque pasar a mejor vida, nos despediremos de esta con el adiós que a cada cual le corresponda en su lengua». Seguramente al judío que era ya bastante anciano, en la época en que él se consideraba todavía lo suficientemente joven como para no tomarse en serio otros lances que no fuesen los del amor y los retos impuestos por la vida, le había tocado su turno de partir al otro mundo diciendo adiós en hebreo. Pero razón le sobraba. Llegada su hora definitiva, lo último que le escucharon decir a Joaquín Alegret fue una frase pronunciada en catalán que brotó de su garganta con un impulso tan vivo que el reducido grupo de allegados que le acompañaban recibió el fogonazo de su voz con un fugaz destello de esperanza. Los rezos y los sollozos se cortaron en seco y los ánimos se aligeraron de repente despestañando la ringlera de madrugadas en vilo que tenían abigarradas tras los párpados. Por un segundo, las pupilas pendientes del enfermo que yacía en la cama se desviaron del cuerpo que se fundía a la muerte para perseguir el revoloteo del alma que por un mínimo instante se elevó por encima de ellos, prendida a las sílabas que aún flotaban dispersas en el aire hasta quedar difuminadas en la polvareda diáfana que clareó la habitación con el primer rayo de sol de la mañana.

Tan absortos se encontraban en atrapar al vuelo las últimas palabras pronunciadas por Joaquín, que sólo se percataron de que ya no se contaba entre los vivos cuando vieron a Lola, su mujer, transida por la fiereza del dolor, aferrarse al cuerpo inerte del hombre con quien había tenido dos hijos y compartido su vida por más de cuarenta años. Miguel, el hijo mayor del matrimonio Alegret, fue el último en reaccionar ante la consternación de la pérdida. Tenía el convencimiento íntimo de que la frase dicha por su padre estaba dirigida a él, y que para él había sido el último mensaje de sus ojos y el último gesto que hizo esforzándose en buscar su mano, en el momento en que el zarpazo de la muerte se interpuso entre los dos. Pero una vez que consiguió sobreponerse a la embestida inicial, fue también el primero en recuperar la entereza necesaria para permitirse pensar en los pasos a seguir de cara a los funerales. Un vistazo le bastó para saber que, como otras tantas veces a lo largo de su vida, se imponía asumir a solas el mando en circunstancias extremas. Con su madre no podría consultar para disponer de nada. Estaba tan abatida que apenas se tenía en pie, apoyada a duras penas en los brazos de sus nietos y sus nueras, que muy abatidos también, lejos de consolarla, compartían el desconsuelo llorando juntos a la vez. Tampoco su hermano, Javier, el otro hombre de la familia con quien pretendía contar, le sería de ninguna utilidad en la condición que estaba: gimoteando como un niño sin atinar a otra cosa que a apretujarse a la madre, igual que hacía en su infancia, cuando algo lo asustaba o despertaba de un mal sueño en medio de la oscuridad. Miguel sintió que un sollozo se le atascaba en la garganta, pero contuvo el apremio de encontrar confortamiento desparramando su aflicción con la misma espontaneidad que mostraban sus familiares.

Aprovechó la entrada del médico que venía a certificar la defunción, y se acercó al tío Pascual, el hermano de su padre, el único que persistía en hacer de tripas corazón sujetándose la pena sólo por cumplir fielmente la voluntad del difunto de no conceder al duelo el despilfarro de las lágrimas. Miguel estaba seguro de que únicamente su tío, por ser catalán, y Lola que, a pesar de ser cubana, era de esas mujeres que según el propio

Joaquín tenía adiestrado el corazón al lenguaje del amor y le bastaba con mirarle a los ojos para adivinarle el pensamiento sin necesidad de que hablara, habían conseguido entender la última frase que su padre pronunció en la lengua de su tierra. Tentado estuvo en preguntar al tío su significado en español, pero creyéndolo inoportuno, se limitó a pedirle que intentara infundirle aliento al entorno familiar y sobre todo que se encargara personalmente de Lola, porque él mismo no sabía cómo armarse de valor para enfrentarse a su madre sin que flaquearan sus fuerzas, pero estaba convencido de que, llegado el momento, sería ella la primera en erguirse ante el dolor y mostrarse inflexible, si su hijo, a causa de una flaqueza, incumplía, desatendía o pasaba siquiera por alto una sola de las prioridades que había ordenado su padre en la manera que determinó decir adiós a este mundo.

—Ve tranquilo, Miguel —le aseguró el tío Pascual—. Tú a lo tuyo. De tu madre y la familia, yo me encargo.

Recorrió los pasillos de la clínica con el mensaje indescifrable de su padre de punta en el entrecejo. Se reprochaba a sí mismo no sólo por no alcanzar a entenderlo sino porque el dolor de no haberlo conseguido estaba tan fijo en su pensamiento que ocupaba en su mente más espacio del que le correspondía enteramente al duelo en su corazón.

La enfermerita cubana, que recién había entrado al turno de la mañana y conversaba en el pasillo con una mulatona que debía de ser santiaguera por el dejo que se le notaba al hablar y que decía ser la esposa del gringo grandullón que acababan de ingresar esa misma madrugada en la habitación de al lado, dejó de chacharear y las dos mujeres se volvieron para mirar a Miguel: la enfermerita cubana lo recorrió de arriba abajo y la mulatona santiaguera de abajo arriba, y mostrando el blanco de los ojos como si fuese a desfallecer, exclamó con aspaviento:

—¡Ay, mamá, eso sí es un tronco de machazo y no el que yo me traje de casa!

Lo era de la cabeza a los pies: alto, erguido, bien plantado.

Un varón de rompe y rasga, que arrancaba suspiros a su paso. Impecable en su traje gris metálico que sentaba de maravilla a su figura de perfecciones geométricas. «Un guerrero del amor», como decía su padre. «Que ganará todas las batallas del corazón», como decía su madre. «Que deberá andar por la vida con pie de plomo, armado hasta los cojones porque el amor, además de darle guerra, le va a jugar a traición», como le vaticinó Macorina II, cuando se empecinó en tirarle los caracoles la misma noche que lo estrenó como hombre en un burdel de La Habana. De los tres, fue Macorina II la de mejor ojo avizor. Incluso cuando le dijo que correría mucho mundo y que sería un triunfador porque, además de ser audaz en la cama, desafiaría al destino guiado por la letra que trajo escrita al nacer: «Con dos hilos de suerte se teje la tela de la vida, pero sólo con mil amarguras quedará tejida enteramente».

Rebasados los cuarenta, no sólo había desafiado al destino en cada una de las apuestas que le puso por delante sino que le siguió siempre el juego apostando a ganar aunque en la última partida tuviese que arriesgarlo todo y contara con una sola carta a la hora de apostar. «Tienes un instinto nato que te corre por las venas y te salvará la vida —le pronosticó Macorina—. Te viene de tus ancestros. El buen ojo lo heredas de tu padre que a su vez lo heredó de un hombre de barba blanca que tenía el alma muy negra, pero también vista de águila. Los caracoles me dicen que ese hombre era tu abuelo.» Macorina II tenía más que bien ganada su reputación en el oficio: se sabía que era nieta de Macorina I, la que dio pie al estribillo de «ponme la mano aquí, Macorina, pon, pon, pon»... por haber sido en su época una de las prostitutas más elegantes, bellas y famosas de que se tenga recuerdo. En cuanto a sus dotes como pitonisa, se decía que también las heredaba de su abuela, que sabía interpretar los caracoles como nadie, y que nadie que se conozca se atrevió a dudar jamás de la justeza de sus vaticinios.

Tal como lo intuyó Macorina II, Miguel era uno de esos pocos hombres que podían fiarse de su instinto. Se preciaba de poder interpretar las miradas de los que fueron tanto amigos como enemigos. Le bastaba mirar a los ojos de un cliente para saber si cerraría o no un negocio, si podía confiar o no en una promesa antes de sellar un trato. Le bastó una primera mirada para saber que había encontrado a la mujer que amaría de por vida y sólo una bastó para reconocer el momento en que el odio se posesionó del hombre que habría de odiarlo hasta la muerte. «Nunca te fíes de nadie que no te mire a los ojos cuando te proponga un pacto ni de alguien que prometa con la boca lo que no sea capaz de probarte con los hechos. Son los hechos, Miguel, los que te dicen quién es quién y hablan siempre por sí mismos», le advirtió su padre años atrás cuando él estuvo en peligro, a un paso de la muerte. Pero algo había cambiado el destino en su manera de ser y ese algo tenía un antes y un después que Miguel se negaba a afrontar rotundamente. Se preguntó si su padre le guardaría algún resentimiento a causa de aquella partida decisiva donde él lo expuso todo, y a todos se les trastocó la vida en un antes y un después. Pero no había visos de reproche en la mirada que la muerte dejó trunca en las pupilas de su padre. Joaquín nunca hacía alusiones al pasado; jamás le escuchó jactarse recordando los tiempos de bonanzas, y nunca le escuchó una queja que trajera a colación ni los años de las penurias pasadas ni de las pérdidas y heridas más recientes. «Lo único que no le pueden arrancar a un desterrado son las raíces del alma y el acento de su tierra. Las dictaduras podrán condenarte al exilio, privarte de tu libertad de hablar y hasta prohibirte que hables en tu lengua, pero el acento del habla va contigo a dondequiera que vayas, y hables la lengua que hables nada ni nadie te lo puede arrebatar.» Cataluña era para Joaquín un modo ser y de estar que iba con él en cuerpo y alma. Desde el ritual mañanero de restregar el tomate sobre las rebanadas del pan y rociarlas con un chorrito de aceite de oliva, hasta las canciones de su tierra con que dormía a sus hijos cada noche y que luego seguiría cantando para dormir a sus nietos.

No. Su padre no era hombre de guardarse rencores bajo la piel, como tampoco lo fue de palabrerías ni grandilocuencias. El orgullo que sentía por sus hijos le brotaba por los poros, igual que el amor por su mujer podía respirarse por encima de todos los olores respirables que envolvían el ambiente de su hogar.

Desde que Miguel era muy pequeño, Joaquín lo preparó para que, dado el caso en que él faltara, ocupara su lugar como el hombre de la casa, y la mejor manera que encontró de hacerle ver a su hijo lo mucho que confiaba en él fue mostrándole en cada gesto no sólo su aprobación paternal, sino su reconocimiento y gratitud resumidos en la expresión complacida de su mirada risueña. Pero nada de esto hubo en la última mirada de su padre. Ni un destello de complacencia se adivinaba en su expresión y menos en la elocuencia del gesto con que buscó atrapar su mano. Por si esto fuera poco estaban aquellas dos únicas palabras que consiguió traducir de la frase en catalán: *secret* y *felicitat*, de por sí más que elocuentes. Tras mucho dale que vira haciéndose los sesos agua, no tuvo más alternativa que enfrentarse a la verdad: su padre no quería irse sin llamarle a capítulo con una señal de alerta, donde parecía estar implícito un: ¿qué está pasando contigo, Miguel? ¿Dónde quedó aquel guerrero que nunca se rindió ante ninguna batalla? ¿Sería posible que su padre hubiera leído en sus ojos la guerra que libraba en su interior?

Nunca conseguiría definir el estado de ánimo que lo embargaba cuando salió de la clínica. Sacó su auto del garaje y condujo hasta la casa de sus padres. No eran las noches en vela lo que abrumaba su espíritu, ni siquiera ese aletargamiento que deja tras de sí la muerte, previo al vacío consciente de la pérdida. Era la oleada de pensamientos que le traían los recuerdos que se le venían encima desnucándose sobre el rompiente de rocas que antepuso al corazón.

Entró a la casa de sus padres en estado de sonambulismo. Recorrió con los ojos el salón comedor. Todo estaba igual que siempre y como siempre se respiraba el mismo orden y hasta la misma estela de olores que lo hacía identificar a su madre en cualquier lugar del mundo que estuviese. De la cocina llegaba el aroma de canela, vainilla y limón de la repostería casera de Lola. Cada rincón de la casa le encrespaba los recuerdos y alebrestaba las nostalgias. Sus padres tenían fotos enmarcadas por todas las paredes y un sinfín de portarretratos repartidos por encima de los muebles. Desvió la vista resistiéndose a mirarlas. Las fotos eran las almas más fieles del recuerdo. Instantes apresados en el tiempo, retazos de vida que burlaban a la muerte. Entró a la habitación donde su padre tenía su reducida biblioteca, la había ido volviendo a armar poco a poco, reuniendo libros por aquí y por allá; nunca volvería a ser igual de grande como la que tuvo en Cuba, pero por más pequeña que fuese desprendía el mismo halo evocador que la otra y a Cuba olía igualmente. El aroma de los habanos que fumaba su padre flotaba en el ambiente de aquel estrecho cuartico en el que Joaquín disfrutaba cada noche de sus horas de lectura recostado al butacón orejudo donde leía hasta que el sueño se imponía y lo obligaba a irse a la cama. Se dispuso a remover cajones buscando las banderas de Cataluña y de Cuba que su padre había ordenado para cubrir su féretro y el disco de Pau Casals con *El canto de los pájaros* que quería lo despidiera en su último viaje. Abría y cerraba cajones buscando sin buscar. Las lágrimas le venían solas enturbiando su visión. Se dejó caer sobre el butacón orejudo, impregnado por el olor insolente del tabaco. Tenía la sensación de que su padre estaba allí, a sus espaldas. Percibía su presencia tan real y tan cercana, que creyó sentir su mano posada sobre su hombro y su aliento próximo a su nuca como si intentara hablarle. Tal como lo había visto no hacía ni un mes, cuando celebraron su sesenta y cuatro cumpleaños y brindaron felices. Talmente parecía que iba a oír su voz, y bastó que cerrara los ojos para poder visualizarlo. Lo vio como si lo tuviera delante, estrenando aquel pullover verde de Lacoste que él mismo le regaló esa mañana. Nada hacía presagiar que el final estaba cerca: su padre aparentaba rebosar salud y contaba con tan buena disposición de ánimo que se permitió el lujo de beber más allá de la copa solitaria que tenía por costumbre y, contrario a su hábito, se dio el gusto de hablar con tanta efusividad y soltura que los tomó a todos por sorpresa. Joaquín, parco por naturaleza, mesurado con el vino y prudente al hablar, era además tan discreto con la privacidad ajena como celoso y discreto lo fue siempre de su propia intimidad. Por eso llamó la atención la locuacidad de que hizo gala esa noche. Algunos lo achacaron a que se pasó de copas y otros al síndrome del gorrión, como llamaban los cubanos a esa nostalgia de patria lejana que padecen los que emigran de su tierra. Lo cierto fue que fuese lo uno o lo otro o todo junto a la vez, Joaquín se expansionó a sus anchas al punto de que, además de dar rienda a la añoranza, fue capaz de recapitular en una noche los recuerdos que se guardó para sí, la vida entera.

En realidad la historia que contó su padre esa noche comenzó por una broma inocente. Apuntó con el índice al emblema de Lacoste que llevaba en su pullover y dijo rompiendo a reír: «Este caimán era Cuba para mí hace cuarenta y seis años. Lo único que Pascual y yo sabíamos de Cuba cuando emprendimos la aventura que habría de traernos a América, era el lugar que ocupaba en el mapa que cubría de punta a punta la pared del despacho del abuelo. Un viejo lobo de mar que tenía trazado en rojo la ruta que hacía el barco que capitaneaba entre el golfo de Guinea y una isla verde esmeralda parecida a un caimán dormido sobre el mar azul añil de las Antillas. Mi abuelo era ya un anciano octogenario cuando mi hermano Pascual y yo lo conocimos. Poco o nada sabíamos de su existencia —aclaró Joaquín—. Y lo poco que sabíamos era mejor aparentar no saberlo».

Poco o nada sabía el propio Miguel del abuelo catalán hasta el día en que su padre se pasó de copas y le dio el pronto de soltar la lengua. Hasta entonces lo único que la familia cono-cía del anciano personaje era que Joaquín se refería a él lla-mándolo «viejo ogro», limitándose a decir que tenía la agude-za visual de un ave de rapiña y el instinto olfativo de un animal salvaje. A eso se reducía el tema: «No es saludable hurgar en el pasado. Las cosas que se mueren no se deben tocar, Miguel —le decía—. ¿Entiendes, hijo?». Entender como tal, no enten-día, pero podía intuir los visos truculentos de aquel pasado que su padre prefería dar por muerto. Y fue precisamente por eso que esa noche, cuando oyó a su padre traer al viejo ogro a colación, los pelos se le pusieron de punta e hizo todo lo que pudo por arrancarle la cuarta o quinta copa que se había ser-vido y tenía a punto ya de empinarse.

Pero su padre parecía no oírlo y él no tuvo más remedio que dejarlo continuar, aunque ahora que repasaba los gestos y los detalles de aquel día, y que volvía a revivir la inflexión que ha-bía en la voz de su padre, al contar lo que contó, tenía la impre-sión de que no se trataba en absoluto de un arrebato inspirativo, sino más bien de un desbordamiento que tras mucho reprimir, además de rebosar su memoria, le anegaba el corazón.

No obstante tenía que reconocer que se centró por entero en escuchar por primera vez la historia del encuentro inicial de su padre y el tío Pascual con el ogro de su abuelo, al que sólo se enfrentaron un par de veces.

«No soy dado a creer en fatalismos —dijo Joaquín—, pero de serlo, diría que la fatalidad se posesionó de nuestro hogar y de repente lo trastocó todo en nuestras vidas. A mi padre lo enrolaron en la guerra de Marruecos, regresó enfermo de tu-berculosis y lo internaron en un sanatorio donde murió en po-cos meses. Mi madre no se lo pensó dos veces, no se concedió siquiera tiempo para asimilar su pérdida y tampoco para asu-mir siquiera el duelo, sabía que la fatalidad cuando te deja al garete no concede alternativas y estaba más que consciente de que debía aparcar el orgullo y plantar cara al padre que la ha-bía repudiado catorce años atrás, pero que sabía era la única persona en el mundo a la que volver los ojos y confiarle a sus hijos.

»Fue así que decidió presentarse con nosotros en el palacete señorial de nuestro abuelo. Sin tiempo para explicaciones, nos dijo que se trataba sólo de una visita a su padre y se guardó de decirnos que su intención era pedirle que nos tomara a su cargo porque cuidando a su difunto marido había contraído el mal y temía que Pascual y yo pudiéramos también contagiarnos.»

Miguel recordaba perfectamente que tanto él como el resto de los presentes en la fiesta se quedaron de piedra cuando oyeron a Joaquín decir que su abuelo ostentaba el título de barón y había amasado una fortuna en el Caribe con la trata clandestina, y que por boca de Josefa, la criada negra que el viejo se trajo de Cuba, fue que su madre vino a saber que no eran cargas de ébano sino negros de carne y hueso lo que llevaba en su barco desde Guinea hasta La Habana para venderlos en el mercado de esclavos. Los cazaban en las selvas africanas atrapándolos con redes igual que si fuesen bestias y los encadenaban y transportaban a América en condiciones brutales.

«Con el correr de los años, Pascual y yo llegamos a sospechar que la propia negra Josefa había venido de África en el barco del abuelo, que había sido esclava en Cuba y que probablemente el viejo ogro compró su libertad para traerla consigo y tenerla como sirvienta y amante. No había más que ver el odio que le prendía en la mirada cuando salía y entraba en su despacho. Cumplía sus órdenes sin chistar pero sus ojos la delataban, no sólo le soltaban chispas sino que se tornaban rojos y ardientes como tizones.»

Describió el palacete del abuelo como una de las tantas mansiones lujosas que se hacían edificar los indianos que se iban a «hacer las Américas», aquellos que partían con lo puesto y al cabo de pocos años regresaban con blasones y fortuna, se instalaban como nuevos ricos en Barcelona y como muestra de su poderío se hacían servir por los negros que traían del exótico Caribe y hasta plantaban un par de palmeras en el jardín para dar más realce a su aventura tropical.

«En el umbral del palacete —dijo su padre—, nos recibió una negra vestida toda de blanco con profusión de collares y pulseras de colores y un turbante de lunares anudado a la cabeza. Apenas abrirnos la puerta se lanzó sobre mi madre cubriéndola de lágrimas y besándola como una loca. Era la negra Josefa.

»Las vimos hacer un aparte de nosotros y cuchichear un buen rato. No podíamos saber de qué hablaban, pero la expresión ojiplática de Josefa y las muecas de su boca y su cara, que iban de la extrañeza a la consternación y de la consternación al paroxismo, hicieron elevar los niveles del miedo que de por sí ya traíamos Pascual y yo entre pecho y espalda.

»El miedo rozó los niveles del terror cuando finalmente Josefa nos introdujo en el despacho del abuelo. El viejo ogro era un gigante imponente de barbas algodonadas. Nos observaba a los tres de pies a cabeza, como si quisiera devorarnos vivos. Ni siquiera por aparentar cortesía o por un resto de decencia nos invitó a sentarnos. Tampoco dijo ni pío cuando mi madre optó por tomar asiento frente a él y nos sentó a Pascual y a mí pegaditos a su costado. Permanecía apoltronado en su trono de terciopelo púrpura con las piernas cruzadas encima de su buró, fumando como una chimenea mientras dejaba que su hija hablara hasta quedar sin palabras, exprimida toda ella en sí misma como un trapo estrujado y desechable. Entonces consideró que había llegado el momento de desatar toda la rabia que llevaba acumulando contra mi madre desde hacía catorce años. La acusó de haberse fugado con mi padre como si fuese una fulana faltando a su deber de obediencia y cometiendo el mayor de los pecados: manchar los honorables apellidos de su casta casándose sin su consentimiento con un pobre diablo, un pintorcillo bohemio de mala muerte, que le sorbió los sesos prometiéndole que la llevaría a París, donde se haría de fama y vivirían de su arte, cuando lo único que podía ofrecerle eran tres varas de miseria. Para al final irse a Marruecos de donde ni siquiera regresó como regresan los héroes de la guerra: mutilado o con los pies por delante cubiertos por la bandera, sino que tuvo que ponerse tísico, dejando viuda y enferma a su mujer y encima con un par de críos. Así les pagaban los hijos a sus padres. Si no lo hubiera desobedecido rechazando a ese hombre noble y linajudo que había escogido para casarse con ella, habría vivido como una emperatriz.

»Yo contaba sólo doce años por entonces, y Pascual apenas diez, pero ese día quedó marcado en mi mente como un hierro al rojo vivo. Recuerdo que escuchaba al viejo ogro con los dientes apretados y los ojos fijos: clavados como dos dardos sobre el caimán esmeralda que parecía navegar sobre las letras combadas que señalaban en el mapa las coordenadas del mar Caribe. Pascual se apretaba a mí, pegándose contra mis costillas. No sabíamos qué iba a pasar, pero no contábamos con que la determinación de mi madre fuera tan ciega como irrevocable. Aguantó el sermón del viejo ogro a pulmón, y más que aparcar el orgullo se lo exprimió gota a gota hasta la raíz del alma. Finalmente consiguió lo que se propuso. El abuelo aceptó hacerse cargo de nuestra educación advirtiendo que no veríamos ni un duro de su herencia y que nos enviaría internos con los curas que sabrían apretarnos las tuercas con mano férrea y hacer que la letra nos entrara con sangre.

»Tras ordenar a Josefa que nos preparara una habitación, salió dando un portazo feroz sin despedirse siquiera.

»Al quedar solos nos tocó el turno a mi hermano y a mí de abrazarnos a nuestra madre: nos apretamos tanto contra ella que yo podía sentir los golpetazos que le daba el corazón. Resistidos a desprendernos de su abrazo, lloramos a moco tendido. Ella nos apretaba a su vez contra su pecho y yo sentía como si algo se hiciera añicos en su interior. Tenía los ojos cuajados de lágrimas cuando me deslizó al oído: "Júrame que protegerás a tu hermano: él confía en ti". Incapaz de decir palabra, sólo atiné a darle un beso y a asentir con la mirada.

»Pascual y yo permanecimos en la puerta tomados de la mano mientras la veíamos alejarse. Recogida dentro del abrigo negro, lucía empequeñecida, y no sé si sería el luto lo que hacía que su figura pareciera tan menuda y tan frágil. Ya en la verja del jardín se volvió para decirnos adiós agitando la mano... No volveríamos a verla.»

Miguel seguía el curso de los recuerdos con los ojos cerrados, pero ya no estaba recostado sobre el respaldar del butacón orejudo; la ingravidez del pensamiento había conseguido transportarlo en el tiempo y se veía igual que pocas semanas atrás, sentado entre el grupo de familiares y amigos que escuchaban conmovidos la historia desvelada por su padre. Podía palpar el silencio sobrecogedor que los embargaba, un silencio tan físico como un contacto material. Pero su padre no parecía tener en cuenta a su auditorio, ni siquiera dedicó una mirada a su hermano Pascual que, como parte protagónica en la historia, estaba tan abrumado que su rostro se transmutaba pasando del rojo vivo al blanco mate mientras hacía esfuerzos enormes por reprimir las lágrimas. No, su padre semejaba navegar al pairo, hablaba a solas consigo mismo como alguien que mantiene un monólogo con la imagen de su espejo sin reparar en nada y en nadie...

«Cinco años estuvimos en el Sagrado Corazón de Jesús de la calle Caspe, en Barcelona, internados con los jesuitas. No nos mataron a castigos, pero fue puro milagro que no muriéramos de tristeza. Estuvimos encerrados entre sotanas sin que nadie se molestara en visitarnos ni fuera siquiera a recogernos para pasar fuera de aquel claustro los días de Navidad. En el primer año no pasaban dos semanas sin que recibiéramos carta de mamá. En el segundo comenzaron a espaciarse y en el tercero nos dejaron de llegar. Yo sabía lo que significaba el silencio. No dije ni una palabra a mi hermano, pero no tardó en adivinar lo que había detrás de aquella ausencia epistolar porque se escondía por los rincones para que yo no lo viera llorando y de buenas a primeras dejó de preguntar por qué no recibíamos ya nada de mamá. El abuelo no se equivocó al vaticinar que los curas nos meterían en cintura. Los jesuitas tenían un régimen de disciplina inflexible. La desobediencia era una falta grave y la más grave de todas era desobedecer a Dios. Dios era el más severo de los padres. Nos amaba infinitamente y nos ofrecía vida eterna en el reino de los cielos. Pero ojo con descarriarnos tomando el camino de la tentación porque su ira tampoco tenía límites, y no dudaría en condenarnos al infierno que venía siendo algo así como la garganta oscura de un pozo donde serías devorado por mil lenguas de fuego. Sobra decir que tanto mi hermano como yo andábamos más rectos que dos velas. No dábamos motivos de quejas ni cometíamos faltas, pero no se me podía ocurrir que sería algo tan inocente como recitar la primera estrofa de un poema en catalán lo que habría de considerarse una falta de tanta gravedad que hizo al cura enrojecer de cólera, interrumpir su clase de literatura y advertirme con el dedo amenazante apuntando a mi cara que en su clase no se hablaba otro idioma que no fuera la lengua de don Miguel de Cervantes. Y por último, para que no lo olvidara, me impuso como castigo escribir cientos de renglones repitiendo: "Queda prohibido hablar en catalán".

»Todavía andaba yo con la mano entumecida de tanto escribir la misma letanía, cuando recibimos la noticia de que nuestro abuelo quería que nos personáramos en su casa. Pensamos que los jesuitas se habrían inventado algo malo para exagerar lo ocurrido y darle quejas nuestras, y que nos esperaría un sermón de padre y muy señor mío. Nada podía hacernos suponer que el destino nos estaba preparando una nueva encrucijada.

»Josefa nos recibió junto a la verja del jardín con un abrazo tan cálido como ella misma. Nos advirtió que el abuelo tenía un pie en la tumba y que por más que nos sermoneara, lo oyéramos sin chistar.

»No exageraba; apenas reconocimos su vocear de carillón en aquel acento plano y apagado con que nos pidió que entráramos al despacho donde fuimos recibidos la primera vez, sin tener ni la más remota idea de que esta sería la segunda y la última. Todo estaba igual que entonces. Desde el escritorio de ébano bruñido, el trono de terciopelo color púrpura y el enorme mapamundi con el caimán dormido encerrado dentro de un círculo rojo como un gran telón de fondo. Todo menos el abuelo, que ya no era el gigante que imponía apoltronado en su trono. Era apenas un anciano enfermo de barbas desaliñadas sentado en un sillón de ruedas con las piernas inertes cubiertas por una manta afelpada. Ni tan siquiera sus ojos transmitían ya la ferocidad que le metía miedo al susto ni había rastros de iracundia en su mirada cuando nos mandó que nos sentáramos.

»La razón de que nos mandara a buscar estaba muy lejos de ser la reprimenda que Pascual y yo esperábamos. Lo primero que nos dijo fue que había dado orden a Josefa de no devolvernos al colegio, que no le alcanzaría la vida para seguir encargándose de nosotros y tampoco el rumbo del país le inspiraba tranquilidad. Nos dijo que un tal Primo de Rivera, ex capitán general de Barcelona, había dado un golpe de Estado, con el visto bueno del propio rey Alfonso XIII, la Iglesia católica, el ejército, y los sectores más conservadores de la Liga Regionalista que se había ido ganando gracias a la mano dura que mostró contra la delincuencia y la conflictividad social. Por lo poco que entendíamos mi hermano y yo del asunto, tuvimos la impresión de que el dictador (como lo llamó mi abuelo) se ganó también los favores de la burguesía catalana a la que engañó ocultando su anticatalanismo para luego de encabezar un directorio militar y centralizar en él todos sus poderes, traicionar a todos los que confiaron en él en los primeros momentos al cargarse la Mancomunidad de Cataluña y hacer escarnio de las lenguas regionales.

»Yo sentía mi cabeza como un bombo: tenía la impresión de haber vivido cinco años atrapado en un limbo estacionario donde el tiempo no existía. Con los curas aprendíamos una historia que no tenía nada que ver con la que nos contaba el abuelo. Todo se resumía en alabar al Señor, ensalzar a la realeza y lisonjear al poderoso, además de acribillarnos a collejas por cometer cualquier falta, castigarnos por hablar en catalán o pegarnos una tanda de correazos si nos pillaban masturbándonos porque además de ser un acto obsceno, te reblandecía el cerebro y afectaba a la columna vertebral. Mientras, afuera, el tiempo transcurría sin que nos diéramos cuenta: Primo de Rivera había dado un golpe de Estado, se hablaba de aplicar la pena de muerte, los hombres se iban a la guerra, morían en la guerra, seguían dejando viudas y huérfanos como nosotros, y Pascual y yo vivíamos sin tener ni puta idea de que un jodido personaje se había adjudicado poderes absolutos. Entonces ocurrió algo impensable: mientras nos advertía de que en España podía armarse la de Dios es Cristo en cualquier instante y que si llegado el momento él ya no estaba en este mundo, no iba a incumplir la palabra empeñada con nuestra madre dejándonos a la deriva, aproximando el sillón de ruedas a su escritorio extrajo un sobre lacrado del cajón.

»Pascual y yo intercambiamos miradas con un mismo pensamiento: seguramente dentro del sobre estaba su testamento y en él nos dejaría a nosotros, sus únicos nietos, aunque fuese una birria de la herencia.

»Pero el abuelo seguía fiel a su palabra. Había jurado que ni su hija ni nosotros veríamos ni un duro de su fortuna, y no habría de cambiar de parecer ni teniendo un pie en la tumba. Así que se encargó de aclararnos que no se trataba de dinero el contenido del sobre, que si algo temía nuestra madre era que sus hijos se vieran sin asideros y los enviaran a la guerra.

»Pues bien, él había encargado indagar en la familia Alegret, por si quedaba algún pariente, y resultó que contábamos con un par de primos, hijos del hermano mayor de nuestro difunto padre. Se trataba de un par de chavalotes más o menos de nuestra edad que eran también huérfanos de padre y madre.

»El sobre contenía la dirección de nuestros parientes. Le había costado encontrarlos porque se habían marchado lejos...

y apuntando con la punta de su bastón al caimán verde esmeralda que dormía sobre las letras combadas que señalaban en el mapa las coordenadas del Caribe, dijo que ambos habían marchado a la isla de Cuba en busca de hacer fortuna y volver como nuevos ricos, y que a Cuba nos enviaría a Pascual y a mí. "Quien no haga fortuna en Cuba es porque nació tarado", aseguró, porque Cuba, en su opinión, era un paraíso primoroso donde había que doblar el lomo, pero que si algo acreditaba a los catalanes era que sabían sacar pan de las piedras. Así que no habría de asustarnos el trabajo. Entonces nos preguntó si sabíamos lo que significaba la palabra fornicar. Tanto mi hermano Pascual como yo nos apresuramos a asentir con un movimiento de cabeza.

»"Pues lo que son buenas fornicadoras en la isla se les van a sobrar", nos aseguró. Eso sí: debíamos andar con tiento, sobre todo con las negras que eran mujeres de una intensa hermosura, que tenían el coño lanudo como estropajo y ardiente como un brasero y en la cama eran leonas que volvían loco al más cuerdo. Pero, ojo, todavía más peligrosas que las negras eran las mulatas de ojos amarillos, con su belleza felina y enigmática, que engatusaban con su mirada de pantera y cuando menos lo esperabas, ¡zas!, te pegaban el zarpazo. Pobre de aquel que cayera en sus garras porque entonces sí que adiós fortuna y adiós vuelta. Bastaba pisar La Habana para sentirte poseído por el mismo encantamiento que se respiraba en sus hembras. La Habana, según el abuelo, se definía en una frase: "Una hembra en celo que te seduce y entrampa".

»Sobra decir que mi hermano y yo vimos los cielos abiertos: entre las sotanas malolientes de los jesuitas y las hembras fornicadoras no cabía discusión. El viejo ogro dio órdenes a Josefa de que se encargara de nosotros. No tengo clara conciencia de lo que ocurrió después, incluso me cuesta reconocerme a mí mismo tal como era entonces: un chaval de diecisiete años con cien pesetas en el bolsillo y un lío de ropa atado tras la espalda. Josefa cumplió lo prometido al pie de la letra.

26

Nos entregó entre lágrimas los pasajes, los ataditos de ropa y las escasas pesetas que consiguió sustraerle al abuelo y nos las metió en los bolsillos de unos abrigos enormes que de seguro también le robó al viejo porque, además de apestar a naftalina, nos iban tan grandes y largos que nos tapaban las manos y rozaban los tobillos. Me cuesta verme en el espejo del recuerdo. En cambio no olvido cómo me estrujaba el corazón la mirada indefensa de mi hermano, engullido bajo el pesado abrigo marrón donde cabían dos como él. Creo que fue en ese momento cuando me di cuenta de lo injusto que había sido con Pascual, pretendiendo que actuara como una persona adulta cuando era poco menos que un chiquillo dos años menor que yo, que más que un compañero de aventuras era solamente un crío capaz de seguirme a ciegas, seguro de que yo nunca lo abandonaría ni dejaría de proteger. Pero si algo no olvidaré mientras viva será la imagen de la negra Josefa, tiritando bajo su mantón de lana mientras nos decía adiós secándose a manotazos las lágrimas que le corrían por la cara. Fue su turbante de lunares lo último que divisamos cuando el barco se fue alejando del puerto. El turbante de la negra Josefa quedó atravesado en mis párpados igual que aquella idea fija que me condujo a La Habana metida entre ceja y ceja: hacer fortuna y volver.»

Llegado a ese punto de la historia, Miguel recordaba que su padre hizo un alto y respiró hondo, como queriendo atrapar de una bocanada todo el aire de la noche. A las claras se veía que estaba exhausto y que de tanto hablar sin respiro le urgía hacer una pausa tras la larga y dolorosa travesía recorrida en el tiempo. Nadie se había movido del puesto que ocupaba alrededor de la mesa de convite y no sólo no habían hecho honor a la tarta de cumpleaños que sirvieron en sus platos sino que aún permanecían expectantes sin apenas probar bocado del bufet. Cosa muy rara entre la parentela cubañola, como la llamaba Lola, su madre, que daba siempre por sentado que si algo tenían en común los cubanos y los españoles era que en cualquier lugar del mundo que estuviesen hacían de la buena mesa un festín.

A pesar de la insistencia de los invitados en animar a que su padre siguiera contando más, Joaquín decidió poner punto final, diciendo que le haría caso a su hijo en no continuar ni bebiendo ni contando porque además de pasarse de copas y estarles aguando la fiesta no había más que contar.

Los noes se sucedieron: que si no había aguado nada a nadie, que si la fiesta era suya, que si «¡venga, hombre!» para aquí y «¡venga, hombre!» para allá.

«Es que lo que resta de la historia ya lo saben —dijo su padre—. Bueno... Del abuelo no supimos más, y tampoco de Josefa. Es de suponer que tanto él como ella emprendieron su viaje al otro mundo con rumbos divergentes. El abuelo habrá descendido a los abismos y Josefa habrá ascendido a las alturas con sus collares y pulseras de colorines y su turbante de lunares anudado a la cabeza. Mi abuelo no anduvo del todo errado: desde que pisamos la isla nunca nos faltó trabajo. Fregamos suelos, limpiamos inodoros y vaciamos escupideras en la Casa de Socorro de La Habana; lavamos platos y servimos mesas en la fonda de mala muerte donde nuestros dos primos servían de cocineros. Cuando quedaba tiempo libre nos íbamos a las cuevas, a recoger guano de murciélago que era muy apreciado como abono en los trabajos del campo y nos duplicaba el jornal. Cuando los primos y nosotros conseguimos colocarnos en el comercio que un tendero catalán acababa de instalar por entonces en una céntrica esquina de La Habana, la situación mejoró notablemente. Cierto que fuimos los chicos para todo hasta que nos ganamos una plaza tras el mostrador y el dueño me permitió administrarle el negocio porque según él, aparte de fiarse de mi seriedad, confiaba en mis habilidades con las cuentas. Nuestros primos prosperaron, se casaron y se fueron a Puerto Rico a poner su tienda propia. En cuanto a hacernos de fortuna... No se podría ser más afortunado de lo que hemos sido tanto Pascual como yo. Él conoció a Herminia, su negrita leona, y yo... a Lola, mi mulatica pantera. Desde la primera mirada de sus ojos amarillos, me volví loco por ella, pero loco de remate, ¿eh? Cuarenta años de casados y sigo como el primer día, enloquecido de amor por mi mujer. Ya ven —dijo con una media sonrisa—. Soy uno de esos rara avis que aún quedan con vicios confesables. La lectura, el tabaco y Lola. La primera y la única mujer que ha existido y existirá para Joaquín Alegret.»

Miguel revivía las escenas que se sucedieron esa noche: las rondas de brindis y mojazones. Las chocaderas de copas y chinchines entre risas y palmadas. Los brindis: por la familia, por el amor y la amistad; por Cuba y los cubanos; por Cataluña y los catalanes; por España y los cubañoles. Dieron vivas por todo lo que pudieron ronda tras ronda y chinchines tras chinchines de nunca acabar.

Todavía impresionado por los vívidos recuerdos y aún con la voz de su padre resonando con entera nitidez en sus oídos, Miguel abrió los ojos finalmente, devuelto en volandas al butacón orejudo. De nuevo se encontró rodeado de fotos por todas partes. Las viejas fotografías habían provocado una acalorada discusión con su mujer, cuando más que pedirle le exigió que las apartara de su vista. Pero ahora no podía eludir lo ineludible. Las almas del recuerdo atrapadas en el tiempo le herían con sus rostros las pupilas. Sobre el escritorio de Joaquín en un marco de plata esterlina aparecían su madre y su padre junto a su tío Pascual y la tía Herminia de jóvenes, sentados de espaldas al mar sobre el muro del Malecón de La Habana. Enlazados los cuatro por el talle, rebosantes de felicidad. Como si para ser feliz no se necesitara más que eso: saberse juntos los cuatro para tenerse y amarse. Fueron ellos los que pusieron la primera piedra de los cimientos que fundó la familia Alegret. Herminia, huérfana desde pequeña, se crió en casa de Lola donde crecieron como hermanas. En el barrio las llamaban la soga y el caldero porque a donde iba una, allá la seguía la otra. Eran inseparables y se enamoraron de dos hombres que además de ser hermanos eran también uña y carne.

Por dondequiera que volviera los ojos, se reconocía a sí mismo en el Miguel de los retratos que le miraba sonriente, despreocupado y feliz. Entonces no necesitaba demasiado para sentirse feliz. Recordaba a su padre trabajando en la tienda de los Almacenes Bellpuig desde bien temprano en la mañana hasta ya entrada la noche, doblado bajo un foco incandescente, apuntando números sobre un cuaderno rayado. Su madre, desde el mismo amanecer, se pegaba al pedal de su máquina Singer o se sentaba junto a la ventana a bordar la mejor lencería hecha a mano que se hacía en toda La Habana, según decían las parroquianas que la encargaban expresamente a los Bellpuig. Por entonces la tienda de los Bellpuig había ganado gran fama. Su propietario se había ido expandiendo y había abierto tantas tiendas que llegó a abarcar toda una manzana. Trabajar para la firma Bellpuig daba crédito y reconocimiento, y su madre se hizo de una clientela rica que la tenía por una hacedora de ensueños. Sus manos poseían la gracia de las hadas y bordaban las hechuras al cuerpo. Habría podido dejar de trabajar para un dueño y hacerse de su tienda propia de no haber sido porque al nacer su segundo hijo tuvo que restar tiempo a la costura para dedicarse a velar de un crío débil y enfermo. Pasaba madrugadas enteras meciendo a Javier en un sillón. Los ataques de asma que padecía el menor de sus dos hijos ponían la casa en vilo al menos en aquellos años en que fueron más frecuentes y severos. No recordaba haber sentido jamás ni una pizca de celos de su hermano, ni haberse quejado siquiera porque Lola lo consintiera más que a él. Todo lo contrario. Javier había venido a este mundo con el don de hacerse querer y consentir. Así como Miguel había nacido para triunfar, relucir y avivar rivalidades. A pesar de estos desbalances de carácter, nunca existieron entre ellos roces ni fricciones que pasaran de ser las comunes entre críos. Desde muy chicos se aceptaron tal cual eran: Javier, el ojito derecho de mamá, y Miguel, el derecho y el izquierdo de papá. Si a alguien se le ocurriera preguntarle a estas alturas cómo definiría su infancia se limitaría a mostrarle la sonrisa, despreocupada y feliz, que reflejaban las fotografías...

«Éramos felices sin más...», se dijo prendiendo un cigarrillo. Prenderlo y traer a la mente a la mujer a la que le bastó una mirada para reconocer en ella el amor de su vida, fue lo mismo. Los recuerdos se le agolparon de burujón transportándolo a La Habana de 1951 y aquella primera cita que tuvieron en el cine Payret, donde ponían *La extraña pasajera*, de Bette Davis y Paul Henreid, y él por imitar al actor o por dárselas de galán, repitió lo que hacía el personaje de Jerry en la película: se puso dos cigarrillos en los labios, los encendió a la vez y le ofreció uno a ella.

—Prométeme que no harás esto con ninguna otra mujer.

—¿El qué? —preguntó embelesado mirando las arruguitas deliciosas que se le hacían a ella sobre la nariz por las cosquillas del humo.

—Compartir un cigarrillo.

Por toda respuesta la besó. Ella lo besó a su vez y ya no supieron más de Bette Davis y Paul Henreid porque no pararon de besuquearse hasta que prendieron las luces en la sala del Payret y la acomodadora vino a llamarles la atención, no ya por el besuqueo, que lo que se dice sobaderas y achuchones era lo que se sobraba en los cines de La Habana desde que eran silentes, sino por las colillas que dejaron caer al descuido humeando aún sobre la alfombra.

Fue esa noche al meterse en la cama cuando por primera vez tuvo plena conciencia de quién era él y quién era ella. De quiénes eran sus padres y quiénes los padres de ella. Del estigma que separaba sus razas, de la abismal diferencia que los dividía por su condición social, y fue entonces la primera ocasión en que, a sus veinte años recién cumplidos, se preocupó por vivir despreocupado y de conformarse con ser feliz sin aspirar a otra cosa que repetir lo mismo que hizo su padre cuando comenzó a trabajar para el catalán propietario de los Almacenes Bellpuig, sirviéndole de chico mandadero: corre, ve y dile para aquí y corre, ve, y dile para allá, y de haber visto los cielos abiertos cuando le concedieron ocupar una plaza de camionero, que tras mucho esperar, reconocía, pagaban mejor que la de chico para todo, pero que al final resultaba el mismo corretaje: mándate a cargar mercancía para aquí y mándate a cargarla para allá. Fue esa noche cuando se dijo por primera vez que ya nada volvería a ser igual. Que no volvería a ser el mismo de siempre si no la tenía a su lado para compartir ese cigarro que prometió no compartir con ninguna otra mujer.

Se llamaba Eva, acababa de cumplir dieciocho años y estaba próxima a recibir su título de bachiller, pero su aspecto de colegiala, larguirucha y menuda con el pelo recogido en dos trenzas, y su silueta de mujercita incipiente dentro del jumper azul marino de las alumnas que estudiaban en el colegio americano de Saint George's la hacían aparentar apenas unos quince o a lo sumo dieciséis. A Miguel le bastó verla descender del auto en la esquina de los Almacenes Bellpuig para aparcar a toda prisa el camión y anticiparse a abrirle la puerta de la tienda con una reverencia que a Eva le pareció más que exagerada, pero que fue suficiente para cortarle la respiración con solo mirarle y darle las gracias. Años después, Miguel recordaría aquel primer encuentro suyo y de Eva diciendo que el amor no era otra cosa que un rayo fulminante que te deja encandilado, creyendo que te has enamorado de un hada o la tierna Blancanieves de Walt Disney. Porque así de alucinante fue la primera impresión que tuvo en cuanto la vio. La encontraba encantadora, ajena a la genuina seducción que afloraba de los rasgos aniñados de su carita de ángel y de su figurita frágil que tendía a enternecer y a hacerlo a él preguntarse si estaba frente a una princesa de cuento. No atinaba más que a mirarla mariposear de mostrador en mostrador. Toqueteándolo todo con sus manitas aladas, las más pequeñas que habría de ver en su vida. Dos manitas tan pequeñas que cabrían en sólo un beso.

—Soy el chofer de los señores Díaz Toledo. Vengo por el encargo del caballero don Isidro —le oyó decir Miguel al hombre de impecable uniforme que levantó su gorra con una inclinación cortés para dar los buenos días a la chica de la recepción.

Miguel apenas le prestó oído ni atención, hasta que la vio a ella detener el mariposeo y preguntarle al hombre que dijo ser el chofer de los Díaz Toledo si ya tenía los tabacos.

—Ya los tienen, señorita —respondió el chofer—. Subo a buscarlos y de paso recojo en la segunda planta lo de su señora madre. Espere aquí, vuelvo ya mismo.

Sin habérselo propuesto, Eva y Miguel quedaron cara a cara, mirándose a los ojos. Miguel tuvo la sensación de que todo el gentío que salía y entraba constantemente en la tienda se había esfumado como por arte de magia y sólo existían ella y él. Sin saber qué decir, se atrevió a soltarle una impertinencia.

—La señorita ¿fuma?

Ella se echó a reír.

—¿Lo dices por los tabacos? Son para mi padre. Ese sí fuma como una chimenea.

Entonces él, intentando halagarla, le soltó otra impertinencia.

—¿Cómo puedes levantarlas?

—¿Levantar? No entiendo.

—Tus pestañas, parecen abanicos.

—¿Sabes que eres un poquito fresco? Ni siquiera sé cómo te llamas —respondió ella poniéndose colorada.

—¿Yo? Perdona. Soy Miguel y no quise... quiero decir, que no lo tomes como una frescura...

—Tanto gusto, Miguel. Soy Eva. Entonces... lo tomaré como una broma.

—Pero no lo es... es que... En serio, tienes unos ojazos y unas pestañazas que... parecen de terciopelo.

Ella volvió a reír y comentó:

—Eso suena a bolero victrolero.

Y con la ocurrencia de una niña traviesa comenzó a tararear «terciopelo son tus ojos soñadores»...

Él frunció el entrecejo y dijo:

—¿La damita de los Díaz Toledo se está burlando de mí?

Ella no llegó a responder. En ese momento se acercó el chofer cargado con varias bolsas y anunció:

—Ya está todo. Si no manda nada más la señorita, ¿nos podemos ir?

Eva, sin decir una palabra, siguió los pasos del chofer, pero al llegar a la puerta a punto ya de salir se volvió hacia Miguel, dedicándole una mirada risueña cargada de complicidad.

Fue justamente esa mirada la que lo llevó a identificar el personaje de Disney al que ella se le asemejaba. «¡Bambi!», se dijo, sin poder apartar ya del pensamiento a la gacela de ojos aterciopelados, naricita respingada y boquita de coral como describía la letra del bolero: «Son tus labios de miel dos corales hermanos... luz de luna tu sonrisa sin igual...». Tan ido del mundo estaba hilvanando la canción que su padre tuvo que tocarle varias veces por el hombro para hacerlo volverse y reaccionar.

—Es la una. ¿Me acompañas a almorzar? —dijo, y entonces hizo algo que Miguel no creyó que su padre fuera capaz de hacer nunca. Con todo disimulo, Joaquín deslizó en el bolsillo de su hijo un billete enrollado mientras le decía al oído—: Esto es para que Macorina te baje el calentón de la bragueta, o... la portañuela como le dicen aquí, en Cuba. ¿Qué más da? Tratándose de calentones será lo mismo aquí que en la China. Óyeme, Miguel, si quieres un buen consejo: no apuntes tan alto, hijo. La luna es inalcanzable.

Veinte y tantos años más tarde, Eva seguía aún siendo capaz de recordar y describir al detalle lo que sucedió el día en que reconoció aquel vuelco en el corazón que las señoras más refinadas definían como un *coup de cœur* y que tanto les valía para catar la calidad del vino como para medir el pulso desordenado del amor, mientras que sus condiscípulas de Saint George's, que no tenían ni pizca de catadoras de vinos y menos aún de refinadas, lo llamaban tal como lo oían decir en las películas americanas: «*Love at the first sight*». A Eva los melodramas del cine nunca le hicieron tilín y renegó de los amores a primera vista hasta el día que le tocó experimentar el flechazo en primera persona: se había llenado la boca tildando de ñoñería los corazones atravesados por flechas que dibujaban sus amigas en los cuadernos de la escuela, y achacaba la causa de tanta cursilería a la influencia empalagosa que ejercían los culebrones al estilo de *El derecho de nacer*, que no sólo mantenían a media isla (por no decir la isla entera) con la oreja pegada a la radio sino que toda La Habana parecía vivir pendiente de aquel secreto que don Rafael del Junco no tenía para cuándo revelar. En su casa no interesaba otra cosa. Bastaba que su madre, doña Carmen, se reuniera en la terraza con sus amigas a jugar canasta y a tomar los refrigerios que les servía la nana Rosa, para empezar dale que dale con el tema: que si ya por fin habló don Rafael del Junco; que si ya Albertico Limonta, el mulato bastardo, sabe que es el heredero del viejo moribundo; que si la pobre María Elena se había quedado hecha trizas por culpa del hombre que la sedujo, deshonró y abandonó cuando supo que estaba embarazada. Se diría que los personajes del culebrón eran parte de sus vidas, que se movían en su entorno haciéndolas sentir amores, seducciones y hasta deshonras que probablemente se quedaron con las ganas de arriesgarse a vivir en carne propia.

—Evita, ¿de qué te asombras? —le decía su hermano Abel cuando ella sacaba a relucir el ambiente de frivolidad que teñía su vida de un tono rosa dulzón y artificial—. Pertenecemos a la casta de la sacarocracia criolla, que equivale a decir la realeza del azúcar; somos hijos de don Isidro Díaz Toledo, pomposo senador de la República, que junto con Julio Lobo está en la lista de los zares del imperio azucarero. Melaza pura, hermanita. Puede resultarte artificiosa, ridícula y hasta picúa, pero por mucho que te empalague, gloria a Dios en las alturas y en la tierra a la fortuna que vamos a heredar. El dinero no hace la felicidad, pero consigue que la desgracia sea más cómoda.

—No seas socarrón, Abel. Te detesto cuando me hablas así. Te pones imposible.

—De acuerdo, Evita, soy un cínico. Pero, dime, ¿conoces a alguna nenita bitonga de nuestro círculo que no sea frívola, pedante y artificial? No tienes más que darle una ojeada a los deseos de nuestros condiscípulos en los anuarios de graduados. Mayor anhelo: casarse con un chico de ojos verdes y tener un montón de hijos. Concepto del paraíso: irse (con el ojiverde) de luna de miel a Venecia. Otras, aparte de lo de Venecia, anhelan un chalet de lujo con jardines, piscina y marido millonario (incluido), de ser posible ojiverde. Los chicos las prefieren rubias como las divas de Hollywood. A diferencia de las chicas, las góndolas venecianas les importan un carajo. Sus mayores anhelos se limitan a terminar su carrera y correr mundo y, eso sí, su concepto del paraíso es una constante matemática: tener un Jaguar o un Thunderbird deportivo o, como mínimo, un maquinón descapotable para lucirse con la rubia. Ya sabes: pelo suelto y carretera. No sé por qué le has tomado manía a *El derecho de nacer*, no es más cursi ni picúa que el resto de las novelas jaboneras que transmiten por la radio. Félix Caignet encontró la fórmula del éxito. Hacer que las mujeres casadas descubran la existencia del orgasmo llorando con sus novelas.

Eva soltó una carcajada.

—¡Ay, Abel, qué cosas dices! Si mamá te oye, te mata.

—Ríete, Evita, tíralo todo a relajo. Pero... ¿tú te crees en serio que mamá y alguna de sus amigas beatas han conocido en su vida lo que es tener un orgasmo? Se harían cruces nada más que de oírnos pronunciar esa palabra. ¿Sabías que mamá fue toda una belleza en su época? Dicen que papá se prendó de ella en cuanto vio su retrato en el escaparate de un estudio fotográfico, donde exponían las fotos de las más bellas señoritas de la alta sociedad habanera. Dicho así, ¿no te suena encantador? Pues lo que ocurrió de verdad fue que nuestro padre, en vez de enamorarse, se encaprichó y por capricho fue que se casó con ella. Una vez la oí decir: «Ni siquiera se molestó en cortejarme». Supongo que tampoco se molestarían en preguntarle si quería o no casarse con él.

—Pobre mamá. Desconocía esa historia. No volveré a burlarme de ella ni a sacarle los colores a la cara por más que la vea lloriquear con sus amigas comentando la novela.

—Haces bien. Serías injusta. Piensa que tú misma podrías verte reflejada en uno de los personajes de *El derecho de nacer*. En María Elena, por ejemplo...

—¿Yo? ¿Seducida, embarazada y metida en un convento? Primero muerta.

Pero su hermano insistía en hacerle ver las coincidencias entre los Díaz Toledo y la familia que había inspirado a Caignet. Decía que los retrataba. No había más que fijarse: tenían a la nana Rosa, una criada mulata igual que mamá Dolores; a su madre, doña Carmen, la clásica esposa florero idéntica a doña Clemencia, y qué decir de su señor padre, poderoso, arrogante, vengativo, implacable hasta la muerte. ¿Acaso no era calcado a don Rafael del Junco? Si alguno de sus dos hijos cediera a la tentación de enamorarse de la persona equivocada, si sólo por poner el caso, la princesa heredera se fijara en un mulato blanconazo de ojos verdes como Albertico Limonta, ya podía ir olfateando en el aire el olor a sangre y pólvora. Y en cuanto a su primogénito, su único hijo varón, nada más y nada menos que el zarévich del imperio, supongamos que de buenas a primeras se apeara de la mata diciendo que le gustaba una... fulana. ¿Dudaría acaso su padre en hacerlo desaparecer? Pues no, preferiría verlo muerto. Claro está que eran sólo suposiciones: ni él se fijaría en una fulana ni ella se dejaría seducir por un Albertico Limonta. Ellos eran el delfín y la delfina, y como tal habrían de comportarse. Ella terminaría la universidad, y apenas estrenar la toga y el birrete, ya tendrían decidido con quién iban a casarla. Se iría de luna de miel a Venecia, pasearía en góndola como cualquier otra chica de su clase y tendría un chalet con jardines, piscina y un montón de mocosos saltando y chillando a su alrededor, que además de estropearle el jardín y su figura de sílfide, troncharían su carrera de abogada. Él se recibiría de médico, correría mucho mundo, haría un safari por el África, tendría una hacienda en el campo con muchos perros de caza, una cuadra de caballos purasangre y un Jaguar descapotable, rojo tomate, último modelo y... ¡finalmente!, ¡qué remedio!, acabaría matrimoniado, envejecería de aburrimiento al lado de ese animal de compañía que le escogería su padre para que fuese su mujer y la madre de sus hijos, y por no desvirtuar la vieja creencia de que los médicos más sabios eran los que tenían menos pelos en la cabeza, si no se quedaba calvo, se haría pelar a rape con tal de que sus pacientes lo creyeran toda una lumbrera.

—Ahora ódiame si quieres, pero por muy odioso que te parezca, tenlo presente: tanto tú como yo sangramos por la misma herida. ¿Qué te pasa? Tienes una cara...

—Pasa que estoy hasta ahí mismo... de que todos me traten como una estúpida. Puedo entender que mamá y papá me tengan como un osito de peluche, que crean que sólo tengo pajaritos silbando en la cabeza, que soy una señoritinga más de su comparsa que aspira a llevar una vida de party en party, abanicándose las entrepiernas. Pero tú, Abelito, ¿tú? No, es imposible que estés hablándome en serio.

—Anda, Evita, no te mandes. Acabo de decirte que son sólo suposiciones... —dijo tomándole las manitas y juntándolas dentro de las de él mientras le depositaba un beso en la punta de los dedos.

—Déjate de darme coba. No vas a conseguir engatusarme. ¿Crees que voy a tragarme eso de las suposiciones...?

—¡Ayayay, mira la mosquita muerta! Conmigo no disimules. ¿Crees que no me he dado cuenta de lo que te traes con el mulatón de la tienda? En cuanto sientes el timbre de la puerta, corres despatarrada por las escaleras, vociferándole a la criada: «Deja, Lily, ya voy yo», para abrirle tú personalmente al mulatón. ¿Cuándo se ha visto que la niña de la casa haga oficio de portera?

—Pero... ¿qué dices? Lo único que sé de él es... que se llama Miguel y conduce la camioneta de la tienda.

—Pues, mira, estoy mejor informado que tú. Sé que tu mulatón ojiverde es hijo del contable de los almacenes de la manzana de Bellpuig, un catalán ojiazul llamado Joaquín Alegret, y de doña Lola, una mulata ojiamarilla, que tiene fama de hacer preciosidades con sus manos. Por cierto, ahora caigo, ¿te acuerdas de los colores primarios?: azul y amarillo dan verde. ¡Eso! «Aquellos ojos verdes, serenos como un lago en cuyas quietas aguas un día me miré»... Dime, ¿sigo, Evita de mi alma?

—Cállate, por Dios. ¿Me crees loca de remate?

—El amor es como la suerte: loca, y a cualquiera va y le toca. La verdad es que el tal Miguel es un machazo de esos que paran en seco el tráfico. Todo hay que reconocerlo, ¿eh?

—Que te calles, Abel. Deja ya el choteíto. No tiene ninguna gracia.

—Es que todavía he averiguado más cosas... ¿Te las digo? Allá van: sé que mi querida hermanita se las agenció para que su mulatón trajera a casa los tabacos de papá, pero no le bastó con eso y convenció a mamá de que la lencería de doña Lola está en boga entre las señoronas de alto copete. «Pregúntale a tus amigas, mamá», te oí decirle. «Tiene el crédito de ser hechas a mano. Son de lo más fino que hay en toda La Habana.»

—Sí, se lo dije, ¿y qué? A ver, ¿qué tiene de raro? A mamá la enloquece la alta costura y esa señora, Lola... la madre de... ese muchacho, bueno tú mismo lo acabas de decir: cose maravillas. ¿Qué me reprochas?

Eva se puso en pie y comenzó a dar vueltas por la terraza. Estaba molesta y se sentía lastimada en su intimidad. Entonces dispuesta a herir a su vez, del todo envalentonada, entró a matar.

—¿No serás tú el que tiene algo que ocultar? Te conozco. Tú no me engañas. El sarcasmo es tu escudo contra el mundo.

—¿Y qué supones tú que escondo tras ese escudo, Evita?

—No sé… Pero yo también me fijo, ¿sabes? Muchos secreteos por teléfono, mucho dormir fuera de casa estudiando con un amigo. ¿No será que el amigo no es amigo sino… amiga?

Entonces Abel, tras balbucear algo que Eva no alcanzó a entender, dejó escapar un sollozo y tras el sollozo un gemido hasta que arrancó a llorar gimiendo como un animal herido tocado en el corazón.

Eva, entre el desconcierto y la intriga, no atinó más que a estrujarlo contra su pecho para intentar consolarlo igual que si fuera un niño.

—Vamos, Abe, no me asustes. Me tienes en ascuas. ¿Te das cuenta? Desde que éramos críos no te veía yo llorar y menos de esta manera. Me olía que ocultabas algo, que andabas liado con alguien. Pero no suponía que fuera nada tan serio. Pero ¿qué es lo que te ha entrado? Muy gordo tiene que ser lo que hay detrás… Dime, ¿la quieres y no te quiere? No… Espera. ¿Qué estoy diciendo? No, nada de eso: te quiere y tú la quieres, pero le tienes pánico a papá. Sí, es eso. A ver, déjame adivinar. ¿Se trata de una mujer casada? ¿Alguien de nuestro círculo? ¿La conozco? Caray, Abe, para de llorar y dile de una vez a tu hermana quién es ella. No voy a reprocharte nada. ¿Cómo podría? ¿No dices que tú y yo sangramos por la misma herida?

—Qué más da su nombre, Evita —dijo Abel, arreciando los sollozos—. Es algo que no puede ser. Algo imposible. Si papá descubre lo que hay, me mata.

Lloró con él. Se fundieron en el mismo abrazo e intercambiaron al unísono los mismos gimoteos hasta que cayó la noche y la nana Rosa se apareció en la terraza a prender las luces y los sorprendió a los dos a oscuras en medio del llantén.

—¿Qué le pasa a mis niños? —preguntó la vieja mulata—. Ya sé, salieron mal en lo examen. Po, ná, yo punto en boca y nananina, ¿quién se va a enterá? ¡Ay, ojalá toas las tragedias de la via fueran como eso! —dijo, dejándolos de nuevo a solas y regresando al salón para correr los visillos.

La nana hizo que a los dos les asomara la sonrisa entre las

lágrimas. Pero fue Abel el primero en recobrarse tratando de animar a su hermana.

—¿Sabes?, se me ocurre que la nana tiene razón. Papá no tiene que saber nada. Tú te casas sin chistar con el verraco rico que te escojan y yo con el animal de compañía, y nos mudamos los cuatro a un chalet y nos llevamos a tu mulatón blanconazo ojiverde de chofer para que maneje mi Jaguar rojo tomate. El verraco no se dará por enterado, y todo quedará en familia.

Pero de repente se le esfumó la sonrisa y, apretando a su hermana contra su pecho, preguntó:

—Evita, ¿qué te pasa? Estás temblando.

—Ya te he dicho que no me trates como al osito Teddy, Abel. Si papá se oliera algo... ¡Me mataría!

—Cierto. De sólo pensarlo, me cago —dijo Abel, echándose a temblar también.

Cinco semanas después, mientras Miguel le entregaba a una de las sirvientas, en la entrada de la casa de los Díaz Toledo, los tabacos del caballero don Isidro junto con el muestrario que la señora doña Carmen había encargado expresamente a la tienda, Eva, todavía en pantuflas y pijama, con la trenza a medio hacer y los ojazos de gacela despabilados por la llegada inusitada de Miguel, lo observaba asomada en lo alto de la escalera del salón, mordisqueando tentadoramente una manzana. Ambos quedaron atónitos cuando vieron salir a don Isidro de su despacho manoteando y dando voces a Rosendo, su chofer.

—Además de borrachín, eres ladrón. Ya sospechaba que eras tú quien me robaba el coñac. Te apestaba el aliento. Al fin caíste en la trampa. Anoche dejé una botella abierta sin probarla y hoy amanece ya por la mitad. No te atrevas a negarlo. Cállate, no me repliques. Lárgate. ¡Fueraaaaaa! No quiero volver a verte en esta casa.

Todo el servicio escuchaba tras las puertas en espera de lo que iba a suceder.

Don Isidro bufaba por la nariz, por la boca, echaba humo por los ojos y tenía las orejas encendidas como candeladas. Rosendo, el chofer, sin decir esta boca es mía, salió de la casa como un bólido y le pasó por el lado a Miguel como alma que lleva el diablo. Miguel, sin atreverse a mirar a don Isidro de frente, lo miraba de soslayo. Era un hombre de cabellos grises, alto, delgado, de buen porte y buena planta que había sobrepasado la cuarentena. Llevaba una bata de seda de rayas, y debajo lucía cuello y corbata rigurosa. A punto ya de volverse a su despacho dando por terminado el incidente, clavó la vista en Miguel que seguía en el umbral de la casa, tieso como una estaca.

—Oye tú, muchacho. ¿Qué edad tienes?

—Veinte, señor.

—¿Bebes?

—Ni gota, señor.

—¿Te gustaría trabajar para mí?

—Pues... sí... por supuesto, señor. Puedo traerle referencias mías del dueño de...

—No hace falta. Ya me encargaré yo mismo de pedirlas.

—¿Y... cuándo le vendría bien al señor que empezara a...?

—¿Cómo que cuándo? ¡Ya mismo! ¿No acabas de verme despedir a mi chofer?

—De acuerdo, señor. Como usted mande. Sólo le pido que me permita informarlo en los Almacenes Bellpuig.

—Pues para luego es tarde.

Abel, que se había despertado con el vocerío de su padre y había salido de su cuarto a medio vestir para no perder detalle de la escena, apoyado en la barandilla de la escalera junto a su hermana, pegó un codazo a la joven y con un guiño de malicia le dijo:

—Y ahora viene la parte en que entra la banda sonora de *El derecho de nacer* y a Luis López Puente, el narrador, le toca decir: «A partir de la entrada de Miguel como chofer de los Díaz Toledo, la bellísima señorita Eva empezaría a andar a ciegas sobre un terreno minado, mientras su hermano la observa con el culo puesto sobre un polvorín. No se pierdan lo que sucederá en los próximos capítulos...».

—No sigas con eso, Abel. No tiene gracia. Esto no es un melodrama.

—Es que la vida tiene mucho de eso que tú llamas melodrama. La vida puede ser alegre, triste, ridícula, grosera, insufrible, desgarradora, pero *c'est la vie*, hermanita. Aunque se desaten las fuerzas del peligro todas juntas a la vez, hay que arriesgarse a vivirla.

Oh, Jerry, don't let's ask for the moon.
We have the stars.

La extraña pasajera

Finalmente, estaba dentro. Sí, señor. Miguel Alegret Domín-
guez, el mismo que viste y calza, a punto de rozar la luna con
la punta de los dedos, se decía henchido de dicha sin imaginar
siquiera que aún habrían de pasar seis interminables meses
para que llegara el día de aquella primera cita del Payret.

En los seis meses previos al encuentro, tanto Eva como
Miguel mantuvieron las distancias. Eva, porque se tomó muy a
pecho lo del campo minado que le había previsto su hermano,
y Miguel, porque sabía, a su pesar, que a su padre no le faltaban argumentos cuando apeló a su cordura advirtiéndole que
no apuntara a la luna porque era inalcanzable. Tampoco le
faltaban a su madre desde que, al fin, intuyó lo que estaba sucediendo. Pero si bien a Joaquín le bastaban dos palabras para
decir lo que tenía que decir, Lola no paraba mientes en cantarle las cuarenta: «Cuidadito con rozarle ni una uña a esa nenita
de papá», le advirtió. Por más que se le cayera la baba por ese
bomboncito blanco y por más blanco que él mismo se creyera,
el ensortijado del pelo y esa bembita tan chula lo delataban, y
por si no bastara con la pinta delatora, tener a una mulata por
madre, a una abuela negra como el carbón y a un bisabuelo
negro de nación que vino a Cuba para servir como esclavo, se
refugió en el monte con los negros cimarrones y conquistó su
libertad con el filo del machete peleando con los mambises
en la guerra contra España, sería más que suficiente para que el

senador Díaz Toledo, nada más olerse que su niña y su chofer andaban como aquel que dice jugando a las candelitas, mandara a que le dieran una tunda de esas que te dejan la cara como el culo de un mandril. Si ella no fuese su madre sino una mujer cualquiera, le diría que estaba para chuparse los dedos y comerse hasta la raspita. Era el mulatón más bonito y con más ángel que había parido madre en Cuba entera. Las mujeres se le sobraban. ¿Sobrársele? Se le brindaban en bandeja. Vaya, ¿qué más podía pedir su corazoncito de melón? Lo demás era soñar imposibles. Y por si aún fuera poco le recordó que, gracias a su empleo en casa del senador, su hermano Javier estaba haciendo carrera en la universidad. Si lo perdía, sanseacabó. Adiós estudios. Eso, y la promesa que le había hecho a su padre de darle esa ayudita con Javier para que con lo que ya tenían ahorrado, quedarse como propietario de la tienda, cuando ese camina con los codos del dueño se fuera al fin para España y decidiera ponerla en venta. Para quedársela otro quién mejor que su Joaquín, que llevaba un montón de años quemándose las pestañas con un foco encendido encima de la cabeza, llevándole las cuentas puñeteras a ese tacañón de mierda.

Fue por tanto un tiempo de miradas y silencios cómplices, de ojos y manos que hablaban sin palabras, de inquietudes y deseos ardiendo en los labios de Eva y en las miradas llameantes de Miguel. Hasta que fue definitivamente el destino quien vino en auxilio de ambos convertido en el aliado más insospechado y desconcertante del que tuvieran recuerdo. Durante ese medio año en casa de los Díaz Toledo se celebró con bombos y platillos la graduación de High School de su hija Eva y su próxima entrada en la universidad para iniciar su carrera de Derecho, se puso punto final a *El derecho de nacer*, con un llantén de nunca acabar entre doña Carmen y su círculo más íntimo cuando al fin en el último capítulo don Rafael del Junco se dignó a hablar, como Dios manda, revelando el secreto que ya La Habana entera sospechaba, o al menos veía venir desde el capítulo primero, y por último doña Carmen, que era adicta a las celebraciones y se agarraba del más mínimo pretexto para tirar la casa por la ventana, prometió solemnemente que haría correr Dom Pérignon a raudales y chocar copas de Baccarat Saint Louis, que dicho sea de paso la doña sólo accedía a lucir cuando repicaban gordas, si don Isidro lograba sobrevivir al cambio de gobierno cuando el doctor Ramón Grau San Martín terminara su mandato. Porque había que ver qué cuatro añitos llevaba sorteando las zancadillas solapadas con que sus adversarios políticos intentaban desbancarlo de su cargo o como mínimo restringir sus influencias en palacio. Pero más importante aún que sobrevivir al cambio de gobierno que estaba por definirse en las urnas en apenas unos días, doña Carmen agradecía a la Caridad del Cobre, dedicándole sin falta cada noche una oración y una velita encendida por haberle permitido a su marido salir ileso de aquel enfrentamiento entre bandas gansteriles que tuvo lugar en el hotel Nacional y que convirtió a Miguel, de la noche a la mañana, en el héroe cojonudo que le había salvado la vida a don Isidro.

Los hechos ocurrieron de manera fortuita. Don Isidro había dicho a su mujer que tenía una reunión con un grupo de empresarios americanos en el hotel Nacional que lo tendría ocupado durante el fin de semana. Lo cierto era que lo de los gringos no pasaba de ser más que un pretexto del senador para encontrarse en el hotel con una de sus amantes de turno. Miguel sospechaba que don Isidro se traía algo entre manos porque no sólo lo vio entrar sigiloso al lobby del hotel, mirando a diestra y siniestra, sino que le anotó el número de la habitación donde iba a pasar la noche pidiéndole que fuera él y no el botones quien le subiera la maleta. Eso le salvó la vida al senador. Miguel puso a prueba su buen ojo esa tarde. Confiando en aquel instinto nato que según Macorina II le venía de su padre y de su abuelo, estando junto a don Isidro en espera del ascensor, se fijó en una pareja de hombres que despertaron su curiosidad. Uno de ellos debía de tener un brazo enyesado porque, además de ocultarlo bajo el traje, se cubría los hombros con una gabardina alzándose el cuello cada dos por tres como hacía Humphrey Bogart en las películas de gánsteres y tanto el del brazo enyesado como su compañero usaban sombreros de pana estilo fedora, como si en vez de en La Habana estuvieran en Chicago o Nueva York. Observó que estaban fumando y con toda intención les pidió fuego para encender su cigarrillo. Cuando le fue a dar las gracias al que le prestó el mechero, notó que no sólo rehuyó mirarle sino que escabulló su rostro bajo el ala del sombrero. De inmediato le vino a la mente el consejo sabio de Joaquín: «Nunca te fíes de nadie que no te mire a los ojos o rehúya tu mirada». Fue suficiente para que supiera que se imponía actuar a la velocidad de un relámpago. Apenas abrirse el ascensor, Miguel gritó «¡al suelo!» y se lanzó sobre el señor don Isidro cubriéndolo con su cuerpo. La ráfaga de una ametralladora zigzagueó sobre sus cabezas y no hubo más. El hombre que salía del ascensor se desplomó sobre las espaldas de Miguel como un fardo ensangrentado, con más agujeros en el cuerpo que huecos tiene un colador. Mientras, la pareja de los sombreros fedora se daban a la fuga en un Chevrolet negro que los esperaba a la entrada misma del hotel dejando tras de sí una confusión espeluznante transida por alaridos de pánico y pies a la desbandada.

El muerto era un destacado pistolero de la UIR y según los titulares de los diarios se trataba de un ajuste de cuentas entre dos bandas gansteriles enemigas: la MSR y la UIR, que se sabían respaldadas por el propio presidente del gobierno el doctor Ramón Grau San Martín, quien sin haber agotado aún los cuatro años de mandato de aquel cacareado gobierno de la cubanidad, que prometió a su pueblo (entre otras muchas cosas) acabar con las pandillas y la violencia en las calles, tenía ya en su haber la triste suma de cuarenta y ocho atentados.

En casa de don Isidro, el heroísmo del chofer que había salvado la vida al senador Díaz Toledo, del que se hicieron eco los diarios, se redujo a unos meros comentarios. Los de doña Carmen como de costumbre en plan melodramático.

—¡Dios nos ampare! En este país se vive de milagro. De no ser porque Miguel es un hombronazo de seis pies, musculoso y fuertote como un toro, Isidro no estaría haciendo el cuento. Eres un héroe de novela, Miguel. ¿Sabes...? Cada día te me pareces más a Albertico Limonta. Y por cierto... ¿dónde se metieron los gringos durante la balacera? La prensa no dice ni pío.

—Habría que buscarlos en los prostíbulos del puerto —intervino Abel— o por los meaderos del Parque Central, o tal vez repitiendo la gracia de encaramarse sobre los hombros de la estatua de José Martí para meársele encima. Pero borrachos ponle el cuño que estarían y claro que la mejor manera de sacudirse una curda es eliminando el alcohol por la vejiga.

—Abelito, hijo. ¡Alabado sea el Señor! ¡Qué modales y palabrotas! Además de socarrón, te pasas de grosero. Los gringos no eran marines sino empresarios. ¿No fue eso lo que me dijiste, Isidro?

—Lo que importa no es averiguar qué pasó con los americanos, mamá, sino mostrar nuestro agradecimiento a Miguel por salvar la vida de papá —dijo Abel, y volviéndose a su hermana que escuchaba la conversación con el susto en la boca, hecha un ovillo sobre el butacón de mimbre en la terraza, preguntó—: ¿Qué opinas tú, Evita?, ¿no dices una palabra? ¿Tengo o no tengo razón?

Por un instante las miradas de Eva y Miguel se cruzaron con una complicidad tan vívida que de no haber sabido Abel lo que sabía habría captado de inmediato el mensaje. «Caray —pensó para sí mismo—, estos dos me ponen la piel de gallina.»

—Yo, Miguel, le doy las gracias de todo corazón, por haber tenido el valor de exponer su vida por salvar la de mi padre —dijo ella dejando escuchar el acento velado de aquella vocecita cálida que tenía el poder de ponerle a Miguel los testículos como dos bolas de acero guindando de su garganta.

—Las gracias están de más, señorita, era mi deber —respondió él con aquel tono de voz arrasadora que se le ponía a Eva de punta en el centro mismo del pecho, erizando sus pezones y alacraneándole el sexo.

En lo que se refiere a don Isidro, el agradecimiento se limitó a doblarle el sueldo a su empleado, que Miguel tras mucho dale que vira terminó por aceptar, pensando en la carrera de Javier, en la tienda que querían comprar sus padres y más que todo en esa luna inalcanzable que él soñaba alcanzar fuera como fuera.

Sin embargo, no fue la gratitud sino la certeza de que podía confiar en Miguel lo que hizo a don Isidro ir más lejos cuando a la mañana siguiente al episodio del hotel, mientras Miguel conducía el auto para llevar al senador al Palacio Presidencial, encomendó a su discreción dos cuestiones de extrema relevancia para él.

—Lo primero es alertarte de que deberás evitar el menor gesto de asombro si ves entrar a mi casa a la señora que... estaba conmigo en el hotel. Hablándote de hombre a hombre, ella... es la esposa de don Ramiro de la Nuez, un amigo de mi infancia, famoso en toda Cuba por ser, al igual que yo, uno de los monarcas del imperio azucarero, por estar casado con una hembra de esas que quitan el resuello, pero que le pone más cuernos que a un alce irlandés y porque el Bobby, su único hijo varón, además de salirle maricón, alardea de sus plumas y las exhibe como si fuera un pavorreal. Pero sobra decir que tanto el Bobby con su defecto de fábrica, la pega cuernos de su señora madre y el cornudo de don Ramiro son recibidos como familia en mi casa y mis hijos crecieron con su hijo.

—Entiendo, señor. No se preocupe. Seré una tumba.

—La segunda cuestión es la más importante de todas para mí. Se trata de mi hija Eva...

Miguel, sobresaltado de súbito, frenó en seco haciendo corcovear el auto. Tenía el corazón en la boca cuando volvió los ojos a don Isidro disculpándose por la brusquedad del frenazo y preguntando:

—¿Es que le pasa algo grave a la señorita...?

—Eso es lo que trato de evitar si tú estás dispuesto a ayudarme.

—Perdone, señor, pero ahora sí que no entiendo nada.

Entonces don Isidro empezó a discursear como si estuviera a solas, imbuido en un monólogo íntimo y no sentado en su Cadillac cola de pato, al lado de su chofer, camino de palacio. «Los inocentes terminarán pagando por los culpables. Los hijos, los nuestros, serán los que pondrán los muertos», dijo, dejando escapar un suspiro y afirmando que se le había caído la lengua y agotado la saliva advirtiéndole al presidente Grau que su plan de reprimir la violencia imitando el de los griegos, que agruparon el bandolerismo a sus paramilitares buscando apaciguar sus acciones ilegítimas con una apariencia de legitimidad, en Cuba no sólo no daría resultado sino que traería como consecuencia que los pistoleros cobraran todavía más alas al ocupar puestos gubernamentales y se repartieran cargos en la jefatura de la propia Policía Nacional, que era como decir: «Arriba, muchachones, rastrillen armas que aquí está Grau San Martín para brindarles impunidad». Los resultados saltaban a la vista. Las pandillas gansteriles se atacaban a tiros a pleno sol y asesinaban a sangre fría en plena calle. El espectáculo más sangriento y más macabro fue la masacre de Orfila, cuando la policía compinchada con ese bandido al que llamaban El Colorado, que era a su vez compinche y pareja gansteril del célebre Policarpo Soler, desplegó más de doscientos hombres para capturar a uno sólo de la banda enemiga a la que Policarpo y su gente pretendía ajustar cuentas.

Según entendió Miguel, «esa panda de canallas», como los llamó don Isidro, quería picarlo en trocitos. Hacía cuestión de un mes usando sus influencias en el Senado había conseguido desbancar de su puesto de ministro a un hombre que robaba a manos llenas del tesoro público en las mismas narices de Grau, valiéndose del beneplácito de Paulina Alsina, cuñada del presidente y primera dama de palacio. De buena tinta sabía que ese bandido del ministro, al que prefería no nombrar, era uña y carne de Policarpo y su banda. Temía que su cabeza tuviera ya puesto precio entre los gánsteres, y más que por su cabeza temía por la vida de su hija. Abelito no le preocupaba tanto como Evita. A simple vista parecía un socarrón, pero era un muchacho asentado y serio para su edad, vivía para estudiar y hacerse médico, lejos del ambiente estudiantil de la colina del Alma Máter. Pero la niña era otra cosa. Era como una criatura acabada de salir del zurrón. Hasta ayer como quien dice había sido una colegiala que aún ni se había cortado las trenzas, arropada por sus maestros en el colegio, llevada y traída en un bus del Saint George's, asistida y cuidada con esmero. Ahora, apenas pisar la escalinata de la colina del Alma Máter para iniciar su carrera de abogacía, ya se le subían los humos imponiendo leyes propias. Había que oírla: hablando de mocharse el pelo, de que quería un auto descapotable como regalo de cumpleaños para sacarse la cartera y tener independencia en los predios universitarios. Nada más y nada menos que en los predios de colina, guarida de los gatillos alegres y pandilleros. Nada más y nada menos que el cubil de víboras, donde se incubó la MSR y la UIR, donde estudiaba Derecho también el tal Fidel Castro, que ya empezaba a entrar en la moda de aparecer en los diarios, pretendiendo buscar protagonismo político como dirigente de la Federación Estudiantil Universitaria, estando embarrado hasta el cuello con sus camaradas pandilleros de la UIR. Porque su verdadero protagonismo hasta hoy no había sido como dirigente estudiantil, sino como un trigger happy, implicado en varios atentados donde sus propios compañeros lo señalaban como autor con nombre y apellido y que, según las malas lenguas, su padre, un connotado latifundista gallego, había conseguido silenciar a fuerza de soltar dinero.

No era la primera vez que Miguel escuchaba el nombre de Policarpo Soler asociado a algún suceso sangriento, y tampoco la primera vez que oía nombrar a Fidel Castro. Tanto el uno como el otro sabían cómo acaparar titulares, aunque era de reconocer que al menos por entonces era Policarpo quien le sacaba ventaja. Lo que todavía no podía vislumbrar el buen ojo de Miguel era que tanto Policarpo Soler como Fidel Castro jugarían en su destino un papel que habría de marcar su vida irremediablemente con un antes y un después. Pero a esas alturas del coloquio o más bien del monólogo de don Isidro, Miguel no tenía en su cabeza más que a Eva y su tierna figurita de Bambi. Nunca supo cómo logró mantener el control y conducir el auto del senador hasta el Palacio Presidencial sin mayores contratiempos que aquel frenazo inicial que lo tomó desprevenido y tampoco lograría explicarse de qué manera deshizo el nudo que le apretaba la nuez en la garganta consiguiendo sacar la voz y acertar a responder la pregunta de don Isidro.

—¿Entiendes ahora, Miguel?

—Sí, señor. Entiendo.

—¿Serás capaz de proteger a mi hija como me has protegido a mí?

—Le doy mi palabra, señor.

—Te pagaré lo que me pidas.

—No, señor. No aceptaré ni un centavo por esto. Sólo quería saber si... es decir, la señorita va a aceptar que yo la lleve y la traiga a la universidad.

—Te encargarás también de convencerla. Es rebencuda, te lo advierto. Pero ha hecho buenas migas con tu hermano; sé que estudia también Derecho y es su compañero de aula. Tal vez te sirva de aliado y te ayude a persuadirla. Como ves sé muchas cosas de ti: buenas, naturalmente. Sé que eres un buen hijo, que te desvives por tu hermano y tus padres y que tu familia, aunque de origen humilde y sangre mezclada, es gente trabajadora y decente. Tengo referencias de la honradez de tu padre. Sé que es catalán. Mi abuelo materno también lo era. Conozco a los catalanes, los he visto trabajar como mulos por las calles de La Habana cargando sobre el lomo rollos de telas tan pesados como un hombre, que conseguían vender tocando de puerta en puerta, sudando la gota gorda bajo un sol de penitencia. Tienen fama de caminar con los codos, pero también de ser personas fiables que cuando empeñan su palabra les va en ello el honor. Lo sé todo, Miguel; todo. Soy capaz de averiguar hasta dónde el jején puso el huevo.

Para la familia Alegret, la hazaña de Miguel más que un acto de heroísmo fue objeto de alarma y preocupación. Lola, desde que leyó en los diarios los sucesos del hotel Nacional y la participación que tuvo en ellos Miguel, no paró de llorar como una Magdalena y al igual que doña Carmen, acabó hincada de rodillas frente a la Virgen de la Caridad, dándole una y mil veces las gracias y prendiéndole un número incontable de velas por haber impedido que a su hijo lo cosieran a balazos como cosieron al muerto. En el caso de Joaquín, ocurrió lo que nunca había ocurrido. Los papeles se trocaron y fue esta vez él y no Lola quien le cantó las cuarenta a Miguel: los hijos nunca aquilataban los desvelos de sus padres hasta que les llegaba la hora de ser padres y desvelarse por sus hijos. Ni tan siquiera el mejor hijo del mundo, como era el propio Miguel, libraba a su padre y a su madre de sufrir quebraderos de cabeza. Desde que empezó a trabajar para el senador Díaz Toledo se había cansado de advertirle que le daba mala espina. El solo hecho de ser ministro de Grau, ya era para no fiarse. Así que, a estas alturas, el señor Isidro venía con lamentos politiqueros y lágrimas de cocodrilo. Que lo comprara quien no lo conociera. Si se metió en el gobierno fue para entrar en la repartición del pastel y si ahora se ponía quejica era porque vino otro más bandido, más sinvergüenza y cabronazo que él y le arrebató del pico la mayor de las tajadas. «En la política no se cumple aquello de que el que parte y reparte se lleva la mejor parte. La mejor parte se la disputan todos a la vez y mientras tanto Cubita: bien, gracias, al pairo y sin timonel. ¿Quién va a remediar un daño que ya está hecho? Que no nos vengan con cuentos chinos creyéndose que somos tontos de capirote. ¿Acaso los gánsteres han llovido del cielo? Salieron de la revolución del 30 que se oponía a la dictadura de Machado. Luego el dictador se largó, y los muchachos vieron sus ideales frustrados, y como ninguno de los gobiernos que siguieron tuvo lo que hay que tener para pararles los pies pues los chicos cogieron alas. De revolucionarios pasaron a pandilleros. O sea, viraron la tortilla que es lo que tradicionalmente ocurre en esta islita que a veces parece dejada de la mano de Dios. En el 44, el pueblo dio su voto de confianza a un eminente fisiólogo, el doctor Ramón Grau San Martín, que prometía poner fin a las diez bandas gansteriles que ya existían a su llegada.» Hizo una seña obscena mostrando el dedo del corazón y continuó diciendo: de aquellos polvos vinieron estos lodos. De sólo pensar que un hijo suyo y de una madraza como Lola pudiera verse embarrado, tan siquiera salpicado en ese lodazal, se le encogía el corazón. Había dejado España con Primo de Rivera prohibiéndoles a los catalanes hablar en su propia lengua y apenas empezaba a abrirse camino en Cuba, apareció Gerardo Machado y tomó las riendas de la joven república a paso de conga. Aquellos ilusos que, como él, no le habían cogido todavía el ritmo al folclor criollo tenían fe en que si el pueblo arrollaba por las calles coreando *La Chambelona*, la rumbita simbólica del Partido Liberal, y fueron los liberales los que finalmente ganaron las elecciones, pues todo iría de puta madre porque un pueblo buena gente, como el cubano, henchido de orgullo por sus héroes y sus gestas mambisas, que se preciaba de su bravura y el coraje de aquellas legendarias cargas al degüello que ponían a temblar al invasor y hacían cagarse de miedo al enemigo, no podía dormir en paz con su conciencia sin estar del bando de los buenos y elegiría a sus gobernantes con catadura política y moral.

Pero Lola, criolla de pura cepa, mitad negra y mitad blanca, y con una sapiencia congénita que vaya a saber usted de qué raza o qué color le venía, lo sacudió de la mata y lo puso pies en tierra: a los cubanos no había quien les tomara la delantera en bocones y cojonudos, pero tampoco había quien les ganara en sandungueros, bambolleros y relajosos. Si de rumba se trataba, les daba igual un entierro que un homenaje. Y para ponerle cuerpo al tema con el ejemplo meneó las caderas y los hombros tarareando un estribillo: «Caballero a eso le zumba apenas sintió la conga el muerto se fue de rumba». Luego se encogió de hombros y dijo:

—Si somos rumberos de nacimiento, si todo lo tiramos a relajo, si somos tan bambolleros que cuando comemos huevo queremos eructar pollo, si nos tiramos el peo siempre más alto que el culo, ¿por qué íbamos a comportarnos diferentes tratándose de política? ¿Dime, qué presidente en Cuba no ha llegado al poder a paso de conga? Machado, con *La Chambelona* que llegó a convertir en el himno del Partido Liberal, y qué me dices de Grau, el presidente de la cubanidad que terminó pasándose la cubanidad por el forro de... salva sea la parte. ¿Y Prío, un doctor en leyes, el que se hizo llamar el presidente cordial? ¿No hizo también campaña guaracheando por las calles?: «Ahí viene la aplanadora con Prío delante y el pueblo detrás», el pueblo siempre a la cola, claro está. Yo me digo: ¿será que somos tan comemierdas que nunca nos enteramos que tenemos el palo metido dentro del culo o será que, aparentando ser listos, menamos el culo para hacernos pasar por comemierdas? Qué le vamos a hacer, Joaquín, esta islita sigue a flote porque su corazón es de corcho y su cuero de tambor. No es nuestra toda la culpa. Llevamos la mezcolanza en las venas. Ustedes los europeos trajeron del África a los negros para servirles de esclavos. Somos hijos y nietos de negros esclavos y de esclavistas negreros, de luchadores y buscavidas, de arribistas y aprovechados, de vividores y codiciosos llegados de todas partes en busca de su beneficio propio. Chinos, negros, blancos, judíos, qué sé yo. Somos gente camaleónica que muda la piel y cambia de color sin siquiera sonrojarse. Seguimos al bravucón de la película, lo convertimos en líder de la noche a la mañana, nos montamos en su carroza y armamos un carnaval, pero con la misma rapidez que nos montamos, nos apeamos para irnos de rumba tras un líder más bravucón que vocifere más alto y nos prometa más cosas. No nos pidas que la catadura moral, la disciplina y la constancia sean nuestro fuerte. De conciencia andamos cojos, pero olfato sí que nos sobra. Bueno, con algo nos premió Dios. Vivimos con la nariz en alerta buscando que el viento sople a favor según nuestra conveniencia.

Joaquín tenía que reconocer que estando Machado en su apogeo, tentado estuvo de pedirle a Lola que arreara con los críos y los bártulos para tirar de vuelta a España. Pero la Guerra Civil acabó frenándole los pies y por último, Franco, le puso la tapa al pomo. Era cosa del destino. En Cuba, un asno con garras con el garrote en la mano y en España, una bestia negra cargándose a los españoles y amordazando la lengua como siempre a los catalanes. ¡Joder, si era para cagarse y no ver la pila!

El destierro es uno de los mayores infortunios que le puede tocar en suerte al ser humano, pero si uno echa raíces de carne en tierra ajena, un día, cuando menos te lo esperas, dejas de hacerte la misma pregunta que te has venido haciendo año tras año, día tras día: ¿qué coño pinto yo aquí? Y acabas por aplatanarte, como dicen los guajiros. Entonces el día que menos te lo piensas empiezas a sentirte agradecido por la mano que en su momento se tendió para darte de comer, por la tierra que te acogió como hijo, por los hijos que engendraste en esa tierra, y ya el dolor deja de ser un estorbo porque sabes que no cabe otra razón que apechugar con los tuyos venga lo que venga.

A Joaquín se le rajó la voz y tuvo que recomponerse antes de añadir:

—Óyelo bien, Miguel, por más que el senador don Isidro te doble o triplique la paga, por más que por cuidarle la hija te ofrezca el oro y el moro, nada, ni el mayor tesoro del mundo, vale para unos padres más que la vida de un hijo. El instinto me dice que estás por meterte en la boca del lobo. Hasta ahora le has visto sólo las orejas pero... esa niña rica y consentida... es...

—No es un calentón, papá. Es mucho más que eso que usted piensa.

—Ya lo sé. Estás hasta las trancas por esa muchachita. Lo supe desde el día que te vi mirándola en la tienda. Me pareció verme a mí mismo en un espejo, el día que por primera vez me tropecé con los ojos amarillos de tu madre. Por eso es que temo por ti. Porque lo veo venir. Cuando se trata de gratitud los ricos son como los gatos, cierran los ojos para no ver ni deber favor a nadie. Nada bueno, te lo digo yo, Miguel, puede haber en esa casa para un hombre como tú. Guerra avisada no mata soldado. Ándate con cuatro ojos.

El 10 de octubre de 1948 Carlos Prío Socarrás tomó posesión de su cargo como nuevo presidente de la República de Cuba y la Caridad del Cobre, patrona de la tan amada como sufrida isla del Caribe, concedió a la devota doña Carmen el deseo de que su esposo don Isidro sobreviviera al esperado cambio de gobierno conservando no sólo su escaño en el Senado, sino que encima le ofrecieran una cartera de ministro. Así que la fiesta fue a todo copete, asistió la flor y nata de la jet set habanera y hasta el recién estrenado mandatario se presentó en la mansión de los Díaz Toledo, trayendo del brazo a su esposa Mary Tarrero, la primera dama del país, a quien el célebre compositor Osvaldo Farrés le compuso una canción titulada *Sensación* en homenaje a su espléndida belleza.

A la mañana siguiente mientras el servicio doméstico recogía los restos de la velada, la familia se reunía en el jardín donde nana Rosa les servía el desayuno mientras doña Carmen se afanaba en hojear los diarios, orgullosa de que su fiesta acaparara los cintillos de la crónica social.

Don Isidro, por su parte, sin prestar el más mínimo interés a los titulares que leía su mujer, buscaba captar la atención de sus hijos Abel y Eva, que apuraban su café con leche para irse con el Bobby al Havana Biltmore Yacht & Country Club a jugar su partida de tenis del domingo.

—A ver, niños, atiendan acá —dijo el Bobby con un par de palmaditas—. Presten atención. ¿No ven que papá Isidro quiere leerles algo? A ver, padrino, no le hagas caso a esos dos: aquí me tienes a mí. Soy todo oídos.

—Déjate de pajarerías en mi casa —dijo don Isidro medio en serio medio en broma, pegándole un manotazo al Bobby en la mano que dejaba revolotear al descuido por la mesa con la marcada intención de irritar a su padrino—. Pareces un mariposón con esa manito suelta como un reguilete. Si tu padre te dejara de mi cuenta iba a ver cómo te la iba a enderezar yo. De aquí salías tú más macho que un estibador de muelles.

—¡Ay, padrino, me derrito sólo de pensarlo! Me arrebatan los estibadores, con esos torsos desnudos bruñidos por el sol. ¡Madre del amor divino!

Eva, Abel y hasta doña Carmen rompieron a reír a carcajadas.

Pero a don Isidro no le hicieron pizca de gracia las ocurrencias del Bobby y a punto ya de enfurruñarse, dijo:

—Si no les interesa lo que les voy a leer, pues nada. No lo leo y se acabó.

—Que lo lea, que lo lea... —coreaba el Bobby dando palmadas, y los demás le siguieron la rima con las palmas coreando a la par que él.

—Bueno, déjense de payasadas. Se trata de un artículo que Jorge Mañach publica en el *Diario de la Marina* haciendo referencia al mensaje presidencial que Prío dedicó tanto al Senado como a la Vámara comprometiéndose a luchar contra el gansterismo. Se titula «Veremos». Tanto lo que dice el artículo como lo que sugiere el título, seguido por tres puntos suspensivos, hay que reconocer que se las trae. «Ya en Cuba no creemos mucho en palabras. Al gobierno de Prío se le ha abierto un ancho crédito. ¿No hemos hecho lo mismo con todos los gobiernos? La capacidad de ilusión del pueblo cubano es inagotable. Nuestro primer movimiento es siempre de confianza en el prójimo y solemos necesitar mucho descalabro para sentirnos defraudados. La experiencia, sin embargo, nos va enseñando, y después de todo lo que hemos visto en Cuba, ya uno no puede hacer mucho más que encenderle una vela al santo favorito y decirse por lo bajo con sobria expectación: Veremos.»

—¿De verdad somos así? ¿Tenemos los cubanos esa capacidad de ilusionarnos y confiar en lo primero que nos prometan los políticos?

—Ay, Evita, mi niña. ¿Dónde es que tú vives, corazón? Claro que somos así. Los cubanos somos la jarana en dos patas. Nos hemos pasado la vida riéndonos de nuestras propias desgracias. Mírame a mí, según mi padre soy un error de la máter natura y a los ojos de la sociedad, un pervertido. Pero aquí tienes al Bobby, sacándole lascas a la vida y tirándolo todo a relajo. Sigo al pie de la letra el consejo de Oscar Wilde: «Sé tú mismo, los demás puestos ya están ocupados». Bueno... ya saben: Wilde tenía también su problemita...

—No hables así —dijo Eva, comiéndoselo a besos—. Te queremos por ser tú. Por nadie en el mundo cambiaríamos a nuestro Bobby.

—Niña, no te pongas besuqueona. Mira que estoy buenísimo y me vas a gastar —dijo el Bobby, y volviéndose a Abel preguntó—: ¿Y a ti qué te pasa, niño mío? Estás más serio que un estate quieto.

—Estaba dándole vueltas al artículo de Mañach. Papá tiene razón. La verdad es que se las trae. Yo diría que Cuba está recogida en ese título. Este país es eso: un veremos con puntos suspensivos. ¿No tienen ustedes esa sensación de vivir en estado de suspense? ¿De estar esperando por que suceda algo que no se sabe siquiera si va o no a suceder?

—Bueno, los dejo filosofando. Voy a lo mío. Miguel me espera en el auto. Cuando regrese, va y me doy una vuelta para echar una partida de tenis con tu padre, Bobby. ¡Ah, espera,

Evita, antes de que se vayan, tengo algo para ti! —dijo don Isidro volviéndose y haciéndole una señal a Miguel, para que se bajara del auto y se acercara a la mesa.

—Oye, Evita —dijo el Bobby—. Ese Miguel, ¿es el chofer que salvó a mi padrino?

—Sí, el mismo.

—Pero, niña, ¡qué barbaridad! ¿De dónde sacaron ustedes a ese monstruo? Si no me lo presentas, no te hablo más.

Eva, sin poder contener la risa, dijo:

—Buenos días, Miguel. Te presento al Bobby, un amigo nuestro de la infancia.

El Bobby dobló su muñeca al desmayo y le extendió la mano a Miguel con toda delicadeza y Miguel tras dudar si tomarla o estrecharla, terminó por sacudirla de un apretón que hizo al Bobby exclamar:

—¡Ay, qué fuerza! Por favor, es para morirse.

—No le hagas caso, Miguel, es mi ahijado, el hijo de Ramiro de la Nuez, el amigo de la infancia que te hablé. ¿Recuerdas?

—Sí... señor. Por supuesto.

—Evita, quería decirte que le he pedido a Miguel que se encargue de traerte y llevarte en mi auto a la universidad, al menos por un tiempo, hasta que se vea el rumbo que toma la situación con el nuevo gobierno.

Eva, pálida como la cera, preguntó:

—¿Es una orden, papá?

—No, nena, sólo una medida de precaución. La cosa en la colina está revuelta y Prío viene dispuesto a apretar las tuercas.

—Si no se le van de rosca como a todos los políticos incluyéndote a ti, papá, que sigues todavía pensando que puedes apretar las mías y seguirme mangoneando igual que haces con mamá y has estado haciendo conmigo mientras estaba en el colegio.

Isidro se puso en pie de un tirón, tomó a Miguel por un brazo y dijo: «Sígueme», dando la espalda a los jóvenes y a doña Carmen, su mujer, sin agregar ni una palabra.

Fueron las ocurrencias del Bobby las que pusieron un toque de buen humor en el ambiente cargado de malestar que había demudado las caras de Eva, Abel y hasta la propia doña Carmen.

—Pero ven acá, Evita, corazón mío. La verdad es que Dios le da barba al que no tiene quijada. Tú quejándote porque un hombre como ese te sirva de guardaespaldas. Y yo habría dado la vida por estar en el lugar de mi padrino el día del atentado. Te juro que me hubiera hecho el muerto para que ese mulatón tuviera que cargarme en brazos.

Cumpliendo lo encomendado por el senador, Miguel se dispuso esa tarde a recoger a Eva en la colina del Alma Máter. Consciente de la responsabilidad de la encomienda, y de la confianza que don Isidro había depositado en él, los nervios le sobrepasaban sin acertar a pensar cómo actuar y qué hacer. Lo cierto era que no tenía ningún plan en mente cuando la vio descender la escalinata con su blusa azul de lunares y su falda acampanada, mientras la gruesa trenza azabachada se balanceaba a su espalda. Se bajó y le abrió la puerta trasera del Cadillac, para que ella montara, pero Eva dio la vuelta y entró por la puerta delantera para sentarse a su lado. Él se quedó petrificado, mirándola sin saber qué hacer.

—¿No vas a entrar, Miguel? Aún no puedo conducir. No he tenido tiempo de sacarme la cartera —dijo tratando de aparentar naturalidad mientras sentía que el corazón se le asomaba a la boca.

—Señorita, es que yo no sé... si estará bien...

—¡Ah! Así que ahora ya no me tuteas y me dices señorita. Si mal no recuerdo, no fue ese el trato que nos dimos aquel día de la tienda.

—Es diferente.

—¿Qué ha cambiado? ¿Se puede saber?

—Entonces yo no trabajaba para su padre.

—Claro. Ya entiendo. Pero trabajar para él, no es trabajar para mí. O es que... ¿te paga por esto?

—Estás muy equivocada. ¿Lo oyes? Te pido que no me provoques, Eva. Si esto va a ser así, ya de entrada vamos mal.

—¿Qué tal si me llevas al cine, Miguel? En el Payret, ponen una película de Bette Davis y Paul Henreid.

—De acuerdo, te dejo en el cine.

—¿Cómo que me dejas? Te estoy pidiendo que vayamos juntos. Es una cita. No sé bien cómo se hace. Nunca me he citado antes con un hombre.

Miguel, a punto de desfallecer, fue incapaz de oponer más resistencia.

—Me encanta lo de la cita —le dijo—. Necesito tener una conversación contigo... El Payret es un lugar oscuro y a esta hora del mediodía no debe de haber ni un alma.

Fue esa tarde cuando a él le dio aquel pronto de encender dos cigarros a la vez y ella, sin haber mediado un beso, una palabra de amor, ni otro roce que no fuese el de compartir cigarrillos, le hizo prometer así como así, de cuajo, que no volvería a repetir aquel gesto con ninguna otra mujer, dando muestras de un anclaje de carácter y unas cartas credenciales que nada tenían que ver con su carita de Bambi y su candor de colegiala inexperta. Coincidió que fue esa tarde también cuando tras el primer beso, Miguel, inflamado de pasión y sugestionado por las escenas de aquel amor imposible proyectado en la pantalla, se atrevió a estropearle a Bette Davis el hechizo de aquella frase que llegaría a ser antológica entre los clásicos del cine. «¡Oh, Jerry!, no pidamos la luna. Tenemos las estrellas.» Pero ¿cómo podía un amante contentarse sólo teniendo las estrellas? Él quería tener la luna o mejor: irse a la luna con Eva. Una luna azul como la de Nat King Cole, le decía recorriéndole la nuca y las laderas del cuello con la punta de la lengua, haciéndole cosquillas con su bigote y dándole mordiditas huérfanas en el lóbulo de sus orejitas de Bambi, mientras le musitaba al oído: «*Bluemoon, you saw me standing alone. Without a dream in my heart. Without a love in my own»*. Que se había aprendido sólo por ella, pensando en agradarle a ella, para dejarle demostrado que a pesar de no saber ni papa de inglés, su afición de melómano no se limitaba a los boleros victroleros, porque su verdadera pasión era la música negra americana. El jazz, el blues, el swing, en las voces de Billie Holiday, Lena Horne, Louis Armstrong, Ella Fitzgerald, donde vibraba el lamento de su raza repudiada por la crueldad de los blancos, le decía, sin parar de hablar ni salpicarla de besitos cosquillosos por aquí y por allá que intercalaba con estrofas de *Strange Fruit* y *Stormy Weather*, dejando que su lengua se extraviara en la caracola de su oreja. Eva, vencida en su resistencia que, sobra decir, no era mucha, sin pensar ya lo que hacía, abandonó su butaca y se sentó encima de Miguel besándose hasta quedar sin resuello enroscados en un nudo de brazos y piernas.

A la salida del cine, llovía a cántaros, pero ni la lluvia ni el viento aciclonado que les hacía resistencia mientras corrían en busca del auto logró siquiera aplacar el calenturón que traían en el cuerpo. No necesitaron más. Una mirada bastó para saber que estaban pidiendo a gritos que sucediera lo que los dos ya sabían que iba a suceder. Así que lo que vino a continuación fue entrar al Cadillac color burdeos de don Isidro con las ropas ensopadas y comenzar a darse revolcones en el asiento trasero. Eva, zafando con desespero los botones del uniforme de Miguel y desprendiéndole el cinto del pantalón a tirones, y él, desesperado también, arrancándole la blusa y el sujetador hasta quedar ensimismado lamiéndole los pezones. Sin dejar de peregrinar con su lengua cada rincón del cuerpo de ella, terminó por arrancarle los blúmeres. Eva se desgajó entre sus brazos abriéndose de piernas para que él la poseyera, pero Miguel se dedicó a explorarle la abertura de su sexo culebreándola con la lengua hasta descubrir el botoncito rosa que registró sin piedad mientras la sentía estallar en gemidos sumida en la indefensión del placer. Entonces él la poseyó sin prisas entre caricias y palabras de ternura. Besándole mimosamente los párpados que ella mantenía apretados para contener las lágrimas de su primera vez. Miguel, consciente de lo que significaban esas lágrimas, la acurrucó contra su pecho, sintonizó en la radio un programa con música de Glenn Miller y se puso dos cigarros en los labios prendiéndolos a la vez. Ella, en un rapto de pudor, envolvió su desnudez en la camisa de Miguel y se incorporó en el asiento compartiendo el cigarrillo.

Se había prohibido a sí misma ceder a la tentación de preguntarle a un hombre las mismas pazguaterías que solían preguntar siempre las féminas, pero con la primera bocanada de humo soltó la primera que le vino a la cabeza.

—Habrás tenido tú muchas mujeres, ¿verdad?

—Las suficientes para saber que con ninguna he sentido lo que me haces sentir tú.

—¿No le dirás a todas lo mismo?

—No. No es lo mismo. Tú eres mi Bambi. Eres... ¿Has oído hablar de eso que llaman amor? Pues eso: eres el amor.

—Sabes el peligro que corremos, ¿verdad, Miguel? Si mi padre nos descubre es capaz de... No creas que porque te debe la vida va a tener contemplaciones. Hablo en serio. Tú no le conoces.

—No me hace falta. ¿Crees que no me tomo en serio quién eres tú y quién soy yo? No necesito que me recuerdes el lugar que como negro y empleado de ricos me toca en esta sociedad de mierda.

—¿Negro? ¡No! Mulato claro, casi blanco... —dijo Eva como si, rebajando el tono de la piel de Miguel, pudiera disminuir la fuerza del peligro que ya vislumbraba acechando sobre ellos.

—¿Qué? ¿Eres de las que por no llamar negro a los negros los llaman gente de color? Claro: lo típico, suena más fino, más de tu clase.

Eva, al borde de las lágrimas, se oyó repitiendo la frase melodramática que tantas veces tildó de ridícula en boca de sus condiscípulas y en los llantenes orgásmicos de culebrones de su madre y sus amigas.

—Si yo fuera así como tú dices, ¿crees que me habría vuelto loca por ti desde la primera vez que te vi?

—¿Entonces? Vivamos nuestro momento. Por más que lo he intentado me ha sido imposible dejar de pensar en ti, de soñar cada noche con tenerte entre mis brazos. ¿Cada noche? No. Noche y día. Todo el tiempo soñando con hacerte mía. No puede haber para mí nada más serio que el no haberte podido sacar de mi cabeza ni de aquí —dijo apuntando al corazón—. Dime, ¿puede haber algo más importante que eso para ti o para mí?

Ella lo besó en la boca y volvió a anudarse a él y él volvió a hacerle el amor tomándola con tal vehemencia que la sintió claudicar de gozo bajo su cuerpo. En el ímpetu de su arrebatamiento, Miguel atrapó a Eva por la trenza, y tiró de ella para hacer que le mirase directamente a los ojos y sin dejar de mirarla la penetró a embestidas como queriendo poseerla hasta el final de sí misma y tenerla de raíz, y olvidando por completo las veces que se prometió a sí mismo que jamás cometería la estupidez de imponerle a una mujer lo que el resto de los hombres le imponían, ni usaría para enardecer su hombría aquel recurso posesivo que según el decir de sus amigos tenía tantísimo morbo que, a pesar de lo vulgar y lo manido, bastaba que lo oyeras en la cama para ponértela dura, le apretó rabiosamente las nalgas y le ordenó entre gemidos:

—Júrame que no habrá ninguno más que yo. Que ninguno te hará gozar como yo. Que soy el primero y el último: el macho que te vuelve loca. ¡Dilo, coño, pero dímelo! —suplicó hasta quedar sin aliento.

Pero ella volvió a dar muestras de su anclaje de carácter y no cedió a su reclamo.

—Primero tienes que jurarme tú que nadie podrá interponerse entre nosotros.

—Nadie. Dalo por seguro.

—Y que, pase lo que pase, nada podrá separarnos.

—Nada. Pase lo que pase. Ni la muerte podrá separarme de ti.

Afuera la lluvia arreciaba sin esperanzas de escampar y el viento seguía haciendo de las suyas, desgajando las ramas de los árboles... Mientras en la radio del Cadillac, la voz aterciopelada de Andy Russell cantaba: «*What a difference a day made, twenty-four little hours. Brought the sun and the flowers. Where there used to be rain*».

La armonía hecha carne tú eres,
el resumen genial de lo lírico.
En ti duerme la melancolía,
el secreto del beso y del grito.

FEDERICO GARCÍA LORCA,
«El canto de la miel»

Era ya noche cerrada cuando Eva regresó a su casa y entró por la puerta del garaje extremando precauciones. Traía las mejillas encendidas y los ojos relumbrones, y venía tan mojada y entelerida de frío que su aspecto desvalido sólo era comparable al de un animalito errante que sobrevive al diluvio. Fue una suerte que sus padres no hubieran regresado aún de su viaje a Miami, que su hermano como de costumbre anduviera fuera de casa con su mujer misteriosa, y que nana Rosa y el resto del servicio estuvieran atentos a la novela de las diez que transmitían por la radio para que nadie la sorprendiera llegando a tales horas y encima hecha una facha. Cuidando de no ser vista subió por las escaleras del fondo saltando de dos en dos los peldaños y se encerró en su habitación, desprendiéndose de encima la ropa que traía ensopada. Se contempló desnuda frente al espejo y no se reconoció en la Eva, trémula y desflorada, que reflejaba la imagen. Su sexo palpitaba adolorido, pero a la vez trepidaba con un calambre de gusto tan sólo con imaginar dentro del suyo el arponazo del sexo de Miguel. Tenía el olor de Miguel colado por cada recodo de su cuerpo, y el rastro de su lengua incendiaria zigzagueando por los escondrijos más recónditos de su intimidad de mujer. ¿Era posible que un hombre pudiera hacerte conocer la gloria con la punta de la lengua?

68

Que esa puntica por más traviesa y onduladora que fuera, descendiera reptando desde su ombligo hasta ese botoncito que sólo él conocía porque, para ser sinceros, ella vino a descubrir aquella zona eréctil de su geografía precisamente cuando la lengua de Miguel se propuso explorarla haciéndola viajar en volandas a la estratósfera, mirar las estrellas desde arriba y creer que acabaría muerta de placer. No. Era imposible. Un hombre no podía dominar a una mujer con el filo de su lengua. Al menos no a una como ella. Se dijo, clavando los ojos en la Eva desconocida que valiéndose del espejo le devolvía la mirada con un guiño de insolencia: «Vamos, no te hagas, si bastaron dos lenguazos para que, de zurrarse en las butacas del cine, te le abrieras de piernas en el asiento del Cadillac de papá». ¿Por qué no reconocerlo? Solamente de pensarlo le sobrevino un ramalazo de pudor que la encendió hasta la raíz del pelo. Acababa de entregar su virginidad a un hombre al que apenas conocía. Había capitulado de gozo cuando él la poseía. En el clímax de cada orgasmo, llegó a arrancarle sin recato gemidos tan elocuentes que ahora la coloreaban de vergüenza. A embestidas y tirando de su trenza la había desraizado de sí misma haciendo prevalecer su categoría de macho impositivo y dominante. «Desengáñate —le oyó decir a la Eva del espejo con un tonillo de sorna—. Acéptalo. Ese mulatón te puede. Te desordena, te pierde, te pone loca, acabarás como cualquier otra hembra, sometida al mandato más primitivo del mundo: el goce fálico. Al fin y al cabo convéncete: el sexo tiene más de primitivo que de tierno y de meloso, y el amor no es más ni menos que un acto de locura. ¿Hay algo más loco que entregar tu corazón a un hombre confiando en que no te lo haga trizas? Los hombres tienen su lado salvaje, y gustan de la fiereza en el sexo. Pero... Dime, ¿conoces a una sola mujer en la tierra que no quisiera en su cama a un hombre como Miguel?»

Con los brazos en jarras en pose pendenciera, increpó a la imagen reflejada en el espejo. Se enrolló la trenza alrededor de la cabeza, se puso el gorro de ducha y se metió en la bañera, sin dejar de repetirse que el hombre capaz de domarla estaba aún por nacer. Que no iba a permitir que Miguel volviera a hacerle el amor jalándola por el pelo como si fuera un troglodita de vuelta a la edad de piedra. Por muy primitivo que fuera el goce sexual, por más loca de amor que estuviera y por más que las piernas se le abrieran de par en par con dos lenguazos de nada, jamás de los jamases admitiría que un hombre la mangonease y le cortara las alas. Salió del baño como una gata engrifada, se envolvió en el albornoz de felpa y se lo anudó con rabia. Descalza y de puntillas entró al cuarto de costuras y se apropió de las tijeras. De vuelta a su habitación se detuvo frente al espejo, y de un jalón, agarró la hermosa trenza color azabache que le colgaba hasta la entrada misma de las nalgas, la dejó caer sobre uno de sus hombros y la cortó a rente sin siquiera titubear. Como si de un trofeo de guerra se tratara, la alzó y se la mostró a la Eva del espejo sacándole la lengua con un gesto despectivo, y por último se desnudó y se dejó caer sobre la cama. Acostada en posición fetal se abrazó a los almohadones y soltó amarras a su rabieta, primero pataleteando y mordiendo las almohadas y después llorando sin freno hasta que el sueño vino a filtrarse entre sus lágrimas.

A la mañana siguiente, nana Rosa, viendo que Eva se había encerrado en su cuarto sin tocar la cena y tampoco bajaba a desayunar, le quitó a la sirvienta de las manos la bandeja con el desayuno de la señorita diciendo que ella misma se encargaría de subírselo a su cuarto.

Dio dos toquecitos en la puerta de la habitación de Eva y esperó a que la mandara a entrar.

—¿Se ha puesto mala mi niña? —preguntó, y casi deja caer la bandeja del susto que se pegó cuando vio la larga trenza de Eva encima del velador—. ¡Jesú, María y José! ¿Qué ja pasao? ¿La niña tiene pensao echarse al monte? Parece un pajarito desplumao. ¡Ave María Purísima! Menos mal que estamos solas en casa y le puedo llamar al peluquero pa que le arregle esas greñas sin que sus padres se enteren.

—¿No han llegado todavía papá y mamá de Miami? Y... ¿mi hermano? ¿Tampoco ha vuelto? —preguntó Eva mordiendo una tostada con confitura de fresa.

—Naiden, niña. El señorito Abel llamó pa'decir que se quedaba a dormir en casa de un amigo y sus padres mandaron por Miguel, pa'que na'má bajar del avión los llevara a la finca del señor presidente donde tenían un almuerzo. Bueno, no dijeron en cuál de las fincas del presidente iban a almorzá. Ya sabe que al señor Prío tiene más fincas que cuentas un rosario: La Chata, La Galera, La Lage y esa última que se ja comprao por allá por Bahía Honda, donde dicen que se ja mandao a jacer un lago artificiá, un muelle particulá, un aeropuerto personá y dos palacetes de reyes. ¿Pa'qué querrá tanto lujo?, digo yo. Con tanta jente pasando más trabajo que un forro de catre y como se dice: en la cuarta pregunta. Pa'esos sí que al señor Prío no le dan las cuentas. Con tal que acabara con tanta matazón en la calle, pero pa'mí que va a seguí el ejemplo del presidente Grau, que tenía de amigotes a Policarpo y su banda y que según las malas lenguas y la de esta servidora que de buena no tiene na', fue tanta la metedera de mano que hasta el brillante del Capitolio vino a aparecé en su despacho del Palacio Presidenciá. Na'que toitos los políticos están cortao por la misma tijera. Al mejó de to's ellos merecería que lo ahorcaran con la tripa del más malo. ¡Ay, mi Dio! ¿Qué toy jablando? Mejó me callo que eta negra bruta se etá pasándo de rosca.

—Tú lo que eres es una negra más buena que el pan. Y tienes mucho cacumen.

—¿Cacu qué? Jáblame en cubano, niña, que si no me quedo en blanco y trocadero.

—Quise decir que tienes muchas luces, nana. Acabas de recordarme a Bernard Shaw, un genio de la dramaturgia, que pensaba como tú: «A los políticos como los pañales hay que cambiarlos seguido. Y por las mismas razones».

71

—¡Carijo! Pero pa'eso no jay que sé un genio como ese señó, na'má que jace falta jaber nació cubano. Aquí los políticos se agarran a la Silla de Doña Pilar con las pezuñas. Una ve que se jan trepao en el poder no jay Dios que los tumbe. Lo único que les importa e' vivir de sabrosones y gozar la papeleta. En esta islita, niña, jasta que la gente se tira pa'la calle y pone el muerto, no jay quien nos cambie el pañal meao ni nos salve de aguantar la peste a mierda.

—Tienes razón. Los políticos son todos unos sinvergüenzas, empezando por papá. Que le encanta hacerse el muerto para ver el entierro que le hacen. Pero deja tus ideas sabichosas y mímame como antes... como sólo tú sabes hacerlo.

La negra la acurrucó, le acarició los cabellos y la arrulló igual que cuando era niña. Luego la apremió a terminar el desayuno diciéndole:

—Voy a mandar por el peluquero de su madre pa' que venga y le arregle esa cabeza. Si doña Carmen llega y la ve así, ahí mismo le entra changó con conocimiento, que viene siendo algo así como un soponcio pa'que la niña me entienda.

Muy por el contrario de Eva, Miguel no sólo había viajado a la estratósfera y descubierto la gloria tomando por asalto el cielo sino que estaba convencido de haber conquistado el paraíso con la punta de su lengua. Como Eva, había llegado a su casa hecho una sopa, dejando a Lola boquiabierta y a Joaquín más hermético que de costumbre. Su madre corrió a la cocina a prepararle ron con limón y miel, diciendo que además de pescar un buen catarro, acabaría por quemarse el culo de tanto jugar con fuego y que no le viniera ahora con cara de yo no fui o mira mamá que esto o aquello creyendo que podía engañarla porque si alguien sabía cuándo un hijo andaba en trance de riesgo era precisamente su madre. Pero Miguel la oía como el que oye llover. Tenía los cinco sentidos centrados en el gusto y el olfato. Traía el olor de Eva prendido en su bigote, y todo el saboreamiento de su sexo en las papilas de su lengua y la epidermis de su piel. Todo en él olía y sabía a ella, al extremo de que al meterse en la cama no pudo parar de masturbarse hasta casi enloquecer con aquel olor silvestre y virginal de hembra tierna y lozana. Se durmió cerca del amanecer, y soñó que estaba dentro de ella, poseyéndola a embestidas y tirando de su trenza mientras la devoraba con los ojos oyéndola gemir y claudicar de placer. La soñó desnuda entre sus brazos con el pelo destrenzado cubriéndola hasta la cintura y despertó con el sexo rígido como un resorte. Como a horas tan tempranas no podía contar con Macorina, que dormía hasta bien entrado el mediodía, no tuvo otra alternativa que darse una ducha fría que lo devolviera a su estado natural para poder presentarse con normalidad y decencia ante los Díaz Toledo, recogerlos en el aeropuerto a su llegada de Miami y llevarlos a la finca de Arroyo Naranjo donde el señor presidente los esperaba a almorzar.

Fue durante el banquete pantagruélico que el presidente de la República ofreció a su gabinete de ministros en La Chata, que Miguel encontró la oportunidad de poner oído y atención a toda la parafernalia de visajes que los ricos se montaban para escenificar una vida que justo hasta ese momento él había tildado de fatua, jactanciosa y más que todo banal. Guardando con tacto las distancias y cuidando de no mostrarse inoportuno, se afanó por conocer las marcas de tabacos que preferían fumar los caballeros, las de los vinos, licores y brandis que degustaban. Tuvo en cuenta la manera en que alineaban los cubiertos, distribuían las copas para el vino, el agua y el champán. Cómo se colocaba la servilleta doblada sobre el regazo, los codos fuera de la mesa, se trinchaba la comida y se llevaba la copa a los labios con refinamiento y distinción. Finalmente se las agenció para encender un cigarrillo merodeando el jardín para no perder detalle de la conversación de las damas, que sentadas en las terrazas acompañaban el café con confituras de chocolate y copitas de licor, hablando de lo último que se llevaba en la moda, y mencionando a un número tan abrumador de gente afiliada al mundillo del atelier que lo único que logró captar malamente fue el nombre de una tal Coco Chanel, y eso porque le oyó decir a doña Carmen que su hija Evita había hecho del Chanel 5 su perfume fetiche y desde que había matriculado en la universidad se había declarado en rebeldía, y hablaba de pelarse a lo garçon, llevar pantalones y vestir a la manera desenfadada con que la famosa madame había revolucionado París y más tarde al mundo entero. Hablaron de perlas Chanel, rojos Chanel, negros y blancos Chanel, y aquel perfume número cinco que a Miguel se le quedó metido en el meollo, y durante todo el viaje de vuelta lo hizo recelar y cuestionarse si no sería una quimera pretender que con un sueldo de chofer pudiera costear aquella vida a lo Chanel que adoraban las chicas como Eva. Aquello de que decidiera rebelarse, le sentó de maravilla. Significaba que estaba dispuesta a romper moldes para irse con su hombre. Pero... ¿qué quería decir lo del pelo a lo garçon y vestir con pantalones? ¿Sería sólo una manifestación de rebeldía, o sería que tenía planes de disfrazarse de varón para fugarse con él? Al fin del mundo sería capaz de llevarla como fuera. Pero... cortarse su trenza de diosa... «¡Eso sí no lo puedo consentir!» En medio de su dilema se le escapó de los labios la frase en alta voz, y miró por el espejo retrovisor temiendo que los Díaz Toledo hubieran podido escucharlo. Pero tanto don Isidro como doña Carmen dormían en el asiento trasero. Miguel se sonrió con malicia. Juuum. ¡Si este Cadillac hablara!, se dijo. Sonriendo todavía, se preguntó si Eva, su Eva, estaría en la casa esperándolo. Tan sólo de pensar en ella volvía a sentir el aroma de su fragancia preferida... La voz de su consciencia le interrumpió los pensamientos como una bofetada: «Despierta, mulato. Cierto que soñar no cuesta, pero ¿tienes idea de cuánto vale una onza de ese Chanel que se gasta tu primor? No apuntes tan alto, Miguelón». La voz de su consciencia tenía la enigmática potestad de introducirse en medio del matorral de sus cavilaciones y retornarlo a la realidad. Pero en aquellos momentos el desboque imparable de su corazón prevalecía amordazando todo razonamiento y era la voz del corazón la que escuchaba. «No puedo renunciar a ella —se dijo para sí, aferrándose resueltamente al volante—. No puedo. Prefiero la muerte a perderla.» Y casi sin percibirlo le vino a la boca la letra de un viejo bolero victrolero que comenzó a tararear: «Por alto que esté el cielo en el mundo, por hondo que sea el mar profundo, no habrá una barrera en el mundo, que mi amor profundo no rompa por ti...».

Le bastó aparcar el Cadillac frente a la verja de entrada, echar una ojeada a la terraza y al jardín de la casona de los Díaz Toledo, para advertir que Eva no lo estaba esperando como él imaginaba. Sentados en las mesitas pantries del jardín, estaban únicamente su hermano Abel, junto al Bobby y otro joven que Miguel desconocía y al parecer tampoco conocían don Isidro y su mujer.

—Isidro, ¿quién será ese joven que está sentado entre Abelito y el Bobby?

—Ni idea, Carmen. Pero como sea otro pajarraco amiguito del Bobby, me van a oír. Está bueno ya de traerme maricones a mi casa. Bastante tengo con aguantar a esa loca del Bobby. ¡Que esto no es una pajarera, coño!

—Cállate, Isidro, te van a oír. Ahí están los padres del Bobby. ¿No los ves? Don Ramiro y su mujer, esperándonos en la terraza.

—Para visitas estoy yo con el cansancio que traigo —dijo, simulando una sonrisa en el momento que don Ramiro, el padre del Bobby, y su despampanante mujer atravesaban el jardín y se acercaban a darles la bienvenida.

Miguel abría el maletero del auto para sacar el equipaje, mientras observaba a doña Carmen y don Isidro saludar a sus amigos. No le pasó inadvertida la mirada de entendimiento que intercambiaron don Isidro y la madre del Bobby, cuando el senador se aproximó para besarla en la mano y de paso aprovechar para comerle con los ojos el tetamen que a la dama se le desbordaba por la entrada del escote.

«Vaya descaro el de estos ricachones. Se traen sus querindangas a casa, la presentan a su esposa, comparten como si tal cosa, y luego se van a misa y nos vienen con lecciones de moral», se decía Miguel, cuando oyó a la dama del tetamen comentando sobre Eva.

—Ay, Carmen, me he quedado encantada con ese corte de pelo que se ha hecho tu hija Evita y ese look tan... a lo up to date. ¿Puedes creer que cuando llegué la confundí con un jovencito? ¿Quéee? ¿Tampoco la reconocieron ustedes? ¡No me lo puedo creer! Pues ahí la tienen; mírenla, viene para acá. ¿A que está para comérsela?

Todos quedaron estupefactos: don Isidro, doña Carmen, don Ramiro y por último Miguel, que temía que todos los demás del grupo se percataran del repique de tambor mayor que sentía dentro del pecho.

La vio acercarse retadora, con la mirada risueña y el andar provocativo, sin pizca de fingimiento ni timidez en sus ojos. Se había cortado el pelo a ras de la nuca y era cierto que parecía un chiquillo, pero algo había mutado en la expresión angélica de su semblante porque sus ojazos de gacela relumbraban con un fulgor más intenso y más profundo que antes y ni decir de sus labios pintados de rojo vivo que hacían perder el sentido presumiendo de pulposos, sensuales y desafiantes. Con dieciocho cumplidos, había sido fiel a su promesa de declararse en rebeldía no sólo mochándose la trenza sino en su empeño desenfadado de vestir pantalones anchos y camisa de seda que ajustaba a la cintura con un cinto de piel color marfil. Toda su vestimenta tenía un corte masculino, pero asombrosamente lucía más bella, insinuante y femenina que nunca. Había escogido la manera más abrupta de metamorfosearse en mujer, no ya por haber esquivado de un coletazo los últimos vestigios de su infancia, sino por la valentía de abrirse de par en par al amor entregándosele a él. Miguel tenía el convencimiento de que era ese y no otro el motivo del cambio brusco de Eva y a pesar de que la trenza mutilada le escocía en lo más íntimo, no salía de su atonismo ante el inesperado regalo que a su modo de ver no era más que una diablura de su Bambi para cautivarlo y tomarlo por sorpresa. No, a su Eva no podía habérsele ocurrido nada mejor para demostrarle que estaba tan loca por él como él lo estaba por ella. ¿Qué otra cosa era el amor sino eso? Descubrir el paraíso en el punto G de Eva. Hacer de dos cuerpos uno solo. ¡Qué más daba si era en la luna o en el trasero de un Cadillac! Ni un millón de Macorinas alcanzarían a atenuar el arrebatamiento del amor que crecía dentro de él. Cada día, cada hora, cada minuto sin Eva se le hacía irrespirable. Tal vez la única manera de equilibrar su arrebato sería compartiéndolo entre dos: mitad ella, mitad él. Su madre solía decir que las penas compartidas entre marido y mujer siempre tocaban a menos y se hacían más soportables. Aunque pensándolo bien, Neruda estaba en lo cierto: «Hay un cierto placer en la locura que sólo el loco conoce». En medio de su estupor, no atinaba a saber qué hacer con las maletas que todavía mantenía en cada brazo cuando Eva terminó de dar la bienvenida a sus padres y sin poder resistirse vino a saludarlo a él delante de todos como si no existiera en el mundo más nadie que ella y que él. Fue curioso que Miguel, en vez de buscar el modo de cubrir las apariencias o de mostrarse turbado por saberla a ella tan cerca, se atreviera a musitarle aquellos versos de Lorca que su padre le había dedicado a Lola la noche que arribaron a sus veinte años de casados y celebraron sus bodas de porcelana, recordando aquella tarde de enero de 1929 cuando bajo un frío de chiflar la mona, un joven catalán de veintidós años, flaco y alto como un güin, sonrojado de emoción hasta la raíz del pelo y acartonado por la tiesura del traje, condujo al altar a una mulata de ojos amarillos, que a sus diecinueve años era toda un pimpollo. «La armonía hecha carne tú eres, / el resumen genial de lo lírico. / En ti duerme la melancolía, / el secreto del beso y del grito.»

Eva se derritió, se licuó, se deshizo toda ella en un charquito. Mandó a algún lugar remoto —tan pero tan remoto que nunca guardó memoria de adónde fue que lo mandó— sus apremios de venganza por tirarle de la trenza, sus ganas de verlo mortificado, su resistencia feroz de rendirse al goce fálico, al feudo del macho cavernario; desechó de su conciencia aquello de que «El hombre capaz de doblegarme está aún por nacer», y le soltó sin omitir ni una sílaba lo que estando frente a la Eva del espejo se juró no pronunciar jamás de los jamases.

—No hace falta que me tires de la trenza para que te jure que eres mi hombre. Eres más. Eres mi vida, Miguel. Me moriré si te pierdo.

No se sabe lo que podría haber sucedido si Abel no hubiese intervenido y puesto fin a la situación, acercándose a su hermana, tirándole del brazo y reclamando su atención con un gesto imperativo.

—Ven, tenemos que hablar a solas —dijo mirando a Miguel de soslayo.

Anduvieron un rato por el jardín antes de entrar a la casa, cuidando que nadie los oyera.

—¿Te has vuelto loca? ¿Quieres que corra la sangre? Bonito espectáculo están dando ustedes dos. Si papá aún no sospecha nada es porque no puede concebir que su niña esté loca perdida por su criado mulato.

—Lo siento, Abe, no sé si la sangre va a llegar al río. Pero ya es tarde para mí.

—¿No querrás decirme... que te acostaste con Miguel?

—Tú lo has dicho: estoy loca perdida. Tan perdida y tan loca que voy a irme con él.

—Pero ¿dónde tienes la cabeza? ¿Qué piensas decirle a papá? ¿Se te olvida que el domingo no hay clases en la universidad?

—Inventaré cualquier cosa. Lo que sea. Por favor, te lo pido, busca un pretexto y ayúdame. Lo hagas o no, saldré por esa puerta tras Miguel. Lo haré así me maten.

Fue en ese momento que escucharon la voz del Bobby, que debía haber estado escuchando sin que se dieran ni cuenta.

—Evita, déjanos eso a Abe y a mí. Ya se nos ocurrirá algún invento que sirva de anzuelo para que mi padrino muerda la carnada. Te lo prometo. —Y dándole una palmadita de ánimo por la espalda, dijo—: Anda, pillina, vete con tu monstruo. ¡Uyuyuy, chiquilla loca, me muero de la envidia!

El Bobby cumplió lo prometido y fue el aliado más ingenioso y leal que pudieran desear unos amantes en sombras como Eva y Miguel. El estigma de su condición sexual, unido a su naturaleza creativa, había hecho de él un individuo de reflejos aguzados que funcionaban como un perfecto engranaje quitamiedos y un modo singular de amurallarse. La audacia era su espada. Cuando alguien lo retaba o atacaba con malignidad, sabía recoger el guante engatusando a su adversario con la misma habilidad hipnótica de los encantadores de serpientes. Tenía la rara virtud de conducir las palabras y colocarlas en el lugar indicado y poseía un sexto sentido para saber en cada momento qué decir y qué callar. Era un embaucador innato, de esos que se las ingenian para inventarlas en el aire y saben salir del paso a la velocidad de un rayo, con una evasiva tan creíble y eficaz que dejaba en los demás el efecto de que el verbo evadir no cabía entre sus planes. Demostró ser además un excelente estratega cuando Eva se fue tras Miguel dispuesta a que la mataran. El Bobby no esperó siquiera que don Isidro o doña Carmen llegaran a percatarse de que su hija se había esfumado del jardín, y tampoco aguardó a que Abel desenfurruñara la expresión que tenía en su semblante por la polémica partida de su hermana. Utilizó la vieja táctica de ametrallar a los presentes con un tableteo imparable de blablablás que no diera lugar a interrupciones ni réplicas. Empezó dejando caer como si tal cosa lo muy apenado que estaba por Evita, que había tenido que irse así, sin avisar, desperdiciando su tarde de domingo y quedándose con las ganas de compartir en familia después de tener a sus padres ausentes una semana. Con cuánta ilusión se había cambiado de look tan sólo por sorprenderlos. ¿A que no tenían ni idea de que el new look tenía la intención de impresionarlos? No, si ya se veía que para halagos no podía contar con los suyos. Sólo se le prestaba atención cuando se trataba de reñirla o sermonearla. Mira qué bonito, ahora le caían todos en pandilla para saber dónde estaba. Caray, si ni habían caído en cuenta que faltaba de la casa. Pues bien, el caso era que Javier, el hermano de Miguel, sí, el que estudiaba abogacía con ellos en la universidad, contaba nada menos que con dos suspensos en sus espaldas. Así mismo. Ya supondrían cómo se puso Miguel, que le costeaba la carrera. Estaba que trinaba con Javier. Lo vino a saber por Eva, porque Bobby se pasaba de blandengue y ni cogiéndolo por el gaznate se llenaría de valor para contárselo a Miguel. Pero Evita, con su nobleza y valentía de espíritu, tuvo el coraje suficiente para darle la noticia. ¿No se habían fijado que los dos, ella y Miguel, estuvieron apartados secreteando? Bueno, la cuestión era que andaba de buena samaritana. Claro está que ella se creía en el deber de agradecerle a Miguel, por aquello de haberle salvado la vida a su padre y todo eso... y luego con ese corazón que no le cabía en el pecho de grande y de bondadoso, ¿iba a negarle a Miguel tirarle un cabo con Javi? Así que en eso quedaron: Miguel la dejaría a ella y a Javi estudiando toda la madrugada en casa de Delia o... Dalia, o ¿sería Denia?, no tenía del todo claro el nombre de la chica que le había dicho Evita que quería aprovechar para repasar con ella. ¡Lógico! ¿Quién rechaza esa oportunidad? Con esa santa paciencia que tenía para hacerse entender. Vaya, que si uno se pone a pensar en vez de doctorarse en leyes debía de dedicarse al magisterio.

—Caray, padrino. Quita la cara de tranca, que tampoco es para tanto. Tu niña ya es mayorcita y seguro le abochorna que la gente sepa que anda pide que te pide el consentimiento de papá sólo por pasar la noche fuera repasándole a unos compañeros de curso.

—Pues yo no pienso igual que tú, Bobby. ¿Qué te parece? Estoy harto de las confianzas que se toman mis hijos a mis espaldas con los criados negros de esta casa. Tanto Abelito como

Eva crecieron bajo la falda de nana Rosa y tratan a esa mulata como si fuera familia. Luego vivieron pendientes de ese negro viejo que teníamos de jardinero, que los enseñó a jugar al béisbol y llegó a decir que mi hija siendo hembra bateaba y lanzaba la pelota mejor aún que su hermano. Vaya negro atrevido y confianzudo. Por eso nada más lo puse de paticas en la calle. A ver si no le toca ahora el turno a Miguel por pasarse de frescura y llevarse a mi hija de aquí sin consultarme.

—Pues si quieres sacar a tu chofer de esta casa, papá, cómprale a Evita el auto que ya sabes está loca por tener. Déjala andar a su aire, que ya es hora de que le sueltes el ala —dijo Abel, todavía con la cara enfurruñada.

—Imposible, joder y dale con lo mismo —respondió don Isidro dejando caer el puño cerrado sobre el mármol de la mesita del jardín—. Ahora menos que nunca puedo dejar que ande a su aire. Prío acaba de firmar un pacto con los gánsteres. Policarpo Soler se jacta de ser amigo del presidente, y no presume por gusto. Hace poco me lo tropecé en persona saliendo del despacho presidencial. Puedo oler en el ambiente la vendetta contra mí. Ya no sólo son mis enemigos quienes comen en el mismo plato que esos bandoleros, también mis amigos han entrado en el relajo. La soga se quiebra por lo más delgado, por eso temo por Evita que es la más vulnerable. Sé que Miguel cuidará de ella. Me dio su palabra de responder con su vida, y me fío que sabrá ser todo un caballero como buen hijo de su padre. Pensándolo bien, el Bobby tiene razón, tampoco es para tanto. Vivimos tiempos difíciles y saber a Evita a resguardo es una tranquilidad. Dentro de un par de años a lo sumo la casaré como Dios manda, y será su marido quien se encargue de mantenerla y mostrarle quién lleva los pantalones en casa. ¡Pobre de él si no la mete en cintura y no le poda a tiempo las alas!

El Bobby era un hechicero. Había embrujado a don Isidro y llegado a persuadirlo de que Eva andaba en buenos pasos y mejor aún: en buenas manos. Lo había hecho que mordiera la carnada, al menos momentáneamente, y eso proporcionó a Eva y a Miguel la oportunidad de encontrarse sin las trabas de tener que amarse a la precipitada, pendientes de que no les sorprendiera la noche antes de que ella regresara a casa, al tanto de los horarios de clases, de los recesos entre horas, de la hora reducida del almuerzo que no les dejaría otra opción que la de hacer el amor y rehusar al almuerzo o la de almorzar y rehusar al amor. Todo un engorro para Miguel, que parecía tener conectados los órganos genitales con el sistema digestivo porque bastaba que hiciera el amor con el estómago vacío para que sus tripas se alborotaran gruñendo con una voracidad de antropófago. Tanto ella como él habían estado pensando en todos los impedimentos que se le vendrían encima y aunque ninguno de los dos llegó a admitirlo en voz alta, lo admitían en lo más íntimo. Para Eva el mayor engorro era el temor de que los horarios de su padre en palacio interfirieran en los suyos con Miguel sin que les quedara ni un cachito de tiempo para un baboseo de lenguas o un revolcón apresurado en el asiento del Cadillac. Si por Eva hubiera sido habría colocado al Bobby encima de un pedestal. Gracias a él y su acertada intervención no sólo consiguió escapar con Miguel sino que por primera vez pudieron estrenar una noche entera juntos.

Lo mismo que la tarde del Payret, fue Eva la que tomó la iniciativa y le propuso a Miguel el sitio que desde hacía cierto tiempo venía ya considerando ideal para una cita furtiva. Tocó la casualidad de que fue precisamente el Bobby quien le contó que un urbanista francés apellidado Forestier a petición del dictador Gerardo Machado, el maníaco de la imitación que mandó a copiar el Capitolio de La Habana al estilo del de Washington, dio órdenes a Forestier de convertir la maleza selvática y tropical que nacía en la desembocadura del río Almendares, en un bosquecillo al estilo europeo, similar a los espléndidos jardines que el tal monsieur Forestier se encargaba de conservar en los parques de París.

—Le llaman el Bosque de La Habana y es el vergel de los amores clandestinos —le dijo el Bobby—. La madriguera de los amantes excomulgados como yo. Puedes ir si alguna vez cometes la insensatez de enamorarte de un Adán que no goce del visto bueno de mi padrino, que equivaldría a desatar a viaje toda la cólera de Dios entre la tierra y el cielo. Allí encontrarás el Edén donde saborear la manzana del pecado entre sinuosos senderitos cubiertos por la floresta, castillos y ruinas medievales y grutas y laberintos secretos donde ocultar todos los clamores orgásmicos que le arranques a los excesos de la carne viciada por la lujuria.

Eva se enamoró de la historia que el Bobby le contó del mismo modo que se prendó de París, y de los castillos al estilo europeo, cuando conoció el viejo continente apenas con quince años. Su madre solía referirse a aquel viaje por Europa diciendo que había sido la primera manifestación de rebeldía de su hija en plena adolescencia; bueno, la primera que se pudo atajar a tiempo, porque a las pocas semanas de nacida ya empezaron a notarse los primeros rasgos de su indocilidad y había perdido la cuenta de las muchas cimarronadas que sumaban en total. La niña les montó la gorda negándose rotundamente a celebrar su puesta de largo y su presentación en sociedad y con tal de que cediera y pudieran evitar el papelazo le prometieron a cambio una tournée por las capitales europeas. Desde su infancia sus relaciones filiales fueron siempre negociadas. Evita, si quieres esto tendrás que darnos aquello, si quieres aquello será a cambio de lo otro, y así ídem de ídem. Vivía nadando en la opulencia, y había crecido sin que nada le faltara, pero no recordaba haber recibido nada sin condiciones ni intereses de por medio y salvo los mimos de nana Rosa y la auténtica empatía que la unía tanto al Bobby como a su hermano, Abel, nada le fue dado a cambio de algo nacido del amor.

Miguel era, por tanto, su antítesis: había sido un hijo amado y deseado entrañablemente. Desde que estaba en el vientre de Lola. Por el contrario de Eva, tuvo una infancia feliz, y la primera frase imperativa de la que tenía recuerdo y que se encargó de dejar claro la jerarquía de Joaquín, como padre y cabeza de familia, fue: «Amarás a tus padres por sobre todas las cosas». Lo dejó tan bien sentado que no admitía apelación y ni tan siquiera Lola, creyente de toda la vida, se atrevió a contradecirlo explicándoles a sus hijos que primero, y por sobre todas las cosas, estaba el amor a Dios. Lo cierto era que la familia Alegret, aparte de cumplir con los diez mandamientos bíblicos, hacía también justicia al pensamiento del apóstol José Martí, cuando decía que «La única fuerza y la única verdad que hay en esta vida es el amor». Evidentemente poco o nada se asemejaban entre sí Miguel y Eva en su manera de ser y manifestarse. Él, amoroso y alegre. Ella, melancólica y reconcentrada. Él, desprendido, sociable, volcado sobre los demás. Ella, arisca y esquiva, reacia a entablar amistades. Él, abierto, optimista, convincente y seguro de sí mismo. Ella, escéptica, recelosa, reticente a confiar en los demás. Según las leyes de la física, polos opuestos se atraen, pero sólo la prueba del tiempo y las sinrazones del amor tendrían la potestad de transformar la antítesis en complemento. Sin que ninguno de los dos lo sospechara por entonces, sería aquel rasgo tan raigal como extravagante que tanto ella como él se cuidaban de mostrar, temerosos de que pudiera tomarse por una anomalía fisiológica o lo que era aún peor: como una especie de desajuste en su personalidad, lo que acabaría por hacerlos confluir en un único afluente. Eva tenía inscrita en papel pergamino una frase de Lawrence de Arabia que habría de convertirse de por vida en su principal leitmotiv: «Existen dos clases de hombres, aquellos que duermen y sueñan de noche y aquellos que sueñan despiertos y de día... Estos últimos son peligrosos porque no ceden hasta ver sus sueños convertidos en realidad». Desde su más tierna infancia cuando sus padres confundían su fuerza de sugestión y su don de soñar despierta con turbulencias hostiles de niña voluntariosa, Eva se reconoció en este último grupo, les concedió la categoría de héroes y heroínas y se supo identificada estrechamente con estos paladines del peligro. Lo que aún desconocía y tardaría todavía algún tiempo en conocer, era que Miguel (según las predicciones de Macorina II que no tendrían nada de proverbiales ni arábigas pero estaban preñadas de sabiduría criolla y eran del todo infalibles) estaba en su mismo bando: el de los soñadores suicidas. Para Eva, que había estudiado a los clásicos españoles en sus años de bachillerato, al viejo Calderón se le habían cruzado los cables cuando dijo que «toda la vida es sueño y los sueños, sueños son» y para Miguel, que no tenía muy claro quién era don Calderón, pero había oído a su padre mentar a un tal De la Barca que según creyó entender tiraba a mierda los sueños, se enrabietó de lo lindo y llegó al punto de cuestionarle y echarle en cara al maestro que si bien podía entender que al mejor escribano se la fuera un borrón, en su caso se veía que además le estaba patinando el coco porque, a ver si nos entendemos: «Si la vida, según tú, es sólo un sueño y los sueños, sueños son y ya está: sanseacabó. Entonces... ¿querrás decir que la vida es una reverenda porquería? Pues nada de eso, mi viejo. La única razón de ser en esta vida es perseguir lo que sueñas hasta hacerlo realidad. Ya está dicho». Claro que si tanto Miguel como Eva se hubieran puesto de acuerdo y en vez de andarle tirando con el rayo a Calderón de pensamiento, lo hubieran discutido entre ellos sincerándose entre sí a viva voz, quién sabe si el viento no habría errado el rumbo dejándolos con las ensoñaciones al garete.

Pero sería sin lugar a dudas la condición temeraria de Eva la que la hizo afrontar a la tremenda aquella escapatoria heroica con Miguel, asegurándole a su hermano que en ella le iba la vida y sería —a qué negarlo— la misma temeridad que residía en Miguel la que le siguió la rima en su intrepidez sin tomar las mínimas precauciones ni prever las posibles consecuencias. No siempre el viento soplaría a favor, pero al menos aquella tarde brujuleaba con rumbo a la pequeña jungla habanera, donde Eva y Miguel dieron fe de la existencia terrenal del paraíso.

Como el primer hombre y la primera mujer de la creación, corrieron descalzos y totalmente desnudos sobre el follaje amándose bajo la fronda del jagüey, o cubiertos por las vainas castañas que caían del algarrobo, al pie del tronco del laurel, donde Eva, lo mismo que la canción, «grabó su nombre henchida de placer» unido al de Miguel dentro de un corazón sin flecha, porque la flecha significaba herida y la herida, daño y el daño, quebrantamiento y martirio y para ella lo único quebrantador y martirizante era la impaciencia de que Miguel la arponeara hasta el centro de sí misma, que la lamiera por los siglos de los siglos hasta quedar sin saliva, hasta gastarse la lengua y condenarla de por vida a vivir tal como estaba: con las piernas abiertas de par en par a la apoteosis del placer. En las pausas del amor, se bañaron bajo el salto de agua que corría desde la gruta hasta el río y todavía medio húmedos compartieron cigarrillos sentados dentro del Cadillac, escuchando embelesados en la radio la voz rasposa de Louis Armstrong cantando: «*When you're smiling, the whole world smiles whith you*» que a Miguel se le ocurrió decir que estaba hecha a la medida de la boquita de Eva, de ese hociquito de Bambi que ella empinaba al reír haciendo que en sus mejillas se formaran hoyuelitos y su carita de ángel se volviera una gozada.

El sonido roto y sincopado de la trompeta de Louis Armstrong los hizo volar de ida y vuelta a la luna. Durante el alunizaje tuvieron otra sesión de sexo más tierna de lo habitual y se hicieron arrumacos hasta que la voz del rey del jazz se fue apagando superada por el canto de las tripas de Miguel que los hizo descender en picada con un aterrizaje forzoso en el asiento trasero del Cadillac, donde más que comer devoraron las cuatro raciones de pickin chicken con montaña de papitas fritas y un litro y medio de Coca-Cola con hielo frapé metido dentro de un termo que Miguel, antes de adentrarse en el bosque tuvo la precaución de comprar en el supermercado Eklo de 42 y 39, en el reparto Almendares, temiendo que una tanda maratoniana de sexo dominical más que despertar su voracidad caníbal, los dejara a él y a Eva al borde de la inanición. La noche se les vino encima amándose a la intemperie bajo el relente azul plata de la luna y Eva, en un acto vengativo, tomó a Miguel por sorpresa, y lo galopó a horcajadas mientras que su manita de niña más pequeña que las manos de la lluvia, tiraba de la maraña del pecho de su hombre, reclamándole entre gemidos lo mismo que él, gimiente, reclamó de ella cuando tiró de su trenza. Pero Miguel, al contrario de lo que ella esperaba, no intentó hacerse el castigador y se rindió al primer reclamo, jurándole hasta la extenuación que todos los amantes del mundo tendrían que pedirle a ellos las caricias prestadas para poder decir que se amaban de la manera indisoluble, infinita, absoluta, y quién sabe cuántas adjetivaciones más hubiera agregado al acto de juramentación de no haber caído los dos vencidos y derrengados en un nudo de brazos y piernas sobre el lecho verdinegro del follaje, bajo la bóveda de una noche apacible de plenilunio que los cubrió hasta el amanecer con su calma milagrosa apenas interrumpida por el concierto de los grillos y las chicharras que parecía surgir de todos los puntos del bosque.

No sé dónde esconderme contigo; no sé por
qué resquicio, por qué puerta mal cerrada;
me van a sorprender lo que he hecho mío;
mío como un tesoro, como un remordimiento,
como un pecado, como un dolor...

DULCE MARÍA LOYNAZ, *Jardín*

El lunes a las seis de la mañana, Eva y Miguel hicieron al Bobby
saltar de la cama cuando aparecieron de improviso en el apartamento que el joven tenía alquilado cerca del parque Almendares. Tanto ella como él eran la estampa viva del pecado y
traían pegado a la piel todos los hedores pluviales de las co-
rrientes del río y las cloacas de La Habana, junto a un tufillo
inconfundible de axilas en pendencia, pero aun así el Bobby
los recibió como si hubieran caído del cielo y con ademanes
eufóricos y visajes aparatosos dio gracias a Dios y a todos los
santos del firmamento por haber escuchado sus ruegos haciendo que Eva y Miguel rescataran —al menos— una pizca
de cordura y decidieran recurrir a él antes de osar presentarse
en la casona de los Díaz Toledo en el estado desastroso en que
ambos se encontraban.

—¿Se han mirado en un espejo? Parecen un par de palomos
salidos de la tempestad y apestan a levadura fermentada. ¡Fo!
¡Qué asquerositos están! —dijo tapándose la nariz con la punta de los dedos y rociando la sala con agua de lavanda para
espantar el olor a mofeta que según él enrarecía el ambiente.

Eva y Miguel no pudieron menos que soltar la carcajada.
Pero el Bobby puso cara de circunstancias y dijo:

—No tiren esto a jarana que las neuronas todavía me echan humo de la historia que tuve que inventarme para impedir que ardiera Troya.

Y de inmediato pasó a ponerlos al corriente: mencionando lo de la asignatura suspensa de Javier, que no era una sino dos, porque la situación pintaba grave. Lo de la bondad de Eva reciprocando a Miguel por el aquello de que «de bien nacido es ser agradecido» y qué menos que agradecerle al héroe salvador de su padre que tirándole un cabo con el hermano. Lo del madrugón de Evita, la samaritana, en casa de no se sabe, porque nunca llegó a puntualizar dónde ni con quién pasó la noche estudiando para que papá no pudiera —ni en sueños— localizarla. De horror y misterio fue el guión de la película que tuvo que discurrir para que el viejo tragara malamente. Vaya, que sólo le faltó traer un Stradivarius y dedicarle un solo de violín, para aflojarle al señor ministro las cuerdas tensas del culo. No ya que su pequeñuela durmiera por primera vez fuera de casa, sino que su Cadillac cola de pato durmiera por primera vez fuera del garaje.

—¡Ay! Qué parejita de insensatos. Ah ¿y todavía les quedan ganas de reírse en mi cara? Pues para la próxima búsquense a otro que les sirva de celestina, que yo he tenido que cruzar el Niágara en bicicleta. —Y dirigiéndose a Miguel, que había cortado la risa y parecía haberse recogido en sus propios pensamientos, dijo—: Lo siento por haber puesto a tu hermano de por medio. Tendrás que ponerlo al tanto de lo tuyo con Evita y meterlo en el potaje, muñecón. ¿Qué quieres que te diga? Las cosas son como son. —Y volviéndose a Evita, la hizo girar sobre sí misma en redondo, diciendo—: A ver, niña, tú te me duchas, te me pones unas gotas de Chanel 5, te le das un peinazo a tu pelado a lo garçon y ¡voilà! Resolvemos. Tu pantalón y tu blusa con un planchazo quedarán como un pincel y podrás irte conmigo para la facultad. ¿Okey, honey? No problems. Hay que ver que el glamur es glamur: madame Chanel nunca les falla a las damas. Eso sí, lo de Miguel no se resuelve sólo con perfumarse y ducharse. Tendrá que pasar por su casa y mudarse de uniforme. Lo siento, muñecón, pero parece que lo hayas sacado de adentro de una botella. Vamos a ver, dedícale una sonrisita al Bobby, ya sé que eres muy machote, buenote y ricote, buenote, no, buenote y pico, y claro está: que los buenos y pico como tú son los que más fobia le tienen a las locas como yo, pero las locas también somos criaturas de Dios. ¿No lo sabías? Mark Twain, que era un cabronazo de la vida, decía que «El hombre es la criatura que Dios hizo al término de una semana de trabajo cuando ya estaba cansado», y para mí que, no conforme con el resultado, decidió hacer una versión mejorada con un molde diferente al original y fue así, sin más preámbulos, que las locas llegamos a este mundo. Tú dirás que fue peor el remedio que la enfermedad, que el molde donde nos hicieron venía con defecto de fábrica, que Dios se arrepintió al punto de rociar Sodoma y Gomorra con fuego y azufre para desaparecernos del mapa y todo lo que se te antoje añadirle, Miguel. A mí, sabes, me da igual. ¿Okey? Pero te guste o no, el Bobby estaba inscrito en tu destino y como dicen que los caminos de Dios son inescrutables quién quita que este sea el comienzo de una gran amistad, así que aquí tienes mi mano, choca esos cinco sin complejos, que te espera una refriega con el viejo Díaz Toledo de apaga y vete, mi santo. Ni porque sale hoy de viaje a Nueva York te libras del berro que te va a montar. ¿Quieres un consejo? No digas ni pío. Tú más calladito que un estate quieto, porque la verdad es que apretaste, muñecón. Tanto Evita como tú se pasaron tres pueblos.

Miguel aparcó sus recelos y estrechó la mano del Bobby sin olvidar agradecerle su ofrecimiento de amistad y se despidió de Eva besándola en la boca con un ímpeto tan fogoso y demencial que dejó al Bobby acalorado, suspirando conmovido hasta las lágrimas.

En cuanto Miguel salió por la puerta, Eva le echó los brazos al cuello al Bobby y comenzó a besarlo de lo lindo.

—¡Eres un santo!

—¿Quéeeee? ¡Ni se te ocurra! ¡Va y te oyen allá arriba y me mandan a buscar de urgencia! Oye, niña, en primer lugar para ser santo, hay que estar muerto, en segundo que san Pedro te pase por el filtro de la cabeza a los pies, te haga purgar los pecados flagelándote a latigazo limpio, y cuando considere que estás libre de polvo y paja, te ponga un cuño en el culo que diga: revisado y corregido, para que Dios te identifique y dé la entrada, pero a un pecador medular como el Bobby, le bastaría toparse en los umbrales del cielo con un bueno y pico, como tu Miguel, y ahí mismo se echa a perder la enmendadura y se arma la rebambaramba...

—Bobby, no sigas. Vas a hacer que me haga pis —dijo Eva doblada de la risa.

—Pues vamos a ponernos serios, Evita, que la cosa pinta fea. ¿Te crees que mi padrino se va a tragar otro cuento chino?

—Y... dime, ¿qué puedo hacer? Estoy muerta por Miguel, y sé que él está muerto por mí... y...

—Evita, atiéndeme. No te pongas en plan Romeo y Julieta, corazón mío. A ver, ¿has pensado que en tu casa hay una escalera de servicio que va del garaje a los dormitorios?

—Yo... Sí, claro. No, no se me había ocurrido. Sería muy peligroso...

—No. Siempre que juegues con la cadena y no te metas con el mono...

—Pero si alguien nos sorprende... Si Abel, que tiene la habitación enfrente de la mía... nos descubre. ¿Sabes? Abel está que hierve conmigo y con Miguel.

—No esperes que Abelito sea tu aliado, es tu hermano y es normal que esté celoso.

—Yo sé por qué mi hermano es como es... Se ha sincerado conmigo. Bueno. Lo que se dice sincerarse... no. Se ha negado a mentar nombre, pero ha reconocido que se muere por un amor imposible.

—Así que esas tenemos... —dijo el Bobby pensativo.

—¿Sabes tú de quién se trata? —preguntó Eva—. Yo la llamo la dama misteriosa. Creo que es alguien de nuestro entorno, y presiento que además está casada.

—Es posible que lleves razón. Que se trate de alguien que conozcamos y de ahí venga el misterio —dijo el Bobby—. Pero es bueno que sepas el motivo de que viva en guerra contra el mundo. Abel es más rollo que película, se las da de valentón, pero le faltan arrestos para enfrentar su realidad. Teme mucho al qué dirán, y le horroriza defraudar a su padre. Se caga de miedo pensando que pueda descubrirlo. En tu familia se han trocado los papeles, tú eres la cojonuda y tu hermano el blandengue.

—No digas eso, Bobby. Abel tiene toda la cordura que a mí me falta.

—Hablando de gente con cordura, te voy a revelar un secreto que ni siquiera adivinas y que una de dos: o te pone cuerda del susto o te quita el poco seso que te queda. Mi madre y tu padre se acuestan... ¿No me crees? Pregúntale a Miguel, él debe de saber mejor que nadie que no era con los empresarios gringos sino con mi madre con quien estaba mi padrino en el hotel Nacional, el día de aquel atentado de Policarpo y su banda. Pero te digo más... Mi padre sabe lo de mi madre con tu padre, y tu madre sabe lo tu padre con mi madre. Parece un trabalenguas, pero no es más que la máscara de hipocresía de nuestra sociedad. Me consta que mi padre odia a muerte al tuyo y que si pudiera ahora mismo lo mandaba a matar, y tu madre no se queda atrás, odia a la mía a morir y si la dejan, ella misma la cosía a puñaladas. En cambio sonríen, se abrazan, igual que comparten camas, comparten mesa, y sin dejar de sonreír todo el tiempo brindan por la salud y el porvenir familiar. Da asquito, ¿no? Nuestra familia es pura mondonguera.

—Me dejas sin habla, Bobby. ¿Cómo sabes tantas cosas? ¿Cómo te enteras? Di.

—Tengo radares por orejas. Y no olvides que soy un pecador, así que me conozco hasta el último escondrijo y recoveco secreto oculto tras las paredes. Vivo haciéndome el desentendido, y no sé si hacerme el sueco me hace sentir mejor o peor. Hace años cuando mi padre me acusó de enfermo pervertido, le eché en cara lo de tarrúo, lo recriminé por aguantar tantos cuernos y lo culpé de llevar una cornamenta que casi rozaba el techo. Te confieso que me sentí mejor, me desahogué, me saqué la hiel de adentro y me quedé como si me hubieran hecho un lavado de estómago. Pero eso duró sólo un día, dos, como mucho; luego fui a peor, me arrepentí, me avergoncé, sentí pena y lástima por mí, lástima y pena por él. No lo sé... El caso es que seguí desentendiéndome y te aconsejo, por tu bien, que te mires en mi espejo y sigas el mismo ejemplo.

—¿Y dices que eres tú el pecador? ¿Tú? Pues bienvenidos los pecadores de este mundo, siempre que sean como tú. Eres el mejor amigo que he tenido y que tendré en toda mi vida. Mientras los que se las dan de santos apóstoles y vírgenes inmaculadas, los que viven mentando a las tres gracias de la mañana a la noche y nos imponen su ejemplo de conducta cristiana, están podridos de raíz.

—Ya ves tú, mi niña, y dicen que los hijos de los ricos nadamos en una alberca entre pétalos de rosas. Tanta gente envidiando lo que tenemos, deseando que nos parta un rayo. Si supieran la cochiquera que nos envidian se les caía la quijá. Como dice el Trío Matamoros: «Buche y pluma na'ma eso eres tú, buche y pluma na'ma». Orondos como las palomas pero eso: buches, plumas y apariencias. ¡¡¡Oyeee!!! Está bueno de conversadera. ¿Has visto la hora que es? Ya perdimos el primer turno en la facultad, joder. Vete a duchar, mofetica, que te le tiro un planchazo a la ropa y a volar: «Volare, oh, oh. Cantare oh, oh, oh, oh y volando, volando feliz yo me encuentro más alto que el sol... Volare, oh, oh...».

Tal como le advirtió el Bobby, a Miguel se le vino encima un chaparrón que aguantó como mejor pudo. Don Isidro, más que hablar, bufaba y echaba espumarajos por la boca. Que no creyera que iba a agradecer un favor a cambio de favorecerlo dejando que se aprovechara. Que por mucho menos de lo que Miguel se había atrevido a hacer, mucho, sí señor, pero muchísimo menos, había puesto a más de un empleado suyo de paticas en la calle. Porque eso y no otra cosa era él en su casa, un empleado, un sirviente, uno de los tantos negros y mulatos que tenía bajo sus órdenes. ¿Es que se creía otra cosa? ¿Se le había olvidado el día que delante de sus narices despidió a su antiguo chofer de un puntapié por el culo? Sería mejor que refrescase la memoria, no se le fueran a subir las ínfulas creyendo que podía usar su Cadillac como le viniera en gana y sacar partido de la bobalicona de Evita, más dada siempre a lo ajeno que a lo propio. Había que ver qué confianza se tomaba alguna gente. Si lo dejaba pasar sería sólo por esta vez y porque sabía que su hija estaba en buenas manos. Había aprendido a vivir consciente de que mañana mismo podían volarle los sesos de un balazo, pero nadie podría señalarlo con el dedo ni acusarlo de no poner a resguardo la vida de sus hijos de esa venganza de muerte que vivía y moría rondándolo. Desde luego que mantener a Evita al resguardo era un dolor de huevos. La nena se las gastaba. Sólo por llevarle la contraria se desbocaba sin su consentimiento ni consultarle qué estaba bien o qué mal, se largaba y se pasaba la madrugada fuera sin preguntar papá puedo o no puedo. Como si pedir permiso costara una millonada. Por eso que se olvidara del auto que le tenía prometido. ¡Habrase visto qué hija tan ingrata! Todo lo tenía, todo se le daba, y a cambio, ni un gesto de obediencia y devoción al padre que la trajo al mundo y encima un padre como él, que le había puesto hasta guardaespaldas. ¡Ah, pero bastaba que ese mismo guardaespaldas o el primer criado que se le cruzara por delante viniera a pedirle un favor, para que no se lo pensara dos veces y se desviviera en atenciones! Ya se sabe: «Candil de la calle, oscuridad de la casa».

A Miguel, que llevaba una hora conduciendo y había soportado durante los treinta y cinco kilómetros que duraba el viaje hasta el aeropuerto el chaparrón de don Isidro sin decir esta boca es mía, le bastó oír al senador tildar a su hija de ingrata para no poder sujetarse la lengua por más tiempo.

—Yo soy el único culpable, señor... Me hago responsable de lo que pasó. No volverá a suceder. Se lo aseguro. No es justo acusar a Evi... es decir, a la señorita Eva. Su hija es una persona encantadora, bella por fuera y por dentro.

—¿Puede saberse cómo es que sabes tú cómo es por dentro mi hija?

Miguel tragó en seco y se acordó enseguida del Bobby: «¿Quieres un consejo, muñecón? No digas ni pío». Había podido resistir sin descontrolarse toda la sarta de frases insolentes y vejatorias que le había dirigido el senador para desfogar su rabia, pero la desconsideración con que se refería a su hija le había tocado tan hondo que a punto estuvo de delatarse echándolo todo a perder.

—Disculpe, señor. Me consta la generosidad de la señorita con mi hermano y no hace falta conocerla por dentro porque su encanto se le ve por encima de la ropa.

Lo de «por encima de la ropa» fue una traición del subconsciente, que volvía a jugarle otra mala pasada, pero ya don Isidro no le prestaba atención. Habían llegado al aeropuerto y le ordenó a Miguel con un gesto desdeñoso que le sacara las maletas y sin agregar palabra, se limitó a volver la espalda, y sin esperar siquiera a que su chofer le siguiera y cargara el equipaje, se introdujo maleta en mano en la puerta giratoria de cristales y desapareció sin más, vía Nueva York.

¿Y ahora qué? Fue el primer pensamiento de Miguel, en cuanto se puso al volante y tomó el camino de regreso. Le había dado su palabra al senador de que no volvería a suceder, pero... ¿qué no volvería a suceder? ¿Llevarse el Cadillac una noche entera, o desaparecer con Eva para siempre? ¿Podía apartarla de su vida? ¿Curarse su incurable amor por ella? Todavía le caminaba por dentro la desazón del encono cuando llegó a la residencia de los Díaz Toledo. Así que desistió de entrar el auto al garaje y aparcó frente a las aguas espejadas del lago artificial que podía divisarse desde las enormes arcadas de cristal que formaban la hilera de ventanales y columnas dóricas que rodeaban la terraza de la casona familiar. Miró su reloj de pulsera y viendo que aún faltaban dos horas para recoger a Eva en la universidad, decidió abrir el cartucho que le había entregado su madre antes de salir de casa cuando fue a cambiarse el uniforme, dedicándole aquella mirada reprobatoria que hablaba por sí misma: «A una madre no se engaña». Sacó el sándwich envuelto con esmero en un papel encerado y no pudo menos que sonreír pensando que tenía una madre adorable. Ni aun estando molesta —como él sabía que lo estaba— renunciaba a preocuparse por su almuerzo ni a prepararle aquel sándwich tal y como a él le gustaba: con abundantes lascas de jamón de pierna y jamón dulce, queso gruyere y pepino encurtido, dentro de un pan de flauta tostadito, untado con mantequilla y mostaza. Al pegarle la primera mordida le ocurrió algo insólito: no sólo no sentía apetito, sino que por primera vez desde que tenía uso de razón, sus tripas no daban la voz de alarma con su gruñido antropófago. Envolvió con desgano el sándwich y lo introdujo en el cartucho y trató de poner sus mareas en calma sintonizando en la radio del automóvil su programa preferido de música negra americana. La voz desgarradora de Billie Holiday, cantando *The man I love*, le erizó la piel de un corrientazo: «*Some day he'll come along, the man I love and he'll be big and strong the man I love...*». No sabía nada de inglés, pero se sentía tan identificado con las voces negras del jazz y el blues americano que era capaz de aprenderse la letra de oído y entender palabra por palabra. ¿Era el hombre que Eva amaba, el mismo que ella esperaba se cruzara en su camino? Sería suficiente con que fuera grande y fuerte, un machote, un muñecón bueno y pico, como lo llamaba el Bobby. Cosa que a decir verdad no le hacía gota de gracia viniendo de alguien que no tenía reparos en reconocer que vino al mundo con defecto de fábrica. Pero le hiciera o no gracia, había sido gracias a su complicidad que él y Eva habían vivido la noche de anoche. ¡Y qué noche, sí señor! Sin contar que de no ser por el Bobby quién sabe si las consecuencias de su temeridad no hubieran quedado en un chaparrón y punto. Recostó la nuca al respaldar del asiento y permaneció meditabundo interpretando al pie de la letra a Billie Holiday: «*He'll build a little home just meant for two*». Tener una casita pequeñita para él y para Eva era el mayor de sus sueños y con sólo cerrar los ojos y recrearlo tras los párpados fue más que suficiente para que le entrara el pronto de esperarla frente al Alma Máter en la colina universitaria y llevársela esa misma tarde a ver al cura para que los casara, ya mismo, de un tirón. No sabía si obedecer lo que dictaba su conciencia o dejarse llevar por el apremio que sentía en el corazón. Su corazón era un potro salvaje, ardiente y enloquecido: «Anda, hombre, ve por ella. Quien no se arriesga perece. Más adelante le pondrás esa casita. Para empezar con un pisito pequeñito estará bien. Será el pistoletazo de arrancada para alcanzar la meta de tu sueño. Anda, ya, ¿a qué esperas? ¿Eres hombre o ratón?». Fue entonces que la voz de su conciencia se hizo escuchar frenando en seco la dinámica viril del corazón.

«El pistoletazo te lo van a pegar a ti en la cabeza si se te ocurre irte con Eva. ¿Has pensado que en ese pisito pequeñito para empezar no cabría ni la mitad del avituallamiento que se gasta tu princesa? ¿Y con qué culo se sienta la cucaracha? ¿Eh? ¿Con qué piensas mantener a tu Bambi de Walt Disney cuando su viejo te eche de su casa a puntapiés, siempre que la suerte te acompañe y no te saque a balazos? En cuanto a la carrera de tu hermano y la tienda de tu padre, ¿qué? ¿Tanto sacrificio, tanto doblar el lomo y quemarse las pestañas año tras año para que ahora un braguetazo del hijo lo mande todo al carajo? Porque, dime, ¿qué otra cosa van a pensar de ti, machote? Pues eso: que diste el braguetazo del siglo casándote con la heredera de uno de los monarcas del azúcar.» No pudo más, sentía el corazón pesado como un pedrusco y el pecho tan apretado que le costaba respirar. Salió del Cadillac trastrabillando, urgido de oxigenarse y recobrar el resuello tragando el aire a bocanadas. Cuando logró recuperar el aliento lo suficiente como para conseguir inhalar el humo de un cigarrillo, se fumó uno tras otro mientras andaba sin rumbo por la zona residencial que daba a las orillas del Laguito, rodeada de mansiones señoriales de estilo provenzal, art déco, neoclásico y colonial como la de los padres de Eva. No entendía nada de estilos arquitectónicos, pero sabía distinguir la elegancia refinada del buen gusto, de la opulencia más chabacana y vulgar. Allí vivía la flor y nata de la alta sociedad habanera, acordonada por los jardines del Country Club, las canchas de tenis, los campos de golf, el club hípico y aquel lago que, por muy artificial que fuese, Miguel tenía siempre la impresión que estaba allí desde que el mundo era mundo creado por la mano de Dios. «¿Qué pasa, Miguel, te cuesta reconocer que en este entorno de lujo, la residencia de los Díaz Toledo es la más lujosa entre todas?» Volvió a hablar de nuevo su conciencia hurgando donde más dolía... «Bordeada de ese césped mullido como una alfombra, esos jardines floridos, con butacas de mimbre blanco y mesitas de hierro repartidas bajo los sauces llorones. ¿Y qué me dices de las sílfides danzarinas alrededor de la fuente cundida de pececitos de colores iridiscentes? ¿O la terraza enlosada de mármol entreverado con vetas en marfil y rosa que como diría tu padre más que mármol, pareciera un suelo lasqueado con jamón ibérico? Para el final te dejo la guinda del pastel: la piscina, con sus tumbonas de rayas y tu Evita en bañador luciendo un bronceado de escándalo. Entendámonos, machote: si en soñar te va la vida, pues vive tu sueño a lo grande. Eres joven, fuertote, estás buenote y picote y tienes unos bíceps que parecen los mogotes de Viñales. ¿Qué te falta para venir de abajo y escalar la cima lo mismo que la han escalado otros? ¿Por qué casarte con Eva en una parroquia de mala muerte con un curita de medio pelo cuando puedes aspirar a que el propio monseñor el cardenal los case por todo lo alto en Jesús de Miramar, donde se casan todos los ricachones de esta isla? Claro que lo de elegir padrino sí que lo tendrás crudo, a don Isidro ni se te ocurra pedirle el agua por señas y en cuanto al hermano, Abel, ya se ve que tampoco le caes ni regular, pero... podrías elegir al Bobby, será marica hasta el tuétano de los huesos pero mejor aliado y amigo no lo hay, así que déjate de complejos machistas y pequeñeces como la del pisito de tres al cuarto y toda la bobada que te traes. ¿No le dijiste a Bette Davis que no te bastarían las estrellas? ¿No criticaste al De la Barca por decir que los sueños, sueños son...? ¿Y tú qué? Desvívete y ponte a la altura de lo que quieres. Déjate de soñar con musarañas y métele, mulatón. Si no serás tú mismo y no el viejo Calderón quien tire tu sueño a mierda.» Se sintió tan animado de improviso que sus tripas entraron en alerta roja y se engulló a viaje el sándwich que le preparó Lola que le supo a pan de gloria. Miró de nuevo el reloj y vio que faltaban apenas treinta minutos para recoger a Eva en la colina universitaria, se alisó el pelo frente al espejo retrovisor, antes de colocarse de nuevo la gorra del uniforme; se recompuso el cuello y la corbata y se puso en marcha mientras la voz de Olguita Guillot, que cantaba en la radio, lo envolvió en una caricia perturbadora: «La noche de anoche —qué noche la de anoche— revelación maravillosa que me hace comprender que yo he vivido esperando por ti».

Cuando doblaba por la esquina de la calle San Lázaro, se topó con una manifestación estudiantil que descendía la escalinata de la colina universitaria y tenía cortado el tráfico. Desplegaban una tela demandando al gobierno del presidente Prío Socarrás por el alza de las tarifas eléctricas, y gritando a todo galillo a través de los altavoces acusaban al gobierno de corrupto y un sinfín de cosas más. Miguel trató de dar marcha atrás para lograr escapar doblando por otra calle, pero le fue imposible mover el Cadillac cola de pato del atasco en el que estaba atrapado. Buscó a Eva inútilmente en medio de la confusión de manifestantes, policías y curiosos. «Esta gente siempre se agarra de algo para armar la pelotera», se dijo pegando un puñetazo de impaciencia sobre el timón mientras hacía sonar el claxon porfiadamente.

Tocaba la coincidencia que pocos días atrás su padre le había reprochado su desinterés en los asuntos políticos, tachándolo de indolente. «Por desgracia, quieras o no son los políticos los que rigen el destino de los pueblos, por más que los tires a mierda, al final es su política la que te enmierda la vida.» Fue como de costumbre el tío Pascual quien abogó en su defensa, diciéndole a su hermano que estaba cometiendo una injusticia tomándola con su hijo porque tampoco había que ponerse trágico llevando la desgracia a los extremos. «No siempre nos ha que tocar la mala con un Franco o un Machado», y acabó citando a Carlos Prío como ejemplo diciendo que al fin imperaba en el país la democracia, que el pueblo se expresaba libremente, la agricultura, la industria y la construcción iban en alza y la economía y la educación prosperaban más que nunca, que por algo lo llamaban el presidente cordial y que era sin lugar a dudas el mejor mandatario del que podía vanagloriarse la isla en sus casi cinco décadas de vida republicana.

—El menos malo, querrás decir —le respondió Joaquín a Pascual, seguramente molesto porque su hermano menor le llevara la contraria—. No irás a negarme que al hombre, cuando le llega la hora de la verdad, le flojean las rodillas. En la vida cotidiana si tropiezas, te levantas, pero en política hay una regla inviolable: quien la pifia se atiene a las consecuencias. Y Prío no se cansa de pifiarla. Tratando de aparentar cordialidad dejó que Batista, un enemigo potencial, regresara del destierro y creara su partido propio, y por si aún no bastara le concedió el indulto a su otro eterno adversario, Eduardo Chibás, el líder de los ortodoxos que había sido condenado a seis meses de prisión por lanzar acusaciones falsas contra los magistrados del Tribunal Supremo y para colmo de males le permitió hacerse con los micrófonos en la radio nacional y en la tribuna pública, dejándole vociferar como lo que es: un loco.

Por más gente que aglutine su partido y más protagonismo que se gane provocando y armando algarabía, pobre de este país si ese agitador desquiciado llega a ganar las elecciones y a erigirse presidente del gobierno. Sus charlas sólo han servido para dar pie a la prensa efectista y populachera que sólo busca impactar y ganar primera plana aunque sea falseando la verdad o lo que es peor: a fuerza de lanzar calumnias. Eso y la panda de deshonestos que administran su gobierno terminarán por pasarle la cuenta a Carlos Prío. Por algo se dice que la prensa es el cuarto poder; quien controla la información, domina el fuego: aviva o apaga el incendio.

Miguel recordaba la controversia entre su padre y su tío, sudando la gota gorda dentro del Cadillac mientras seguía en espera de que la policía dispersara el gentío y restituyera el tránsito. A decir verdad, de todo lo que discutieron a lo único que le prestó interés y le concedió importancia fue a lo del cuarto poder y a lo de dominar el fuego. El director de un diario debía de ser una especie de deidad suprema capaz de dictar una orden con sólo levantar un dedo. Fue entonces que se acordó de haber leído que Pablo Álvarez de Cañas, un emigrante canario, que había llegado a Cuba igual que llegó su padre, sin tener tras que caerse muerto, se había hecho de reputación y de fortuna gracias a su puesto como cronista social del diario *El País* y encumbrado por el éxito fue que pudo consumar el sueño de casarse con la que durante veinte años fue su amor imposible, la poetisa Dulce María Loynaz, rica heredera de los Muñoz Sañudo y del general Loynaz del Castillo, todo un héroe de la guerra. Curiosamente recordaba aquella historia de amor porque había leído en la biblioteca de su padre un trocito de una de aquellas cartas que Álvarez de Cañas le había escrito a su amada Dulce María, y ese trocito bastó para ponerle la piel de gallina: «No sé dónde esconderme contigo; no sé por qué resquicio, por qué puerta mal cerrada; me van a sorprender lo que he hecho mío; mío como un tesoro, como un remordimiento, como un pecado, como un dolor...». Cuando la leyó por primera vez no imaginó que algún día aquella carta de amor podría guardar relación consigo mismo. Pero sí que recordaba el haberse conmovido porque transmitía el sentimiento de alguien que había amado hasta el delirio. Lo menos veinte minutos llevaba ensimismado en sus propios pensamientos, cuando el tránsito se restableció y sintió que era a él a quien ahora le pitaban porfiadamente para que se despabilara y quitara del medio su cola de pato que se cogía para él solo todo el ancho de la calle. Fue justo cuando arrancaba cuando vio al Bobby en el portal del hotel Colina agitando los brazos para hacerle seña de que arrimase el Cadillac a la acera.

Entonces vio a Eva haciendo señas también para indicarle dónde estaban y apenas aparcó el Cadillac y se bajó para abrirle la puerta como solía siempre hacer, Eva se abalanzó sobre él y se colgó de su cuello.

Miguel sintió sobre su pecho el revoloteo de mariposa que transmitía el corazón de Eva. Pero mientras la estrechaba entre sus brazos sin percatarse siquiera de la curiosidad que despertaban entre los que cruzaban de un lado a otro la calle, quedó perplejo al distinguir la figura alta y desgarbada de su hermano Javier, sobresaliendo entre la de Eva y el Bobby. Tenía la apariencia inapelable del asmático severo: pupilas insomnes, hombros afligidos, pecho entrecerrado, palidez patética. A diferencia de Miguel, que era el retrato de Lola, su hermano era calcado a Joaquín. Alto y flaco como una vara de cazar murciélagos. Rubio y pasudo. Un jabaíto bonitillo, como se conoce en Cuba al que siendo mitad blanco y mitad negro sale de pelo claro, ojos claros y piel diáfana, pero que según el decir de Lola de nada valía que trataran de disimular su raza porque lo mismo que el pájaro se reconoce por la cagada, el que tiene de color se distingue por la pinta.

—¿Qué haces tú aquí, Javier?

Fue lo primero que le vino a Miguel a la boca, mortificado porque su hermano, el niño protegido y siempre mimado de la casa, al que su madre no le permitió en toda su infancia corretear, retozar ni reírse a carcajadas, porque vivía temiendo que el día menos pensado su niño se le apagara de un soplo lo mismo que una velita, tuviera que verse ahora de buenas a primeras y a causa de su irresponsabilidad involucrado en sus litigios amorosos.

—Pero bueno, acabemos de meternos en el auto que estamos llamando la atención —dijo el Bobby abriendo las puertas del Cadillac y haciendo entrar a empellones a Miguel, Eva y Javier—. Óyeme, niño. *What happen to you?* Nosotros con el credo en la boca creyendo que regresarías cadáver, y ahora que te tenemos vivito y coleando y nos vuelve el alma al cuerpo, lo primero que se te ocurre es venirnos con ese vozarrón tuyo a preguntar qué es lo que hace aquí tu hermano. Coño, ¿qué tú crees, mi santo? ¿No pensarás que vino a vendernos aguacates?

—Fui yo. —Saltó Eva levantando la barbilla con un gesto de importancia por saberse de nuevo llevando la voz cantante y tomándole a Miguel la delantera—. Le dije que tenía que hablar con él después de clase y lo puse al tanto de todo. Absolutamente todo. ¿Entiendes? —Y continuó como una seguidilla diciendo que al final de cuentas era ella la culpable, la responsable de haber hecho lo de anoche—. Ya sabes —recalcó, dejando escapar un suspiro—, lo de la noche de anoche. —Porque había sido ella la primera en dejarse llevar por el impulso, bueno, más bien el arrebato, y Miguel bastante tenía ya con tener que aguantar el chaparrón que no hacía falta le dijera cómo fue, porque conocía el genio iracundo de su padre lo suficiente para poder imaginar la escena y ¡valga que, como decía el Bobby, salió vivito y coleando y encima conservaba el empleo!—. O... ¿me equivoco?... ¿Papá te ha echado? —preguntó reaccionando de golpe al percatarse que con tanto habla que te habla sin parar ni le había dado tiempo a Miguel a explicar nada.

Miguel suavizó la expresión contraída que tenía en la comisura de los labios y miró enternecido a los ojos de Eva, que sentada a su lado en el asiento del Cadillac, lo miraba a su vez inquieta y titubeante.

—Pero ¿qué pasa? ¿No me ven sentado al timón del cola de pato? —dijo atrayendo a Eva hacia él mientras se volvía hacia el Bobby y su hermano Javier que, desde el asiento trasero, lo miraban enmudecidos por la incertidumbre.

Los cuatro, aliviados, rompieron de repente a reír y riendo estuvieron largo rato intercambiando más risas que argumentaciones, más bromas que juicios o razonamientos.

Con el correr de los años y viviendo ya exiliados en Miami, Miguel recordaría aquella tarde alegando que la gente enamorada comete siempre locuras y calificaría aquellos tiempos de ardores temerarios con una frase que habría de herir corazones y remover sentimientos. «¡Éramos tan jóvenes entonces!...» No era que le faltara razón. Sólo que a aquellos que lo conocían de los viejos tiempos de La Habana, les costaba reconocer en el Miguel amargo y contrariado que hablaba del amor en pasado y achacaba los mejores años vividos a un ardor de juventud, en aquel otro Miguel risueño, vehemente y jaranero que recordaban sentado al volante de un cola de pato, aquella tarde en que los sueños navegaban viento en popa y sonreían aún a aquellos que los soñaban despiertos.

Ni tan siquiera Javier se tomó a pecho lo del suspenso o los suspensos, porque ya ni el mismo Bobby se acordaba de cuántas eran las asignaturas desaprobadas que le endilgó al joven. Y tal vez precisamente por tener dieciocho años y estar experimentando él mismo los primeros vapuleos del amor, exculpó no sólo a su hermano Miguel, sino también a Eva y al Bobby, sus compañeros de curso, por haberle ensuciado su expediente aunque no fuese más que con un embuste impuesto por las circunstancias.

—Lo último que podía el Bobby inventarse de mí era que soy dejado en mis estudios. Pero en momentos de emergencia... Todo vale. No te culpes, Miguel, sé cómo eres y sé también cómo te sientes por haberme tocado a mí bailar con la más fea. ¿Sabes? Por el contrario de lo que piensas, soy yo quien se alegra de haberte podido echar un cabo (aunque sea un cabito de nada) a cambio de todo lo que haces tú por mí. De no haber sido por ti, no estaría yo estudiando y de estarlo sería a costa de los ahorros de papá que habría tenido que renunciar a su ilusión de hacerse propietario de la tienda. Sabes... yo no quiero desilusionarlo, pero ese Bellpuig le está dando largas al asunto sin decidirse a venderla y largarse para España. Tengo para mí que está embaucando a papá con tanto estira y encoge. Si por fin se va a su tierra son tres tiendas y no una las que buscará vender. A papá no le alcanzará para hacerse con las tres... Va y ya tiene un mejor postor, aunque ojalá me equivoque.

—Si es así —dijo Miguel—, haré lo que tenga que hacer con tal que papá tenga lo suyo. Se lo merece y lo tendrá. Y tú, Javi, a estudiar hasta que el coco te eche humo. Ni se te ocurra pifiarla y suspender, ¿eh? —dijo riendo—. Estoy muy orgulloso de ti, brother. Ya lo sabes.

Intercambiaron abrazos, besos, se palmearon alegremente los hombros y las espaldas, se dijeron hasta pronto y tomando cada uno por su lado dejaron a Eva y Miguel a solas, compartiendo el mismo cigarrillo.

—Es el último —dijo él estrujando la cajetilla de Camel dentro del puño, como queriendo hacerse perdonar por no poder compartir los dos que siempre prendía en su boca a lo Paul Henreid.

Eva, mostrándose precavida por primera vez, le pidió que se alejaran de los predios universitarios hacia algún sitio donde pudieran hablar sin que el auto de su padre fuera reconocido o llamara demasiado la atención.

Entonces él, mientras conducía en busca de algún refugio más seguro, aprovechó para ponerla al tanto de algunas de sus preocupaciones: tendrían que precaver para no tener que lamentar. Lo de anoche... por muy revelador y maravilloso que fuese, no podría repetirse. Habría que buscar un modo de verse sin delatarse, de amarse sin exponerse. Podían, por ejemplo, citarse en algún lugarcito apartado, un hotelito discreto o alquilar un cuartico recatado y usar el Fordcito de él, que le tenía prestado a Javier para ir a la universidad, o pedirle a su padre que le prestara el Chevrolet, que por el contrario del Cadillac del senador, pasarían inadvertidos.

Eva lo escuchaba en silencio, sin tan siquiera volver hacia él los ojos. Se sentía dolida a más no poder por lo que Miguel le estaba sugiriendo. No era que se considerara menospreciada en su estima, ni rebajada en su condición social por los diminutivos que él le mencionaba: hotelitos, pisitos, lugarcitos. Tampoco porque se sintiera ofendida al estar él proponiéndole algo que sabía que los hombres nunca propondrían a ninguna mujer que respetaran o tuvieran por decente. Lo que sí la lastimaba era oírlo hablar de recato, usando palabras como prudentes, precavidos, cautelosos, discretos, y de amarse sin delatarse ni exponerse, cuando hacía apenas nada mientras ella lo alertaba del peligro que corrían si su padre descubría en lo que andaban, a él no le importaba otra cosa que vivir el momento que vivían y juraba y perjuraba que ni siquiera la muerte podía separarlos. Pero Eva, por dolida que estuviese, no era mujer de amilanarse. Si a Miguel le faltaban arrestos para ir en busca de la luna, ella misma se bastaba sola para subir y bajarla.

—¿Te pasa algo, cielo? Tienes una carita...

Entonces ocurrió algo que le demostró a Miguel de golpe y porrazo que Eva debía de pertenecer a algún raro espécimen del sexo femenino o haber descendido a la Tierra de algún planeta ignoto donde se desconocía el hastío, la apatía o el aburrimiento y que más allá de reconocer en ella al amor de su vida, había descubierto a una mujer que nunca terminaría de sorprenderlo.

Sin decir esta boca es mía, ella abrió la guantera del Cadillac, sacó la libreta de notas de su padre, le arrancó una hoja de cuajo, tomó la pluma estilográfica que tenía en su cartuchera, dibujó un croquis de la parte trasera de su casa y señalando una puerta y una escalera que Miguel ignoraba que existían, se limitó a señalarlas diciendo:

—Esta puerta y esta escalera te llevarán a mi cuarto. Papá está en Nueva York, estará una semana, podemos aprovechar... No encontraremos un lugarcito más discreto y recatado que mi cama.

El infierno está vacío. Todos los demonios
están aquí.

WILLIAM SHAKESPEARE, *La tempestad*

Creían tener las estrellas titilando apresadas entre redes, creían
haber remontado la luna, explorado el paraíso, haber sido los
primeros que descubrieron la gloria, los únicos con derecho a
conquistarla y a plantar allí sus huestes. No se creían soñadores, sino hacedores de sueños. Alquimistas de la materia que
los fragua y transforma en tangibles. Dedicaron muchas horas
de su tiempo a acumular presunciones y apuntalarse el amor
con pilares de certeza, y siete días bastaron para dejar demostrado que llevaban más de treinta como dos gallos de lidia,
midiéndose, explorándose, gozándose y amándose sin amarse
con la soltura expansiva que da la felicidad. Eva, que se veía a
sí misma como un patrimonio subastable o un tratado de intercambio comercial de los tantos de su padre, era incapaz de
llamar a la felicidad por su nombre y menos reconocerla en
aquel desasosiego íntimo que le escalofriaba y echaba a temblar de miedo. Por su parte, Miguel, que según el decir de Macorina nació para ser feliz y feliz había vivido hasta el día que
consideró el amor de Eva, requisito indispensable para poder
seguir siéndolo, tampoco tenía del todo claro que fuese felicidad aquel vivir sin vivir temiendo que podía perderla. Fue durante aquella semana, en el discreto remanso de la habitación
de Eva, que ambos quedaron atónitos al entrever el prodigio de
conjugar el verbo amar y ser feliz como si fuese uno solo. Miguel reconoció una vez más la incuestionable sapiencia de los

consejos de su padre: «Hijo, no restes nunca valor a la ternura que reside en las cosas pequeñas, y la grandeza oculta de las hazañas anónimas que ocurren todos los días sin que se tengan en cuenta». Cierto era: en cada gesto de Eva, incluso en los más leves y normales, en cada cosa que fuera de su pertenencia, por menuda, pequeña o insignificante que pudiera suponerse, encontraba Miguel ese toque divino y milagroso que sólo concede Dios a los que aman de alma. No habría de conocer en toda su vida ternura más entrañable que aquellos momentos en que ella lo abrazaba y hundía su carita de cervatilla en el hueco de su hombro evacuando entre lágrimas sus dudas, sus temores o, lo que era aún peor, su indigencia de cariño. Si hubiera podido esconderla ovillada junto a su corazón, no habría dudado ni una fracción de segundo en abrirse el pecho en dos y ocultarla dentro de él. Pero se limitaba a consolarla con besos y caricias mudas; despacio, con la punta de la lengua, recorría la caracola de su oreja, mientras escalaba con su mano la curva retadora de sus nalgas, la media luna de su espalda hasta alcanzar su nuca de gacela donde al fin se detenía deshebrando entre los dedos sus cabellos con aroma de Chanel. Así, absorto y silencioso, volvía nuevamente a poseerla con los ojos entornados por el éxtasis que los sumía en un estado de gracia semejante al de dos criaturas acabadas de nacer.

Para Eva y Miguel estaba visto y probado que las hazañas inéditas, las menos grandilocuentes y poco divulgadas, eran las que encubrían veladamente mayores dosis de riesgos, abnegación y sublimidad. Incluso de renunciamientos, aunque sobraba decir que a ninguno de los dos les pasaba por la mente tener que renunciar al introito de su felicidad. Por ello no dudaron en valerse de alguien que Eva sabía y le constaba era la lealtad ambulante, y que además de recibir su primer aliento de vida la mañana en que su madre la trajo al mundo como una madre la quiso desde la hora misma en que nació: nana Rosa. Era eso: la devoción en estado puro. Se desvivió en arropar a los amantes sin regañinas ni cuestionamientos. La única señal destacable que varió en sus maneras cotidianas era la de andarse persignando con más frecuencia de lo habitual. Eva no atinaba a definir si tanto santiguamiento era a causa del desconcierto, la turbación o el espanto que sobrecogía a la nana o si era todo a la vez, como llegó a confesarle estando ya muy anciana y a punto de pasar a mejor vida. «Nunca je sentío tantos miedos juntos apretujaos entre pecho y espalda, y ¡jabré juntao yo miedos en mi vida! Ver a la señorita con el chofer mulato del caballero don Isidro escondío en su cuarto y quedarme patitiesa fue lo mismo. Le pedía a mis santos que los protegiera y diera luz, pero mis santos ni chistaban y cuando los santos no chistan, jum, es que lo que se avecina e'má joscuro que una boca e'lobo. ¡Síacará! ¡Solavaya! ¡Pa'llá, pa'llá! Aleja lo malo viento e'agua. Pero na valió de na. La desobediencia e'mala consejera y la mescolanza no etá hecha pa'los de su raza, niña. Los blancos no gustan del color negro má que pa'ponerse de etiqueta. Pa'don Isidro, un negro y una mosca en la nata de la leche es la misma cosa. Pero así y to... lo que pasó después no me arrepiento de jaber jecho lo jice y jaber arriesgao el pellejo. Negra soy, pero me voy con la conciencia limpia y má blanca que la de mucho blanco que me dejo sin mentar.»

Nana Rosa más que la mano metió el brazo hasta el codo en la candela. Vivía día y noche al acecho, era la celadora de todos los sirvientes de la casa. La centinela de la puerta y la escalera de servicio para que Miguel bajara o subiera a la habitación de Eva sin que nadie se enterara. Vigilaba los pasos de doña Carmen, que eran de los que menos recelaba. No le resultó difícil aprenderse los horarios de las novelas jaboneras que seguía su señora por la radio. La que patrocinaba el jabón Candado, la de Palmolive y el folletín Hiel de Vaca. La de la pasta dental Gravi, Colgate o la del café Pilón (sabroso hasta el último buchito). Era un sin parar de culebrones y comerciales que doña Carmen saboreaba a su vez hasta el último buchito y sí que era una suerte saber que no despegaba la oreja de la radio para otra cosa que no fuera renovar las puchas de flores recién cortadas que colocaba cada mañana en los búcaros y jarrones dispuestos por toda la casa, jugar canasta con sus amigas de siempre en la terraza escuchando *Collar de lágrimas* o para cumplir con sus rituales de aseo, que era la única vez en toda la tarde que subía a sus habitaciones porque lo que son las necesidades fisiológicas acostumbraba a hacerlas en el baño de los bajos, donde junto al inodoro tenía enchufada una radio para no perder detalle de los diálogos orgásmicos entre Carlos Badía y María Valero, a los que debía sentir tan cercanos que cuando la actriz murió atropellada frente al Malecón de La Habana, doña Carmen la lloró y le guardó luto igualito que si fuese un familiar.

Lejos de lo que podría esperarse, resultó ser el niño Abel quien puso más de una vez en aprietos a nana Rosa y la hizo pasar los mayores apuros durante aquella semana. El joven observaba a su hermana, a la nana y sobre todo a Miguel de manera sospechosa. Probablemente más que sospechar, intuía alguna cosa porque Eva entraba y salía de casa con más naturalidad que nunca, asistía rigurosamente a sus clases en la universidad y Miguel, tieso como un palo, la llevaba y la traía en el Cadillac, trajeado con su uniforme impecable y sin siquiera chistar, aunque es justo destacar que fue también nana Rosa la encargada de dar al cuello y los puños su agüita de almidón y repasarlos con la plancha porque durante aquellos siete días anduvo cercana al paroxismo temiendo que una mínima mancha del pintalabios rojo de Eva o la fragancia a eternidad del Chanel 5 que le costaba Dios y ayuda hacer que se desvaneciera de la ropa de Miguel, pudiera poner en evidencia a los amantes.

Pero en el caso de Abel, no había remedio. Además de buen olfato, tenía un instinto aguzado y apenas cuarenta y ocho horas fueron más que suficientes para que decidiera abordar el tema con su hermana.

—Sé que te traes algo gordo con tu mulatón. A mí no me embromas tú. De un tiempo a esta parte te comportas como la gatica de María Ramos: tira la piedra y esconde la mano. Me la juego a que el Bobby está al tanto de tus tejemanejes con Miguel. Se pinta solo para maquinarlas y montar todo un intríngulis.

—Parece mentira, Abel, que tildes al Bobby de intrigante. ¿Que hinca rodilla en tierra por mí? Pues sí, y qué. ¿Te molesta que sea él y no seas tú quien lo haga?

—¡Ah! Mira por dónde viene la mosquita muerta. Ahora resulta que estoy rabiando de celos. Lo que me molesta no, lo que sí me duele es que confiaras en el Bobby antes que confiar en mí.

—No es así, Abe... Es que te pusiste como una fiera cuando supiste que Miguel y yo...

—Caray, Evita, ¿qué esperabas? ¿Que entonara *La oda a la alegría* porque mi única hermana, la pequeñina de la casa, se acostaba con el chofer de papá?

—Pues podías haberme apretado contra tu corazón como hice yo contigo cuando te vi llorar como un nene por tu misteriosa dama. Eso se llama amor, Abel, ¿entiendes? El amor filial desconoce el desprecio: no distingue entre razas, sexos, credos o puestos en el escalafón social. Se ama y punto. De eso se trata.

Abel sacudió dos veces la cabeza antes de decir:

—No entiendes nada. Precisamente porque te amo es que me muero de miedo por ti.

—Pues tú mismo me decías que aunque se desaten sobre nosotros todas las fuerzas del peligro juntas, hay que arriesgarse a vivir la vida. ¿No será que me lo dijiste por decir o... sería para darte ánimo a ti mismo?

—De acuerdo, Evita. Lo dije y lo repito. Vivir es arriesgar y quien no arriesga perece. Pero no pongas a prueba el genio endemoniado de papá. El lunes es mi cumpleaños y papá regresará para estar. Sé que cuando el gato no está en casa los ratones andan sueltos y claro: el ratón Miquito sube y baja a su antojo por la escalera de servicio. Ni soy bobo ni me chupo el dedo. ¿Te crees que eres la primera y la única en poner en jaque el peligro? —La miró a los ojos, con las lágrimas en punta, y la apretujó entre sus brazos fundiéndola contra su pecho. Con la voz rota, cortada por la emoción, le dijo—: Te amo mucho, hermanita. Créelo, no me lo pensaría dos veces si me dieran a escoger entre tu vida y la mía.

El lunes a las diez de la mañana Miguel recogió a don Isidro en el aeropuerto acabado de aterrizar de Nueva York. Traía el rostro avinagrado y apenas divisó a su chofer le hizo un gesto a secas para que recogiera el equipaje; no habló en todo el camino, por lo que Miguel dedujo que todavía no se había repuesto del berrinche de la semana anterior y sin poder evitarlo los pelos se le pusieron de punta pensando qué sucedería si el senador intuyera lo que había estado ocurriendo entre su hija y él durante su ausencia. La noche antes, nana Rosa se había encargado de no dejar vestigio de pecado en toda la casa, ni siquiera una pelusa visible en las alfombras de la habitación de Eva, ni restos de cabellos ensortijados en la bañera, olores andrógenos flotando en el ambiente o fluidos delatores entre las sábanas.

A la una de la tarde estaba listo el almuerzo que la familia había preparado para homenajear a Abel, en su veintiún cumpleaños. La tarta de chocolate y almendras que era su preferida había sido encargada a La Gran Vía, la más reconocida pastelería de La Habana, y aguardaba en la cocina para darle la sorpresa y cantarle el *Happy Birthday* cuando apagara las veintiuna velitas. Isidro se hizo esperar y todavía le duraba el avinagramiento en el semblante cuando ocupó su puesto en la cabecera de la mesa. Todos, incluyendo Abel, se mantenían en suspenso, pendientes del humor del padre que más que imponer respeto, les infundía miedo o cuando menos inquietud. El alma les volvió al cuerpo cuando don Isidro felicitó a su hijo, con total normalidad, y expresando lo satisfecho que estaba por sus excelentes notas en la Facultad de Medicina, se puso en pie y con un ademán que tenía más de arrogancia que de orgullo paternal, le hizo entrega al homenajeado del regalo que le había comprado en Nueva York: un reloj Rolex de lujo, de veinticinco rubíes y pulsera de oro de dieciocho quilates. Acto seguido con un gesto seco y desabrido le entregó a su hija un estuche con un brazalete de oro y diamantes que dijo haber encargado a Tiffany, ordenado a su medida, y costado un dineral, tanto o más que el auto descapotable que ella pretendía que él le regalara cuando matriculó en la universidad. En cuanto al mal humor que traía, él mismo se encargó de despejar todas las dudas comentando la impresión que recibió al enterarse por la prensa de que el abogado y hombre de confianza del presidente Prío Socarrás había sido acribillado a balazos mientras cenaba en un restaurante de las afueras de La Habana con su putica de turno que también salió tinta en sangre del atentado.

—¡Bendito sea Dios, Isidro! Estamos en la mesa celebrando en familia el cumpleaños de Abelito, no es momento adecuado para comentar desgracias.

—Para celebraciones estamos en este país, Carmen. Ustedes aquí festejando como si tal cosa —dijo, lanzándole al Bobby una mirada reprobatoria, porque su ahijado lejos de prestarle atención, le gastaba bromas a Lily, la sirvienta, mientras la joven empezaba a servir la sopa y tanto Eva como Abel le seguían la rima riéndole la gracia—. ¡Caray, Bobby, podías prestar atención y mostrar un mínimo de respeto cuando hablo temas serios! Pero lo que se dice seriedad es demasiado pedirte. No hay más que verte, mariposeando, gozando a tope la vida y despilfarrando la plata de tu padre. ¿Sabe por casualidad el querubín quién fue el primero en localizarme de urgencia en el Waldorf Astoria para darme la noticia del crimen? ¿No? Pues fue Ramiro, tu padre. Su nene por acá comiendo catibía y Ramiro y yo en Nueva York, alarmados, temiendo por nuestros hijos. ¡Y total! Miren a nuestros tres mosqueteros. Todos para uno y uno para todos.

Eva miró el estuche de pana púrpura del brazalete con pésimas intenciones. Pero el Bobby y Abel le cortaron el impulso trincándole los muslos a pellizcos por debajo de la mesa.

—Papá —dijo Abel, visiblemente contrariado—. No sé cómo te las arreglas para confundir siempre la gimnasia con la magnesia. Y sentirte dueño absoluto de la razón universal.

—¿Que yo confundo y me creo qué?

—Padrino, espera. No te mandes —dijo el Bobby tratando de aplacar los ánimos—. Abel lo que quiere decir es que estamos al tanto de todo. En la universidad no se habla de otra cosa. ¿A que no sabes la última? La policía allanó la colina violando su inmunidad y ha hecho una redada entre los pandilleros, donde han cargado con la gente de la UIR, entre ellos con ese tal Fidel Castro que tratando de aprovechar la federación universitaria como trampolín para ganarse un puesto en la política, anda metiendo cabeza para entrar en las filas de los ortodoxos, pero Chibás dice que no va a admitir gánsteres en su partido, y el caso es que con tal de que le den el visto bueno y lo lleguen a admitir no le importa delatar a sus propios camaradas de la UIR, para ir ganando méritos.

—Pero ¿van a seguir con lo mismo? Entre ese loco de Chibás y el tal Castro que además de loco y pandillero se dice que es comunista, nos han echado a perder a todos el almuerzo del cumpleaños de Abelito.

—Y dale que dale, Carmen. Con tu majomía cumpleañera lo sacas a uno de quicio. Sólo piensas en sandeces.

De un manotazo volcó encima del mantel el cucharón de sopa que le servía Lily, la criada, tiró la servilleta sobre la mesa y dando un jalón a la silla abandonó el comedor dejando a todos pasmados, incapaces de articular palabra y a Lily, con la fuente de sopa temblequeando entre las manos, pálida como una muerta.

Tras una semana de ausencia, la vuelta a casa de Miguel tampoco resultó ser nada gloriosa. No sabría decir si era preferible oír el desfogue de su madre que parecía no tener fin, o enfrentarse al hermetismo de su padre, que daba vueltas y más vueltas con el semblante inmutable y la mirada glacial. La casa estaba impregnada por ese halo de aromas donde la esencia del limón, la canela y la vainilla que salía de la cocina se entremezclaba a la del agua de lavanda que usaba siempre su madre y el olor a jabón y ropa limpia que se colaba por los rincones, escalaba las paredes y rondaba la casa entera como una presencia viva y palpitante. Esa misma mañana antes de ir a buscar a don Isidro al aeropuerto, Miguel le había entregado a Eva aquel regalo que llevaba una semana tramando: un frasquito diminuto de Chanel 5 que a ella le emocionó hasta las lágrimas, más por el detalle significativo de saberlo al tanto de sus gustos que por lo que el gusto en sí mismo pudiera significar. Cuando Miguel compró el perfume lo manoseó y olfateó tantas veces que la tendera se incomodó al punto de decirle que era la primera vez que se topaba con un cliente que a pesar de ser tan joven y tan guapo fuera tan terco, indeciso y quisquilloso como solían ser los caballeros mayores y bien entrados en años. No le faltaba razón, aunque había que tener en cuenta que era la primera vez en sus veinte años de vida que Miguel gastaba tanto dinero en algo que, por muy fino que fuese, encontraba abusivamente caro para venir envasado en un frasco tan pequeño. Pero la frase emblemática que traía el membrete del estuche acabó por seducirlo: «Un perfume anuncia la llegada de una mujer y alarga su partida», y más abajo, una firma con letras doradas al relieve decía: Gabrielle Coco Chanel.

Miguel le concedía crédito a los olores, y no sólo a los olores con marca registrada sino a los que emanaban de su hogar y las costumbres aseadas de su madre. Hasta en el cosmos a millones de años luz de la Tierra, se consideraba capaz de identificar aquella presencia olfativa asociada con su madre y con su hogar. Por un instante retuvo el aliento y evocó los olores que prevalecían en la residencia de los Díaz Toledo. Pero salvo el hálito afrutado que emanaba de la piel de Eva, su olfato se negó a reconocerlos. Cierto que en casa de Eva se imponía una aureola de elegancia que parecía deambular en puntillas como si se tratara de un templo donde los aromas humeantes de un sahumerio flotaran en un ambiente de misticismo sagrado. La casa era un punto y aparte del servicio y el resto de la propiedad. La cocina era una especie de ínsula con un régimen estricto y un orden cronométrico donde se exigía a las criadas frotarse las uñas con bicarbonato y enjuagarse las manos con agua de limón antes de servir la mesa, porque a la señora Carmen el olor del ajo y la cebolla se le hacían insoportables y le provocaban náuseas. Por eso debía de ser que todo allí olía igual que un jardín: rosas, orquídeas, tulipanes, violetas, lirios y amapolas decoraban el interior de la casa. Pero nada de jazmines del cabo, como llamaba Lola a las flores que se prendía en el pelo o echaba en el agua de la tina para perfumar el baño, y que, según la madre de Eva, era así como la gente común solía nombrar vulgarmente a las gardenias. Detestaba los naranjos como el que Lola tenía sembrado en el patio cundido de azahares la mayor parte del año y le hacía ascos a las azucenas que solía poner su madre en el centro de mesa del comedor y en el búcaro del centro de la sala. «No son más que flores repelentes. Flores de negros —decía Carmen a todo el que quisiera oírla—. No hay más que ver que son siempre los negros y los blancos ordinarios los que las usan en sus oscuros rituales.» En lo único que coincidían ambas madres era en que las dos eran devotas de la Virgen de la Caridad del Cobre y que tanto una como la otra le pedían por lo mismo: que resguardara a la familia y a la patria, que para eso era la patrona de Cuba y tenía el santo deber de guiar y proteger a sus hijos. Pero eso sí, diferían en las ofrendas y en la forma de implorarla. Según decía la tradición, a la santísima Virgen de la Caridad le gustaba que sus hijas lucieran pulseras de oro y vistieran de amarillo. Así que mientras la madre de Eva le dedicaba rosas amarillas y la llamaba a secas Virgen de la Caridad, la madre de Miguel le ofrendaba girasoles, le ponía un platico con miel y yema de huevo y la llamaba cariñosamente La Cacha o mi Cachita porque sabía que Ochún, como la denominaban en la religión de los Orishas, era una santa muy zalamera a la que había que endulzar y homenajear cada 8 de septiembre con un fiestón a lo grande que incluyera por lo menos un trío de violines para tenerla contenta y te prestara atención posando sobre ti su mano milagrosa y bendita.

—¿Y tú qué, mijito? ¿No dices nada? Talmente parece que estás en limbo o que te han echao un brujazo en esa casa —dijo Lola, que tras más de media hora refunfuñando y echando pestes sin tomar resuello, se dio cuenta de que era ella la única que se explayaba hasta por los codos porque Joaquín, de no ser por las orejas encendidas a punto de estallar y las vueltas de león enjaulado que no cesaba de dar alrededor de la sala, seguía con el pico cerrado reprimiéndose en silencio las ganas de despotricar y decir lo que pensaba.

Miguel, muy consciente de que el horno no estaba para galleticas, sólo atinó a envolver a su madre en un abrazo diciendo:

—Mamá, que tu hijo ya es un hombre y ya se pasó la edad en que podías bajarme los pantalones para cascarme las nalgas.

—¡Ah! Claro, mira qué bonito. Como ya el nene creció y es todo un machito, se va una semana de casa sin decir mamá voy a estar aquí o papá voy a estar allá. Ni una llamada, ni un recado con Javier, o lo que fuera. Nada: me hago humo y ya está. Sin tener siquiera en cuenta que por ahí andan matando un día sí y otro también y tu padre y yo: ¡Dios nos asista! El día que te pase algo nos vamos a enterar los últimos, por los periódicos o la radio. Así nos tratas... Basta que venga una fulana y te menee el fotingo y ya...

—Cállate, Lola —le ordenó Joaquín a su mujer, con un bramido seco que espantó a los gorriones de las ramas del naranjo y el marco de la ventana—. Miguel es ya un hombronazo hecho y derecho y tú y yo no somos quién para andar averiguando si está con esta o aquella. Lo que no tiene perdón es que no nos tuviese en cuenta siquiera para darnos razón de su paradero o del tiempo que iba a desaparecer de esta casa, sabiendo lo del atentado y trabajando para quien trabaja.

—Pero... ¿es que no lo ves, Joaquín? No estaba con ninguna fulana.

—Que cierres la boca, Lola. Te repito: no importa con quién estaba.

—A ti no te importará, pero a mí sí. ¿Cuándo se ha visto que las fulanas y las Macorinas se emperifollen con perfumes y carmín rojo Chanel? Caray, que me he pasado la vida trabajando alta costura y tengo el olfato adiestrado para las fragancias finas. ¿Qué te crees?

—Pero entonces ¿en qué quedamos, mamá? Fuiste tú la que habló de una fulana —dijo Miguel a punto de soltar la carcajada.

—Bueno, sí... pero fue por...

—Por provocarme, confiésalo —volvió a decir él besándola y abrazándola.

—No te pongas a engatusarme con tus besuqueos. ¡Ay, Cachita! Con tantas mujeres y tantos bares en el mundo y mi hijo tenía que venir a... ¡Ay! Espérense. ¿Esto lo saqué de una película o es que lo soñé?

Miguel no pudo más y soltó la carcajada.

—No lo soñaste, mamá. Es de la película *Casablanca*.

—Ya decía yo... —dijo Lola, desvaneciendo su mal humor como por arte de magia y secundando a su hijo en las carcajadas—. No, si yo te digo que nos vas a volver locos, Miguelito... Locos de atar.

En ese momento entraron a la casa Pascual y Herminia, su mujer.

—¡Hey! ¡Miguel, hombre! Al fin te vemos el pelo —dijo su tío mirando inquieto a su hermano que aún retenía la cólera apretada entre los puños—. Nos tenías en un sobresalto pero ya veo: estás como una pascua. Bien se lo advertí a tu padre, ese anda por ahí tirándole los tejos a alguna chavalina. ¿A que sí? Pero para la próxima avisa, ¿eh? Qué los ríos andan revueltos.

Joaquín aprovechó la llegada de su hermano Pascual y de Herminia, su cuñada, para hacerle una señal a Miguel de que lo siguiera al patio. Ambos caminaron entre las begonias, geranios, hortensias y margaritas que tenía Lola sembradas en una interminable ringlera de tiestos de barro y colgadas de las vigas que sobresalían del techo. Joaquín caminaba sumido en su mudez y Miguel le seguía los pasos cabizbajo. Hasta que al fin su padre se detuvo sobre una nata de azahares, bajo la sombra amable del naranjo, cruzó los brazos y le miró fijo a los ojos. Miguel, titubeante, sin saber qué decir ni cómo encontrar el modo de empezar a disculparse, intentó romper el hielo de los silencios.

—Nada en el mundo podrá oler mejor que esta casa, ¿sabes? Aquí se respira el hogar. Tiene el olor de mamá. Se siente como se siente la patria.

—La verdadera patria de un hombre está donde funda su familia y su hogar —respondió Joaquín—. La tierra donde naciste es tu identidad: está en el fragor de la sangre, en las raíces del alma, en el acento del habla, y se lleva como se lleva a la madre. A veces basta un olor para hacerte recordarla.

Entonces, emocionado, le señaló unos surcos hechos a filo de cuchillo en el tronco del árbol y unos números grabados con el nombre suyo y de Javier a cada lado.

—Quería que vieras esto, Miguel. No sé si lo recordarás. Fui marcando la estatura de mis hombrecitos a medida que crecían —dijo Joaquín, con las lágrimas apuntando en los ojos—. Desde el primer año de vida fui midiendo y marcando tramo a tramo la estatura tuya y de tu hermano. Luego mis hombrecitos crecieron, y su padre se quedó sin más tramo en el naranjo. Dice tu madre que Dios nos lo ha bendecido, y es por eso que por más ciclones que lo embistan, este árbol sigue en pie aferrado de raíz.

Miguel se abrazó a su padre dejando escapar un sollozo.

—Perdóname. No volverá a suceder. Tienes razón, los hijos hasta que no somos padres no sabemos lo que los padres temen por sus hijos. No sé qué me pasó. Cuando ella no está conmigo la tengo atravesada tras los párpados y cuando la tengo conmigo me olvido de hasta quién soy.

—No digas más. Me enamoré a tu misma edad. También me advirtieron que me cuidara de las mulatas con ojos amarillos y ya ves, el consejo me entró por un oído y me salió por el otro. Tu madre se instaló en mi corazón para quedarse. ¿Qué puedo decirte yo de esas mujeres que se nos atraviesan tras los párpados y te absorben mente y corazón? Sólo te pido que dejes ese trabajo. Tengo un mal pálpito. Una mala corazonada, como se dice aquí entre cubanos. No es el desvelo natural que hace a los padres vivir pendiente de sus hijos. No, es algo más. Es un miedo alarmante que no consigo explicar, pero lo siento tan vivo que me estremece todo el cuerpo. Olvídate de lo de la tienda, de la carrera de Javier. Olvídate de todo. Ya buscarás otra cosa. Eres joven, emprendedor, saldrás adelante y quién quita si lo de esa chica deje de ser sólo un sueño. Y lo imposible se haga posible. Pero hazme caso, hijo. No sigas con ese viejo camaján, terminará descubriendo lo de ustedes. ¿Crees que descuida su territorio y no vigila a su cría? Como todos los políticos no es más que un depredador, primero bajea a la presa y luego va y la devora. No te fíes; por muy mala entraña que tenga el senador, es justo reconocer que has sido tú quien ha traicionado su confianza. Eso nunca se perdona, hijo. Si poniéndome de rodillas lograra que me hicieras caso, ahora mismo de rodillas me pondría.

—Pero... ¿qué dices, papá? Te prometo que voy a dejar de trabajar para ese tiburón. ¿Crees que soy tan ingenuo que no sé que he ido muy lejos? ¿Que no tengo claro a lo que me expongo? Me odiará a muerte. Pero no sabes tú lo que he tenido que tragar. Lo que me he aguantado para no echarle cuatro verdades a la cara a ese viejo arrogante. Pero primero vamos a hacernos con la tienda. No permitiré que toques tus ahorros. Mucho que han trabajado tú y mamá. De los estudios de mi hermano, yo me encargo. Sólo dame un poco más de tiempo y te aseguro que todo va a cambiar en nuestras vidas. Ya lo verás. Te doy mi palabra de dejarlo todo, todo menos a ella...

—Recuerda, hijo, que los pactos entre caballeros se cierran con un apretón de manos y mirándose a los ojos.

—Hagámoslo así, papá —dijo Miguel clavando sus pupilas en las de su padre y estrechándole la mano con firmeza—. Te doy mi palabra: todo va a cambiar.

Cinco meses habrían de transcurrir desde el día en que Miguel y su padre hicieran aquel pacto bajo el naranjo del patio antes de llegar el día que habría de dar un viraje inusitado en la vida de Eva y de Miguel. En aquellos cinco meses, Eva alcanzó sus diecinueve años, y aunque advirtió a la familia que no quería celebraciones, doña Carmen decoró la casa con tantas flores que parecía que el jardín lo hubieran transportado puertas adentro. Fue debido a la insistencia de su madre que Eva aceptó finalmente cumplir con el ritual de soplar las diecinueve velitas, que apagó a regañadientes, sólo por salir del paso, diciendo que tenía prisa con las clases y que no le alcanzaba el tiempo para esperar que su padre regresara de palacio y ocupara su puesto de cabecera durante la ceremonia. Para Eva no cabían ceremonias ni celebraciones fuera del breve espacio que ocupaba entre los brazos de Miguel. No existía fiesta mayor que despertar acurrucada en su pecho. Sobre todo los domingos, cuando no tenía que asistir a la facultad, su padre dormía la mañana y la casa permanecía bajo un manto de silencio. Un silencio cómplice que permitía que Miguel pudiera escabullirse sin las premuras cotidianas y hacer que el amor se prolongara por más horas en la infinitud del tiempo. Sería justamente un domingo de silencios apacibles cuando el amanecer sorprendió a los amantes con los cuerpos al desnudo, fundidos en un abrazo bajo la polvareda diáfana que se filtraba por las cortinas de la habitación. Se habían amado sin tregua durante toda la noche, y a fuerza de tanto amarse intentando eternizarse en la memoria del tiempo rozaron —por instante— con el borde de los dedos los contornos de la plenitud.

Eva, como era ya costumbre, se aprovechaba del arrobamiento de Miguel y no sólo proponía sino que hacía y deshacía a su antojo. Había dado por sentado que el hecho de que su padre estuviera en casa no tenía por qué alterar las noches que pasaban juntos. Si no querían exponerse, ¿qué mejor resguardo que su cama? De eso estaba convencida, y se encargó de convencerlo a él con sus aviesos argumentos: tenían a nana Rosa de aliada, con mil ojos por el frente y otros mil más por la espalda. ¿Que la escalera de servicio de noche quedaba a oscuras? Pues mejor: para eso tenían a la luna conspirando a su favor. No había mejor claridad que aquel relente de luz que traspasaba la claraboya del techo. Hasta la orientación de la casa parecía estar de su parte: la habitación de sus padres quedaba en el ala opuesta a la de ella, por lo que podían permitirse retozar y revolcarse sin tener que reprimir siquiera los alardes de pasión ni tener que apelar a los cojines y almohadas para apagar el do de pecho que dejaba escapar Miguel cuando alcanzaba el orgasmo o los gemidos felinos, agudos y desafinados de Eva en el clímax de la eclosión. Fue así que del arrebatamiento inicial pasaron (sin escala previa) a imaginarse aureolados por el dios Eros, la diosa Venus, Afrodita, Isis y otras deidades que Eva iba incorporando mientras entremezclaba la mitología griega con la egipcia y la romana y hasta con un epíteto sánscrito que trataba sobre una protectora de amantes que respondía al nombre de Ushás y que Miguel tiró a risa pero que ella, en cambio, se tomaba muy en serio convencida de que Ushás tenía el poder de ahuyentar malos espíritus y repeler sombras siniestras entre las que incluyó la de su propio padre, sin mostrar el más mínimo remilgo de conciencia. De toda aquella ringlera de divinidades la única en la que Miguel confiaba ciento por ciento era en la santísima nana Rosa. Probablemente, por su carácter asentado y por su humilde condición de mulato y chofer, no las tenía todas consigo como decía tenerlas Eva. Era un soñador nato, como también lo era ella, pero había empeñado con su padre su palabra de que menos a Eva, renunciaría a todo lo demás y eso significaba soñar con los pies en la tierra. Pero no fue culpa suya sino una emboscada del azar lo que hizo coincidir la mañana que habría de desbrujulear el rumbo de sus vidas con aquel pronto de Eva de viajar a la Vía Láctea como una criatura cósmica revelándole a Miguel su faceta ingrávida y etérea que la impulsaba a volar igual que si fuese un ángel. Miguel comprendió enseguida que si no remontaba el vuelo aferrándola por la cintura o tirando cuando menos de la punta de su clámide, la perdería sin remedio. Así que se dejó llevar al carrusel de los sueños y giró en los espirales galácticos hasta marearse y olvidarlo todo: enteramente todo, incluido todo aquello que prometió no olvidar.

Anclado al sexo de Eva, de vuelta ya de la orgía cósmica y a punto de agitar bandera blanca, vencido por el vértigo agotador del placer, tuvo un rapto inusitado de lucidez cuando en medio de la calmosa quietud de la habitación se dejó escuchar el tañido lacónico que emitían las campanas de la iglesia de Santa Rita llamando a acudir al ángelus.

—¡Coño, Eva! ¿Son las doce? —dijo, saltando repentinamente de la cama y recogiendo a toda prisa las ropas desparramadas por el suelo y los rincones: la camisa tirada por aquí, la gorra colgada por allá, mientras metía a la atolondrada un pie en la pata del pantalón y se apoyaba en el otro para mirar en torno suyo buscando lo que no encontraba.

—Pero... ¿Qué pasa, Miguel? No me asustes.

—Pasa que voy a llegar tarde.

—¿Tarde? ¿Adónde? Si es domingo y papá ni durmió anoche en casa.

—Me dijo que lo recogiera a las doce y media en punto en el Country Club, porque iba a jugar tenis.

—Entonces... no es verdad que se fue de cacería el fin de semana. Ya imagino con quién pasó la noche.

—Eso no es asunto mío... —respondió Miguel calzándose los zapatos.

—Pero yo sé que lo sabes... igual que yo también lo sé. El Bobby me lo contó todo.

—Te contó... ¿qué? —dijo él, distraído, mirándose al espejo mientras se ponía el cinto y metía la camisa por dentro del pantalón.

—Que la querida de mi padre es Aurora, la madre del Bobby, la mujer de don Ramiro, íntimo amigo de papá y mi padrino de bautismo. Y que tanto Ramiro como mi madre están al tanto de todo.

Miguel se encogió de hombros.

—Bueno, a Dios rogando y con el mazo dando, diría mi padre.

—Un mazo de bochorno, querrás decir. Dan asco. Unos porque lo hacen cubriendo las apariencias a sabiendas y los otros porque a sabiendas aparentan que no saben lo que hacen.

Miguel, sin atinar a anudarse la corbata, tampoco atinó a decir nada. Eva lo volteó por los hombros, y se puso frente a él.

—Déjame hacerlo a mí —dijo ajustándole el nudo de la corbata mientras se empinaba para buscar con su lengua la lengua de Miguel.

Él se deshilachó.

—Eva, eres mi vida, pero ahora no es el momento. A mi regreso, esta misma noche, te prometo que hablaremos de lo nuestro. Te voy a sacar de todo este mierdero. Te haré la mujer más feliz del universo. Haremos realidad todos nuestros sueños, pero ahora despídeme con un besito de piquito y deja que me vaya.

Ella se puso de puntillas, le tiró de la corbata y lo besó mansamente.

—Te dejo ir si me juras que no habrá ninguna otra mujer en tu vida que se atreva a anudarte la corbata.

Él rompió a reír con aquella risa espontánea y rutilante que contrastaba con el bronce de su piel y que Eva encontraba arrebatadora.

—Pero serás picarona... Te haces la que no te enteras para

hacer que yo te diga lo que tú mejor que nadie sabes: salvo la madre que me parió, no habrá en mi vida otra mujer más que tú.

Miguel llegó al Country Club con cinco minutos de retraso. Frenó el Cadillac frente a la garita, en espera de que el custodio revisara su credencial y le abriera la verja de la entrada.

Pero el custodio le dio paso sin mirar su credencial.

—Adelante, señor. El caballero don Isidro me ha llamado ya dos veces a la cabina, pendiente de su llegada. En la voz se le notaba el mal genio. Ya conoce el carácter que se manda.

Miguel le dio las gracias al custodio y atravesó con el Cadillac la cuadra y media que faltaba para llegar a las canchas de tenis. Allí, inquieto como una fiera enjaulada a punto de soltarle un zarpazo, lo recibió don Isidro.

—Vaya cachaza la que te gastas los domingos, ¿eh?, Miguel. Casi me derrito al sol esperando que llegaras.

—Me retrasé apenas cinco minutos, señor. Pero fue culpa del tráfico.

—Bueno, bueno... está bien. Arranca, dale. Que ya vamos con retraso.

—¿Lleva apuro el señor?

—Y a ti ¿qué? De contra que llegas tarde todavía andas averiguando.

Miguel trancó la boca y puso el Cadillac en marcha, pero de improviso vio a Abel acercarse dando voces y haciendo gestos a la salida de las canchas y pisó el freno de nuevo.

—¿Qué carajo hace mi hijo hoy aquí? —oyó que decía el senador como si hablase consigo mismo.

Abel se acercó al auto sudoroso y agitado, abrió la puerta y se dejó caer en el asiento trasero con un suspiro de alivio.

—Menos mal que los alcancé antes de que se me fueran. Me encontré el Thunderbird ponchado a la salida del hipódromo y he tenido que echar un pie hasta aquí pensando que papá, por ser domingo, estaría jugando tenis con Ramiro y con Aurora. Y ya ven, no me falló la intuición... Ramiro se fue de caza pero le dejó a papá la siempre grata compañía de su esposa.

—A mí no vas a joderme el día, Abel. ¿Sabes por dónde me paso tus pullitas y tus gracias? Por el forro de los cojones.

—El tejido epitelial de los escrotos, papá. Que no se diga... Si vas a pasarte por los genitales a tu hijo, un futuro doctor en medicina, no te expreses de una manera tan soez. Puedo darte unas clases de anatomía patológica para ponerte en sintonía...

—Basta, para ya —dijo volviéndose hacia el asiento trasero para mirar al muchacho con un rictus tan áspero y furibundo que tanto Miguel como el joven se quedaron de una pieza—. Y tú, Miguel, ¿a qué esperas? ¿Acabaremos de largarnos de una vez?

Miguel, en marcha de nuevo, frenó frente a la garita, saludó al custodio con la mano y en el momento que atravesaban la verja de salida, sintió que Abel se encimaba sobre su hombro para decirle al oído algo que nunca llegaría a oír. Todo ocurrió a la velocidad de un relámpago. Miguel giraba la cabeza para escuchar al hermano de Eva cuando el fulgor de un fogonazo le encandiló la visión, haciendo saltar en esquirlas los cristales de la ventanilla y dejándole a él sin sentido de bruces sobre el volante con un hilillo de sangre serpenteando por debajo de la gorra hasta descender por el cuello y enchumbarle el uniforme.

—¡Ayuda! ¡Que alguien me ayude! ¡Es un atentado, han herido a mi hijo! —gritaba a todo galillo el senador, que de un salto cayó en el asiento trasero sosteniendo la cabeza ensangrentada de Abel entre sus brazos.

El custodio llegó a todo correr desenfundando su pistola mientras unos jóvenes con short y camiseta deportiva señalaban a un hombre de guayabera que escapaba en un auto a toda velocidad.

—Tómenle la chapa al carro. Llamemos a una ambulancia, a la perseguidora —dijo el custodio actuando con tanta torpeza y nerviosismo que no acertaba a decidir a quién avisar primero o a quién primero socorrer.

—No, no hay tiempo —dijo don Isidro con una determinación rampante—. Yo mismo me encargo de llevar a mi muchacho directo a la clínica.

Y recostando como pudo a su hijo sobre el asiento trasero, abrió la puerta delantera, pegó un empujón al cuerpo inerte de Miguel y dejándole caer sobre la acera, se colocó él mismo al volante.

—Pero, señor, ¿qué hace? ¿Ha visto en qué estado está su chofer? Cómo me va a dejar aquí a un muerto tirado sobre mis pies.

—Llame a la morgue y que se encarguen —dijo apretando el acelerador y pegando el puño al claxon, sin pisar siquiera el freno hasta que llegó a la clínica de Miramar.

Entró por la puerta de emergencias, tinto en sangre con Abel cargado en brazos, igual que una criatura.

Los médicos y enfermeras se lo arrancaron de encima a la fuerza, lo colocaron deprisa en la camilla y volando con el herido desaparecieron por la puerta del quirófano.

En el saloncito de espera de la clínica, don Isidro, fuera de sí, clamaba a todo pulmón por alguien que viniera a darle explicaciones.

—Soy el senador Díaz Toledo, un ministro del gobierno. Yo pago por esta clínica, ¿me oyen bien? Exijo que venga un médico ahora mismo y me diga si van a salvar a mi hijo. Yo pago para eso, para que lo atiendan y lo salven, joder.

Gritaba desgañitado, dando coces contra los muebles, dejando petrificados al personal sanitario y a los familiares de los pacientes que esperaban noticias a su vez.

Alertado por una enfermera, apareció un médico enfundado en una bata verde oscuro, se arrancó de un tirón la mascarilla de la boca y de un jalón se llevó a don Isidro fuera del salón.

—¿Cómo se atreve? Quíteme las manos de encima. ¿Usted sabe con quién está tratando?

—Sé muy bien quién es usted. Pero por muy senador que sea, y mucho que pague esta clínica, está en el deber de controlarse. Si no se calma, caballero, le aseguro que lo haré sacar de aquí.

—Oiga, doctor, de acuerdo; mire, no voy a discutir. Lo único que importa ahora es mi muchacho. ¿Sabe?, está por graduarse de doctor en medicina. Es mi único hijo varón. ¿Entiende?

—Sí, señor Díaz Toledo. Entiendo, pero escúcheme... tranquilícese.

—Pero... ¿cómo se cree que voy a tranquilizarme? Acabo de sufrir un atentado. Querían matarme. Tengo muchos enemigos, ¿sabe?, y se han vengado en mi muchacho.

—Escúcheme... Por favor —volvió a decirle el médico.

—No, escúcheme usted a mí, doctor. Soy rico. Muy, muy rico. Le compensaré a usted y a la dirección de la clínica. A todos. Pero devuélvanme a mi hijo vivo. Sálvenlo y le daré lo que me pida.

—Señor, atiéndame, lo están interviniendo de urgencia. Haremos todo lo posible, pero no lo voy a engañar... Por más rico que usted sea, aquí no cobramos por hacer milagros. Avísele a la familia y prepárense para lo peor...

Como un mar, alrededor de la soleada isla
de la vida, la muerte canta noche y día su
canción sin fin.

RABINDRANATH TAGORE

Eran las seis de la tarde cuando el doctor que intervino a Abel
Díaz Toledo salió del quirófano haciendo un gesto conmise-
rativo mientras decía: «Lo siento, no superó la operación. No
pudimos hacer más...». Pero el silencio atónito y despiadado
que recibió por respuesta lo hizo comprender de inmediato que
por mucho que lo lamentara y por más que lo sintiera ni el senador ni su señora esposa, ni la preciosura que tenían por hija
ni tampoco el joven amanerado que venía acompañándola
conseguirían afrontar el trance si no superaban antes el ofuscamiento de la incredulidad.

Doña Carmen inquiría indistintamente al médico y al marido:

—¿Qué quiere decir con eso de que lo siente, doctor? ¿Que
mi hijo no superó la operación? Pero... si Abelito estaba como
una manzanita ayer cuando salió de casa. Rebosante de salud.
Dime, Isidro: en el nombre de Dios, ¿qué es lo que tiene mi
hijo? No será nada de importancia. No me asusten. —Y le rogó
al doctor que le dijera que allí estaban su madre, su hermana y
el Bobby que como se dice: otro hermano más. Que no se ape-
nara tanto y la dejara pasar porque estaba convencida de que
en cuanto su hijo la viera bastaría para levantarle el ánimo y
ponerlo en pie. Su Abelito era muy poquita cosa. Si no lo cono-
cería ella, que lo trajo al mundo. No era lo mismo que su Evita
que desde chica era un relámpago y sabía desenvolverse por sí

sola—. Mire, doctor, mejor mano que la de una madre ni la del médico chino... Déjeme entrar y verá: remedio santo...

Su marido la retuvo por un brazo y logró cortarle el paso zarandeándola.

—Óyeme, Carmen. No sigas... Abel se ha ido. Entiéndelo. Se... ha... ido.

La voz de Isidro le produjo el efecto de un disparo a quemarropa. Pero aun así continuó insistiendo.

—¿Se ha ido? ¿Adónde, Isidro? Pero... ¿no dice el doctor que lo acaban de operar? —Entonces de repente pareció recuperar la lucidez, porque abrió desmesuradamente los ojos y dijo—: ¿No querrán decirme que... Abelito, mi niño, mi tesoro... está...? —Se tambaleó, trastabilló, se desmadejó y de no ser porque el médico y don Isidro se abalanzaron sobre ella, sujetándola, hubiera caído al suelo redonda y sin consciencia.

El médico dio voces a la enfermera para que vinieran por doña Carmen.

—Senador, será mejor que dejemos a su señora en observación. Puede que cuando recupere el sentido tengamos que asistirla... Nunca se sabe. En estos casos de muertes imprevistas, todas las precauciones son pocas.

En cuanto el médico y la enfermera se alejaron llevándose a doña Carmen en la camilla, Eva se echó encima de su padre prendiéndolo por las solapas del traje. Sentía el impulso de abrazarlo, de apretujarse contra él, urgida de consuelo, pero la misma fuerza motora que la empujaba, la retenía y tironeaba en el sentido contrario. No recordaba la última vez que se habían dado un abrazo. Desde que tenía uso de razón, su memoria no guardaba una sola imagen suya en los brazos de su padre. Por un instante quedó como extraviada en un limbo. Ondulando en la intrascendencia de cuestionarse querencias paternales en medio de algo tan trágico y trascendental como la muerte de Abel. Por primera vez se atrevía a aceptar que su hermano estaba muerto. Primero lo reconoció en lo más íntimo y, finalmente, tuvo el arresto necesario para admitirlo a viva voz.

—Papá —preguntó reprimiéndose un sollozo—, ¿cómo murió Abelito? ¿Qué pasó? ¿Fue un accidente? —Sentía al Bobby, a sus espaldas, gimoteando apoyado sobre su hombro, pero ella insistía tirando desesperada de las solapas del padre.

—Fue un atentado. Trataron de asesinarme, y mi hijo... pagó las consecuencias.

—¿Un atentado? ¿Quieres decir que les dispararon? ¿Dónde? ¿En el Cadillac? Y... ¿Miguel? ¿No estaba con ustedes?...

—¿Miguel? ¿Qué coño importa Miguel? Estará tieso en la morgue. Lo mataron de un balazo.

—¡No! ¡No puede ser! —exclamó Eva dejando escapar un alarido desgarrador mientras se cubría la cara con las manos y rompía a llorar cayendo descalabrada sobre los brazos del Bobby que, convulsionado por el llanto, apenas se tenía en pie ni conseguía sostenerla.

—¡Vaya espectáculo! —dijo el senador. Tenía el semblante de cera y los ojos encendidos por el dolor obcecado de la rabia, pero mantenía el tipo y permanecía imperturbable—. Ya veo que no puedo contar con nadie en esta familia para disponer el funeral de mi muchacho. Mi mujer en estado de shock. El Bobby lloriqueando como una Magdalena y mi hija, consternada por la muerte de un criado teniendo a su propio hermano de cuerpo presente. ¡Manda cojones! Paren ya con el llantén. Darán lugar a que la gente piense lo que no es. Talmente parece que el Bobby estaba colado por Abelito y que mi hija, me cuesta hasta decirlo, por el negro que teníamos de chofer. Si no fuera porque tengo el cadáver de mi hijo aún caliente, de un gaznatón le iba a cortar yo la llorera por ese mulato de mierda.

El Bobby apartó a Eva de súbito, se erguió sobre sí mismo de sopetón y sorbiéndose mocos y gemidos paró bruscamente de llorar y se enfrentó a don Isidro.

—Si te atreves a tocarle un solo pelo a Evita tendrás que vértelas conmigo.

—¡Vaya! Así que esas tenemos. La gallinita saca espuelas y se las da de gallito. ¡Uyyy! Me echo a temblar.

—Para defenderla a ella me sobra lo que a ti te falta. Pruébame y verás.

—Mira, Bobby, no me busques las cosquillas. Si no fuera por el respeto que les debo a tus padres, te iba a poner en órbita de una patada en ese culito de pimpollo que andas siempre meneando.

—Tú, ¿respetar a mis padres? Ni tú los respetas a ellos, ni ellos se dan a respetar. Pero allá ellos. Ahora se trata de Evita. Te quieres desquitar con tu hija. Echarle la culpa de condolerse por los demás. Ese mulato de mierda si mal no recuerdo te salvó a ti la vida y tú mismo confiaste en él para que protegiera a tu hija. Te advierto que no voy a permitirlo, y en cuanto a este que tienes delante con su culito de pimpollo vas a aprender a respetarlo. Que lo sepas.

—¡Caray! Ahijado, me tienes cagado de miedo. ¿Quién me va a dar lecciones de moral? ¿Un machito como tú?

—Me importa un carajo tu moral, pero quizá te sirva de lección enterarte de una vez que Abel era el amor de mi vida, que tanto tu hijo como yo nos amamos desde que éramos unos críos, que prometimos amarnos hasta la muerte. Y que ni tú ni nadie, en esta vida ni en la otra, va a ensuciar ni pisotear un amor del que tu hijo y yo hicimos un sacramento —dijo, con la voz quebrada por un sollozo abismal que rasgó con su agudeza la quietud que merodeaba los pasillos de la clínica y resquebrajó el silencio como un filo de cuchillo.

A Eva, el pasmo de lo que escuchaba hizo que se le esfumaran las lágrimas de sopetón. Quedó atónita, enmudecida, convertida en una estatua de piedra, mientras Isidro, con las venas de las sienes a punto de estallar y enrojecido hasta la raíz del pelo, contraía el rostro y los labios con una especie de tic involuntario que se iba incrementando en la medida que trataba de amortiguar sin conseguirlo la furia del golpe intempestivo y brutal que el Bobby acababa de asestarle. Más que un golpe, tenía la impresión de que su ahijado le había inoculado un veneno álgido y letal, algo que al igual que el hielo helaba a la par que ardía.

Apretándose los puños se le encimó al Bobby, iracundo y retador. Todavía a sus años conservaba algo de la prestancia de su juventud, y seguía siendo un hombre membrudo y bien plantado, pero su ahijado además de tener la juventud a su favor le aventajaba en estatura y fortaleza, y lejos de amilanarse se creció encarando a su padrino con actitud desafiante y pendenciera.

—Bobby —le dijo el senador retándolo de arriba abajo con una sonrisa terciada—. ¿Qué buscas, di? ¿Vengarte por lo mío y lo de tu madre...? ¿Tengo acaso la culpa de que tu padre sea un tarrúo y tu madre una ninfómana?

—Te equivocas. De haber querido vengarme, vaya que me han sobrado oportunidades. Sólo te he dicho la verdad: la pura verdad sobre mí y sobre Abel.

—Pues óyeme lo que te digo: si lo que dices de mi hijo y de ti fuera... cierto... Entonces... Bien muerto está —dijo, y lanzándole a su ahijado una mirada feroz, giró en redondo dando la espalda dispuesto a abandonar la clínica.

Pero el Bobby, sin pensárselo dos veces, volteó a su padrino de un jalonazo y sin siquiera parpadear le pegó un puñetazo en pleno rostro que lo sentó de culo en el suelo sangrando por el labio y la nariz.

A los gritos de pavor que daba Eva, se unieron los de las enfermeras y dos pacientes que deambulaban en pijama por el pasillo de la clínica.

—¡Un médico, por favor! ¡Que venga un doctor! ¡Mi padre está sangrando! ¡Bobby, te has vuelto locooooooo! ¡Mira lo que le has hecho a papá!

No acudieron uno, sino dos médicos y no dos sino tres enfermeras y, además del personal sanitario, comenzaron a rodear el grupo los pacientes, sus acompañantes y cada vez más gente que fluía de las salas, los pasillos y los cuartos de la clínica dispuesta a no perder detalle del altercado.

Don Isidro, ya en pie, con un apósito de gasa y algodón pegado a la nariz para contener el sangramiento, todavía tuvo presencia de ánimo para encarar al Bobby y de paso también a Eva, amenazándolos con el índice en alto.

—Esto no se va a quedar así. Ya arreglaré yo cuentas con ustedes. Esperen a que entierre a mi hijo y van a ver... Prepárense.

Aún seguía amenazando y apuntándoles con el dedo cuando una enfermera y un médico lo arrastraron a la fuerza hacia el cuarto de las curas para coserle el labio y recomponerle la nariz.

—La verdad es que uno pensaba que la gente de alcurnia tenía mejores modales —oyó Eva comentar a sus espaldas.

Sintió que sus rodillas se doblaban y se tapó con las manos los oídos. Parecía una enajenada cuando dijo:

—¡Que alguien me despierte de esta pesadilla! ¡Que venga alguien y me diga que no estoy viviendo esto! ¡Dios! ¿Dónde está Diooooos?

El Bobby la arrastró hasta el rincón en penumbras de una terraza donde quedaron a solas. Lejos de los cuchicheos y los curiosos que se habían amontonado a su alrededor en el lobby de la clínica. La sentó en un sillón de mimbre de cara al mar para que la brisa benévola que soplaba del Malecón consiguiera apaciguarla. Se acuclilló frente a ella y como si se tratara de una niña le fue secando con su pañuelo las perlitas de sudor que le salpicaban la frente y la barbilla, le enjugó enternecido las lágrimas que humedecían sus ojos de cervatilla y por último le tomó las manos entre las suyas diciendo:

—Atiéndeme, corazón mío, Miguel no está muerto. Está herido, sí. Pero va a salir de esta.

—¡Mentira! Me estás mintiendo igual que le mentiste a papá con tal de que no la tomara conmigo. Te conozco, sé que las inventas en el aire.

—No te miento. Escúchame. Tan cierto es lo mío y lo de tu hermano como lo que te acabo de decir de Miguel. Lo llevaron malherido a la Casa de Socorro y la policía tomó los datos de la cartera dactilar y localizó a la familia. Javier me llamó a casa para que tú lo supieras. Enseguida pensó en ti, pero no se atrevía a llamarte ni sabía cómo darte la noticia. Pero te aseguro que está a salvo. Tu padre lo dio por muerto y lo dejó para encargarse de Abel. Tu hermano durmió conmigo anoche y era conmigo con quien se quedaba cuando decía que iba a estudiar. Muchas veces nos quedamos en tu casa, en su cuarto. No te miento: la dama misteriosa… no era otra sino yo. ¿Y esos ojos de espanto, Evita? ¿Te horrorizas de nosotros? ¿Cómo crees tú que sabía lo de la escalerita de criados y cada uno de los escondrijos que yo mismo te indiqué?

—¿Horrorizarme? ¿Yo, de ti? ¿Del amor tuyo y de mi hermano? Lo que me sorprende es que te atrevieras a soltárselo a papá y me lo ocultaras a mí, que ni Abe ni tú confiaran en mí como confié yo siempre en ustedes.

—¿Y qué querías que hiciera con el aullido que pegaste en cuanto el viejo te dijo que Miguel estaba muerto? Sólo el batacazo de lo mío con Abel podía desvirtuar sus sospechas sobre ti. En cuanto a Abe —dijo con la emoción vibrándole en el borde del labio—, me hizo jurar que nadie lo sabría —dijo y rompió a llorar.

—Ahora sé por qué se tomó tan a pecho lo mío y de Miguel. No era que lo tuviera a menos, por ser mulato y chofer. Era que ya tenía suficiente con lo de ustedes. Por eso decía que sangrábamos por la misma herida, y que vivía con el culo puesto sobre un polvorín. Abel era un socarrón empedernido. ¿Dije… era? No me puedo creer que ya no esté —dijo con la voz quebrada en sollozos y la carita hundida junto al cuello del Bobby, que seguía acuclillado a sus pies—. ¡Dios mío! Tú lo amabas tanto como yo amo a Miguel. Tienes que estar destrozado y aun así te aguantas, te sujetas tu dolor para poner el mío por delante.

Se apretujaron cuerpo a cuerpo en un abrazo, intercambiaron lágrimas y confidencias, se secaron las lágrimas a besos y entre lágrimas, besos y confidencias la noche se les echó encima impávida de oscuridad.

De repente, como movida por un resorte, se puso en pie, zafándose del abrazo del Bobby, impelida por una fuerza tan fuerte que se diría desafiaba a todas las fuerzas aunadas en ella misma.

—Tengo que ver a Miguel, Bobby. No podré velar a mi hermano como Dios manda sin haber visto antes a Miguel. Llévame a la Casa de Socorro... por favor, te lo suplico. Es lo último que te pido que hagas por mí.

El Bobby, puesto en pie a su vez, hizo un intento por volver a sujetarla y retornarla a sus cabales.

—Atiéndeme, lo último que haré por ti será el día que me muera, pero esto que me pides, Evita, por más que lo supliques, no te lo puedo permitir. Sería una locura que no se sabe adónde podría llevarte y no voy a consentirlo.

Pero Eva no parecía escucharlo ni entrar en razones, y seguía resistida a dejarse convencer cuando vieron asomar la figura alta y desgarbada de Javier en la terraza.

—¡Al fin los encuentro! Llevo un buen rato buscándolos.

—¡Javier!... —exclamaron a la vez Eva y el Bobby mientras se fundían en un abrazo con el hermano de Miguel.

El joven les dio el pésame compungido mientras Eva lloraba a mares, reprochándose en lo más íntimo no saber por quién vertía más lágrimas, si por el hermano muerto o por el amante malherido.

En medio del lagrimeo oyó que Javier le decía en un susurro:

—Ven, Evita. Tú y yo tenemos que hablar.

—¿Es Miguel? ¿Pasó algo malo? El Bobby no me dijo la verdad. Es eso...

—Cío, cállate, cálmate. Basta ya —le dijeron Javier y el Bobby tratando de tranquilizarla—. No te engañamos, va mejor...

Pero Eva seguía dale que dale: que creían que era boba, que le ocultaban la verdad, que si no a qué venía que Javier llegara a la clínica y la atajara diciéndole que tenían que hablar.

El Bobby, para callarla, le tuvo que tapar la boca y Javier, para que nadie los viera, tuvo que arrastrarla hacia una esquina discreta del vestíbulo y sentarla a la fuerza en un sofá en el medio de los dos.

Entonces el joven inspiró todo el aire de un tirón y dijo: que su hermano iba saliendo del trance, que la bala no le había hecho más que rozarle la frente de refilón porque todo hacía indicar que la gorra del uniforme había evitado que el tiro le volara la cabeza, y que si bien el impacto del balazo le hizo perder el sentido, lo peor según los médicos fue el golpe que recibió con el canto de la acera cuando el senador lo sacó del automóvil pegándole un empujón y dejándolo tirado en la calle dándolo ya por muerto.

—Fue el golpe lo que le abrió la cabeza y por poquito le mata. De no ser por el custodio y los sanitarios de la ambulancia que se dieron tanta prisa en atenderlo, no estaría haciendo el cuento.

—¿Papá arrancó el auto sin cerciorarse de si estaba vivo o muerto?... No me lo puedo creer.

—Es que... esto son sólo las buenas noticias, aún no les he dicho... las malas —dijo Javier, palideciendo.

—Pero ¿es que todavía puede haber algo peor? ¿Peor que lo de Abelito? Me aterras —dijo el Bobby, con la voz agarrotada en un sollozo mientras apretaba entre las suyas las manos de Eva que permanecía desconcertada y boquiabierta.

—El señor Isidro lo sabe todo, Eva. Todo: lo tuyo y lo de mi hermano. Ignoro cómo supo lo de ustedes, pero averiguó dónde habían ingresado a Miguel y aun en medio de la tragedia de su hijo tuvo el arresto de presentarse buscando a mi hermano. Pero, como lo tienen sedado, enfiló por el pasillo de la Casa de Socorro y se enfrentó a papá, al que aparte de sacarle los colores le soltó sobre Miguel lo que era y no era.

»Lo tachó de ingrato y desleal. Se recriminó a sí mismo por encomendarle a su hija, por creer que era un caballero y confiar en su palabra. Lo acusó de aprovechar su confianza para, con premeditación y alevosía, aprovecharse de una señorita de su clase, la hija y heredera de un senador, de un ministro, de un hombre respetable. Lo acusó de haberla seducido con sus artimañas hasta embaucarla para meterse en su cama. "La cama de mi hija. Sí, señor Alegret, se escondía como un ladrón para robarme su honra. La de ella, que es como decir la mía y la de mi casa. ¿Qué le parece?"

»Por último desafió a mi padre diciéndole:

»—Saque a su hijo del país. Mándelo lejos. Apártelo de mi hija y de mis predios. Mi único hijo varón está muerto; mi única hija hembra, deshonrada; mi mujer, muerta en vida, y este que le habla está como se dice cumplido. Así que dígale a su muchacho que si nada más me huelo que intenta volver a ver a mi Eva, o lo diviso siquiera rondándola a cien yardas de distancia, no va a ver más la luz del sol en esta vida porque me voy a encargar personalmente de que lo pongan a la sombra bajo tierra.

»—¿Es una amenaza, senador? —le oí preguntar a mi padre sin mover un solo músculo ni alterar la expresión hierática que tenía retratada en el semblante.

»—No, señor Alegret. ¿Amenazarle? ¡Qué va, hombre, cómo se le ocurre, faltaba más! Tómelo como una advertencia. Como un consejo sano: saludable...

»—Pues vea, senador. Le voy a decir algo que es sólo un postulado muy antiguo pero que usted se puede tomar como le venga en gana. "El hombre que nada arriesga por sus ideas o no valen nada sus ideas o no vale nada el hombre." Mi hijo es de los que arriesgan, y cree que solo vale la pena luchar y vivir por aquello que se está dispuesto a morir. Téngalo en cuenta.

Fue raro que Eva no dijera una palabra, que se limitara a suspirar profundamente mientras se ponía en pie encaminándose al balcón de la terraza con Javier y el Bobby detrás, pisándole los talones, temiendo que tanta tranquilidad trajera aparejada un acto de locura o fuera sólo el presagio de nuevos infortunios. La noche se había cerrado oscura como una boca de lobo, pero la luna había empezado a asomar entre las nubes extendiendo sobre el mar su manto de muselina espejada. Eva abrió los brazos de par en par, como si quisiera asir la noche de punta a punta, sacó el pecho hacia delante, respiró a todo pulmón y se tragó una tajada de aire de una sola bocanada.

—Pensé que no volvería a alcanzar gota de aliento. Que todo el aire de respirar se había agotado —dijo dejando correr las lágrimas sin siquiera preocuparse en escurrirlas—. He vivido en estado de pánico, temiendo que llegara el día en que papá descubriera lo mío con Miguel, y ahora que lo ha descubierto es... No sé cómo explicarlo, pero siento un aplacamiento dentro de mí. Debía estar aterrada, y en cambio, busco el miedo y no lo encuentro. Se me ha salido del cuerpo. El Bobby tiene razón. Nada puede haber peor que lo de... Abel.

Serían pasadas las diez cuando de vuelta a los sofás del vestíbulo vieron aparecer por los pasillos a un hombre regordete y barrigudo con pelo y barba entrecana, vestido con la bata sanitaria impecable de los médicos. Se trataba del doctor Álvarez Sosa, un médico de reconocido prestigio entre la aristocracia habanera, el médico que había asistido desde siempre a la familia de Eva y también a la del Bobby. Fue Eva la primera en reconocerlo y correr a su encuentro, abrazándolo entre lágrimas. Al Bobby le costó más reaccionar, permanecía absorto al lado de Javier, calibrando la gravedad de la noticia que el hermano de Miguel acababa de participarles y que por el contrario de Eva, lo dejó paralizado. Como si todo el miedo que se le fue a ella del cuerpo se lo hubiera pasado al cuerpo de él.

—¡Álvarez! —exclamó al fin—. Pero... ¿qué haces aquí? —De inmediato se dio cuenta—. Viniste por Abelito —dijo Bobby, y se abrazó llorando su desconsuelo en el pecho de su médico de toda la vida, el mismo que lo vio mudar los dientes a los tres y estuvo siempre presente en sus fiebres eruptivas, en todas y cada una de sus anginas, ingestas y andancios veraniegos durante los años de infancia de Abelito, Eva y él.

El doctor se tomó su tiempo en reponerse antes de decir palabra. Se le notaba afectado. Había visto a Abel recién nacido, lo había visto crecer y hacerse hombre, había sido su profesor en la Facultad de Medicina y ver su cadáver en la sala de autopsia, víctima de un acto criminal que ni siquiera iba dirigido a él, le resultaba tan increíble y doloroso que a pesar de todo lo increíblemente doloroso que había presenciado en su vida profesional, se sentía absolutamente impactado por la magnitud de la tragedia que vapuleaba al senador y su familia.

—Don Isidro me mandó a buscar para que... presenciara la autopsia... Ya ha concluido y pronto vendrán de la funeraria para llevarse el cadáver.

Eva se echó a temblar. Se negaba a asociar a Abel con la palabra «cadáver». Podía llegar a aceptar que lo estuvieran llorando, que nunca se recibiría de médico, que no volverían a ir los tres juntos al cine, al teatro, a las fiestas ni a irse a los carnavales para bailar a pie de conga y arrollar detrás del Bobby a ritmo del cucuyé, a escondidas de sus padres, claro está, que de enterarse hubieran puesto el grito en el cielo, porque consideraban las congas y el cucuyé bailes de chusmas, negros y maricones de carroza. Podía incluso aceptar que no volverían a verlo... Sí, hasta ahí con mucho esfuerzo y rugiendo de dolor era capaz de llegar... pero imaginar que su hermano era sólo un cuerpo rígido a solas sobre una mesa de autopsia, diseccionado y abierto como una res, le parecía tan macabro y desgarrador que se sentía estremecida de los pies a la cabeza.

—Vamos, mi niña —dijo el doctor Álvarez, percatándose del sobrecogimiento de Eva—. Sé que es muy duro, pero el Bobby y tú tendrán que hacer de tripas corazón para ayudarme con Carmen.

—¿Cómo está mamá? —preguntó Eva, vuelta en sí.

Por toda respuesta el médico le hizo un gesto señalando a una mujer que, sentada en un sillón de ruedas, atravesaba el lobby de la clínica custodiada por dos enfermeras. Mirándolos sin ver a través de sus pupilas atónitas de alucinada.

—Está en estado catatónico —comentó el doctor visiblemente consternado—. No se entera de nada. Hasta cierto punto podemos decir que dentro de lo peor es lo menos malo. De otro modo se le haría insoportable el batacazo. Así que del lobo un pelo. Intenté convencer al senador para que la dejara ingresada. Pero ya lo conocen. Se negó a rajatabla. Diciendo que cuando Carmen volviera a sus cabales nunca le perdonaría no haber velado a su hijo ni estar ausente en su entierro. En la funeraria está ya la criada, la tal nana Rosa, dispuesta a ocuparse de todo. Me ha dicho que ella misma se hará cargo de vestir a su niño, como ella le llama. «Doña Carmen lo parió, pero yo se lo crié. Es tan hijo mío como suyo», me dijo. La pobre está muy afligida, como cabe suponer. Me consta que se desvivió con ustedes. El caso es que me encomendó decirles que no tienen que ir a la casa a buscar nada. Se ha ocupado de la ropa que le pondrá a Abelito. Todo lo ha tenido en cuenta… Ni siquiera olvidó preparar un termo de tila para calmar los nervios de su niña Eva y del señorito Bobby, en cuanto lleguen al velatorio.

—Es a mí a quien corresponde vestirlo —replicó el Bobby, ausente de toda sensatez y discreción—. Abe era mi todo… Es lo último que puedo ya hacer por él. —Y dejándose arrastrar por el atolondramiento del dolor, rompió a llorar como una criatura.

A Eva le bastó oírlo para que se le saltaran los ojos. Temiendo que Álvarez captara el mensaje en aquel «Abe era mi todo».

Pero el doctor lo interpretó sin segundas intenciones.

—Cierto, Bobby, sé que era para ti como un hermano. Pero, escúchame, muchacho. Oye mi consejo. Será mejor que tanto Evita como tú recuerden al Abelito que fue. Que no lo vean así… Quiero decir, hasta que le maquillen y arreglen en la funeraria. Sólo yo por ser médico y la nana por tener una voluntad de hierro hemos reunido el valor suficiente para enfrentarnos a Abel en la condición que está. Es muy triste —dijo el doctor, y se retiró a toda prisa para terminar el papeleo y tenerlo todo listo antes de que el carro fúnebre viniera por el cadáver. Mientras que Eva y el Bobby, doblados de congoja, volvían a abrazarse entre sí llorando a lágrima viva.

Lo que sucedió después, habría de transcurrir para Eva dentro de una pesadilla. El momento de ver salir el cuerpo de Abel sobre una camilla metálica, cubierto por una sábana. El momento en que la enfermera conducía la silla de ruedas con su madre hasta la puerta de la clínica. El momento de cargarla y colocarla en el auto del doctor Álvarez sin que Carmen se enterase que era Carmen y los mirase a todos sin reconocerlos, con el semblante lívido y las pupilas perplejas. El momento de llegar a la funeraria, de ver pasar de largo a su padre sin dedicarles una mirada ni dirigirles palabra, como si tampoco el padre los reconociera. El momento en que sus ojos tropezaron con los ojos de una nana Rosa abatida por el dolor, de abrazarla en un baño de lágrimas, de escuchar su voz cálida y consoladora de siempre quebrantada como nunca la escuchó. «He cumplido con mi niño hasta el finá. Lo he vestío como él jubiera querío con ese traje tan lucío que le regaló su madre el día que cumplió veinte y un jaño y que no llegó a estrená.» Eva tenía el convencimiento de que el dolor debía tener un espacio límite donde no cabía más dolor dentro del propio dolor. Pero pronto se dio cuenta de que estaba equivocada: el dolor no conocía límites y aún le sobraban espacios y momentos. Todavía le aguardaba presenciar la entrada a la capilla del féretro que traía el cuerpo de Abel, el de ver lanzarse al Bobby sobre el féretro cubriendo el cristal de besos y lágrimas, de frases de amor tan fervientes como desoladas, ajeno a quien lo escuchara, mientras ella a duras penas intentaba rescatarlo de su estado demencial para luego toparse de bruces con la Eva demencial que vivía en la pesadilla, la que se dobló vencida sobre el féretro y musitó a la par que el Bobby frases entrañablemente tiernas, frases de niña y hermana. De una hermana que intenta volver a convertirse en niña en busca de lo imposible: reconocer al hermano de siempre en aquel Abel, dormido como un muñeco de cera, que le era irreconocible. El mayor dolor fue ese: no conseguir asociar aquel rostro inerte, marchito y magullado con el rostro hermoso y lozano del hermano que había amado hasta ayer y habría de amar para siempre.

Sin saber siquiera de dónde, sacó fuerzas para recomponerse y recomponer al Bobby sentándolo como pudo junto a Javier, que había insistido en venir al velatorio por más que ella y el Bobby se empeñaron en hacerle desistir. Le bastó una ojeada en redondo para percatarse de que nana Rosa y Lily, la sirvienta, no daban abasto solas repartiendo tazas de café entre el gentío que empezaba a abarrotar la funeraria y la arribazón de coronas que saturaban la capilla con el olor opresivo de las flores, al punto que se hizo imprescindible habilitar otra sala para poder colocarlas dignamente.

Doña Carmen, sentada junto al féretro de su hijo, recibía las condolencias con una sonrisa mansa y hasta se llegó a pensar que andaba recuperándose porque, según el decir del doctor Álvarez, había salido del estado catatónico y habían podido levantarla de la silla de ruedas y ubicarla como corresponde al lado del ataúd de su hijo. Sin embargo pronto se supo que la mejoría no era tanta como se esperaba. Avanzada ya la madrugada, algunos se dieron cuenta de que la madre de Abel había empezado a zamparse con insólita voracidad al menos una docena de las ciento veinte rosas blancas que formaban el sudario del difunto y tuvieron finalmente que llevarla de vuelta a la clínica porque no paraba de engullir pétalos y temían que acabara aún más enferma de lo que ya de por sí estaba.

Eva, en cambio, con la mirada afligida pero estoica y serena, recibía los pésames de pie, en el umbral de la capilla. Cientos y cientos de personas desfilaron frente a ella: la Facultad de Medicina y todo el profesorado que rindieron guardia de honor a su hermano, llorosos y compungidos. La Facultad de Derecho y todo el profesorado, que también se mostraron conmovidos y lloraron en su hombro. El gabinete de ministros, la Cámara de Representantes y el Senado, el alcalde de La Habana, amigos y enemigos. Adversarios y rivales de partido que ponían a Dios por testigo de que nada tenían que ver con la tragedia. Pero fuera de un lado o del otro, todos sin excepción ofrecieron sus respetos a la hija del senador Díaz Toledo. Le estrecharon la mano, le dieron palmaditas por el hombro, el derecho y el izquierdo, le sobaron las mejillas, la derecha y la izquierda. La besaron, y le dieron cachetadas, la abrazaron, la apretujaron, la zarandearon por el frente, por la espalda y los costados. Incluso el presidente, Prío Socarrás, y su esposa, la bella Mary Terrero, los distinguieron acompañándolos en su pesar, y hasta hicieron un aparte con ella y con su padre para participarles que aquello no se iba a quedar en agua de borrajas, y que el propio mandatario se implicaría personalmente en el asunto y no habría de parar hasta dar con el culpable y hacérselas pagar. Fue ese el único momento en que padre e hija se cruzaron las miradas. Ella, con la barbilla empinada en actitud desafiante, y don Isidro con el ceño fruncido, acechante y tenaz. No intercambiaron palabra. Él giró los talones y siguió en su papel de padre desolado: mitad héroe, mitad mártir, recibiendo el homenaje póstumo que pertenecía a su hijo como si fuera para él, o lo que era aún peor, exclusivamente de él.

Fue entonces cuando Eva se acercó al Bobby y a Javier, y sin quitar los ojos del ir y venir de su padre dijo:

—Mírenlo. Está en su papel. ¿Alguien puede creer que esté cumplido? Vanagloriarse de su prestigio es su razón de existir.

Y volviéndose al hermano de Miguel, lo abrazó y le dio las gracias por mostrarle su valentía y su sincera amistad arrestándose a acompañarlos tanto al Bobby como a ella en un trance donde los verdaderos amigos escasean y se hacen desear.

—¡Coño, Evita! ¡Que no se diga! ¿Gracias de qué? Somos futuros colegas, compañeros de curso y además... quien tú sabes no me perdonaría si...

—¿Sabes, Javier? —lo interrumpió ella—. Tu hermano y yo poco o nada tenemos en común, pero en lo esencial nos complementamos como nadie. Él, como dijo tu papá, es de los que todo lo arriesgan. De los que luchan y viven por aquello que están dispuestos a morir. Y yo soy de las que no saben vivir sin lo que quieren y se niegan a morir sin conseguirlo. El viejo senador la tiene peliaguda. Se ha topado con dos huesos duros de roer.

El atentado fallido al senador Díaz Toledo, que terminó por cobrarse la vida de su hijo, conmocionó a la sociedad habanera hasta los mismos cimientos. Prueba de ello fue la aglomeración de público que llegó a desbordar la esquina de Zapata y 12 y el gentío que se agolpó frente a la verja de entrada del Cementerio de Colón desde el amanecer en espera de la hora señalada para el entierro. De la colina universitaria descendió una manifestación de estudiantes y profesores que se unió a la que componía el estudiantado de la Facultad de Medicina que se había dado cita en la esquina de L y 23 para desde allí bajar hasta la calle M y unirse al cortejo fúnebre que partiría de la funeraria Caballero, diez minutos antes de las diez. El pueblo se sumaba al duelo y se tomaba la afrenta como propia, no tanto porque les invadiera el pesar por la pérdida del senador, sino más bien por el miedo de que mañana pudiera tocarle a cualquiera de ellos sufrir la misma tragedia en carne propia. La gente estaba consciente de que si un senador de la República, que tenía para más una cartera de ministro, que se sentaba en palacio a despachar de tú a tú con el propio presidente y formaba parte de lo más encumbrado de la sacarocracia cubana, había sido víctima de una vendetta como aquella, a la salida de un club exclusivo a plena luz del día, ni se diga qué podía sobrevenirle a un ciudadano de a pie, a un padre de familia común y corriente, con tanto matón pululando por las calles con total impunidad. Así que el pueblo, una vez más, aprovechó el momento idóneo para mostrar al gobierno su descontento por la deriva que habían tomado las bandas gansteriles en la capital y de paso enviarle una señal de alerta al señor Carlos Prío Socarrás, que se había autodenominado el «presidente cordial» y que en resumidas cuentas la cordialidad se le había vuelto flojera y blandenguería pues a la postre decidió seguir los pasos de su antecesor, Ramón Grau San Martín, y pactar con los malos de la película, dándoles su manita de barniz y disfrazándolos de buenos al extremo de que ya no se sabía distinguir de qué lado estaban los indios y de qué lado los cowboys.

La policía determinó acordonarse para impedir que la multitud entorpeciera la entrada del coche fúnebre al cementerio. Como era habitual en los meses de verano, hacía un calor infernal y la despedida de duelo tuvo lugar bajo un sol de penitencia. Eva sentía que le flaqueaban las piernas y la vencía la fatiga, pero el Bobby y Javier se encargaron de sostenerla abrazándola por la cintura. Fue justo en el momento que vio el ataúd de su hermano balancearse entre las cuerdas y descender hasta golpear el fondo de la bóveda con un sonido inclemente, cuando se apoderó de ella la espiral de un vértigo que le asoló el estómago y le sumergió la cabeza en una neblina gris jaspeada de puntos negros que acabó por desvanecerla.

La voz irascible de su padre penetró en su oído como un aguijonazo.

—No te atrevas a dar el show aquí. Con el que dieron el Bobby y tú en la clínica tuvimos suficiente —le espetó, apartándola del Bobby y de Javier, para abacorarla él mismo y tenerla controlada.

Ante los demás disimulaba diciendo que su pobre hija estaba tan abatida que no había pegado un ojo ni probado bocado desde que supo la noticia, y que se había sostenido durante la madrugada a sorbitos de café. Cosa que era muy cierta, pero que ella sabía que su padre no mencionaba por compadecerla y menos aún porque se identificaran en un único dolor, sino solamente por aparentar como tenía por costumbre de cara a la galería, haciendo creer que su familia representaba un baluarte nacional, un bastión inexpugnable y monolítico sin grietas ni posibilidad de ruptura.

Mientras la justificaba, la retenía aprisionada por el talle, pegada contra él, por si acaso se le ocurría replicar o atreverse a desmentirlo, y apresada por ese brazo de hierro que presionaba al punto de sentir traquear las vértebras de su espalda, la condujo finalmente hasta el Cadillac. Detrás, siguiéndole con pasos de apesadumbrados iban el Bobby y Javier. Pero don Isidro se giró en redondo y dirigiéndose al hermano de Miguel, lo fulminó de arriba abajo diciendo:

—Usted, joven, puede irse andando por donde vino. No quiero volver a ver a nadie de la familia Alegret. ¿Queda claro? —Y acto seguido soltó una exclamación que retumbó como un trueno—: ¡¡¡Alipiooo!!! —Y un negrón fuertote como Joe Louis, pero todavía más alto y más negro que el famoso campeón de los pesos pesados, uniformado de los pies a la cabeza, se presentó de repente y se cuadró ante don Isidro.

—Mande, jefe.

—Encárgate de llevar a mi hija y a este señorito a mi casa —sentenció.

Pero en el momento que el sirviente abría la puerta para que Eva y el Bobby entraran en el Cadillac, les ordenó en voz baja:

—Espérenme los dos en mi despacho sin moverse ni chistar. Y a propósito, ¿qué les parece Alipio? —preguntó con un marcado retintín—. Es nuestro nuevo chofer. Va a encargarse de velar por ti, Evita… Se le ha ido la mano en el color, pero pensé que mientras más negro fuese más te encariñarías tú con él.

Tanto Eva como el Bobby se tomaron la orden tan en serio que permanecieron encerrados en el despacho de don Isidro pegados a las butacas de cuero, tiesos como dos estacas y conversando entre sí en un tono de voz imperceptible.

El Bobby se hacía los sesos agua, preguntándose quién pudo irle con el chisme al senador sobre lo de ella y Miguel. Nana Rosa, la única que aparte de Abel, Javier y el Bobby estaba en la comidilla, se dejaría cortar el cuello antes que delatar a su niña. Abel era una tumba.

—Tenía adoración contigo y por protegerte del viejo, se habría dejado matar. Javier se dejaría matar por su hermano... Y no quedo más que yo... que además de ser tu confidente, sobra decir me dejaría quemar vivo con tal de defenderte. ¿Quién entonces pudo ser?

—Ya da igual —respondió Eva—. Algún día tenía que suceder. Antes o después lo nuestro tenía que descubrirse. Dios sabe por qué hace las cosas... quizá sea mejor así, no te devanes más los sesos, Bobby.

En ese momento apareció el senador. Se le notaba visiblemente agotado, incluso semejaba haber encanecido atravesando de un tirón el túnel de la vejez. Se dejó caer sobre la butaca giratoria que tenía frente al escritorio y se mantuvo en silencio mientras dejaba correr su mano por encima de la frente. La tensión se palpaba en el ambiente como algo material.

Don Isidro se puso en pie, y con las manos anudadas a la espalda, caminó en círculo por el despacho sumido en un mutismo aterrador que contribuía a infundir en los dos jóvenes todavía más tensión, llegando al punto de preferir que don Isidro les propinara una ración de bofetadas con tal de que estallara y rompiera de una vez aquella mudez gélida y sobrecogedora.

Finalmente se detuvo, dejó de dar vueltas y volvió a sentarse frente al escritorio. Se reclinó en su butaca, prendió un tabaco y dijo:

—¿Sabes, Evita? Nunca me hice contigo demasiadas ilusiones. Todas mis esperanzas estaban puestas en... tu hermano. No porque fuese varón ni tampoco el primer hijo, sino porque tú misma te encargaste de mostrarnos, desde que eras un renacuajo, que tenías el carácter más cerrero que una mula. Estaba consciente de que era así y que nos traerías problemas. No serías tú el primero ni tampoco el último caso: más de una bitongita, de clase alta, educada como Dios manda y criada a toda leche, le ha dado por declararse en franca rebeldía. Incluso estaba preparado para que me dijeras que querías independizarte, esa palabrita tan de moda para dárselas de liberal y progresista y que significa hacer lo mismo que el Bobby, mudarse a un apartamento de soltero (costeado por papá naturalmente) o irte a estudiar a Estados Unidos como algunas de tus compañeras de curso (a costilla de los padres igualmente). Me bastó verte cortar tu trenza de colegiala, para decirle a tu madre: ahí la tienes, vestida con pantalones y pelada a lo machito; esa es nuestra niña. Habrá que buscarle un marido adecuado con un buen par de cojones que la meta pronto en cintura, porque esta, además de dar la nota, terminará tarde o temprano campeando por su respeto y haciendo lo que le salga de la chocha. Lo del marido no me parecía difícil. Eres toda una beldad, lo reconozco. Heredaste la misma belleza angelical que tenía tu madre cuando la conocí, pero a diferencia de ella no saliste ni frívola ni pasional. Detestabas las películas americanas por las que se desguabinaban tus amigas y no podías oír ni la música de fondo de *El derecho de nacer* sin hacer muecas de asco. ¿Lo recuerdas?

Sí que lo recordaba. Tenía más que presentes las palabras de su hermano la tarde de sus mutuas confidencias, que no había nada más parecido a ese culebrón que su propia familia.

Y acto seguido hizo un símil de su padre con don Rafael del Junco, de su madre con doña Clemencia, de nana Rosa con mamá Dolores y de Albertico Limonta con Miguel, el mulatón ojiverde que estaba por seducirla. Tan metida estaba en sus pensamientos, que le pareció que oía la voz de don Rafael del Junco saliendo de la bocina de la radio en vez de la de su padre, diciendo:

—Eso me gustaba de ti. Mi hija sacó mi carácter, me decía. A la hora de matrimoniarse, no se andará con melindres. Irá al altar a sabiendas de a lo que va y consciente de lo que le conviene. Créeme. Cualquier disparate podía esperarme de ti. No me hubiera sorprendido ninguna de tus excentricidades: correr en moto o en una cuña de carreras, por ejemplo, verte en la audiencia defendiendo a negros y a marginales o ser la primera mujer del mundo en practicar un deporte no apto para las damas. Cualquier cosa menos que mi hija acabada de salir del cascarón como aquel que dice se acostara en mi propia casa con ese tipejo que contraté de chofer. ¿Cuánto tiempo llevas engañándome, burlándote de tu padre? ¿Di? Todavía llevabas trenza cuando lo conociste, eras sólo una cría de apenas dieciocho añitos. Si mal no recuerdo hace de eso más de un año. ¡Qué digo un año! Si ya cumpliste diecinueve y hasta tienes aspecto de mujercita. A ver, hagamos cálculos. Te confié a ese canalla cuando empezabas la carrera, y ya estamos en agosto del 51, acabas de concluir tu segundo año en la facultad. El tiempo vuela, ¿no, Evita? Sobre todo para ti, que te lo has pasado zurrándote a ese negro en mis narices.

—Mulato, padrino, con perdón. Que no es lo mismo, ¿eh? —dijo el Bobby, que ya no sabía qué hacer para desviar la atención de don Isidro hacia él y hacer que dejara a Evita de una vez.

—Tú te callas, mentecato. A mí no me llames padrino. Todavía me escuecen los puntos de sutura que me dieron cuando me rajaste el labio y me rompiste la nariz. Además de maricón, eres un gran embustero. Dijiste que mi hijo y tú se entendían. Pero este que tienes delante nunca se lo va a creer. Mi muchacho te quería como un hermano porque juntos se criaron y crecieron, pero Abel era un machito, aprehensivo y timorato. Bueno, qué le vamos a hacer, entre su madre y la nana casi lo echan a perder a fuerza de consentirlo y tenerlo bajo el ala, y para colmo su hermana se cogió para ella sola todo el temperamento de la familia y dejó poca cosa para Abel, pero eso no quita para que fuera un hombre de la cabeza a los pies. Vamos, eso que ni se diga. Me apuesto los huevos por mi hijo. ¡Ah! Pero el Bobby tenía ganas de vengarse. No, si lo que es para contar venganzas no me alcanzan a mí los dedos de las manos y los pies. De tu padre lo heredaste, nene lindo. Fue tu padre el que me puso en alerta de lo de Eva y ese tipejo. Y lo hizo por vengarse, para verme a mí rabiar igual que ha rabiado él a costa de su cornamenta.

—¿Eh…? ¿Cómo que papá…? Pero si papá no sabe de la misa la media. Jamás. Lo juro, Evita, tú no creerás que yo haya contado a papá ni una palabra de lo tuyo.

—No, si cuando yo lo digo: además de embustero, resulta que eres imbécil. No vino a contarme nada, idiota. Le bastó averiguar que el hermano de Miguel era el mejor expediente de su clase. Toda una lumbrera. ¿Me sigues? Tu padre estaba delante el día que Eva se escabulló con ese, y tú nos embaucaste con aquella cantaleta de que tenía que repasarle al tal Javier, que tenía no sé cuántas asignaturas suspensas, y yo pequé de confiado y comemierda y todo me lo tragué. Merecías que te lapidara y te matara a pedradas como hacen los árabes con los infieles. Te has burlado de tu padrino, del hombre que te bautizó y te vio crecer corriendo por los jardines de esta casa. Tu padre se tomó la molestia de desmentirte, de ponerte en evidencia; a ti, su propio hijo. Todo por poner en la picota pública la honra de mi hija. Como en su casa la honra brilla por su ausencia, prefirió quedarse tuerto con tal de saberme ciego a mí. Lo demás fue ponerse en ello e indagar. Hay que reconocer que nana Rosa fue una alcahueta perfecta, una férrea centinela, pero las paredes tienen oídos y ojos y cuando se suelta dinero se sueltan también las lenguas. Todas las criadas no son nana Rosa. Mañana mismo esa negra estará de paticas en la calle y sale bien si no la mando a la cárcel, acusándola de desleal. Me pregunto adónde irá, ahora, esa negra vieja. Con los años que tiene encima no habrá Dios que se compadezca y le dé techo, trabajo y un plato de comida.

—Se irá conmigo —dijo Eva con un gesto altanero despegando por vez primera los labios—. Supongo, papá, que a mí también me pondrás de paticas en la calle después de todo lo que has dicho… ¿Sabes?, tenemos algo en común: yo tampoco me hice ilusiones contigo. Tú mismo te encargaste desde que era un renacuajo de hacerme saber que ilusionarme sería un autoengaño. También yo, papá, he esperado siempre lo peor de ti.

—Óyeme, Eva, no te pongas en plan revanchista porque será peor para ti. Esto no se va a quedar así. Te lo advierto muy en serio. Te vas a ir de paticas a la calle, pero saldrás de esta casa de mi brazo para el altar y te irás casada como Dios manda. Lo tengo todo en un puño, ¿lo ves? —dijo pegando un puñetazo sobre el escritorio que hizo añicos el cristal de un portarretrato con la foto suya y de doña Carmen de jóvenes, junto a Abel y Eva de pequeños. Se puso en pie nuevamente y apuntó a su hija con el dedo índice en alto—. Voy a matar dos pájaros de un tiro. Yo también soy muy ducho en vengarme. Te vas a casar con este lindoro que tienes sentado al lado.

—¿Qué? ¿Eeeeeeh? ¿Cómo? —preguntó el Bobby.

—¿Y Miguel? ¿Se te olvida que existe Miguel? —preguntó Eva sin inmutarse ni ladearse siquiera en el asiento.

—Cállense. Ustedes se van a casar porque yo lo digo y punto. No, no me olvido de tu Miguel. Ese granuja está en mis planes. Nadie, óiganlo bien, va a poner en entredicho mi honra, la de mi hija y la de mi casa. Ramiro tendrá que darse un punto en la boca y dejar de murmurar. Desde que nacieron nuestros hijos hicimos planes de boda con ustedes. Ni yo podía encontrar mejor partido para mi hija ni él mejor partido para el suyo. Unir la fortuna de dos monarcas del azúcar mediante lazos matrimoniales fue siempre nuestro gran sueño. Que el Bobby creciera... enfermo nos hizo cambiar los planes, pero ustedes mismos se van a encargar de corregirlos. Ramiro estará encantado. Así acallará todas las bocas que tildan al Bobby de maricón. Pensarán que se ha curado al casarse con mi hija. En cuanto a ti, Evita, ¿qué te puedo decir? No eres la única que en esta sociedad se casa con un rarito que cuenta con una tonga de dinero que no la brinca un chivo. Bang —dijo simulando una pistola con los dedos y apuntando a los ojos del Bobby y de su hija—. Dos pájaros muertos de un tiro. —Soltó una risita sarcástica y continuó—: Ya para ir haciendo boca, se lo dejé caer a la prensa.

—¿A la prensa? —exclamaron al unísono Eva y el Bobby.

—¡Pues claro! Aproveché que estaban ustedes todo el tiempo junticos y abrazados en los funerales y les dije a los periodistas que estaban de novios, y que justo iban a hacer público el compromiso cuando la tragedia lo trastocó todo. ¡Carajo!, se me olvida. Me falta todavía un pájaro por liquidar y con las ganas de hacerle bang, bang que le tengo. Esperemos que no haga falta y que su propio padre se haga responsable. Bien clarito le dejé que o lo ponía mar por medio o me encargaba yo de ponerlo tres varas bajo tierra. Tenlo por seguro, Evita. Esta vez le tocó a mi hijo, y ese mal nacido salió ileso, se salvó por un pelín. Eso... ¡Ay! Eso no se lo perdono ni a Dios. Pero por Dios, te juro que lo mataré si me entero de que está de nuevo contigo. —Tragó en seco, dejó de apuntarles como si tuviera el dedo en el gatillo y volvió a sentarse tras el escritorio—. ¿Lo ves? Ves ahora que tenía todo planeado para ti y para el Bobby. ¿Lo ves, Evita, querida? Papá tiene siempre el control dentro de un puño. Cuando se trata de la familia y la honra, el fin justifica los medios.

—Lo siento, papá, pero se te ha quedado alguien con quien no contabas. Dices que podías esperar lo peor de mí, así que me consuela saber que estás preparado. Soy un reloj en mis reglas. Si mis ciclos menstruales no me engañan, estoy esperando un hijo de Miguel. Llevo ya un mes de falta: bang, bang —dijo, y levantando el índice y el pulgar le apuntó a su padre directo al entrecejo.

Conservar algo que me ayude a recordarte,
sería admitir que te puedo olvidar.

WILLIAM SHAKESPEARE, *Romeo y Julieta*

Habrían de transcurrir setenta y ocho horas para que Miguel se enterara a través de los diarios que el senador Díaz Toledo había sido víctima de un atentado en el que había sido herido su chofer y resultado muerto su hijo. Los médicos habían decidido retirarle la sedación, pero se negaron a concederle el alta hasta ver cómo evolucionaban sus signos vitales. Mientras estuvo inconsciente, lo oyeron llamar varias veces a su madre, cosa que les pareció normal, pero oírlo clamar más de una vez por un personaje de Disney conocido como Bambi, desconcertó tanto a los doctores que volvieron a someterlo a más pruebas y rayos X, temiendo que el golpe recibido en la cabeza le hubiera ocasionado algún daño cerebral que actuaba con efecto regresivo haciéndolo retroceder a los años de su infancia. La calma les volvió al cuerpo cuando dejó de llamar a Lola y a Bambi y clamó a voz en cuello por su padre, implorándole que le socorriera mientras —a tientas— buscaba aferrar su mano que no se atrevió a soltar hasta que al fin recuperó la consciencia. Joaquín, inquieto por el estado delicado de su hijo, decidió esperar que Javier regresara esa tarde de la facultad para que fuera él quien pusiera a Miguel al tanto de todo lo sucedido durante los días que permaneció medicado. Pero a Miguel le bastó volver en sí para empezar a hostigar a su padre a fuerza de preguntas: que por qué estaba en el hospital, que apenas recordaba nada, que si había tenido un accidente o si había sido un atentado, que si aparte de él habían herido a alguien más. Y a medida que Joaquín le respondía buscando tranquilizarlo, no conseguía otra cosa que intranquilizarlo más haciendo que las preguntas crecieran y se volvieran cada vez más apremiantes. Decidido a no revelarle a su hijo que el senador había descubierto lo suyo con su hija y que se había personado en el hospital en son de guerra soltándole una sarta de insolencias y amenazas, prefirió dosificar el impacto de los acontecimientos y eligió dejarle leer los titulares de los periódicos que pasados ya tres días seguían sacando lascas a la tragedia.

Fue un error: la prensa no paraba mientes en detalles truculentos que describía con saña y morbosidad. Exponía la muerte de Abel tan vívidamente que talmente parecía que podía verse la sangre entintando la noticia. Poco o nada se sabía al parecer del autor de los sucesos: el propio senador no logró identificarlo y declaró a la policía que no llegó a verle la cara porque no atinó a otra cosa que ocuparse de su hijo. El custodio y los escasos testigos que le vieron tampoco conseguían unificar detalles ni ponerse de acuerdo en lo que vieron. Unos decían que era blanco, alto, entrado en carnes y llevaba una gorra de béisbol; otros que era alto, pero delgado y que llevaba una gorra, pero que no era de béisbol. Algunos, como el custodio, decían estar convencidos de que no llevaba gorra sino sombrero canotier, y una pareja de tenistas que aseguraban haberlo visto pasar huyendo a la carrera, casi a punto de rozarlos, decían que no llevaba ni gorra ni sombrero, sino más bien un peluquín que le ocultaba la frente. Nunca se llegó a saber cómo consiguió la prensa filtrar fotos del cadáver, o aquellas de doña Carmen con las pupilas perplejas saliendo en sillón de ruedas de la clínica; de don Isidro, taponando con un apósito el sangramiento que fluía de su nariz a causa del puñetazo que recibió de su ahijado, y lo peor, lo que hizo que a Miguel se le saltaran las lágrimas: Eva, su Eva, su cervatilla desvalida, indefensa y desgarrada interponiendo su frágil figurita de sílfide, entre su padre y el Bobby, clamando por alguien que la auxiliara. Sabía que no podría con aquello, pero por si fuera poco aún le faltaba otro varapalo que lo dejó sumido de extrañeza. Se trataba de una foto de Eva, con la mejilla apoyada sobre el hombro del Bobby, mientras él la consolaba acariciándole el pelo y besándola en la frente. No se podía creer lo que decía el pie de foto: próxima boda a la vista, y más abajo: los jóvenes estaban a punto de anunciar su compromiso en el momento que los golpeó la tragedia.

De un tirón, se arrancó el catéter del suero que tenía prendido al antebrazo. De un salto, se puso en pie y caminó zigzagueando entre vahídos. Lola, que daba cabezadas en un sillón, corrió aterrada para ayudar a Joaquín que por más fuerza que hacía intentando sujetarlo y por más que suplicaba tratando de convencerlo de que volviese a la cama, no lograba contenerlo.

—Déjenme. Tengo que ir junto a ella. Además de destrozada por la muerte de su hermano, pretenden ahora casarla.

—¿De dónde has sacado eso, hijo? —preguntó Joaquín.

—Del periódico, papá. Mira la foto.

Joaquín trató de echar un vistazo al diario que Miguel había dejado tirado a los pies de la cama, pero Lola se lo arrebató de las manos para mirarlo primero.

—Pero… si toda La Habana sabe que el hijo de don Ramiro de la Nuez es maricón de carroza —dijo, con los ojos como platos.

—Lola, tienes una lengua que te la pisas —respondió Joaquín a su mujer.

—Cierto, mamá, es marica, pero eso no le resta para ser una gran persona. Para Eva es como un hermano, pero de eso a casarse… Tengo que irme. ¡Coño, que me suelten! Tengo que saber qué está pasando.

Fue una suerte que en ese momento entrara Javier, decidido a tomar las riendas en las acciones.

—Espera, Miguel, ¿cómo que no sabes lo que está pasando? ¿No se lo has dicho, papá?

Joaquín bajó la vista y negó con la cabeza.

—No me atreví, Javier, prefería esperar a que tú llegaras de la universidad. Sabe lo del atentado y la muerte del muchacho. Pero de lo otro... No le he contado ni palabra.

—¿Lo otro? ¿Qué carajo es lo otro? ¿Qué no se atreve papá a decirme, Javier? Dispara de una vez.

Y Javier no se lo pensó dos veces.

—El senador se enteró de lo tuyo y lo de Eva. Vino buscándote hasta aquí, se le encaró a papá, y amenazó con matarte si no te hacías humo y desaparecías de su vista.

Miguel tuvo un vahído y se sujetó a la pielera de la cama.

—Ya está. ¿Eso es todo? No me joroben. ¿Y ustedes se lo tragaron? Se dejaron intimidar. Pues a mí por el contrario me parece fenomenal que se enterara. ¡Al fin, carajo, una buena noticia! No me cabe en la cabeza que ustedes se acojonaran. ¡Matarme! No me hagan reír. Perro que ladra no muerde. Ahora con más razón tengo que ir a hablar con ella.

Javier dejó caer los brazos con un gesto de impotencia.

—No sabes a lo que la expones. El riesgo que están corriendo tanto Eva como tú.

—Eso es lo que intento averiguar.

—Pero si no me oyes. Estás ciego y sordo como una tapia.

—No hago otra cosa que oírte desde que llegaste.

Joaquín los escuchaba discutir con todas las penas juntas agolpadas a la vez. Le vinieron en cadena los muchos dolores de cabeza que le habían ocasionado los amores de su hijo. Las noches que faltó de casa sin tan siquiera ocuparse de avisar. Las madrugadas en vela que pasó temiendo por lo que podía suceder y terminó sucediendo. Las sombras de dolor e incertidumbre cada vez más acentuados que veía en los párpados de Lola. Sus ojos entristecidos que ya no eran amarillos, luminosos y con destellos dorados sino de un color ambiguo, difícil de precisar. Se acordó de los tiempos en que él gobernaba y se hacía respetar como el hombre de la casa que se sabía centinela y autoridad como jefe de familia, y tomó la decisión de volver a ser el de siempre, de demostrar que ocupaba el mismo lugar de siempre y que por más que sus hijos se las dieran de machotes, jamás permitiría que intentaran desplazarlo de su puesto. De un gesto brusco se interpuso entre ellos y con una señal elocuente dejó claro que había llegado la hora de aguzar las orejas, destupir los tímpanos y poner oídos a papá.

Tomó de un brazo a Miguel y lo llevó rincón aparte. Argumentó que prefería que Javier no interviniera ni que su madre, afligida como estaba, escuchara lo que tenía que decirle. Precisamente empezó por la aflicción de Lola, diciendo que a partir de lo ocurrido no volvería a tener paz si no lo sabía a buen recaudo del senador Díaz Toledo. A decir verdad, lo que se dice paz, ninguno la tenía en la familia, ni siquiera el tío Pascual y la tía Herminia, que vivían siempre en ascuas cuando su sobrino no venía a dormir o no sabían dónde andaba. Bueno, saber sí que sabían, pero saberlo y estar en vilo era lo mismo. Tanto a él como a su madre se les gastó la saliva en el afán de alertarle: desde el día mismo que empezó con don Isidro, ¿no le dijo que le daba mala espina? ¿No se cansó de advertirle que los políticos como las fieras bajeaban siempre a la presa para lanzarle el zarpazo cuando menos lo esperaba? ¿Y su madre? ¿Cuántas veces no lo llamó a capítulo y le dejó más que claro que meterse con esa niñata era jugar con candela? ¿Cuántas veces no le repitió aquel dicho de que el hombre es fuego, la mujer estopa y que sólo falta que el diablo llegue y sople? Mejor sería que ni se molestara en abrir la boca. ¡Total! De sobra sabía lo que iba a responderle: que fue el destino quien trajo la muchacha a la tienda. Quien hizo que don Isidro lo escogiera de chofer, que le encargara velar por la vida de su hija y que él prometiera dar la suya a cambio de la vida de ella. Pues bien, santa palabra, a punto estuvo de darla, y por dos veces, primero por hacerse el héroe salvando la del senador en el hotel Nacional y ahora porque el destino se interpuso para salvarle el pellejo porque bien pudo ser él, y no el hermano de Eva, el que quedara en el puesto. Eso el viejo camaján no se lo iba a perdonar jamás y nunca. A estas alturas estaría pidiéndole cuentas a

Dios, de que fuera su hijo y no el mulato canalla que le sedujo a su hija el que acabó bajo tierra. Según sus propias palabras su niña fue seducida, embaucada y deshonrada por un ingrato que faltó a su palabra y traicionó su confianza. ¿Y qué podía hacer o decir un hombre honrado y decente ante una situación semejante? Un padre de familia por demás. Pues nada: apechugar, tragar en seco y dejar que le sacaran los colores. Más valía vergüenza en cara que dolor de corazón, pero lo peor de lo peor era tener que guardarse la lengua donde no da el sol y concederle razón a un mal nacido. Porque si Eva en vez de ser la hija del senador, fuera hija suya y un mulatón de salir, ojiverde y bonitillo, a traición y en sus narices le mareara la perdiz para llevársela a la cama, la vida no le alcanzaría para hacer la de ese cabroncete un infierno. «Te lo juro, Miguel. Te lo mereces», dijo, y acto seguido trajo a colación el pacto que sellaron bajo el naranjo del patio.

—¿Lo recuerdas? —preguntó.

—Sí, papá. ¿Cómo olvidarlo? Te di mi palabra de que iba a abandonarlo todo. Todo menos a ella, eso también te lo dije. ¿Te acuerdas?

—Óyeme, hijo. Lo último que podría soportar tu padre en esta vida es ver sufrir a tu madre. Desde que la conocí no he vivido un solo día que no haya sido más que para hacerla feliz. Nunca he conocido en mi vida a una criatura con una naturaleza más alegre y con mayor disposición de vivir y ser feliz. Solía decirme que cuando la bautizaron en vez de agua bendita, la rociaron con sal, pimienta y plumas de colibrí y algo llevará de razón porque se levantaba cantando y cantando se acostaba, incluso en aquellos años amargos que pasamos con el asma de Javier, no dejaba de cantar. «El que canta los males espanta», me decía, y no sólo los del cuerpo sino también los del alma. Creía que lo de Javier era un daño que le habían echado a ella mientras estaba preñada, sólo por menospreciar su raza casándose con un blanco. Fuera por superstición o por sus credos yorubas, lo cierto es que no paraba de cantar ni en las verdes ni en las maduras. Cantando hacía las faenas, cantando bordaba y cosía lencería delante de la ventana, cantando soltaba la carcajada y riendo a carcajadas contaba con el suficiente aliento para reír y cantar. Todavía sigue cantando pero con menos frecuencia y alegría, y todavía sigue riendo pero ya no a carcajadas. Hijo, créeme, el día que a mí me falte el colibrí de tu madre, no habrá razón de vivir. Juntos formamos un todo; solo, soy apenas un muñón de una mitad mutilada.

—Entonces, papá, ¿por qué en vez de acusarme y echarme en cara que hago infeliz a mamá, no haces por entenderme? Ponte en mi piel, para mí Eva es eso: mi razón de vivir, mi otra mitad, el vuelo de mis sueños. Sueño con ella despierto y cuando sueño dormido, hay tanto goce en lo soñado que me niego a despertarme y doy vueltas en la cama para regresar al sueño justo en la parte que estaba. ¿Por qué si lo mío por Eva es idéntico a lo tuyo por mamá, te niegas a reconocerlo?

—Lo peor es que por ser carne de mi carne, te conozco y porque te conozco, te temo. Desde niño ya se veía que eras valiente y resuelto. Eras el guerrero aquel que era yo mismo a tu edad. Me veo en ti igual que en mi propio espejo, hijo. Me enamoré por primera vez hasta las trancas y fue para toda la vida. ¡Ya lo creo que te entiendo! Me basta una mirada para conocer a un hombre. Tengo un instinto animal que nunca falla. Una mirada me bastó para saber que la luna te tenía encandilado y te advertí que no apuntaras tan alto. Pero desde entonces supe que por más que te advirtiera no valdría para nada. Pero ahora se impone que me escuches y obedezcas; por tu bien, el nuestro, el de todos, no dudes de lo que voy a decirte. El senador te odia a muerte. No creas que habla por hablar. Se lo leí en los ojos: está dispuesto a matarte.

—Bueno, pues asumo el riesgo… Si hay que morir, moriré, pero mientras viva, viviré tal como has vivido tú, luchando por ver feliz a mamá.

—Ya. Sabía que ibas a salirme con esa.

—¿Entonces, papá?…

—Es que no te estoy pidiendo que hagas lo que sé que no vas a hacer, pero... escucha mi propuesta.

—Mientras no sea que deje a Eva...

—No... Ya sé que no... pero podías poner mar por medio... de momento. Tengo a mis primos en Puerto Rico. Aquí al lado, como aquel que dice, sin salirte del Caribe, ni perder el ambiente insular codeándote con un pueblo buena gente, alegre y dicharachero como el cubano. No, espera, Miguel, no te pongas con visajes ni aspavientos. Al menos déjame terminar. Nos escribimos con ellos desde siempre. Con los primos Alegret, dimos los primeros pasos en esta tierra. Les estamos eternamente agradecidos por el cable que nos tiraron siendo apenas dos críos recién llegados de quienes nada sabían. Aguarda, hijo, ten calma. Sólo un pelín más de paciencia y voy al grano. Bueno, estarían complacidos de acogerte en su casa, te buscarían un trabajo, porque no me vayas a decir que piensas establecerte con esa jovencita sin contar siquiera con eso: un trabajo para poder mantenerla. Enseguida levantarás cabeza. Estoy seguro. Seguro, no: convencido. Eres todo un luchador. Bastará un pestañazo, dos o tres meses a lo sumo, y podrás llevarla contigo. Entonces... cuando el río vuelva a su cauce y se calmen las mareas habrá pasado el peligro, y te tendremos de vuelta. Será sólo un paréntesis en tu vida. Para aplacar rencores no hay nada mejor que dejar correr el tiempo y para las penas de amor no existe remedio más sano que poner millas náuticas por medio. Créeme, desconozco un pesar en el recuerdo que se resista al paliativo del olvido.

—¿Y eres tú quien dices que me conoces, papá? Podías haberte ahorrado el discurso. Si crees que voy a huir del senador, con el rabo entre las patas, y a sacarme a Eva de adentro, no tienes ni la más remota idea de cómo soy y cómo siento... Tu amor de padre te ciega.

—Tienes razón. Reconozco que haría cualquier cosa por sacarte a esa muchacha de la mente. Si pudiera te la arrancaría a la fuerza del corazón y siento que estoy baldado por la imposibilidad de hacerlo. Pero más que el amor de padre es la impotencia y el pánico de perderte lo que me ciega y me causa más dolor.

Miguel lo escuchaba enternecido. Iba a decirle que no se doliera con aquello que era para su hijo el clímax de la felicidad, cuando Javier asomó la cabeza tras la mampara de tela que concedía cierta privacidad a las camas de los ingresados para decirle a su hermano.

—¿A que no adivinas quién ha venido a visitarte?

Miguel, que estaba sentado en el borde de la cama conversando con su padre, se puso en pie de sopetón con tanta ansiedad en el semblante que su rostro se descompuso del todo cuando escuchó la voz que decía:

—Sé que esperabas a otra persona, pero tendrás que conformarte conmigo. —A la vez que descubría la silueta esbelta y atildada del Bobby perfilarse detrás de la mampara.

Sin decir más quedaron en suspenso, cara a cara, mirándose fijamente a los ojos y así suspendidos en un silencio que se agitaba entre los dos con la misma ligereza de una sábana en el aire. Se fundieron en un abrazo mudo, inaplazable.

Joaquín, Javier y Lola, que muerta de curiosidad por la inesperada visita de un joven de tanta alcurnia, se había asomado también decidida a no perder detalle, quedaron sobrecogidos cuando oyeron al Bobby romper a llorar en los brazos de Miguel, y al propio Miguel compartir sollozos en brazos del Bobby.

Lola pegó la boca al oído de Joaquín y dijo:

—Caray, este Bobby parece un galán de cine, se da un aire con Monty Clift, el que hizo con Liz Taylor esa película de amor que tanto nos gustó... Fíjate, además de tener los ojos claros es tan bonito de cara como el actor. Demasiado alto y fino para mi gusto. Bueno, según las revistas del corazón, Monty Clift también se parte de fino... Nada, que tanto el uno como el otro están cantando en la rama. Y luego dices tú que yo me piso la lengua.

—Calla el pico, mujer. ¿No te das cuenta? Es la primera vez que veo a Miguel echarse a llorar.

—¿Y tú qué te crees? Mírame. Muerta me quedo. Si no lo veo no lo creo. Mi hijo tan varonil y tan gallito llorando abrazado a un mariquita.

—Pero serás... Hazme el favor, Lola, salgamos, dejémoslos solos. Tendrán que hablar.

—Mamá —dijo Javier—. Ojalá todos esos que se dan por ahí de ser el machazo de la película tuvieran la mitad de la hombría y tan siquiera un tercio del corazón que tiene ese al que tú llamas mariquita.

A Lola la sacaron de la sala con la boca más abierta que una O. Y Miguel y el Bobby, una vez quedaron solos y tras compartir lágrimas hasta perder la noción del tiempo, intentaron serenarse y darse mutuo consuelo.

—No se me quita Eva de la mente. Dime, ¿está muy mal?

—Todos lo estamos, Miguel —respondió el Bobby, secándose los restos de sus lagrimones con la punta del pañuelo y tratando de recomponerse—. Esto ha sido como una bomba que estalla y te aniquila de repente. Carmen, la madre de Abel, es quien peor lo lleva. Creemos que ha perdido el norte. No habla, no come, anda como una sonámbula. Se alimenta de pétalos de flores... Bueno, calcula tú, con la cantidad de floreros que tiene repartidos por toda la casa, ya supones... Aquello parece una batalla campal. Tiene a las criadas locas.

—Pero... ¿y Eva...?

—Para colmo mi padrino, al tanto de lo de ustedes. Lo sabes, ¿no? Imagínate qué batacazo. Se enteró por mi propio padre. Conoces lo de mi madre y mi padrino. ¡Una vergüenza! Pues eso: como papá lo odia a morir por lo de la cornamenta, parece que por joder averiguó que Javier no sólo no tenía ningún suspenso, sino que era el mejor expediente del curso. ¿Qué te parece? Nos puso a parir a Evita y a mí. Llegamos hasta las manos. Tratando de defenderla le pegué un puñetazo y eso en vez de mejorar, empeoró la situación, porque lo enfureció más aún y...

—Eva... Bobby, háblame de Eva... ¿Cómo está?

—Estar... lo que se dice estar... Está... entre lo de Abel y lo que viene en camino... Está... Bueno, metida en la cama y encerrada a cal y canto. Pero me pidió que viniera a traerte un mensaje suyo.

—¿En camino? ¿Qué quieres decir? Eva se gasta sus agallas. Me consta que no se deja amedrentar. Eso que viene en camino... ¿tiene que ver con nosotros? ¿Acabarás de decirme qué le pasa?

—Me va a matar si te lo digo. Le juré que no te diría nada.

—Suéltalo, Bobby. Estás que te sales por decírmelo.

—Está en estado.

—¿En estado? No entiendo... Espera, ¿no querrás decir...

—Que te va a hacer papá, muñecón. Eso mismo.

Miguel enmudeció, palideció y fue incapaz de reaccionar hasta que el Bobby le dijo:

—La debacle se armó cuando le disparó lo del baby al viejuco.

—¿Se lo dijo al padre? ¿Ves lo que te decía? Eva se manda y se zumba. ¿Y qué hizo el senador?

El Bobby simuló una pistola con el índice y el pulgar y dijo:

—Hizo: bang, bang.

—Ya sé.

—No, no sabes nada. Te quiere dejar kaput.

—¡Bah! Bobby, ya basta. Para tragedia, la de Abel. Te digo lo mismo que le dije a mi padre: perro que ladra no muerde.

—Este sí. Juégate los cojones. El señor ministro Díaz Toledo es un hijo de la gran puta. Lo que pasa es que en política ha sabido nadar y guardar la forma. ¿Te crees que además de meter el prepucio donde ha querido no ha metido la mano donde le ha dado la gana?, ¿que está limpio de polvo y paja con la mafia? Nada de eso. Sé muy bien lo que te digo. Por eso Evita y yo tenemos ya nuestros planes...

—¿Planes? ¿Sin contar conmigo? Vamos a tener un niño, ¿entiendes? No puede haber otro plan que no sea el de irnos juntos, casarnos y tener a nuestro hijo. Pero... ¿no dijiste que me traías un mensaje suyo?

Bobby, a punto de echarse a llorar de nuevo, se sacó del bolsillo del traje un sobre rosa donde Miguel reconoció de inmediato la letra de colegiala y el perfume número 5 de Chanel.

Constaba de una sola hoja, escrita por una cara con tinta rojo sangre, y apenas contenía unos versos.

Eres de la raza del sol: moreno, ardiente y oloroso
a resinas silvestres.
Eres de la raza del sol y a sol me huele tu carne quemada,
tu cabello tibio, tu boca oscura y caliente aún
como brasa recién apagada por el viento.
Hombre del sol, sujétame con tus brazos fuertes,
muérdeme con tus dientes de fiera joven,
arranca mis tristezas y mis orgullos,
arrástralos entre el polvo de tus pies despóticos.
¡Y enséñame de una vez —ya que no lo sé todavía—
a vivir o a morir entre tus garras!

Debajo había sólo unos números romanos y unas iniciales que nada tenían que ver con las de Eva.

Poema LXI. D. M. L.

Miguel permaneció en estupor tratando de interpretar no ya el verso en sí mismo sino la relación que guardaba con el mensaje que Eva quería transmitirle y el dilema concerniente a los dos.

Más abajo leyó una especie de posdata:

Te amo,
Tu Eva.

Sin poderse contener, agitó la hoja escrita en la cara del Bobby y soltó un rugido descomunal.

—¿Qué es esto, coño? Aquí no dice un carajo.

El Bobby, sin inmutarse, preguntó:

—¿Puedo leerla?

—Pues claro. Qué más da. Si estás metido en esto hasta los mismísimos huevos.

El Bobby se tomó su tiempo leyendo, mientras Miguel lo observaba entre indignado y ansioso.

Finalmente dijo:

—Coño, Miguel, para mí sí que dice. ¡Y mucho! Dice que te ama y que eres su hombre.

—¿Dónde? A ver, ¿dónde dice que soy su hombre? —le respondió intrigado.

—Ay, mulato, pero serás bruto. No lo dice así a lo vulgar, pero más claro ni el agua.

—«Hombre del sol, sujétame con tus brazos fuertes», y luego todo el texto plagado de palabras como: «muérdeme», «arranca», «arrástralos» y «enséñame a vivir o a morir entre tus garras». Joder, blanco y en botella, muñecón. Muestra a una mujer que le cuesta reconocerse rendida, pero que irremediablemente claudica por amor. Yo que crecí con Evita, que sé cómo piensa desde que era un renacuajo, te puedo asegurar que confesarte que eres «su hombre» y dejarte escrito este verso loynaziano, ¡uf!, le tiene que haber costado un montón. Evita odia el machismo. Según ella son las propias mujeres las que contribuyen a que los hombres sean aún más machistas de lo que ya son, haciéndoles pensar que el mundo empieza y acaba con ellos, que son el ombligo de Dios. Eva es una mujer adelantada a su tiempo, feminista, irreverente. ¡Ay! Pero qué lindo, muñecón. Eso de «enséñame a vivir o a morir entre tus garras». ¡Me derrito de sólo imaginarlo!

—Oye, Bobby. ¿Vas a decirme qué se traen ustedes? No quieras enredarme la pita con eso del feminismo, el machismo y los loynazianos, a sabiendas de que me dejas en blanco con tus ínfulas de literato. Seré un ignorante sin estudios, pero no tengo ni un pelo de comemierda, ¿okey? No me trago una palabra. Tengo que ver a Eva, pero ya. ¿Está claro? Hablar con ella personalmente. Los bang, bang me importan un carajo. Venirme a endulzar a mí con poemitas... ¡Ah! Y deja la gracia de llamarme muñecón.

—Okey. Vas a verla pronto, en mi casa. In person.

—¿Cuándo es pronto?

—En cuanto salgas de aquí. ¿Cuándo te darán el alta?

—Ya, me la estoy dando yo mismo.

—Cálmate, Miguel. Tú serás su hombre. Pero te olvidas de que Abel era su hermano, y lo ha perdido. Su madre está sin estar y su padre, de no estar, nos haría un gran favor. Sólo cuenta contigo, conmigo y nana Rosa. En cuanto a mí, también existo. ¿Te enteras? Aparento que todo me resbala mientras hago de tripas corazón. ¿Sabes? Mírame, estoy aquí. Roto, muerto en vida. Hecho polvo. Abel y yo éramos un todo. Crecimos como hermanos, pero nos queríamos de otra manera... Ya me entiendes. El Bobby lleva por dentro la procesión. No eres el ombligo de Dios. Ni el mundo empieza y acaba contigo —dijo, y no pudo continuar hablando al rompérsele la voz.

—Discúlpame —respondió Miguel apenado—. No sabía. Debí suponer que... Abel y tú. Alguna vez lo intuí, pero lo deseché de mi cabeza. Bueno... la verdad, yo no he tenido cabeza más que para Eva desde que la conocí. Perdóname, coño. Soy un cabrón egoísta —dijo abrazándolo nuevamente.

—Ahórrate las disculpas, Miguel. Sólo quiero pedirte un gran favor por el bien de Eva y del baby que esperan.

—Pídeme lo que quieras.

—Cuando sientas arder el corazón, ponte hielo en la cabeza. Piensa en frío, Miguel, si quieres salir vivo de esta guerra. No utilices de cerebro tu prepucio. No llames a Eva por teléfono, te aparezcas por la facultad, ni asomes la nariz por el Laguito. No cometas ni la más mínima imprudencia. Please... En cuanto estés en la casa, avísame con Javier. El Bobby se las sabe todas. Es el campeón de las causas perdidas. Un manipulador cinco estrellas. Confía en mí.

Eva y Miguel no llegaron a verse hasta pasados quince días. A Miguel, por más que insistió, le retrasaron el alta, y Eva, por más que se lo propuso, tardó en restablecerse de las náuseas y los vértigos que sumados al varapalo del duelo acompañaron su primer mes de embarazo y la hicieron guardar cama. Para entonces, ya Miguel había conseguido asociar el término «loynaziano» y las siglas del poema con el nombre de la poetisa cubana, hija del general Loynaz, heredera de una de las más importantes fortunas de la isla que, tras veinte años de espera y tenaz oposición familiar, había llegado a consumar su sueño de casarse con aquel emigrante tinerfeño que se las janeó a culo pelado para ganarse un puesto de cronista de la alta sociedad en el diario *El País*, y que escribió aquella carta que descubrió curioseando casualmente en la biblioteca de su padre y se aprendió de memoria de tanto que lo conmovió: «No sé dónde esconderme contigo; no sé por qué resquicio, por qué puerta mal cerrada; me van a sorprender lo que he hecho mío; mío como un tesoro, como un remordimiento, como un pecado, como un dolor». Cada día que pasaba, la carta cobraba más sentido y similitud con lo que sucedía en su vida. Tenía la impresión de que podía haberla escrito él mismo para enviársela a Eva. Y encima, era un poema de la Loynaz lo que ella escogía para enviarle a él en una carta. ¿Era aquello obra de la casualidad o se trataba de… cómo era que le llamaba Macorina? ¿Augurio? ¿Vaticinio? ¿Transmisión de pensamiento? Sí, algo así le sonaba haberle oído decir cuando solía visitarla puntualmente en el burdel y la dejaba consultar los caracoles, tan sólo por complacerla, porque lo que se dice creer, nunca creyó en adivinaciones, oráculos ni nada que se pareciera. Según le aseguró Macorina, los caracoles decían que correría mucho mundo y sería un triunfador, pero que tratándose de amores debía andarse con tiento porque además de peligrar su vida, le jugarían a traición. ¿Iría en serio? Si pudiera le pediría que le echara la suerte para verificar. Pero con Macorina la suerte no se echaba sin pasar antes por su cama y con el tiempo que él llevaba en abstinencia acabaría cediendo a la tentación. «Miguel, Miguelón, Miguelito, ponle hielo a tu prepucio. Piensa en frío. Cabroncete. ¿Es que no sabes que no fue Macorina sino Eva la pionera de la tentación? No fue Newton, sino Eva quien con sólo hincarle el diente a la manzana provocó la primera erección viril del universo (al menos de la que se tuvo noticia en nuestro planeta), que viene siendo algo parecido a la ley de gravitación universal, pero a la inversa. Sólo que las Sagradas Escrituras en vez de reconocerla como ley, le llamaron "pecado original". Así que ya sabes, muchachón, recógete al buen vivir, machote, que tener a una Eva como la tuya equivale en cubano a sacarse el premio gordo.»

«¡Ay, Eva! Mi Eva. ¿Qué me has hecho, amor mío? —se respondió a sí mismo—. ¿Es lo nuestro un pecado, un remordimiento, un dolor? ¿Hemos cometido un crimen? Nada de eso. Tu amor es como ese aleluya que sale del disco que pone siempre papá en las Navidades, un aleluya que se repite y se ensancha, se alza y crece como esa bendición que eres tú misma. ¿Por qué Dios llamaría Eva a la primera hembra de su creación? ¿Por qué te llamaron a ti con un nombre de tres letras? Deberías tener un nombre largo de muchas letras para poder estirarlo sílaba a sílaba entre los labios, acariciarlo largo y tendido con la lengua, paladearlo, saborearlo, retenerlo mucho tiempo en el cielo de la boca igual que acaricio, retengo y saboreo ese botoncito rosa que se enardece y palpita con el roce de mi lengua cuando recibo en mi boca la cascada de tus orgasmos intensos. Eva mía. Sueño mío. Alma de mi alma. ¿Por qué me pides que te enseñe a vivir o morir entre mis garras? ¿Ves? Eso sí no me gustó nada. Ni un poquito. Vivir es la palabra. Tú vivirás, amor mío, reina mía, y traerás a nuestro hijo a este mundo y yo viviré para hacerte feliz y protegerte. Te irás conmigo. Nada de hacer planes con el Bobby. Seré yo quien diga la última palabra. Para eso soy tu hombre. El hombre de la raza del sol, moreno... ardiente», se dijo hablando consigo mismo, mientras se pegaba la nariz a los sobacos tratando de identificar el olor a resinas silvestres en su cuerpo. Más de una vez oyó decir en los burdeles que la raza negra tenía un olor parecido al alquitrán y que permanecía adherido a las paredes y colado en el colchón con una fuerza salvaje que no se iba del todo por más que mudaras las sábanas y airearas la habitación. Orgulloso de saberse hijo de su raza y haber nacido del sol, volvió a pensar en Pablo y Dulce María, en el amor imposible que los llevó a intercambiar cartas y poemas de leyenda, y en cómo lograron consumar su sueño de amarse hasta el fin de los siglos, pero no sólo pensó en el cronista canario y la poetisa cubana que tenían la potestad de dejarlo siempre con los vellos de punta, sino que fue aún más lejos y rescató aquellas palabras dichas por su padre la tarde que le echó en cara su indiferencia política y tuvo un largo conato con el tío Pascual. «La prensa es el cuarto poder —había dicho convencido en medio de la discusión—. Quién tiene el poder domina el fuego: aviva o apaga el incendio.» «Voy a lograrlo», se dijo, ciegamente persuadido del poder de su perseverancia, de la lozana persistencia de su sueño, de la zarpa de su tenacidad. Fue en ese momento que llamaron a su puerta y sería esa llamada imprevista, esos tres toques ligeros en la aldaba los que propiciarían en su vida una irreversible y abrupta vuelta de tuerca.

Para Eva, en cambio, a pesar de la criatura que empezaba a gestarse en sus entrañas, era la muerte y no la vida la que se había apoderado de sus pensamientos tomando un protagonismo fúnebre que la sobrecogía al punto de sentirse atemorizada e indefensa. Los muertos desplazaban a los vivos y ocupaban su lugar. La voz de Abel se imponía, entercada en no salir de su cabeza, y era capaz de recordar una a una sus frecuentes advertencias; aquellas que en su momento tiró a risa y tuvo por exageradas, cobraban por vez primera visos de alarmante realidad.

«El día que papá descubra que su bella durmiente del bosque está colada por un mulato blanconazo que le hace el amor en el asiento trasero de su cola de pato, correrán ríos de sangre. Desengáñate, Evita, tú caminas sobre un campo minado y yo, tu hermano Abelito, vivo con el culo puesto sobre un polvorín.»

Ahora que Abel ya no estaba más, era que venía a entender qué quiso decir con lo del culo puesto sobre un polvorín. Lo del campo minado de sólo venirle a la mente le trajo un escalofrío. No era la primera vez que sentía el miedo de cerca; el miedo para ella era algo fisiológico con lo que uno aprendía a convivir, igual que se convivía con los ciclos menstruales y las crisis de nervios en vísperas de exámenes. Era un efecto de carácter eventual que iba y venía sin la menor trascendencia. Pero esta vez el miedo que había creído ver salirse de su cuerpo como un ente asustadizo, el día que Javier le dijo que su padre estaba al tanto de lo suyo con Miguel, regresaba a su cuerpo, la dominaba sin que pudiera vencerlo o al menos neutralizarlo. La tragedia que se llevó a su hermano contribuía sin duda a ese estado anímico de aprehensión y desasosiego. La muerte le había prendido una luz de alerta roja en su cerebro y el miedo ya no era lo que siempre fue. Una parte integral de su naturaleza que se encaraba mirándole a los ojos, para que fuese el miedo y no tú quien terminara por recular y cederte territorio. Ahora las cosas se habían trocado. El miedo al escapar de su cuerpo se había adueñado de su sombra y era esa sombra quien le miraba a la cara, le usurpaba el espacio y la empujaba al vacío.

—Me estoy muriendo de miedo, Miguel. Lo siento apretado a mi garganta como una planta gigante que trepa y crece dentro de mí —le dijo entre sollozos la tarde que finalmente se encontraron en el apartamento del Bobby tras más de quince días sin verse.

El Bobby los había dejado solos para que pudieran estar a sus anchas, pero ninguno de los dos tomaba la iniciativa en los preliminares del sexo. Eva, abatida y llorosa, se ovillaba como un animalito desamparado bajo el cuerpo de Miguel, y Miguel, enternecido, la acurrucaba en su pecho, intentando consolarla, como si se tratara de una criatura frágil a la que podía lastimarse tan sólo si la ceñía contra él. A pesar de que Eva era una mujer de temperamento y poseía un carácter de armas tomar, los rasgos de su fisionomía desvirtuaban a primera vista el temple de su personalidad. Su piel tenía la lisura de la seda, su espalda trazaba una media luna hasta llegar a la curva retadora de las nalgas, y sus pechos eran en sí tan pequeños que habrían podido apresarse en dos copas de champán. Toda ella era así: pequeña, liviana, frágil, desde las manitas menudas como la lluvia, hasta la carita tersa y almendrada, de orejitas diminutas y ojos aterciopelados idénticos a los de Bambi. No era la primera vez, y cabe decir que tampoco la última, que la ternura podía en él más que la pasión, pero nunca había tenido entre sus brazos a una Eva desconocida. Una niña entristecida y temerosa que encogía piernas y brazos como si pretendiera encerrarse dentro de un caracol. Nuevamente se impuso la ternura y no fue hasta que, a fuerza de cubrirla a besos, regalarle los oídos con ternezas y sentirla desgajar su cuerpo bajo el suyo, que la tomó a fuego lento, amándola sin prisas, besándola sin cesar en los párpados mustiados por el llanto, en los labios trémulos y afligidos de tanto echar en falta los besos que, según Miguel, todos los amantes del mundo tendrían que pedirles prestados para aprender a besarse de verdad.

Ella esperó a sentir el do de pecho que emitía Miguel en el instante de la eyaculación para susurrarle al oído:

—Me estoy muriendo, ¿sabes…? Pero no de miedo sino de amor.

Él, vencido de plenitud, dejó reposar su cabeza sobre el canalillo de sus senos y permaneció así largo rato escuchando el revoloteo de mariposa que tras la culminación del sexo le alebrestaba a Eva el corazón.

Luego se incorporó en silencio haciendo lo que hacía siempre: tapar la desnudez de ella con la camisa suya donde cabían no una sino dos Evas, mientras, como ya era costumbre, encendía no uno sino dos cigarros a la vez. Entonces levantando la barbilla, soltó una bocanada de humo y dijo:

—No quiero oírte decir más que el miedo te está matando ni creciendo dentro de ti. Toda tú eres vida. Mi vida respira en ti. Lo único que crece en tu ser es nuestro hijo. No regañes al Bobby por decírmelo, porque nada, óyelo bien, nada en este mundo podría hacerme más feliz. La muerte no volverá a interponerse entre nosotros. No tendrá la fuerza suficiente para separarme de ti.

—¿Y qué vamos a hacer, Miguel? ¿Sabes que papá pretende casarme con el Bobby? A lo mejor no es mala idea. O mejor dicho, quizá sea la única manera de que mi padre deje de perseguirte y que yo pueda escapar con el Bobby, y reunirme contigo lejos de aquí. Porque tú tienes que irte. Salir de Cuba, quiero decir. Cuanto antes. Te lo pido. Si no, no vuelvas a pedirme que no mate el miedo por ti.

—Por lo visto a ti y al Bobby les ha sobrado tiempo para hacer planes, y por lo que parece a mí me borraron de la faz de la tierra. ¿Qué pasa, mi opinión no cuenta? De casarte con el Bobby, nada, ¿lo oyes? —dijo alzando la voz, poniéndose en pie en pelotas y haciendo una seña obscena. Te vas a casar, sí, pero conmigo. ¿Que tendremos que irnos del país? De acuerdo. Desaparecemos si eso te tranquiliza, pero los dos. Mejor dicho: los tres. Tú, yo y nuestro hijo.

—¿Por qué te pones así, Miguel? No será... ¡no me puedo imaginar siquiera que tengas celos del Bobby! No, ¡por Dios! Sería para partirse de risa. El Bobby que encima de no gustarle las mujeres es para mí lo mismo que Abel. Que te ve a ti como un hermano. Que ha pensado en ti y en mí primero que en sí mismo. ¿No sabes que él y mi hermano se...? Bueno. Eso mismo. Se ha tragado su propia pena de amor para cuidar de nosotros —dijo Eva, dejando escapar un sollozo.

—Oye, Eva, no necesito que me guarden las espaldas. Me basto y me sobro como hombre.

—Eres un mal agradecido.

—Es posible, le hice una jugarreta a tu padre acostándome contigo. Ahora, por decir lo que pienso, soy un mal agradecido. Dicen que de bien nacido es ser agradecido. Así que debo ser un mal nacido, además.

—¿Qué estás diciendo, Miguel? No quiero oírte —dijo ella llevándose las manos a los oídos.

Él se las despegó de un tirón.

—Pues sí que vas a oírme —replicó—. Estoy hasta los mismos huevos de que me crean un pelele. Miguel tira para aquí, Miguel tira para allá. No hagas esto, Miguel, eso está mal. No hagas lo otro, Miguel, que no está bien. Me jode, este estira y encoge. Soy un macho, tu macho. ¿No es eso lo que me mandaste a decir con tu poemita? ¿O es que te crees que soy una migajita de pan a la que tú le pones ojitos y boquita?

Eva se llevó esta vez las manos a la cara y rompió a llorar desconsoladamente.

Y toda la testosterona que amenazaba hacer estallar la yugular de Miguel se desinfló como un pedorro, igual que cuando a un globo lo pincha un alfiler.

—Perdóname —exclamó echándose sobre ella, cercándola con sus brazos y comiéndosela a besos—. Por favor. Te lo suplico. No llores, amor mío. Me vuelvo una plasta de mierda cuando te veo llorar. Y encima por mi culpa.

Eva se desabotonó la camisa, dejando expuesta su desnudez y aún con las lágrimas apuntadas en los ojos, le lanzó una mirada insinuante que no requería de palabras. Volvieron a hacer el amor con un arrebatamiento de tal magnitud que hubiera dejado de piedra a todos los amantes del mundo y convertido en fósil cada piedra del planeta.

Cuando el Bobby regresó pasada ya la madrugada, los encontró duchados, vestidos y relajados, intercambiando carantoñas y besitos de piquitos. Habían puesto el tocadiscos y bailaban muy junticos con una canción de moda que cantaba Jo Stafford: *You belong to me*.

—¡Uyuyuy! Vaya cambiazo el de esta parejita. Como de la noche al día. ¿Qué, ya están decididos los planes? Por lo visto Miguel ha tomado la decisión indicada. Va a viajar. Basta interpretar la letra de la canción y ya se ve que va a recorrer mucho mundo, a volar sobre el océano, conocer las pirámides y la húmeda jungla. ¿No es así como dice la letra?

—No, Bobby —dijo Eva entusiasmada—. Cierto que se va de viaje. Pero más cerquita: a Puerto Rico. Tiene allí unos parientes de su padre que quieren encaminarlo para que yo me reúna con ellos.

—Entonces... ¿ya no vamos a casarnos, ni a viajar a Estados Unidos?

—Ven acá, Bobby —dijo Miguel frunciendo el ceño—. Sé sincero. ¿A ti te gusta Eva?

—¡Ufff! ¿Ahora fue que te enteraste? Un puñado, muñecón. Por lo único en la vida que me arrepiento de mi condición sexual es por no poder aspirar a una mujer como Eva. Luego me consuelo pensando que de todas maneras me habría dejado por ti y se me pasa.

Miguel no tuvo más remedio que soltar la carcajada. Y pegarle al Bobby un abrazo tan fuerte que lo hizo protestar.

—Ten cuidadito, Miguel, que si sigues con la abrazadera, va y le cojo el gustico y no respondo de mí... Si me pongo para ti quién quita que no le levante el hombre a la parienta.

Rompieron a reír. Por unos instantes creyeron que volvían a ser los jóvenes alegres que habían sido antes de que la muerte los tomara de improviso.

—Si Abel estuviera con nosotros, sería el primero en partirse de la risa. Era todo un jodedor —dijo el Bobby, compungido—. Todavía más que yo, que ya es mucho decir.

Por un instante las risas se esfumaron y se dejaron arrastrar por una oleada de recuerdos. Sintiendo que era la risa de Abel la que se imponía entre todas, por encima de la nada y del todo, con su halo envolvente de bromista socarrón.

Cuando Miguel empezaba a despedirse, Eva lo retuvo diciendo:

—Espera, cielo, no te vayas. Tengo algo para darte. —Y fue adentro en busca de un recuerdo que le tenía reservado.

Al quedar solos, el Bobby miró de fijo a los ojos de Miguel y notó que rehuía su mirada.

—A mí no me engañas, Miguel. Soy especialista en mentir. No hay viaje a Puerto Rico, ¿verdad?

—No —dijo Miguel con una mueca amarga—. No lo hay.

—Y ¿entonces? Por qué no confías en mi plan de casarme con Evita, para que el viejuco se trague el anzuelo y la deje libre para irse a Estados Unidos con el Bobby, su rico y flamante marido, y allí la esperarías tú. Y la tendrías para siempre.

—Voy a hacer algo primero. Se trata de una diligencia. No puedo decirte más. Imposible irme de viaje dejando a mi padre sin cerrar el negocio de la tienda. Están a un tris de venderla, hacerse propietario de un comercio en la céntrica esquina de los Almacenes Bellpuig. Significa mucho para la familia después de tanto luchar. Está también la carrera de Javier. Soy un ignorante, no se me daba estudiar, pero Javi se hará abogado, y por si te parece poco, ¿crees que voy a escapar con Eva y a criar a nuestro hijo con una mano delante y otra detrás? Las cosas se harán, pero será a mi manera.

—Ten cuidado, Miguel. Si algo te pasara, Eva no resistiría. Sólo te pido que me digas: ¿está mi padre metido en esto? ¿Tiene algo que ver don Ramiro de la Nuez con esa propuesta?

—Sí.

—No, Miguel. No te dejes timar. Es el adversario number one del viejuco, no lo olvides. Te va a usar para joderlo. Pero al final es a ti y no al viejo al que le van a pasar la cuenta. No corras ese peligro.

—Calla, Bobby. Ahí viene Eva. Te va a oír.

El Bobby se fue hasta la barra bar de la cocina y se sirvió un trago dejándolos a solas.

Eva le entregó a Miguel una caja, envuelta en papel de regalo, que él abrió con nervios de sorpresa.

Era la hermosa trenza morena que se había cortado a rente, en un arranque de rebeldía emancipadora.

Él la sacó de la caja y la retuvo cuan larga era sin atreverse a decir una palabra.

Ella se encargó de decir lo que él no se atrevía.

—Me la corté por mortificarte. Sabía que te encantaba, y yo quería demostrar que no había nacido el hombre capaz de dominarme y arrastrarme entre sus garras.

—¿Garras? Si son caricias lo único que tengo para ti... manos para acariciarte, boca para besarte...

Pero Eva continuó sin dejarlo terminar.

—Si te vas de viaje, quiero que te la lleves de recuerdo para que no te olvides de mí.

Miguel nunca supo explicar de dónde le salió de repente aquella frase shakesperiana. Años después, recordando con nostalgia aquella tarde, el Bobby le dijo que era del segundo acto de *Romeo y Julieta*. Miguel nunca había leído a Shakespeare, jamás había pisado un teatro en aquella época y lo único que sabía por entonces de los amantes de Verona era que se llamaban Romeo y Julieta, y que habían hecho del amor una famosa tragedia. Así que no cabían dudas: lo que dijo fue de su cosecha, porque así le saltó del corazón a la boca sin pasar por el procesamiento neuronal.

—«Conservar algo que me ayude a recordarte, sería admitir que te puedo olvidar.»

Yo muero extrañamente... No me mata la Vida,
no me mata la Muerte, no me mata el Amor;
muero de un pensamiento mudo como una herida...
¿No habéis sentido nunca el extraño dolor?

DELMIRA AGUSTINI, «Lo inefable»,
Cantos a la mañana

Miguel llegó a casa rezumando amor por cada poro del cuerpo. El atolondramiento propio de la embriaguez le anulaba los sentidos y por más que hurgaba en los bolsillos, no conseguía encontrar la llave. Fue justo en ese momento que el tío Pascual abrió la puerta.

—¡Ostras, Miguel, eras tú! ¡Vaya susto! Herminia me puso de los nervios porque decía que había sentido ruidos raros en la escalera. Pasa, hijo. Menos mal que hoy no te ha cogido tan tarde. Ahí están tu hermano y tus padres, pendientes del televisor. Bueno, Lola desde que Joaquín le regaló la tele por su cumpleaños parece que la hubiesen pegado con cola al butacón. Tanto a ella como a mi mujer les privan las novelas jaboneras. Mientras más sufridas sean y mientras más lágrimas derramen, con más gusto las disfrutan. ¡Ay con las mujeres, sobrino! Dales amor, pero no pierdas el tiempo tratando de comprenderlas.

Miguel lo escuchaba distraído mientras pensaba en doña Carmen, en su adicción incondicional por las novelas de radio y en lo poco que alcanzó a disfrutarlas en aquel televisor consola que le trajo el senador, jactándose de haber adquirido uno de los primeros aparatos de lujo que arribaron a la isla.

—Miguelito, ¿estás en el limbo? ¿Qué? ¿No estás enterado de la noticia?

—¿Noticia? ¿Qué noticia?

—La muerte de Eddy Chibás. El Partido Ortodoxo ha perdido a su líder, pero el destino ha privado a Cuba de una oportunidad histórica: poder elegir en las próximas elecciones a un presidente honrado, demócrata y con un par de bemoles. No me cabe duda de que Chibás hubiera alcanzado la mayoría en las urnas. Da grima sólo de pensarlo.

—Pero ustedes siguen aquí dando palique —dijo Herminia—. Vayan a la sala. Están dando el velatorio por la tele. Vamos, vengan. Acabo de hacer café.

—Hola, hijo —dijo Joaquín al ver a Miguel inclinarse sobre el respaldar del butacón donde estaba sentada Lola y darle un beso a su madre mientras Herminia le servía una tacita de café.

—Está como a ti te gusta, Miguelito. Bien fuerte y medio amarguito.

—Cío —protestó Lola, mandándoles a callar para no perder palabra ni detalle del velatorio.

—¿Qué, Miguel? ¿Ya tu tío te puso al corriente del acontecimiento histórico? ¿Ya sabes que ha muerto el héroe y salvador de esta isla? Todo un caballero andante don Chibás. De ingenioso y de hidalgo andaba corto, pero de quijotesco se pasaba. Por eso terminó pegándose un pistoletazo. El pez muere por la boca —dijo Joaquín.

A Miguel no le pasó inadvertida la pulla que le lanzaba su padre al tío Pascual, con aquel tonillo irónico que le era tan característico cuando hablaba de política. Tenía la idea de que estando aún en el hospital oyó decir que Eddy Chibás se había descerrajado un tiro en plena audición de radio, pero le pareció todo tan rocambolesco, que no pensó más en el incidente.

—Me parece que oí decir que se había pegado un tiro o algo así. Pero… de eso hace ya semanas. Ya yo lo daba por muerto…

—Miguel, tú como siempre. En Babia. El día menos pensado mandan a la mona Chita en un cohete a la Luna y tú crees que lo soñaste —le espetó Javier riéndose a carcajadas.

—¿Eh? Javi, ¿qué pasa, brother?, ¿me estás vacilando?

Pero fue Joaquín y no Javier el que intervino. Acentuando aún más la sorna.

—¿Sabes, Miguel? Tu hermano lleva razón. ¿Es que no te enteras, hijo? ¿Cómo piensas que podía estar muerto si el tiro se lo disparó en la ingle?

—No jodas, papá. ¿Quién se suicida pegándose una pistola a la ingle? Para algo está la cabeza o el cielo de la boca, digo yo.

—Alguien que no busca matarse, Miguel, sino hacer un simulacro teatral —afirmó Joaquín.

—Están bromeando con algo de extrema gravedad. No te dejes engatusar por tu padre, Miguelito —dijo Pascual—. Chibás se pegó el tiro delante de los micrófonos de su programa *En el aire*. Llevaba un año acusando al ministro de Educación de robar los fondos públicos. Tenía un lema: «Vergüenza contra dinero». El día que prometió presentar las pruebas de que decía la verdad, los que se habían comprometido a hacerlas llegar a sus manos dicen que se echaron para atrás, y ese caballero andante que, según tu padre, era Chibás, por no morir de vergüenza prefirió darse un balazo. Para mí lo que importa es su valentía y su honestidad. Los médicos creían que iba a recuperarse, y a punto estuvo, pero se le presentó una septicemia... Es una pena...

—Manda huevos, Pascual. No sigas con lo mismo. A nadie deseo la muerte, pero lo dije antes y vuelvo a repetirlo: Dios me perdone, pero nos han quitado de encima a un loco megalómano que de haber salido electo presidente es lo último que nos podría tocar en esta isla.

—Que dejen de discutir. ¡Que no nos dejan oír nadaaa! —exclamó Lola volviéndose en el butacón visiblemente molesta.

Miguel bajó el tono de voz y preguntó:

—¿Y ahora qué? Muerto Chibás, ¿quién se vislumbra como candidato?

—Para mí, con Chibás han muerto las esperanzas. Tiempo al tiempo, Miguelito. Quiera Dios y me equivoque.

Ahí mismo aprovechó Joaquín para ripostarle a su hermano.

—La esperanza, como dicen los cubanos, era verde y se la comió un chivo. Pero, lo que son candidatos, en Cuba, nos crecen silvestres como verdolaga. Ahí tienen a Policarpo Soler, la viva estampa del burgués y todo un hombre de éxito. Extremoso, jovial y buena gente. Siempre de punta en blanco, con guayabera de hilo o trajeado de dril cien. Que sea un matón y tenga un rosario de crímenes, vaya, qué insignificancia. Policarpo no sólo se jacta de ser amigo de nuestro presidente, y de haberle prometido ser el mediador para acabar con las guerras de los grupos gansteriles, sino que aspira a representarnos en la Cámara por el Partido Auténtico y, para ponerle la tapa al pomo, se presentó del brazo del secretario de la presidencia, en la Junta Municipal Electoral, para obtener su cédula. Eso se llama tener jeta.

—Hostias, Joaquín, cómo te pasas. Precisamente por atreverse a presentar su cédula con pelos y señales fue que la policía lo trabó y lo metió tras las rejas.

—¿La policía, dices? Desde luego. ¡Faltaba más! No les quedó más remedio que aconsejarse y hacer el paripé, pero no me negarás las largas que le dieron. A todo el mundo le consta que tras las rejas del Príncipe se está dando la gran vida igual que cuando estuvo preso en Matanzas, donde lo tuvieron como un huésped de honor dándose banquete. Se dice que lo visitan diariamente senadores y ministros, que no para de pavonearse, cacareando las amistades que tiene en palacio, y que gracias a sus relaciones es que puede darse el lujo de entrar y salir de la cárcel como Pedro por su casa siempre que le venga en gana. Desengáñate; Prío es abúlico, le falta lo que le sobra a Policarpo y compañía. El gobierno se hace de la vista gorda porque los tiene bajo chantaje. El matón le sabe a la gente de palacio y el día que suelte prenda...

—Papá —dijo Javier, interrumpiéndolos—. Atiendan al televisor. Fíjense en el joven alto de guayabera que está en primera fila rindiendo honores al féretro de Chibás. ¿Lo ven? Es Fidel Castro. A ese sí cójanle miedo. Al lado suyo, Policarpo Soler no es más que un niño de teta.

—No sé de quién hablas, Javi.

—Papá, te estoy presentando a un matón de esos que tú dices, que encima es un loco megalómano y por si no bastara lo tildan de marxista-leninista.

—Bueno, Javi, si hablamos de marxismo-leninismo, tu padre no está del todo libre de pecado —se atrevió a decir Joaquín.

—No sabes lo que dices, viejo. Tú sueñas el sueño bolchevique, pero de soñarlo a vivirlo va un largo trecho. Te invito a que te des un paseíto por la patria de Lenin y luego vengas y me cuentes cómo, en el paraíso bolchevique, las cacareadas bondades del comunismo las vive sólo el proletariado, mientras los camaradas del Soviet Supremo prefieren sacrificarse y vivir al viejo estilo de la rancia burguesía capitalista. Los rojos tienen un lema: «Lo mío es mío y lo tuyo es de todos». Algunos condiscípulos de la facultad de ideología izquierdosa que han visitado Moscú han vuelto igual que el avestruz, con la cabeza en un hueco y el culo de cara al sol.

—Vaya, hijo. Lo que quise decir es que no tienes por qué señalar con el dedo a ese joven. ¿Cómo dices que se llama? Fidel... Castro. Anjá, por tener ideas marxistas. Entendámonos. El Partido Comunista en Cuba es, desde hace años, legal. ¿Fueron o no los comunistas los que llevaron a Batista al poder en el 40? ¿Quién quita que lo que cuentan de ese joven no sean habladurías o que te estés dejando influenciar por los extremistas de la derecha recalcitrante?

—A ver, Javier, no asustes a tu madre. De contra que no me dejan oír la televisión. No paran de hablar de matones, comunistas, bolcheviques y locos megalonosequé. Así que vas a explicarnos ahora mismo a mí y a tu tía Herminia, que estamos con los ojos botados como pescado en tarima, qué le sabes tú al tal Fidel Castro ese.

—Nada, mamá. Ya lo dije: es un tipo fantasioso y quijotesco, como dice papá que era Chibás. Tiene su veta de loco y egocéntrico. Le encanta el protagonismo. Dicen que lo del protagonismo le viene de algún complejo de la infancia, porque fue un hijo bastardo, fruto de los amores de un terrateniente gallego (de allá por vuelta de Oriente) con una niña de catorce años, hija de una sirvienta que atendía a su mujer. El caso es que su padre, con tal de quitar del medio a los chiquillos que iba haciéndole a esa niña que podía ser su hija, los metió junto con la madre en un bohío de guano y piso de tierra y no reconoció a Fidel ni le dio su apellido hasta que tuvo diecisiete o dieciocho años, se divorció de su esposa y se casó con la hija de su criada. Hasta entonces fue un niño ninguneado, criado sin calor de hogar, saltando de internado en internado y que lo mismo que a papá lo mandaron de cabeza con los jesuitas.

—¿Los jesuitas? —exclamó Joaquín—. ¡Por los clavos de Cristo! Entonces es para cogerle lástima.

—Es más listo que el hambre, papá. Le conozco y sé de gente que por conocerlo se echan a temblar sólo de nombrarlo, y no porque sean de la extrema derecha recalcitrante como tú dices. Si algún día toma liderazgo, apaga y vámonos. Es un tipo con carisma, y tiene imán para atraer a las masas y a los cubanos en cuanto nos juntan, ya sabes: donde caben diez, caben veinte y donde caben veinte, caben cien, y ahí mismo se arma la recholata y de la recholata al titingó no hay más que un paso. La palabrita «masificar» me da urticaria. Para mí el populismo se traduce en turbas y chusmería...

—Javi, tienes razón —dijo Lola—, las moloteras me dan pánico. Sólo sirven para armar barullo y atraer a la negrada que encima de dar la nota, dan lugar a que los blancos sigan pensando que a todos los que somos de color y de condición humilde nos gusta la escandalera y que los negros siempre la cagamos. Voy volando a ponerle una asistencia a mi Cachita, con el nombre de este salao que tengo ahí delante en el televisor, no vaya a ser que se le ocurra hacerse con el poder y en la Perla del Caribe nos caiga la salación. ¡Solavaya!

—Hazlo, mamá. No está de más pedirle a la Virgen que intervenga. Pero que no se te olvide dejarle a la Cacha anotado por escrito el nombre de Fidel Castro. Por si las moscas la santa se nos guilla haciéndose la chiva loca. Acuérdate de que en Cubita nos pasamos de melosos y de ilusos; debe de ser por eso mismo que nos flojea la memoria y tropezamos con la misma piedra una y otra vez. Elegimos siempre el mal y esperamos siempre el bien. Y como creemos ser los dueños de la razón universal, tardamos en caernos de la mata, reconocer que nos equivocamos y sentarnos a esperar que la Caridad del Cobre, por ser patrona de Cuba, baje vestida de hada madrina para arreglarnos el vericueto con una varita mágica.

—No está bien hablar así, Javier —dijo su padre molesto—. Cada país es como es y cada pueblo tiene sus propias virtudes y defectos.

—De acuerdo, papá. Pero nosotros somos el país de la siguaraya, y vivir de la esperanza y morir de desengaños es parte de nuestro folclore nacional. —Y con un golpe de cadera y una sacudida de pelvis arrancó a moverse al compás del pegajoso estribillo de *Mata Siguaraya*,[1] que algunos años después habrían de recordar todos los que lo corearon aquella tarde en la sala de Lola, sin que aun ni tan siquiera Javier pudiera relacionar la siguaraya, el árbol santo de los Orishas, y todavía menos la letra del son montuno que popularizó Benny Moré con lo que habría de venírseles encima. «En mi Cuba nace una mata / que sin permiso no se puede tumbar. / No se puede tumbar / porque son Orishas. / Esa mata nace en el monte/ ese tronco tiene poder. / Esa mata es siguaraya.»

1. Tanto Benny Moré como Celia Cruz cantaron *Mata Siguaraya* en la misma época.

Miguel disimuladamente se fue apartando del grupo en la sala, donde Lola, Herminia y Javier meneaban hombros y caderas al ritmo de la *Siguaraya* y su padre y el tío Pascual seguían discutiendo de política sin enterarse de nada. «Cuando esos dos se prenden a hablar politiquerías son igual que los macaos, esos bichos de los caracoles que te pican y no sueltan sino dándoles candela», solía decir su madre, que tenía siempre la chispa pronta para cada situación. Su padre estaba en lo cierto: era alegre por naturaleza. Paridora de ocurrencias y dueña de un talante único para la gracia y el sentido del humor. Claro que bastaba que Javi dijera «negro», para que allá fuera ella a ratificar negruras por más blancura que hubiera y bastaba que su hermano señalara a alguien con el dedo para que allá fuera ella a echárselo de enemigo. Veía por los ojos de Javier... Pero... ¿estaría su hermano exagerando con lo del tal Fidel Castro? Había que reconocer que su hermano tenía una puntería fina para calar a la gente. Pero a Miguel le importaba un bledo Fidel Castro. Negado a ver ni oír nada que lo distrajera de la mujer que tenía interpuesta entre las cejas. Ahora mismo rondaba la biblioteca de su padre con la intención de buscar algo bonito para enviarle en un mensaje. Un poema, por ejemplo, o quizá otra de aquellas cartas de Pablo a Dulce María que lograra arrancarle los pensamientos fúnebres que tenía en su adorable cabecita. Su padre tenía un santuario en aquella habitación. Los libros ordenados por autores, los autores por países y los países por orden alfabético. Todo estaba organizado de manera impecable. El escritorio, reluciente de limpio; la escribanía de plata, pulida como un espejo, y las plumas estilográficas lo mismo que sus sobres y papeles disciplinadamente engrapados y dispuestos en su lugar. Frente al buró, la silla reclinable; a la izquierda, la comadrita laqueada; a la derecha, el butacón orejudo, al que Lola le había hecho una funda de cretona terminada en un volante con tonos otoñales que combinaba a la perfección con los enormes cojines de rosas y tulipanes tejidos a crochet por esa hacedora de sueños que era sin duda su madre. Sobre la comadrita dormía hecho un ovillo Zafiro, el gato siamés de Lola, y arrellanada en el butacón, Boira, la perra labradora de su padre que junto a Luna y Manchita, la pareja de perros satos que Lola encontró abandonados en la calle, eran parte de la familia y como tal chiqueados y mimados. Boira meneó un par de veces la cola cuando sintió entrar a Miguel, bostezó, se estiró con pereza y continuó dormitando entre cojines, mientras Zafiro, el siamés, ni siquiera se inmutó con su presencia.

A pesar de que había allí un lugar para cada libro y cada libro ocupaba su lugar, Miguel daba vueltas y más vueltas sin saber cómo encontrar lo que buscaba. «Mira que soy socotroco, coño», se dijo, y empezaba a impacientarse de su propia ignorancia, cuando se fijó en un libro que sobresalía de los estantes en cuyo lomo se leía *Poetisas hispanoamericanas*. Talmente parecía que estaba allí esperando a que él lo hojeara. Abrió el libro por el índice y el primer apellido que encontró en la letra A decía: Agustini, Delmira (Montevideo, 24 de octubre de 1886-6 de julio de 1914). Junto al nombre aparecía la imagen oval de una hermosa joven de ojos claros, que lo miraba desde el fondo de los tiempos con una expresión tan intensa y enigmática que a Miguel le parecía inverosímil tratándose de una mujer de carne y hueso y se preguntó si se trataría de un ser real o sería sólo el fruto de la imaginación febril de algún artista. Se detuvo en las fechas de su nacimiento y muerte y supuso que debía de haber sido una criatura que pasó por este mundo como un bólido fugaz porque de otro modo no era concebible que habiendo vivido apenas veintitantos años hubiera alcanzado a escribir lo que había escrito. Atraído por el halo de belleza que emanaba de la foto y por el ardiente erotismo que impregnaba su poesía, se mantuvo leyendo por un rato hasta que se tropezó con un título que lo dejó más intrigado y perplejo todavía. Se titulaba «Lo inefable», y le bastó leer el primer verso para que un sudor helado le recorriera la espalda desde la nuca a la rabadilla.

«Yo muero extrañamente... No me mata la Vida, / no me mata la Muerte, / no me mata el Amor; / muero de un pensamiento mudo como una herida... / ¿No habéis sentido nunca el extraño dolor?»

La fuerza sobrecogedora del poema lo traspasó como una lanza. Mientras más y más leía, más estrecha era la relación que percibía entre lo que iba leyendo y lo que acontecía en su vida. El hielo del sudor le traspasó la camisa. «Qué pasa machote, estás acojonado.» Lo menos que podía soportar ahora era un coloquio con su conciencia. Sabía que no era acojonamiento, sino una especie de pálpito, de... ¿Cómo era que le llamaba Macorina? Corazonada. Eso, si pudiera tener un vis a vis con Macorina y verificarlo. «Y dale con Macorina, carajo. ¿Cuándo has creído tú en caracoles ni cosa que se le parezca?» Nunca, se respondió, pero esto de morir de un «pensamiento mudo como una herida»... Ya pasa de castaño oscuro. Se llevó la mano al verdugón que tenía en la cabeza donde el pelo comenzaba a nacer cubriendo la cicatriz y de pronto se acordó de que la tía Herminia sabía leer las cartas, que él y Javier siendo niños la habían pillado leyéndoselas a una vecina y que además de la regañina de la tía por estarla fisgoneando les costó que Lola les cascara las nalgas en cuanto le fueron con las quejas.

Salió a toda prisa a la sala, tomó a la tía Herminia por el brazo, la levantó en vilo del sofá y entre jalones y bajo protesta porque se iba a perder la novela jabonera de las diez, la fue arrastrando hasta el patio.

—Tía, necesito que me leas las cartas, pero ya. No me pongas esa cara de sorpresa. Sé que todavía consultas a alguna gente del barrio. Estoy bien mayorcito y de nada valdrá que te quejes a mamá porque ya no podrá cascarme las nalgas. Se trata de un asunto de urgencia. De vida o muerte, vaya. No puedo decirte más...

Herminia se echó a temblar y en un temblor, aprovechando que los macaos seguían prendidos discutiendo de política, que Lola estaba a su vez prendida del culebrón de las diez y Javier se había encerrado en su cuarto a estudiar, se llevó a Miguel con ella al apartamento de al lado donde vivían ella y Pascual. Le coló un café retinto de esos que se adhieren al paladar y saben a noche oscura y por último, sentada junto a él en la mesita de la cocina, empezó a echarle las cartas.

Bastó que las virase cara arriba, para que comenzara a hacerse cruces y mostrar el blanco de los ojos.

—Carajo, tía, me tienes en ascuas. Si te vieras tú la cara. Parece que hubieras visto la muerte.

—Es que la veo. ¡Siá Kara![2] —dijo haciendo un gesto con el brazo que a Miguel le pareció un látigo azotando el aire—. Mira —añadió mostrándole un abanico de cartas abiertas sobre la mesa—. Este que ves aquí eres tú —aclaró Herminia, y le señaló a un rey de oro que dejó a Miguel cuestionándose si su sueño no rayaba en la ambición y si su afán por triunfar no se estaría ya desmadrándose. Pero su tía continuó—: Esta carta que está aquí significa el amor, esta la vida y esta la muerte. ¿La ves? —dijo poniéndosela a Miguel frente a los ojos.

—Pa'allá, pa'allá. ¡Solavaya! Tía, aléjame eso —dijo él sintiendo erizar todos los vellos del cuerpo.

—Pero es que estuviste a un tris de irte al otro lado…

—Bueno, pero eso ya pasó. Mírame, estoy aquí: vivito y coleando.

—Ay, mi niño. Qué más quisiera yo que decirte lo contrario. El caso es que no ha pasado, mi querer. La tienes ahí mismito, como un pájaro de mal agüero posado sobre tu hombro. No se quiere ir, mi santo. Te está acechando. Tiene que ver con el amor de esa muchacha, aquí te sale ella también. Está muy triste porque te quiere con locura, pero se ve que tanto tú como ella están en grave peligro. Hay un hombre de su familia que te odia a muerte.

—Pero, tía, ¿qué me cuentas? Todo eso ya lo sé. Lo que

2. Expresión yoruba que advierte de un peligro y significa «ten cuidado», «aléjate».

quiero es saber si voy a salir sano y salvo de un asunto que tengo entre manos. Míramelo a ver.

Herminia recogió las cartas, volvió a barajarlas. Cerró los ojos, las sopló y exclamó:

—¡Luz para mis espíritus!

Las abrió de nuevo sobre la mesa y volvió a hacerse cruces y a dejar escapar suspiros de impaciencia.

—Qué, dime. ¿Qué ves?

—Tú estás metío en algo muy gordo, Miguelito. Te van a tender una trampa. Aquí dice que tienes que andar con pie de plomo. Está la carta del triunfo, pero al lado está la de la traición.

Herminia cruzó las manos sobre la mesa. Recogió todas las barajas y se negó a seguir consultándolas.

—No puedo con esto. Oye bien lo que te digo. De todo corazón te pido que te cuides. Las cartas no se aclaran. Si tu madre se entera de esto me mata y Lolita es para mí más que una hermana. De no ser por tu abuela que me recogió, me dio un hogar y me crió y sacó adelante junto con su propia hija, a estas alturas de mi vida quién sabe dónde estaría yo. Dios nos asista si a ti te pasara algo. Prométeme que vas a cuidarte como oro en paño.

—Te lo prometo, tía. Te lo juro. Si a mí se me llega a pasar algo, será algo bueno. Y… a mamá de esto… ya sabes. Punto en boca.

Pero no estaba tan seguro como simulaba estar. Desde la tarde que llamaron a su puerta y aquel señor desconocido le dijo que venía de parte de don Ramiro de la Nuez a ofrecerle una propuesta para que le hiciera un trabajo y además de pedirle absoluta discreción, le advirtió que el hijo de don Ramiro no podía saber nada, aquello le dio mala espina.

—Se le va a pagar muy bien, va a ganar en un día lo que ganaba en un año con don Isidro Díaz Toledo. A cambio sólo le pedimos reserva y disposición.

Pero Miguel se negó a comprometerse sin antes hablar con don Ramiro de la Nuez personalmente.

—No acepto tratos a través de intermediarios. Los negocios conmigo o se cierran cara a cara o usted y yo no hemos hablado.

El hombre se resistió diciendo que no era necesario, que don Ramiro lo enviaba a él por ser de toda su confianza, que De la Nuez era un hombre de palabra y persona de grandes ocupaciones que tenía su propio personal para validar por él sus intereses... Pero Miguel no lo dejó continuar.

—Parece que no me entendió, señor, y me parece también que estamos hablando de más...

—De acuerdo. Le digo a don Ramiro lo que hay, y le comunico a usted su opinión sobre el asunto.

Pasó el resto del día cavilando. ¿De dónde habría sacado él tales fueros para dárselas de negociador? Incluso llegó a pensar si de tanto querer meterle el pie al hombre de confianza de don Ramiro y subirle la parada no se habría ido de rosca y buscando hacerse el duro, habría desperdiciado una importante ocasión. Pero esa misma noche recibió la llamada de respuesta.

—¿Don Miguel? Soy Cañizares, el que estuvo en su casa. Don Ramiro finalmente acepta verle. Quiere que lo invite a almorzar con nosotros el domingo a la una de la tarde en el restaurante El Floridita. ¿Le va bien?

Miguel aceptó el encuentro, pero desde que el Bobby le alertó de que su padre con tal de joder al senador acabaría tendiéndole a él una trampa, y desde que no tuvo otra alternativa que tranquilizar a Eva con una enorme mentira, había perdido el sosiego y además de la mala corazonada, tenía la sensación de estar a muchos metros de altura bailando en la cuerda floja. Llegó a resultarle extraño que las predicciones de las cartas leídas por la tía Herminia, en vez de acentuar su inquietud, consiguieran devolverle el aplomo requerido para la entrevista del domingo al mediodía. Tenía la convicción del optimista que busca ver una oportunidad enmascarada en el peligro y no un peligro enmascarado en cada oportunidad. Las cartas habían coincidido con los caracoles: triunfo y traición. Pues bien, al menos contaba con algo, se dijo. «La traición no me tomará desprevenido y el triunfo será mi compensación.»

En ese estado de ánimo se presentó el domingo en El Floridita, el bar restaurante habanero que en los cincuenta se había ganado la fama de estar entre los siete mejores del mundo y cuya barra, según el decir de Hemingway, que, además de su fama de escritor y de viajero incansable era célebre por beber como una cuba y que según las malas lenguas no le bajaba la musa si no agarraba un buen pedo, la barra de El Floridita no tenía parangón ni paralelos con ninguna otra en todo el mundo, porque además de ser la cuna del daiquirí, su bebida preferida, tenía un ambiente glamuroso que hacía al cliente sentirse rey de reyes y soberano supremo del Olimpo.

No era la primera vez que Miguel pisaba la alfombra de aquel sitio elegante de la famosa esquina de Obispo y Monserrate. En más de una ocasión condujo allí al senador, que era muy asiduo a visitarlo y codearse con la estela de famosos que visitaban el restaurante habanero: desde Hemingway y Spencer Tracy, hasta Gary Cooper, Marlene Dietrich y Ava Gardner. A Miguel siempre le dio buen pálpito El Floridita, y ahora le parecía que aquella cita para cerrar un trato en aquel lugar no era cosa del azar sino algo que ya estaba en su destino. Su padre conocía al dueño del restaurante, que era también catalán y se llamaba Constantino Ribalaigua, pero le apodaban Constante, porque el hombre había empezado de mesero y a fuerza de doblar el lomo acabó haciéndose dueño del local cuando al fin pudo comprarlo. Recordarlo, le hizo acudir al encuentro más seguro y resuelto. «Te van a pagar en un día el sueldo que el senador te habría pagado en un año.» Eso, por peligroso que fuese, era la oportunidad de su vida. Su padre, al igual que su paisano Constantino, se haría con la tienda de Almacenes Bellpuig, y pasaría de contable a propietario de un importante comercio en una de las esquinas más céntricas y populosas de la capital. Dedicó la tarde del sábado a darle un lavado de cara a su Fordcito, hasta dejarlo como nuevo, y ni decir que escogió sus mejores galas para vestir el domingo. Aunque en El Floridita habían estrenado ya el aire acondicionado, rechazó vestir de cuello y corbata y se presentó de blanco veraniego con pantalón de dril cien y guayabera de hilo fino bordada con esmero por su madre. Sin que le temblara el pulso ni le transpirasen las manos, le estrechó la diestra a don Ramiro de la Nuez, el domingo a la una de la tarde.

—Señor Miguel, ¿cómo le va? Me alegro de verlo ya restablecido y sin secuelas del atentado. ¡Terrible, eh! Vaya tragedia. Pobre familia. Bueno, ¿para qué andar con protocolos? ¿Verdad? ¿Puedo tutearte? Ya tú y yo nos conocemos de casa de los Díaz Toledo.

—Sí, don Ramiro, puede tutearme. Pero si no le parece mal, vamos directo al asunto. ¿Por qué... yo?

—Bueno, pero qué prisa te traes. Parece que quieras poner la carreta delante de los bueyes. ¿A qué viene esa pregunta, Miguel? Eso se cae de su peso —dijo mientras miraba despreocupadamente la carta que le traía el maître del restaurante y preguntaba a Miguel y a su socio Cañizares—: ¿Qué tal les parece un cóctel de camarones del Golfo como entrante y una langosta grillé con salsa blanca como plato fuerte? Pero antes, para hacer boca, nos traes tres daiquirís y unas semillas de marañón bien tostadito con unos dados de queso y aceitunas aliñadas.

A Miguel no le pasó inadvertido el desdén de don Ramiro al no mostrarles la carta a ninguno de los dos y ordenar la comida a su antojo sin tener en cuenta más que su propia elección. «No pasa de ser más que un barrigón creído y petulante con ojos de sapo toro, podrido en dinero, sí, pero con un hijo del que se avergüenza y una mujer que le pone unos cuernos más grandes que el tetamen que le desborda el escote, y por si fuera poco con el senador, su amigo de la niñez.» Pero consciente de que don Ramiro buscaba desviar la atención para evadir su pregunta, recapacitó de inmediato y clavándole la vista volvió a insistir con lo mismo.

—Señor, estoy esperando su respuesta.

—¿Eh? Caray, Miguel. ¿Qué quieres que te diga? Se cae por su propio peso. Te conozco, sé que eres un joven reservado, serio y formal en tu trabajo y que... te mandas un buen par. ¿Quién mejor que tú para guardar la debida discreción en un asunto del que no quiero se entere ni mi propio hijo? Lo sabes, ¿no? Ni el Bobby se puede oler nada de esto.

—No, don Ramiro. No sé a qué le llama usted «esto», y menos aún de qué asunto estamos tratando que requiere tanta discreción.

—A ver, Miguel. Si bien te he recomendado, no soy yo quien te reclama ni pagará tus servicios. Es... digamos que un pez gordo. Un hombre de palacio. Su nombre no se puede dar a conocer. Lo que a ti te importa es que aquí está tu dinero contante y sonante. Oyendo la conversación —dijo tocándose el bolsillo trasero del pantalón—. Cinco mil tablas, sólo por hacerte el desentendido y recoger a alguien que sale de la cárcel.

—¿De la cárcel, dice usted? ¿Quién es ese alguien? Muy importante será para que paguen tan bien.

—Se trata de una deuda de gratitud que tiene ese pez gordo con su amigo. Le debe un favor, pero no puede hacer pública su amistad con un ex convicto aunque sepa que ha ido a la cárcel sólo por una venganza. Supondrás que no puede enviar a su chofer personal en un auto de palacio...

—¿Esa venganza tiene algo que ver con el senador Díaz Toledo?

—Pues... puede que sí, puede que no. Vaya, que no paras de comerme a preguntas. ¿Te importa eso, Miguel? No lo creo. Caray. ¿Sabes que quiere casar a esa beldad de su hija con mi Bobby? Sólo porque sabe que está loquita por ti.

—Mis asuntos personales no intervienen en esto, don Ramiro.

—De acuerdo, pero pensé que te tenía sin cuidado los enemigos que pudiera tener o no el senador. Total, ¿te agradeció que te jugaras la vida por salvarle? Porque bien que te la jugaste y bien jugada. ¡Ah! Yo en cambio, sí que lo tuve en cuenta para recomendarte y también lo tuvo muy en cuenta mi amigo... Un hombre arrestado como tú es lo que necesita...

—¿Me está insinuando que tengo que volver a jugármela y salvarle a alguien la vida? Será mejor que me hable claro.

—Pero ¿qué dices, muchacho? Es sólo recoger a un infeliz que estará esperándote con su maleta en la puerta del precinto. Te están pagando una pasta por hacer mutis por el foro en silencio. No hay mucho más que decir... Aquí tienes tu dinero —dijo sacando un sobre y poniéndolo sobre la mesa—. Puedes contarlo si quieres. Son tres mil, los otros dos mil que faltan se entregarán cuando quede cumplida la diligencia. ¿Va o no va el trato?

Miguel encendió un cigarro, abrió el sobre y contó discretamente el dinero. Se bebió el último daiquirí que reposaba en el fondo de la copa y tuvo la sensación de bajar por el gaznate un trago de cuchillas de afeitar. Por un segundo se mostró indeciso, pero fue apenas eso, una nonada de segundo, porque de inmediato recobró su audacia, se guardó sin vacilar el sobre dentro del bolsillo y dijo:

—Sí, va. Dígame fecha y lugar.

La fecha quedó para el viernes de la siguiente semana a las seis en punto de la tarde, en la garita de la calle G al costado del Castillo del Príncipe. Miguel se tomó todo su tiempo y se vistió y acicaló con calma desde temprano. Se puso una camisa McGregor, que tenía sin estrenar desde hacía casi un año cuando su hermano Javi se la regaló por Navidad. La escogió porque tenía un diseño elegante y discreto, cosa que de acuerdo a lo pactado era lo más apropiado para evitar destacarse con la vestimenta. Había dejado el cenicero de su habitación desbordado de colillas y como tenía por costumbre no beber alcohol si conducía, se bebió el termo de café recién colado que solía tener su madre en la cocina, para andar despabilado del todo y con cuatro ojos por si acaso se antojaban de asestarle por la espalda la puñalada trapera. Listo ya para salir al garaje y montarse en su Ford, se topó con su madre en el portal, sentada en el sillón de mimbre bordando en su bastidor.

—¡Alabao, hijo! ¿Qué te haces para lucir siempre tan bonito? Te veo todos los días y cada vez que te miro se me cae la baba. Con ese porte que llevas, además de lucir palmito estás que paras el tráfico por las calles de La Habana. Esa camisa te queda que ni pintada. No te suelto uno de esos ternos gordos de los que dice tu padre cada dos por tres para que luego no digan que soy una mulata chusma y mal hablada. Allá Joaquín que los dice de todos los colores, suerte que la mayoría de las veces se le van en catalán, y todo queda en familia porque nadie más lo entiende.

Miguel tuvo que soltar la carcajada y ella rió junto con él con aquella risa cascabelera que inundaba de alegría cada rincón de la casa. Desde que no trabajaba para el senador, se veía tranquila y caricontenta.

—Ay, Miguelito, hijo. No sabes qué alivio tengo desde que duermes en casa por las noches. Todo va a salir bien, mi corazón, ya verás. Obedece a tu padre y vete para Puerto Rico con tus parientes catalanes. No te olvides que nuestros planes no son los planes de Dios, pero que siempre que él nos cierra una puerta es para abrirnos una ventana. Nunca llovió que no escampara, hijo.

Miguel estuvo a un tris de decirle que por más que Dios se empeñara en ponérsela difícil, por más que le clausurase puertas y ventanas, y por más que desatara el diluvio universal, él resistiría contra viento y marea hasta ver salir el sol. Porque su ruta estaba trazada por algo que era más fuerte que lo humano y lo divino. Pero temiendo que su madre se lo tomara a la tremenda, no le dijo una palabra; se limitó a posarle un beso mudo en la frente y a pedirle con los ojos lo mismo que le pedía siempre: su bendición.

—Ve con Dios, mi querer —dijo ella despidiéndolo con la señal de la cruz.

Poco o nada conocía Miguel sobre el Castillo del Príncipe, y lo poco que sabía lo tenía ya casi olvidado, como solía echar al olvido casi todo lo que aprendió siendo un crío en las aulas de la primera enseñanza. Nunca le gustó la historia, le parecía monótona y aburrida como ella sola, le costaba pegársela en la sesera y cuando se le pegaba era prendida con alfileres, para escupirla de corrido en el examen y borrarla de su cabeza al siguiente día. Así que estuvo indagando con su padre, como quien no quiere la cosa y mostrando más bien curiosidad que interés y Joaquín, más interesado en las noticias que daban por televisión que en remontarse a los tiempos de los tibores de palo, y sin que sus mucosas olfativas detectaran el más ínfimo tufillo de lo que Miguel tramaba, le dio una explicación insípida y escueta: «La Habana era considerada por los españoles la Llave del Nuevo Mundo y tras el fin de la toma de la ciudad por los ingleses, los españoles quedaron escarmentados y levantaron atalayas y fortalezas hasta decir está bueno para evitar los asedios enemigos y conseguir protegerla. Al castillo le pusieron El Príncipe por Carlos de Borbón, príncipe de Asturias, hijo y sucesor de Carlos III, rey de España. Dicen que es una fortificación inexpugnable con fosos profundos y túneles laberínticos. Que desde la azotea se divisa casi toda la ciudad y que, al igual que Alcatraz, de allí ningún prisionero escapa. En tiempos de la colonia estuvo preso Martí y Mendive, su maestro. Pero bueno, eso ya lo aprendiste en la escuelita, ¿no? ¡Ah!, y en tiempos del machadato, encarcelaron a Mella, por ser militante comunista, y a Chibás, por militar con la lengua, pero dejemos el tema. De los muertos, o se habla bien o no se habla».

Miguel no indagó más, pero mientras conducía en su Ford en busca del hombre que debía esperarlo junto a la garita al costado del castillo, le vino a la mente aquello de «Dicen que es como Alcatraz: de allí ninguno se escapa». A la altura de la calle G, comenzó a aminorar la marcha y se fijó que al final de la avenida había no una sino dos garitas. Enfocó la vista tratando de reconocer a quien se suponía que lo esperaba, y lo único que vio fue al custodio de guardia. «Esto me huele a podrido», se dijo, observando que había un solo hombre custodiando dos garitas a la vez y que alrededor de la esquina no se veía ni un alma. Las manos comenzaron a sudarle en el volante. «Cálmate, Miguel. El segundo custodio puede haber ido a orinar y tu hombre, posiblemente aún no ha salido.» Fue justo en ese momento que se percató de que tres hombres con armas largas asaltaban la garita, encañonaban al custodio y lo tumbaban al suelo de un culatazo. Entonces, un cuarto hombre, alto y flaco como un güin, con el pelo color zanahoria, lo interceptó lanzándose a la calle contra el capó del auto, obligándolo a frenar de golpe.

—Pero ¿qué coño hace, compadre? ¿Está borracho? Casi le paso por encima —le gritó Miguel nervioso sacando la cabeza por la ventanilla.

Entonces el hombre pelirrojo se le encimó y encañonándolo con una pistola, le ordenó abrir la puerta.

Miguel volvió a sentir aquel corrientazo gélido que le recorría la espalda de la nuca a la rabadilla cuando algo lo tomaba por sorpresa y lo dejaba perplejo, pero no se amilanó, cubrió con la palma de la mano el cañón del arma y la apartó de su cara diciendo:

—Oiga, no sé qué quiere de mí. Vengo por una diligencia. ¿Quién carajo es usted?

—¿Eres Miguel?

—Sí... pero...

El hombre bajó el arma y miró a su alrededor.

—Entonces ábreme la puerta, cojones —exclamó, subiendo al Ford rápido como un relámpago—. Soy el Colorado, y vine a rescatar a mi hermano. Déjate de bravuconerías conmigo. Si haces un gesto te mato. ¿Okey? Bájate del carro y vigila. Esa es tu diligencia. Allá arriba en la azotea están los nuestros. Fíjate. Ya nos vieron y entran en acción.

Miguel, tieso como la pata de un muerto, seguía sudando hielo. No sólo no podía dar crédito a lo que estaba ocurriendo, sino que tenía la impresión de que se había salido de su propio cuerpo y lo estaba visualizando todo a través de ojos ajenos como si fuera un extraño y no él quien estuviera presenciando aquella escena. En ese estado de estoy pero no estoy, vio descender uno tras otro a varios hombres por una escala enorme que dijeron habían atado a una ventana, tras salvar a todo correr la plataforma que daba al foso. «Falta el Gordo», oyó decir al pelirrojo, chillando. Entonces uno al que llamaron el Turquito, que pasaba por delante de Miguel a la carrera, frenó en seco y todavía jadeando por la faena le dijo al Colorado:

—El Gordo se quedó de último. Dice que no es la gordura sino la buena vida la que le impide correr más. ¿Será cabrón? Pero estate tranquilo, socio. Adentro todo está cuadrado. Los centinelas son colegas nuestros y los custodios nos guardan las espaldas. Si no, olvídate. Imposible escapar de esa ratonera.

—Okey, Turquito, eres un bárbaro. Sigue pa'lante y no pares hasta que llegues a Zapata y C. Allí cerca tenemos tres carros esperándolos frente a la novena estación de policía.

Fue entonces cuando Miguel vio descender del imponente muro de cien pies al único hombre que faltaba. Era grueso como una morsa y se sostenía en la escala a duras penas, resbalando una y otra vez.

«Este no llega a la acera», pensó Miguel para sí cuando lo vio perder pie al partirse un travesaño de la escalera.

—Gordo, apúrate, coño.

—No me jodas. ¿Esto está podrido o qué? ¿No ves que me voy a matar?

—Te va a matar la buena vida —le respondió el Colorado.

—No sigas con la jodedera; estoy colgando, carajo. ¿No lo ves?

El Colorado, sin saber qué hacer, miraba nervioso hacia

todos lados, pidiéndole que se aguantara y que hiciera un esfuerzo por bajar.

Miguel, por más que lo intentó en su vida, nunca consiguió explicarse por qué lo asaltaba siempre aquel pronto temerario que lo hacía erigirse en héroe cuando una especie de clic involuntario se disparaba en su sesera y le hacía intuir que alguien corría peligro.

—Aguante, señor. Voy a ayudarle —le gritó, mientras subía a toda prisa al Ford, lo ponía en marcha y de un acelerón lo subía a la acera pegándolo contra el muro.

El Colorado, pálido del susto, volvió a sacar la pistola y le apuntó a Miguel, que estaba encaramado sobre el techo del auto con la parte enrollada de la escala que había recogido colgando a los pies del muro.

—¿Qué haces apuntándole a ese hombre, Colorado? ¿Serás imbécil? ¿No ves que va a ayudarme? Métete la pistolita en el culo y tírale un cabo, si no quieres que me mate. Me están fallando las fuerzas.

El Colorado le echó una mano a Miguel que, una vez en el techo de su automóvil, buscó el equilibrio necesario para alcanzarle al Gordo los ganchos de la escalera.

—Engánchela doble. Átela fuerte y verá que baja sin problemas. Estando doblada no cederá. Hágame caso, no le voy a dejar soltarse.

Bastaron un par de minutos para que al fin el Gordo pisara tierra firme sin contratiempos.

El Colorado abrazaba a su amigo en puro nervio, mientras Miguel los esperaba sentado ya al volante del Ford.

El Gordo entró al automóvil y se dejó caer en el asiento delantero dejando detrás al Colorado.

—¿Cómo te llamas, muchacho?

—Miguel, señor. Miguel Alegret.

El Gordo le tendió la mano y mirándole directamente a los ojos, le dijo:

—Choca esos cinco, Miguel. Sabes a quién tienes delante, ¿no?

—Pues no... La verdad es que nadie me dijo que esto iba a ir de esta manera y tampoco quién era el hombre al que venía a recoger.

—Ven acá, chico, y ¿tú no sabes leer? Yo soy noticia un día sí y otro también en los periódicos.

—No soy de leer noticias...

—Anjá. Pues entérate. Tienes delante al hombre más pinguo y timbaluo de La Habana. El que más alto mea en esta isla. Le acabas de salvar la vida a Policarpo Soler.

Miguel notó que el timón se le escapaba de las manos de tanto que le sudaban. Los músculos le brincaban y tenía la nuez apretándole tanto el gaznate que no sólo no era capaz de responder sino que ni tragar podía saliva. Al fin logró decir.

—No sabía que era... usted. Bueno. Lo que hice fue... No es nada.

—¿Cómo que no es nada? Estoy en deuda contigo, Miguel. Y Policarpo Soler tiene por ley no dejar tras de sí una sola deuda de gratitud sin recompensa. Ya hablaremos tú y yo sobre el asunto —dijo cuando llegaron a la casa del reparto La Sierra, donde apenas apearse del coche una mujer le echó los brazos al cuello comiéndoselo a besos.

El Colorado se pasó al asiento delantero y le entregó a Miguel un sobre diciéndole:

—Son los dos mil que faltaban. Cuéntalos.

—No hace falta —respondió Miguel, guardando el sobre en la guantera, tragando al fin saliva a duras penas y buscando disimular de algún modo su angustia desesperada por irse.

El Colorado se bajó del auto, pero antes de subir a la acera se volvió una vez más asomándose a la ventanilla.

—Conozco al Gordo, ¿sabes, Miguel? Te va a gratificar bien por lo que has hecho. Una deuda de vida no es cualquier cosa. Espera su aviso en breve.

Y se despidió con una expresión ladina en la mirada mientras Miguel, más que conducir, volaba bajito por las calles de La Habana.

A veces tengo miedo de mi corazón, de su hambre
constante, de lo que sea que quiere. La forma en
que se detiene y comienza otra vez.

EDGAR ALLAN POE

En el apartamento del Bobby, se había dejado escuchar el cañonazo del Morro anunciando que eran las nueve en punto de
la noche y Eva, que había quedado con Miguel desde las siete,
comenzaba a inquietarse. Desde la cita que tuvieron cuando él
abandonó el hospital, no habían vuelto a encontrarse ni a tener
contacto telefónico. Resueltos a ser prudentes, tanto ella como
él tomaron medidas extremas. Ella había reanudado sus clases
en la Facultad de Derecho y el Bobby se había convertido en su
lazarillo, pendiente de los achaques de su embarazo que sabía
llevaba a duras penas. Tanto ella como su joven amigo hacían
de tripas corazón transitando por las etapas del duelo. Ya habían superado aquella de ver aparecer a Abel, cuando menos lo
esperaran, bajando las escaleras de la casona del Laguito, vistiendo ropa deportiva para irse a jugar tenis, o tomando el desayuno con ellos en el jardín mientras reía y soltaba sus cole-
tillas sarcásticas. Ahora les tocaba enfrentar juntos lo peor, lo
más triste y cruel de su peregrinaje luctuoso: aceptar conscien-
temente que Abel había desaparecido de sus vidas para siempre y sólo cabía retener su presencia recapitulando lo vivido en
los recuerdos. Eva, visiblemente delgada, sufría vértigos y náuseas en las aulas universitarias. Por suerte, nadie sospechaba ni
por asomo que se tratara de algo que no estuviese relacionado
con la tragedia familiar. Hasta Javier, el hermano de Miguel,
le brindaba consuelo y protección pensando lo mismo que

pensaban los demás: la pérdida la tenía enferma. No le pasaba siquiera por la cabeza el trance que atravesaba. Eva tenía la dualidad de transmitir una imagen que tendía a confundir. Esbelta y cimbreante como un junco. Tierna, aniñada, vulnerable. Sutil y voluptuosa como un soplo, frágil como una figurita de biscuit que uno sabe se hará añicos por endeble y delicada. Pero en esa condición dual residía su mayor encanto. Cuando los duros más duros se rajaban como cañas bravas y los más curtidos, fogueados y temerarios evitaban dar la cara, Eva emergía con la dureza helada de un témpano, aguda como un carámbano, filosa como una espada. Y uno ya no reconocía en ella a la Eva de todos los días, sino a una Eva aguerrida que sólo se dejaba ver cuando tocaba enfrentarse y resistir lo que pocos o ninguno resistía y enfrentaba. Por aquellos días le hacía frente a la más estricta y férrea de las vigilancias: su padre no sólo la tenía todo el tiempo en la mirilla, sino que había ordenado al negro Alipio, el Joe Louis que tenía contratado de chofer, no perderle pie ni pisada. Alipio «mande, jefe», lo apodaron los sirvientes de la casa, porque no sólo obedecía sino que se cuadraba delante de don Isidro, chocando los talones al estilo militar. En medio del espionaje, Eva espiaba a su vez, para poder estar al tanto de lo que su padre tramaba. Don Isidro, aparte de simular que entre su hija y el Bobby existía un compromiso, que acabarían anunciando en cuanto el luto finalizara, de estar constantemente dando pie a que la crónica social se hiciera eco de los rumores de boda y facilitándoles él mismo fotos del Bobby y de Eva cuando eran unos críos, y afirmando que de aquella camaradería infantil nació definitivamente el amor que ahora se profesaban, no cesaba un solo día de intimidar a su hija y provocarla con chantajes y amenazas.

—Por más largas que le des terminarás por obedecerme. Ya te dije que te casas con el Bobby y matamos dos pájaros de un tiro: salvas tu honra y de paso el pellejo de ese churriburri que te ha dejado preñada. De lo contrario, me encargaré de mandar a tu amante al otro mundo y a ti a parir a tu bastardo en la calle. Tú eliges. Pero no te quepan dudas que si te fugas con él, vayan donde vayan y se escondan donde se escondan removeré cielo y tierra hasta que me traigan a tu Miguel desollado como un conejo.

Eva, lejos de achicarse, se crecía tratando de echarse encima la culpa y desviar hacia ella toda la inquina de su padre por Miguel.

—Venga, papá, pégame un tiro. Soy yo la que sedujo; yo, la que lo subí a mi cuarto. Él no hizo más que lo que haría cualquier hombre: cumplir con su papel. Es tu hija y no él la única responsable.

En medio de la confrontación estaba doña Carmen, o más bien lo que quedaba de ella, deambulando como una sonámbula por la casa, con la mirada perdida y la mata de pelo suelta sobre la espalda como una lluvia blanca y lacia. Vigilaba a nana Rosa para escaparse al jardín y deshojar cada flor recién nacida o cada retoño en ciernes. A Eva le partía el alma. Nada quedaba en su madre de la mujer que en su día fue considerada la más bella entre todas las bellezas de La Habana. Sólo las viejas fotografías y los recortes amarilleados de los diarios daban fe y hacían justicia a la dama de alcurnia, que ganó celebridad por los sonados banquetes y festines pantagruélicos que ofrecía en los jardines de su mansión del Laguito, donde se codeaba tête à tête con las primeras damas y trataba de tú a tú al mandatario de turno que ocupara en palacio la silla presidencial.

Pero lo peor de lo peor ocurrió la noche que a Eva la despertó a altas horas de la noche el altercado que su padre sostenía por teléfono en el gabinete de su habitación. Envuelta en su bata de seda color malva, salió descalza y sigilosa de su cuarto para espiar lo que hablaba. Su padre había tenido el descuido de dejar la puerta entornada, por lo que pudo captar algo de lo que decía cuando alzaba el tono de voz.

—Atrévete conmigo, hijo de puta, y verás como el tiro te sale por la culata.

Luego se hizo una pausa, donde por más oído que puso sólo alcanzó a escuchar palabras imperceptibles. Hasta que de repente su padre volvió a levantar la voz con un tono retumbante y brutal.

—Muerto, cabrón. Te lo advertí. No esperes ver ni un centavo.

Lo oyó colgar el teléfono de un tirón y de súbito sucedió lo que Eva nunca jamás podía esperar que sucediera tratándose de un hombre como su padre. Don Isidro Díaz Toledo rompió a llorar con un llanto bronco y tropaloso que sacaba a flote la pena, arrancándola de cuajo desde lo negro de la raíz. Lloraba su dolor a solas sumido en el desamparo doloroso de su alma en soledad.

—Daba grima oírle llorar —le comentó Eva al Bobby retomando las incidencias de los últimos días en su casa.

—Bueno. Con lo de Abe, han llorado hasta las piedras. Tu padre ya era hora que se desalmidonara.

Eva se levantó del sofá, con la impaciencia en los ojos, y se asomó por enésima vez a la terraza intentando distinguir el Ford azul de Miguel descendiendo por la avenida y volvió a entrar a la sala más impaciente todavía.

—¿Qué tú crees que quiso decir papá, con eso de «lo quiero muerto o no verás un centavo»?

—¿Dijo «muerto»? Evita, ¿estás segura?

—Segurísima. ¿Por qué?

—No... Es que si lo dijo, está claro que va a cumplir su amenaza.

—¿Pagará para que maten a Miguel? Es eso, ¿no? Dime que no... Bobby, dime que estoy delirando, que imagino cosas y oigo lo que no es.

En ese momento el timbre se dejó escuchar con dos campanillazos estridentes dejándolos sobresaltados.

Cuando el Bobby abrió la puerta, se topó a Miguel recostado en el marco del dintel, con el pelo desgreñado, la camisa desgarrada, sudando la gota gorda y más blanco que un papel.

—Adelante, muñecón, estás en tu casa —dijo abriéndole paso con una genuflexión—. Pero... ven acá, niño, ¿y esa facha? Traes una cara. Vamos, suelta lo que tienes atorado, corazón, que nos has cortado el habla.

Eva lo acribillaba a preguntas y lo devoraba a besos. Que de dónde venía tan desaliñado, que por qué había tardado tanto, que si lo de la mala cara era porque le pasó algo malo. Miguel, abrumado por el vendaval de preguntas y besuqueo, se desplomó en el sofá del Bobby buscando recuperar el aliento para lograr al menos tranquilizarla.

—Estoy que me caigo solo. Saben, estuve de gruero. Descargando desde cien pies de altura una carga muy pesada. Estoy muerto.

—¡Jesús! No digas eso ni jugando, Miguel.

—Muerto de cansancio, quiso decir —respondió el Bobby, que se había puesto serio de pronto y dejado de bromear.

Eva, sentada a su lado en el sofá, le miraba extrañada. Entonces él, evitando más preguntas, le acarició una mejilla, diciendo:

—¿Me puedes servir un trago, nena? Un Bacardí o lo que tenga el Bobby en el bar. Necesito algo fuertecito. A la roca, ¿eh? Nada de hielo. En strike.

Eva se fue directo a la barra bar de la cocina. Y el Bobby, más serio de lo que Miguel lo había visto desde que lo conocía, preguntó:

—¿A mí tampoco vas a decirme la verdad?

—Coño, ya la he dicho. Antes conducía un cola de pato y ahora manejo una grúa.

—No te pases de listo conmigo, Miguel.

—¿Qué?

—¿Te has creído que soy bobo o me chupo el dedo? Nadie va con una McGregor de estreno a trabajar de gruero. Tú acabas de escapar de algo bien gordo. No subestimes mis dotes de embaucador. Cuando tú ibas ya el Bobby estaba de vuelta. Así que no te esfuerces en mentirme. Sé que no eres hombre de dobleces ni fingimientos. No sabes disimular. Si le estás mintiendo a Eva es porque en ello te va el pellejo. Lo sé. Pero conmigo bien que puedes sincerarte. Quién sabe si te pueda ayudar.

En ese momento Eva llegó con la botella de añejo Bacardí, y Miguel se bebió la primera copa de un solo trago y luego continuó con la segunda y la tercera sin siquiera respirar.

—¡Miguel, que tienes que conducir!

Esa fue la oportunidad que aprovechó el Bobby para hacerle un guiño de entendimiento a Miguel por encima del hombro de Eva, soltando una de las suyas.

—Hoy te quedas sin probar el postre, Evita. Tu machote está liquidado. Lo siento por ti, princesa, pero me lo llevo hasta su casa. Yo conduzco tu Fordicito, muñecón, que con la curda que llevas si te para la policía te mete en el calabozo.

Eva asintió.

—Sí, sí, es lo mejor. Más vale precaver que tener que lamentar —dijo, pero al besarlo aparte del desconsuelo por verlo marchar, la intriga le afloraba en los ojos.

Miguel y el Bobby bajaron en el ascensor hasta el garaje.

—Verdad que no estás para conducir pero más que nada, lo de llevarte lo dije para poder hablar tú y yo a solas.

—¡Ñooooo! No sabes cuánto te lo agradezco, brother. Tienes razón, no sé disimular. Una pregunta más de Eva y se habría dado cuenta de...

—Cuenta... ¿de qué? —inquirió el Bobby, sentándose al volante y poniendo en marcha el Ford.

—De que hoy le he salvado la vida a Policarpo Soler.

El Bobby, preso del pánico, soltó el volante y se llevó las manos a la cabeza. Miguel, poniendo a prueba sus reflejos, tomó el mando del timón lanzándose encima del Bobby y exclamando a viva voz:

—Pero ¿qué haces, coño? ¿Quieres que nos destarremos? Y eres tú quien dice que estoy borracho.

«¡Pero si estás como una cuba, compadre!», le recriminó la voz de su conciencia en cuanto llegó a su casa. Por suerte logró entrar sin toparse con sus padres que debían de estar al lado, en casa del tío Pascual. Tampoco Javier estaba. De seguro andaba con Mary, la noviecita, una rubita muy mona con la que parecía ir en serio porque lo había oído decir que iba a presentarla en casa, y tanto él como Javi estaban más que advertidos que Lola no permitía a sus hijos traer a casa mujeres que no fueran las que pensaran de antemano llevar más tarde al altar. «Menos mal que no hay moros en la costa», pensó, descalzándose en la entrada como si temiera contaminar el suelo impoluto de su madre con alguna huella obscena del trote de la jornada. Receloso de sí mismo y de su propia conciencia, terminó por desnudarse y de puntillas sin hacer pizca de ruido entró al baño y se metió bajo la ducha. El chorro de agua tibia corriéndole por el cuerpo y la esponja rebosada de jabón le fueron despabilando la trompa que le embotaba la cabeza mientras le iba atizando el mea culpa y el no sé qué no sé cuánto que tenía colado en el corazón. Los debates con su corazón siempre fueron más benignos que los diálogos de conciencia. Su corazón, varón al fin, funcionaba con una dinámica indulgente y generosa. Le hablaba como se le habla a un compañero de copas: «No tienes por qué rajarte las vestiduras. ¿Sabías a lo que ibas? No. ¿Te tendieron una trampa? Sí. ¿Le salvaste la vida a un gordo sin saber que ese gordo era Policarpo Soler? Sí. ¿Cobraste por un trabajo que suponías era limpio? Sí. ¿Acabaste soltándole todo al mariquita del Bobby porque lo tenías a huevo y traías un pedo de tres pares de cojones? Sí. Entonces que esto no te quite el sueño». Pero, ahí mismo, esa adversaria discrepante que era siempre su conciencia entró a saco: «No, Miguelón, no es cierto: a todos puedes engañar, a todos, menos a ti mismo. Un puro machote criollo, un varón alfa caribeño me va a decir que le soltó a un marica todo lo que tenía en el buche porque estaba pedo y punto. Nananina. De acuerdo, el alcohol evacua las miserias íntimas, y también afloja las cuerdas del culo cuando el miedo te las tensa. Y a ti, vamos, reconócelo, te estaban por ahorcar las almorranas. Pero ¿sabes?, te voy a decir algo que no te ha dicho tu corazoncito: ¿eres cobarde por eso? Pues no. El miedo no es sinónimo de cobardía. El miedo es parte de la condición humana: unos lo enfrentan y lo vencen, otros se dejan vencer sin atreverse a enfrentarlo. Tú mereces que el de allá arriba te conceda la medalla al valor, y más aún: la espada de san Miguel Arcángel, por ir siempre de sobrado salvándole la vida a cuanto hijo de puta se pierde por esta Habana. No, machote, tú te morías por desahogarte con alguien de tu confianza. Te abriste con el Bobby. Espera, no me malinterpretes que no es hora de andarse con complejos. Te abriste de corazón quise decir, porque lo tienes como un amigo. Por muy maricón que sea, es más hombre que todos los amigotes con los que has compartido copas y cantina. Es, por qué no decirlo, el único amigo entre todos tus amigos al que te hubieras atrevido a contarle de hombre a hombre la más estrambótica experiencia que hasta ahora has vivido. ¿Por qué no te animas de una vez a seguir su buen consejo y en vez de meterte en candela, no dejas que se case con tu Evita y te facilite las cosas? Eso sí lo tienes a huevo, Miguelón. Decídete».

«Ni cojones —se dijo—. En esto me va la vida. Ahora, ya está hecho. Salga el sol por donde salga, papá tendrá lo suyo, Javier lo de él y Eva y yo nos iremos al fin del mundo. Donde el cabrón de su padre no llegue con su poder.» Salió del baño, se anudó una toalla a la cintura y así, medio mojado y desnudo, se dejó caer en su cama con un pesar de plomo que lo hizo dormir de un jalón buscando sin encontrar a Eva en la inconsciencia de un sueño que a conciencia no soñaba.

Serían pasadas las diez de la mañana cuando su madre llamó a la puerta de su cuarto, preocupada porque su hijo se había acostado sin cenar y a esas santas horas todavía no daba razón de sí ni desayunado nada. Miguel se levantó descansado y ausente de toda resaca. Se puso el pijama de rayas que Lola cuidaba de tenerle siempre listo y doblado bajo la almohada y se presentó en la cocina, donde su madre le tenía ya servido el café con leche y un plato con tostadas con mantequilla. Su padre leía el periódico sentado frente a él, pero al verlo llegar hizo un alto para llevar a cabo el ritual del *pa amb tomàquet* que su madre llamaba *pantumaca*, porque acorde a su opinión las palabras en cualquier lengua que fuese tenían su propia música y según le sonara su cadencia en el oído así salían de su boca. Cada mañana Joaquín lo compartía con su mujer y sus hijos: Lola servía una fuente con rebanadas de pan, otra con tres o cuatro tomates y una con lascas de jamón y queso. Sin olvidar la botellita de Carbonell con aceite de oliva virgen extra. Era un ritual que con el paso del tiempo habría de recordar Miguel como uno de esos momentos que se adhieren a tu piel y van contigo como van siempre las ternuras y alegrías cotidianas, que de tan pequeñitas que parecen no paran de crecer y hacerse grandes en la retina del alma.

Su padre les pasó a sus hijos el plato donde había colocado las rebanadas de pan restregadas con tomate, rociadas con aceite de oliva y acompañadas de una lasca de jamón y otra de queso. Miguel devoró de un bocado el plato servido por su padre, lo que provocó la risa y algunas bromas de Javier, y por último el que Joaquín tuviera que seguir montando nuevas rebanadas.

—¿Te enteraste de lo de Policarpo Soler, Miguel? —preguntó su padre.

—Sí, que se fugó del Castillo del Príncipe, ¿no? —respondió Miguel, comiendo otra rebanada de *pantumaca* sin levantar la vista del plato, temeroso de que los latidos desbocados de su propio corazón lo delataran.

—Caray, al fin te das por enterado de algo, bro —le dijo Javier a su hermano.

—Mira qué coincidencia —dijo Joaquín—. Pensando estaba yo en ti, Miguel y en que hace sólo un par de días me andabas preguntando por el Castillo del Príncipe. Yo diciéndote que era imposible que nadie se escapara de allí y ya ves tú. Se acaba de fugar nada menos que ese gordo bandolero y su banda de asesinos.

A Miguel le temblaron las rodillas. «¿Será que sospecha algo?», se preguntó. Pero enseguida reaccionó y se respondió a sí mismo: «No, soy yo el que estoy a punto de traicionarme. Ten calma, Miguel, keep calm. O lo vas a joder todo».

—¿Me prestas el periódico, papá?

—¡¡¡Ñoooo!!! Ahora sí se partió el bate. Migue leyendo la prensa y preocupado por los gánsteres —soltó Javier siguiendo con las bromas.

—Oye, Javi. ¿A ti qué te pasa? Si no leo, porque no leo y si leo porque leo. Te pasas con la jaranita, brother.

Javier dejó de hacer bromas a costa de su hermano y se levantó para irse diciendo que el horno no estaba para bizcochos y que iba a cogerle tarde para llegar a la universidad.

—Llévate el Ford. No voy a usarlo —le dijo Miguel sin levantar la vista del periódico tratando de suavizar su mal humor y aplacar lo caldeado del ambiente.

—Venga, bro. No te lo tomarías en serio. Sabes que me gusta joderte —dijo Javi, pegándole a su hermano una palmadita de cariño en la coronilla.

Pero Miguel no respondió: estaba leyendo la noticia de la fuga de Policarpo Soler, que describía la prensa con pelos y señales. El periodista Enrique de la Osa comentaba que el ministro de Gobernación del gabinete del presidente Prío se había presentado en el Príncipe diciendo que aquello había sido una traición y que sin la complicidad y el soborno era imposible haber llevado a cabo una fuga que tildó de escandalosa y absurda a plena luz del día. El director del Príncipe compartía su opinión y trataba de implicar al comandante de la policía que tenía a su cargo la jefatura del penal, diciendo que había denunciado que intentaron sobornarlo ofreciéndole quince mil pesos por hacerse el desentendido, pero que él renunció a aceptarlo. «Joder —pensó Miguel—, quince mil pesos por hacerte de la vista gorda y a mí que cargué con el gordo me soltaron sólo cinco mil.» Su corazón estuvo a punto de jugarle otra mala pasada cuando oyó a su padre decirle:

—Seguro que el comandante sí que aceptó el soborno y contó al director del penal lo de los quince mil, para tener su coartada.

Miguel tragó en seco y carraspeó un par de veces tratando de aplacar el tamborileo que tenía en el pecho.

—Pero es mucho dinero por mirar hacia otro lado, papá.

—¡*Collons*, Miguel! ¿Te crees que dejar fugarse a esa retahíla de asesinos y al gordo de Policarpo sale barato? Bueno, ¿qué sabrás tú? No tienes ni idea de quiénes son esa gente. Fíjate, ahora el Colorado niega rotundamente que participara en la fuga pero no oculta su alegría de que su amigo Policarpo esté libre. ¿Tú te crees? Segurísimo estoy que sí, que estuvo y que todo lo maquinó él. Hay que tener la cara dura. Pero lo del Gordo es aún más cínico: todavía le sobra jeta para conceder una entrevista a la prensa.

Miguel perdió el color antes de preguntar:

—¿Y... dio nombres?

—¿Qué? ¿Nombres? Se ve que no le conoces. La fuga, según él, fue obra de sus activistas políticos y hubiera sido una falta de delicadeza suya rehusar acompañarlos. Y ahí mismo salió con el pretexto de que eso lo obliga a aplazar el esclarecimiento de su situación con la justicia y anunció que volvía al combate. Nada, hijo, mayor desfachatez, imposible. ¿Qué te pasa, Miguel? Te has quedado cadavérico.

—No, papá, no es nada. Anoche me pasé de tragos y el desayuno me ha sentado mal.

—Y así manejaste hasta aquí.

—¡Nooooo! ¡Qué va! El Bobby me trajo. Estuve con Eva en su apartamento.

—Entiendo —respondió su padre sin indagar más, pero frunciendo el ceño sin poder evitarlo.

Entonces Miguel se levantó del asiento, fue a su cuarto y regresó a la cocina, donde Joaquín había encendido el primer puro de la mañana.

—Papá, aquí tienes —dijo entregándole un sobre cerrado—. Son... es... algo que saqué de unos trabajitos que hice. Con esto y lo que tienes ahorrado tal vez estirándolo un poco alcance para convencer a tu paisano de que te venda los Almacenes Bellpuig. Javier ya me había comentado que tenía la intuición de que el dueño te quería dar la mala, y que tardaba en decidirse porque quería vender no sólo la tienda donde tú trabajas sino la de lencería donde trabaja mamá y la de la ferretería de la esquina. Sé que no has querido decirnos nada, pero ya sabes: mamá no se sujeta la lengua y se lo ha contado al Javi. Está con todas sus ilusiones por el suelo.

Joaquín, con el asombro reflejado en el semblante, abrió el sobre, contó el fajo de billetes y dijo:

—Es mucho dinero, Miguel. Di la verdad. ¿Qué has hecho? ¿De dónde ha salido esto? No se te habrá ocurrido alguna barbaridad, ¿eh, hijo?

—Pero qué dices, papá. Hay parte de mis ahorros. Tienes que hacer lo imposible por persuadir a Bellpuig y quedarte como propietario de sus almacenes. Joder, es paisano tuyo y tanto mamá como tú han trabajado para él desde hace tonga de años. Acéptalo, por favor. No me cabe un alpiste en el culo del orgullo que siento de poderte ayudar.

Notó que a su padre los ojos se le ponían rojos sujetando las ganas de llorar. Miguel, sin resistir por más tiempo, se levantó de inmediato y lo abrazó con tanta fuerza que a Joaquín se le escapó el puro de entre los dedos y cayó sobre el mantel de hule de Lola, dejando el ojete de una chamusquina a la que Lola a regañadientes terminó por coserle un parche, porque por más que insistió en comprar un mantel nuevo su marido se opuso tenazmente a dejar que lo cambiase.

—Pero serás testarudo, Joaquín. O es que te has vuelto tacaño.

Joaquín, harto de las regañinas y el dale que dale de su mujer, le dijo:

—No es ni una cosa ni otra. Esa quemadura es la huella de un recuerdo de esos que me niego a permitir que la vejez me borre de la cabeza.

El embarazo de Eva, próximo a hacerse visible, tenía a Miguel apremiado. Sus citas en el apartamento del Bobby se iban viendo restringidas a causa de las previsiones que la propia Eva comenzó a tomar desde la noche que escuchó en boca de su padre aquella sentencia inapelable que la dejó sin aliento: «Muerto: o no esperes ni un centavo». Nada le dijo a Miguel, más de lo que ya le había dicho: que estaba cada día más vigilada, que cada día que pasaba mayor era el peligro y que no había más remedio que decidir de una vez. Miguel le hacía el amor a la tremenda. Como si el mundo fuera a acabarse y no existiera un mañana. Y le prometía el acabose en el cenit del delirio. Pero en el fondo sabía que era el tiempo y no el mundo el que se estaba acabando. Que Eva y su hijo esperaban sin poder esperar más. «¿Cuándo nos vamos a Puerto Rico? ¿Es que has cambiado de planes? ¿Piensas que sería mejor irnos a Estados Unidos? El Bobby dice que es el país de las oportunidades. Yo podría seguir los estudios y tú encontrar trabajo. Entre los dos saldríamos adelante. Pero... Papá se conoce el mapa de ese país como la palma de su mano. Viaja a Washington y a New York, lo menos una vez al mes y a Miami una a la semana; bueno, tú bien lo sabes. Daría con nosotros en nada. Puerto Rico es otra cosa. Y si tienes parentela allí... mejor que mejor. ¿Tú no crees? Estoy convencida de que sí. Puerto Rico es perfecto.» Miguel la oía preguntar y responderse ella misma sin atinar a decir él mismo nada. Indeciso como estaba, llegó a tomarse en serio lo que antes había desechado de sus planes.

Tal vez sí fuera aquella isla del Caribe que aconsejara su padre la opción que más a mano tuvieran. Todavía le quedaba algo de dinero ahorrado, aunque lo más grueso se lo había entregado a su padre; no era lo que se dice mucho, pero sí lo suficiente para arrancar de cero contando con que los primos Alegret le echaran también un cabo... Pero el Norte seguía siendo una tentación. Según le contaba el Bobby: «Si eres emprendedor y no temes doblar el lomo en apenas unos años terminas como tío rico McPato y regresas forrado de billetes a vivir en Cuba de sabrosón. Porque como Cubita no hay dos, Miguel, olvídate. Los gringos son gente insípida, apática y racista como ellos solos. Si eres negro, despídete, o te cuelga y quema el Ku Klux, o te tratan peor que a un perro, que es como tratan también a los indios y latinos. Pero contigo: not problems. Las americanas se vuelven loquitas con los cubanos, les encanta cómo singan. Dicen que los gringos ni maman ni se menean. Vaya, que hacen lo típico: metesaca y plaf. Hasta aquí llegué: si te enteraste bien y si no también. Tú allá pasarías por blanco. En el Norte no conocen eso que aquí en Cuba llamamos pinta de color. Así que un trigueñazo cubiche, bueno y pico, gozador y buen singante, llegaría a donde quisiera. Serías lo máximo. Pero eso sí, con Evita y un baby recién nacido a cuestas, no vas ni de aquí a la esquina, cielito lindo. Eso sin contar con que el viejuco no vaya por ti y te mate a escopetazos. Piénsatelo, muñecón. Mucho tiempo no te queda».

En medio de este dilema, recibió una llamada de Cañizares, el intermediario de don Ramiro de la Nuez.

—No tengo nada que hablar con usted —le soltó Miguel, y a punto estaba de colgarle el teléfono cuando le oyó decir:

—Se equivoca, Miguel. Oiga, le llamo para un recado de Policar...

—No hace falta que lo nombre. Tampoco tengo que ver con ese señor... —respondió Miguel, con un vuelco en el estómago.

—Mire, con ese... señor —dijo Cañizares con cierto retintín—, le aconsejaría que hablara. Es de los que no aceptan la callada por respuesta. Ya me entiende. Un amigo suyo lo está esperando en el Chevrolet verde y blanco que está parqueado frente el estanquillo de tabacos que hay al doblar de su casa. Le puedo asegurar que no se va a arrepentir. Le conviene.

Miguel bajó las escaleras de su casa sintiendo un temblorcillo traicionero en las choquezuelas. Dobló la esquina y en dos zancadas alcanzó el Chevrolet verde y blanco parqueado frente al estanquillo de tabacos. Se asomó a la ventanilla del auto:

—Soy Miguel Alegret. Me avisaron que está aquí por mí —dijo.

El hombre que estaba al volante se limitó a asentir con un gesto y abrirle la puerta del Chevrolet para dejarlo que entrara. Era un mulato oscuro trajeado en azul Prusia con un sombrero fedora encasquetado en la cabeza que apenas cubría el pelo pasudo que sobresalía ariscamente. Miguel subió al automóvil sin que mediaran palabras. Las manos empezaban a sudarle y sentía un frío ponzoñoso alacraneándole la rabadilla. Le fue imposible eludir el flashazo que le vino a la mente en cuanto montó en el auto. El Colorado, rastrillándole una pistola en las costillas mientras decía: «Vengo a buscar a mi hermano, si haces un gesto te mato». Preocupado más por espantar la imagen torticera que por indagar quién era el desconocido que conducía el Chevrolet y qué intenciones traía respecto a él. Cuando vino a reaccionar, ya el hombre no sólo había doblado la esquina sino que había dejado atrás el centro de La Habana y avanzaba a toda velocidad por las calles de Miramar con rumbo al reparto Sierra.

—Oiga, señor. No me ha dicho adónde vamos.

—Pensé que ya lo sabía —le respondió sin quitar la vista del volante—. El Boss me mandó por usted. Quiere hablarle en persona.

Miguel prefirió no seguir indagando. Ya sabía quién era el Boss y suponía que iba a proponerle algún trato que él se negaría rotundamente a aceptar y sanseacabó. «No hay tema», se dijo para darse ánimo cuando el Chevrolet se detuvo frente a la casa de dos plantas, que de inmediato reconoció por haber dejado allí a Policarpo Soler el día de los sucesos del Príncipe.

El Boss estaba almorzando rodeado de su familia y tenía el bigote mojado con espuma de cerveza cuando vio entrar a Miguel, acompañado del mulato trajeado de azul oscuro.

—¡Vaya, amigo, bienvenido! ¡Cuánto gusto en recibirlo! Póngase cómodo, está en su casa. Siéntese, ¿nos acompaña a almorzar?

La primera reacción de Miguel fue la de aceptar. Era justo la hora pico donde la boa constrictora que dormitaba en su estómago comenzaba a despertarse con su avidez reptadora y voraz. Por otro lado estaba la buena disposición del ambiente. Reconocía que no esperaba encontrar a un Policarpo tan pródigo y jovial. A primera vista se pensaría que estabas tratando con un hombre cercano y familiar. Un anfitrión amistoso que te convidaba a compartir su mesa con largueza y naturalidad. Nada que ver con la idea que él traía trazada en su mente, muy al estilo del cine negro americano: un tipo, en plan Al Capone, con una cicatriz surcándole la cara sentado en su despacho con los pies cruzados sobre su buró, fumándose un enorme puro y custodiado por cuatro matones cara de crimen dispuestos a vaciarle el peine de sus ametralladoras. Sin embargo, algo intuitivo en su conciencia que no conseguía explicarse le sujetaba las riendas: «No te fíes ni te integres al convite sin saber lo que se trae el socio. Proponga lo que te proponga, no olvides estar pendiente de lo que leas en sus ojos».

—Pero, amigo, ¿qué pasa? Venga, hombre, estamos en familia. Talmente se pensaría que te vamos a comer. Venga ya. Aquí no comemos otra cosa que no sea lo que nos cocina la gallega Candelaria. Vamos, sírvele un plato, gallega.

—No, no, señor. Se lo agradezco, pero en mi casa desayunamos fuerte. Mi padre es catalán... y lo que es para nosotros un desayuno para él es un almuerzo. Me basta con un café.

—Un café y un traguito de coñac, whisky o ron Bacardí, y un buen puro para amenizar la conversación que tú y yo tenemos para largo y tendido, ¿eh? —dijo chasqueando los dedos a las mujeres de la casa para que los dejaran a solas, a la vez que con un guiño le indicó al mulato pasudo y a una pareja de hombres que lo acompañaban en la mesa que lo siguieran a una terracita fresca y sosegada con profusión de plantas exuberantes y unos butacones de mimbre color crudo de respaldares altos como tronos.

Miguel se inclinó para aceptar que Policarpo le prendiera el puro y volvió a sentir el mismo temblorcillo ingrato en las rodillas. Así que se tomó a pulso el trago de whisky a la roca que le había servido el propio Boss, resuelto a calentarse el ánimo, mientras disimuladamente sacaba el pañuelo del bolsillo para secarse el sudor que le corría por la frente.

Policarpo no anduvo con demasiados rodeos.

—Bueno, chico. No voy a andarme por las ramas. Aparte de gratificarte por el percance que tuvimos, me he informado bien de tu persona. Tanto he averiguado de ti, que ni tu padre el catalán ni la mulata Lola, esa buena señora que es tu madre, saben de ti lo que yo sé. ¿Qué te parece, muchacho? Te conozco como si te hubiese parido —dijo y mirando con una sonrisa ladina a los cuatro hombres que lo rodeaban entre volutas de humo, rompieron todos a reír. Todos menos Miguel, que hizo un gesto como intentando decir algo en el momento que Policarpo lo detuvo—. Espera… No me interrumpas. Te traje aquí por dos cosas. Una es esta —le dijo poniendo un sobre abultado sobre la mesa del centro pegada a las rodillas de Miguel— y la otra porque los tienes bien puestos y quiero que trabajes para mí.

Miguel, serio como una tusa, se preguntó si había oído bien, o el whisky con el estómago vacío le estaba haciendo de las suyas.

—Vamos, muchacho. Abre el sobre. Caray, el otro día en el Príncipe lucías mucho más resuelto. No te me hagas, ¿eh?

Miguel tomó el sobre de la mesa. Le sudaban tanto las manos que no conseguía abrirlo y terminó rajándolo por un costado.

—¡Coño! Cuidadito si lo rompes. Mira que es un fajo de los gordos. Diez mil tablas para ser exactos. Anda, cuéntalos —dijo Policarpo, dándole una chupada a su puro y volviendo a sonreír ladinamente.

—No hace falta contarlo, señor... Yo ni voy a aceptar su dinero ni a trabajar para usted.

Policarpo se puso rígido. Miró desafiante a los ojos de Miguel y buscó encimarse a él, pero el grosor de su vientre se lo impidió y tuvo que ladearse dejando expuesta el arma que llevaba enfundada en la cartuchera bajo el saco de su traje.

—¿Por qué, si puede saberse? —preguntó con una sombra oscura apretada entre las cejas.

—Por eso... que lleva usted en la cartuchera.

—¿Esto? ¿Te refieres a esto? —respondió, desenfundando el revólver mientras se encogía de hombros como si se tratara de una insignificancia y colocaba el arma sobre la mesa sin dejar de apuntar con los ojos a Miguel.

—Sí, señor... Perdone, no se ofenda... pero no es mi estilo. Usted dice que me conoce como si me hubiese parido... Entonces sabrá que ni de niño jugué a los pistoleros.

—Mira cómo se manda este gallito. ¿Me estás insinuando que mis hombres y yo somos eso? ¿Pistoleros?

—Pues sí, eso es lo que dicen... señor... la prensa y los noticieros.

—Ven acá. ¿Y no eras tú el que no leía periódicos ni oía las noticias?

Miguel comenzaba a impacientarse.

—Precisamente leo y oigo las noticias desde que sucedió lo que usted llama «percance». No soy el mismo desde entonces —dijo como si hablara para sí.

—¿Qué pasa? ¿Te arrepientes de haberle salvado la vida al monstruo de Policarpo?

—No, señor. Nunca me lamentaré de haber seguido la voz de mi conciencia.

—¡Ah! Y ahora tu conciencia te dice: no toques esos diez mil pesos, Miguelito, que están manchados de sangre. —Y tomando el rollo de billetes y agitándolo frente a los ojos de Miguel, le chilló con aspereza—: Míralos bien. Estás despreciando algo que te pertenece. Al comandante del penal le ofrecimos quince mil sólo por hacerse el guillado y a ti que sin saberlo te tocó comerte la candela, te ofrecieron sólo cinco mil. ¿Te crees que hay dinero sucio y dinero limpio? ¿Dónde has oído eso? ¿En boca de los curas y de las viejas beatas cotorronas? Sácate la billetera del bolsillo. A ver, dámela acá. Esto es un billete tuyo y este es de Policarpo. Dime, ¿ves alguna diferencia? Algo que distinga el tuyo del mío. Nunca. ¿Lo oyes? —dijo abanicándole los billetes a Miguel en la nariz—. Nunca ha habido ni siquiera un mentecato con quien Policarpo Soler haya quedado en deuda. Jamás he dejado debiendo a nadie un favor. Funciona al revés. Es a mí al que me deben, a mí al que tienen que dar gracias. ¿Sabes?, me estás ofendiendo.

—No se lo tome así, señor. ¡Cómo voy a querer yo ofenderlo! Nada más lejos de mi intención. Mire, de verdad yo le agradezco su gesto, su propuesta, todo, pero óigame: usted no me debe nada. No es lo que piensa. Yo veo las cosas diferente, ya le dije: lo hice por conciencia propia. Lo mismo con usted que con cualquiera. Una vez le salvé la vida a alguien que ahora me quiere ver muerto y tampoco me arrepiento…

Policarpo se recostó en el asiento. Pidió que le sirvieran otro whisky con hielo y ginger ale. Encendió su segundo habano y ordenó a los hombres que lo acompañaban que se retiraran de la terracita y lo dejaran a solas con Miguel.

El temblor de las rodillas de Miguel se iba acentuando, le escalaba hasta los muslos y le oprimía los testículos. Se quería morder la lengua por haber dicho lo que dijo. «Keep calm —se dijo de nuevo para sí—. Este Gordo no puede saber de quién se trata. Podrá ser muy zorro y muy astuto, pero adivino no es.

No le llega a Macorina ni a la chancleta. Esa sí se las sabía todas. Ahora que estamos solos amárrate las pelotas a ver con la que te sale. No te dejes coger fuera de base.»

—De ese hombre al que le salvaste la vida quería hablarte. Me alegra que seas tú y no yo quien haya sacado el tema. Se llama Isidro Díaz Toledo, es senador y ministro del gabinete de Prío Socarrás. Tiene una hija que es una diosa y se comenta que ha puesto a su chofer de paticas en la calle porque la niña y el chofer hicieron cositas feas.

—Señor, yo… La honra de…

—Shhhhh. Tú, calladito. Deja ahora la honra y toda la palabrería fina, que aquí se trata de algo muy gordo. Más gordo que este gordo que tienes delante. Dices que el padre de tu muchacha te quiere muerto. Pues tú eras el que debía haber cantado el manisero y no su hijo. ¿Todavía no te lo hueles? Pues está tan caliente que te quema el jocico. Conozco al tipo que contrató para el paripé del atentado. Era a su chofer mulato al que mandó matar. Pero su hijo llegó por sorpresa y se interpuso en el medio. Cosas de Dios o del destino. Digamos que Dios ha querido que ese chofer se topara con Policarpo Soler colgando de un muro de cien pies y lo pusiera en tierra firme salvándole la vida y que, por casualidades de la vida, Policarpo se topara con el tipo al que le ordenaron matar a ese chofer y le apretara los cojones para que soltara la lengua. Le dicen el Sombra, es activista de otro grupo, pero aquí entre nos todo se enjuaga. Te di mi palabra de que nunca he quedado sin pagar una deuda. Menos aún si es deuda de vida o muerte. El Sombra estará listo para cantar delante del juez en cuanto yo se lo ordene. Eso queda de mi cuenta. Ahora, si todavía te queda un cacho de castidad y pulcritud de conciencia, pregúntale a esa conciencia lo que quiere. Tú escoges. Soy todo oídos.

Miguel se puso en pie, cruzó los brazos tras la nuca, se estiró cuan largo era y en la estampida de un suspiro exhaló todo el aire que quedaba dentro de él.

—Sé que esto es muy fuerte para oírlo de un tirón —le dijo

Policarpo, inquieto por la mudez de Miguel—. Tómate tu tiempo y hablamos en unos días.

Pero Miguel tardó sólo un minuto en consultar a su conciencia y en indagar en su corazón. Le temía más a la voz del corazón que a las razones de conciencia. Porque a pesar de temerlo y de sentirse desorientado sin saber lo que quería o no quería, se inclinaba a seguir más los desatinos impacientes que nacían de sus latidos que los juicios mesurados que dictaba su conciencia. Fue un minuto decisivo, trascendental, donde por primera vez corazón y conciencia, lejos de discrepar, coincidieron definitivamente.

—No, señor. No necesito pensarlo por más tiempo: le tomo la palabra. Acepto los diez mil pesos. Es cierto: son el pago por una diligencia a la que fui sin saber a lo que iba, pero que cumplí mejor que si lo hubiera sabido. Rechazar ese dinero sería un error. Mi padre tenía pensado comprar la tienda donde trabaja hace más de quince años, pero resulta que el dueño, que es catalán como él y quiere regresar a España, pretende poner en venta todas las tiendas de los Almacenes Bellpuig y no sólo la que pretendía comprar mi padre. O todo o nada. Con esto y lo que ya tiene, creo que será suficiente para hacer su sueño realidad.

—Muy bien, muchacho que sepas que lo que falte va por mi cuenta. No lo dudes. Pero y... ¿tú?

—Yo... quiero irme a Estados Unidos y hacer lo mismo que el gallego que puso la tienda El Encanto. Se fue al Norte y allá aprendió todo sobre las tiendas por departamentos. Que es lo moderno. Quiero adiestrarme en eso, para ampliar el negocio de familia.

—¿Sabes inglés?

—Saber, lo que se dice saber... pues... no. Pero me aprendo de memoria las letras de las canciones americanas que oía en el radio cuando conducía el Cadillac y las traducía en mi cabeza.

Policarpo sonrió ladeando en la comisura del labio el habano que fumaba.

—Eres muy avispado y despierto. Tienes ingenio y juventud. Te auguro un gran provenir. Serás un hombre de éxito. Necesito una gente que promocione en el Norte los puros de unos sellos nuevos que acaba de acuñar un guajiro pinareño que es más que un hermano de sangre. Si te atreves a hacer el trabajo, los gastos y el sueldo corren por él. No hay pistolitas por el medio. Así que estate tranquilo.

—Acepto el trato —dijo Miguel sin titubear.

—Pues nos vamos entendiendo, Miguel. Sólo que no tengo claro dos cosas. Me hablas de ayudar a la familia, pero insisto, aparte de la familia, ¿no hay algo que ambiciones tú?

—Yo seré dueño de un periódico.

Policarpo soltó una risotada.

—¡Coño, dueño de un periódico! Eso sí que me sorprende. No me esperaba que tu sueño fuera la prensa.

—La prensa es el cuarto poder.

—Ah... Ya caigo. Quieres ser poderoso. Ya. Debí suponerlo. Eres ambicioso, eso me gusta. Cojonudo, y con aspiraciones propias. Bárbaro. ¿Y dónde dejamos a tu damita y a su padre? ¿Crees que el senador se va a quedar cruzado de brazos?... Habrá que pagarle con la misma moneda, sacarlo de circulación... y hacer que guinde el piojo.

—Lo mío y de ella es privado, señor. En cuanto a su... padre, es hombre muerto. No hace falta que nadie lo quite del medio. Hay pensamientos mudos como una herida que hacen que mueras de ti mismo.

Veinte minutos después Miguel entraba en el apartamento del Bobby y le ponía al corriente de su encuentro con Policarpo Soler y la determinación que había tomado. El Bobby lo escuchó sumido en ese silencio férreo y monolítico que impone la sajadura del dolor. Era de lágrima fácil, sensible y emocional por naturaleza, pero la perplejidad de lo que oía lo dejó huérfano de cuestionamientos y de lágrimas. Escuchó cada palabra de Miguel con una serenidad imperturbable. Ni derramó una lágrima ni se permitió un suspiro. Al término de la historia, dijo en un susurro:

—Nada de esto me sorprende. Siempre dudé de la versión del atentado. Sólo que llegué a sospechar que no era a ti sino a Abel al que pretendía matar. Es una monstruosidad, lo sé, pero Abel estaba convencido de que su padre prefería verlo muerto a... En fin. Ya sabes. Así que no era del todo descabellado pensar que había descubierto lo nuestro y en uno de sus arrebatos de ira había determinado desaparecerlo para evitar un escándalo monumental. Luego, cuando Javier nos puso al corriente de que mi padrino estaba al tanto de lo tuyo con Evita, mis sospechas cambiaron de rumbo y comencé a preguntarme si no habrías sido tú al que quiso eliminar. Tuve que tragar buches muy amargos el día que te fui a ver al hospital. Me amarré el dolor que me estaba consumiendo por la pérdida de Abel para intentar abrirte los ojos y alertarte del peligro que corrías... «Te quiere dejar kaput», Miguel, recuerdo que te advertí, pero tú no entrabas en razones. A Eva jamás le dejé entrever mis sospechas. Las sospechas son sólo conjeturas y no se pueden probar.

—Tampoco puede saber que fue a mí al que intentó liquidar. Prométemelo, Bobby.

—No te preocupes. Seré una tumba.

—Sabes, Bobby, debí seguir mi intuición; pude leer el odio en los ojos de don Isidro desde el momento en que el odio se adueñó de su persona. Debía haber intuido que estaba planeando algo en contra mía, porque a veces me miraba con ganas de fulminarme. Por primera vez en mi vida, olvidé aquello que tanto me aconsejaba mi padre: «Si quieres saber las intenciones de un hombre fíjate en lo que dice su mirada». No supones cuánto me duele no haber previsto todo esto. Por eso voy a seguir tu consejo: quiero que te cases con Eva. Que cuides de ella y de mi hijo hasta mi vuelta del Norte. Que su padre piense que yo le he cogido miedo, que he puesto mar por medio y salido de su vida para siempre. Eres un embaucador de campeonato. Le harás creer lo que él quiere creerse y que se crea el resto del mundo. Pongo mi destino en tus manos, Bobby. Nunca pensé que llegaría a tratar contigo de hombre a hombre, nunca creí que llegaría a decirte que confío en ti como confío en mí mismo.

El Bobby, tratando de no turbarse con las palabras de Miguel y evitando a toda costa emocionarse, volvió a soltar una de las suyas.

—Anda, muñecón. No te pongas con sandungas que no respondo de mí.

Miguel le dio un codazo por las costillas al Bobby y le dijo:

—Déjalo ya... Esto no es un adiós...

—Seguro, es sólo un hasta luego... Pero no me has dicho cuándo piensas hablar con Evita. Porque la verás antes irte, ¿no?

—No, eso también te toca a ti. No puedo despedirme de ella. Si la viera, ¿crees que me iría? Dile sólo que... voy a rajarme el espinazo con tal de bajarle la luna y que si no la alcanzo al menos tendremos las estrellas.

—¿Sabes? Me acabo de acordar de un libro que leía Evita de pequeña siempre que estaba triste, y recuerdo que leerle aquella historia y alegrársele la cara era lo mismo. Se trataba de un burrito suave y peludo que se llamaba Platero al que le bastaba asomarse al pozo del corral para beberse dos cubos de agua con estrellas... Creo que lo que la ponía feliz era eso: saber que el cielo entero cabía en el fondo de un pozo y que bastaban dos cubos de agua para beberse la felicidad.

Miguel hundió la cabeza entre los hombros y asintió con un gesto, y ya no necesitaron más. Se dijeron hasta luego fundidos en un abrazo mudo y apretado donde sobraban todas las palabras.

Eva estaba nuevamente de pie frente a su espejo. Pero esta vez no se contemplaba desnuda, sino vestida de novia y con un velo nupcial que simulaba una cascada de espuma. Les había sugerido a nana Rosa y a la modista, que estaba dando los toques finales a la entalladura del traje, que la dejaran a solas. Necesitaba encontrarse con la otra Eva, la auténtica, la que sabía echarle en cara las verdades sin artificios ni tapujos. Como mujer al fin, no distinguía su corazón de su conciencia: ambos funcionaban aparejados con la misma precisión de las agujas de un reloj. Dos voces fundidas en una sola que convergían a la vez en un punto de sí misma. «¿Vestida de novia? Querrás decir disfrazada. Mírate bien, Evita, cualquiera que te conozca pensaría que te vas de carnavales. Con esa cara de mascarita sin máscara porque fingir tú no sabes, y qué me dices del vestido talle imperio, antiguo y pasado de picúo. La emperatriz Josefina te envidiaría tu indumentaria. Parece que te hubieras escapado de las cortes napoleónicas. Sólo que Josefina se gastaba un buen tetamen y tú sólo cuentas con un par de teticas que bailan en el escote. Nada, niña, que estás de museo y todo con tal de disimular el bulto que llevas debajo. Bien que te lo advertí. El día que te cortaste la trenza por llevarme la contraria y querer darme en la cabeza, fuiste tú y no yo la que se rompió la crisma. A ver, ¿quién tenía razón?: la Eva que te dijo que acabarías loca y muerta por Miguel, que no eras más que una hembra común y corriente de las tantas que terminan rendidas al goce fálico, o la Eva que se peló a lo macho para creerse menos hembra, porque había sucumbido a una hecatombe de gloria el día que se entregó a un varón y temía entregarle también su corazón a sabiendas que si le daba la gana podía partirlo por el medio, como si fuese un melón y quedarse tan a gustito. Pero ¿sabes?, reconozco que has navegado con suerte: puedes darte con un canto en el pecho. Eres de esos raros especímenes femeninos que, además de amar y ser amadas, cuentan con un falo de grandes ligas. Uno de esos que ya no vienen ni en cajita de regalo. Así que anímate. Quita esa cara más triste que la tristeza y finge, disimula, aparenta, disfrázate y falsea todo lo que haga falta. No serás ni la primera ni la única que por el fin justifica los medios, ya lo dijo Maquiavelo, que no gozaba de buena reputación y tenía fama de perverso y mala gente pero cabe pensar que tendría sus razones igual que tú las tuyas y Miguel las suyas. El tiempo, cielito lindo, se va como agua entre los dedos. Pronto tendrás aquí de regreso a tu mulatón cargado de sorpresas como un Santa Claus, porque ese, si no alcanza a bajarte la luna ni arañar alguna estrella por más alto que se empine sobre los rascacielos del Norte, ten por seguro que le arranca una de las cincuenta a la bandera americana y te la pone en las manos con tal de verte feliz. No te flageles ni te pongas un cilicio por almohada. Tienes al Bobby: amigo, hermano. Ni con Abel te entendías como con él. No te apenes de ti misma ni te quejes de estar sola. No llenes tu soledad solamente de Miguel. Déjale espacio al Bobby. Está indefenso ante la soledad de la muerte. No hay nada que pueda llenar la oquedad que deja tras de sí la pérdida de un amor.»

Siguió la voz de su espejo al pie de la letra: arrimó el hombro al Bobby, y si hasta entonces él había sido su lazarillo, ella se convirtió en su asidero y cayado de sostén. Se hicieron inseparables al punto de que cualquiera que no conociera de cerca el fondo de la situación diría que eran la pareja perfecta: felices y enamorados. No les costaba fingir que se amaban, porque se amaban de alma con ese amor de acero, forjado a fuego y pedernal, que habita sólo en las almas unidas por la amistad. La única condición que Eva le puso a su padre para celebrar la boda fue precisamente la de renunciar a las celebraciones, porque además de estar en tránsito de luto, su madre no se encontraba en condiciones ni físicas ni mentales para presentarse y poner cara a ningún acontecimiento de trascendencia social. Isidro, satisfecho como estaba de salirse una vez más con la suya, aparentó aceptar las pegas de su hija. Pero llegada la hora todo resultó contrario a lo acordado: las bodas eran las bodas, los hijos eran los hijos y la sacarocracia era la sacarocracia. Tanto Ramiro como él tenían sus compromisos. Ramiro por estar podrido en dinero y él porque, además de estarlo, era senador y ministro. El presidente Prío había tenido la gentileza de poner su finca, La Chata, a su disposición para celebrar el banquete de esponsales. Imposible rechazarlo. Sería como infligirle un insulto. La propia primera dama, su esposa Mary Tarrero, tan cercana siempre a Carmen, se había ofrecido a ocuparse de atenderla. «Déjenla a mi cargo, para eso estamos las amigas.»

Al fin de cuentas, Eva tuvo que aceptar que su madre parecía recuperada. Había empezado por reconocer a nana Rosa en primer lugar y en segundo a ella y al Bobby. Incluso alcanzó a recordar el nombre de Success y Brighty, sus dos perritos falderos que, además de seguirla a todas partes y de dormir siempre en su cama, se sabían de memoria *El derecho de nacer* y el resto de las novelas jaboneras que escuchaban ovillados en el regazo de su madre. A su marido no había llegado a nombrarlo. Tal vez en la neblina de su mente lo veía como a un viejo conocido, porque a veces le sonreía como a alguien que le era familiar y solía frecuentar la casa. Claro que esto bien que podía pasarse por alto sin aspavientos. Ni aun estando su madre en sus cabales, Eva presenció entre sus padres un solo gesto que fuera de intimidad y mucho menos de cariño. Hacían vidas separadas y tanto ella como él se trataban desde siempre como si fueran extraños. Lo más preocupante seguía siendo su fagia por las flores: el doctor Álvarez la había diagnosticado como fitófaga, y acabó por restarle importancia al caso; si Carmen había adoptado la moda vegetariana que seguían los asiáticos y hasta algunos europeos, pues no era cuestión de alarmarse. Los cubanos tenían una mala educación alimentaria, eran carnívoros por excelencia, y culpó a los españoles diciendo que salvo las mulatas, esas obras de arte escultural nacidas de la mezcolanza entre los negros esclavos y los blancos colonizadores, nada bueno trajeron a esta isla. ¿Podía haber peor costumbre que la salvajada de espantarse un caldo gallego o una garbanzada con chorizos, morcillas y una pata de lacón en medio del calor infernal que hacía siempre en esta isla? Y ahí se quedó la cosa. Si tomaban precauciones y cuidaban de no sentarla en la iglesia al lado de la decoración floral, ni olvidaban dejar a su alcance el bouquet de la novia repleto de rosas, lirios y azahares que eran su predilección, no les daría mayores quebraderos de cabeza. En cuanto a Abel, Carmen no había vuelto a mencionarlo. Estaba implícito que para ella estaba vivo y desde el día en que le preguntó a nana Rosa por su hijo y la sirvienta le respondió: «Pero... ¿es que la señora no se acuerda que se hizo médico y anda por ahí sanando enfermos?», pareció despreocuparse.

Así que de acuerdo a las apariencias, todo salió a pedir de boca. Don Isidro se enfundó en su frac, se puso un clavel blanco en la solapa, tomó a su hija del brazo y pavoneándose de orgullo la condujo al altar donde el Bobby la esperaba con una sonrisa de oreja a oreja, mientras don Ramiro y su esposa, la del tetamen, se secaban en sus pañuelos las lágrimas de cocodrilo y se sonaban discretamente los mocos de emoción.

Los recién casados partieron de luna de miel a la mañana siguiente, pero no se cumplieron los pronósticos de Abel, que dándoselas de profeta le decía siempre a su hermana que el día que se casara haría exactamente lo mismo que todas las bitonguitas de su clase: pasar la honeymoon en Venecia o en Hawái. Eva tenía la ilusión de viajar a Estados Unidos y estrenar sus primeras semanas de casada haciendo el amor con Miguel. Pero precisamente Miguel, en vísperas de la boda, había escrito una carta al Bobby que cambiaría todos sus planes. Ni por asomo podía ocurrírseles planificar un encuentro en el Norte; eso despertaría las sospechas de don Isidro y lo pondría en alerta, echándolo todo a perder. Por la fuerza con que se expresaba y la firmeza que más allá de las palabras transmitían los rasgos de su letra, se veía que le iba bien: «Estoy vendiendo tabacos al por mayor. Como no sé ni pizca de inglés, y como necesitaba un eslogan comercial, se me ocurrió usar el alegre estribillo de una canción de Louis Armstrong. Se acuerdan de aquel: *"When you are smiling. The whole world smile with you"*. Pues nada: fue sólo cosa de cambiar el smiling por el smoking. O sea, la sonrisa por la fuma. Y decir: *"When you are smoking... The whole world smoke with you"*. Y ahí mismo prendió la mecha. A vender habanos, se ha dicho. Parece que en vez de puros fueran merengues en la puerta de un colegio. Las comisiones de las vegas pinareñas del guajiro Juvenal, amigo de quien tú sabes... engordan como ubres de vaca. Me propuso que yo mismo le acuñara las vitolas. Le puse nombre. ¿Lo adivinan? Habanos: Adán y Eva. Encueraos en el paraíso: con serpiente y manzana incluidas, sólo cambié las hojas de parra por hojas de tabaco. Pa'darle a la zona del pecado un toquecito a lo cubano. Ya ven que de artistas y de locos todos tenemos un poco, y no vayan a creer que aquí en el Norte todo es jamón; esto acá es al duro y sin guante». La carta rezumaba optimismo o al menos era esa la intención que Miguel quería transmitirles para levantar los ánimos incluyendo el ánimo propio, que no andaba ni por asomo tan alto como daba a entender. La despedida era la de siempre, para el Bobby su entera confianza y para Eva entero su corazón: «Llevo tu corazón conmigo (lo llevo en mi corazón). Nunca estoy sin él». Había encontrado el poema en un periódico que hacía referencia a la obra poética de E. E. Cummings, y la hizo suya al momento. La carta no decía mucho más, pero lograba su cometido: que a Eva se le alzara el ánimo aunque los planes ilusorios de encontrarse con Miguel se le fueran por los suelos. Eso sí, tuvo al Bobby atosigado queriendo que le dijera quién era el tal «quien tú sabes». Pero el Bobby no soltó prenda y para quitarle la idea de la cabeza se puso en función del nuevo destino de su viaje de novios. Finalmente decidieron que fuera la ciudad de Barcelona. Eva tenía interés en conocer la patria del padre de Miguel, de la que su propio hijo hablaba con tanta frecuencia que ella llegó a pensar que entre Miguel y Joaquín existía una relación simbiótica, porque sin que el hijo hubiera pisado nunca la tierra natal del padre, parecía conocerla y sentirla parte de él.

«Esta ciudad tiene magia, algo que no sabría explicar, pero que te entra por los ojos y te atrapa el corazón», dijo Eva el día que presenció junto al Bobby la primera puesta de sol en Barcelona. La enorme herida del crepúsculo abriéndose sobre el horizonte como una llaga inmensa que ensangrentaba la mar fue suficiente para que no quisiera parar ni un minuto temiendo perderse un sitio por visitar. La Sagrada Familia le hizo aflojar las rodillas y la dejó conmocionada. La visión de la ciudad desde lo alto del Tibidabo le devolvió la fe en Dios, y la certeza de que existían los milagros. Únicamente la mano divina podía hacer que el sol se descolgara del cielo con tanta mansedumbre, derritiera la cera rosa malva de las nubes y derramara sobre el paisaje una polvareda diáfana y dorada. Tomaba fotos y más fotos, los balcones antifaces de Gaudí, el parque Güell, Montjuïc, la zona gótica, la catedral. Tenía al Bobby con la lengua afuera.

—Me vas a sacar el bofe, Evita, si no paras de patear.

—Lo siento, corazón. No puedo. Estoy enamorada. He visitado, como tú, muchas capitales europeas, pero en ninguna experimenté esta sensación. Es idéntica a la que siento cuando estoy en La Habana. Esa emoción de poder palpar el alma de una ciudad en carne viva y rozarla con la punta de los dedos. ¿No te causa a ti ese efecto?

—El único efecto que tengo es que me van a tener que recoger con palas si te sigo el ritmo.

—Pero… es que nos falta el regalo.

—¿Regalo? Llevas souvenires para todos nuestros compañeros de la universidad y para regalar lo menos a media Habana.

—Me falta el principal. Y tienes que ayudarme a escogerlo. En cuanto estemos de vuelta, le haré una visita al padre de Miguel. Quiero que sepa que va a ser abuelo. No me importa lo que piense de mí, que me tome por fresca o desfachatada. Pero ayúdame a llevarle algo de su tierra que no sea lo que todo el mundo lleva. Algo capaz de emocionarlo hasta las lágrimas…

—Ya lo tengo —dijo el Bobby chasqueando los dedos—. Es que nací para ser genio, pero como todos los grandes genios soy un incomprendido. Venga, te acompaño a la tienda. Pero júrame que después le concederás a tu marido postizo el derecho a echar una siesta de esas que no he vuelto a echar desde que estaba en La Habana. Por cierto, ¿a que no sabías que las siestas al igual que las mulatas fue un invento de los españoles? La próxima vez que veamos al doctor Álvarez me acordaré de decírselo. Si ahora me dieran a escoger entre un mulato bueno y pico y una siesta a pierna suelta, me quedo con lo segundo. Estoy pidiéndola a gritos.

El día que Eva decidió presentarse en la esquina de los Almacenes Bellpuig ante el padre de Miguel, se llevó la mayor de las sorpresas. La primera fue que al preguntar por el señor Alegret al chico mandadero que se topó en la puerta, lo oyó exclamar a toda voz:

—Avísenle al dueño que aquí preguntan por él.

Esto la desconcertó al punto de salir hacia la calle para fijarse si no se había equivocado de sitio. Desde el día que ella y

Miguel se conocieron y quedaron fulminados por el rayo del amor, no había vuelto a poner un pie en aquel lugar.

Pero al detenerse en la acera quedó más desconcertada aún. Dos hombres subidos a un andamio colocaban un enorme letrero de neón que decía: ALMACENES ALEGRET, y el letrero abarcaba al menos la mitad de los comercios que rodeaban la manzana. Por si esto no bastara para colmarla de asombro, se sintió atraída por una tiendecita pequeña pero muy mona que seducía por el gusto con que estaban decoradas sus vidrieras. El letrero de la entrada era un arco formado con flores de lavanda y decía: LOLITA, LENCERÍA FINA.

Debía de estar alelada y boquiabierta porque no se dio cuenta de que había un hombre en la acera buscándola, hasta que lo oyó preguntar al chico que Eva se había tropezado en la entrada:

—¿Quién me busca?

—Una señorita que ahora mismo estaba aquí. No sé dónde se habrá metido, señor.

Fue entonces que Eva se detuvo fijándose en Joaquín por primera vez. Era un hombre de cabellos entrecanos casi tan alto como Miguel, pero menos corpulento y más delgado. Llevaba los tirantes del pantalón cruzados tras la espalda, la camisa con las mangas remangadas y un mocho de lápiz encajado sobre el tronco de la oreja. Se volvió mirando a su alrededor y Eva notó que tenía unos ojos hermosos de color azul zafiro, redondos como chinchetas.

Se percató de que Joaquín había dado la búsqueda por finalizada y se disponía a entrar de nuevo a la tienda, así que apeló a todo su coraje y decidió abordarlo.

—¿Señor Alegret? Era… Bueno, era yo quien preguntaba por usted. Soy…

—No hace falta que lo digas: sé quién eres.

—Es que… Necesito hablarle, señor.

—Desde luego… pero no te quedes afuera, entra, hazme el favor. Dispensa el desorden. Esto es una leonera. Cajas por todas partes —dijo dando puntapiés a todo lo que encontraba a su paso para quitarlo del medio y ceder espacio a Eva—. Estamos en plena faena, como ves. Vamos a abrir las tiendas en las próximas semanas. Hasta el último centavo lo hemos invertido aquí mi hermano Pascual y yo. Todos nuestros ahorros y bueno, también los de Miguel. De no ser por el empujón que nos dio mi hijo... En fin, crucemos los dedos a ver si hay suerte. El sábado pasado inauguramos la cafetería. Todavía le faltan los visillos y mi mujer tiene el grito en el cielo porque los clientes se ven desde la calle. Si te apetece, nos esperas allí. Mientras, yo voy en busca de Lola. Ella también querrá conocerte.

Era evidente que la visita intempestiva de la joven lo había puesto descolocado y nervioso. Pero ni aun el ofuscamiento de la primera impresión fue motivo suficiente para invalidar su hábito de leer ojos ajenos: duró apenas un instante, pero ese mínimo instante resultó más que suficiente para que Eva sintiera que las dos chinchetas azules de Joaquín la calaban como rayos X, mientras que a Joaquín le bastaba y sobraba para saber que aquella mujercita delgada y espigada de líneas ascendentes que parecían esculpidas a golpe de cincel, se gastaba unas agallas a la medida de su hijo y tenía un carácter configurado a la hechura del carácter de Miguel.

La condujo a la cafetería, le hizo señas al camarero de que les sirviera una Coca-Cola y un café, que fue lo primero que se le ocurrió cuando notó que la muchacha se había quedado absorta en sus pensamientos y no atinaba a decidirse a pedir nada.

Cuando entró en la tienda de Lola, dijo en un hilo de voz como si Eva tuviera oído de tuberculosa y pudiera escucharle desde la cafetería de la esquina: «Ven, te espera una sorpresa», le dijo sin decir de quién se trataba.

Lola, que era la curiosidad en dos patas, se dedicó a fisgonear a Eva desde la acera, a través de los cristales. Todavía le estaba cosiendo las puntillas a los visillos y volvió a soltarle a su marido la cantaleta.

—¿Ves, Joaquín? Debimos esperar a colocar las cortinas. La gente se retrata desde la calle.

Pero fue una suerte porque pudo darse gusto retratando a la muchacha. Se fijó en cada detalle de su indumentaria. En su cola de caballo que ahora estaba tan de moda y las pepillas le llamaban ponytail, en sus pescadores negros, en el pullover de rayas azules con cuello marinero al estilo de Chanel, en el pañuelito rojo que tenía atado al cuello, en las balerinas que calzaba también estilo Chanel.

—Para ser una chica de la jaylay, se viste con gusto pero con excesiva sencillez. ¡Ah!, y el pullover le queda muy holgado, yo le rebajaría dos tallas.

—Joder, mujer. ¿Y por qué te imaginas tú que es de la jaylay?

—Porque se le nota por encima de la ropa y porque sé que es la chica de Miguel. ¿A qué si no vendría que me sacaras tú de la tienda con tanto tejemaneje y cara de amañao?

—Me cache en la mar. A ti no se te escapa una... ¿Entramos? Quiere hablar con nosotros.

En ese momento, Eva miró hacia afuera y les dedicó una sonrisa encantadora saludándolos con su manita más menuda que la lluvia.

Ese día sería definitivo en sus vidas sin saberlo y Eva, sin siquiera proponérselo, se encargaría de dejar claro que además de su belleza y su refinamiento era una mujercita de temple y férrea voluntad. Con Joaquín las cosas fueron a pedir de boca. Se lo metió en el bolsillo en cuanto le contó lo de su viaje a Barcelona y le mostró en un álbum la tonga de fotografías que había tomado para él. Pero con Lola la tenía peliaguda. Mientras Joaquín hojeaba el álbum y miraba embobado las fotos, Lola no paraba mientes en comerse a Eva a preguntas: que no entendía por qué había tenido que casarse con otro si estaba enamorada de Miguel, que podía haber esperado por él si es que tanto lo quería. Que si no tenía en cuenta que la gente estaría hablando por los codos, y que por eso las madres tenían tan mala fama, porque velaban por la felicidad de sus hijos y trataban de evitar que ninguna mujercita viniera a hacerles de las suyas ripiándoles el corazón. Pero quedó más muda que una cotorra cuando come perejil, en el momento que Eva reunió todas las respuestas en una sola.

—Estoy aquí, señora, porque quería decirles en persona que espero un hijo de Miguel.

Joaquín levantó la vista de las fotos y miró a Eva por encima de los lentes. No había asombro en su mirada sino más bien enternecimiento y complacencia. Le vino a la mente la víspera de la partida de Miguel, cuando (exceptuando su trato con Policarpo Soler) le contó a su padre los planes que tenían Eva, el Bobby y él y le pidió especialmente que se encargara de velar por ella aunque fuese a distancia porque estaba por hacerle abuelo.

—Ya Miguel me había puesto al tanto del nieto que venía en camino —dijo Joaquín henchido de orgullo—. Pero saber que te has arriesgado a venir hasta aquí personalmente para darnos la noticia pensando que no sabíamos nada, lo dice todo de ti.

Lola se puso en pie colérica.

—¿Qué me dices, Joaquín? Así que tú lo sabías y a mí que me parta un rayo... Soy siempre la última en enterarme de todo y cuando me entero es porque tengo un olfato que descubre hasta donde el jején puso el huevo. Y ahora, ¿qué va a pasar? ¿Eh? —preguntó sobresaltada cuestionando a Eva con los ojos—. Estás en estado de mi hijo, pero ese hijo, por papeles, será el hijo de otro hombre; bueno, de ese medio hombre con el que te has casado para cubrir apariencias. —Y volviéndose a su marido, le espetó—: Y tú, Joaquín, como si tal cosa, mirando fotografías como el que oye llover. ¿Crees que esa criaturita va a ser nieto o nieta nuestra? No alcanzaremos ni a verla. El padre de esta muchacha nunca lo va a consentir —dijo hundiendo la cara entre las manos hipando a más no poder.

Eva se puso como la grana sin saber qué responder ante el arranque de Lola. Y Joaquín se levantó para sentarse al lado de su mujer y consolarla diciéndole que estaba equivocada, que todo se iba a resolver, que lo de la boda fingida no había sido idea de Eva, sino una estratagema del propio Miguel para darle tiempo al tiempo mientras hacía fortuna en América. Y por último, le pidió que no se atreviera a volver a tildar al Bobby de medio hombre, porque si de hombría se trataba, el Bobby se sobraba tanto o más que muchos que se las daban de ser lo que no eran.

—Óyeme, Lola. Nuestro hijo saldrá ileso de esta empresa, como salió ileso del atentado. Qué digo ileso, saldrá triunfante. Es un guerrero y se gasta un buen par... con perdón, Eva... Bueno, ya sabes lo que quiero decir: en el buen sentido de la palabra.

—Sí —saltó Eva, rompiendo su mutismo—, confío en él ciegamente. Miguel sabe lo que hace, y todo lo que hace lo hace bien.

A Lola se le empezaron a bajar los humos como por arte de magia. Tomó a Eva por un brazo, la obligó a levantarse del asiento y la encerró entre sus brazos. Así permaneció un buen rato sin decir una palabra para luego despegarla de su pecho y atrapar con sus manos el vientre incipiente de la muchacha.

—Caray, y yo que pensaba decirte que rebajaras el pullover un par de tallas —exclamó, y volvió a abrazarla emocionada.

A pesar de la incertidumbre que los embargaba a los tres por más que entre ellos mismos trataran de darse ánimos, celebraron a su manera la intimidad del momento, y hasta Lola decidió cobrar aliento y mirar el porvenir con cierto tono de optimismo. Convencida de que la Caridad del Cobre protegería a su hijo, a Eva y al nieto que estaba por nacer, juró que le encendería tantas velas que agotaría todas las que copaban las iglesias de La Habana. La Cacha nunca le fallaba y se bastaría con su mano santa para abrir y dar luz a los caminos por empedrados que fuesen. La vehemencia de su fe la llevó al punto de arrancarle a Eva la promesa de que habría de conocer a su nieto en cuanto llegara al mundo, que serían las manos de su abuela, y ningunas otras, las que bordaran cada pieza de la canastilla.

—Prométemelo, hija. Me hace tanta ilusión, que de sólo imaginarlo el corazón se me sube a la boca.

Eva se lo prometió sin saber cómo se las arreglaría para dar cumplimiento a su promesa. Pero aun así lo prometió no una sino dos, tres o cuatro veces antes de mirar el reloj y percatarse de que le había cogido tarde y debía despedirse. Pero antes de ponerse en pie y poner fin al encuentro volvió a sorprender a Joaquín diciendo:

—Casi llego a olvidar que le traía un regalo, señor Alegret.

—Pero chiqueta, no me llames más señor ni me trates más de usted. ¿Vale? Y a ver, ¿de qué regalo me hablas? Si me has dado este álbum de Barcelona que me ha removido las entrañas.

—Bueno —respondió Eva—, fue idea del Bobby. Me ayudó a escogerlo él mismo y no sé, me aseguró que le iba a encantar.

Entonces extrajo de una bolsa de compras un long playing, con *El canto de los pájaros* interpretado por el violonchelista catalán Pau Casals.

—El Bobby me contó que además de ser un maestro, representa a Cataluña en el exilio. Que vive en Puerto Rico porque aborrece las dictaduras, defiende los derechos humanos y lucha por la paz. Que renunció a una invitación para dar un concierto en Rusia a causa de la Revolución de Octubre, que por culpa de Hitler se negó a ir a tocar en Alemania y que a pesar de que Franco les amordazó la lengua a los catalanes, insiste en que en vez de Pablo le llamen Pau, que significa «paz» en catalán.

Eva hizo un alto para recuperar el aliento, mientras Joaquín no paraba de acariciar la carátula del disco, donde aparecía una foto del maestro Pau Casals junto a su violonchelo. De repente alzó los ojos. Respiró dos bocanadas de aire de un tirón y se le quebró la voz al decir:

—No tengo cómo darte las gracias a ti y al Bobby. Sólo decirte que *El cant dels ocells...* es más que un regalo... que este disco habrá de permanecer conmigo hasta el día de mi muerte. —Y poniéndose de pie de un salto, salió sin siquiera despedirse dejando a Lola con las manos de Eva entre las suyas mientras él caminaba por la acera a toda prisa secándose a manotazos los dos gruesos lagrimones que le rodaban por la cara.

Los dos primeros meses del año 52 transcurrieron para el país en una calma aparente. Eva entraba en el séptimo mes de su embarazo y lo sobrellevaba con entereza, buena salud y sin demasiados contratiempos. Desde que ella y el Bobby hacían vida aparte, y se instalaron con nana Rosa en el piso que tenía el joven, en las cercanías del río Almendares, dejaron de ser centro del ojo vigilante del senador don Isidro, que sabiéndolos casados de acuerdo a sus dictámenes, consideró que había llegado la hora de despreocuparse del estado de su hija para enfrascarse de nuevo en los asuntos de palacio. La convivencia de Eva y del Bobby había llegado a convertirlos en almas gemelas capaces de entenderse a la perfección y de sentirse tan identificados que apenas les bastaba una mirada para leerse la mente. «Qué cosas tiene la vida —le decía él con frecuencia—. Tanta gente que se casa por amor y terminan distanciados por desavenencias, y tú y yo casados de mentirita, sin que mediara el amor, nos avenimos como nadie.» «Somos el matrimonio ideal —bromeaba Eva—. Dices bien: tal parece que la vida en vez de caminar al derecho caminara al revés.» Mientras Eva vivía pendiente de las cartas de Miguel, que llegaban siempre rebosantes de optimismo y dirigidas al Bobby, porque sin duda su amante había aprendido con sangre la lección y estaba decidido a no permitir ni la más mínima pifia dirigiéndolas a ella, el Bobby se desvivía en estar al tanto del barrigón de su amiga. De que se alimentara y cuidara, de complacer sus antojos, de que no pisara en falso o fuera a virársele un pie cuando subía las escalinatas de la colina del Alma Máter, donde tanto él como ella entraban en la recta final de su carrera.

—Caray, Bobby, te has convertido en mi sombra. Vamos, suéltame un poco; hasta principios de abril no estaré fuera de cuentas.

—¿Se te olvida que nuestro baby, de cara a la galería, nacerá sietemesino? La gente comentará que tú y el mariconazo del Bobby comimos por adelantado, pero si pares ya mismo a tu mulatico, entonces sí la cagamos.

Se esforzaba de mil modos en hacerla reír y distraerla de la desazón que se apoderaba de ella por momentos, cuando le daba por buscar sin encontrar la forma de solucionar la situación incierta en que estaba, llegando a impacientarse en la medida que el tiempo transcurría sin que Miguel volviera ni mencionara en sus cartas qué planes tenía para que ella y el niño pudieran reunirse con él. Pero la mejor manera de aplacar las inquietudes de Eva era la de mantenerla con la cabeza en los libros. Habían logrado cerrar filas y hacer equipo con Javier y su novia Mary, que solían visitarlos por las noches cargando sus libracos para pegarse a estudiar. El Bobby los recibía dando voces de contento: «Evita, corre, ya está aquí el otro par de patas que nos faltaba en la mesa», y hacía lo imposible por alegrar el ambiente haciendo que la pareja se sintiera como en casa. Javier y Mary se habían conocido cuando ambos se matricularon en leyes en la universidad y desde entonces habían dado inicio a un noviazgo que recién acababan de formalizar. Parecían hechos el uno para el otro. Mary era una chica encantadora, rubia y dulce como la miel. Si en algo se diferenciaba de Javier era en su naturaleza tímida y callada. Mientras que a él le complacía hacerse con la palabra y dar una disertación sobre política y leyes en dondequiera que estuviese, ella se limitaba a escucharlo sumida en un arrobamiento de muchacha plácida y enamorada. Era la única hija del matrimonio Valverde, una familia de clase acomodada. Su madre había fallecido hacía cosa de unos años y su padre, devoto católico y reconocido magistrado de la Audiencia Nacional, sobrellevaba su viudez volcado en la educación de su hija. Había aceptado con beneplácito el compromiso de Mary con Javier, sin permitirse alusiones a los pigmentos de la piel de Lola, a los que al parecer restó del todo importancia porque decía sentirse complacido de que Mary hubiera elegido a un joven que, además de talentoso, y formal, que en breve se haría abogado, había sido educado en el seno de una familia cristiana, decente y de bien.

De las manos de Javier y Mary habría de recibir Eva, tal como le prometió la madre de Miguel, las piezas de la canastilla que usaría el hijo que esperaba. Desde las capotas de piqué con entredós de batista suiza, los faldones de holán y organza bordada, las mediecitas y gorritos tejidos a crochet hasta los pañales antisépticos y las mantitas de lana, ni siquiera las pijamas, mamelucos y peleles había olvidado incluir en el ajuar. Eva se recreaba con el tacto de aquellas ropas enanitas, tan suaves y delicadas, que no podía evitar ir rociando con sus lágrimas mientras las acariciaba. El domingo se les fue a los cuatro hablando del bebé y de Miguel. Cenaron juntos en el apartamento, y les dieron las doce de la noche compartiendo y escuchando las interminables parrafadas de Javier. Doce horas después en la mañana del lunes 10 de marzo de 1952, apenas llegando a la colina del Alma Máter, se toparon sorprendidos con un Javier agitado y una Mary con cara de circunstancias que les cortaron el paso para darles la noticia.

—¡Coño! ¿No están enterados? Batista le ha dado un golpe de Estado a Prío. Han suspendido las clases. Un dirigente de la Federación Estudiantil se ha presentado en palacio y le ha pedido al presidente que les envíe armamentos a los líderes universitarios. Los jóvenes estudiantes estamos decididos a resistir a los golpistas y defender la Constitución que Batista ha violado de un zarpazo, pero nada, las horas pasan sin que el presidente se decida a actuar. Esto es tremendo. Estoy por creer que papá tenía razón cuando decía que Prío era un blandengue —terminó diciendo Javier irritado.

Alrededor de la una de la tarde partieron juntos los cuatro hacia el apartamento del Bobby. El lunes se les hizo largo en medio de la impotencia. Eva, intranquila y nerviosa, sentía a su hijo patalear incomodado en su vientre. Pero sin decir palabra se mantenía como los demás pendiente de los titulares que iban dando por la radio y la tele. Según pasaban las horas, las noticias se sucedían abundando en los detalles. Batista había entrado al cuartel de Columbia en plena madrugada y los militares se le unieron con vítores y aplausos. Al parecer, todo lo tenía planificado de antemano. Había sido un golpe preciso sin una gota de sangre. Los acontecimientos eran un devenir de sucesos que iban de lo malo a lo peor. «El presidente Prío, dando por perdidas las tropas de la capital, ha viajado a Matanzas para buscar refuerzos y respaldo.» «El presidente no lo ha conseguido. Las tropas de la ciudad matancera al igual que todos los partidos políticos se han unido al general Batista.» «El presidente ha solicitado asilo en la embajada de México.» Y por último, a la mañana siguiente, la imagen que ponía punto final al capítulo de la asonada incruenta. La imagen que acaparaba las primeras planas de todos los diarios de la isla. El presidente legítimo de Cuba, Carlos Prío Socarrás, subiendo la escalerilla del avión que lo llevaría rumbo a Miami, junto a Mary Tarrero, su mujer, mientras cargaba en brazos a la más pequeña de sus hijas.

El Bobby, que había estado en contacto telefónico con amigos de su padre; le comentó a Eva:

—Dicen que Prío había pasado el fin de semana en La Chata, ya sabes, la finca donde tú y yo nos casamos. Y que el lunes por la mañana le informaron del madrugonazo cuando estaba en palacio, reunido con su gabinete de gobierno para presentar al nuevo primer ministro.

—Entonces... —dijo Eva pensativa—. Papá estaría con él...

—Desde luego, es parte de su gabinete. Esto será un bombazo para el senador Isidro. Ya ves, a todo cerdo le llega su San Martín.

El Bobby estaba en lo cierto, fue un bombazo. No había transcurrido ni siquiera una semana del golpe cuando don Isidro Díaz Toledo fue destituido de todos sus cargos en palacio por órdenes del general Fulgencio Batista. Le tocó abandonar su escaño como senador de la República y su puesto en el gabinete de ministros del presidente depuesto Carlos Prío Socarrás, pero supo guardarse para sí la frialdad vergonzosa con la que fue cesado y le hubo de decir adiós a sus largos años como representante político. Sin embargo, no hacía falta más que verlo para reconocer su derrumbe: atrás quedaron sus mañanas de atuendos impecables, renunció al cuello y corbata y pasaba gran parte del día con una bata de andar por casa y un pijama viejo y deslucido como su propio aspecto. Dejó de acicalarse, de afeitarse la patilla, de repasarse las canas con un baño de romero y hojas de nogal. El cuartelazo del 10 de marzo de 1952 bastó para envejecerlo y cobrarle en veinticuatro horas toda la lozana gallardía que por años se había jactado de haberle escamoteado a la vejez.

El domingo 30 de marzo cumplía años doña Carmen y Eva, que no había vuelto a pisar su casa desde que regresó de su viaje de bodas y recogió sus bártulos sin que su padre se dignara siquiera a despedirla, sentía que era su deber estar presente en el cincuenta aniversario de su madre, así que le cayó encima al Bobby y a nana Rosa para que la acompañaran; suplicó hasta la saciedad a los dos que depusieran por un día sus rencores contra el viejo don Isidro, porque su madre estaba más sola que la una y lo menos que podían hacer era un mínimo de esfuerzo para reunirse y celebrar su cumpleaños.

Encargaron una tarta de dos pisos a La Gran Vía. Hicieron un pavo asado, relleno con jamón y confitura de fresa, y sacaron de las vitrinas la vajilla de Limoges y las copas de Baccarat Saint-Louis para servir champán Dom Pérignon como en los buenos tiempos cuando Carmen tiraba la casa por la ventana.

Pero justo en el momento en que el Bobby se disponía a encender las cincuenta velas del pastel de la famosa La Gran Vía, Carmen, tras no se sabe cuánto tiempo sin tenerlo en cuenta ni dirigirse a su marido por su nombre, levantó su copa de champán y dijo:

—Un brindis por ti, Isidro: por verte tal como mereces. Hecho un vejestorio. Por más dinero que tengas no habrá pichoncita que se atreva ya a meterte el diente. Dicen que a nuestra edad la cara de una mujer es el reflejo del alma, y que la de los hombres es el espejo de su moral. Pero a un viejo verde desmoralizado como tú, la edad se le conoce en la entrepierna. Creías que no me fijaba, pues sí. Lo tuyo es un moco de pavo que no levanta cabeza. Ya ves, tanto pregonar que te sacarían del medio de un balazo, y ha sido una patada por el culo lo que te ha dejado fuera de circulación. Fue mi hijo el que se llevó la peor parte. No está presente por culpa tuya.

Isidro, incapaz de articular palabra, la miraba petrificado con el rostro enrojecido y la yugular a punto de estallarle. Eva se había llevado las manos bajo el vientre porque la criatura no cesaba de brincar, nana Rosa clamaba a las siete potencias africanas sin parar de persignarse y al Bobby se le escapó un quejido de dolor porque olvidó por completo que tenía el mechero prendido entre los dedos y acabó quemándose el índice y el pulgar.

Tras una pausa de silencio y perplejidad, Carmen, que después de aquel lapsus de abrupta lucidez parecía haberse quedado de nuevo ensimismada, volvió a romper su mudez para decir:

—Pero qué cabeza la mía. Si nana Rosa me contó que Abelito se había recibido de médico y andaba con sus pacientes. Y yo culpando a Isidro de que mi hijo no estuviera con nosotros. Entonces, no pasa nada. A ver, ¿quién prende las velitas y me canta el *Happy Birthday*? A propósito, ¿alguien me puede decir por qué los cubanos cantamos el cumpleaños feliz en inglés? Vaya cosa. Vivimos echando pestes de los americanos y nos priva imitarlos.

Isidro se tambaleó al ponerse en pie. Tenía el rostro prendido como una bombilla de farmacia de guardia, y además de envejecido lucía tan abatido que Eva temió que fuera a desplomarse. Parecía estar a punto de sufrir un síncope o un derrame cerebral. Pero no ocurrió así. Lanzó la servilleta con una rabia sorda y virulenta sobre la cara de Carmen, exclamando entre gruñidos: «Me voy a morir en vida si sigo en esta casa».

No hubo más. A la mañana siguiente se había teñido las canas y volvía a lucir trajeado y sin patilla. Alipio «mande, jefe» lo esperaba al pie del Cadillac, acomodando el equipaje en el maletero del auto.

Eva, que dadas las circunstancias había decidido quedarse a dormir en la casa del Laguito, se levantó a tiempo para abordar a Alipio, interesada en saber a dónde se iba su padre.

—Yo... mire, señorita, perdón, señora Eva. Si el jefe se entera que le digo a donde va, me corta el cuello. Este negro que ve aquí tiene que darle de comer a siete hijos y uno que viene en camino. Mi mujer, na'má que de oler mis calzoncillos, ya está preñá.

—Lo sé, Alipio. Respondo por ello. Esto queda entre tú y yo.

—Bueno, yo saber no sé ná... Lo oí hablando anoche por teléfono con el presidente Prío. Le dijo que se iba con él al exilio en Miami. A Pal bich.

—¿Palm Beach?

—Sí, a vivir en la casa que tiene el jefe allí en la playa. Yo me iré con él hasta su vuelta.

Eva se erizó de la cabeza a los pies.

Vio a su padre marcharse sin una señal de despedida y se fue a buscar al Bobby.

—¿Tú sabías que papá tenía una casa en Palm Beach?

—Ni idea, pero ahora que lo dices... A Palm Beach viajaba frecuentemente mi madre.

—Dice que se va al exilio... Pero... ¿no será que quiere un encontronazo con Miguel? Tiemblo sólo de pensarlo.

—No seas boba. Miguel anda por Tampa. La Florida no es

sólo Miami. Además, te aseguro que está a buen resguardo... Hay alguien que lo cuida bien. En cuanto a papá Isidro, creo que Carmen está más lúcida que todos nosotros juntos. El viejuco de esta no va a levantar cabeza. Está que se cae a pedazos.

En esos días, Eva, a punto de salir de cuentas, se encontraba venática y aprensiva. Le había dado el pronto de permanecer junto a su madre, no porque se sintiera especialmente cercana a doña Carmen, ni tampoco porque estando próxima a ser madre le acometiera el apremio de aproximarse a la suya. Era algo que le hablaba desde dentro sin que pudiera explicarse con palabras.

—Algo me dice que mamá está en peligro. Que una cosa muy penosa va a ocurrir en esta casa.

El Bobby trataba de quitarle de la cabeza ideas raras.

—Pero ¿qué dices, Evita? Lo de Abe la dejó en shock, pero ya ves cómo va sobreponiéndose. Y ahora que se ha quitado de encima la mala sombra de tu padre, no sé a qué peligro o daño te refieres. Porque salvo a que le patina el coco, por lo demás goza de buena salud.

—No te quito razón, pero no voy a abandonarla. Ahora que papá se ha ido mi lugar está aquí, con ella.

Hasta nana Rosa le quitaba hierro al asunto.

—No le haga mucho caso, niño. A todas las barrigonas les entran sus pejigueras. Eso sí, al señorito no le quedará más remedio que complacerla. A una mujer preñá no se le niegan caprichos porque Dió te castiga con orzuelos.

—De acuerdo. Me has convencido —le dijo esa mañana el Bobby a la nana, mientras la negra le servía el café con leche en la cocina.

De repente un grito desgarrador los dejó escalofriados.

—¡Es Eva! —exclamó el Bobby, pegando un salto—. Viene de arriba, de su cuarto.

—Corra, niño. Eso e' que etá de parto.

Pero no venía del cuarto de Eva sino del de doña Carmen. La hija, recelosa como estaba, había entrado en la habitación de su madre y la había sorprendido engalanada con los atuendos nupciales que todavía conservaba intactos tras más de veintitantos años de casada. De no ser por lo macabro de la escena, se pensaría que dormía plácidamente sobre un tálamo de tules ajados por el tiempo y un manto de adelfas blancas mustiadas por el calor. Había cortado las flores suficientes para ahogarse a sí misma en el veneno letal que rezumaba la planta. Se había ido de este mundo tal como había vivido: sumergida en la blandura indolente y vegetal que había sido desde siempre su lecho de rosas.

Por su amor conocerás al hombre. El amor es su fruto natural, el más suyo, el más liberado de su ambiente.

[...] La palabra noble es ciertamente un indicio; la obra útil es ya una esperanza. Pero sólo el amor revela —como un golpe de luz— la hermosura de un alma.

DULCE MARÍA LOYNAZ, «Poema XXVI»,
Poemas sin nombre

Miguel estuvo de vuelta tras un año y cuatro meses de ausencia. Había trabajado hasta el desfallecimiento, había añorado a Eva hasta la extenuación, agotado todos los boleros del repertorio de Lucho Gatica y Olga Guillot: desde «Si pudiera expresarte cómo es de inmenso en el fondo de mi corazón mi amor por ti» hasta «Más allá de tus labios, el sol y las estrellas contigo en la distancia amada mía estoy». Había rayado los discos de tanto repetirlos y, a fuerza de tanto escucharlos, se había herido también el corazón. Traía las tres heridas del guerrero: «La del amor, la de la muerte, la de la vida». De las tres, la del amor era la que más lo desgarraba, la que vivía siempre abierta, como la llaga de un sueño que escocía bajo la piel: en carne viva. La pelea por conquistar ese sueño había sido agotadora. Durante aquel año y medio se consideró apenas un sobreviviente; sin Eva, vivir era un sinvivir, un estar sin estar en parte alguna. Saber que su corazón y el del hijo que esperaban latían a la par que el suyo, lo hacía desvivirse hasta descarnar la piel al sueño, soñado por los dos. Recorrió la Florida de punta a cabo, Miami, Tallahassee, Tampa. Luego viajó a Filadelfia, a Atlanta, California y finalmente a New York. Por primera vez en sus veintidós años de vida se enfrentó a la solitaria desmesura de las nieves, experimentó en carne propia la taciturna algidez de las nostalgias, la morriña de las noventa millas y la tristeza sobrecogedora de despedir el año viejo brindando a solas consigo mismo, pero con todos los seres queridos agolpados en su cabeza. Fue la soledad del frío o el gorrión de las nostalgias, o un resumen de todas sus aflicciones juntas a la vez, lo que lo llevó a aflojar las cuerdas y a prestar de nuevo oído a la voz viril del corazón: «Date un chance, compadre. Eres hombre, estás solo, sin mujer, no paras de hacerte manuelas pelándotela a fuerza de pajas. Oye, socio: que no hay corazón que aguante ni cuerpo que resista lo que tú. Sigue mi consejo. Total, Eva ni se va a enterar. Viniste a abrirte camino, no a encerrarte en un convento con un hábito de fraile». Fue así que retomó su ya olvidada costumbre de frecuentar los prostíbulos, donde la mayoría de los clientes, además de fumar yerba, esnifaban cualquier droga que él por más que le ofrecieron rechazó rotundamente probar. Hacía el sexo a lo bestia, fornicando con violencia primitiva, y salía al amanecer, embotado hasta el tuétano, y si bien era cierto que entre tragos y fornicaciones se espantaba el frío del cuerpo, se iba con un saboramiento amargo que tenía más de culpa y remordimiento que de gozo y sapidez. Su conciencia lo llevaba de la mano y corriendo: «Que Eva no se vaya a enterar no te justifica. Con que te enteres tú, ¿no te parece más que suficiente? Está esperando un hijo tuyo. "Llevo tu corazón conmigo", le dices en todas tus cartas, "nunca estoy sin él: donde quiera que voy vas tú, amada mía". Vaya versito que escogiste. ¿La llevas también contigo saltando de cama en cama mientras singas con las putas? Eres un mierda». Aquel combate de corazón y conciencia lo llevó una noche a fornicar al extremo de no saber dónde estaba, ni con quién; cabalgaba a las rameras sin preocuparse siquiera por el nombre o fijarse en el aspecto que tenía la mujer. Una noche, la chica que tenía entre las piernas lo detuvo en plena faena tirándole de la maraña del pecho para hacerlo reaccionar y una vez que volvió en sí, le pegó un empujón zafándoselo de encima y soltándole en inglés: «*Hey, man. I'm here. Do you know? Fuck off!*».

No volvió a las andadas. Dijo adiós a las nostalgias, se quitó el frío a fuerza de leña y fuego, y eso sí: apeló de nuevo a las manuelas que era un desahogo ingenuo de tiempos de pubertad.

Pero más hiriente que la soledad de los inviernos, las nostalgias descorazonadoras y las penosas manuelas eran las noticias que traían los periódicos y las cartas familiares. Por la prensa americana se enteró del golpe de Estado de Batista y justo un mes más tarde, el 10 de abril de 1952, le llegó un cable del Bobby que decía: «Ya eres papá. Tu hijo es un hermoso varón de ocho libras y media. Se llamará Miguel como tú. Eva y el bebé gozan de perfecto estado de salud».

Pero la carta más ansiada, donde el Bobby además de deshacerse en comentarios incluía las primeras fotografías del recién nacido, llegó con dos semanas de retraso cuando Miguel ya desesperaba por tener noticias nuevas del parto y el nacimiento del niño. La foto de Eva con su hijo entre los brazos lo hizo derramar sus primeras lágrimas de felicidad. «¡Mira qué machote! —se decía—. Tiene los ojos azules de su abuelo, pero el hociquito y la carita de Bambi de su mami.» Las lágrimas le venían solas sin apenas percatarse de que salpicaban la foto y diluían la tinta de la carta que le había enviado el Bobby. Se pensaría que el pequeñín, todo ojos, lo reconocía a través de la instantánea. Tenía los puñitos apretados, asomando entre el envoltorio de pañales con cintas y puntillas y el gorrito tejido por la abuela Lola, que ponía de su puño y letra por el reverso de la foto que toda la canastilla había sido obra suya. Eva no debió de enterarse ni del instante del flash. Era la estampa viva de aquella Santa Madonna que Lola tenía sobre la cabecera de la cama. El sueño más mirífico y divino que un hombre podía soñar. Miguel, borracho de felicidad, chiflado de amor hasta las trancas y enternecido hasta babearse, bizqueaba con un ojo puesto en Eva y el otro en el recién nacido. La encontraba encantadora, con su perfil de venada y su cola de caballo atada por una cinta de seda color rosa. «¡Cómo le ha crecido el pelo! Está más linda que nunca. Tan linda que de mirarla te duele.» Con la foto de Eva y su hijo metida en el bolsillo del lado del corazón, comenzó a leer la carta de varios pliegos que le había escrito el Bobby.

El nene es un canibalito como su padre, se pega a la teta de la madre y no la suelta ni de madrugada. Lo primero que hizo Eva fue presentarse en tu casa para llevarle el nieto a tus padres. Según Lola, salió blanco y no asoma pinta alguna de color, pero la gente habla hasta por los codos: nadie se traga que un crío rollizo y de casi nueve libras naciera sietemesino. Por más que mis padres intenten callar bocas, no cuaja que un mariconazo la haya llevado al altar en pleno trance luctuoso por comer por adelantado. Más bien piensan que sí, que comió por adelantado, pero que, ni el nene es prematuro ni fui yo el que la dejó preñada. Por más que no se le note la pinta y tenga los ojos azul cielo de Joaquín, los chismorreos están puestos en un mulatón buenote y pico, que puso pies en polvorosa y que, ¡vaya casualidad!, se llama Miguel igual que el recién nacido. Eva, ya sabes. Los oye como quien oye llover. Su entereza es de admirar, tan frágil en apariencia y, ya ves, soportó un paritorio difícil y laborioso. Tuvieron que usar los fórceps, tras dieciséis horas de espera. Muy estrecha, dijo el médico, y encima primeriza. Pronto, Miguel. Platero ya se asoma al pozo. Sólo falta una mirringa de tiempo para que estés con nosotros… Paciencia.

Sentía que toda la inmensidad de su entrañable mar Caribe rugía en su corazón, y mecido en ese ir y venir de mareas y sentimientos desbordados, no se había percatado de que en el sobre el Bobby había incluido una esquela mortuoria acompañada de un mensaje tan breve como impactante:

La madre de Evita se quitó la vida. Descabezó todas las matas de adelfas del jardín y se hizo un colchón con ellas. Eva la encontró sin vida en su cuarto, morada del veneno que aspiró. Ocurrió cuatro días antes del parto de Eva. Tu Eva ha afrontado esta nueva pena con un estoicismo inconmensurable. Tiene la fortaleza de las atalayas que se alzan de cara al Malecón de La Habana, y resisten los embates del mar y la embestida de los huracanes sin que logren derrumbarlas.

Miguel se quedó de piedra. Esperaba más detalles, pero el Bobby no decía nada más. Ni una palabra sobre los funerales, y tampoco sobre el viejo. El suicidio de su mujer no le habría afectado demasiado y tampoco alcanzaría a superar lo que debió significar para él la muerte infortunada de su hijo, que cargaría para siempre en su conciencia, pero de cara a la galería aquello debió de cobrar dimensiones catastróficas y el Bobby resumía el suceso de manera telegráfica. Conociéndolo como lo conocía, estaba seguro de que si Eva tenía la fortaleza de una atalaya, el Bobby no se quedaba a la zaga; podía compararse con el faro del Morro, que se erguía para iluminar la vida capitalina y dar el cañonazo de las nueve con cronometrada puntualidad. Así de cronométricas eran siempre sus palabras, buscaba las frases adecuadas para alzar los ánimos coloreándolas con su verborrea fosforescente. Por eso supo sacar fuerzas de quién sabe dónde, cuando la muerte de Abel, para socorrer a Eva y a él mismo durante el trance de peligro en que se hallaban, y por eso debía de ser que evadía hablar del viejo poniendo a un lado los temas que sabía álgidos y dolorosos. El Bobby, con su modo singular de ver la vida, no conocía otra manera de mitigar la arremetida de emociones que podrían sobrevenirle a un hombre a noventa millas náuticas de su tierra y lejos de todo lo que amaba en esta vida, y se lanzaba a socorrerlo una vez más, evitando que la alegría y el pesar terminaran teniendo un choque frontal donde fuera el pesar el que se alzara triunfante. Pero por más que el Bobby se esforzara, a

Miguel no le pasaba inadvertido que en cada carta que le enviaba había un punto y aparte donde sin decírselo —así con todas sus letras— le dejaba interpretar entre líneas que aún no había llegado la hora de volver. Algo como un: «No te mandes, Miguel, no desesperes. No vayas a meter la pata». Las cartas iban y venían a la dirección del Bobby para no despertar sospechas, y su amor ciego de impotencia tenía que limitarse a enviarle a Eva la misma y repetitiva despedida con una frase que ni siquiera era de su cosecha sino una copia de un poema de un tal Cummings, que a un inculto como él le resultaba desconocido, pero que como todos los buenos poetas gozaba de esa potestad anímica que les capacitaba para expresar sentimientos que el resto de la humanidad reconocían como suyos. A ese «te llevo en mi corazón» se reducía su contacto epistolar con Eva. Mientras, él se moría de ganas de volar a su encuentro; de estrecharla y estrujarla entre sus brazos, de mimarla a ella y a su pequeño Miguel. En esa disyuntiva trabajaba a destajo sin tener siquiera en cuenta los meses que transcurrían, como si el tiempo en vez de correr delante corriera tras los pasos de él.

Buscaba experiencia en las maneras más hábiles y novedosas de vender. Además de poseer talento y agilidad para aprender, tenía el don de saber colarse por el ojo de una aguja y granjearse respeto, simpatía y admiración por donde quiera que pasara. Desde el Chinatown de Manhattan, donde trabó amistad con los asiáticos y se adentró en las secretas estrategias —no siempre legales— que usaban para negociar, hasta conseguir codearse con los dueños de los grandes comercios de New York, adictos a los habanos de las vegas pinareñas, que solían encargar al por mayor. Así fue que llegó a hacer migas con el que luego sería director general de El Corte Inglés, que no probaba un puro que no tuviera la vitola de Adán y Eva. Las comisiones iban creciendo y el entusiasmo de Miguel aumentaba a la par que engrosaba sus bolsillos. No era tío rico McPato, pero podía contar con capital suficiente para volver a su patria, casarse con el amor de su vida y darle a su mujer y a su hijo un pozo lleno de agua con estrellas.

A comienzos del año 53, las cartas que iban llegando de su casa traían una tras otra noticias más que halagüeñas. Su padre le escribía colmándolo de gratas nuevas. Le contaba que ellos junto al tío Pascual y la tía Herminia, no sólo eran propietarios de las tres tiendas de Bellpuig sino que habían comprado dos locales que estaban en venta en la misma cuadra de la populosa esquina, aprovechando la oportunidad que se les presentaba para ampliar con más comercios los Almacenes Alegret, que ya contaban con más de cien empleados y con una clientela tan notable que en las pasadas Navidades el público acabó desbordando los comercios y arrasando con toda la mercancía que quedaba en almacén. Como si no bastara con esto, Joaquín le comentaba que el crédito que Miguel le había solicitado a la Trust Company, para poder levantar aquella tienda por departamentos al estilo de El Encanto, considerado el templo de la elegancia habanera, lo tenía ya invertido en una mole arquitectónica que empezaba a edificarse en Galiano y San Rafael, la zona más comercial y concurrida de La Habana, donde la cadena Woolworth había ubicado su renombrado Ten Cents y todos los grandes comerciantes instalaban sus locales y competían entre sí en acuñar sus marcas con un sello de prestigio.

En cuanto a aquel dinero que me dejaste antes de partir y que te di mi palabra de no preguntar su procedencia, sobra decirte lo que significa para tu padre empeñar su palabra, pero como me aseguraste que podía disponer del fajo de billetes, se me ocurrió destinarlo a comprar los dos locales que te comentaba y que he decidido poner a nombre tuyo, porque a tu padre no le cabe un alpiste en el culo del orgullo por saberte parte de esta empresa de la familia Alegret. La frase es tuya, ¿recuerdas...? Así que, como diría tu madre, «santa palabra», acéptalo como un hecho consumado igual que lo acepté yo aquel día que me tumbaste el tabaco de la mano y chamuscamos el mantel.

Miguel llegó a creer que nunca en su vida derramaría tantas lágrimas como en aquel año y medio que estuvo lejos de los suyos. Los sollozos le cortaban el aliento mientras leía la carta de su padre; y lo peor vino después cuando Joaquín se despidió haciendo referencia a su nieto:

Está fuerte como un toro, hecho un trinquete. Ya le han partido los primeros dientes, da sus primeros pasitos y balbucea sus primeras sílabas: ma...má, ya...ya, ya...yo y pa...pá, que es en la que Eva más le insiste. Y eso que aún le faltan cuatro meses para cumplir un añito. Se te va a caer la baba. *Collons! Fill meu! Aquest nen està per menjar-se'l.*

Miguel interrumpió la lectura. De tanto sorberse las lágrimas mordiéndose los labios, se había hecho sangre sin querer. Le constaba que cuando a su padre se le iban malas palabras seguidas de frases en catalán era o porque estaba cabreado hasta los huevos o enternecido hasta el tuétano. En este caso se trataba de lo segundo, pero ni siquiera la emoción que rezumaba la carta ni la propia emoción que lo invadía al leerla hicieron que pasara por alto la pregunta que se venía haciendo desde que el Bobby le dijo: «Lo primero que hizo Eva fue presentarse en tu casa para llevarle el nieto a tus padres», y luego aquel mensaje de su madre al reverso de la foto de Eva con su hijo. Pero ahora no se trataba de Eva sino de su padre, que mencionaba al nieto con toda naturalidad, como si lo viera crecer por ojos propios y de manera habitual. ¿Y el viejo qué? ¿Dónde estaba? ¿Por qué nadie lo mencionaba? Talmente se diría que se hubiera esfumado y dejado de ser el villano de la película. Cierto que Eva era una mujercita de zumbarse y mandarse, y no le resultó del todo raro que se atreviera a llevar al nieto a casa de los abuelos, pero que Lola se jactara en el reverso de una fotografía de haber vestido al pequeñín de manos propias, ya eran palabras mayores. ¿Cómo podían haber burlado la vigilancia de don Isidro? Era de suponer que el enemigo tendría el ojo avizor y el grito por los cielos con los rumores que corrían de boca en boca entre la gente de su casta. Probablemente, lo habrían cesado de sus cargos en el gobierno y eso le habría restado protagonismo y poder, pero mudo, ciego y sordo no estaría. Al contrario, seguro que se lo llevaban los demonios. Algo estaba sucediendo o peor: algo se traía entre manos el Bobby y se había confabulado con sus padres para ocultárselo a él.

Habría de ser una carta de Policarpo Soler la que le revelaría a Miguel de golpe y porrazo lo que el Bobby se propuso reservarse con toda deliberación.

Supongo que el hijo rarito de don Ramiro de la Nuez te habrá puesto ya al corriente de que tienes a tu enemigo a dos palmos de tus narices. Como todo buen ratón, se ha encuevado en su casa de Palm Beach: en Boca Ratón. Y dicen que por no asomar no se deja ver ni el rabo. La otra noticia que te tengo es que el Sombra ha caído en cana. Lo metieron en el Príncipe, por un asunto muy feo que no guarda relación con lo tuyo. Su grupo cuenta con el mío para ponerlo en la calle, pero hay un pacto de por medio entre jueces y abogados para que suelte la lengua y poder engrampar a tiburones de raza. Batista quiere limpiar la carretera y también limpiar su imagen. El Sombra es un perro sato, lo único que le interesa al gobierno es que cante. El padre de tu amorcito, si se ha enterado de lo que hay en el tintero, estará aún más arratonado porque uno de los tiburones que quieren pescar es precisamente a él. Batista le tiene jiña por su vieja amistad con Prío y lo tiene en la mirilla. Pero lo que tengo para ti, es caramelo. La mejor de las noticias. Te ha llegado la hora de que des la campanada y corones tus esfuerzos. El dueño del diario *La Nación*, amigo íntimo de Prío y cuyo periódico respondía a los intereses del ex presidente, ha puesto en venta el diario, y como soy amigo de Dios y del Diablo, le he hablado para que te venda las acciones a un costo nada despreciable. Es una oportunidad irrepetible que el destino te pone en las manos. Hacer realidad tu sueño del cuarto poder. El guajiro Juvenal me ha dicho que te ha subido aún más las comisiones, que eres un hombre de palabra y que en nadie confía como en ti. Está muy satisfecho contigo y me agradece el favor de haberte recomendado. Los habanos de sus vegas pinareñas se venden como rosquillas. Tu familia, que tanto te preocupaba, se ha instalado y avanza con buen pie. Es tiempo de pensar en ti, muchacho. Ha llegado tu momento. Invertir en un diario es un riesgo, pero tú eres un hombre de retos al que nada amilana y te auguro que vas a triunfar y tener éxito. Yo me voy un tiempo a España, a pasearme de turista, pero si te decides y necesitas de mí ya sabes dónde tienes un amigo que sabe de agradecer.

Le enviaba una dirección de Madrid, donde decía que podía comunicarse con él, y tras las iniciales P.S. había una posdata con otra dirección, pero esta era de Palm Beach y venía acompañada de un mapa de la Florida trazado a mano donde aparecía encerrado dentro de un círculo: Boca Ratón. Señalando las vías de llegar desde Miami.

Ahora lo tenía todo claro: el Bobby se iba por la tangente porque sabía que su adversario había encontrado refugio apenas a unas millas de donde él se encontraba. El Bobby le pedía paciencia porque estaba al tanto de la debacle que se le venía encima al viejo si el Sombra definitivamente cantaba. Temía la venganza radiactiva del hombre que lo odiaba a muerte. Temía también por Eva, que nada sabía de nada. «Paciencia, Miguel, paciencia», le pedía en todas las cartas. Más que pedir, había en lo que escribía cierto matiz de súplica y advertencia. Convencido de que algo tremendo se avecinaba, se mostraba más precavido que nunca. Ahora había una criatura inocente de por el medio y Eva, tocada y vuelta a tocar por el aldabonazo de la muerte, se sostenía sólo por amor a él. El amor era su roca. Recordó aquella frase del Bobby: «Ten cuidado, Miguel. Si algo te pasara, Eva no resistiría...». Pero ocurrió todo lo contrario a lo que debía ocurrir. Miguel se pasó una tarde entera rebanándose los sesos a fuerza de sensatez y mesura. Y sucedió finalmente lo que tenía que suceder. «Hasta aquí llegó mi paciencia. No creo que el gordo Policarpo conozca al viejo don Isidro como le conozco yo. Es vengativo y siniestro. Su alma es un cubil de víboras, pero no es ningún ratón. Estará hecho una ruina, pero seguro que aún le sobran huevos para hacerme picadillo. Ya no soy el pelagatos que era cuando amenazó a mi padre con ponerme tres varas bajo tierra. Ahora, como bien dice mi padre, formo parte de los Almacenes Alegret. Estoy levantando una tienda que dará mucho que hablar y nadie en este país me toma por un mulato, paso por blanco y si me apuran por un blanco de salir y respetar. Policarpo lleva razón: ha llegado mi momento. Quien no se arriesga perece y de los cobardes no se ha escrito ni ji. Es hora ya de enfrentar al viejo lobo y tocarle los tambores en la cara.» «¡Hey! Frena, Miguelón, stop. Oye que contigo no se acaba nunca, socio. Cambias de palo pa'rumba y pones a prueba mi fidelidad. Hasta la más fiel entre todas las conciencias de este mundo cuelga el guante contigo, compadre. ¿Qué pasa? ¿Se te han subido los humos? ¿El dinero te ha dado picapica? Tú no eres hombre de venganzas. ¿No dijiste que ese viejo estaba muerto, que el dolor de un pensamiento mudo lo estaba matando?» Pero Miguel ya no escuchaba... No razonaba. No conseguía equilibrar conciencia y corazón. «No busco venganza sino justicia. No es cuestión de ojo por ojo y diente por diente. No se trata de arrogancia, ni picapica, es que se me acabó el aguante. La paciencia se volvió impaciencia. Voy a enfrentar al enemigo en su madriguera. Y que salga el sol por donde salga.»

Tras su viaje a Palm Beach, Miguel confrontó serias dificultades para encontrar la casa del ex senador en Boca Ratón. Por suerte ya se las ingeniaba con el inglés y había afinado su oído lo suficiente para entender algo más que las letras de las canciones de Louis Armstrong. Lo hablaba incluso con menos chapurreo que el que tenían los americanos para expresarse en español, y fue así que tras mucho indagar logró toparse con un viejo pescador que al fin dio pie con bola de quién era el señor al que buscaba y le señaló la guarida de don Isidro Díaz Toledo. Se trataba de un chalet de piedra, amurallado y rodeado de palmeras, pero la explicación del old fisherman, que por su aspecto le recordó a Miguel a Spencer Tracy en *El viejo y el mar*, se le antojó enrevesada y tediosa: que si sabía que estaba buscando a un millonario, que no le resultaría nada fácil acceder a aquella casona que nada dejaba ver desde afuera y tenía hasta playa privada. Que el tal señor no se trataba con nadie en todo el vecindario, y que sólo se dejaba ver el pelo cuando iba al hotel Waldorf Astoria a hacer el lunch. Por cierto, que a esas horas tan tempranas estaría justamente allí jugando golf como hacía cada mañana. «¡Carajo! Haber empezado por ahí», se le escapó a Miguel en español sin que el old fisherman entendiera ni papa. «Debí haberlo intuido, el viejo senador y sus viejas adicciones: el Waldorf, el golf, el tenis... ¿Le quedará aún gandinga para jugar tenis después de lo que pasó?» Pero tras agradecer al pescador su esfuerzo por orientarlo, se dispuso a tomar su auto y dirigirse hacia el Waldorf.

El hotel era de una majestuosidad impresionante. Parecía emerger de la memoria del tiempo. El hall era fabuloso, cubierto de alfombras mullidas que apagaban los pasos. Se dirigió a la carpeta; su propia voz le sonó ajena, al escucharse a sí mismo preguntando por aquel nombre que llevaba tanto tiempo resistiéndose a pronunciar. «El mister no está en el campo de golf, sino en el bar», le informaron de inmediato, mientras que un botones deshecho en amabilidades se brindó a acompañarlo hasta la terraza que rodeaba la piscina situada a un costado del bar. Miguel le entregó un dólar de propina y el muchacho, tras un gesto de sorpresa, se retiró haciendo genuflexiones. Al entrar a la cantina buscó con la vista al viejo diablo y por un momento dudó que estuviese allí, porque le costó reconocerlo en el anciano encorvado de pelo y barba cana que casi no se sostenía en pie frente a la barra bebiendo con sed antediluviana el que debía ser lo menos su tercer o cuarto whisky. Sin embargo, la juma no le hizo mella para reconocer a Miguel al primer golpe de vista. Trató de recomponerse irguiéndose de sopetón, mientras clavaba en él unos ojos de perdigones que traslucían la virulencia del odio que había ido acumulando día tras día y hora tras hora por su mulato chofer.

Fue esa la primera referencia que le soltó como saludo.

—¡Vaya, Miguel, qué sorpresa! ¿Vienes a ofrecerme tus servicios de chofer? Lo siento, chico. Ya tengo uno más negro que tú.

—No, se equivoca. Vine a hablar de hombre a hombre con usted.

—¡Ah! Al fin te atreves a encararme. Ya sé de buena tinta que ahora te las das de señoritingo. Me ha contado un pajarito… que estás haciendo dinero, que tu viejo y su hermano se han hecho con los Almacenes Bellpuig, y a ver a ver qué más. ¡Ah, sí! Que tienes una tienda a medio levantar. ¿Qué nombre le vas a poner? Espero que no sea un nombre vulgar, que no te salga lo de negro al menos por una vez.

—La tienda se llamará Eva… como su hija. Gusto de blanco fino, escogido por usted.

Isidro ordenó al cantinero que le sirviera otro whisky haciendo rodar con rabia el vaso donde bebía a lo largo de la barra.

—¿A qué has venido, cabrón? ¿A restregarme todo esto por el jocico?

Miguel se tomó su tiempo mientras pedía que le sirvieran un añejo Bacardí.

—Si usted lo quiere ver de ese modo, es cosa suya. Yo he venido a decirle que voy a regresar a Cuba, a casarme con la mujer que amo. La madre de mi hijo: su nieto —dijo, y se sacó del bolsillo la foto de Eva con el pequeñín en brazos para mostrársela.

Isidro permaneció imperturbable; siguió bebiendo whisky apartando la foto de su vista con el dorso de la mano, y dibujando entre los labios una mueca despectiva.

—Caray, se me olvidaba que eras un romanticón igual que mi hija. ¿Qué? Esperabas ablandarme a mí con eso... —dijo escrutando la foto de soslayo y lanzándole a Miguel una mirada burlona de desprecio.

—¿Sabe? Dicen que al hombre se le conoce por su manera de amar. Hay hombres como usted que han vivido sin amor, pero esos hombres se van sin dejar huella en el mundo. No provocan ni recuerdos ni inquietud. Sólo el amor te hace poderoso. Es la fuerza que nace de ti, crece en ti; te engrandece y transforma. No crea que sus burlas y su mirada de odio van a acojonarme ni hacerme renunciar a Eva. Nunca he esperado de usted más que eso: altanería y menosprecio.

Isidro lanzó el vaso de whisky contra el espejo del bar, indignando al cantinero, que observaba el redondel astillado y cargaba contra el viejo haciéndolo responsable de los daños.

Pero el viejo, además de estar borracho, estaba fuera de sí. Se encimó sobre el rostro de Miguel echándole encima su aliento de reverbero y con los ojos rojos y desorbitados le gritó:

—¡Que te jodan! No vas a casarte con Eva. Antes te mataré.

Miguel, consciente del estado en que Isidro se encontraba, le hizo una seña al cantinero de que él se encargaría de todo; arrastró al viejo hacia una mesa apartada y lo sentó dejándolo caer sobre una silla.

—Ya lo intentaste en una ocasión —dijo tuteándolo por primera vez.

—Intenté qué...

—Matarme, viejo cabrón. Estoy enterado de todo.

—¿De todo? —preguntó el viejo con la cabeza enterrada entre los hombros.

—Absolutamente. Sé que le pagaste al Sombra para simular el atentado y liquidarme. Sólo que en vez de a mí se cargó a...

—Si por algo te odio más es por eso. Porque se cargó a mi hijo y no a ti.

—Yo también te aborrezco por lo mismo, hijo de puta, por lo que le hiciste a tu hijo, a tu hija, a tu mujer, al Bobby, que por más que quieras negarlo amaba de todo corazón a Abel. Te desprecio más por todos ellos juntos que por lo que intentaste hacerme a mí. Al final… Dios castiga sin palo ni piedra. Yo sigo aquí, vivito y coleando, y eres tú quien se está matando a sí mismo.

Don Isidro, por toda respuesta, dejó caer el mentón sobre su pecho y se dobló sobre sí mismo quebrantándose en sollozos. Miguel esperaba cualquier cosa menos eso: presenciarlo derrumbado ante sus ojos. Lo miró con grima. Toda la cólera que traía ardiendo en su conciencia se le volvió nieve licuada en el corazón. Aquel anciano gimiente, que evacuaba por sus lagrimales su hemorragia de indigencias subterráneas, no podía ser su enemigo. No era adversario de nada ni de nadie; era sólo una bestia herida de muerte, que se aferraba a la vida debatiéndose entre un pensamiento mudo y la ferocidad del dolor.

Catorce días después de aquel encuentro y a sólo un mes de que Miguel aterrizara en La Habana, se enteraba por los titulares de los diarios y por un cablegrama del Bobby de la impactante noticia: el Sombra había cantado ante el juez hasta por los codos, y había sido puesto en libertad el mismo día que don Isidro Díaz Toledo se volaba los sesos pegándose el cañón de su escopeta contra el cielo de la boca en su casa de Palm Beach. Según decían los periódicos que se hacían eco del escándalo, fue Alipio su chofer quien encontró el cadáver de bruces en el suelo de su despacho sobre un reguero de sangre y piltrafas desperdigadas. El Bobby se deshacía en disculpas en el texto del cable que enviaba, diciendo que presentía que se avecinaba un final trágico en el que quería evitar a toda costa que Miguel estuviera involucrado. «Podrás suponer cómo ha caído esto en tu familia. Está consternada con lo que ha soltado el Sombra. Y Eva… Ya supones. Sólo tu vuelta la compensará de este calvario, donde para más inri le ha tocado dar la cara, declarar en el juzgado y vivir en primera persona todo el fanguizal de la vergüenza.»

Para mi corazón, basta tu pecho.
Para tu libertad, bastan mis alas.
Desde mi boca llegará hasta el cielo
lo que estaba dormido sobre tu alma.

PABLO NERUDA, «Poema XII»,
Veinte poemas de amor
y una canción desesperada

Miguel aterrizó en La Habana en la segunda quincena del mes de abril del 53. Lamentaba que negocios de última hora lo hicieran retrasar el viaje, y haberse visto impedido de estar en Cuba el día 10 para acompañar a Eva y a su hijo el día que su pequeñín cumplió el primer año. Pero apenas descender del avión y ver a Eva precipitarse desaforada a su encuentro, le hizo abandonar todas sus lamentaciones y sólo tuvo un pensamiento: recibirla y estrecharla entre sus brazos apretada al corazón. Al partir había dejado a una Eva enlutada y de luto lo recibía a su vuelta. Se había escapado de la pecera, burlando a las autoridades de la aduana, y corría a pie de pista interfiriendo el tráfico de los handings que, estupefactos ante aquella mariposita de negro que, más que correr, volaba al encuentro de su amado, intentaban detenerla y llamarle la atención por temor a que pudiera provocar un accidente. Finalmente, incapaces de atajarla, se dedicaron a admirar la escena de amor que parecía sacada de una película. Una monada de chiquilla que se alzaba en puntas con gracilidad de bailarina para rodear con sus brazos el cuello de un hombronazo de seis pies que la estrujaba hasta el desfallecimiento besándola en la boca con un rapto de pasión tan flameante y demencial que no sólo dejó alelada a toda la tripulación de la Pan American Airways, sino que arrancó a las azafatas suspiros arrebolados y al joven copiloto de la nave y al no tan joven comandante de vuelo les provocó una erección.

A Miguel las lágrimas se le saltaron. Nada quedaba en ella de la chiquilla aniñada y larguirucha con trenzas de colegiala de la que quedó prendado a primera vista años atrás. Se había transformado en una mujer de belleza fascinante, que aun sin gota de maquillaje y vistiendo luto hermético, deslumbraba y causaba estupor. «Esa preciosura es mía. Es la mujer de mi vida. El oro de mi felicidad.» Eva lo abrazaba pensando exactamente lo mismo, pero asignándole a su pensamiento su condición de mujer. «Este machazo de la raza del sol, oloroso a resinas silvestres, todo músculos y vigor, es sólo mío. Es mi hombre. Tengo su amor sólo para mí.» No era la única en compartir la opinión. Tras los cristales de la pecera, Lola, llorando a moco tendido con los brazos de Joaquín sobre sus hombros y los del Bobby y Javier enlazando su cintura, presenciaba también la escena comparando a su hijo con algún actor de cine que no conseguía recordar. «Es un tipazo —decía—, con esa americana de tweed y ese porte de elegancia.» «Tiene clase —dijo el Bobby—. Y todavía hay quien pone peros a la mezcolanza de razas. Ahí tienen; un catalán y una mulata cubana han concebido una obra de arte.» Apenas Miguel entró en la aduana, los abrazos no se hicieron esperar. Lola, afónica por la emoción y el llantén de tantas horas, fue la primera en presentarle a su hijo empujando el carrito del pequeñín hacia Miguel.

—Miguelito, aquí tienes a tu papi. A ver, repite con la yaya: pa... pá.

—Pa... pá —balbuceó el crío y le lanzó los brazos al hombre desconocido, que lo sacó del carrito y lo apretó contra él mojándole la camisita de lágrimas.

Por un momento todos se hicieron exclamaciones y ayes: ¡ay, pero qué cosita más linda! ¡Ay, pero qué monada de angelito! ¡Ay! Pero ¿habrá criaturita más tierna? ¡Ay, si le bastó ver al padre para tirarle los bracitos y llamarlo ya papá. Ayes y más ayes. Luego volvieron a los abrazos y besuqueos interminables; Eva, pegada con cola al hombro derecho de Miguel, y Lola sin despegarse del hombro izquierdo del hijo. Miguel besándolas a diestra y siniestra y buscando que le dejaran sueltas las manos para acariciar a su padre en la mejilla, lanzarle un beso juguetón al Bobby y otro a su hermano Javier. Para luego desprenderse y tomar en brazos a su hijo, que le regalaba al padre sonrisas y más sonrisas como si en vez de verlo por primera vez lo conociera de siempre. Los ayes se sucedieron durante más de treinta y cinco kilómetros desde el aeropuerto al centro de La Habana, donde vivían sus padres y donde Lola les tenía preparados un banquete sorprendente, al que toda la familia hizo honores sin dejar en los platos ni siquiera la raspita. La primera ronda de brindis fue dedicada al regreso de Miguel, y la segunda a los cuatro doctores en leyes recién graduados que integraban la familia Alegret: Eva y el Bobby, y Javier y María, aquella rubita tan mona que Miguel conoció estudiando Derecho en la facultad, y a la que la familia llamaba cariñosamente Mary desde que Javi la había presentado a sus padres oficialmente como su prometida; sólo le faltaba fijar fecha para matrimoniarse y colgarse la soga al cuello (como le comentó el propio Javier a su hermano bromeando como de costumbre). Miguel se puso la servilleta en las piernas y tras los alegres chinchines de las copas, las mojazones espumosas de los brindis que celebraban su regreso a la patria y al seno del hogar, soltó la frase habitual:

—Traigo un hambre de siete corsarios. No tienen ni puta idea de cuánto he echado en falta en el Norte la sazón única y divina de mamá.

Lola, henchida de orgullo, le hizo un guiño cómplice a su nuera, que sentada junto a Miguel le daba la papilla a su hijo.

—Ya sabes, Evita. Tendrás que encontrar una cocinera que pueda superar los guisos de mamá Lola.

—Pues aprenderé de ti y cocinaré tan bien como tú.

Las carcajadas se unieron al convite. Pero Miguel quedó pensativo, absorto y meditabundo mientras devoraba el lechoncito asado que había servido su madre.

Estaba cada vez más sorprendido por la confianza y el tuteo entre su madre y su mujer. Por las miradas de entendimiento y ternura que intercambiaban Eva y Joaquín. Por la manera de comportarse en el trato con sus suegros. Por la naturalidad y sencillez que flotaba en el ambiente, como si él y ella estuvieran ya casados y tanto Eva como el pequeñuelo llevaran un montón de tiempo integrados a su familia. Hasta Boira, Luna y Manchita le meneaban la cola y jugueteaban con Eva demostrándole a ella más gracia y simpatía que a él. Se los había metido a todos en el bolsillo y por si aún le quedaban dudas, la vio bailar con su padre, que sin respetar el luto por el viejo Isidro puso un disco de la Orquesta Aragón y le pidió a Eva que lo acompañara con el son *Tres lindas cubanas*. «Venga, reina —le dijo al oído—. Compláceme. Déjalo ir. Basta ya de tanto duelo. No permitas que la muerte de quien te hizo infeliz te robe un segundo más de la felicidad que mereces.»

Eva lo complació; le colocó el niño a Miguel sobre las piernas mientras que él se giraba en la silla contemplándola bailar por primera vez. Se había quedado boquiabierto, no esperaba de Eva algo así. Estaba visto y comprobado que el encanto de aquella criatura jamás terminaría de sorprenderlo. Era ella quien marcaba y llevaba los pasos. Se habían trocado los papeles. En vez de Joaquín guiar a Eva, era Eva la que guiaba a Joaquín: «Tres, tres lindas cubanas, si cruzo por Paso Franco, alma mía, nunca me digas que no. Si mañana yo me muero, rieguen flores». Cuando entraba la flauta y el violín, Eva giraba y hacía girar a Joaquín al compás del estribillo: «La mujer es como el pan que hay que comerlo caliente. Si la dejas enfriar ni el diablo le mete el diente». Pero cuando sonaban los timbales y el bongó, talmente parecía que repicaran en sus nalgas, en el meneo de sus caderas y el zarandear de sus hombros. Se movía como una batidora, como una negra de solar, como alguien que vino al mundo dispuesta así para rumbear. Miguel había concebido a Eva hecha sólo para los grandes salones, con música de Glenn Miller, Frank Sinatra o Nat King Cole y si acaso algún bolero ni siquiera vitrolero sino de aquellos que la jaylai tenía por boleros finos y pasados por el tamiz de los clásicos de rigor. No pudo resistir más al llamado de la sangre. El tantán de los tambores y el de los timbales lo hicieron seguir a Eva, interponerse entre ella y su padre mientras decía: «Ponme ahí un chachachá, a ver si te atreves conmigo». Se lo pusieron, y Eva se atrevió y de qué manera. «Óyeme, Cachita, tengo una rumbita pa'que tú la bailes como bailo yo. Muchacha bonita, mi linda Cachita, la rumba caliente es mejor que el son.» Sacudía las caderas a un ritmo despampanante. No perdía un solo pasillo y marcaba el compás con una sandunga de conga a pie de calle. Tenía a su hombre vuelto loco, derretido, sudando la gota gorda y encima acabado de comer como una tropa de corsarios y ella, que lo veía caer en la trampa, lo atizaba a más no poder. Haciéndole hervir la sangre a borbotones. Muerto de amor y deseo. Entonces, ¡cosa más rara!, entre meneo y meneo a Miguel le vino el viejo diablo al pensamiento. No había errado al decirle que los hombres que no conocían el amor pasaban por este mundo sin dejar huella ni inquietud. Su muerte dolía más por las muertes que había provocado que por la propia muerte suya. Eva, vestida de luto, bailaba, se desmelenaba, se olvidaba de su sombría indumentaria, encendida de felicidad.

Se sumaron más bailadores: Bobby, que era un virtuoso al estilo Fred Astaire, y Lola, mulata de pedigrí y rumbera de pura cepa, agitaba su fondillón de batea como si tuviera de nuevo veinte años. También se unieron el tío Pascual y la tía Herminia, que se reía de su marido por empeñarse en bailar el chachachá como si fuera una sardana, y por último Javi y Mary que le metían al chachachá en la costura y competían con Eva y Miguel en improvisar piruetas, mientras Joaquín se entretenía en hacerle gracias al nieto cantándole *El meu avi* en catalán que motivaba al pequeñín a dar alegres palmaditas y a desmollejarse riendo a carcajadas.

Fue una tarde colmada de bonanza y contentura. El Bobby, bastante achispadito por las copas, reveló ante todos el secreto que todos se morían por conocer y ninguno, por discreción, se atrevía a preguntar, y se vanaglorió de haber sido quien introdujo a Evita en las andanzas rumberas: trayendo a colación los tiempos en que él y Abelito se la llevaban a escondidas a los carnavales y arrollaban detrás las comparsas a pie de conga por el medio de la calle siguiendo la corneta china y los tambores que traía el Cocuyé. Vino otra ronda de brindis, chinchines y mojazones. Todos estaban felices por la vuelta de Miguel. Aquella tarde distendida habría de ser su acicate al llegar los malos tiempos. Inconfesables fueron las veces que sin admitirlo entre sí, ni compartirlo siquiera en alta voz, apelaron al recurso de traer aquella tarde de vuelta a los recuerdos. Recordar era volver a vivir, y la única manera que tenían de aliviar los pesares de la vida era reviviendo en la memoria las alegrías ya vividas.

Miguel y Eva se pasaron una semana en el hotel Nacional, sin dar señales de vida. Hacían el amor hasta quedar vencidos por el sueño y dormían desnudos y enlazados cuerpo a cuerpo. No cedieron ni un resquicio para el amor al resto de los amantes del planeta. Por no ceder, no cedieron ni el paraíso de sus amores clandestinos y pasaron una noche entera a la intemperie, amándose hasta la inanición en el Bosque de La Habana. Convencidos que desde los lechos de musgo hasta las enredaderas en guedejas que colgaban de los árboles les pertenecían y conservaban su olor silvestre de resina sin que ningún otra pareja de amantes en el universo pudiera ya gozarla a su sabor sin reconocerse en el aroma que él y ella despedían.

En la cama, habitáculo de todos los secretos que —según los más duchos en el tema— es el único confesionario donde todo se desnuda, Miguel le contó a Eva su hazaña con Policarpo, de cómo se enteró por él de lo que finalmente habría de cantar el Sombra frente al juez, y de cómo fue que viajó a Boca Ratón para enfrentarse al senador y decirle cara a cara lo que tenía atragantado entre pecho y espalda.

—Le hice jurar al Bobby que no te diría nada de nada.

Eva, escamada ya por las sorpresas desconcertantes del dolor que parecían no tener fin en continuar aflorando del espantoso crimen de su hermano, lo escuchó sin derramar ni una lágrima, como quien tras atravesar un viacrucis regresa fortificada. Ella le contó a su vez sobre el suicidio de su madre, su último rapto de lucidez donde le echó a su marido las verdades a la cara.

—No quiero volver a mi casa. Nunca fui allí feliz. Mi hermano solía comparar nuestra familia con la de *El derecho de nacer*. Decía que mi padre era don Rafael del Junco y que yo terminaría haciendo lo mismo que las heroínas de culebrón, que primero rechazaban la herencia del progenitor villano como si fuera la peste para acabar aceptándola porque el dinero es el dinero, y al final los oyentes quedaban complacidos sabiendo que sus protagonistas no pasarían más vicisitudes y serían felices para siempre. Si creyera en la brujería diría que me han tirado con todos los hierros. Estoy, tal como predijo Abelito, en la disyuntiva de ser rica y no querer aceptarme como única heredera de un imperio. El destino me coloca en el papel protagónico; desde luego que no renunciaré a mi herencia. Como diría mi hermano: la sacarocracia es dulce y para nada despreciable. Eso sí, quiero poner en venta la casa del Laguito. El Bobby ha palabreado con el dueño de su edificio para que podamos comprar el penthouse que tiene en venta. Me encantaría vivir cerca del cielo y de cara al mar. Soy una criatura insular, necesito el mar para saberme viva.

—Pide por esa boquita y tus deseos se harán realidad. Soy el genio de tu lámpara. Sé hacer magia y dar luz. Aunque no haya podido traerte la luna ni las estrellas.

—¿Quién dice que no las trajiste? Están aquí, ¿no las sientes?

—dijo ella con la mirada risueña, apuntando con su dedo al pecho de Miguel.

Miguel la besó en la frente y preguntó sonriendo:

—Dime. Son tres deseos, te faltan dos por pedir.

—Quiero casarme por la Iglesia. Bobby solicitó la licencia eclesiástica para anular nuestro matrimonio y nos la han concedido, pero eso sí: no me gustaría una boda a todo copete como nos impuso mi padre a mí y al Bobby. Sólo en la intimidad y sin dilaciones. Tú y yo, el cura y dos testigos. Cuando se ama como tú y yo nos amamos, no se necesita más...

—Aquí tienes a tu hombre rendido de amor y deseos de complacerte. A cambio sólo te pido una cosa. Necesito que me des tu palabra y me prometas que no tocarás ni un centavo de esa herencia ni a escondidas para ayudarme en mi empresa. Igual que supe ayudar a mis padres y a mi hermano a salir adelante, sabré hacerlo con la tienda y el periódico. El banco me ha dado un crédito y lo devolveré con creces. Me bastaré por mí mismo para mantener esta casa, a mi mujer y a mi hijo. Déjame darme el lujo de hacerte feliz, de demostrarle a tu padre, así esté en el mismo infierno, que ni muerto podrá ganarnos la guerra.

Se casaron el primer domingo de mayo en la iglesia de Santa Rita de Miramar. Salvo Lola y Joaquín, el tío Pascual y la tía Herminia, nana Rosa con Miguelín, Javier, Mary y el Bobby, que los sorprendió con una tarta de chocolate rellena con almendras y crema de chantillí y un pequeño guateque en la terraza de su piso que compartieron con una parte reducida de la tropa recién graduada de la Facultad de Derecho, no hubo crónica social ni más algarabía que el inevitable cacareo entre las damas y caballeros de la high life que se jactaban de llevar razón, cuando se corrió el runrún de que el crío que parió Eva era del mulatón que fue chofer de los Díaz Toledo y que la boda con el hijo rarito de don Ramiro fue sólo una tapadera de dos zares de la sacarocracia. Partieron de luna de miel recorriendo varias capitales europeas y dejaron Barcelona para el final. Eva estaba empeñada en que tanto ella como Miguel no dejaran escapar la sensación de palomas en volandas que la ciudad les dejaba revoloteando en el pecho; tenían que retenerlo como fuera para llevárselo tal cual ellos lo vivieron y transmitírselo a Joaquín.

Los doce meses siguientes fueron probablemente los más felices de sus vidas. Regresaron de su viaje de bodas cargados como Reyes Magos repartiendo regalos y obsequios entre toda la familia. Se mudaron al penthouse del edificio del Bobby. Eva, llena de ilusión, prescindió de todos los decoradores de renombre de la alta sociedad que presentaron sus credenciales y le ofrecieron sus servicios. No deseaba otra cosa que decorarlo a su gusto, y aprovechaba que Miguel andaba ocupado con el tema del periódico y la tienda de seis plantas a punto de terminar para sorprenderlo siempre con algo de su creación personal. La primera sorpresa fue la de traerse a Brigthy y a Success, los dos perritos falderos de su madre que se sentía incapaz de abandonar. La segunda, la de encargarse de pintar y empapelar sin ayuda las paredes del salón y el cuarto de matrimonio, mientras Miguel, que hacía lo que podía en sus ratos libres, la regañaba por no querer contratar un pintor y estarse matando con tantas cosas encima. Pero ella no cejó hasta que todo quedó acorde con sus deseos, con ese toque de sencillez y distinción que es el sello de la genuina elegancia. Miguel vivía para complacerla y disfrutar de su hijo. Todavía se resentía de no haber estado presente en su nacimiento, y se ponía ebrio de gozo con cada adelanto nuevo que descubría en el niño. No paraba de hablar de Miguelín a todo el que le prestara oídos: que si ya caminaba solo, que si ya había aprendido a cantar y hasta rezar, y aunque todo lo que hablaba parecía una jerigonza, en esa jerigonza misma le repetía de corrido a su yayo la primera estrofa de *El meu avi* en catalán, encontrando siempre el modo de hacerse entender y el de ser el centro de atención de los demás. Eva, por su parte, se había convertido en la mujer orquesta, perfecta ama de casa, perfecta madre y esposa; hasta aprendió a cocinar casi tan bien como Lola, y se ponía roja de satisfacción cuando Miguel alababa su sazón o decía: «Estos frijoles negros saben igual a los que hace mamá». Javier contaba con ella para que entrara a trabajar con él en el bufete de abogados que había abierto en Obispo y Obrapía, cerca de los Almacenes Alegret, donde se había montado un apartamento para estar cerca de sus padres, porque Lola se lamentaba del vacío que quedaría en la casa ahora que Miguel se había casado y Javi estaba por hacerlo también y poner su casa aparte.

Lo de ejercer como abogada en el bufete de Javi dio lugar a sus primeras diferencias matrimoniales. Miguel contaba con ella para todo, tenía en cuenta cada detalle y sugerencia suya para engalanar la tienda. Incluso, por complacerla, renunció a ponerle Eva, como era su deseo, y terminó por contratar a un experto interiorista para que hiciera los rótulos y el resto del decorado al gusto de su mujer, que finalmente tras muchos tira y encoge se decidió por Fashion, como la credencial definitiva que habrían de exhibir en letras de neón azulplata y magenta. Salvo el título de Bambi, que Miguel se mantuvo renuente a cambiarle a la juguetería instalada en la sexta planta, todo lo demás lo fue relegando a la voluntad de Eva, que había llegado a convencerlo de que ella que había aprendido de todo un poco, le faltaba sacar de una vez y por todas su carné de conducir y tener su propio auto. Aunque temeroso de saberla conduciendo con el niño en medio del intenso tráfico que había por las calles de La Habana, aceptó por fin a complacerla y la vio muy oronda al volante de su descapotable rojo tomate, diciéndole adiós con su manita ligera como la lluvia.

Tal vez no escogió el mejor momento para decirle a su marido los planes que tenían ella y su hermano Javier. Miguel había pasado el día rompiéndose la cabeza en ver cómo echaba a andar el periódico *La Nación*; en esto también había tenido en cuenta el ingenio y la intuición de Eva, que le había recomendado no deshacerse del personal que trabajaba en el diario. «No dejes a nadie en la calle, cuentas con gente de experiencia; trata de que nadie se quede sin empleo y que ninguno de los buenos se te vaya.»

—He seguido tus consejos al pie de la letra —dijo sirviéndose un añejo Bacardí y dejándose caer pesadamente en el sofá—. Todos se quedan, pero me faltan buenos columnistas y un cronista que me escriba la plana de la alta sociedad. Los que tenía se pasaron a otros diarios y contratarlos me costaría un dineral.

—Todo se resolverá —le respondió ella, y tras llevarse al niño que se había quedado dormido en sus brazos y acostarlo en la cuna, vino a sentarse al lado de su marido y soltarle lo que él calificó de bombazo.

—Coño, cielo. He tenido un día de perros. Vengo haciéndome los sesos aguas y, ¡bum!, mira con la que me sales. Si te me vas con Javi, me haces un número ocho. No me esperaba que tú me fueras a dejar en la estacada.

—Pero... ¿qué dices, Miguel? Yo tampoco me esperaba que reaccionaras así. Dices que me complaces en todo, pues bien: dentro de ese todo está también mi derecho a ejercer la profesión que estudié.

—No te quito la razón, pero podrías esperar al menos a que inauguremos la tienda, que echen a andar las rotativas de *La Nación*. Eres tú quien ha supervisado todo de arriba abajo durante estos meses en la tienda y eres tú quien lo ha puesto bajo control. Sin ti soy hombre muerto. Lo confieso.

—De acuerdo. No voy a dejarte en la estacada. Declinaré el ofrecimiento de Javi de momento... Pero recuerda que ejercer la abogacía está entre mis grandes pasiones. No estudié por complacer a mamá y papá como es el caso del Bobby, que por quitárselos de encima, ingresó en la facultad. No; verme con la toga y el birrete fue un sueño que me costó quemarme mucho las pestañas para poder realizar. El día que me gradué, mamá acababa de morir, yo estaba recién parida y tú estabas lejos de mí, y a pesar de todo yo no sabía cómo evadir la culpa por saberme tan feliz. No lo olvides, Miguel. Ese sueño es también parte de mi felicidad.

No volvieron a tocar el tema. Eva se entregó por entero a dar los toques finales y dejarlo todo a punto para la inauguración de Fashion. Para lo único que aceptó mover sus influencias como heredera aupándolas con las del Bobby fue para conseguir que la firma Chanel les cediera la marca exclusiva a Fashion. La revista *Vanidades* le propuso a Eva posar para sus páginas, ella aceptó y por esas coincidencias del destino resultó que su figurita frágil, sus ojos de venada y su naricilla de Bambi encajaban a la perfección con el encanto angelical de la joven actriz Audrey Hepburn, que había saltado a la fama y alcanzado el estrellato de Hollywood ese mismo año con el film *Vacaciones en Roma*, estrenando en la película el vestuario de varias firmas francesas entre las que destacaba precisamente Chanel, que aprovechó la ocasión para darle el visto bueno a una Audrey Hepburn criolla, a la cubana, y acabó por concederle a Fashion la exclusiva de su marca. A Miguel no le hacía nada de gracia que su mujer se exhibiera en las revistas de moda, aunque fuese vestida y cuidando de no mostrar más allá que lo que dejaba ver normalmente. Pero Eva le salió al paso diciendo:

—Si aspiras a competir con El Encanto, hay que entrar con una firma exclusiva. El Encanto cuenta con la marca Dior, nosotros tenemos a Chanel. Es el glamur, amor mío. Tenemos que tener caché y atrevernos a ser chic. Confía en mí y no vengas a ponerme pegas.

Miguel tenía por momentos la impresión de que detrás de los términos: «glamur», «caché», «chic», y hasta Fashion, que había escogido Eva misma para dar nombre a la tienda, su hociquito se estiraba y retorcía formando una trompita desdeñosa que le imprimía a sus palabras una inflexión de mofa y animosidad. Pero, caray, debía ser sólo eso, una impresión momentánea; nada más.

El sábado 15 de agosto de 1953, a las seis en punto de la tarde, Fashion abrió sus puertas al público con toda la glamurosidad que de Eva se esperaba. El Bobby, vestido de esmoquin blanco y pajarita de seda, llegó con la lengua afuera tras una mañana agitada y semanas de carreras y más carreras. Se había encargado de pasar invitación a toda la flor y nata de la alta sociedad, y apenas entrar y toparse a Eva, notó que estaba molesta por no decir enfadada. Lucía la elegante sencillez que siempre la caracterizaba: el clásico vestidito negro creado por Chanel y el pelo recogido en un cono apretado tras la nuca y como único adorno, un collar de perlas de Mallorca que había comprado en su último viaje a España. No llevaba pendientes ni pulseras, y su maquillaje era tan discreto que apenas parecía maquillada. No necesitaba más; brillaba con luz propia.

Con la tienda abarrotada de señoras de copete luciendo joyas y sombreros fuera de tono con plumas y floripondios, que según el decir de Eva la tenían sofocada con la manera vulgar y estridente que tenían de perfumarse, le sacó al Bobby los colores a la cara diciéndole en cuanto lo vio llegar:

—¿Se puede saber por qué me has llenado esto de cacatúas, buche y plumas y viejos verdes vestidos como si fueran a una cena en el Capitolio Nacional?

—Caray, Evita, todos estos buche y plumas son lo que son, pero plata se les sobra y la plata es como el imán: mientras más plata, más fama y mientras más fama, más clientes.

—Ja, no me hagas reír. Vinieron por fisgonear. Se han pasado la vida despreciando a Miguel por ser mulato, y a ti te tienen por un pervertido sexual. Te soportan por ser un De la Nuez, y a Miguel, ahora lo tragan porque está casado con la heredera de los Díaz Toledo y porque sus padres son ahora propietarios de los Almacenes Alegret. Ya he pillado a más de una haciendo comentarios a mis espaldas de Miguel. Que si después de todo pasa por blanco y hay que reconocer que está para comérselo y chuparse los dedos; que si yo soy cagada a Audrey Hepburn, aunque más rellenita y culona; que le he sacado lascas al parecido para ganarme la exclusiva de Chanel. Basta que me vean venir para que digan: cuidadito, fulanita, que hay moros en la costa. Y allá van con sus simulaciones a cambiar enseguida el tema. Partida de hipócritas es lo que son. No hay más que verlas lucirse con tanto artificio y plumajes.

Miguel, muy elegante también con su traje azul oscuro y su corbata granate, se acercó a su mujer y al Bobby.

—Ya van a servir el cóctel. ¿Qué hacen aquí cuchicheando? Amor mío, ¿te he dicho ya que estás preciosa?

—Sí, Miguel, me lo has dicho cientos de veces. Los dejo con el cóctel y la jaula de cacatúas y buche y plumas.

—Pero ¿qué pasa, cielo? Si tú eres la anfitriona.

—Nada, muñecón, está bravita conmigo por haber invitado a la high life habanera. Me acusa de haberlos traído a fisgonear.

—Cielo, no seas bobita. Si vinieron a fisgonear, que fisgoneen. Tú a lo tuyo y yo a lo mío. El Bobby hizo bien en invitarlos. Así tendrán que tragarse toda la mierda que hablaron y comerse todo esto con papas fritas.

—Con papas fritas se lo comerán ustedes. Yo no transijo.

—Espera, Evita, no te pongas así. Hazlo por Miguel. Prometo no volver a invitar a nadie sin consultarte —dijo Bobby tirándole del brazo, pero Eva se soltó de un tirón y se fue junto a sus suegros, que habían dado el día de asueto a todos sus empleados para que asistieran a la inauguración y le llenaran la tienda a Eva y a Miguel, temerosos de que no asistieran más que cuatro gatos.

A la mañana siguiente, Miguel fue a buscar a Eva a la tienda para llevarla a almorzar a El Floridita, donde servían aquella langosta grillé que era su predilección. Se proponía distraerla de algún modo y hacer que depusiera el mal humor de la tarde de la jornada inaugural. Le constaba que se había casado con una mujercita de armas tomar. Como le decía su padre: «El día que la conocí, supe de golpe y porrazo el porqué estabas chiflado por ella. Traía un temple de acero en la mirada que superaba con creces su tierna imagen de mariposita frágil y primaveral». Miguel se encontró a su mujer enfrascada en la faena de devolver el orden a la tienda. Había contratado una brigada de limpieza que se encargó de recoger las mesas y los residuos del cóctel desperdigados por el salón, además de pasar mopas con aserrín sobre los suelos hasta dejarlos como un crisol antes de que las puertas de Fashion abrieran a los clientes.

—Esto parecía un potrero. Claro, con la de yeguas con pieles y mulos con esmoquin que pasaron por aquí, no es para menos. Le di el fin de semana a nana Rosa para que fuera a visitar a su familia a su pueblo. La pobre no daba más. Entre cuidar de Miguelín y ayudarme con la tienda... Tu madre se llevó al niño con ella, y yo siento que estoy abusando de la gente que me quiere y soltándole encima cosas que sólo me corresponden a mí.

—Atiéndeme. No estás abusando de nadie. Tanto mamá como la nana nos están tirando un cabo porque así es como se comporta la familia cuando está unida de verdad. Tú tampoco ya das más. Te vine a buscar para llevarte a almorzar a El Floridita. Pero ¿qué tal si primero me acompañas de pasada por el periódico y le tiras un vistazo a aquello? El Bobby nos está esperando en *La Nación*, dice que nos tiene a los dos una sorpresa para caerse de culo...

—Con tal de que no sea una sorpresa como la de ayer...

—Vamos, cielo. Tú no eres así, y menos con el Bobby. Está que no sabe qué hacer para que lo disculpes. Anda, ven conmigo. Averiguamos la sorpresa y nos vamos los tres a comernos esa langosta que te encanta.

Eva levantó la vista y se quedó embelesada mirando a su marido sonreír. Miguel tenía una sonrisa arrebatadora que asomaba traviesa y maliciosa por debajo de su bigote negro de morir. Permaneció así, prendida de su sonrisa seductora. Y así hubiera continuado hasta el final de su vida, si Miguel, astucia pura y consciente del efecto que en su mujer provocaba su modo de sonreír, no la interrumpe diciéndole:

—¿Qué? ¿No hay ni un besito para tu marido?

Por toda respuesta, ella se puso en punta de pie, le echó los brazos al cuello y le borró la sonrisa besándolo en la boca sin importarle que el público, que empezaba a abarrotar Fashion, ya fuese por comprar o curiosear, quedara extasiado por el glamur besuqueón de bienvenida con que los recibían los dueños.

Mientras Miguel conducía rumbo al periódico aprovechaba para convencer a Eva de que no debía seguir reprochando al Bobby su iniciativa de atraer a la tienda a la high life. Según él, los negocios que iniciaban, tanto en el comercio como en la prensa, hacían que el roce social fuera algo inevitable. Se trataba de una necesidad perentoria para salir adelante y el Bobby, que era un salado, lo había intuido al instante.

—Te oigo y no me lo creo, Miguel. ¿Dónde quedó aquel hombre que se resintió el día que yo le dije que no era negro, sino mulato, que podía pasar por blanco y se mostró humillado cuando me refería a su raza como gente de color? «Así es como ustedes los ricos nos llaman a nosotros, porque les suena más fino que llamarnos negros.» ¿Qué pasó contigo? ¿Te desteñiste?

Miguel, lejos de ofenderse, rompió a reír a carcajadas.

—Sí que eres memoriona. Te amo por esa manera de ser que tienes; mi Eva en estado puro, combustiva y sin dobleces. Llevas toda la razón, pero la vida te impone cambios. Los palos que no te matan te hacen fuerte y esa fuerza te obliga a evolucionar. Eres tú mismo pero actúas diferente. Métetelo en la cabeza, amor mío. La intransigencia no conduce al éxito. Si queremos clientela, no podemos escoger con pinza entre el que sí que te cae bien y el que te cae regular o mal. ¿Lo entiendes?

—Bueno, si no lo entiendo al menos estoy advertida de lo que nos espera. O mejor dicho, lo que me espera a mí...

Cuando entraron al periódico el Bobby les aguardaba con la que había de ser para Eva y Miguel, más que una sorpresa, un privilegio que habrían de agradecerle eternamente y que

Eva recordaría siempre como uno de los regalos más valiosos que le debía a la vida.

No hacía falta que el Bobby hiciera las presentaciones; tanto Miguel como Eva reconocieron de inmediato a la poetisa Dulce María Loynaz y a su esposo, Pablo Álvarez de Cañas, el cronista social más célebre de La Habana. Cómo no reconocer o más bien reconocerse los dos, en la autora de los *Poemas sin nombre* que Eva escogió entre todos para enviar a Miguel en un rapto de dolor y de pasión, y cómo podría olvidar Miguel al autor de aquellas cartas que le pusieron los pelos de punta la primera vez que las leyó y que, de tanto leerlas, llegó a aprender de memoria.

Pablo, cultivado en el trato amistoso y afable por naturaleza, fue el primero en romper el hielo.

—Bueno, tengo amistad con la familia De la Nuez de muchos años y aquí me tienen presto a adiestrar al nuevo cronista social de *La Nación*. Tengo el gusto de presentárselo.

El Bobby, con una inclinación reverencial, le besó la mano a Eva y se la estrechó a Miguel, que aún no repuestos de la sorpresa de Pablo y Dulce María, quedaron estupefactos de asombro.

—Necesito ganarme el pan nuestro de cada día, Miguel. Nunca me gustó la abogacía. Si aceptas mis servicios de cronista, estoy a tu disposición.

Todos rompieron a reír y Miguel, medio turulato, aun le pegó un abrazote al Bobby como señal de aceptación, invitando a los ilustres visitantes a echarle un vistazo a *La Nación*. Pablo caminaba adelante con los hombres aportando señalamientos y consejos. Mientras Eva, inhibida ante la presencia de la mujer que había conocido a través de los poemas de amor que desde los primeros años de su juventud robaron su corazón, caminaba a su lado en silencio sin atreverse siquiera a iniciar un tema de conversación.

—¿Sabes? —le dijo Dulce María—, no esperaba encontrar en ti a alguien que se me pareciera.

—¿Yo? ¿Parecerme a usted?

Dulce María sonrió ladeando el rostro.

—No me refiero en el aspecto físico, claro —dijo sin dejar de sonreír—. Eres una jovencita preciosa. No es mi caso —agregó con picardía—. Pero los años me han dado un sexto sentido en el trato. No soy como mi marido, el único hombre que conozco que dice «mucho gusto» con toda sinceridad, porque a él le da gusto conocer a cualquiera. Yo tengo fama de retraída y difícil; en realidad carezco de las virtudes de Pablo y además no me interesa tenerlas. No sé si me equivoco, tal vez ha sido una premonición, pero apenas verte la carita, me dije: «Está entrando a un túnel sin retorno, un túnel donde otros ven la luz y ella sólo oscuridad». ¿Adiviné?

—Más que adivinar, es clarividente.

—No, hija mía. Nada de clarividencias. Es que no suelo tropezarme con frecuencia con criaturas intangibles hechas de una sustancia espirituosa, diferente a la de todos los demás. Tenía que decírtelo antes que remontaras el vuelo en busca de otro lugar donde posarte.

Cuando los hombres volvieron, Miguel los invitó a todos a El Floridita. A Pablo le dieron por la vena del gusto y aunque Eva y Dulce María apenas probaron bocado y tampoco intervinieron en las conversaciones masculinas ni siquiera para matizar, fue precisamente Dulce María quien se anticipó a su marido, diciendo que tanto el Bobby como Eva y Miguel quedaban invitados a celebrar su santo el día de las Mercedes, que como cada 24 de septiembre celebraban en su residencia del Vedado en la esquina de 19 y E.

—Me llamo María de las Mercedes, como mi madre, pero desde que tengo uso de razón me llaman Dulce María. Bueno, no me pregunten los motivos, porque de Dulce tengo poco. Pablo puede dar fe de ello.

El almuerzo terminó entre risas y la tarde se les hizo corta y se deslizó sutil, como seda entre los dedos.

—Tendrán que ponerse de etiqueta —dijo el Bobby cuando

despidieron al matrimonio Loynaz-Álvarez de Cañas—. Las celebraciones que da Pablo en su casa tienen fama de ser a bombo y platillo. Dulce María es muy discreta, pero su marido es el reverso de su medalla.

Eva, indecisa hasta el último momento, resolvió que sería un mayúsculo desaire no asistir.

—Póngase de blanco, niña —le aconsejó nana Rosa, mientras le daba el puré de malanga a Miguelín.

Eva siguió su consejo y escogió un modelo de noche, blanco Chanel, de un solo hombro, de falda larga de gasa que combinó con una estola color nieve de chifón. Volvió a recogerse el pelo en forma de cono y no lució más adorno que aquel brazalete de oro y piedras preciosas que le regaló su padre en su dieciocho cumpleaños y que ella se resistía a estrenar nada más que por darle en la cabeza. Lo colocó en su antebrazo, se miró al espejo y recordó sus palabras: «Lo compré en Tiffany, y me costó un dineral, es a cambio del auto deportivo que deseabas», y se lo entregó del mismo modo que el que tira un hueso a un perro. Todo aquello quedó atrás. «Mi suegro siempre dice que las cosas que han muerto no se deben tocar.» Así y todo, dudaba en si debía estrenar o no el brazalete. «Va y me trae mala suerte», se decía mientras se contemplaba frente al espejo. Así la sorprendió Miguel al entrar a la habitación, engalanado con su esmoquin y buscando a su mujer para que le ayudara a ajustar la pajarita en el cuello.

—Nunca doy pie con bola con esto… —dijo, y se le cortó el resuello al verla—. Coño, cielo, un día de estos me vas a matar de gusto. ¡Carajo! Eres una diosa. No le dejarás un cachito de espacio para lucirse a ninguna otra mujer. ¿Qué haces? Ni se te ocurra quitarte ese brazalete, te va perfecto. No recuerdo habértelo visto usar nunca antes.

El Bobby se quedó corto. Aquello no era a bombos y platillos, sino abolengo y linaje. Eva, acostumbrada a las celebraciones fastuosas de la alta sociedad, incluidas las que se daban en su propia casa, no tenía memoria de una fiesta que pudiera compárársele en armonía y gentileza. El jardín, bajo unas luces matizadas sin estridencias, resplandecía de esplendor en medio de una vegetación exuberante y una fuente que hacía surtir el agua como escamas nacaradas. A un costado del jardín se había instalado una orquesta de lujo que tocaba el bolero de Ernesto Lecuona *Noche azul*, y algunas parejas, vestidas a todo boato, se animaban a bailar en la terraza. Miguel, que leía en los ojos de su mujer las ganas de echarse a correr sin tan siquiera entrar ni saludar, la tomó por la cintura y comenzaron a bailar: «Ven, noche azul, vuelve otra vez a que me des tu luz, mira que está mi corazón ansioso de amar». Habrían de ser Pablo y Dulce María quienes, al verlos bailando en la terraza, salieran y les propusieran entrar haciendo las presentaciones. Miguel fue presentado como el dueño de los Almacenes Fashion y el nuevo propietario del diario *La Nación*, hijo y sobrino de los hermanos Alegret. Sí, los catalanes que adquirieron la esquina de Almacenes Bellpuig. A Eva le tocó la peor parte: a todos fue presentada como la heredera de los Díaz Toledo y aparte de recibir condolencias tardías por la muerte de sus padres, tuvo que soportar exclamaciones lastimosas como las de algunas señoras, que hicieron referencia a la tragedia diciendo a sus espaldas: «Pobre niña. Le matan al hermano; la madre, excéntrica y loca de atar, se suicida entre adelfas, y el padre se pega un balazo, tras destaparse todo un escándalo con la mafia». Incluso los más discretos no pudieron reprimir hacer un gesto de horror o de asombro como mínimo cuando escucharon el apellido del difunto Díaz Toledo: «¿Se refieren al senador millonario, que le ordenó a un mafioso que matara a su chofer y por error terminó matando a su propio hijo?». Eva, a punto de echarse a correr, intentó abrirse paso entre los sirvientes de librea y guantes blancos que se paseaban entre los invitados portando las bandejas de plata con el bufet, pero justo en ese momento, oyó a una señora preguntar cuándo empezaba la exhibición de regalos. Fue la propia Dulce María la que le respondió a su invitada.

—Yo no exhibo mis regalos. Sólo se muestran los que recibe Pablo el 28 de abril, día de su cumpleaños. Pero todavía nos quedan dos habitaciones atascadas con los que no hemos podido aún colocar, así que a los que les pique la curiosidad pueden subir para verlos.

Las damas y los caballeros subieron las escaleras a tropel y Eva pensó que había llegado la ocasión de escabullirse y salir a tomar aire, pero el Bobby y Miguel la atajaron tomándola cada uno por un brazo.

—¿Eh?, bonita, ¿pensabas hacer mutis por el foro? De eso nada —le dijo el Bobby al oído—. Pablo se lo tomaría como una grosería. Ven, subamos.

Los invitados se agolparon en la entrada de las dos habitaciones donde se amontonaban un sinfín de objetos de plata, porcelana y cristalería fina. Jarrones, estatuillas y filigranas. Adornos y más adornos para decorar un palacete donde no cabía un adorno ni una filigrana más. De todos era conocido que los Muñoz Sañudo, familia materna de Dulce María, además de una estimable fortuna poseían una valiosa colección de antigüedades y obras de arte. Desde la fuente del águila de bronce con las alas desplegadas, que presidía la sala principal, hasta los salones con arañas de cristal, muebles franceses del siglo XVIII, bibelots, biombos y alfombras persas, y la célebre colección de abanicos que se exhibía en una vitrina de cristal, valorada como única en el mundo después de que la colección alemana quedara reducida a cenizas durante la Segunda Guerra Mundial. Eva, poseída por aquella sensación opresiva que solía apoderarse de ella cuando estaba en sociedad, se las agenció para bajar las escaleras señoriales sin ser vista y salir a la terraza a tomar el fresco prendiendo un cigarrillo. «Nadie notará mi ausencia», pensó. No había un alma en derredor, sólo el silencio denso que emanaba de la quietud del jardín y la presencia muda de las estatuas de mármol, que se erguían bajo los haces de luna con contornos espectrales.

Aquella calma fantasmal, que le era del todo ajena, comenzó a amedrentarla. Pensando que estaba a solas se arrebujó en su estola de chifón para evitar el estremecimiento que le recorría la piel.

Fue en ese momento que sintió el roce de una mano alada posarse con levedad sobre su hombro, y se volvió sobresaltada.

—¿Creías que era un fantasma? —le dijo Dulce María, sonriendo.

—A quien menos esperaba era a usted.

—Interrumpí mis labores de anfitriona cuando vi que te escapabas.

—Se lo agradezco. Me ha devuelto el alma al cuerpo.

—¿Cuerpo, dices? Tú eres un alma con alas.

Eva sonrió fugazmente.

—Mis alas están mutiladas.

—Te respondo con unos versos de Neruda. Unos versos muy propios de la pluma de un varón: «Para mi corazón, basta tu pecho. / Para tu libertad, bastan mis alas». He ahí la manera de amarnos de los hombres.

—¿No sería mejor responderme con un poema suyo? Tengo la impresión de que a usted le ocurre lo que a mí: estas fiestas le parecen insulsas. Se siente como yo, una extranjera fuera de su territorio. Todo lo hace por complacer a su marido.

—¿Quién es la clarividente? ¿Tú o yo?

—No quiero pecar de indiscreta, pero... ¿cómo piensa disponer de esos regalos que todavía le quedan allá arriba? No creo que quepan en esta casa donde ya está todo dispuesto.

—Te lo digo si me guardas el secreto.

Eva hizo un gesto de mudez sepulcral y la oyó decir:

—La mayoría de esos regalos terminamos devolviéndolos a los comercios donde se adquirieron. Pero es la manera que tienen de halagar a mi marido por ser cronista de sociedad y mi deber de anfitriona es el de agradecerlos y mostrarlos.

—No sé si sabe que soy abogada —dijo Eva—, y precisamente por ayudar a mi esposo he declinado una oferta para ejercer mi carrera.

—Tampoco yo ejerzo la mía. Me limito a los asuntos de familia. Aunque he de reconocer que no la estudié por vocación, sino por escapar de la férrea disciplina de mi casa. A Pablo le debo mis años de mayor felicidad. Habrás oído contar de mí y mis hermanos montones de cosa raras… La sociedad nos tilda de excéntricos. Tal vez lleven razón. Los tres nacimos con el don de la poesía. Pero estuvimos por años renuentes a publicar y dejarla ver la luz. Nos criaron y educaron enclaustrados y ya adultos le temíamos al sol. De no haber sido por Pablo, mi obra seguiría en la sombra y el mundo no sabría de mí.

—Pero yo sí amo mi profesión. No seré feliz sin ella.

—¿Se te ha ocurrido probarte en la letra impresa? ¿Escribir para *La Nación* crónicas y alguna que otra columna? Yo podría echarte una mano. No es el momento de desplegar las alas, sino más bien de plegarlas. Entiendo lo que te ocurre. No disfruto con estas celebraciones superfluas. Me pasa lo que a ti, me siento en un reino ajeno que nada tiene que ver con mi carácter. Aun en circunstancias en que tengo que deponer esa actitud, soy muy arisca y reconcentrada. Sin embargo, por ayudar a mi marido me atreví a hacer periodismo y creo que ha salido bien. Al menos me ha hecho feliz. Te tocará ceder y ceñirte a tu hombre, y te llenará de placer que él llegue a admirarte tanto como te ama. Reconocerlo como el primer admirador de lo que haces te compensará. Querías un poema mío, pues tómalo como mi mejor consejo.

He de amoldarme a ti como el río a su cauce,
como el mar a su playa, como la espada a su vaina.
He de correr en ti, he de cantar en ti, he de guardarme en ti
ya para siempre. Todo lo que eres tú está en su puesto;

todo lo que no seas tú me ha de ser vano.
En ti quepo, estoy hecha a tu medida; pero
si fuera en mí donde algo falta, me crezco...
Si fuera en mí donde algo sobra, lo corto.

En el último brindis de la noche, ambas mujeres chocaron copas y se prometieron amistad. Pero no sería el consejo en verso de Dulce María sino el encuentro con su suegro a la mañana siguiente, cuando fue a dejarle al niño para pasar el fin de semana con sus abuelos, el que acabó definitivamente por convencerla.

Joaquín la arrastró hasta el naranjo del patio y le preguntó sin ambages:

—¿Qué pasa, Evita? Tienes los ojitos tristes. No me engañes. ¿Hay problemas entre tú y Miguel?

—No, no pasa nada. Es que estoy algo cansada. Mucho trajín, ya sabes... Extraño a mi hijo. Está siempre con nana o con ustedes.

—No será que lo que te tiene agotada son las zalamerías de la jailay, como las llama mi mujer.

—Bueno, sí, eso también... A decir verdad me tiene harta. Más que harta, repugnada.

—No creo que a mi hijo le repugnen menos que a ti.

—¡Qué va! Está en su salsa. Dice que el roce mundano es imprescindible para tener éxito y no sé cuántas cosas más.

—Sabes que no es cierto. Intenta convencerte para que lo secundes porque sobra decir que está librando una batalla por triunfar y salir adelante. Te necesita como nunca. Sé que estás dolida por haber tenido que rechazar la oferta que te hizo Javi para trabajar con él.

—Pues sí, no te lo niego. Más que dolida, me siento frustrada por no poder trabajar en lo mío.

—Mi hijo tampoco sabía nada de comercio cuando levantó la tienda y en esto de montar un periódico está lo que se dice en pelotas. De no haber sido por ti, todo se le habría venido abajo como un castillo de naipes. Me consta cuánto lo amas, y en el amor hay mucho de renunciamiento, Evita. —Y fue en ese momento, y buscando convencerla, que le dijo a su nuera en español la frase que le diría a Miguel en catalán en el último instante de su vida.

Fue suficiente. El lunes por la mañana, Eva llegó a *La Nación* acompañada del Bobby, cámara fotográfica en mano y ropa desenfadada en plan manos a la obra. Detrás venía un negrón alto y fuerte como un tren que se presentó ante Miguel cuadrándose, chocando los talones y diciendo: «Mande, jefe». Miguel los recibió a los tres en su despacho, alegre y sorprendido.

—Esperaba que llegara mi nuevo cronista y reportero, pero no contaba con la presencia de mi mujercita y tampoco la de Alipio.

Eva le dio un beso en plena boca y le dijo:

—Pues aquí tienes a tu nueva columnista. Sólo necesito dos cosas para ponerme a trabajar: una máquina de escribir y un puesto en la redacción. Cuando saquemos a la calle el primer ejemplar, me voy a poner borracha como una cuba. —Luego se volvió a Alipio, que seguía cuadrado a sus espaldas, y continuó—: Alipio anda con una canasta en la cabeza vendiendo mangos por la calle; tiene ocho hijos que alimentar y hay un noveno en camino. Pensé en que podías darle trabajo como custodio. No existe mejor vigilante en toda Cuba. Me consta que en la universidad me espantaba hasta las moscas.

—Alipio, pero lo tuyo es una fábrica, compadre. Cuando tus críos crezcan tendremos una novena de béisbol para estrenar —le soltó el Bobby.

—Es que en mi casa no hay televisor y mi mujer y yo nos vamos tempranito a la cama…

Las carcajadas recorrieron los cubículos de la redacción de punta a punta.

—Mañana mismo te regalo una tele, Alipio. Cuenta con ello —dijo Eva—. Tenemos que detener la producción.

—Usted manda, jefa. Estoy a sus órdenes —le dijo a Eva volviendo a chocar talones.

—Ahórrate lo de manda jefa y mande jefe. Te lo pido de favor. Puedes llamarme como siempre: señora o señorita Eva, y a mi marido señor Miguel o como mejor te plazca. ¡Ah!, y nada de cuadrarte ni sonarme los talones. Aquí somos gente de prensa y a partir de hoy formamos una familia. —Y pegando un par de palmadas exclamó—: Venga, chicos, manos a la obra que en menos de lo que un mono se rasca un ojo, echaremos a andar la rotativa.

> Confía en el tiempo, que suele dar dulces salidas a muchas amargas dificultades.
>
> MIGUEL DE CERVANTES SAAVEDRA,
> *El ingenioso hidalgo don Quijote de la Mancha*

La llegada de Eva fue como ver salir el arcoíris tras llover días enteros. La rotativa echó a andar en menos de lo que un mono se rasca un ojo, como ella mismo auguró, y fue además por su propia iniciativa que se compraron cuatro botellas de champán Dom Pérignon, para celebrar la ocasión con un brindis en toda regla con toda la familia del diario *La Nación*. La primera de las botellas se les fue sólo en bautizar la imprenta y la redacción con chorros espumosos que, según Miguel, darían luz a los espíritus y desenvolvimiento a los santos de su devoción; las restantes, prácticamente volaron entre rondas de chinchines servidos nada menos que en las copas de Baccarat Saint-Louis que Eva había heredado de su madre. Tal como lo prometió, se puso como una cuba, con la carita encendida y los ojazos de gacela chispeantes de contentura: volver a oírla reír hasta quedar sin resuello tras tanto tiempo de lutos, pesares y amarguras era para su marido como tener el cielo atrapado entre las manos. El Bobby, bastante achispado también y compartiendo la alegría y trompa colectiva, chocó copas con Miguel y le deslizó al oído:

—Los huesos de mi madrina doña Carmen deben de estar revolviéndose en su tumba. ¡Te imaginas! Ella que sólo exhibía esas copas cuando repicaban gordo.

El Bobby había dedicado su primera crónica para la plana de sociedad a la fiesta del día de las Mercedes en casa de los

Loynaz-Álvarez de Cañas y el propio Pablo se había ofrecido para darle el visto bueno señalándole los párrafos que entendía estaban de más y aportándole algunos consejos como el perito que era en la materia: «Hay falta de adjetivación. La información periodística es directa y sin floreos, pero la crónica social es coba y adulación. Los nombres de las damas van precedidos de lisonjas y zalamerías: belleza, preciosidad, hermosura, elegancia y todo lo que se parezca. En cuanto a los caballeros, tampoco podemos quedarnos cortos en halagos; hay que mencionar su clase, su talento y gentileza. Veo que a la señora Navarrete le has dado de lado sin dedicarle un requiebro ni un piropo siquiera».

—Coño, Pablito —dijo el Bobby—, aquí en confianza: si no hay por dónde cogerla, esa nunca tuvo quince. Es fea como la pata de un muerto, y encima se manda un carácter más ácido que el tamarindo.

Pablo se echó a reír.

—Cierto, pero para eso estamos los cronistas. Tiene un título de marquesa y desciende de una casta de abolengo. Así que no entregues esta crónica sin ponerle un pie de foto que diga que es una dama de alcurnia, cultivada, y cuando menos graciosa.

—Caray, nunca pensé lo peliagudo que podía resultar esto. ¡Esa burra, cultivada! Y lo que es gracia, ni haciéndole cosquillas. Mis padres, que la han tratado, dicen que es como un baño de azogue. Pero sea, es el oficio. Eso debe ser lo que tú llamas «abrirse puertas».

—Y no ganarse enemigos —agregó Pablo riendo—. En esto hay que ser un bicho, Bobby, y tú de bicho te pasas.

A Eva no le fue mejor con su primera columna, y tampoco se libró de discordancias, sermones y disgustos. Dulce María le dio la llave para la arrancada enviándole aquel discurso que pronunció en su entrada en la Academia de las Artes y las Letras en el año 51, dedicado a las poetisas hispanoamericanas. Leerlo le aportó miles de ideas, no sólo para una primera columna sino para una serie de artículos semanales sobre las mujeres que se propuso escribir con la intención de dignificar la labor de esa otra mitad del género humano que era el sexo femenino, relegada por una sociedad machista a un plano de inferioridad. Bajo el título de «Las Evas desveladas», redactó el que habría de ser su primer articulillo: trataba sobre la excelsa Tula, como llamaba Dulce María a la poetisa cubana Gertrudis Gómez de Avellaneda, y lo firmó con el seudónimo de La Luciérnaga por ser un bichito noctámbulo y enigmático que, además de contar con alas propias, resplandecía por sí mismo. La columna era incendiaria, pero habría de ser Dulce María la primera y, a qué negarlo, la única en animarla a seguir adelante con el tema y concederle su venia. Eva, pecando de osada, hacía un paralelismo entre la vida privada de la Avellaneda y nada menos que la del apóstol de la independencia de Cuba, José Martí, lanzándose de cabeza al pozo, al criticar sin tapujos cómo en Cuba se asumía como sagrada la vida privada de los grandes hombres. Y hacía hincapié en esta expresión, «grandes hombres», porque cuando se trataba de «grandes mujeres» no eran los cubanos tan escrupulosos y no sólo se aireaba su intimidad sino que se las tachaba de aventureras, y se juzgaba a mujeres insignes como la Avellaneda más por sus devaneos amorosos que por todo el ilustre legado que su quehacer literario aportaba a la patria y al resto de la humanidad.

El primer sermón le vino de Enrique, el jefe de redacción, a quien casi le da un soponcio apenas leer el primer párrafo. «Sacarle los trapos sucios a Martí, equivale a quemarnos en la hoguera», le comentó, y luego llegó el disgusto con Miguel que se llevó las manos a la cabeza y dijo estar convencido de que aquella edición sería la primera y la última porque en un santiamén tendrían los portales del diario repletos de patriotas y damas de la Asociación Martiana poniendo el grito en el cielo, lanzando piedras a los cristales y armando todo un jaleo.

—Patriotas, no. Querrás decir patrioteros, y ¿damas? Si tú consideras damas a una retahíla de mojigatas con faldas.

Eva salió de la redacción como alma que lleva el diablo, mientras Miguel volvía a intercambiar opiniones y criterios con Enrique que seguía en sus trece.

—Está advertido, señor Alegret. Meternos con Martí es meternos en candela.

—Pero... ella no se mete con Martí, sólo aborda un problema que existe en nuestra sociedad.

—De acuerdo, señor director. Nadie se lo discute, dice la verdad al desnudo, pero me ha pedido opinión y se la doy. Así que decídalo usted mismo.

Miguel se fue a su despacho, se reclinó en el asiento, encendió un cigarrillo, dejó entrar al ring a sus dos púgiles estrellas y los puso a batirse a puño limpio. En la esquina roja, el corazón y en la esquina azul, la conciencia. La esquina azul aconsejaba prudencia: «No dejes que el embollamiento por tu mujer se mezcle en cuestiones de trabajo. Míralos por separado: una cosa es la raja de una hembra y otra cosa es el negocio». Pero esta vez la esquina roja del corazón entró a matar: «Vaya mierda que le harías a Eva si la sacas de cuestiones de negocios. Está tan metida en esto como tú. Dejó su sueño de ejercer su profesión para no hacerte un número ocho. Y mientras a ti te devoraban los celos por saberla posando en las revistas de moda, ella ganó la batalla con Chanel, y dime algo, mulato: ¿no ha sido gracias a su iniciativa que la tienda está yendo de lo lindo? El Encanto tendrá fama, pero Fashion no se queda atrás, y sube como la espuma, fresca, suave y bajita de sal, y no sólo va ganando clientela sino también popularidad y haciendo caja de lujo. ¿Dónde está el hombre aguerrido y emprendedor? ¿El que decía que ni el mismísimo diablo de don Isidro, así saliera del infierno, les ganaría esta batalla? Arriésgate; si te rompen los cristales a pedradas, con reponerlos ya tienes. No es tuya la frasecita de "Que salga el sol por donde salga"?».

Miguel llamó a Eva por teléfono y se deshizo en disculpas amorosas.

—Voy a ordenar que lo publiquen, cielo. Nos persignamos y que salga el sol por donde le dé la gana. Si la vida nos da la espalda, le daremos por el culo.

Lo cierto fue que si bien hubo alguna que otra piedrecita suelta como lanzada al azar, la cosa no tomó mayores dimensiones. En cuanto se corrió la voz, ya fuese por puro morbo, por la curiosidad de leer un tema considerado tabú o porque había en La Habana muchas feministas tapiñadas, deseosas de que alguien pusiera voz a su sexo, el caso fue que la primera tirada del diario se agotó en un pestañazo y que los sábados que le siguieron tuvieron que redoblarla porque la sección de «Las Evas desveladas» hacía que *La Nación* volara en los estanquillos como pan caliente.

Fueron tiempos de prosperidad y plenitud. Eva y Miguel eran una unidad sellada, indivisible, que funcionaba con un engranaje acoplado y conciliador. Eva parecía haber echado al olvido el sueño de ejercer su profesión, y ni ella ni Miguel volvieron a hablar del tema ni siquiera en el confesionario de la cama. Demostrarse que habían conseguido salir adelante, tener éxito en los retos emprendidos y reconocer sus esfuerzos coronados por méritos propios era la realización de un sueño que, como solía decir Miguel, dejaba más que probado que Calderón (el de la Barca) estaba en pañales en su visión de la vida. Tocaba la coincidencia de que la década de los cincuenta fueron los tiempos de mayor esplendor en el país. La Habana era la joya del Caribe. La capital de la elegancia, el glamur y la vida noctámbula. Que dicho en lenguaje criollo significaba de la sandunga, la alegría y la pachanga. Negros y blancos, pobres o ricos noctambulaban y fiesteaban cada cual a su manera. La alegría era pareja y se respiraba en el aire como el salitre del mar sin distinciones de raza, ni rangos de sociedad. Lo mismo se festejaba con una rumba de cajón en el patio de un solar, que se bailaba conga a pie de calle, que se iba a un cabaret o a un night club, donde las luces de neón brillaban hasta el mismo amanecer. La noche criolla era como el bolero de César Portillo de la Luz: «Morena bonita de ojos de estrella, ¿quién junto a ti no quisiera soñar? ¿Quién a la luz de tu blanca sonrisa no quiere besar?». Noches criollas de alma bohemia con resonancia de tambores cimbreantes bajo la luna, colándose por las rendijas de las puertas y filtrándose por las ventanas como una marea en vilo crecida de efervescencia.

Las estrellas de Hollywood, atraídas por aquellas noches morenas y bohemias, se exhibían por las grandes avenidas de la capital en sus Rolls-Royce descapotables, se dejaban fotografiar bajo las frondas de los jardines del Capitolio o del hotel Nacional y compartiendo con las grandes estrellas cubanas, Celia Cruz, Benny Moré, Olga Guillot, en aquel paraíso bajo las estrellas que era entonces Tropicana. La Habana, además de chic, era un eterno verano, y el turismo llegaba en avalanchas; lo mismo atracaba sus yates en Barlovento que en Varadero, o tomaban un avión directo y sin escala al aeropuerto de la capital. Los gringos, con sus gorritas deportivas, sus pullovers y bermudas y su aspecto de camarones a la plancha, chocaban con la elegancia criolla que encontraba chabacana su manera desenfadada de andar por la capital y adentrarse en zonas residenciales como el Vedado, que había pasado de los palacetes y mansiones señoriales, como los de la familia Loynaz y Julio Lobo, a convertirse en el skyline de la ciudad al estilo de un Manhattan caribeño. Desde el edificio López Serrano inspirado en el Rockefeller Center, al Someillán y el Focsa, considerado una de las siete maravillas de la ingeniería civil cubana y la estructura de hormigón armado más alta del mundo en su tiempo. En el Vedado se edificaban hoteles a todo lujo: el Capri, con su casino de juego espectacular, propiedad de Santo Trafficante Jr. de Tampa, Florida, operado por Michaels Di Contanzo, alias Chantaje Charles, y Santino Masselli del Bronx, alias

Sonny el Carnicero, con estos alias no había alternativa que dar un lavado de cara y poner al frente del casino a George Raft, que era mafioso también pero por lo menos tenía fachada hollywoodense. El Habana Riviera era propiedad de Meyer Lansky, costó ocho millones y, según los deseos de Lansky, debía contar con todas las comodidades y la opulencia requerida para rivalizar con los hoteles de Las Vegas. Y como dicen que los cubanos o no llegan o se pasan, se pasaron siete pueblos en opulencia y más que rivalizar con los hoteles de Las Vegas eran los de Las Vegas los que envidiaban el gran hotel del Caribe con sus veinte pisos de altura y sus privilegiadas vistas al mar de cara al Malecón habanero. Por último le llegó el turno al hotel Habana Hilton, que sería el más emblemático de la capital junto con el hotel Nacional, que no por viejo perdía glamur ni notoriedad. El propio presidente Batista asistió a su inauguración y ofreció un banquete pantagruélico con manjares y licores exóticos confeccionados por excelentes maestros de la gastronomía cubana. Sin embargo, el verdadero pulso de los comercios se medía en las calles de Galiano y San Rafael. Más conocida por la «esquina del pecado», por ser precisamente la zona más concurrida por las mujeres habaneras para las que ir de tiendas era decir: «Voy de paseo a La Habana», como si la ciudad entera se centrara en aquellas dos arterias capitalinas. La habían apodado así porque en esa esquina los hombres hacían piña, posándose como moscones alrededor de las vitrinas, para piropear y contemplar a su antojo las figuras de botellitas de Coca-Cola acentuadas por los vestidos de moda que se amoldaban a las siluetas criollas envalentonando incluso al más pasmado. Las mujeres se esmeraban en ir al centro de La Habana, elegantes y coquetas. Por más incómodos que resultaran, ninguna renunciaba a los tacones ni a las medias transparentes con costura que hacían más audaz sus andaduras, más retadoras sus curvas y más grácil sus pantorrillas. Los cubanos por entonces piropeaban con gracia y galanura: «Niña, si cocinas como caminas, me como hasta la raspita».

«Oye, encanto, ¿tu padre es escultor? Porque después que te hizo a ti, rompió el molde.» Algunas pasaban de largo haciéndose las sordas, aunque en el fondo se reconocieran halagadas y agradecidas por el cumplido, pero siempre había aquella que caía en el jamo y se dejaba conquistar por aquel que se le acercaba y le decía: «Preciosa, me aceptas un helado. Anda, no seas malita, vente conmigo a la heladería La Isla, está aquí mismo en la esquina. No te lo pienses, muñeca. Por mi madrecita santa te juro que yo no muerdo». Era el sitio de los ligues y las citas de ocasión, los preludios de amoríos que a veces no pasaban de ser una aventura pasajera que empezaba en la cama y terminaba por donde mismo empezó, mientras que se daba el caso de aquellos que baboseando un helado de barquillo en una cafetería terminaban sin apenas darse cuenta pasando por altar. La «esquina del pecado» no sólo jugó un papel importante en los primeros celos de Eva, sino que contribuyó a poner en vilo al troglodita dormido que Miguel llevaba dentro. En más de una ocasión, mientras Miguel esperaba a su mujer con el auto aparcado a la entrada de la tienda, Eva se topó de bruces con alguna que otra paseante que, simulando mirar las vidrieras, se hacía la chiva loca para arreglarse la costura de la media mientras doblada de espalda incitaba a su marido exhibiendo sin recato sus fondillones y sus rollizas entrepiernas. Otras más bichas y putonas fueron pilladas por Eva encimadas sobre la ventanilla del auto, fingiendo andar despistadas con alguna dirección, pero decididas a no desperdiciar la oportunidad de engatusar a aquel machazo buenote mostrándole su tetamen desbordado del escote y lanzándole de paso un guiño tan elocuente que ponía a Miguel colorado como un tomate. Aunque en honor a la verdad, en esto de las provocaciones fue a Miguel a quien le correspondió llevar la peor parte. Bastaba que su mujer pusiera un pie en la acera para que ya los moscones le cayeran en picado. Los piropos le llovían, y una cadena de ojos la encueraba con la vista. Solía ser providencial la intervención del Bobby que, conociendo el instinto primitivo que despertaba en Miguel la bestia de los celos, se agarraba al pretexto de que vivían en el mismo edificio para, en vez de irse en su auto, montarse en el de Miguel a la salida del diario y atajándolo antes de que saliera del auto y le partiera la cara a algún pajuzo mental, como llamaba Miguel a los moscones.

El Bobby, alto, dinámico y muy ágil de reflejos, se interponía justo a tiempo para evitar el piñazo.

—Coño, Miguel. El día menos pensado al que le van a partir la cara es a mí, por meterme en el medio —le dijo mientras recuperaba el aliento.

—Carajo, pero ¿no te das cuenta de que esa partida de cabrones se hacen un cráneo con mi mujer? No puedo dejarla ir sola ni de aquí a la esquina, porque volverme de espaldas y caerle todos encima es lo mismo. ¿Crees que puedo tolerarlo?

—Pues métele en una urna de cristal y ponle cuatro rueditas, mulato.

—Déjate de chistecitos.

—No, si te lo digo en serio. Si no quieres que la miren, amárrala con un grillete a la pata de la cama. ¿Quién te mandó a casarte con un bellezón como Eva? Yo que tú, me hubiera casado con un esperpento, muñecón, y nadie te la miraría en la calle.

Pero a pesar de los contratiempos de los celos, si alguien se pintó sola para sacarle partido a la «esquina del pecado» y medir su pulso comercial, esa fue Eva. Tuvo la ocurrencia de adelantar las realizaciones de Fashion (que era como llamaban por entonces a las rebajas de los grandes comercios de La Habana) a los meses de mayo y junio. Lo hizo por dos razones. El Encanto lanzaba sus realizaciones en julio, y otros almacenes de lujo como La Época las dejaban para agosto. Era la manera de tomarles la delantera en las ofertas. La otra razón era que en mayo y junio se celebraba el día de las Madres y los Padres y el público desbordaba las tiendas comprando con avidez sin escatimar ni regatear en precios, porque tanto mamá como papá merecían el mejor de los regalos. Dio en el clavo.

Fashion no daba abasto con el gentío y las ofertas se agotaron. El tercer piso, donde estaba ubicada la marca exclusiva de Chanel, fue arrasado por las ricachonas de la high life que asistieron encopetadas con plumas y floripondios a la exhibición de alta costura y a la colección de joyas que, en homenaje a Coco Chanel, presentó Fashion por el día de las Madres. Eva la designó con el título del Jardín de las Camelias por ser esta la flor emblema de la firma. En el centro del salón una gran rueda giratoria de cristal con forma de camelia mostraba conjuntos de collares, sortijas, pendientes y pulseras nacidos del imaginario de madame Chanel. Bajo los focos de luz opalina, resplandecían los diamantes, los zafiros, las turmalinas, los ónices y las perlas de las joyas como un jardín en florescencia: desde la Camélia Givré, que representaba el invierno, hasta el Boutons de Camélia que sugería el principio de la primavera con un delicado capullo en flor realizado con perlas y hojas de diamantes. Eva, como siempre, dio el toque de distinción al evento, presentándose con una falda negra de corte y la clásica chaquetilla de Chanel, en blanco con ribetes negros, luciendo como único adorno un prendedor de camelias que le habían enviado gentilmente de París como regalo exclusivo, confeccionado en diamantes y salpicado de perlas. Las ganancias fueron relevantes y no sólo para Fashion sino también para Lola que, siguiéndole los pasos a su nuera, decidió imitarla con las realizaciones en su tienda de lencería fina. Se mantenía renuente a dejarse influenciar por las tendencias de la moda americana que se iban imponiendo en la isla; para ella la seda no era seda si no venía de Francia. Y el holán, el nansú, la muselina, el organdí y los casimires no eran originales si no venían de Francia y de Inglaterra. Los encajes eran legítimos de Bélgica y de España; toda la ropa de cama, de hilo puro. Su tienda por ser especializada contaba también con una clientela más selecta y por tanto reducida. Pero eso sí, señoras distinguidas que sabían diferenciar lo auténtico de lo ordinario y trivial y eran fieles a sus confecciones, porque sabían que en la tienda de

Lolita nunca te darían gato por liebre. Tanto Fashion como la tienda de su suegra hicieron su agosto en mayo y junio.

Los primeros meses del año 54 se les habían ido metidas en aquellos tejemanejes y el verano del 54 se les vino encima de repente con la celebración del primer aniversario de Fashion el día 15 de agosto, que resultó un evento de notoriedad donde no faltó un detalle. «No salimos de una para entrar en otra», decía Lola, orgullosa, feliz y agradecida a la Caridad del Cobre que, a fuerza de velas y oraciones, había decidido poner sobre la familia Alegret su mano milagrosa y no cesaba de derramar sobre ella prosperidad y bienaventuranza. Para las Navidades de ese año tenían Mary y Javier fijada la fecha de su boda; llevaban más de año haciendo planes y preparativos, y habían decidido casarse el 26 de diciembre. Lola dio término a los primores que bordó a mano para el ajuar de su futura nuera y Eva, que se había vuelto muy ducha en los menesteres de improvisar festejos, decidió tirarles un cabo a los novios con la lista de invitados y en ayudarlos a escoger el lugar adecuado para el banquete de esponsales acorde con los deseos de Mary y Javier, que querían un sitio campestre con un menú típico cubano y una cena a la criolla.

El día de Nochebuena lo celebraron como cada año con una comilona en familia y haciendo rondas de brindis por los novios y bromas de todos los colores, entre ellas la de Miguel, que le trajo a su hermano envuelta como un regalo navideño una horca hecha de soga, diciéndole que aún estaba a tiempo de pensárselo porque en apenas un par de días estaba por ponerse y apretársela al cuello. Todos se hicieron eco de la jarana. Todos menos Mary, que no cesaba de rascarse unas ampollitas que tenía dispersas por el cuello y la cara. Tanto Lola como Eva se inquietaron por aquellos rosetones imprevistos y nada menos que en vísperas de la boda.

—¿Será que estás intoxicada por algo que comiste? ¿Mariscos o pescado en mal estado?

Pero Mary le restó importancia. Aseguró que eran picadas

de mosquitos porque el día antes Javier y ella habían estado en el campo visitando a un cliente que tenía problemas con la venta de su finca.

—¿Y cómo es que Javi no tiene picaduras? —preguntó Lola observando con detenimiento las ampollitas de Mary.

—Caray, mamá —respondió Javier—. Mary tiene sangre para que la piquen todos los bichos vivientes. A mí los mosquitos me huyen, porque saben que el que me pique, se envenena.

Las risas no se hicieron esperar, pero Lola obligó a su futura nuera a tomarse una cucharadita de benadrilina antihistamínica, por si acaso se trataba de una reacción alérgica.

—Verás como mañana estás mejor. Mira que esa carita preciosa tiene que estar radiante el día 26.

Pero el día 25 por la mañana ya las ampollitas se extendían por todo el cuerpo de Mary y encima de la picazón, tenía fiebre. Así que Lola, en cuanto se enteró, corrió a casa de la novia y le sugirió al magistrado Valverde que llamara a su médico de cabecera. El padre de Mary, preocupado igualmente por el estado de su hija, hizo venir al doctor, que apenas le bastó una ojeada para decir que tenía varicela.

—¡No puede ser, doctor! —exclamaron tanto Lola como el señor Valverde—. Si se nos casa mañana.

El doctor se encogió de hombros y dijo:

—Pues me temo que tendrán que posponer la boda, porque la novia tendrá que guardar cama. La varicela no es grave, pero si se descuida puede complicarse.

Aquello fue la hecatombe: por un lado Mary, que no paraba de llorar culpándose de enfermarse, echar abajo todos los preparativos y tirar a la basura todo el gasto de su padre y la familia de Javier. Por el otro, estaban el magistrado Valverde, tratando de consolar a su inconsolable hija, y Lola, que además de deshacerse en lágrimas, no cesaba de quejarse de la mala pata que habían tenido los novios. Miguel, Eva y el Bobby trataban de calmar los ánimos, mientras Joaquín y hasta el propio

Javier decían que estaban haciendo una tormenta en un vaso de agua, porque al final de cuentas había cosas peores en la vida y las varicelas no eran peos que rompieran calzoncillos, se pasaban en un santiamén y que a comienzos del nuevo año ya podrían estar fijando nueva fecha. Pero la primera quincena del año 55 la estrenaron con las varicelas de Javier, y a punto de finalizar enero le tocó el turno a Miguelín, que al contrario de los adultos no tuvo gota de fiebre y salvo la comezón, que nana Rosa se encargó de aliviarle con sus remedios caseros mezclando aceite de sándalo con flores de caléndulas, se las pasó retozando y haciendo de las suyas. En medio de la locura llegaron a prometerle que, si se portaba bien y guardaba cama, sería el ring boy de la boda. «El niño que lleva sobre un cojín los anillos de los novios, Miguelín, para que entiendas», le decía su abuelo Joaquín, que no contaba con que su nieto se lo tomara tan en serio como para que además de obedecer y guardar cama, le entrara la pejiguera de preguntar de la mañana a la noche cuándo por fin se casaban sus tíos para él ir de ring boy, tal como le habían prometido. Entre una cosa y otra, febrero que era un mes corto se les acortó más todavía y marzo les agarró de lleno metidos en la contienda. Tanto Mary como Javier habían soltado las costras, pero la joven seguía con el llantén, diciendo que con las marcas que tenía en la cara se vería horrorosa. A Miguelín, impaciente por la tardanza, le dio más de una perreta, y Javier también llegó a ponerse perretúo y a perder la paciencia con su futura mujer diciéndole que parase de una vez con la matraquilla porque él se iba a casar con ella y la iba a querer igual, aunque se pareciera a la novia de Frankenstein. Mientras, en medio del jaleo, el Bobby y Miguel ejercían de catalizadores, Eva y Lola intentaban convencer a Mary de que con una buena base cosmética, las marcas no se notarían y luciría esplendorosa. Finalmente, no les quedó más remedio que conceder la razón a Mary. Aparte de las marcas que, por más pruebas que le hicieron en Fashion, no podían disimularse ni tan siquiera cubrirse a fuerza de maquillarlas, estaba la flaquencia de la joven, que de tanto llorar durante la enfermedad suya y de Javier había quedado en los huesos y el traje de novia le bailaba, como si en vez de un cuerpo colgara de una percha. Así que consideraron darle un par de meses para reponerse; total, quien espera lo mucho espera lo poco, nada cuesta complacerla. La fecha quedó fijada para el día 6 de mayo. El mes de las flores, la Virgen y las madres. Todos se persignaban y hacían votos para que Dios no se interpusiera con nuevos imprevistos, pero lo único que no previeron y llegaría a sacarlos de paso fue lo del ring boy de Miguelín. Nadie era ya capaz de recordar quién tuvo la osadía de prometerle a un niño que acaba de cumplir tres años semejante encomienda. «¿Y si tropieza y se cae? ¿Y si le pisa la cola a la novia? ¿Y si se asusta con el gentío o se espanta con el feo que se manda el cura?» Pero imposible echarse atrás: la tarde del 6 de mayo, Miguelín, vestido con el trajecito blanco que le hizo su abuela Lola con su camisita de seda y su pajarita al cuello, parecía un hombrecito recortado y como un hombrecito habría de comportarse. Consciente de la solemnidad del momento, desempeñó su papel y portó el cojín con los anillos, sin un traspié y con una compostura tan engolada y ceremoniosa que dejó a su familia emocionada y enternecidos a todos los presentes.

Al término de la ceremonia, los novios y el resto de los invitados partieron de la iglesia del Sagrado Corazón hacia Rancho Luna, el restaurante criollo de las afueras de La Habana y cercano al Cacahual, que habían escogido Mary y Javier para festejar el banquete de su boda.

Aunque la pareja tenía más que medida la lista de invitados, los asistentes se redoblaron sorpresivamente cuando los compañeros de curso de la facultad llegaron de dos en dos trayendo del brazo a sus parejas y hubo que poner taburetes extras en las mesas y duplicar los cubiertos. Sirvieron comida típica: lechón asado, frijoles negros, yuca con mojo, tostones de plátano macho que acompañaron con rones, cerveza, mojitos con hierbabuena y sidra El Gaitero para brindar. Joaquín se metió en la cocina del restaurante y comenzó a rebanar panes para servir varias fuentes de *pantumaca*, diciendo rojo de orgullo que era un plato original de la cocina catalana. Aquello fue el acabose; las fuentes desaparecían sin que Joaquín, que entraba y salía de la cocina preparando más y más, alcanzara a probar siquiera una rebanada. Así que le explicó al jefe de cocina de Rancho Luna cómo se restregaba el tomate en el pan, cómo se rociaba con aceite de oliva virgen extra y cómo se montaban con el jamón tal y el queso más cual, porque estaba convencido de que si seguía preparándolo personalmente no sólo no alcanzaría a probar el *pantumaca* sino que ni siquiera llegaría con tiempo para hacerse con los novios la foto familiar.

No faltaron ni las bromas de costumbre ni los brindis habituales por los recién casados. Se brindó por la felicidad de los novios, por que tuvieran muchos hijos, por el éxito de su bufete de abogados, y entre chinchines y más chinchines, dedicaron un brindis en honor de Joaquín y un aplauso al *pantumaca* que había sido, según se comentó, el plato estrella de la jornada, y no sólo le pidieron la receta sino que se propuso que en cada encuentro que organizara la tropa de la Facultad de Derecho recibirían a Joaquín como invitado de honor.

Como era de esperar entre abogados, no podía faltar tampoco la conversación jurídica. No habían vuelto a estar en grupo desde el guateque de la boda de Eva con Miguel, y fue así que aprovecharon la ocasión para intercambiar criterios sobre el juicio de Fidel Castro, más conocido en los predios universitarios por su fama de gatillo alegre, su activa participación con las grupos gansteriles y por su ausencia total a las aulas cuando era estudiante de Derecho, que por el doctorado en leyes, que aprovechó para ejercer su autodefensa y ganar notoriedad cuando fue juzgado por la intentona de derrocar a Batista por la fuerza el 26 de julio de 1953 en el fracasado asalto a los cuarteles Moncada y Bayamo en la provincia de Oriente, que culminó en una masacre brutal.

—A mí no me sorprendió lo del ataque al cuartel —dijo uno de los compañeros de Javier—. Todos lo tuvimos siempre por un loco de remate capaz de buscar cámaras y acción a costa de lo que fuese.

—Ojalá y se pudra en la cárcel. Lo condenaron a veinte años, si mal no recuerdo. A mí me parecieron pocos para la matanza que provocó —dijo otro de los abogados del grupo.

—A quince, fueron quince los años que le echaron, pero sólo ha cumplido veintidós meses —matizó Miguel—. Va a salir en libertad. Batista acaba de firmar la amnistía. Mañana lo publicaremos en el periódico. En *La Nación* contamos con la primicia.

—Pero... ¿qué dices, Miguel? —intervino Javier, pegando un respingo de estupefacción, sin percatarse siquiera de que el clavel blanco que lucía en su esmoquin se acababa de desprender de su solapa y caía desgajado sobre la mesa encima del pedazo de tarta que la novia había picado.

No se lo pensó dos veces para saltar del taburete y hacerse con la palabra, como si en vez de celebrar su boda estuviera en la tribuna de un mitin en medio del Parque Central.

—Estamos como estamos porque somos como somos. Un bandido intenta tomar por las armas dos cuarteles dándosela de revolucionario para tumbar el gobierno, manipula y contagia con sus ideas a un grupo de jóvenes muchachos a los que guía a una muerte segura. Sale ileso del combate, mientras Batista asesina a sus compañeros; huye con su hermanito, que debe ser un mal parido como él, y se esconde en las lomas de Oriente. Lo capturan, pero el obispo de Santiago intercede para salvarle la vida; luego el teniente Sarría se la salva por segunda vez cuando le dan la orden de que lo liquide antes de llegar al Vivac. Pero el teniente, en vez de cumplir la orden, dice que las «ideas no se matan»; otro ingenuo al que convence sin imaginar la cola que los ideales de Castro trae detrás. Se dice que el supervisor del penal de Boniato impidió que lo envenenaran estando ya prisionero. Nada, que el socio tiene más vidas que un gato y ahora, cáiganse de culo, Batista firma la amnistía y lo deja en libertad. Por eso este país va como va.

—En este país tenemos una dictadura, Javier —le respondió Miguel—. No quiero ni acordarme de las fotos de los cadáveres acribillados a balazo que llegaron al diario. Las publicamos con tres meses de retraso porque en los días del asalto al cuartel todavía no habíamos lanzado aún nuestra primera edición. La *Revista Bohemia* las publicó en su momento, pero cuando *La Nación* las sacó a la luz aún duraba la conmoción por los sucesos y las imágenes resultaron impactantes.

—Por cierto, Miguel, fuiste muy valiente en publicarlas —dijo la esposa de otro abogado compañero de la facultad.

—Era mi deber. El periodismo es una profesión de riesgo, sobre todo cuando Batista ha llegado a suspender las garantías constitucionales y presiona para que no se diga la verdad. Recuerdo que me costó un conato de ampanga con Enrique, el jefe de redacción, que se cagaba de miedo. Pero tuve que imponerme. ¿Qué pasaría en este país si se censura la prensa y se le impide expresarse con entera libertad? Bueno... hacia eso vamos... Pero mientras sea yo el que dirija mi periódico, tendrán que pegarme un tiro para callarme.

—¡Virgen de la Caridad del Cobre! —dijo Lola haciéndose cruces—. ¿Por qué no dejan el tema? Mira que cuando Joaquín y Pascual entren al ruedo, esto se pondrá en candela. ¡Por Dios! A otra cosa, mariposa. ¿Se olvidan que estamos de celebración?

Pero de otra cosa mariposa nananina, aquello no parecía tener para cuando acabar.

Como era de esperarse, Joaquín y su hermano Pascual entraron al ruedo, pero esta vez parecían coincidir y estar de acuerdo en lo que hablaban.

—Pues para mí, Javi —le respondió su padre—, esos muchachos que tú dices fueron unos cojonodos. Fueron a la muerte, sí, pero guiados por la fe de sus ideas. Estoy convencido de eso: las ideas no se matan.

—Yo pienso igual que Joaquín —dijo acto seguido su hermano Pascual—. Ninguno de los asaltantes fue de mansa paloma. Para enfrentarse a las balas además de bemoles hay que tener ideales.

—Las mansas palomas son ustedes —respondió Javier, molesto con su tío y con su padre—. No me las quiero dar de visionario. Pero recuerdo que el día del velorio de Chibás, los alerté con Fidel Castro. Ojalá y me equivoque, les juro que no deseo más que equivocarme. Pero las ideas de ese hombre no son más que alucinaciones de un megalómano fantasioso que sólo busca trepar para llegar al poder. Los invito a que lean su alegato de defensa cuando el juicio. «Condenadme, no importa, la historia me absolverá.» ¿Saben en quién se inspiró? En el *Mein Kampf*, el alegato de Hitler, ese otro megalómano enfermo de poder que también intentó dar un golpe de Estado con las camisas pardas; en la historia se recuerda como el Putsch de Munich. Simulando ser un revolucionario, asumió su responsabilidad en el juicio y se defendió soltando un discurso tan convincente que le bastaron apenas unos minutos para catapultarse a la fama. «Los jueces pueden condenarnos, la historia nos sonreirá y se encargará de absolvernos.» Esas, sí, esas fueron sus palabras. No lo digo yo, está escrito en blanco y negro. La única diferencia es que Hitler las dijo en alemán y que aunque mentirosas y malignas al menos fueron de su inspiración, porque este loco tropical las ha puesto en su boca como si fueran nacidas de su cosecha; o sea, que ni siquiera es original. Y todavía tiene la desvergüenza de pararse delante del retrato de Martí. ¿No lo recuerdan? Pues yo sí. En la foto que le tomaron en el Vivac de Santiago de Cuba, buscó con toda intención el cuadro que colgaba de la pared con la foto de Martí. Ni siquiera en un momento como ese con sus compañeros de lucha muertos y los que quedaron vivos prisioneros y sometidos a torturas, habría de perder su perspectiva. Y buscó y encontró el ángulo idóneo para el instante del flashazo. Así podría llenarse la boca para decir al descaro que había sido nuestro apóstol, en el año de su centenario, el autor intelectual de semejante matanza.

—¡Vamos, Javi! —exclamó Joaquín—. Si no fueras mi hijo y estuvieras recién casado pensaría que había que cargar contigo para internarte en el psiquiátrico de Mazorra, porque el loco eres tú. *Collons!* Si dan ganas de reír. ¿Quieres hacernos creer que Fidel Castro acabará con la familia cubana igual que hizo Hitler con las familias judías? ¿Que va a encerrar a la gente en campos de concentración? ¿Que dejará a esta isla en ruinas? Por favor, hijo. Te digo lo mismo que tu madre. Dejemos a un lado el tema que estamos de celebración.

Eva, que no había abierto la boca durante toda la polémica, habló por primera vez, dándole la razón a su cuñado.

—¡Dios nos libre de ese hombre! Los que conocemos su historia, no la que según él lo absolverá, sino la verdadera, la de sus años en la facultad, sabemos las que se gasta. Conozco a Rafael, el hermano de Mirta Díaz-Balart, la esposa de Fidel Castro. Son una familia acomodada de Banes y asistieron a más de una de las fiestas de las que daba mi madre en nuestra casa del Laguito. Me contó personalmente cómo dejó a Mirta pelada cuando tuvieron a su hijo Fidelito. Llegó a vaciarle el piso donde vivían, le vendió todos los muebles y hasta la cuna del niño, para apertrecharse de armas. Según me contó su cuñado, vive resentido con la sociedad; odia a muerte a la burguesía, aborrece a los habaneros no con la rivalidad común entre habaneros y orientales sino con una fobia genuina, porque no lo admiten en el Miramar Yacht Club, y les pide la cabeza a los norteamericanos porque no pudo estudiar en Harvard como tenía en sus planes. Rafael Díaz-Balart y Fidel Castro estudiaron juntos en el colegio de Belén y dice que allí le hacían burlas a Fidel por ser hijo natural de una sirvienta analfabeta, y lo llamaban judío por no haber sido bautizado; desde entonces ya hablaba de vengarse. Lo que es discriminación, ya sea por raza, sexo o condición social, la viene sufriendo este pueblo de por vida, y lo que son traumas emocionales y tragedias con nuestros progenitores nos sobran ejemplos cercanos. —Se hizo un silencio respetuoso porque todos sabían que uno de los ejemplos que Eva se reservaba de mencionar, era el suyo. Pero Eva, tras una breve pausa se repuso y continuó—: La discriminación es humillante y abusiva, intolerable, pero eso no justifica ni hace tolerable la venganza. El odio trae consigo la crueldad. Es un lobo que te devora las entrañas. Si no te liberas de sus garras, serás tú el lobo mismo. Mañana, precisamente, publicaremos en *La Nación* un extracto del discurso que pronunció en la Cámara de Representantes su ex cuñado el senador Rafael Díaz-Balart, oponiéndose a la amnistía que le han concedido a Fidel. Léanla; les aseguro que dice cosas para ponerte los pelos de punta.

—Coño —dijo el Bobby, que había permanecido también muy calladito—. ¿Se dan cuenta? Tampoco admiten a Batista en el Miramar Yacht Club por ser mulato, y ya ven, se trata del presidente. Bueno, ya que estamos puestos para el tema de Castro el maniático, les voy a contar un chismecito. Me llegó de buena tinta que el muy cabrón tiene una amante, que está casada con un eminente cardiólogo, y agárrense, según las malas lenguas y la mía que no es muy buena, está embarazada de Fidel. Porque aquí entre nos, parece que además de loco el socio es un semental. El caso es que Mirta le ha pedido el divorcio. ¿A que no estaban enterados? Ya ven que el Bobby se las sabe todas, para eso soy cronista de sociedad. Pues como les decía, resulta que le escribió una carta a la amante y otra a la esposa, pero como tiene guayabitos en la azotea, metió en el sobre de la esposa la que le escribió a la amante y en el de la amante la que le escribió a la esposa. Ahora saldrá con el cuento de que fue un complot que le hicieron en la cárcel para ponerle en crisis con su mujer.

—¡Esa sí que es buena! ¡Qué fuerte! ¡Vaya, bien merecido se lo tiene el muy sinvergüenza! —exclamaron de un lado a otro de la mesa.

El Bobby, como siempre, ponía la guinda con su picardía

habitual y cerraba la incómoda conversación arrancando carcajadas y levantando las copas para volver a brindar.

—¡Que se vayan a la mierda los políticos! —exclamó a todo galillo.

El resto del grupo le hizo coro.

—¡Abajo las dictaduras! ¡Abajo Fulgencio Batista!

Los camareros los miraron con ojos de regañadientes. Por un momento, el grupo quedó en suspenso con las copas en alto percatándose de que era la primera vez que tenían que reprimir la expresión espontánea que les saltaba a la boca. Lo que ninguno sabía ni podía llegar a suponer es que esa primera vez habría de convertirse definitivamente en la última.

Echaron a Fidel Castro al rincón de los olvidos y como era costumbre entre cubanos, de la boda se fueron al carnaval del Malecón habanero a arrollar detrás de las comparsas a ritmo de la Orquesta Riverside y su cantante Tito Gómez. Lola llevaba razón cuando decía que sonar los timbales y sentir la conga era más que suficiente para que a los cubanos se les fueran los pies y hasta los muertos cambiaran de «palo pa'rumba»: «Tú que me decías que Yayabo no salía más, Yayabo está en la calle con su último detalle y su ritmo sin igual... Ah, ah, ah, Yayabo ya llegó».

Lola y Herminia no se quedaron atrás y fueron de las primeras en seguir la conga y mover el esqueleto hasta casi desarmarse a la par que los recién casados, Eva, Miguel, el Bobby y el resto del grupo de la facultad. Los únicos que desistieron de asistir al despelote fueron Pascual y Joaquín, que dijeron que además de no estar ya para esos trotes, debían quedarse cuidando de Miguelín.

Sería precisamente Joaquín el único que esa noche no llegó a echar al olvido el nombre de Fidel Castro. Y lo volvió a traer a colación comentando con su hermano.

—¿No te parece que Javier está obsesionado con lo de ese hombre?

—Es posible —respondió Pascual—. Puede ser que se pase

con el tío, tal vez exagera comparándolo con Hitler, pero... bueno. Ya sabes que en Cuba los peros nunca faltan. Yo no me fío de Batista, pero menos aún me fío de Fidel Castro. Esto tiene mala pinta. Ya te lo dije: mis esperanzas murieron con Chibás, al que tú tenías por loco. Nada, Joaquín, veremos a ver qué pasa con este... Si Batista no fuera un sinvergüenza tendría que convocar elecciones. Las urnas son las únicas que pueden virar al revés esta tortilla de patatas a la cubana.

Los hombres se dividen en dos bandos: los que aman y fundan, los que odian y deshacen.

JOSÉ MARTÍ,
apóstol de la independencia de Cuba

Joaquín se levantó ese domingo más temprano que de costumbre, pero Lola, que tenía los domingos por sagrados y decía que estaban para ir a misa y aprovechar para dormir un poco más la mañana, le tomó la delantera. Ni siquiera la parranda carnavalera de la víspera la hizo quedarse en la cama y no sólo se fue a misa antes de cantar los gallos, sino que ya estaba de vuelta preparando el desayuno cuando Joaquín entró a la cocina y la sorprendió enfrascada en el ritual del *pantumaca* que ese día les tocaría compartir a solas con un gato añoso y despeluzado y tres perros más viejos que Matusalén. Se dieron un beso mudo en los labios, y ninguno de los dos hizo alusión al vacío desmesurado que se paseaba de un lado a otro de la casa. Joaquín dejó a Lola con el desayuno servido y el café con leche humeante, y se asomó en busca del periódico enrollado que le lanzaban a su puerta apenas amanecer. Desde que su hijo Miguel se hizo propietario de *La Nación*, su padre fue el primero de sus suscriptores, y lo leía a diario, pero ese día la prisa lo devoraba. Las palabras de Eva en la boda lo habían mantenido en vela buena parte de la noche, deseoso de descubrir lo que alegaba en su discurso el cuñado de Fidel Castro para oponerse a la amnistía y que su nuera muy en serio les recomendó leer. Confiaba en la intuición de Eva ciegamente, y temía haber sido injusto con Javier, por haberle dicho que el único loco era él y no Fidel, comentando que debían internarlo en Mazorra. Y todo eso nada más y nada menos que el día que celebraban su boda, tan dilatada y hecha desear a causa de las putas varicelas. Quería a sus dos hijos con locura. A Miguel, por lo mucho que se le parecía, por lo muy hombre que era, porque sabía asumir sus retos poniendo los cojones por delante pero sin faltar jamás a su palabra. Miguel era un guerrero, un emprendedor, un triunfador de nacimiento, pero Javier era intuitivo como Eva, talentoso y visionario. Fue un alumno de excelencia y sería un magnífico abogado. Era un hombre de ley y tenía la justicia como su único lema. Con un mordisco de conciencia abrió el diario.

—Joaquín, se te enfría el café con leche, y el *pantumaca* está tieso. ¿Podrías dejar el periódico para después?

Pero Joaquín no la oía, atento a la primera plana de *La Nación*, donde aparecía el *lead* de la noticia que buscaba:

El doctor Rafael Díaz-Balart, subsecretario del Interior y líder de la mayoría de los cubanos en la Cámara de Representantes, pronuncia un discurso para oponerse a la amnistía que el presidente Fulgencio Batista concede a Fidel Castro y al grupo de los asaltantes de los cuarteles Moncada y Bayamo en la provincia de Oriente.

He pedido la palabra para explicar mi voto porque deseo hacer constar ante mis compañeros legisladores, ante el pueblo de Cuba y ante la historia, mi opinión y mi actitud en relación con la amnistía que esta Cámara acaba de aprobar y contra la cual me he manifestado tan reiterada y enérgicamente. Que quede bien claro que soy partidario decidido de toda medida a favor de la paz y la fraternidad entre todos los cubanos de cualquier partido político o de ningún partido, o partidarios o adversarios del gobierno. Pero una amnistía debe ser un instrumento de pacificación y fraternidad, debe formar parte de un proceso de desarme moral de las pasiones y de los odios y esta amnistía que acabamos de votar desgraciadamente es todo lo contrario.

Fidel Castro y su grupo han declarado reiterada y airadamente desde la cómoda cárcel en que se encuentran que solamente saldrían de esa cárcel para continuar preparando nuevos hechos violentos, para continuar utilizando todos los medios en busca del poder total al que aspiran. Se han negado a participar en todo proceso de pacificación y amenazan por igual a los miembros del gobierno que a los de la oposición que desean caminos de paz, que trabajan a favor de soluciones electorales y democráticas que pongan en manos del pueblo cubano la solución del actual drama que vive nuestra patria.

Fidel Castro y su grupo solamente quieren una cosa: el poder, pero el poder total, que les permita destruir definitivamente todo vestigio de Constitución y de ley en Cuba para instaurar la más cruel, la más bárbara tiranía, una tiranía que enseñaría al pueblo el verdadero significado de lo que es una tiranía, un régimen totalitario, inescrupuloso, ladrón y asesino que sería muy difícil de derrocar por lo menos en veinte años. Porque Fidel Castro no es más que un psicópata fascista que solamente podría pactar desde el poder con las fuerzas comunistas internacionales porque ya el fascismo fue derrotado en la Segunda Guerra Mundial y solamente el comunismo le daría a Fidel el ropaje pseudoideológico para asesinar, robar, violar impunemente todos los derechos y para destruir en forma definitiva todo el acervo espiritual, histórico, moral y jurídico de nuestra República.

Desgraciadamente hay quienes, desde nuestro propio gobierno, tampoco desean soluciones democráticas y electorales porque saben que no pueden ser electos ni concejales en el más pequeño de los municipios.

Creo que esta amnistía tan imprudentemente aprobada traerá días, muchos días de luto, de dolor, de sangre y de miseria al pueblo cubano aunque ese propio pueblo no lo vea así en estos momentos.

Pido a Dios que la mayoría de ese pueblo y la mayoría de los representantes aquí presentes sean los que tengan la razón.

Pido a Dios que sea yo el que está equivocado.

Por Cuba.

Joaquín terminó la lectura, y se echó a temblar. No sólo no había probado el café con leche, sino que no se había llevado a la boca ni una sola rebanada de *pantumaca*.

Le parecía estar oyendo hablar a Javier: «No deseo otra cosa que estar equivocado. ¡Ojalá sea yo el equivocado!». Creía escuchar la voz de Eva: «Es un resentido. Aspira a alcanzar el poder para vengarse». Por último pensó en Miguel: «El día que me impidan expresarme libremente en mi diario, tendrán que darme un tiro para callarme la boca».

—Joaquín, si te vieras la cara en el espejo tú mismo te espantarías del susto. ¿Pasa algo malo? ¿Han asaltado otro cuartel? —preguntó Lola tratando de arrebatarle el periódico para leerlo ella misma.

—*Res, dona. No passa res* —dijo en catalán como hablando para sí, y Lola por conocerlo supo que sí pasaba, y más aún: que pasaba algo gordo, porque sólo cuando lo preocupaban cosas gordas a su marido le daba por hablar consigo mismo y lo hacía siempre en su lengua.

Molesta con Joaquín, terminó de fregar la loza y salió de la cocina para prender el televisor, pendiente de la novela jabonera que transmitían a media mañana y solía escuchar siempre entre faenas: barriendo, regando las matas de la ventana, o frotando con un paño con detergente los muebles del portal cagados por los gorriones.

En ese momento entró Pascual al portal con aspecto circunspecto y un periódico enrollado escondido bajo el saco.

—Vaya, cuñado, qué madrugador. Ni los domingos que no tenemos trabajo aprovechas para dormir la mañana.

—De madrugadores no hablemos. Mírate, haciendo faena a esta hora con la juerga de anoche en los carnavales. No sé a ti, pero a Herminia le duelen todos los huesos. Eso le pasa por marchosa. ¿Y mi hermano? ¿Todavía está acostado?

—Nada de eso. Ese también madrugó. Pasa, está en la cocina, pegado con cola al periódico.

«Esos dos creen que soy boba —pensó—. Algo aquí huele a

quemado.» Y se acercó de puntillas a la entrada de la cocina para oír lo que estaban cuchicheando.

—Dime ahora que es tu hijo el loco al que tenemos que mandar al manicomio. Ya sé que no crees en profetas, Joaquín. Vale, yo tampoco, pero sí en la intuición y en eso que aquí llaman vista larga. Lo que dice Díaz-Balart coincide con lo que dijo anoche mi sobrino sin que hubiera leído de este discurso ni siquiera una palabra. Ahora no irás a decirme que a los dos se les ha ido la olla; a los tres, porque tu nuera Evita no sé yo si dijo lo mismo que Javi o todavía fue peor. Seguro que ahora me sales con que Díaz-Balart le tiene ojeriza al cuñado por ponerle los cuernos a la hermana. Pues, ¿sabes?, no me lo creo. Hay que gastarse un buen par para votar en contra de todos, soltar un discurso de miedo en la Cámara de Representantes y hablar tan abiertamente. ¡Vaya espuelas! Es el subsecretario del Interior del gobierno de Batista y entra a matar escupiendo verdades como un templo en la cara del dictador.

Joaquín, que era cabezota y le costaba un mundo reconocer que no llevaba razón en las refriegas políticas más que habituales con su hermano Pascual, permanecía imperturbable y afásico.

Entonces repentinamente entró Lola en escena. Pascual, en un descuido, había dejado caer el periódico enrollado que traía bajo el saco y Lola, rauda y veloz, había leído lo que el marido y el cuñado intentaban ocultarle.

—¿Qué pasa, Joaquín? ¿Te han comido la lengua los ratones? Pascual lleva no sé cuánto cantándote las cuarenta y tú más callado que un muerto. «Algo sabe el que no sabe si callar sabe.»

—*Collons!* Ahora van a caerme en pandilla —respondió Joaquín, volviendo a cerrar la boca.

—Si Javier y Mary no estuvieran en Acapulco en viaje de bodas, ahora mismo deberías ir volando para pedirle disculpas. A mi hijo lo tachas de loco y a tu mujer la tienes por comemierda. Me esconden el periódico como si fuera una burra que no tiene voz ni voto.

—¡Noooooo! —exclamaron al unísono Joaquín y Pascual.

—¿Cómo se te ocurre? —siguió diciendo su marido tratando de acariciarle una mano que ella se zafó con un gesto arisco.

Pero Joaquín la atrajo hacia sí y la retuvo con fuerza entre sus brazos.

—Nena, sabes de sobra que cuando te oculto algo, es para no preocuparte. En cuanto a nuestro hijo, porque es de los dos, claro que le pediré disculpas. He cometido un grave error.

—Suéltame. Con manoseos no vas a ablandarme. Estoy que si me pinchan no echo sangre. Pídeme perdón por andarme con escondrijos. Soy tu mujer, en la pobreza y en la riqueza. En la salud y la enfermedad. ¿Recuerdas? Lo juramos ante Dios frente al altar. Contigo pan y cebolla, Joaquín. Las alegrías juntos se nos multiplican y las penas entre dos tocan a menos, siempre te lo digo, pero maldito caso me haces... —Y volviéndose a Pascual añadió—: Yo, como dice el del discurso y como dijo anoche mi hijo, pido a Dios que los dos estén equivocados. Por Cuba te lo pedimos, Caridacita del Cobre, Oshuncita, santa, Cachita linda y bendita. Pon tu mano para que a este pueblo no le vengan más desgracias.

A medida que pasaban los años a Miguel le costaba más reconocerse en aquel joven al que su padre llegó a echar en cara su desinterés por los acontecimientos que sucedían en el país, al que su hermano le hizo burlas cuando la muerte de Chibás diciéndole que vivía en Babia y al que el propio Policarpo le echó la risa en la cara el día que le salvó la vida, porque no podía dar crédito a la manera espontánea y hasta ingenua en que Miguel le soltó que nunca leía la prensa y no tenía ni idea de que el gordo que ayudó a escapar del Príncipe no era otro que Policarpo Soler, el gánster más célebre de Cuba. Ingenuamente también, había llegado a creer que ser dueño de un periódico no era más que entrar a dirigir aquella maquinaria enjundiosa y potencial que, con sólo echar a andar la rotativa y ejercer su derecho constitucional de expresarse libremente, se atribuía la potestad de prender la chispa y poner al pueblo en llamas con un titular incendiario o una primicia periodística que diera el palo del día y removiera las fibras más sensibles entre la gente. Pero tras tres años en el oficio se confesaba a sí mismo que de no haber sido por su mujer, el Bobby y Pablito, como le llamaba Bobby a su entrañable amigo Pablo Álvarez de Cañas, no sólo no habría sabido por dónde empezar sino lo que era aún peor, por dónde dar salida a aquel embrollo en el que se había metido. Ahora, además de sentirse identificado con el humillo del plomo que subía de la imprenta y se colaba por las rendijas de las puertas de la redacción, de vivir las euforias de los llamados «palos periodísticos», y de palpitar parejo al engranaje de aquel cilindro prensor que echaba a andar entrada la madrugada, Miguel, involucrado en la política que una vez había desdeñado, notaba sobre sus hombros todo el peso de su responsabilidad; hasta llegaba a inculparse por haber arrastrado a Eva consigo implicándola en aquel berenjenal de intrigas y tejemanejes que desgraciadamente pasaban de las maniobras comunes de la politiquería barata a los enfrentamientos brutales y sangrientos entre los propios cubanos. Si su amor por Eva no rayara ya en los límites de la exageración, hubiera llegado a decir que su admiración por ella excedía y aventajaba la inmensidad de su amor. El caso era que no sabía qué hacer para reciprocarla. A Eva le sobraban las joyas, tenía guardadas las de su madre, pero Miguel pensaba que si no llegaba a usarlas era únicamente porque prefería conservarlas de recuerdo o por los malos recuerdos que le traían de sus padres. Así que comenzó a hacerle regalos costosos propios de una emperatriz que Eva recibía con lágrimas y le agradecía con besos, pero que nunca estrenaba. En su último cumpleaños le regaló una capa de armiño blanco que era una preciosidad y el día que cumplieron su tercer aniversario de bodas, le trajo un juego de anillos y solitario con un brillante del tamaño de un garbanzo que ella no sólo no se puso, sino que a causa de la insistencia de él en vérselo puesto les costó todo un disgusto, porque Eva acabó por confesarle que aquel aro pequeñito con chispitas de diamantes que Miguel le colocó en el dedo el día que se casaron, por más insignificante que a él pudiera parecerle, tenía para ella más valor que el brillante del Capitolio Nacional. Desistió de comprarle joyas y pieles, y comenzó a complacerla en aquello que más a él le costaba. Se había mantenido en sus trece, resistiéndose a acompañarla a visitar por Navidades los centrales azucareros que formaban parte del imperio Díaz Toledo, y que Miguel prefería borrar de su recuerdo para siempre. Los visitó pocas veces, porque el senador se hastiaba de presenciar la molienda y decía que la pelusa de las hojas de la caña flotaba por todas partes y se colaba en los lugares más sensibles de su cuerpo provocándole urticaria; confiaba en sus capataces y en la pareja de mayorales de arranca pescuezo, que recorrían los campos a lomo de caballo con una fusta en ristre y un machete enfundado que traía a la memoria de los más viejos del batey los tiempos amargos de cuando el coloniaje.

—Anda, Miguel —le dijo Eva—. Te voy a proponer un trato: me estreno la capa de armiño para asistir a la cena que ofrecen esta noche a los magnates de la prensa, y la víspera de Nochebuena me acompañas a visitar los centrales de mi padre. Di que sí.

—Eres una chantajista. Siempre te sales con la tuya. Okey. Cuenta con ello —dijo él dándole un beso retozón que terminó como siempre: retozando en la cama.

Eva cumplió su promesa; se estrenó la capa de armiño blanco que colocó sobre sus hombros desnudos combinándola con un vestido largo y negro de chifón de falda corte sirena y guantes hasta los codos. Entre la claque del cine se decía que Audrey Hepburn, además de buena actriz, era también buena persona, pero por más buena que fuera se hubiera puesto verde de envidia de haber podido ver cómo lucía Eva esa noche.

Miguel, desfallecido de amor, hecho pulpa como la semilla

dulce de un mango y a punto de reconocerse muerto si no la sacaba a bailar aquella canción de Frank Sinatra, la atrapó por la cintura y la ciñó contra él mientras le dejaba resbalar su aliento cálido muy pegadito a la oreja y le cantaba bajito la letra de *The way you look tonight* en su mejorado inglés: «*Yes, you're lovely, with your smile so warm, and your cheeks so soft, there is nothing for me but to love you, and the way you look tonight*».

La víspera de Nochebuena le tocó el turno a Miguel de cumplir su parte del trato acompañando a su mujer a cargar las enormes cajas de regalos envueltas en papel cromado, celofanes y moñas de colores que les llevaba cada año a la chiquillería del batey. A diferencia de su difunta madre, que en sus tiempos le hacía la caridad a los hijos de los jornaleros enviándoles las muñecas tuertas que desechaba su hija y los camioncitos sin ruedas que echaba a un lado su hijo Abel, Eva compraba juguetes de estreno, escogidos personalmente por ella en la juguetería Bambi, que competía fuertemente con Los Reyes Magos, la juguetería de más fama en La Habana por entonces. Los niños la recibían en bandada, revoloteando a su alrededor con la alegría de los pájaros, ansiosos por saber qué les traía en las cajas. Miguel, con su hijo montado a caballito sobre sus hombros, se contagió de inmediato por la algarabía, y puso a Miguelín en el suelo para dejarlo corretear y compartir con los niños. Allí, risueños y alegres, también los recibían Alipio, su mujer y su novena de hijos que gracias al televisor no alcanzaron la decena. Alipio y su familia no sabían cómo agradecer lo que la señora hacía por ellos. Eva, consciente de que a Alipio no le alcanzaba el sueldo de custodio para alimentar a tantos hijos, lo designó como capataz del central que su padre tenía en Artemisa y le cedió para vivir aquel bungalow de piedra rodeado de jardines y cocoteros, que el senador mandó a construir para él mismo y que en su tiempo debió ser refugio de sus citas clandestinas con la tetona madre del Bobby y sus otras tantas queridas. Al central de Camagüey y al que poseía en por vuelta de Jaruco destinó a dos de los doce hermanos de Alipio, una pareja de gigantes prietos como el charol que tenían cara de crimen y unos bíceps como los mogotes de Viñales, pero fieles celadores, nobles de corazón y honrados hasta la muerte al igual que el negro Alipio. Pasaron un día de disfrute y regocijo y Miguelín retozó a sus anchas. Montó en poni con los niños del central y hasta se inició jugando al béisbol con los hijos de la novena de Alipio. Comieron al aire libre sobre una mesa rústica montada con tablones improvisados por la gente del batey, y se dieron banquete con los chicharrones de puerco y el lechoncito asado al carbón cubierto con hojas de plátano y aliñado con aquel mojo criollo tan típico y especial que únicamente la gente del campo poseía para impregnar los asados con algún toque secreto.

Eva manifestaba su gozo riendo como un cascabel. Estaba ajena del todo a la sorpresa que desde hacía varios meses le preparaba Miguel como regalo de Navidad. Hacía cosa de dos años, se había vendido finalmente la casa del Laguito, y Eva, sin saber qué hacer con los muebles y artilugios que no pudieron venderse, no se le ocurrió otra cosa que llevarlos a la finca que su padre tenía en el reparto Mulgoba, muy cerca de río Cristal. Miguel la acompañó en la mudanza y en la faena de disponer o más bien amontonar los muebles en las habitaciones. Fue entonces que la oyó decir que la apenaba ver la finca abandonada y rodeada de maleza.

—Si hay un lugar que me trae algún recuerdo placentero de mi infancia es precisamente este. Mamá apenas venía, y papá ocupado en sus asuntos nos dejaba al Bobby, a Abel y a mí vivir como criaturas silvestres. Aquí sin saber nadar me lancé a la piscina, y casi me caigo de cabeza dentro del pozo buscando ver las estrellas que se bebía Platero, como contaba Juan Ramón Jiménez en aquel libro que tanto me gustaba. Abel sufrió un accidente por culpa de papá que, para hacerlo bien macho, lo obligó a montar a caballo. Mi hermano les tenía fobia a los caballos, pero al Bobby y a mí nos encantaba cabalgar. Había unos jardines preciosos que bordeaban la casa y la piscina, donde jugábamos y hacíamos travesuras. Se me encoge el corazón de ver todo abandonado. Esto no es más que un trastero lleno de cosas en desuso y cubierto de maleza y yerbajos. De no ser porque esos muebles son de estilo y valen un dineral, ahora mismo les caería a hachazos y los usaba como leña para prender la chimenea de la sala. ¿Sabes? Cuando la prendíamos en el invierno era un rinconcito muy acogedor, donde podíamos acostarnos en el suelo en compañía de los perros que nos regaló papá a cambio de que Abe y yo dejáramos de resistirnos a asistir al cumpleaños de la hija de un político amigo suyo que a mi hermano y a mí nos caía como una patada, porque la niña, además de bitonga, se pasaba de pedante y sangrona. Los perros murieron de viejos, igual que Brighty y Success. Miguelín está loco por un cachorrito nuevo, debíamos regalárselo por Reyes; en eso ha salido a mí, que salvo las cucarachas adoro a los animales. Ya ves tú, de tal palo tal astilla. Si a veces te chantajeo será por haberlo heredado de papá.

—No digas bobadas, cielo. Mira, ¿por qué no nos ponemos los dos, para arreglar esta finca y dejarla como tanto te gustaba?

—¡Estás loco! Habría que vender todo ese mueblerío y contratar una cuadrilla para que hiciera las obras. ¿Con qué tiempo contaríamos para eso? Tú y yo casi no damos abasto con la tienda y el periódico. Olvídalo.

Pero Miguel no lo olvidó; consiguió vender los muebles a través de un anticuario de la alta sociedad que trataba con el Bobby. Contrató la cuadrilla para hacer obras y también un jardinero que echó abajo la maleza y recuperó el jardín. Fue una tarea ardua, larga y complicada, donde toda la familia puso su granito de arena sin que a Eva le pasara por la mente lo que tramaban. Todo lo tuvieron listo para el día 25 de diciembre. Acordaron que Miguel llevaría a Eva y al niño a Mulgoba con algún pretexto, y la familia en pleno estaría allí presente para darle la bienvenida con un almuerzo sorpresa. Durante la cena de Nochebuena, que celebraron reunidos en casa de los padres de Miguel, Lola estuvo por meter la pata al decir: «Este festejo no es nada. Prepárense con lo que nos espera mañana». Todos le abrieron los ojos requiriéndola por su indiscreción. Pero, por suerte, Eva no prestó atención al comentario de su suegra, ocupada como estaba en lograr que Miguelín dejara de atracarse de chicharrones, porque entre el atracón de la víspera en el central Artemisa y los que llevaba esa noche le iban a entrar cagaleras. La otra salida de tono fue por parte de Javier, que por no faltar a su costumbre le preguntó qué se sabía en el periódico sobre el destino de los expedicionarios del yate *Granma* que financiado por Sánchez Arango, uno de los ministros de Prío, y por el propio ex presidente, partió desde México a Cuba y desembarcó cerca de Las Coloradas, una playa de la provincia de Oriente.

—Según Batista, a Fidel Castro lo mataron durante el desembarco. Pero según los runrunes que corren de boca a boca a través de radio bemba, que dicen sabérselas todas, había barbudos alzados en la Sierra Maestra que desmentían la noticia de que su líder estaba muerto —dijo Javier.

Miguel, que no llegó a darle crédito a la noticia que hizo publicar Batista sobre la muerte de Castro, paró en seco a su hermano, diciendo que era día de Nochebuena, día de rendir culto a Jesús y de cenar tranquilamente en familia. Sacó a relucir la que se armó el día de su boda por culpa de la política y trajo a colación también que Mary estaba próxima a dar a luz y que no iba a permitir que nadie volviera a aguarles la fiesta.

Todos se confabularon para aplaudir las palabras de Miguel: «Bravo, ole con ole. Abajo Javier y la política». El propio Javier estuvo entre los primeros en aplaudir y concederle la razón a Miguel y al resto de la familia.

Festejaron a lo grande, bailaron a más no poder, comieron como salvajes y Joaquín, un tanto pasado de copas, propuso un brindis por la felicidad, el amor y la prosperidad que reinaba en la familia y por el nuevo nieto que estaba por nacer. A Lola se le saltaron las lágrimas y para no dar la nota discordante se metió en la cocina y se puso a colar café. Tras tantos años de desvelos a solas con su almohada, después de haber reconocido a la muerte en los ojos de Miguel, de vivir incertidumbres, infortunios y tragedias, por fin se sentía resarcida y podía conciliar el sueño en paz. Tenía a sus dos hijos bien colocados, casados con excelentes mujeres, un nieto que era un cielo y otro que estaba por llegar. Tanto ella como Joaquín habían visto coronado su sueño de tener sus tiendas propias. Gozaban de buena salud, su casa respiraba amor. No podía más que dar gracias a Dios y a su Cachita santa por tanta prodigalidad.

Cuando volvió a la mesa con las tacitas servidas, se encontró a todos bailando y cantando a la vez: «Voy por la vereda tropical, / la noche plena de quietud / con su perfume de humedad».

Lola se detuvo a contemplarlos a la vez que tarareaba: «En la brisa que viene del mar / se oye el rumor de una canción, / canción de amor y de piedad».

Era una noche tropical perfecta. Tenía la sensación de navegar junto a los suyos en un velero azul celeste que surcaba un océano de aguas mansas, mecido por una brisa húmeda y perfumada, una brisa milagrosa colmada de bienestar. «Al fin, Diosito querido, y tú, Cachita de mi alma, nos han devuelto la paz.»

La mañana del día de Navidad, cuando Eva llegó a la finca de Mulgoba y presenció la sorpresa que su marido le tenía preparada, la agarró un llantén tan grande que Miguel se inquietó porque no encontraba el modo de hacerlo parar. Se abrazaba a sus suegros, al Bobby, a sus cuñados, a Herminia y al tío Pascual, se comía a besos a su hijo y se apretaba a Miguel llorando que no daba más. Mientras más habitaciones recorría, más arreglos encontraba y más detalles descubría, más el llanto le arreciaba. Cuando prendieron el fuego en la chimenea del salón, porque además de querer sorprenderla hacía un frío de chiflar la mona, paró de llorar por un instante entre absorta y pensativa, pero sólo fue un instante porque en ese momento entraron al salón dos cachorros labradores color café con leche que comenzaron a mordisquearle los pies, meneando sus colas juguetonas. Miguelín, loco de contento, les puso nombre enseguida, no sin antes pedirle opinión a su avi.

—Bueno, como las dos son perritas que te parece ponerle: Luna y Estrella.

—No, yayo, pero yo quiero que me lo digas igual que como tú hablas en la canción *El meu avi*.

Lola, que se llevó al vuelo lo que su nieto pedía, juntó las manos sobre el corazón exclamando:

—¡Santo Dios! Joaquín, el niño quiere que se lo digas en catalán.

Entonces fue Joaquín el que tuvo que morderse el labio para sujetar las lágrimas.

Pascual, emocionado también pero consciente de que su hermano era incapaz de responder sin echarse a llorar, le dijo a Miguelín:

—Lluna y Estel. Es como se dice en el idioma de *l'avi* y de *l'oncle* Pascual.

—Lluna y Estel —repitió Miguelín muerto de risa, diciendo que Santi Clo se los trajo de regalo a él y a su mamá y que se iban a casa.

—Mejor los dejamos en la finca —dijo Miguel—. Aquí los van a cuidar y tendrán más espacio para jugar.

—De eso nada —dijo el nene haciendo un puchero y amenazando con dar la tángana y comenzando a pataletear.

—Es que van a ponerse muy grandes, hijo, no tendrán donde dormir.

—Pues dormirán en mi cama —respondió el niño apretando contra su pecho a los cachorritos, como temiendo que alguien se los arrebatara.

La última de las sorpresas fue poco antes de servir el almuerzo y fue tanto para Eva como para Miguelín.

—Ven acá, hijo, no te vayas con Lluna y Estel que todavía falta un regalo tuyo y de mamá. —Y subiéndolo de nuevo a caballito sobre sus hombros se fueron los dos con Eva, para que el niño montara el burrito que también le trajo Santa.

Miguel, de sus hombros, lo pasó al lomo del burrito, y el niño no sólo lo acarició sin temor, sino que se acomodó sobre él como si hubiera nacido jinete.

—Este llegó en el trineo de Santa ya con nombre. Se llama Platero, como el burrito del cuento que te lee siempre mamá.

Lola, que se acercaba buscándolos para decirles que ya iban a servir el almuerzo, se quedó embobada con la ternura de la escena: Miguel y Eva de espaldas, enlazados por la cintura, conduciendo a Miguelín montado sobre un burrito, peludo como Platero. Y de nuevo perfiló en su mente aquel velero que imaginó navegando más jubiloso que nunca por un mar enteramente en calma y un cielo limpio de nubes, sereno y lleno de paz.

Todavía sin siquiera imaginarlo el año 1956 les tenía reservada una alegría más, tan grande como inesperada. Ocurrió durante la celebración del cuarenta y nueve cumpleaños de Joaquín. Los primos catalanes de Puerto Rico llegaron a Cuba por sorpresa acompañados de sus hermosas mujeres borinqueñas, y se sumaron a los preparativos del guateque que Lola tenía planeado para sorprender a su marido en unión de toda la familia. Bailaron, bebieron y festejaron hasta el amanecer, y Miguel, que veía pasar las horas sin encontrar el momento idóneo para hacer un aparte con su padre y entregarle su regalo, aprovechó que Joaquín entró en la biblioteca, en busca de refugio entre tanta algarabía, dispuesto a disfrutar de un buen puro en soledad.

Cuando vio entrar a Miguel, se incorporó en su butacón y dijo:

—Oye, hijo, esta caja de puros que me regalaste son panetela. Bueno, en eso de escoger brevas eres un especialista.

—Papá, esperé que estuviéramos a solas para darte una sorpresa. Un regalo que, además de sorprenderte, te va a gustar más que la caja de puros Adán y Eva.

Y deseoso de entregárselo puso en manos de su padre un sobre con dos invitaciones para el concierto que Pau Casals daría en el hotel Comodoro de La Habana, y donde además aparecían en la lista de comensales que participarían en el banquete homenaje que la prensa y el gobierno ofrecerían al maestro.

Joaquín le agradeció a su hijo como solía hacerlo siempre, con aquel abrazo mudo que no necesitaba palabras porque hablaba por sí mismo. Pero guardó hasta el día de su muerte el sobre con las invitaciones, igual que habría de retener para siempre en su memoria aquel instante irrepetible en que al término del concierto y tras los últimos acordes de *El cant dels ocells*, tuvo, gracias a Miguel, el privilegio de abrazar personalmente al maestro, pedirle que estampara su firma en aquel long play que Eva le había traído de Barcelona, y por si aún fuera poco, intercambiar durante la cena criterios en lengua propia, sobre la patria lejana y la paz por la que Casals tanto luchara. «*Les úniques armes de què disposo són la batuta i el violoncel*», le dijo esa noche a Joaquín. «Ojalá todos los hombres del mundo tuvieran como arma únicamente la música», le respondió Joaquín también en catalán.

A Miguel le quedó retratada en la retina gráfica de la memoria cada escena y cada imagen de aquella noche. Eva, toda de azul con su falda vaporosa que barría el salón en marejadas y acaparaba todas las miradas, convertida en la reina de la gala. Lola, rebosante de orgullo y felicidad paseándose del brazo de su marido y despidiendo chispitas doradas de sus ojos amarillos y gatunos. Y qué decir de Joaquín, que nada decía y se limitaba a morderse el borde del labio para no echarse a llorar de puro gozo o estallar de complacencia.

Lola, tomada del brazo de Miguel, se asomó a la terraza del hotel Comodoro. La noche estaba azul y sosegada y el mar se abría frente a ellos como una tela plata. Volvió a imaginar su velero y no pudo resistirse a cantar: «Noche cubana, morena bonita de alma sensual con tu sonrisa de luna y ojos de estrellas...».

Y Miguel le hizo el segundo entonando: «Noche criolla, quién junto a ti no quisiera soñar, quién a la luz de tu dulce sonrisa no quiere besaaaaar...».

—¡Dios bendito! —exclamó Lola apoyando la cabeza en el pecho de su hijo—: Retén a nuestra familia en este instante único. Hazlo eterno. Bendice a Cuba, Señor, y santifica sus noches para siempre con tu paz.

Hay puñales en las sonrisas de los hombres;
cuanto más cercanos, más sangrientos.

WILLIAM SHAKESPEARE, *Macbeth*

Pero la paz tenía los días contados. Comenzando el año 57, el día 17 de febrero, el periodista norteamericano Herbert Matthews publicó en el diario *The New York Times* un titular que desmentía al dictador Fulgencio Batista cuando dio por cierta la noticia de la muerte de Fidel Castro.

«Fidel Castro, el líder rebelde de la juventud cubana, está vivo y peleando con éxito en la intrincada Sierra Maestra en el extremo sur de la isla.»

La noticia no dejaba lugar a dudas, y venía acompañada de una foto del líder de los rebeldes para más veracidad.

Javier no contó con tiempo para encender las alarmas en la familia. Mary, su mujer, que estaba fuera de cuentas desde hacía más de una semana, tuvo que ser ingresada de urgencia para practicarle una cesárea porque la criatura venía de nalgas y enrollada al cordón umbilical. Finalmente, pasado el riesgo del trance y con su mujer y su hijo fuera de peligro y tras anunciarle a la familia con gran beneplácito que el niño se llamaría Joaquín como su abuelo, Javier, sólo por no perder la costumbre, comentó con su hermano Miguel:

—Te lo dije: radio bemba nunca falla, cuando la calle habla es por algo. Ahí tienes al hombre, vivito, coleando y haciendo de las suyas. Bicho malo nunca muere. Ese siempre cae de pie, y tiene más de siete vidas.

Pero ahí quedó la cosa, porque Eva interrumpió el aparte

entre su cuñado y su marido para anunciar a la familia la grata nueva de que estaba embarazada. Todos se regocijaron y hasta el velero de Lola pareció por esos días hinchar velas con un viento a favor, a pesar de Fidel Castro.

No fue hasta un mes después que llegaron a tomar conciencia de que las alertas de Javier no estaban desencaminadas. El día 13 de marzo, a las tres y cuarto de la tarde, cuando Joaquín y Lola hacía menos de una hora que acababan de levantar las puertas enrolladas de la tienda y comenzaban a recibir a los primeros clientes, los dejó paralizados el tableteo de las ametralladoras que sentían llegar de apenas unas cuadras de distancia. El pánico los invadía de tal forma que tanto ellos como los clientes se atrincheraron tras los mostradores, junto a Herminia y Pascual, que llegaron alarmados de la cafetería y se aglutinaron junto al grupo, tan anulados y perplejos que salvo los disparos y las sirenas de las patrullas que recorrían las calles a toda velocidad, no se escuchaba más que el sonido angustioso del silencio.

Joaquín fue el primero y el único en reaccionar y atinó a encender la radio que tenía a sus espaldas, encima de los anaqueles. Sintonizó la emisora Radio Reloj y escucharon el mensaje que habría de hacer historia.

«Pueblo de Cuba: en estos momentos acaba de ser ajusticiado revolucionariamente el tirano Fulgencio Batista en su propia madriguera del Palacio Presidencial... Y somos nosotros, el Directorio Revolucionario, los que en nombre de la revolución cubana hemos dado el tiro de gracia a este régimen de oprobio...»

Las palabras se cortaban y los silbidos de la estática no dejaron escuchar mucho más de la voz que hablaba por Radio Reloj. El mensaje por sí mismo no contribuyó a calmar los ánimos sino a elevar el nivel del desasosiego. Eso sí, rompió el silencio y los puso a todos a hablar juntos a la vez: «¿Mataron a Batista? ¿Los tiros vienen de palacio? Claro, por eso se oyen tan cerca. ¿Quién hablaba por la radio? Tienen que haber matado a Batista de verdad porque si no nadie se atrevería a anunciar que ya está muerto».

La incertidumbre los mantuvo en suspenso durante horas. Nadie se movía de su puesto. Nadie salía ni entraba de la tienda. Javier los llamó varias veces por teléfono, pero estaba en las mismas: oyendo el tiroteo, y sin saber si era cierto que Batista había sido ajusticiado. No fue hasta que llamó Miguel, que supieron lo que en realidad había estado sucediendo.

—¿Dónde están? ¿En la tienda? No se muevan de ahí. No asomen ni la nariz a la puerta. Los estudiantes del Directorio han atacado el Palacio Presidencial y asaltado Radio Reloj, pero Batista ha salido ileso. La policía está dando caza a los estudiantes. Matándolos sin compasión. Al joven José Antonio Echeverría, el líder de la FEU, sí, el mismo que habló por Radio Reloj, lo han acribillado a balazos en la misma escalinata de la universidad cuando intentaba refugiarse en la colina y escapar de los esbirros.

Era la primera vez que Joaquín escuchaba la palabra «esbirro» en boca de Miguel al referirse a Batista, y no sólo fue Miguel al que le oyó decirla sino también a Javier cuando esa noche se reunió la familia en la sala delante del televisor y comentaron las noticias.

—Batista y sus esbirros son peores que las bestias. Han convertido las calles de La Habana en una carnicería. Estos muchachos eran estudiantes. Sólo eso: jóvenes estudiantes. No tenían nada que ver con el grupo de acción y sabotaje de Fidel Castro y su gente del 26 de Julio, que siembran el terror en la ciudad y se cobran víctimas inocentes mandando a poner petardos en los cines, en los bares y en las tiendas. No respondían a las órdenes de los alzados de la Sierra, fueron decididos a extirpar el mal de raíz, cazando al dictador en su propia madriguera. Fue una acción cojonuda que han pagado con su sangre.

Eva arribaba a su tercer mes de embarazo y se preparaba para las realizaciones de mayo y junio en Fashion. Miguel, ilusionado con el nuevo hijo que esperaban, se sentía el hombre más afortunado del mundo, dichoso de poder compartir con ella una etapa que consideraba única en sus vidas y que tendía a dimensionar hasta el arrebato. Vivía pendiente de su mujer, de cada cosa que hacía y cada paso que daba, cuidando que no fuese a tropezar cuando montaba en el auto, que no fuera a resbalar en la bañera; llegó a prohibirle terminantemente que se pusiera tacones, y le insistía en que dejara la faena con la tienda y se fuera a hacer reposo en la casa porque el trajín que se traía la podía perjudicar. Le trajo una sirvienta joven para que se ocupara de las faenas, ahora que ya no contaban con nana Rosa para cuidar del niño y tener el hogar como Dios manda.

Hacía cuestión de unos meses, Eva se empeñó en enviar a nana Rosa a la finca de Mulgoba. Los años no perdonaban y la nana, por más que tratara de ocultarlas, empezaba a mostrar las señales inequívocas de la edad.

—¿Ahora que ya etoy hecha un cáncamo, la niña me da de lao y quiere salir de mí?

—No es cierto. Has sido mi única madre y mi mejor confidente. Bien lo sabes. Pero te irás a la finca, con tu tropa de sobrinas y sobrinos, que ya trabajan allí. Estarás en buena compañía, no tendrás que matarte trabajando. Sólo quiero que dirijas el servicio y des las órdenes, cosa que a ti se te da de maravilla. Estás pasada de edad y es hora de jubilarte.

—Ay, niña, las negras como yo se jubilan cuando las sacan con lo pie por delante.

Pero Eva no le hizo el menor caso. La dejó instalada en la casona de la finca, le concedió una generosa pensión para pasar el resto de su vejez y además de visitarla y llevarle a Miguelín los fines de semana, para que no se afligiera, habría de cuidar de ella hasta la hora del fin.

Miguel llegó a hacer crisis el día que entró en la tienda y se encontró a Eva empinada en un taburete, mostrando a las empleadas el modo más sugerente de distribuir las ofertas en las vidrieras. Sin pensárselo dos veces, delante de todo el personal le montó la guantanamera.

Ella lo tildó de exagerado y él la tildó de imprudente.

—Ahora mismo te vas directo a la casa, que aquí sobran empleados para hacer lo que hay que hacer y para eso se les paga.

—¿Y qué piensas que haga yo metida todo el día en ese palomar? ¿Aburrirme como una ostra?

—Sí, ahora llamas palomar al penthouse con vista al mar, que decías era tu sueño.

Ella trató de suavizar la situación.

—No es eso, me encanta mi casa. Tú lo sabes, pero ahora que no tengo a nana Rosa, que Miguelín acaba de cumplir los cinco años y entrado en el kindergarten, me voy a sentir... inútil, vacía, yo qué sé. Mira. Te prometo que a partir de hoy, me voy a casa. Me pondré a escribir y adelantar los artículos, a leer y buscar información. ¿Complacido?

Miguel le respondió con aquel beso que hacía a las empleadas preguntarse cuál era el extraño sortilegio de que se valía la dueña, para que las guantanameras de su marido se disolvieran en un vaso de agua haciendo que aquel machazo envidiable se volviera una melcocha y la besara en la boca con aquel beso de mátame y no me llores que a todas dejaba muertas.

Quedaron en que él recogería a Miguelín en el kinder, mientras ella terminaba y la esperaban en la puerta del Ten Cents para merendar uno de aquellos club sándwiches que tanto les gustaban acompañado del sunday de chocolate que enloquecía a Miguelín.

Estaban justo en la hora pico de los comercios de Galiano y San Rafael. La hora en que finalizaba la jornada laboral y el público afluía como un enorme hormiguero por cada una de las arterias del centro de La Habana. Era la hora de los ligues y los moscones de la «esquina del pecado», la hora en que los portales del Ten Cents se abarrotaban. El Ten Cents era la tienda del pueblo, donde todo se vendía más barato; la tienda que la clase trabajadora y la gente más modesta frecuentaban para ir de compras y disfrutar de una deliciosa merienda. Eva cruzó la calle Galiano sonriendo a su marido y a su hijo. El niño apenas verla llegar se zafó del brazo de Miguel para echarse en los de su madre. Con el niño enroscado a su cintura y puesta en puntas besando a Miguel, tuvo la sensación de que el suelo se despegaba de sus pies antes de recibir la sacudida provocada por la detonación de la bomba. Miguel, con ese acto reflejo que era algo innato en él, se echó al suelo, cubriendo a su mujer y a su hijo con su cuerpo. Los cristales de las vidrieras se le vinieron encima, pero él se puso en pie de un salto preocupado por el estado de Eva y Miguelín. «Estamos bien, estamos bien», repetía ella apretando contra su pecho al niño que temblaba desmerecido en sollozos. Entonces, al descubrir que Miguel estaba herido, arrancó a gritar a todo galillo clamando socorro. En ese momento en medio de la confusión, el humo, los cascajos y la estampida de gente, le cayó al lado un maniquí de las vidrieras, que había perdido los ojos y los brazos; el pánico se apoderó de ella al creer que se trataba de un cadáver. Cuando Miguel comenzaba a tranquilizarla vieron sacar de la tienda a una señora tinta en sangre y detrás a una mujer embarazada, ensangrentada también, que gritaba desesperada preguntando por sus hijos. Miguel, a toda prisa, arrastró a Eva y a Miguelín como pudo hasta el auto que había dejado aparcado en la esquina de San Rafael, y partió a toda velocidad hacia el hospital de emergencia. La sangre le chorreaba por la espalda y le ensopaba la ropa, pero lo que realmente lo puso al borde del paroxismo fue descubrir el charco de sangre que dejó Eva en el auto cuando la levantó del asiento.

En el hospital tuvieron que cortarle a tijeretazos el saco y la camisa para extraerle los fragmentos de cristales y coserle las numerosas heridas de la espalda. A Eva la subieron a una camilla y la llevaron corriendo al salón mientras que una enfermera trataba de calmar a Miguelín, que en medio de una soberana perreta lanzaba patadas al aire llorando a grito pelado para que no lo apartaran de su padre. Se necesitaron dos camilleros grandes y fuertotes para sujetar a Miguel y conseguir zurcirle los puntos. La impaciencia por saber de su mujer lo exasperaba al punto de no cesar de moverse.

Cercano a la locura estaba cuando vio salir a un médico del salón de cirugía y dirigirse hacia él.

—No se preocupe, señor, su esposa se está recuperando. Le hemos puesto un calmante en vena y puede pasar a verla. Siento decirle que ha sufrido una hemorragia y no tuvimos más remedio que practicarle un aborto.

Miguel se encerró en el baño del hospital para llorar a sus anchas. Se culpaba por haberla tirado al suelo con el niño con todo el peso de él encima de los dos, a la vez que se preguntaba qué habría sido de ambos de no haber él reaccionado echándoseles encima. No tuvo noción del tiempo que permaneció así: hundido en un maremoto de reproches y de lágrimas, hasta que la enfermera que se había encargado de cuidar a Miguelín tocó en la puerta del baño diciendo: «Señor, su niño y su esposa preguntan por usted».

Entró a ver a Eva, con la cabeza gacha y sorbiéndose aún las lágrimas. Pero ella extendió su brazo desde la cama para tomarle la mano, pidiéndole que sentara a su lado junto a Miguelín.

La voz se le quebró al decir:

—Los médicos ya me han dicho lo del niño... —Pero percatándose en el acto de que Miguelín estaba pendiente de sus palabras y Miguel hecho un despojo, carraspeó, se incorporó en la cama, con aquel repunte de témpano que emergía de sí misma para impedirle postergarse ante el dolor sin que alcanzara a explicarse en qué lugar ignoto de su subconsciente residía. Apretando con la suya la mano de su marido trató de transmitirle su fuerza diciendo—: No te preocupes, Miguelín, esto ha sido un accidente, pero pronto ya verás cómo mamá y papá se ponen de acuerdo para darte un hermanito. —Y volviendo a carraspear preguntó—: Cielo, ¿has avisado a tus padres? Íbamos a llevarles al niño y deben de estar preocupados... por la tardanza. Llámalos, y diles que los tres estamos bien.

El velero de Lola, que había comenzado a zozobrar cuando el ataque a palacio, se fue a pique y acabó hundido del todo al conocer la noticia. Volvieron las noches de incertidumbre y desvelos a solas con su almohada y en general la incertidumbre y los desvelos empezaron a ceñirse de un lado a otro del país. El movimiento de acción y sabotaje buscaba incrementar sus actividades en la capital, para que los habaneros cobraran conciencia de la gesta revolucionaria que se libraba en las lomas orientales al otro extremo de la isla. A Miguel se le hacía prácticamente imposible impedir que su mujer estuviese enterada de las noticias que llegaban cada día a la redacción, y se sentía impotente ante las pesadillas nocturnas que hacían mella en la imaginación infantil de su hijo, que se despertaba en medio de la madrugada diciendo que veía un hombre malo que lo hacía gritar de miedo. Pero por más que le preguntaron fue incapaz de describirlo, hasta el día que al entrar en la cocina de Lola encontró un ejemplar del diario *La Nación*; señaló una foto de Fidel Castro en la Sierra con el fusil al hombro diciendo que ese era el hombre malo que se le aparecía por las noches y lo llenaba de espanto. Entonces fue Eva la que se puso maniática: «Eso es porque nos oye hablar cosas de Fidel en su presencia». Culpó a su suegro y a su cuñado de discutir de política en presencia de su hijo y terminó culpándose a sí misma y por supuesto a Miguel de negligentes por llevarlo a la redacción de *La Nación*, dejándolo que se paseara por todas partes, mirando fotografías y escuchando comentarios que exacerbaban las fantasías de un niño ya de por sí fantasioso y demasiado despierto para su edad. No sólo le hizo prometer a Miguel que no seguiría llevándolo al periódico, sino que no permitiría que en su casa se mencionara a Fidel Castro ni tampoco a Batista estando Miguelín presente. «El niño aún no sabe leer, si habla cosas de adultos es porque son los adultos las que hablan por la boca de él.» Pero las manías de Eva llegaron a rozar la paranoia al enterarse de que una jovencita estudiante de bachillerato que pertenecía al movimiento de acción y sabotaje, en el intento de colocar una bomba en el teatro América durante una función infantil, había volado en pedazos mientras manipulaba el artefacto que traía oculto bajo la falda cuando se encontraba en el baño de mujeres. El teatro América quedaba sólo a unas cuadras de Fashion y en aquella función infantil bien podía haber estado su hijo. Solamente imaginar los niños que pudieron morir de no haberse frustrado el sabotaje, se convirtió en su obsesión y llegó al punto de poner empleados en la puerta de la tienda para que cachearan a los clientes cuando entraran, en especial a las mujeres que llevaran faldas amplias con enaguas de cancán.

Pero Miguel sabía que a su mujer no le faltaba razón en cuanto a tomar medidas drásticas con el niño. La situación del país empeoraba y la respuesta de la dictadura batistiana ante los actos de sabotaje fue la de crear un aparato represivo que alcanzó niveles de trágica celebridad. Había nombres que de sólo mencionarse producían escalofríos y trembleques de pavor. Entre ellos estaba el del mayor general Pilar García, el jefe de la policía nacional, de quien el pueblo decía que tenía nombre de mujer y corazón de hiena; los jefes del Estado Mayor, el viejo Pancho Tabernilla; el coronel Conrado Carratalá; los hermanos Salas Cañizares; los Tigres de Rolando Masferrer, que había sido rival de Fidel Castro cuando ambos pertenecían a las bandas gansteriles de los trigger happy y que lideraba por entonces un grupo de paramilitares sicarios de Batista; el comandante Blanco, un blanco con alma negra, al mando del puesto naval de La Chorrera, un torreón del tiempo de la colonia, que el comandante se encargó de convertir en el museo de los horrores donde se conservaban en frascos con formol los genitales que arrancaba a sus víctimas. Se sabía que de aquella fortaleza siniestra no había un solo capturado que volviera a salir con vida, y lo que era aún peor: tampoco lo devolvían ni cadáver. Era la manera que el comandante Blanco tenía de no dejar rastro de las salvajes torturas y las dantescas mutilaciones a las que sometía a sus víctimas. Cuando se hartaba de torturarlas sin lograr arrancarles las delaciones que buscaba a fuerza de bestialidad, les introducía los pies en un cubo relleno con cemento y luego de fundirlos los lanzaba al mar para que nunca se encontraran.

Al principio se intentaba disimular los crímenes con cierto matiz de formalidades legales: la policía daba parte al forense del hallazgo del cadáver y el médico certificaba la muerte y devolvía el cuerpo o lo que quedaba de él a los familiares. Más tarde matar se convirtió en una especie de cacería adictiva y animal y cada órgano represivo se esmeraba en hacer méritos de competición, a sabiendas de que serían recompensados y ascendidos. Fue así que Esteban Ventura Novo, más conocido por el Sicario del Traje Blanco, gracias a la fidelidad con que servía a Batista, tuvo un ascenso meteórico, y violando todos los escalafones de las fuerzas armadas ascendió de primer teniente a teniente coronel. El pueblo entero sabía que Ventura era «el hombre» del tirano. El hombre que ponía a temblar al más bragado, el que tenía fama de ser el que más duro apretaba los cojones, el más cruel y despiadado en sus feroces ensañamientos. Bastaba verlo apearse de su auto, o simplemente anunciarse «Por ahí viene Ventura», para que la gente supiera que había que salir echando y hacerse humo. Miguel llegó a conocerlo y palpó de cerca el terror que infundía su sola presencia. Fue el día que acompañó personalmente al reportero de *La Nación*, que junto a un grupo de representantes de la prensa se arriesgaron a abordar al esbirro cuando se bajaba del auto patrulla en la novena estación. Apareció muy atildado, todo de blanco dril cien y con su aspecto de valentón bigotudo exhibiendo como quien no quiere la cosa la calibre 45 que llevaba enfundada en la cintura.

—¡Caray! —dijo con los brazos en jarra—. Vaya sorpresa. Los muchachones de la prensa en busca de información. ¿Qué? ¿Quieren saber el estado de salud de los prisioneros? Pues muy bien; aquí los tienen —dijo con gesto desafiante, mostrando a una hilera de jóvenes con moratones en los ojos y en los pómulos que traía esposados detrás de él—. Mírenlos bien, muchachos, están todos sanitos, ¿eh? Ustedes son testigos.

El 22 de octubre de 1957 a la redacción del diario *La Nación* llegó la noticia de una increíble fuga de la prisión del Príncipe que trajo a la mente de Miguel el flashazo de aquella otra escapada en la que él mismo había participado, salvando la vida del gánster Policarpo Soler. Esta vez se trataba de un joven revolucionario del Movimiento 26 de Julio. Se llamaba Sergio González y era conocido por el apodo de «el Curita», porque había sido seminarista y, aunque había abandonado sus votos religiosos, solía vestir sotana para pasar inadvertido en las acciones terroristas que desde la Sierra Maestra Fidel Castro le ordenaba llevar a cabo en La Habana. A Miguel, sin saber aún que aquella fuga habría de marcar un antes y un después en la lucha insurreccional de la capital, le acometió aquel escalofrío helado que siempre le recorría el espinazo cuando presentía que algo funesto se avecinaba. La censura en la prensa se había vuelto literalmente hermética. La dictadura se proponía a toda costa que en la capital de la isla se respirara normalidad y los aparatos represivos, concentrados en La Habana, se encargaban de evitar por todos los medios que el pueblo capitalino estuviera al tanto de lo que estaba sucediendo en las guerrillas de la Sierra. El asesinato del dirigente revolucionario Frank País, un joven maestro de sólo veintidós años, y el de su hermano Josué, acaecido un mes antes en la ciudad de Santiago de Cuba, que cubrió de luto a los santiagueros, propició una huelga espontánea por varias provincias del país que no llegó a cuajar en La Habana, haciendo que un sentimiento de frustración se ciñera entre las filas de los revolucionarios de la capital. La fuga del Curita, y su inesperada incorporación a la guerrilla urbana, daría un importante giro a la situación. Tras su escapada de la cárcel el Curita, que a pesar de su juventud era ya un experimentado combatiente, tenía perfectamente calculada la manera de hacer despertar a los habaneros del letargo y buscar que se animaran a respaldar y dar financiamiento económico a la lucha armada de los rebeldes en las lomas. Apenas dos semanas después de su evasión del Vivac, lo tenía todo coordinado con un grupo de doscientos combatientes a los que les fueron asignadas diversas tareas para desatar una ola de terror que habría de estremecer la capital. El viernes 8 de noviembre a las nueve en punto de la noche, y tras dejarse escuchar el cañonazo del Moro, comenzaron a explosionar las cien bombas que el movimiento de acción y sabotaje, liderado por el Curita, había colocado expresamente en los lugares más concurridos de la ciudad. Bares, cabarets, centros nocturnos y hasta las paradas de ómnibus con más fluidez de público en La Habana, fueron sacudidos por las detonaciones. Las sirenas de las ambulancias, los bomberos y los carros patrulleros de la policía no cesaban de ulular en una especie de interminable locura. Era la manera de evidenciar la capacidad organizativa del Movimiento 26 de Julio, de hacer saber a los habaneros que Fidel comandaba las acciones desde la Sierra y que los esbirros eran incapaces de contener el combate contra la tiranía batistiana.

Las Navidades de ese año las celebraron en Mulgoba, reunidos en familia, dando gracias a Dios por permitirles estar juntos y concederles salud. «Porque teniendo salud —decía Lola—, todos los males salen sobrando», y volvía a repetir lo de siempre: «En familia las penas se dividen y tocan a menos y las alegrías se multiplican y van a más». Lo que ni Lola ni nadie podían llegar a predecir era que aquellas Navidades del 57 serían las últimas que celebrarían como Dios manda, bajo la grata indulgencia del invierno en los campos habaneros, que aun en pleno diciembre les permitía montarse un banquete y cenar en medio de la floresta, bañados de luz de luna, y regocijados de volver a reencontrarse en aquella hermosura que era la finca Mulgoba a la que todos le debían tantos ratos de felicidad. Quizá de haber sabido que era la última vez, hubieran bailado más de lo que lo hicieron esa noche y hubieran renunciado a discutir las cosas que discutieron sin razón. Pese a que todos al llegar traían los mejores propósitos, el ánimo de aquellos días no era lo que se dice el de los años anteriores. Aunque ninguno de los presentes se atreviera a manifestarlo en alta voz, reconocían en lo más íntimo que la pólvora de la Sierra empezaba a respirarse en el salitre de la brisa habanera, y las voces de radio bemba, por más censura que hubiera, denunciaban de boca en boca las torturas haciendo que, además de pólvora, el aire apestara a muerte. Al comienzo de la cena se hizo el brindis de costumbre por la felicidad familiar, por el amor, la salud y la prosperidad. Pero Lola, madre y abuela al fin, añadió algo más: «Porque nos siga creciendo la familia». Sobra decir que a nadie se le ocurrió mentar lo que ya sabían que Eva, con razón, les había impuesto como un decreto ley no mencionar. Pero fue quien menos esperaban el que haciendo caso omiso de las leyes dio pie a la candente discusión que dio al traste con la Nochebuena familiar, y fue la pregunta más pueril, angelical e inocente del mundo la que provocó que la carga que a todos dinamitaba en lo más íntimo explosionara a viva voz.

—Yaya, pero te faltó decir que fue por culpa de la bomba que no nació mi hermanito.

Todos, absolutamente todos, se quedaron en el aire sin saber qué contestar.

—¿Bomba? Cuántas veces tengo que decirte, Miguelín, que lo del Ten Cents fue un accidente. Y que las explosiones que escuchaste la otra noche fueron las ruedas de un camión que se poncharon en los bajos del edificio. Si sigues con lo mismo te tendré que castigar.

Miguel tomó la mano a su mujer para besarla. Nuevamente una pérdida se interponía entre ellos, pero lo mismo que las anteriores lejos de separarlos contribuía a unirlos más. Vivían tomados de las manos, mirándose a los ojos, acariciándose ya fuera con las manos o las miradas, besándose constantemente.

—Vamos, cielo. No le riñas hoy, que es Navidad.

Entonces, el amor del avi, sin poderse resistir, intervino en favor del nieto.

—Perdona, Evita, nena, pero tampoco es cuestión de reprimirlo.

—Es que yo no sé por qué, avi, si decir mentira es feo, como tú siempre me dices, mi mamá me castiga siempre cuando digo la verdad.

Eva hizo un gesto para volver a requerirlo, pero su suegro se interpuso.

—A ver, Miguelín, cuéntale a tu avi dónde oíste tú eso de las bombas.

—Se lo oí decir en el kinder a la señorita Fe, hablando con Rosalina, la conserje. Bueno, hablando no, cuchicheando, bajitico. La señorita Fe decía que las bombas las ponían para tumbar a Batista, que quería matar a Fidel, y Rosalina decía que había que rezar para que no lo mataran porque Fidel era la esperanza del pueblo y al que había que matar era a Batista. Entonces yo les dije que por culpa de una bomba mataron a mi hermanito, y las dos se asustaron mucho, me mandaron a callar y me dijeron que los niños sólo hablan cuando las gallinas hacen pis. ¿Tú sabes cuándo mean las gallinas, avi?

Todos, excepto Eva, rompieron a reír. Y el niño, viendo que le celebraban la gracia, no tuvo reparos en seguir.

—Yo quiero que el yayo me diga la verdad. Quién es el malo y el bueno, ¿Batista o Fidel?

Javier fue a tomar la palabra, pero Joaquín volvió a interponerse. Le explicó al nieto que el país estaba en guerra.

—¿Como los indios y los cowboys?

—Algo parecido, sí. Mira, en las películas de vaqueros hacen ver que los indios son los malos y los vaqueros los buenos, pero los indios no son tan malos como los pintan, luchan por sus tierras, por su pueblo, por su derecho a ser libres, y cuando asaltan las diligencias, es para quitarle el oro a los ricos y dárselo a los pobres, que no tienen nada.

—Entonces... ¿los malos son los ricos?... Pero mamá es rica y no es mala... Les compra juguetes a los niños del central. Y papá también tiene dinero y es buenísimo con todo el mundo. Toda la gente lo quiere lo mismo que a mi mamá. El que sí tiene ojos de malo es Fidel. No me gustan ni sus ojos ni su barba. Me da miedo.

—Vaya —dijo Javier con ironía—, parece que esa intuición nata de poder leer lo que asoma en las miradas la ha heredado mi sobrino. Tiene la veta del abuelo, sí, de ese personaje del que nunca hablas salvo para decir que tenía vista de águila. Bueno, lo que se hereda no se hurta. ¿No es así, papá?

El Bobby, tratando de encontrar la manera de poner la guinda y desviarlos del tema que empezaba a calentar los ánimos, se deshacía en halagos.

—La verdad que este lechoncito de Lola está para chuparse los dedos. Y la yuca, ni se diga, blandita como panetela. ¡Ah! Y los frijoles. ¿Qué me dicen de los frijoles negros? Nadie en el mundo les da el punto que sabe darle Lola.

Pero ninguno participaba de los elogios, menos aún estando pendientes de Eva, que tras oír a su suegro y las respuestas de su hijo desprendió su mano de la de Miguel y saltó como un resorte, encorajinada con Joaquín.

—Sí, Miguelín; los ricos, según tu abuelo, somos siempre los malos de la película. Merecen el peor de los castigos, hay que quitárselo todo y dárselo a los que no tienen nada. Eso, eso es lo que va a hacer el jefe indio Pluma Dorada y su tribu cuando bajen de la Sierra Maestra, van a dejar a los ricos sin plumas y cacareando. Y lo que es protestar y llevarle la contraria, ni cuando meen las gallinas.

—Evita —dijo Joaquín apenado—, yo no he querido decir... Sólo intentaba explicarle a Miguelín...

—No querías decir, pero lo dijiste; no te culpes. ¡No, qué va! Si así mismo, como tú, piensa la mayoría de este pueblo. Ya verás cómo se le suman en manada en cuanto caiga Batista.

Entonces estalló Javier y las esquirlas de la detonación se desperdigaron sobre los restos de la cena que quedaban encima de la mesa.

—No habrá más ni ricos ni pobres, ni más burgueses ni esclavos; no habrá más desigualdades entre negros y blancos, ni tiranos, ni amos, ni Dios... Todos seremos iguales, igualmente miserables... —añadió. Y puesto en pie, hizo tintinear su copa golpeándola con el cabo del cuchillo diciendo—: Venga, levantemos nuestros brazos como buenos proletarios y cantemos todos *La Internacional*: «¡Arriba, parias de la tierra! / ¡En pie, famélica legión! / Atruena la razón en marcha: / es el fin de la opresión...».

—Basta, Javier, *si us plau, calla ara mateix*. Vete a *fer punyetes!* —exclamó Joaquín, iracundo, pegando un manotazo en la mesa.

Javier, que conocía de sobra el carácter que se gastaba su padre y el punto de ebullición al que llegaba cuando le salían a borbotones palabrotas en catalán, imitó a su sobrino Miguelín, que viendo la que se había armado en la mesa se había cosido la boca esperando a que las gallinas decidieran hacer pis...

Miguel, que había vuelto a retener las manos de Eva entre las suyas, sin dejar de estar pendiente de su madre que, a punto de echarse a llorar, permanecía encogida en un extremo de la mesa al lado de nana Rosa que, hecha también un ovillo, trataba de consolar a Lola, sin cesar de persignarse invocando a las siete potencias africanas, decidió ponerse en pie situándose entre su madre y la nana. Luego de alzar su copa y de hacerla tintinear con el cabo del cuchillo para llamar la atención, apuntó que eran las doce, había entrado la Navidad y era hora de intercambiar los regalos y hacer votos por la paz y la felicidad familiar.

—Brindemos por que el próximo año celebremos unas Navidades colmadas de dicha y bienestar.

Pero Joaquín, con la iracundia aún a borbotones hirviendo al baño de María, pegó un puñetazo que estremeció de punta a punta la mesa y dijo:

—Yo brindaré por que el año que viene haya caído Batista. Por que Fidel haga elecciones como ha prometido que hará en cuanto baje de la Sierra y que sea el pueblo soberano y libre el que decida.

—Y yo por que el año que viene Santi Clo me traiga un hermanito o... hermanita. Me da igual —dijo Miguelín alzando su copa con Coca-Cola.

La frase de Miguelín les devolvió mágicamente las sonrisas y el brindis no se hizo esperar. Mientras Lola cerraba los ojos, apretaba fuertemente los párpados y le pedía con todas sus fuerzas a Dios y a la Caridad del Cobre que se llevaran de la isla al tirano, que no pusieran más bombas, que no muriera más gente y que su velero hundido y destartalado se echara de nuevo plácidamente a la mar.

Dios y la Caridad del Cobre escucharon sus ruegos, y salvo lo del velero apacible la complacieron en casi todo lo demás. El año 58 se les fue de un pestañazo entre lo que decía radio bemba y la radio de los rebeldes desde las lomas. Las columnas de Camilo y el Che ya habían tomado Santa Clara en el centro de la isla, y las tropas rebeldes avanzaban hacia la capital mientras el pueblo se les unía a su paso en cada zona liberada con vítores de euforia y esperanza, confiando en que la caída del tirano estaba a punto de llegar.

Cercanos al mes de diciembre, Miguel, tras otro conato con Enrique, el jefe de redacción, se arriesgó a publicar en el diario

La Nación un anuncio enigmático que decía: «¿Que es el 0-3-C?», y hacía alusión a una propaganda comercial asociada a la salida de un supuesto tónico para el cabello creado por la marca Moreci: cero canas, cero caspa, cero calvicie. En realidad era un mensaje camuflado que había filtrado Radio Rebelde y que buscaba impedir que el pueblo habanero celebrara las Navidades y se sumara a la consigna: cero compras, cero cine, cero cabarets. A través de radio bemba la consigna se difundió en toda Cuba.

«Ya te podrás divertir, pero hoy la sangre conmina. Cuando el tirano asesina, ¿a qué cine vas a ir?»

«Por cualquier capricho vano vas a comprar en exceso… Y cuando gastas un peso está cayendo un cubano.»

«Cae la sangre de tu hermano derramada por su fe. ¡Ayuda tú, ponte en pie! No traiciones a tu tierra, si toda Cuba está en guerra. ¡No vayas al cabaret!»

No sólo dejaron pasar la Nochebuena por debajo de la mesa, sino que las celebraciones navideñas se resumieron en una frase previsora de Miguel que, temiendo una oleada de sabotajes en las tiendas, los cines y los cabarets, se limitó a alertar a la familia con un mensaje telefónico, que aunque dicho en clave quedó más claro que el agua. «Nosotros cerramos la tienda en estos últimos días, mamá, porque ha llovido tanto que hemos tenido goteras… No vayan a salir de casa. Hay una epidemia de gripe tremenda por la calle. Cuídense, tú y papá de no cogerla.»

—Caray, Miguel —dijo Eva—, si nos tienen pinchado el teléfono como tú piensas, lo de la epidemia por la calle bastaría para que nos quemaran el culo. Está cantado lo que quisiste dar a entender.

—Oye, Evita —dijo el Bobby, que había subido al penthouse a esperar el año nuevo con ellos—, mejor no tientes a tu marido. Bastante hace el muñecón con sujetarse la lengua. Deja al troglodita en reposo, que si se despierta y salta el perico entonces sí que nos ponemos en candela.

A punto de dar las doce, cuando Miguel se disponía a llamar por teléfono a sus padres para felicitarlos por la llegada el nuevo año 59, que dadas las circunstancias era la primera vez que se cohibían de festejar en familia, sonó el teléfono y Eva se apresuró a responder pensando que eran sus suegros.

—Eva, es Enrique, estoy aquí, en *La Nación*. Siento llamarlos a estas horas, pero Miguel tendrá que venir al periódico de urgencia. Nos ha llegado la noticia de que Batista se fue...

—¿Qué te pasa, Enrique? ¿Estás borracho?

—No, Evita, atiéndeme. No estoy curda. Te hablo en serio. No se trata de una bola. La noticia la tenemos de fuentes fidedignas. ¿El Bobby está con ustedes?

—Sí... —dijo Eva nerviosa—. Está aquí, en casa... Bueno, pasados de tragos igual que Miguel y que yo. Abrimos tres botellas de champán y ya las hemos vaciado.

—Entiendo... pero tienen que venir los tres volando a la redacción. Esto no es broma. Batista se fue al carajo. Tenemos que dar el palo periodístico.

> No se establece una dictadura para salva-
> guardar una revolución; se hace la revolu-
> ción para establecer una dictadura.
>
> GEORGE ORWELL, *1984*

Nadie durmió. La noticia de la huida del tirano Fulgencio Batista se propagó por toda la isla y el pueblo desbordó las calles
con alaridos de euforia: «¡Cayó el tirano! ¡Viva Fidel! ¡Viva la
revolución!». A la euforia y el ardor de las masas se sumaron
los saqueos de los casinos de juego, de las casas de los chivatos
y esbirros batistianos; se dio caza a todos aquellos que no habían salido echando en aquellos tres aviones en que se fugó
Batista. Los parquímetros colocados en las calles habaneras
fueron arrancados de cuajo, muebles, colchones, alfombras,
cuadros con la figura del dictador, fueron destripados y que-
mados en las piras del pueblo enardecido. Los cláxones de los
autos no cesaban de sonar en señal de júbilo, las banderas roji-
negras del Movimiento 26 de Julio ondeaban por todas partes.
Hombres, mujeres y ancianos esperaban la llegada de los barbudos, ansiosos de celebrar con ellos la victoria. Se sabía que
la caravana de Fidel, que había salido de Santiago de Cuba y
recorría la isla, estaba por arribar a la capital y millones de
habaneros la aguardaban. «Hay que tener fe que todo llega»,
pregonaba una célebre locutora de televisión, alentando al
pueblo de que el triunfo se acercaba y finalmente llegó: el día
8 de enero de 1959. Al compás de la guitarra de Carlos Puebla,
que cantaba un estribillo premonitorio que decía: «Se acabó la
diversión. Llegó el Comandante y mandó parar», el Comandante hizo su entrada a La Habana. Llegó como llegan los hé-

roes, cargado de gloria y de leyenda, enfundado en su uniforme verde olivo, el color de las ramitas que portaban las palomas como símbolo de paz; llegó montado en el tanque Sherman color olivo, que lideraba la caravana, con su pequeño hijo en brazos, y rodeado de más tanques y barbudos verde olivos. El color de la paz y la esperanza. Y también llegaron las palomas volando sobre el héroe en bandadas. Los vítores desgañitaban las gargantas, brotaban de la muchedumbre aglutinada a su paso. Los ojos no daban crédito a lo que veían. No sabían si era un sueño o el despertar de una pesadilla sangrienta que daba paso a la gesta libertaria. Pero allí estaba; se había apeado del tanque y podían tocarlo, darle la mano, saludarlo de cerca. Las madres vestidas de rojo y negro lo abrazaban; los niños, disfrazados de rebeldes con barbas postizas pegadas a sus caritas, le hacían coro. Era el paladín, el libertador, el mesías que había enviado Dios para salvar a Cuba. Era Dios, un dios barbudo, vestido de rebelde.

Joaquín decidió quedarse en casa pegado al televisor, porque aunque se mantenía en su postura de no dar su brazo a torcer tenía la frase de su nieto Miguelín, sentado en la silla turca, petrificada en su cerebro: «Fidel tiene ojos de malo, su mirada y su barba me dan miedo». A la ocurrencia del crío se le unía la sorna de su hijo Javier: «Vaya, que mi sobrino ha heredado la veta intuitiva de ese abuelo que tenía vista de águila». Pero quizá lo peor de todo, lo que lo mantuvo atornillado al butacón, sin lanzarse a la calle a celebrar la caída de Batista, era la frase de Shakespeare que sin saber por qué puñetas le venía dando vueltas en la cabeza como si fuese un tiovivo. «Hay puñales en las sonrisas de los hombres; cuanto más cercanos, más sangrientos.» Era una frase de *Macbeth*, que el tiempo había convertido en una cita emblema de la traición. Comenzó a desesperarse por que la cámara le hiciera un zoom al Comandante; le urgía verle los ojos, retratarle la mirada. Fue entonces que Lola y Herminia entraron por la puerta, sudorosas y agitadas, acompañadas de Pascual.

—No cabe un alfiler de punta entre la gente. Qué molotera, por Dios, pero logramos ver de cerca a Fidel. ¿Me oyes, Joaquín? —preguntó Lola—. Debías haber ido con nosotros...

Ninguno de los tres supo decir después si lo que le escucharon decir a Joaquín entre dientes fue que lo escucharon de verdad o fue sólo obra de la imaginación.

—Miguelín heredó la veta del viejo ogro. El hombre trae en los ojos puñales de traición.

Las primeras puñaladas no se hicieron esperar. El Comandante convocó a las masas a la Plaza Cívica, que seguía siendo plaza pero no cívica y había cambiado su nombre por el de Plaza de la Revolución. Allí, delante del monumento a José Martí, frente a una multitud enfebrecida que escuchaba su discurso, y apelando a la justicia revolucionaria, pidió al pueblo cubano la aprobación de los juicios sumarísimos donde se les aplicaría la pena de muerte por fusilamiento a todos los esbirros y secuaces de la derrocada tiranía. Las masas, inflamadas por el odio y atizadas por las palabras de su líder, aprobaron las ejecuciones unidas en un solo grito: «¡Paredón!». El comandante Ernesto Guevara, más conocido como el Che, fue nombrado jefe de La Cabaña, otra fortaleza del tiempo del coloniaje que habría de pasar a la historia por el muro cubierto con la sangre de los ejecutados.

Miguel afrontó las primeras confrontaciones en el periódico al hacer pública la noticia del número de ejecutados. Entre enero y abril del 59 fueron mil los detenidos y ya alcanzaban las cifras de los quinientos cincuenta llevados al paredón.

La prensa internacional y las Naciones Unidas se hacían eco de los fusilamientos mostrando espanto e indignación. Mientras el comandante Guevara, en su condición de jefe de La Cabaña y a cargo de los juicios sumarísimos, ordenaba las ejecuciones apenas de un pestañazo. Los discursos de los dirigentes de la Revolución se sucedían, a la par que los fusilamientos y las leyes expropiatorias. Miguel los publicaba íntegramente en *La Nación*, sin tan siquiera detenerse en leer aquellas verborreas interminables que el pueblo aplaudía, vitoreaba y hacía suyas sin tener en cuenta la virulencia cada vez más agudizada que partía de las bocas del Che Guevara y el Comandante en Jefe, Fidel, donde tildaban de gusanos a los que no estaban de acuerdo con las medidas dictadas por sus líderes y se resistían a alabarlas con descomedida euforia. Y resultó que fue precisamente la primera vez que escuchó la palabra «gusano» en boca de un líder de la Revolución, que a Miguel le entró la taranta de sublevarse y disentir de aquel epíteto injurioso y repugnante con que pretendían estigmatizar públicamente a todo el que se saliera del redil arropador de las masas. Decidido a no admitirlo, se lanzó al monte y redactó un editorial oponiéndose de aquel infame calificativo que, aparte de no llegar a ver la luz, llegaría a costarle más caro que todas las violaciones de la censura que se atrevió a publicar cuando Batista.

Enrique, el jefe de redacción, que ya había puesto escollos a algunas de las noticias anteriores que Miguel se empeñaba en publicar, se opuso tenazmente a que el editorial saliera en *La Nación*.

—¿Qué pasa contigo, Enrique? Ya no pareces el mismo. Te opones a que la prensa se exprese con libertad. Tendrán que matarme para hacerme callar.

—Pues no dudes que lo harán, para eso existe un paredón, Miguel, para eliminar a toda la gusanera que aún apoya a Batista.

Miguel no podía dar crédito a lo que oía.

—Pero... ¿te han comido el coco o qué? Se te olvida que eras tú el que te cagabas cada vez que hacíamos públicas las fotos de los cadáveres que aparecían torturados o tirados en la calle con algún niple en el pecho. Me acuerdo cómo te pusiste cuando sacamos a la luz las cínicas palabras con que Ventura Novo nos recibió en la novena estación y la foto de los prisioneros que muy pocos tuvimos los cojones de hacer pública.

—Esto que me estás diciendo hoy te va a costar muy caro, Miguel. Las cosas han cambiado. Ya nadie aquí es el mismo.

—No, si ya lo veo. ¿Qué me estás diciendo, que en este país se ha acabado la amistad? ¿Que ya no se puede hablar de amigo a amigo?

—Ahora soy tu compañero. Y dejaré de serlo si intentas traicionar a la Revolución. No lo olvides.

Miguel se presentó ese día en casa de sus padres traspasado por el dolor. A pesar de su costumbre de guardarse para sí aquello que podía disgustar a su familia, de su condición de hombre reservado y su carácter tan proclive al mutismo y la discreción, ese día hizo catarsis y lo soltó todo ante Joaquín, Lola y sus tíos; incluso llegó a repetirlo y descargarlo de nuevo cuando Javier, el Bobby y Eva aparecieron más tarde por la puerta. Ensopados por el aguacero torrencial que estaba cayendo en La Habana como un presagio del diluvio de acontecimientos que se avizoraba ya en el horizonte de la isla.

—Pero ¿de dónde vienen ustedes? Están chorreando de la cabeza a los pies —preguntó Lola, más preocupada por el aspecto que traían los tres retratado en sus rostros que por el charquero de agua y fango que habían dejado en su puerta.

—¿Dónde está Miguelín? —fue la primera pregunta de Eva al entrar.

—Se fue con Mary y su primo Quim a merendar. Seguro que lo ha cogido el aguacero.

—Me alegro que no estén. Ni estando Batista en el poder, me cuidé tanto de hablar delante de los niños.

Los papeles parecían haberse trocado. Miguel, el que evadía siempre la política, el más callado y cauteloso en no encender las alarmas familiares, despotricaba hasta por los codos diciendo que vivía una pesadilla donde no podía confiarse siquiera en los amigos de los años, porque nadie era ya amigo de nadie y la traición era la palabra del día.

Javier y el Bobby, los cacareadores y parlanchines, los que le echaban con el rayo a los políticos de turno y a la amenaza

351

roja de los comunistas, permanecían más callados que un sepulcro, chorreando agua en medio de la sala sin tan siquiera sentarse como Dios manda o les mandaba Lola, que les traía toallas y más toallas pidiéndoles que se secaran porque cogerían una gripe monumental.

—Monumental es lo que se nos avecina —dijo Eva—. Acabo de hablar con Alipio por teléfono y me ha avisado de que van a intervenirlo todo: los ingenios nuestros y también las propiedades de los americanos. Dice que ya viene sonando que en menos de un mes nos van a aplicar la ley que firmó Fidel en el Manifiesto de la Sierra: la Reforma Agraria. Nosotros somos latifundistas que nos hemos apropiado de las tierras del campesinado y la Revolución va a devolvérselas.

—No es posible —dijo Joaquín—. Son bolas de radio bemba. ¿Quién se cree que los americanos se van a dejar expropiar de todo lo que tienen en este país? Tendrían que pagarles millones por todo lo que les quiten. Se armaría una muy gorda. Bah, Evita, no digas boberías, nena. Alipio habrá oído campanas sin saber dónde.

—Tú nunca te crees nada, papá. Hasta que no te pisen el callo, la cosa no va contigo. Estamos ensopados porque tuvimos que hablar en la calle debajo del aguacero con un abogado compañero nuestro que nos contó lo que de verdad está sucediendo en La Cabaña. Nuestro amigo está muerto de miedo, le aterrorizan hasta las paredes porque dicen que tienen oído. Es doctor en Derecho, su nombre me lo reservo, pero el caso es que ha estado trabajando en la Comisión Depuradora como instructor de expedientes bajo las órdenes del Che Guevara, que, según nos dijo, está ordenando ejecuciones a troche y moche. Muchos son enviados al paredón sin pruebas incriminatorias y sin posibilidad de defenderse ante la justicia. Cientos de hombres han sido condenados a la pena de muerte de esa manera, mediante sentencias preestablecidas. Pero claro, papá, tú dirás que son bolas, cuentos de caminos... y todo eso. Quiera Dios que a Miguel y a mí no nos toquen un pelo ni nos envíen a La Cabaña, porque entonces sí te la ibas a sentir tú en los mismísimos cojones.

—¡Dios y la Virgen nos proteja! —exclamó Lola, corriendo a encenderle una nueva vela a la Caridad del Cobre.

Mientras Joaquín, meditabundo, le ponía una mano en el hombro a Javier, diciendo:

—Te lo suplico, Javier. Por más que tengas razón, no te pases. Tu madre está sufriendo mucho, y aunque no te lo creas, yo no estoy hecho de hierro; sufro a la par que ella y ustedes.

A la mañana siguiente, Miguel apareció en la redacción dispuesto a armar la tangana y publicar el editorial sobre el epíteto de gusano con que pretendían estigmatizar y marcar con un hierro al rojo vivo a todos los que tuvieran una opinión contraria a los dictámenes de la Revolución. Entonces se declaró la guerra que comenzó por Enrique y terminó difundiéndose por toda la redacción.

—Voy a llevarlo a la imprenta, Enrique. Todavía soy el director y el propietario de *La Nación*, y soy yo y no tú el que da aquí las órdenes.

—Te vas a arrepentir, Miguel, de no hacerme caso. Todavía... eres el que manda, pero no te queda mucho para seguir ordenando. Aquí manda la Revolución. Los que pensaban como tú y te apoyaban se han largado al carajo como todos los burgesones. El ricachón corrector de estilo y varios más que eran tu mano derecha. Batistianos de mierda viviendo a costilla de este pueblo.

A Miguel le costaba reaccionar; seguía creyendo por momentos que vivía la peor de sus pesadillas, su lado más noble y bondadoso de hombre sincero sin dobleces de moral dispuesto a tender la mano, a dar la cara sin dejarse aventajar por el odio incluso cuando era el odio y la muerte lo que prevalecía entre él y su enemigo. Tendió ante Enrique su puente de plata.

—Escúchame, Enrique; quieras o no, fuimos amigos. Compartiste mesa en mi casa, montamos caballos juntos en Mulgoba. Mi mujer nunca tuvo en cuenta la manía que le tenías cuando leías sus artículos y le complacía invitarte a ti, a tu esposa y a tus hijos a la finca. Tus hijos correteaban por los jardines con mi hijo. Hemos compartido tragos, hemos sido...

—Mejor me escuchas tú a mí, Miguel. No vas a ablandarme con nada de lo que dices. Lo último que puedo hacer por ti es alertarte. Darte un buen consejo. Tu mujer es la hija de un esbirro, da igual que fuera o no del gobierno de Batista; para los revolucionarios todos los politicastros de los gobiernos anteriores se miden con la misma vara. O sea, apestan igualmente a mierda. Para colmos su padre tuvo que ver con la mafia, o al menos se comenta que por la delación de un mafioso tu suegro se quitó la vida.

—Evita no trataba con su padre. Ese hombre no era mi suegro, me odiaba al punto de intentar matarme.

—Déjame terminar. Nadie te va a creer nada de eso... No podrías demostrarlo. Te aconsejo que te separes de Eva; pídele que se vaya al Norte, y quítate su sombra de encima. La otra sombra que te perjudica es la del Bobby; además de ser hijo de un latifundista que fue ministro de Prío, es un maricón de...

Miguel no lo dejó continuar. Enrique era un hombrecillo enjuto y miope, que usaba unos lentes gruesos como cristales de botella. Miguel no sólo le astilló los lentes y le rompió la nariz de un derechazo, sino que de un izquierdazo lo hizo saltar por encima de las mesas de la redacción lanzándolo de bruces contra el suelo, y aun así, ausente ya de cordura y bestializado al máximo, le estuvo dando patadas hasta que los negrones troncudos de la imprenta subieron a sujetarlo.

—Ya quisieras tú, hijo e'puta, mal parido, traidor de mierda, tener la hombría y los cojones que tiene ese maricón que tú dices. Tú sí que eres un gusano asqueroso y miserable —decía soltando patadas al aire y amenazando aplastarlo como una larva verde y repugnante.

Como una fiera rabiosa, suelta y sin vacunar estuvo forcejeando hasta que llegó el G2, la seguridad del Estado, al que habían avisado sus propios compañeros. Entonces dos mulatos de cuello taurino, más troncudos que los negrones de la imprenta y más grandotes y forzudos que el gigante Alipio, le colocaron las esposas y a rastras lo sacaron de la redacción bajo la vista de todos los periodistas que por años habían integrado aquella gran familia que chocaba copas con Eva y compartían con Miguel mesa de convite en los festejos de la prensa. Todos sin excepción lo vieron salir esposado sin una señal de protesta y sólo algunos, los menos, agacharon la cabeza para despedir a su jefe con un último gesto de vergüenza.

A Eva le agarró la noticia de que a su marido el G2 lo había metido en un calabozo, mientras consultaba en el bufete de su cuñado Javier la circular con la firma del comandante Fidel Castro, donde le anunciaban que en apenas quince días la expropiarían de su finca, sus ingenios y sus tierras.

Javier y Mary leían y releían la circular, pero mientras más la leían y más vueltas le daban volvían de nuevo al punto de partida.

—No hay nada que hacer, Evita. Es la ley de la Reforma Agraria, dictada y firmada por quien tú sabes... Te la van a aplicar a ti y a todos los que esta gentuza tilda hoy de latifundistas y terratenientes.

—¿Y qué voy a hacer con todo lo de la finca? Los caballos, el mobiliario. Supongo que a la familia de nana Rosa no la dejen en la calle por trabajar para mí y que no saquen a Alipio de la casita de piedras.

—Mucho me temo, Evita, que lo único que vas a poder rescatar de Mulgoba es a nana Rosa.

—La traeré de nuevo a casa. ¡Dios mío! Con lo descansada y tranquila que estaba viviendo allí. Si no me vuelvo loca de esta...

—Tranquila, Evi, ahora más que nunca toca conservar la calma —dijo Mary.

—Oye, y dónde anda mi hermano. Me canso de llamarlo a su despacho y no contesta. ¿Ya sabe que recibiste la circular?

—No, estaba tan cabreado ayer que he preferido esperar, pero ahora que lo dices, Javier... Voy a llamar a la redacción, si nadie contesta en su despacho... Enrique debe saber en qué está.

Pero por más que dejó sonar el timbre en el teléfono de Enrique, tampoco le respondieron. Empezaba ya a alarmarse cuando en el tercer intento una voz de mujer le contestó.

—Hola, soy Eva. ¿Quién me habla?

—¿Es la seño... compañera Eva? Oiga, le habla Cary, la chica de la limpieza. Usted perdone que la llame compañera, pero si le digo señora, bueno, ya sabe, me echan. Eso de decir señora ahora está muy mal visto...

—Bien, Cary, ya sé, es un vicio pequeño burgués. No importa, llámame como mejor te parezca, pero ponme con Enrique, por favor, es urgente.

—El seño... compañero... Enrique está en el hospital. ¿Es que usted no sabe ná?

Eva respondió que no sabía; insistió en que le explicaran qué pasaba y la chica dio rienda suelta a la lengua.

—Es que aquí se ha armao una muy gorda. Entre Enrique y su marido. Yo estaba limpiando los cristales de pasada y lo único que sé es que los dos se engrescaron y el seño... compañero Enrique le soltó al señor... compa... en fin, al director, su marido, que le diera a usted de lao, por ser ricachona, hija de un esbirro y gusana, y lo mismo le soltó del Bobby pero además de ricachón y gusano lo llamó mariconazo. El caso es que el seño... compa... Miguel le jaló un trompazo que lo dejó descuarejingao y si no llega el G2 y se lo quitan lo mata a patadas.

—¿El G2? Pero... ¿qué dices? ¿Estás segura?

—Tan segura como que estoy hablando con usted. Se lo llevaron los segurosos.

Es curioso que sea siempre el silencio lo que precede al terror, imponiéndose de un golpetazo al vocerío de la angustia, invalidando la estampida de pavor que se anuda y atasca en las gargantas sin emitir un sonido. Afásicos y sin cruzar otra palabra que no fuera la de calma, porque en la calma estaba la fuerza, llegaron Javier y Eva a la mansión de la Quinta Avenida con la Calle Catorce en Miramar, donde estaba la sede del G2 con sus mazmorras y salas de interrogatorio, conocidas ya por boca de radio bemba como las cajas de los martirios, porque los detenidos eran sometidos a interminables tormentos psicológicos durante días, semanas o el tiempo que fuera necesario para dejarlos blanditos como papillas o vueltos un vegetal al más puro estilo de la KGB de los estalinistas soviéticos. Eva reconoció de inmediato la residencia de una de las familias más adineradas del país, que solía compartir en las fiestas del Country Club y en su casona del Laguito, que como otras tantas familias adineradas había puesto pies en polvorosa renunciando a todo lo suyo y avizorando ya lo que venía. La casona estaba alfombrada desde la entrada, contaba con aire acondicionado y tanto en el mobiliario como en la decoración conservaba el mismo aspecto que lucía en los viejos tiempos de sus dueños.

Por un momento y a pesar del pesar que traía encima, no pudo evitar que la sobrecogiera un flashazo repentino de la que fuera su casa del Laguito y de su finca de Mulgoba, que dejaría de ser suya en pocos días, y le vinieron a la mente imágenes de hombres hechos zombies, sin señales de torturas en sus cuerpos pero con el cerebro borrado y la mente en blanco, sin recuerdos. A punto estaba de perder la calma y entrar en estado de pánico, cuando las recibió en su oficina un coronel del G2.

El oficial, uniformado y con la pistola al cinto, los invitó a tomar asiento en su oficina, con gesto de amabilidad, mientras desnudaba a Eva con la vista.

—Somos abogados; él es mi cuñado y yo la esposa de Miguel Alegret. Venimos a que se nos informen los motivos de que a mi marido lo haya detenido el G2 y no la policía.

—A ver —dijo el coronel revisando una lista que tenía delante—. Sí, el ciudadano Miguel Alegret está aquí. ¿Cómo es su nombre, ciudadana? Eva, correcto. Pues mire, Eva, aquí todos los órganos de la Revolución somos lo mismo. No hay ninguna diferencia entre la policía, el G2 y el ejército. ¿Entiende? Todos respondemos al pueblo y a la Revolución. En cuanto a su marido, bueno... todavía no ha pasado el interrogatorio, así qué ningún informe puedo remitirle de momento. Lo que sí le puedo decir es que me notificaron que su marido se puso gallito porque su jefe no lo dejó publicar no sé qué y ahí mismo montó una bronca que mandó al compañero al hospital.

—Mire, coronel. En primer lugar, el jefe no es al que mandaron al hospital, sino mi esposo, que es el director del periódico, y es mi marido y no Enrique el que decide lo que se publica.

—Compañero Enrique —le rectificó el coronel, que se había acomodado en su silla giratoria, cruzando los pies calzados con unas botas rústicas sobre los papeles del buró mientras se alisaba la barba de chivo sin apartar de ella los ojos.

—Enrique —continuó diciendo Eva—, y puedo citarle testigos, insultó a mi esposo, le faltó el respeto al ofenderme a mí llamándome ricachona, gusana y diciendo que era hija de un esbirro. Si a usted le dijeran eso de su esposa, ¿cómo cree que reaccionaría?

—Seguramente igual que su marido —respondió el coronel con una sonrisa maliciosa—. Sólo que yo no tengo esposa sino compañera, y nadie podría llamarla ricachona, ni gusana ni hija de esbirro, porque su padre es un campesino que luchó en la Sierra con el Comandante, y mi mujer, una guajirita de Oriente que vino a conocer La Habana cuando llegamos nosotros los rebeldes.

Eva se enfrascó en una perorata legislativa donde habló de los derechos de Miguel, de que la ley establecía que no podía estar retenido más allá de cuarenta y ocho horas sin que le levantaran un acta y le pusieran en libertad. Que las broncas no se juzgaban en términos políticos, menos aún cuando se trataba de ofensas a la honorabilidad. Mientras el coronel ladeaba la cabeza y sonreía con malicia, diciendo que las únicas leyes eran las de la Revolución y que la Revolución estaba en el derecho de defender al pueblo de sus enemigos.

A pesar de que Javier le pegaba manotazos disimulados a su cuñada por debajo de la silla para que no perdiera la compostura, Eva se envalentonaba cada vez más. Alegó que su marido no era enemigo de nadie, que era un hombre del pueblo, mulato, de condición humilde, que todo lo que tenía era gracias a sus esfuerzos en el trabajo, que trataba a sus empleados como compañeros y más aún como una gran familia. Que ella no era ninguna gusana, que no había tocado nunca un centavo de su herencia, que su padre... no era batistiano, que podía aportar pruebas de que Batista lo había cesado de todos sus cargos en el gobierno. Que no mantuvieron trato familiar alguno y que había fingido un atentado que le costó la vida a su hermano intentando matar a su marido. Llegado a este punto, se desmoronó y rompió a llorar.

—Le traeremos pruebas de que todo lo que dice es cierto —dijo Javier, sin saber qué hacer para consolar a su cuñada y no dejarse llevar él mismo por envalentonamiento que ya no sabía cómo aguantar—. Es una injusticia, una arbitrariedad. Somos abogados y apelaremos a la ley y a nuestros derechos ciudadanos. No vamos a permitir ninguna componenda política contra mi hermano.

El coronel no se inmutó. Sólo dijo que no podía ver llorar a las mujeres. Menos a una mujer tan bella como la que tenía delante porque le partía el corazón.

Y les propuso que pasaran a ver a Miguel para que no pensaran que había ni componendas ni arbitrariedades. Eso sí, dijo:

—Les recomiendo que como familia hagan para que se le bajen los humos. Quién quita que su mujercita y yo podemos llegar a entendernos sin que su maridito tenga que ir a los tribunales. Está en tus manos, Evita... —dijo manoseando el nombre de Eva con el borde de su lengua lujuriosa a la vez que la encueraba descaradamente con sus ojos de caimán.

En aquel momento, ofuscada como estaba, y desesperada por ver a su marido, Eva fue incapaz de captar el mensaje, pero en cuanto el coronel los hizo pasar a la sala donde esperarían que trajeran a Miguel y se quedaron a solas, Javier, sin poder contener su indignación, le dijo a su cuñada:

—¿Sabes lo que quiso decir ese hijo de puta con eso de que está en tus manos?

Ella lo miró con ojos interrogantes.

—Pero... ¿no lo entiendes? Te está diciendo que si te acuestas con él, todo esto quedará en agua de borrajas.

Eva tragó en seco un par de veces antes de responder.

—Cállate, Javi, pueden oírnos. Todo esto debe estar comido de micrófonos.

—Oye, tú no pensarás dejarte intimidar por ese puerco chantajista...

Pero tuvieron que abandonar el tema porque en ese justo momento entraban dos segurosos trayendo a Miguel custodiado entre ellos.

Miguel se mostró entero, aunque tanto Eva como Javier sabían que la procesión iba por dentro. No quiso hablar ni palabra de las condiciones del calabozo en que estaba. Sólo dijo que no se arrepentía. «Perdí los estribos, de acuerdo, pero si me traen ahora a Enrique y me lo ponen delante lo vuelvo a moler a golpes. Es él y no yo el que debía estar aquí por haber traicionado mi confianza y mi amistad.» Se habían encontrado en una salita alfombrada con una mesa de estilo por el medio; nada podía hacer imaginar el infierno de las mazmorras que se escondía tras las paredes. Como les advirtieron que no podían tocarlo, Eva se besó el dedo índice y le hizo llegar el beso a su marido soplándolo con su aliento y él repitió el gesto besándose el suyo y dedicándole una mirada que le atravesó a ella el corazón.

—Te sacaremos de aquí, Miguel —le prometió Javier.

—Te amo —dijo Eva—. Recuerda aquella frase de Cummings que me enviabas en tus cartas: «Llevo tu corazón conmigo, lo llevo en mi corazón». Haré lo que tenga que hacer para tenerte de nuevo en casa. Lo que tenga que hacer. No lo olvides.

Pero Miguel no salía. Las semanas pasaban y seguía sin que le levantaran acta ni dieran explicaciones concretas de por qué lo retenían en los calabozos del G2 (verdaderas cajas del martirio, como las denominaba radio bemba), donde los tubos de refrigeración alternaban soplos de frío con soplos de calor; pasaba de soportar un aire polar que lo dejaba hecho un pingüino, al suplicio de resistir un calor de mil demonios que levantaba ronchas en su piel y lo hacía sudar como un caballo y padecer hasta el agotamiento. Por las noches no dormía, no porque se le resistiera el sueño, sino porque hasta entrada la madrugada era sometido a interminables interrogatorios que Miguel afrontaba con una valentía encomiable. En sus horas de soledad en las mazmorras, había hecho enmudecer la voz del corazón para no pensar en Eva ni en su hijo, en sus padres y su familia, ni dejarse vulnerar por el amor. «La familia es tu punto flaco: tu madre, tu padre, tu hijo y más que todo el amor por tu mujer. Es por ahí que van a entrarte, no los dejes. No es hora de sentimentalismos, deja hablar por tu boca al guerrero que vive en ti. Tienes que dar la batalla, es sólo eso: otra batalla a ganar. Vas a salir de esto con vida igual que saliste vivito y coleando de las otras.» Su conciencia lo alentaba, lo impulsaba a enfrentar el fuego cruzado de las miradas y a elevar los niveles de su innata intuición. La voz de su padre se imponía por momentos: «Las intenciones de los hombres están escritas en sus ojos. Míralos siempre de frente, nunca apartes de ellos la mirada». Así, con los ojos clavados en los diferentes oficiales del G2, que desfilaban uno tras otro frente a él, soportaba los interrogatorios. Había oído decir a un reportero de *La Nación* que había entrevistado al Che Guevara, atreviéndose a preguntarle cómo conseguía transmitir ante el fotógrafo la fuerza de vista que quedaba plasmada en sus ya célebres instantáneas. La respuesta del Che fue que era una cuestión de técnica, y que se trataba sólo de mirar fijo al entrecejo de aquel que tuvieras delante. Miguel aplicó la técnica; se mantenía impasible con la vista fija en el entrecejo de su interrogador, sin siquiera pestañear, ni prestar atención a lo que le estaba preguntando. Pensaba en cualquier cosa, y para esto apeló a la técnica de su madre, que tenía la manía de buscarle parecido a la gente con los actores que veía en la pantalla. «Este cabrón se da un aire con Robert Mitchum cuando se dejó patilla para hacer de cowboy malo. ¿Cómo se llamaba la película? Si le pregunto a mamá seguro que se acuerda.» Dejaba volar sus pensamientos lejos de allí y los posaba en otra parte, al punto de llegar a descolocar al oficial que tenía cara a cara que pegaba un golpe en la mesa y hacía venir al coronel Cañizares, que tenía fama de ser el más canalla entre los canallas. La única vez que estuvo a punto de perder su compostura, fue precisamente estando frente al coronel.

—Sabe, coronel, usted se me parece a John Wayne, pero el apellido Cañizares me suena a esbirro de la tiranía. Cuídese las espaldas. Va y revisando a sus abuelos descubren que está emparentado con los hermanos Salas Cañizares, y ahí mismo lo acusan de batistiano.

—¿Te quieres hacer el chistoso? Carajo, eres duro de pelar. ¿Todavía te quedan ganas de joder? Lo de John Wayne te lo acepto porque soy un guajiro macho, llevo sombrero de ala ancha y calzo botas como él. Vaya, que no está mal, me va lo del parecido, chico. Te ha quedado bien el numerito. Lo del apellido de esbirro ya trae segundas intenciones. ¿Sabes por qué he llegado aquí? —dijo encimándosele sobre el buró—. Pues mira, es sencillito: además de ser un león pelao que bajó de las lomas, me han revisado al derecho y al revés y me llevan la cuenta hasta de las ladillas que tengo en el culo. ¿Qué te parece? A ti en cambio te persigue el fantasma de tu suegro por estar casado con su hija. De no ser una ricachona, te la envidiaría, porque está para comérsela y chuparse los dedos.

Miguel estuvo a un tris de espantarle un derechazo, pero la voz de su conciencia lo detuvo: «Stop, Miguelón, caquita, nene, al coronel no se toca. Deja a tu troglodita escondido en las cavernas. Te advertí que vendrían a pincharte por el lado flaco. No cejes. Resiste».

—¿Usted también trae segundas intenciones? Está acostumbrado a cepillarse a las guajiritas que se estrenan en La Habana y piensa que puede hacer lo mismo con mi mujer.

—¿Qué me quieres decir? ¿Que a las niñitas ricas y mimadas no les pica la chocha igual que a las guajiritas?

—Sí, les pica, pero la mía se rasca con esta —respondió Miguel, agarrándose el bulto de las entrepiernas.

—Pues peor para ti, chico. Ya le he dejado caer a tu preciosura que está en sus manos la posibilidad de liberarte. Si Evita y yo llegamos a un acuerdo, tú saldrías de aquí en un dos por tres. Limpiecito y sin una manchita en tu expediente. De no ser así, te irás conmigo a La Cabaña. Me van a designar como jefe de la prisión y pienso llevar conmigo los presos que mejor me caen, y tú me caes como una onza de oro, pero mejor me cae tu mujercita. Es un encanto y se ve que por sacar libre a su maridito está dispuesta a cualquier cosa.

—A cualquiera menos a abrirle las patas a un singao como tú.

—De acuerdo; este singao te meterá en La Cabaña y quién quita que allí no cambies pronto de opinión. Más gallitos que tú hemos visto desplumar y hervir allí en cazuela. Nos vemos pronto.

Dieciocho meses estaría Miguel en La Cabaña pendiente de ser juzgado, sin saber a ciencia cierta si lo acusaban por haberle roto un par de costillas al compañero jefe de redacción que en apenas unos meses, cuando intervinieron el periódico, tomó la dirección de *La Nación* y ahora le llamaban camarada Enrique, porque comía más candela que nadie, o simplemente por estar casado con una siquitrillada, como llamaban por entonces a los que la Revolución había partido por el eje, rompiéndoles el espinazo y dejándolos sin nada. En aquellos largos meses que a la familia Alegret le pesaron como un siglo, a Eva y a sus suegros los dejaron sin plumas y cacareando. No bastó que le expropiaran sus tierras, sus ingenios y su preciosa finca de Mulgoba, sino que le nacionalizaron Fashion y también los Almacenes Alegret, y se encontraron de golpe y porrazo de paticas en la calle. La tarde que le intervinieron Fashion, se presentó en la tienda acompañada del Bobby, convertido de nuevo en el Lazarillo de Tormes de los tiempos tormentosos. Los empleados, que habían compartido con ella años de esfuerzo y trabajo, se unieron a los milicianos que desbancaban la tienda y se apropiaban de las joyas de Chanel que aún se exhibían en la rueda de cristal en forma de la emblemática camelia giratoria. La hicieron salir a grito pelado sin que ninguno se apiadara y mucho menos se opusiera al desalojo. «Pin pon fuera, abajo la gusanera; pin pon fuera, abajo la burguesona; pin pon fuera, abajo los maricones.» «Que se vayan pa'l Norte, que se vayan», coreaban a ritmo de conga. Eva, convertida por obra y gracia del destino en un iceberg que apenas dejaba sobresalir la punta, salió de Fashion erguida, con la frente alta y la nuca desafiante y se fue directamente a los almacenes de sus suegros para brindarles apoyo en lo que a ellos les tocaba. En esos dieciocho meses el témpano de hielo que emergía de sí misma le consolidó el temple helándole el corazón; de otro modo no hubiera alcanzado la fortaleza de muralla con que hizo frente a la avalancha que se le vino encima. Joaquín tuvo un amago de un infarto y tuvieron que ingresarlo de urgencia. Lola no paraba de llorar, ni encender velas a la Caridad, que parecía estar sorda de cañón, según decía ella misma, porque por más velas que le encendiera y por más que le rogara la Virgen no la escuchaba ni le hacía puto caso. El Bobby, expulsado del periódico por desviaciones ideológicas y por haber sido cronista de la alta sociedad y pelado hasta el cogote de la riqueza de aquel monarca de la sacarocracia que había sido don Ramiro de la Nuez, vio partir hacia el Norte a sus padres y vivía de las escasas remesas que desde allá le enviaban. Cuando Joaquín se recuperó del achuchón del miocardio, Eva, que ya tenía a nana Rosa en su casa desde que la sacó de Mulgaba, cargó también con sus suegros y se los llevó a su hogar porque Javier había anunciado de golpe y porrazo que iba a aprovechar el puente aéreo para ponerse en la cola y pedir la salida del país.

—Fidel ha despojado a los americanos de todas sus propiedades. Papá decía que no podía, pero lo hizo a cojones. Usando la palabrita «nacionalización», se las metió en su bolsillo y se las robó; porque quitar sin devolver un centavo es robar, aquí y en la Conchinchina. Se ha peleado a muerte con los imperialistas, los ha declarado abiertamente sus enemigos. Y todo para entregarle la isla en bandeja a los bolcheviques, que usarán a la ex Perla del Caribe como una punta de lanza para meterle ruido en el sistema al vecino de enfrente. No voy a sentarme a esperar que los yanquis hagan algo, porque nos van a invadir, eso ténganlo por seguro. Con los brazos cruzados no piensen que se van a quedar...

—¿Y vas a abandonar a tu familia en los peores momentos? —preguntó Joaquín—. Tu hermano en La Cabaña, pendiente de juicio; tu padre sin trabajo, hecho un inútil, con una indemnización de porquería que ni estirándola alcanza para llegar a fin de mes, y para colmo esperando una invasión de allá enfrente. Si te vas, hijo, acabarás por matarnos. Sobre todo a tu madre.

—Lo siento, papá. Lo creas o no lo siento más que nadie, pero tengo un hijo en quien pensar. No voy a permitir que los comunistas le coman el cerebro y lo adoctrinen a su gusto. Por cierto, mi idea es la de irme primero, para ir abriendo camino y que atrás vayan ustedes.

—¿No me digas? ¿Irnos y dejar a Miguel preso y a Eva sola con mi nieto? Hala y santas pascuas. No me jodas, Javier.

—Pues Eva debería ir pensando en que nos lleváramos al menos a Miguelín. Aquí, tarde o temprano los padres perderán la patria potestad de sus hijos. Acuérdense de que todo lo que les advertí, se ha ido desgraciadamente cumpliendo. A este pueblo le están metiendo el comunismo por el culo, doblado y sin vaselina, y lo peor es que siguen aplaudiendo al Comandante como focas sin darse por enterados. Cuando al fin despierten y se caigan de la mata será demasiado tarde...

Eva no intervino en la conversación. Ni a favor ni en contra pronunció una palabra. Pero en lo más profundo de su conciencia, pensaba igual que Javier, y en el fondo de sí misma se abría un inmenso abismo. Le quedaba lo peor: convencer a Miguel para que tanto ella como él se desprendieran de su hijo.

Sólo ella y el Bobby, que era su alma gemela desde la infancia, sabían cuánto le había costado enderezarse y ponerse en pie tras el fuerte varapalo que resultó para ella la impresión de su primera visita a La Cabaña. Miguel, pelado a rape, vestido con el uniforme gris de la cárcel, ojeroso, enflaquecido y más blanco que si hubiera nacido blanco de verdad, y así y todo sin perder aquella sonrisa que ella encontraba arrebatadora y que le hacía comerle la boca con besos demenciales. Ella le dijo que todo estaba bien, normal; Miguelín haciendo de las suyas y extrañándolo mucho, claro. Le contó lo de las expropiaciones omitiendo los pin pon fuera que le soltaron a ella y al Bobby. Se guardó de contarle el amago de infarto de su padre y los llantenes de Lola, y menos aún sobre los planes de Javier y Mary para abandonar el país. Le dijo, eso sí, que estaba preparándolo todo para la hora del juicio, que ella misma se encargaría de defenderlo. Miguel le pidió que no, que en modo alguno aceptaría hacerla pasar por eso, pero ella le respondió que le daba igual que lo aceptara o que no, porque nadie mejor que ella podía llevar su defensa con la fuerza de la justicia y la razón del amor. Entonces él, a sabiendas de que estaba terminantemente prohibido que los presos tocaran a sus visitantes, la apretó contra él dejándole caer un papelito doblado entre los senos. Eso le costó que el vigilante le pegara un culatazo y pusiera fin a la primera visita, pero ya la carta de Miguel, plisada pedacito a pedacito, estaba dentro del sujetador de su mujer.

El Bobby la esperaba en el muro del Malecón, para evitar que lo relacionaran con Eva. Tenía motivos muy sólidos para hacerlo. Todavía no había puesto a Eva al corriente de lo que tramaba, convencido de que aún no había llegado el momento adecuado para hacerlo.

Eva cruzó la avenida del Malecón y se sentó de cara al mar junto al Bobby con la ciudad a sus espaldas, perfilando entre las sombras violáceas del anochecer la siniestra atalaya de La Cabaña. Estaban en pleno invierno; el mar se desnucaba contra las rocas anunciando la entrada de un frente frío, con un vientecillo huraño que, más que helar, ponía a arder las lágrimas que a Eva le rodaban por las mejillas.

—¿Por qué me has citado aquí? Hace frío y estoy temblando.

—Porque aquí no nos reconoce nadie. Es el único lugar en toda La Habana donde no pueden ponernos micrófonos y sólo nos escucha el mar. Parecemos una pareja de novios; al mar no le interesa que tú seas una burguesita y yo un mariconazo.

—No me hagas reír —dijo ella sacándose del seno la carta que le dejó caer Miguel, ansiosa por leerla—. Aquí no se ve nada, vámonos al auto.

—De eso nada, pillina. ¿Para qué trajo tu Bobby un encendedor linterna? Venga, ¿qué tal si la leemos juntos? La noche sabe guardar todos los secretos.

Y fue la noche velada por la muselina azul de la luna y la luz de las estrellas que titileaban sobre el mar, aquellas que Miguel ambicionaba alcanzar para entregárselas a ella, los únicos testigos de la carta.

En la escritura de Miguel se palpaba el dolor que lo asolaba. No había palabras románticas y salvo la despedida a lo Cummings de «Llevo tu corazón conmigo, lo llevo en mi corazón», no se había permitido más flaquezas que pudieran doblegarle. Se limitaba a pedirle que se mantuviera en calma. Que el coronel Cañizares lo había puesto en la celda con los presos políticos y no con los comunes, lo que para Eva resultó más que alarmante porque eso significaba que lo iban a juzgar por razones políticas y no por una simple bronca como ella esperaba. Sin embargo, según Miguel, el no estar con los presos comunes era para dar gracias a Dios, y hasta se permitía bromear diciendo que eso lo libraba de tener que fajarse a muerte para que no le cogieran el culo y hacerle perder su virginidad, aparte de que los presos políticos estaban justamente allí por compartir las mismas ideas que él y no eran asesinos ni delincuentes y entre todos se apoyaban. Omitió que estaban hacinados en un espacio cerrado de diez metros de largo por cinco de ancho, donde apenas se podía ni respirar, que tenían un mismo hueco en el suelo para cagar y mear, y que contaba sólo con una latica de Coca-Cola para asearse. Omitió lo de las ratas que le hacían compañía y la sopa vomitiva que le servían de comer; se guardó de contar los culatazos que recibía día tras día, los moratones que tenía repartidos por el cuerpo, porque estando esposado, lo golpeaban a piñazos gratuitamente y por pura rabia. Su principal preocupación era tranquilizarla y más que todo alertarla de que el coronel Cañizares le había dejado claro en los interrogatorios de la Quinta Avenida con la Catorce que intentaba chantajearla para que se acostara con él como la solución para ponerlo en libertad.

«No quiero que le prestes atención a nada de lo que te diga y que no creas ni una sola de sus promesas. Todo es mentira, cielo mío. Es el método que usan estos hijos de puta para quebrarnos como familia. No dejes que se aprovechen de lo mucho que me amas. Júrame que no vas a dejar que te extorsionen apelando a nuestro amor. Vamos a salir de esta igual que hemos salido de las otras. Recuerda que las amenazas, los peligros y hasta la propia muerte no han sido nunca capaz de hacernos mella; lejos de separarnos, no han servido más que para fortalecer nuestro amor.»

Eva dio rienda suelta a su desesperación aquella noche, pero el Bobby estaba consciente de que sabría reponerse y volver a levantarse tras el impacto de su primera impresión.

—Evi, mi niña. Miguel es un hombre de pelo en pecho, fuerte y de espaldas anchas; resistirá esta prueba y saldrá de esta, ya lo verás.

—Soy yo la que no sé cómo voy a resistir...

—¿No te habrá pasado por la cabeza ceder a las intenciones de ese coronel...? No, eso no lo creo de ti.

—Lo que tenga que hacer, Bobby, tú lo sabes. Si alguien me conoce tanto como Miguel, ese eres tú.

—Óyeme, corazón —dijo el Bobby, sacudiéndole los hombros—. Mírame a los ojos. Tienes que jurarle a tu marido que no harás lo que él te pide que no hagas. No podrá soportar vivir con esa inquietud, eso sí lo acabaría... ¡No!... no puedo ni pensarlo. Prométeme que se lo prometerás de corazón y de pensamiento. Júramelo, Evita de mi alma, y yo te juro por ti, Abel y Miguelín, ese enanito que aprendió a decirme tito apenas empezaba a hablar y al que sabes que adoro como a un hijo, que no tendrás que acostarte con esa bestia peluda para sacar de allá adentro a tu marido, mi amigo, mi hermano, el que le partió la cara a un tipo por llamarme maricón.

—¿Qué vas a hacer? ¿Seguir esperando por que la Caridad del Cobre aparezca como piensa mi pobre suegra, que gasta velas y más velas aguardando un milagro? ¿O vas a convertirte en santo y pedirle a la Virgen que nos preste el bote con los remos para escapar cruzando el mar? Todo ese mar, negro y oscuro, que tenemos ahí delante.

—Oye, lo de hacerme santo no se me daría mal. San Bobby de los Milagros de La Habana. Y lo de pedirle a la Caridad el bote prestado tampoco es mala idea; no seríamos los primeros ni los únicos en lanzarnos mar adentro y navegar noventa millas. No te lo tomes a risa. Sólo respóndeme: ¿alguna vez te he mentido o te he fallado?

—No —dijo Eva, abrazándolo entre lágrimas y negando con la cabeza.

—Entonces confía en mí. Sólo eso; prométeme que vas a confiar en el Bobby con los ojitos cerrados.

*Entonces el hombre que escuchaba se sentó a llorar
desoladamente. Todo lo que había contado como
suyo no existía; su reino era un reino de fantasmas;
su corazón un corazón sin eco.*
*Y él, a cambio, había podido vivir y morir día tras
día por cosas que no morían ni vivían.*

DULCE MARÍA LOYNAZ, «Poema CXVIII»

Eva sentía por momentos que el aire se le acababa; caminaba cuesta arriba con la vida hecha montaña. Por si todo fuera nada, la muerte de nana Rosa se sumó a todo lo que tenía o más bien a todo lo que le faltaba. La retuvo entre sus brazos hasta el último suspiro, oyéndola desvariar y hacer el pasado, presente. La oyó hablar de Abelito como si estuviera vivo, como si aún fuera el niño de su alma que ella mimaba y amaba. La oyó decir que tanto Abel como ella habían sido los hijos de sus entrañas. «La señora los parió, pero yo les di mi vida, mis ojos y mi sangre negra de esclava. No me arrepiento de na'de lo que jice. Me voy en pa'con mi conciencia.» La lloró más que a su madre y llorarla de aquel modo diferente le remordió el corazón. A su madre la lloró como se llora a una extraña, con más compasión que pena, pero a la nana la lloraba con auténtico dolor. Como la madre que no llegó a echar en falta porque la encontró en aquella mujer de piel negra que la acurrucó en sus brazos desde el mismo instante en que nació y que fue celadora y confidente de sus secretos de amor.

Joaquín y Lola, sumidos en su propio dolor, trataban de consolarla sin llegar a calibrar del todo la dimensión de la pérdida. No sólo padecían el encarcelamiento de Miguel, sino la ausencia de Javier y Mary, que al presentar sus papeles para irse al Norte (revuelto y brutal, como llamaba el pueblo al enemigo de enfrente), le cerraron de inmediato el bufete de abogados y los mandaron al campo a trabajar de castigo, como hacían con todos los que solicitaban la salida del país. Venían de pase cada quince días, famélicos, afligidos y muertos de cansancio por las largas jornadas en los marabuzales. Mary, la rubita mona, delicada y angelical, llegaba roja como un camarón, con la piel agrietada por el sol y las manos ásperas y empercudidas de tierra. El precioso penthouse de Eva sufrió una metamorfosis y pasó a convertirse en una olla de grillos. Con dos niños al cuidado de sus abuelos y haciendo de las suyas. Quim lloraba todo el día extrañando a sus padres y Miguelín, que pasaba el día en la escuela, aprovechaba las noches para hacer llorar a su primo más todavía haciéndole todo tipo de maldades. Se fajaban, correteaban, se amigaban y se volvían a enemistar como es común entre niños. Lola perdía la paciencia, y Joaquín trataba de poner orden a pesar de que su delicado estado de salud no le permitía demasiadas libertades. Buscaba ayudar en todo lo que podía a su nuera y su mujer, y se pasaba horas doblando las cajitas de cartón que Lola usaba para vender en el barrio con una ración de arroz moros, yuca con mojo o plátanos a puñetazos y un bistecito de cerdo que sobra decir que hacía su agosto entre la gente porque sobrada era su fama de cocinar como nadie. Con esto sus suegros se iban ganando la vida y aportaban algo a las necesidades domésticas, pero la cosa duró poco porque el Comandante tuvo una nueva ocurrencia: la de poner un Comité de Defensa de la Revolución en cada cuadra, para que fueran los propios vecinos quienes vigilaran a los gusanos, traidores, antisociales, escorias y una retahíla interminable de adjetivos (todos malos, por supuesto) con que denominaban a los enemigos de la Revolución, que era como decir la propia patria. Así que el comité echó para adelante a sus suegros y se dijo adiós cajitas. Y lo mismo o peor les pasó a Pascual y Herminia, que se habían montado en casa un negocito vendiendo tamales caseros, pastelitos de guayaba y chicharrones de viento para ganarse el pan nuestro de cada día, el mismo que le pedían a Dios que les diera y que vino a quitarles el Comandante cuando hizo cerrar los pequeños negocios particulares diciendo que eran gente que especulaba haciendo dinero fácil a costa de las bondades de la Revolución y ordenó una ofensiva revolucionaria contando con las pupilas vigilantes de los Comités de Defensa de la Revolución, los CDR, en cada esquina y cerró de la noche a la mañana hasta los puestos de frita, pan con timba y tente en pie que abundaban por las calles de La Habana. De un mochazo, las esquinas más céntricas de la capital, entre ellas la de Galiano y San Rafael, la concurrida «esquina del pecado», la de Prado y Neptuno, famosa por aquel chachachá de Jorrín que le dio la vuelta al mundo, la de la Manzana de Gómez y los antiguos Almacenes Alegret quedaron convertidas, por obra y gracia del líder inmaculado, en una especie de Sahara tropical. Las tiendas estaban peladas, y las cafeterías del Estado ofertaban croquetas cielito lindo que se pegaban al cielo de la boca como un emplaste y panes con ave... averigua a lo que sabe. Las colas era el orden del día para comprar los productos de primera necesidad y la gente andaba La Habana horas de horas bajo un sol de penitencia y un calor de fuego y azufre, sin tener donde tomarse un barquillo de helado, una champola de guanábana, o uno de aquellos deliciosos cubitos de hielos saborizados con piña, fresa o limón conocidos como durofríos que, al igual que los granizados, vendían los carritos callejeros por las esquinas o los vendedores ambulantes por los bulevares de La Habana. Las piñas, las guanábanas y en general la mayoría de las frutas cubanas, criollas de pura cepa, brillaban también por su ausencia, porque según contaban Javier y Mary, que esperaban la salida del país de cara al campo, el Comandante ocurrente había mandado echar abajo los frutales de las fincas expropiadas a los ricos, y había agrupado a los campesinos en cooperativas agrícolas del Estado, donde era el Comandante y no el guajiro el que decidía lo que debía cultivarse:

—Da grima ver las bulldózer cargarse los árboles de toda la vida para sembrar café caturra, que sabe a todo menos a café, en eso que el jerarca llama ahora «Cordón de La Habana». Coño, si no hay que haber nacido guajiro para saber que nuestro exquisito café no se da en el llano sino en las montañas de Oriente —comentaba Javier con ellos cuando llegaba de pase—. ¡Carajo, mira que lo dije! Si algo me jode es eso: la saliva que gasté diciendo lo que venía sin que nadie me hiciera mierda de caso. Cada vez que este hombre mea, cambia de opinión. ¿A que no saben la última? El socio reunió a los intelectuales y a todos los medios de prensa en la Biblioteca Nacional y ha cerrado una tonga de periódicos, entre ellos *La Nación*. Ahora se llama periódico *Revolución*, porque les dejó muy clarito que con «la Revolución todo, contra la Revolución, nada». Esas fueron sus palabras; lo sé porque me lo contó un ex periodista que como nosotros pidió irse y lo mandaron de cabeza a la agricultura. Es un golpe de Estado a libertad de prensa. Si no estuviera preso en La Cabaña hasta me alegraría por Miguel, por haber salido de todo este mierdero. Mi hermano siempre decía que sólo pegándole un tiro le aplicarían la censura en el periódico. Por cierto, Eva, aquí hoy estás arriba y mañana estás abajo. ¿A que no sabes a quién se echaron en esta? Cuando le cambiaron el nombre a *La Nación*, pues nada menos que el camarada Enrique cayó en desgracia, junto a muchos de los redactores del periódico. Los mismos que le avisaron al G2 para que se llevara a mi hermano, se han quedado fuera de la cogioca, en la calle, sin llavín y peleados con el sereno. ¿Qué te parece, mi cuña? Ojo por ojo y diente por diente.

Pero para sorpresa de Javier, Eva se encogió de hombros.

—La ley del talión me importa una reverenda mierda. La venganza no es mi estilo. Tampoco el de Miguel. Lo único que me importa es sacarlo de allá adentro, poder prepararme para batirme en el juicio. Necesito tranquilidad para pensar y no la tengo; tampoco encuentro testigos, la gente está muerta de miedo y se niega a ayudarme. He consultado con tu suegro, el

magistrado Valverde, pero desde que crearon los tribunales revolucionarios y acabaron con la Audiencia Nacional aceptó la
prejubilación antes que lo echaran a la calle. Él me dice, con
razón, que prestarse a testificar en la patria de Fidel es prestar-
te a que tomen represalias, que te metan tras las rejas o cuando
menos te cueste el puesto de trabajo. ¿Sabes, Javi? A veces creo
que cuando quien tú sabes… habla del enemigo, no se refiere al
imperialismo, sino a todos nosotros, los cubanos. Dices bien;
cuando este pueblo despierte, será demasiado tarde.

Entonces Javier la llevó hasta la terraza y decidió contarle a
ella sola lo que Pascual y Herminia tenían en mente.

—Papá y mamá no pueden saberlo, pero los tíos la están
pasando muy mal. Ya sabes que al intervenir los bancos con el
pretexto de que la gente que se iba sacaba el dinero y las divi-
sas del país, declararon los dólares ilegales y congelaron sus
ahorros, igual que le hicieron con lo suyo a papá. El comité les
metió una denuncia y la policía les hizo un registro; le llevaron
hasta la batidora y la máquina de moler maíz para que no pudieran seguir haciendo tamales. Viven con el ojo del CDR encima y no viven porque ¿de qué van a vivir?

—Qué quieres decirme, Javier, ¿que están por tomar las de
Villadiego?

—Bueno, sí… No creas que me ha resultado fácil convencer-
los. Nunca se han separado de mamá y papá, pero aparte de la
que están pasando, les hice ver que cuando estemos en el Norte
tanto Mary como yo tendremos que trabajar en lo que sea,
además de revalidar el título si queremos volver a ejercer. Ellos
se quedarían con Quim y con Miguelín, porque supongo que
ya habrás pensado que a Miguelín hay que sacarlo de todo esto.

—Aún no he hablado del asunto con Miguel.

—Tienes que hacer de tripas corazón, Evita…

—¡Coño, Javi! ¿Y qué crees que estoy haciendo? Algo de
tripas me quedan, pero lo que es el corazón… Ni me lo siento.

Visitaba a Miguel cada quince días, le juraba una y mil veces que no claudicaría ni aceptaría chantajes. Llegó al punto de jurárselo por la memoria de Abel, pero cuando él le pidió, le exigió casi, que se lo jurase por Miguelín, ella mostró su incomodidad diciéndole: «Tú no confías en mí», y se fue de la visita disgustada. Porque era cierto que el coronel no paraba de insinuarse y hostigarla en cada visita a su marido diciéndole que se acordara de que «todo estaba en sus manos». Ahora que no tenía a nana Rosa para poder abrirle su corazón y que el Bobby andaba fuera todo el día con algún nuevo amorío del que no soltaba prenda, le apremiaba más que nunca una amiga con quien poder desahogarse y compartir confidencias. La figura de Dulce María Loynaz se perfiló nítida y diáfana en su pensamiento. Mientras conducía su auto hacia la esquina de E y 19, recordó a la única persona con la que había empatizado a primera vista, la mujer que además de aconsejarla le había ofrecido su amistad. La escritora que admiraba no sólo por su excelente escritura, sino por su condición humana y su elegancia espiritual. Se culpó por no haberla llamado en tanto tiempo, por no haberla visitado en los días amargos de las expropiaciones. Supuso que debía de estar pasándola mal; la habrían dejado pelada, al igual que a ella y a todos a los que ahora llamaban siquitrillados y que pertenecían a la casta de la alta sociedad. Sin explicarse el motivo, le vino al pensamiento aquel poema que hoy parecía una premonición: «Últimos días de una casa», y hasta recordó de memoria una estrofa: «Y es que el hombre, aunque no lo sepa, / unido está a su casa poco menos / que el molusco a su concha. / No se quiebra esta unión sin que algo muera / en la casa, en el hombre... o en los dos». Por un momento perdió la noción de la realidad, esperando encontrar a su llegada la misma mansión donde ella, Miguel y el Bobby habían celebrado el santo de Dulce María aquel 24 de septiembre del año 53. Por un momento olvidó que Pablito, como lo llamaba el Bobby en confianza, era cronista social y le habrían pasado la cuenta por sus relaciones con la aristocracia. Llegó a perder toda perspectiva, ilusionada por volver a encontrarse con su amiga en el jardín y compartir a solas las viejas confidencias que tuvieron como únicos testigos a las musas de mármol que rodeaban la terraza bañadas por la palidez de la luna y el aromático mutismo que emergía del jardín. Pero bastó que aparcara y se bajara del auto para que las lágrimas se le coagularan en los ojos. Del jardín quedaba sólo el recuerdo que ella traía en la retina. La fuente estaba seca y cubierta de yerbajos y ramas muertas. La musa de mármol había perdido la cabeza y no irradiaba blancura ensombrecida por una capa de musgo verde-gris. Los altos de la mansión tenían huellas de haber sido chamuscados por el fuego y Eva, que creía que ya no sentía el corazón, lo reconoció de golpe en el latido errático y retumbante del pavor. Adentro fue aún peor. Parecía que la casa hubiera sufrido una batalla campal; los muebles de la finca Las Mercedes, que pertenecían al general Loynaz, se amontonaban sin orden ni concierto en medio del desconcierto de baúles y maletas. Dulce María la recibió en la cocina con un brazo escayolado intentando sonreírle y darle la bienvenida que no alcanzaba a salirle de los labios.

A las preguntas de Eva por lo que estaba pasando, se limitó a decir que la casa había sido allanada por la policía, debido a las relaciones de Pablo con el antiguo gobierno, que estaban acomodando los muebles que habían logrado rescatar de Las Mercedes y que las maletas y baúles eran debido a que Pablo abandonaba el país. Omitió hablar del brazo escayolado y de los balcones chamuscados de los altos.

—Entonces llego a tiempo para despedirla…

—¿A quién? ¿A mí? No, hijita, yo no me voy con mi marido. Me quedo entre los escombros de mi derrumbe íntimo, a solas con mi insomnio; sin asideros.

—Pero Pablito se va… ¿y usted? Perdone, pero ¿qué le impide a usted seguirlo?

—Soy la hija de un soldado. Dejar atrás mi país sería una cobardía.

Eva se quedó sin habla. No sabía qué decir y por no dejar de decir, le contó lo de su marido preso, lo que estaba padeciendo la familia, y terminó sin aliento porque todo le saltó del corazón a la boca: de burujón.

Compartieron un café y Eva le pidió permiso para fumarse un cigarro.

—Antes, mi marido encendía el mío con el de él, como Bette Davis y Paul Henreid —comentó, y de repente le sobrevino un sentimiento de nostalgia, como si desde entonces a ahora hubiera pasado un siglo.

Por un instante se quedaron calladas sabiendo que la empatía mutua permitía que se entendieran en silencio y que cuando dos personas reconocen en sus silencios un sentimiento en común, sobran todas las palabras.

Se despidieron con un apretón de manos. Las manos también sabían poner voz a los silencios.

—Sólo le pido que no deje de escribir, que no prive a los cubanos de su pluma prodigiosa.

—A los cubanos no les interesa ya la poesía. La política monopoliza la atención del pueblo, en un sentido u otro aparta a los cubanos de los temas puramente espirituales. La política es hoy más importante que todo lo demás. Al fin y al cabo es la política y no la poesía la que decide el porvenir de los pueblos. Nadie va a hacer una excepción conmigo. No me he sumado al tren del triunfador, me eché a un lado, lo dejé pasar. Es una automutilación.

—¿Podré venir a visitarla?

—Desde luego. Aquí me encontrarás siempre. El silencio y la soledad serán mi única compañía.

Transcurridos los primeros doce meses del triunfo de la Revolución, Joaquín, que se había aprendido de memoria el Manifiesto de la Sierra Maestra, firmado por Fidel Castro y los barbudos, todavía hablaba esperanzado de que el Comandante de un momento a otro convocaría elecciones en todas las provincias y municipios de la isla con pluralismo político y diversidad de partidos, tal como había prometido. «Las urnas darán un cambio; Miguel será excarcelado porque en el Manifiesto de la Sierra, además de prometer elecciones en menos de doce meses, prometió liberar a los prisioneros políticos y a Miguel lo han encerrado injustamente con los del bando contrario porque mi hijo lo que es de político no tiene ni un solo pelo. Javier y Mary no tendrán que seguir partiéndose el lomo en el campo, y se les quitará de la cabeza la idea de irse del país. A los americanos les devolverán sus propiedades y a nosotros lo que es nuestro. Nos quitarán el embargo en cuanto le devuelvan lo suyo y ya no viviremos con el país lleno de milicianos ni habrá motivos para tener las cuatro bocas apuntando al Malecón, porque no tendremos que temer que vengan los yanquis a invadirnos. Se disipará el miedo a que se desate una guerra con el Norte y las aguas tomarán su cauce; al final, el tiempo todo lo arregla.»

La respuesta a sus esperanzas se las borró de un plumazo el propio Comandante en Jefe en uno de sus discursos: «¿Elecciones para qué?», dijo, y descartó la posibilidad de hacerlas argumentando que en los gobiernos anteriores había imperado la corrupción y que estos siempre habían visto por los intereses de Estados Unidos, por lo que los elegidos habían sido perjudiciales para el pueblo y punto final al tema de las urnas.

Eva se moría de ganas por responder a su suegro: «Bueno, ¿y ahora qué? ¿Tú no decías que lo de las intervenciones eran boberías mías, que a los americanos no podían despojarlos de sus propiedades porque tendrían que pagarles millones y con qué culo se iba a sentar la cucaracha? Pues toma: ahí lo tienes, los expropiaron y sanseacabó, ni un kilo prieto de vuelto y ahora óyelo tú, ni sufragio ni cosa que se le parezca». Pero en vez de contestarle, se mordía la lengua, no sólo porque adoraba al padre de su marido, sino por estar consciente de que aferrarse a esa cosa con plumas que era la esperanza y dejar que cantara posada en su corazón, era el único mecanismo de defensa que aún le quedaba a su suegro para no dejarse vencer por el dolor.

Lola, por su parte, continuaba vertiendo su torrente inagotable de lágrimas y perdía la paciencia con Joaquín, diciéndole que dejara ya la cantaleta de confiar a las bondades del tiempo la solución de los males porque ni las velas que se gastaba con Cachita valían la pena. Y no sólo se impacientaba con Joaquín sino también con la santa, a la que increpaba por no escuchar los ruegos de sus hijos los cubanos. Más de una vez Eva la pilló en medio de la madrugada, dialogando de tú a tú con la Virgen de la Caridad.

—Óyeme, Cacha, ¿qué hay contigo, negra? ¿Qué te traes con este pueblo, mi santa? ¿Eres o no la patrona de Cuba? Entonces ¿cómo es que te quedas cruzada de brazos viendo a los cubanos tratando de llegar a la Florida en una balsa destartalada, expuestos a que se los engullan las aguas o peor, los tiburones? ¿Cómo dejaste que a mi hijo (sin que me ciegue el amor de madre), el mejor de todos los hijos que existen sobre la faz de la tierra, lo metieran entre rejas por un par de cogotazos bien dados que le sonó a un hijo e'puta? Ponte las pilas, Cachita, y devuélveselo a sus padres, a su esposa y a su hijito, y no sólo el mío sino los de todas las madres cubanas que tienen presos a sus hijos sin ton ni son. Ponte pa'esta mi santa, abre los ojos, que quien tú sabes está acabando o mejor dicho, para que entiendas, no tiene para cuando acabar y eres tú la única que tiene poder para pararle los pies y que no siga salándola.

Eva no podía menos que soltar la risa, y no sabía si reírse de los momentos de devoción de su suegra era sólo un desahogo o un pecado que no debía cometer. Pero más que pecar por reírse de los ruegos inútiles de Lola, llegado el mes de octubre del 60, cuando todo el pueblo se volcó de cara al Malecón portando flores blancas para echar al mar en homenaje al primer aniversario de la desaparición del Héroe de Yaguajay, como llamaban los cubanos a Camilo Cienfuegos, todo se le removió por dentro igual que un año atrás, cuando creyó haberse vuelto loca de remate al enterarse de que Fidel Castro había ordenado a Camilo, su hombre de entera confianza, que arrestara en Camagüey al comandante Huber Matos, el compañero de lucha que había entrado a La Habana montado en el mismo tanque Sherman en que había entrado Fidel. Lo acusaba de traidor públicamente por haber tenido la osadía de renunciar a sus cargos alegando no estar de acuerdo con el rumbo estalinista que había tomado la Revolución. Pero ocurrió que Camilo decidió enviar por tierra directamente a La Habana al comandante Huber Matos, mientras él tomaba aquella avioneta en la que desapareció. Por más que se le buscó en el mar no se encontró ningún rastro, ni de Camilo ni del piloto y menos de la avioneta. Radio bemba comentaba por entonces que Camilo no se había tragado lo de la traición de su antiguo compañero de la Sierra, que regresaba dispuesto a probarlo y que fue por eso que el jerarca ordenó que le derribaran el avión. Había quienes dijeron lo contrario asegurando que la verdadera razón de que lo desaparecieran era porque el pueblo lo consideraba un ídolo, y el jerarca, consciente de que le estaba haciendo sombra, aprovechó para quitárselo del medio. Pero fuera lo que fuera y se hablara lo que se habló, lo cierto fue que tanto los que creían la versión oficial del accidente, como los que la desmentían y murmuraban por detrás, se unieron a la manifestación de duelo popular, igual que se unían ahora para rendirle tributo al héroe de la sonrisa ancha y del sombrero alón. Si no le fallaba la memoria, a Huber Matos lo metieron en La Cabaña y le cayeron veinte años de condena, pero casi que podía darse con un canto en el pecho por no haber entrado en las filas de los condenados a muerte que enviaron al paredón porque, apenas unos meses más tarde, los muros de La Cabaña volvieron a estremecerse con las descargas de fusilería y aquella voz estentórea que ordenaba matar con tres únicas palabras: ¡«Pelotón! ¡Apunten! ¡Fuego!». Sólo que ya por aquel entonces no eran esbirros batistianos sino comandantes rebeldes, compañeros de la Sierra, a los que su propio líder acusaba de traidores, de intentar asesinarlo, de perpetrar sabotajes y conspirar contra la Revolución. Era a su propia gente a la que estaba enviando al paredón.

No transcurría mucho tiempo sin que el Comandante en Jefe detectara nuevos traidores entre las filas de los fieles a la Revolución, y Eva ya no sabía a qué atenerse preguntándose si era ella la que estaba loca o era el Comandante el que había enloquecido aún más de lo habitual. Cada vez que de ahora para luego se anunciaba un juicio sumarísimo y volvía a escuchar en la televisión la palabra «paredón» se encendía como una antorcha. El iceberg que emergía de ella empezaba a derretirse en medio de aquella llama incendiaria que nacía en su interior. Estaba harta de tener a su suegro de la mañana a la noche pegado frente al televisor, escuchando los kilométricos discursos del Comandante, que además de romper sus propios récord Guinness para implantar otros nuevos, se relamía haciendo acusaciones siempre en los mismos términos: deslealtad, infamia, complot, señalando con su dedo siempre en alto a viejos camaradas y amigos que de la noche a la mañana pasaban de ser lo que habían sido para convertirse en sus nuevos enemigos, condenados a la pena de muerte por conspirar contra la vida de su máximo líder y atentar contra los principios de su Revolución. Incapaz de faltarle el respeto a Joaquín o de llevarle la contraria, callaba para sus adentros y sentía que no cabía dentro de su casa y ni en ella misma. Urgida de apagar aquella deflagración íntima, corría al refugio de siempre y bajaba el ascensor, huye que te cojo, al piso del Bobby, cayendo en sus brazos deshecha en lágrimas.

—Van a llevar a Miguel al paredón. Siguen fusilando a los que combatieron con él, a los que todos teníamos como sus hombres de confianza. ¿Qué no harán con mi marido cuando le celebren juicio? Lo condenarán a muerte.

El Bobby le secaba los mocos y le aplacaba el llantén cada vez que la sabía desbordada por la angustia.

—Cálmate, Evi. Este hombre va a seguir eliminando a todo

el que le haga sombra y se gane a las masas creyéndose con más liderazgo que él. Esto de endiosar a seres de carne y hueso es típico de nuestro país. Pobre del que asome la cabeza y pretenda destacarse por encima del cacique. A unos los fusilarán y a otros los desaparecerán del mapa. Tiempo al tiempo. Pero mírame, princesa, atiéndeme; tengo noticias halagüeñas para ti. Pronto, más pronto de lo que piensas, podrás visitar a Miguel con más frecuencia, porque lo harás como su abogada y no como su mujer. Están por fijarle fecha para el juicio. Ponte en forma y deja la lloradera que pronto lo vamos a tener aquí para comérnoslo a besos. Me va a tener que aguantar que le dé un beso en la boca. Me muero por cumplir mi sueño. Los bolcheviques están de moda, así que nadie verá mal que le suene un beso a lo ruso a tu muñecón.

Tenía el don de sacarle una sonrisa en los peores momentos, pero en esta ocasión, sonrisa aparte, ella intentó indagar picada por la curiosidad.

—Vaya, ¿tienes una bola mágica o te vas a dedicar a ganarte la vida como pitoniso? ¿De dónde sacas tú todo eso? Lo dices para levantarme el ánimo.

—Oye, ¿no me prometiste confiar en mí con los ojitos cerrados?

—Sí... pero...

—No hay peros que valgan. Se te olvida que soy abogado y nos graduamos junticos de derecho penal.

—Es que estás muy misterioso. Te desapareces semanas de la casa, no me cuentas de tus cosas como antes... Dime, ¿te has vuelto a enamorar?

—Bueno, estoy con alguien. No es Abel, pero ya he renunciado a seguir buscando a tu hermano en los ojos de todos los que conozco. Abe era Abe, un amor irrepetible que no puedo resucitar... —Se secó un par de lagrimones y continuó—: El caso es que sí, estoy enamorado. Es un muchacho con alma y honesto de corazón. Nos gustamos en la cama, estamos identificados y nos queremos. No se puede pedir más.

—Pero ¡qué alegrón me das! Sí que te lo tenías guardadito, pillín. Y ese alguien tendrá nombre, ¿no?

—No puedo decirte más, le prometí reserva absoluta.

—¿Ni a mí, a tu alma gemela?

—Ni a ti. Todo se hará en su momento. Te lo prometo. Tú déjate de lloriqueos y ponte dura como un témpano. Defiende a tu marido con todos los hierros. Te aseguro que a Miguel no le queda mucho allá dentro. Confía en mí.

—Me da miedo confiar en ti. ¿No estarás tú tramando alguna locura, una fuga como en las películas o como aquella de Policarpo Soler...?

—No estaría mal, ¿eh? Tranquila, mi niña. Déjame hacer mi parte. Tú a la tuya.

Pero no fue hasta pasados seis meses que la promesa del Bobby llegó a hacerse realidad. En los primeros días de marzo del año 61, tras año y medio esperando ser juzgado, Eva recibió una citación para que se presentara en La Cabaña. La recibió el coronel Cañizares en persona, le informó que contaba sólo con siete días para entrevistarse con el acusado, el ciudadano Miguel Alegret, y prepararlo para el juicio como letrada de su defensa. El coronel se mostró muy circunspecto y se limitó a entregarle los papeles con los cargos que se le imputaban sin emitir comentarios al margen. El informe, mal redactado y con faltas de ortografía, era escueto en términos legislativos, pero tan sacramental y tedioso en cuanto a los postulados de la doctrina ideológica de la Revolución que Eva tenía la impresión de estar leyendo un tratado de teología monástica al estilo medieval. En resumen, a Miguel se le imputaban dos causas, una por agresión con daños y perjuicios a un compañero de trabajo, y la otra por relaciones parentales con un esbirro de la tiranía de Batista, lo cual, teniendo en cuenta los postulados de la doctrina revolucionaria del informe, resultaba ser para Eva el cargo más grave.

Tal como la aconsejó el Bobby, se preparó con todos los hierros. En realidad, sabiendo que lo peor que podían achacarle a Miguel era precisamente estar casado con ella, reunió todas las pruebas testificales que daban fe de los motivos de la desvinculación entre ella y su padre, incluyendo testimonios gráficos que fue arrancando a escondidas de las páginas de los viejos diarios que consiguió que le prestaran en la Biblioteca Nacional y que a escondidas también sustrajo sigilosamente, volviendo a revivir la reciura del dolor de los tiempos en que la muerte se hizo presente y se apropió de su casa, igual que sucedía ahora. La historia empeñada en repetirse no la dejaba apartar de su vida la muerte y su acechanza.

A pesar de que Eva no consideraba para nada aconsejable que Joaquín y Lola asistieran a las vistas del proceso, ambos se empeñaron en hacerlo y allí, sentados en la sala de la que fuera la Audiencia Nacional, podía ver sus rostros compungidos ante la imagen del hijo esposado, pelado al cero y tan delgado que el uniforme gris ratón de presidiario le bailaba en el cuerpo. Miguel les dedicó una sonrisa alentadora a sus padres y le hizo un guiño a Lola para que no siguiera llorando con la cara escondida en el pañuelo. El tío Pascual y la tía Herminia, muy compungidos también, insistieron en acompañar a la familia y dar apoyo a Eva en el trance tan penoso que le tocaba enfrentar en su debut como abogada. Javier y Mary no pudieron presentarse por estar de cara al campo. El Bobby se hizo cargo de Quim y de Miguelín, y se los llevó al destartalado Jalisco Park (el único parque de distracciones que quedaba después de cerrar el Coney Island por reformas) para que los niños pasaran el rato montando en el carrusel de caballitos de cartón, que a falta de mantenimiento y una manito de pintura, el Bobby les encontraba más semejanza con fósiles de dinosaurios que con los risueños y coloridos corceles de los tiempos de su infancia. «No estaré allí contigo, Evita de mi alma, pero te transmitiré toda la fuerza del mundo con mi pensamiento y toda la energía de mi espíritu. Sé que estarás entera. Nadie podrá vencerte. Lo sé. Eres una criatura única.»

Eva entró a la sala bajo su toga negra, con el pelo recogido en un rabito de mula, pálida y sin maquillar, pero enhiesta como una espiga, con la frente alta y retadora igual que cuando a fuerza de insultos la expulsaron de su tienda sin conseguir que perdiera su temple ni su compostura. A pesar de la sombría indumentaria, lucía increíblemente bella cuando fue a sentarse a la derecha de Miguel, rechazando el pensamiento turbador de que era la primera vez en año y medio que le concedían sentarse junto a su marido. Se limitó a mirarlo intensamente a los ojos y a tomar entre las suyas las manos esposadas de él, apretándolas con una fuerza que Miguel no podía concebir que cupiera en aquellas manitos más pequeñas que la lluvia.

—Pareces una reina —le susurró al oído.

—Parezco, no; lo soy. Ya me verás cuando me toque el turno de interrogar a los testigos.

El primer testigo que presentó la acusación fue el propio Enrique, que despotricó a su gusto sobre Eva, los artículos controvertidos que publicaba sacándole trapos sucios a Martí, el autor intelectual del asalto al cuartel Moncada —remarcó—, y a los que él siempre se opuso y que sólo aceptó editar porque el acusado, el ciudadano Miguel Alegret, que era entonces el director y dueño de *La Nación*, se lo ordenaba, influenciado por el criterio de su mujer. Sacó a relucir también, sin venir a cuento, las fiestonas y banquetes que daban en la finca de Eva y a los que él se veía obligado a asistir sólo por conservar su puesto en la redacción y, por último, declaró que había sido precisamente por oponerse a un editorial sobre el término «gusano» que quería publicar el acusado (que todavía por entonces fungía como director), al que él se opuso con valentía y rotundidad, que el ciudadano Miguel Alegret lo había agredido, fracturándole el tabique nasal y rompiéndole dos costillas, la flotante y otra más.

A Eva le tocó el turno de interrogarlo, y notó que Enrique era incapaz de sostenerle la mirada.

—Señoría, pídale al testigo que no rehúya a la defensa y que me mire de frente cuando le interrogue.

El juez le ordenó al compañero que se sentara derecho en el estrado y mirara a la cara de la letrada.

Entonces Eva, con los ojos de Enrique frente a los suyos, mostró al tribunal su artículo sobre Martí y la Avellaneda, en defensa de la mujer y no en detrimento del hombre que fue José Martí. Leyó con toda intención los párrafos más feministas salidos de su pluma, que arrancaron aplausos en la sala haciendo que el juez tuviera que llamar al orden, y luego apeló a los derechos de la mujer, a la libertad que la Revolución le concedía al crear la FMC, la Federación de Mujeres Cubanas, que había sido idea del propio Comandante y que presidía la compañera Vilma Espín, esposa de su hermano Raúl Castro.

—Si para el testigo defender y alabar el quehacer de la mujer es sacar los trapos sucios a Martí, le recuerdo esta frase que escogí para cerrar el artículo que según dice sólo accedió a publicar por imposición del director: «Las campañas de los pueblos sólo son débiles cuando en ellas no se alista el corazón de la mujer, pero cuando la mujer se estremece y ayuda, anima y aplaude, cuando la mujer culta y virtuosa unge la obra con la miel de su cariño, la obra es invencible».

Las mujeres de la sala, incluidas Herminia y Lola, se pusieron de pie para aplaudirla. Pero antes de que el juez volviera a llamar al orden, Eva intervino diciendo:

—Me faltó decir, señoría, que esta fue también la frase de Martí, el autor intelectual del Moncada, que escogió el propio Comandante en Jefe para dejar inaugurada la FMC. Qué coincidencia, digo yo. —Por último, se acercó de nuevo al estrado y clavando sus pupilas en Enrique dijo—: Mírame bien, Enrique. ¿De verdad que asistías a las fiestas en Mulgoba obligado y por no perder el puesto?

—Sí…

—Pues en estas fotos no aparentas tener cara de que tu jefe te tuviera cogido por el narigón como a los bueyes, ni se te nota temeroso de perder el puesto.

Y después de presentarle al juez varias fotografías, se las mostró al testigo. En algunas estaban Enrique y Miguel montando juntos a caballo; en otras, Enrique con su mujer, partidos de la risa, brindando y cenando a solas con Eva y con Miguel, y en la última, los dos matrimonios disfrutando en la piscina mientras jugaban pelota con sus hijos.

—No eran fiestonas, ni banquetes; éramos nosotros cuatro y nuestros hijos compartiendo como amigos. ¿Éramos tus amigos o no, Enrique?

—Limítese el testigo a responder con un sí o con un no.

—Sí —dijo Enrique amoscado, hundiendo la cabeza entre los hombros.

—Con el permiso de su señoría, me queda una pregunta para finalizar.

Entonces presentó ante los ojos del fiscal y del juez las fotos macabras, publicadas en el periódico *La Nación*, de los cadáveres mutilados por la tiranía, que levantaron en la sala exclamaciones de horror, y las puso también frente a los ojos de Enrique, diciendo:

—Estas son de las víctimas del asalto al cuartel Moncada. Y estas, de los torturados por Batista y Ventura Novo. ¿Lo recuerdas? Puedes comprobar las fechas, Enrique. Tal vez esto te haga reflexionar y entender por qué al acusado le ofendía tanto el término de gusano. Ningún gusano habría tenido el valor de publicarlas burlando la censura de la tiranía. —Hizo énfasis en las palabras «censura» y «tiranía»—. En cambio estas sí que tu director te tuvo que obligar a editarlas, porque tú bien que te cagabas.

El fiscal saltó de su asiento diciendo:

—Señoría, la defensa está intimidando y ofendiendo a mi testigo.

El juez pidió que lo de la cagada no constara en acta y le llamó la atención a Eva.

—De acuerdo, señoría, lo retiro, pero insisto: soy testigo de que se cagaba.

Uno tras otro desfilaron por el estrado los testigos de la acusación; menos de los que Eva esperaba, porque los verdaderos testigos que presenciaron la bronca en la redacción habían dejado al fiscal colgado de brocha, rechazando en el último momento presentarse a declarar. Ya no les interesaba comprometerse, y menos aún les importaba un pimiento el destino de Miguel. Al unificar los periódicos habían quedado cesantes o excedentes, que era el término revolucionario con que llamaban ahora a los cesanteados para evitar reconocer ante el pueblo que estaban de paticas en la calle.

Así que los testigos que presentó el fiscal no hicieron más que desbarrar contra el difunto Isidro Díaz Toledo. Se hartaron de maldecirlo, diciendo que era un soberbio, un camaján amiguísimo de Prío, que en política había sido un zorro astuto que sabía nadar y guardar la forma y uno de los zares del azúcar, un terrateniente que se vanagloriaba por todo lo que poseía. A Miguel apenas lo conocían y apenas lo mentaron. Lo único que le sabían era que fue su chofer y que aunque le salvó la vida al ex senador durante una balacera entre mafiosos en el hotel Nacional, lo había mandado matar porque estaba enamorado de su hija, según contó durante un juicio hacía años un matón de Policarpo Soler.

El solo nombre de Policarpo hizo a Miguel estremecerse de un escalofrío. Estuvo a punto de interrumpir y salir en defensa del gordo Policarpo diciendo que no era cierto que el Sombra perteneciera a su banda, pero por supuesto se sujetó el impulso. «Carajo —pensó—, lo único que me faltaba es que trajeran a Policarpo en persona y declarara que a él también le salvé la vida.» Pero sabía que era imposible. Había oído decir que Policarpo, tras viajar de España a Venezuela, se había afincado en la República Dominicana y que había tratado de enmarañarle al dictador Trujillo nada menos que un millón de dólares, por lo que el sátrapa al enterarse de que le iba a dar la mala, lo mandó a coser a balazos en su casa de Santo Domingo cuando estaba por huir con su mujer, la única que salió con vida de la matanza. Pensando en Policarpo estaba, cuando vio a Eva levantarse de su lado para interrogar al último testigo de la acusación que había presentado el fiscal.

Se trataba de uno de los oficiales del G2 que participaron en el arresto de Miguel, y a las preguntas de la acusación había respondido que el ciudadano había hecho resistencia, que se necesitaron dos hombronazos para reducirlo y que aún pataleaba al esposarlo.

Eva le hizo una sola pregunta al oficial.

—Dígame, ¿es común que por una simple bronca se dé aviso al G2?

Entonces el oficial, que era algo escaso de entendederas, dijo más de lo que Eva esperaba.

—Pues no, eso mismo me dije yo. Aquí hay gato encerrao, porque para esta bobada se llama a la policía.

—O sea, que usted mismo se percató de la arbitrariedad cometida contra mi defendido.

—Bueno... Yo no he hablado de arbitrariedad, sino de equivocación. De que alguien por error o mala intención nos llamó a nosotros y no a la policía.

Eva sólo contaba con tres testigos a su favor dispuestos a declarar, y tenía que exprimirlos si quería desmontar el matiz político que el fiscal se empeñaba en destacar para apoyar los cargos contra Miguel.

La primera en presentarse fue Lily, la mujer que había sido sirvienta en su antigua casa del Laguito en vida de sus padres. La chica habló maravillas de Miguel, de cómo era de servicial con todos, de cómo todo el servicio le quería, de lo buen trabajador que era y del odio que le tomó el difunto senador cuando supo que la señorita Eva estaba esperando un hijo del mulato que era su chofer. Cuando dijo «señorita Eva» y «senador», se cortó al punto de hacer un gesto para taparse la boca.

Eva, que se la llevó al vuelo, se puso de pie interrumpiendo el interrogatorio del fiscal.

—Señoría, la testigo se siente intimidada por las palabras «señorita» y «senador». ¿Podría usted decirle cómo tiene que referirse a mi persona? ¿Compañera? ¿Ciudadana?...

—Es que yo siempre he llamado señorita a la señorita —dijo Lily, sonrojándose.

—Llámele como usted entienda —respondió el juez—, pero siga declarando.

A Lily le volvió el alma al cuerpo y continuó respondiendo a las preguntas de la acusación.

—¿Puede decirme si el acusado que era por entonces hombre de confianza del difunto, antes que este descubriera que había dejado embarazada a su hija, por supuesto, sabía que Díaz Toledo tenía contactos con la mafia?

—¿Qué iba a saber el señor Miguel? Ni a él ni a ninguno en la casa nos podía pasar por la cabeza. El señor Isidro no era buena persona, tampoco nos caía en gracia, pero de eso a sospechar que fuera un monstruo, que fingió un atentado que le costó la vida a su hijo por error, porque al que de verdad quería matar era a su chofer, ni por casualidad podía ocurrírsele a nadie. Nos enteramos cuando el Sombra soltó la lengua y contó que el viejo le había ofrecido mucha plata para liquidar al señor Miguel. Por eso, tengo para mí que se pegó un tiro, porque no podía más con el cargo de conciencia.

Cuando a Eva le tocó el turno fue directa al grano.

—¿Qué me puedes decir de las relaciones del difunto senador con la tiranía de Batista?

—Pero... ¿qué quiere que le diga? Batista na'más que dar el golpe de Estado, lo sacó de una patada de palacio y su padre de usted se largó de la casa pa'Miami. Perdone, pero ¿es que la señorita no se acuerda?

—Me basta, señoría. Aquí tiene las pruebas de que lo que dice mi testigo es todo verdad.

Y puso delante del juez y del fiscal las páginas de los periódicos de la época, donde Batista, apenas hacerse con el poder, cesó a su padre de sus cargos en el gabinete de ministros y en el

Senado, y de cómo se publicó también que había puesto pies en polvorosa y partido al exilio.

Alipio, que fue el siguiente testigo, hizo toda una apología de las bondades del señor Miguel y la señorita Eva (los llamó señor y señorita sin cortarse).

—Gracias a la señorita y su marido, mis nueve hijos no se me murieron de hambre. Ella y el señor Miguel fueron muy generosos. Me dieron trabajo cuando el jefe se pegó un tiro y me quedé en la calle vendiendo mangos.

Y dio fe de cómo su difunto jefe le ordenó no perderle pie ni pisada a su hija diciendo que vigilara que el señor Miguel ni se le acercara, porque lo iba a poner diez varas bajo tierra.

—Hasta el día que se quitó la vida, vivió lleno de odio. No sé a quién de los dos odiaba más, si a su antiguo chofer por ser mulato y haberse fijado en su hija o a su hija por haber puesto sus ojos en su chofer de color.

La última testigo de Eva fue precisamente Cary, la chica de la limpieza, la misma que le comunicó a Eva por teléfono que a Miguel lo había arrestado el G2, que presenció la bronca en la redacción y la única de todos los testigos que se dignó para brindarse a declarar en la vista.

El fiscal trató de embarullarla tildándola de entrometida y fisgona.

—Usted dice que presenció la agresión hasta el último detalle. Por lo visto a usted le gusta el chisme.

—No me gusta, pero me entretiene, que no es lo mismo.

Se oyeron risotadas en la sala... y el juez dijo: «¡Orden, orden!».

—Mire —dijo Cary—, una anda pasando la escoba por aquí y por allá, la gamuza por los escritorios, y qué usted quiere, soy la oreja y el ojo de la redacción porque nadie me tiene en cuenta ni me nota cuando estoy. Me consta que el señor Enrique, perdón, el compañero Enrique, fue el que provocó la bronca. Yo oí cómo el señor director, que por cierto nos trataba a todos lo mismo que su esposa como si fuéramos familia, le hablaba de la amistad que tenían, de lo bien que se llevaron siempre. Y hablándole de amigo a amigo estaba cuando el otro se le engrifó y empezó a decirle que dejara a su mujer. Oiga, si usted supiera cómo se quiere esa pareja y lo que les ha costado estar juntos y tener a su hijito…

—Limítese la testigo a narrar los sucesos.

—Anjá, a eso iba, a los sesos, perdón, a ¿cómo es que se dice? Sucesos, anjá. Pues como le decía, le soltó barbaridades de su esposa, y allá el señor Miguel, aguantando con santa paciencia. La llamó ricachona, hija de esbirro, que se librara de esa mala sombra y allá seguía el señor Miguel aguantando como un santo. Lo llamó gusano no sé cuántas veces y por último le soltó que se librara del Bobby, un chico que trabajaba entonces en el periódico al que llamó mari… quita. Oiga usted, ¿se puede creer que a un señor que lo de macho se le sale por encima de la ropa, puede admitir que le digan que es maricón, porque dime con quién andas y te diré quién eres? ¿No? Mire, yo no sé el señor fiscal y el señor juez, pero a mí me entraron ganas de meterle a Enrique el palo de escoba por la cabeza, seguro se lo hubiese metido si el señor director no le suena aquel piñazo más que merecido. Si a usted le ofenden a su mujer y su hombría, es lo mismo que si le mientan la madre. Le apea un trompazo al que sea. El señor Miguel no tiene culpa de ser tan fuertote y que el compañero Enrique sea tan flaco y desencabao. Por eso salió como salió, que por poco hay que buscar un mapa pa'rearmarlo.

Volvieron a escucharse risas… y todavía se escuchaban cuando el fiscal dio paso al turno de Eva para el interrogatorio. Eva sabía que Cary, como toda la gente del periódico, conocía lo que se comentaba de la condición sexual del Bobby y a punto estuvo de llevarse las manos a la cabeza cuando la oyó soltar lo de «mari… quita», pero al oírla darle la vuelta al queso y decir que había sido una ofensa a la hombría de Miguel, se sintió tan agradecida que se tuvo que contener para no correr a abrazarla y darle un beso.

—Hola, señorita. ¿Cómo está su hijito?

—Bien, muy bien, Cary, gracias.

—Oiga, con esa vestimenta negra todos aquí parecen murciélagos, pero usted luce como un ángel.

Las risotadas se extremaron y el juez impuso el orden diciendo que o paraban de reírse o desalojaba la sala. Y llamó la atención a Eva y a la testigo por iniciar diálogos personales que no tenían que ver con la causa.

—Le voy a hacer una sola pregunta a mi testigo.

Cary se irguió en la silla con cara de venga, dispara, que allá va eso.

—Al ciudadano Miguel Alegret, el compañero Enrique lo acusó de gusano y batistiano, entre todas las demás ofensas que declaraste. Me gustaría, y siento tener que hacerte recordar estas fotos tan estremecedoras, que declararas ante este tribunal qué pasaba con el compañero Enrique cuando su director le ordenaba publicarlas —dijo, y le mostró a Cary las fotos de las víctimas de Batista.

Cary se persignó y se estremeció de los pies a la cabeza diciendo:

—Me consta que el señor Enrique se cagaba, porque sólo su marido que tiene un buen par de huevos, con perdón, era capaz de sacarlas publicadas.

—¿Crees que pudo ser ese el motivo? ¿Que le ofendiera tanto que el compañero Enrique nos llamara tanto a mí como a mi defendido ricachones, hija de esbirro y gusanos?

—Yo, si le digo la verdad, lo de gusano fue lo peor... Por eso le dijo a Enrique que el único gusano asqueroso que había allí era él y se le echó encima con ganas de aplastarlo.

El fiscal hizo sus conclusiones sin tener apenas a qué aferrarse. Eva había conseguido desmontar los cargos y convertir la montaña en arena. Así y todo, tomó como estandarte la condición social de Eva, alegando que nadie podía ofenderse porque le echaran en cara la verdad: «La esposa del acusado es una siquitrillada, hija de un latifundista, un terrateniente. Eso es innegable».

Cuando a Eva le tocó hablar, tras volver a mencionar las pruebas que demostraban que su padre no tenía trato con ella ni con el acusado, que lo odiaba al punto de intentar asesinarlo, que todo lo que habían conseguido ella y su marido había sido sin tocar un centavo de la herencia de su difunto padre y que tanto el periódico que tenían como la tienda que le intervinieron eran fruto de su esfuerzo y su trabajo, concluyó diciendo:

—El señor fiscal lleva razón al decir que mi defendido está casado con la hija de un latifundista y de un terrateniente que no fue esbirro de Batista, como hemos dado fe con testimonios gráficos. Ahora bien, el Comandante en Jefe, también como esta letrada, proviene de una familia rica que hizo dinero con el latifundio. Es como yo hijo de un terrateniente, y no por ello nadie se atrevería a sentarlo a él ni a su familia en el banquillo de los acusados.

Una tromba atronadora de aplausos estremeció la sala. Y el juez se limitó a dar dos golpes sobre la mesa y manifestar que la vista quedaba lista para sentencia.

Tres días después, Miguel quedaba absuelto y se abrazaba a sus padres y tíos. Se volvía loco besando a Eva en la boca delante del tribunal y recibía a su hijo en brazos por sorpresa. El Bobby se había encargado de retener a Miguelín escondido tras la puerta de la sala hasta escuchar la sentencia.

Razonar y convencer. ¡Qué difícil, largo y traba-
joso! ¿Sugestionar? ¡Qué fácil, rápido y barato!

SANTIAGO RAMÓN Y CAJAL

A las primeras alegrías y el impacto de los primeros abrazos y
besuqueos les siguieron la embestida de los arrebatamientos
y el ímpetu de las exclamaciones: «¡Nos parece mentira verte
libre!». «¡Creímos que no volveríamos a abrazarte!» «¡Gracias
a Dios, a la virgencita de la Caridad que le dieron luz y cojones a Evita para defenderte y ganar esta pelea!» Lola volvía a
tener al cuadro de su sagrada familia reunido y sentado a la
mesa, esta vez en la mesa del penthouse de Eva y Miguel, en
espera de la cena que llevaba meses programando para el día
que su hijo saliera de los calabozos. Los frijoles negros llevaban guardados no se sabe cuánto tiempo, y Joaquín había soltado la gandinga recorriendo media Habana para poder encontrarlos, lo mismo que la yuca que tuvo que congelar junto
con la piernita de puerco para que no se les echara a perder.
    —Desde que este hombre mandó a cerrar los mercados
agropecuarios, todo hay que comprarlo en bolsa negra. Los
guajiros no se atreven a vender más que a escondidas, por temor
a que les decomisen lo poco que traen del campo. ¡Y eso que la
Revolución les dio las tierras! Ahora son menos suyas que antes.
Nada, que de todo le echan la culpa al bloqueo de los yanquis,
pero los frijoles, la yuca y los puerquitos se daban en esta isla a
patadas. Hay una peladera de padre y muy señor mío.
    Hablaba desde la cocina mientras el resto de la familia brin-
daba con ron peleón sin etiqueta porque la marca Bacardí ha-

395

bía sido expropiada y la familia catalana se había ido de la isla, al igual que la familia vasca del ron Arechabala. Los ánimos avivados por el ron se volvían contagiosos hasta los perros Lluna y Estel, que Miguel encontró gigantescos tras año y medio sin verlos, meneaban el lomo y cola dando muestras de contento. La contentura se trocó en desmadre cuando aparecieron de improviso Javier y Mary, que venían hechos un asco, con las botas embarradas por el fango y la ropa percudida de tierra colorada, y que sin tener en cuenta la facha y la suciedad, se lanzaron encima de Miguel dando saltos de júbilo y vítores al hermano: «¡Coño, Evita, lo lograste! Venga acá un trago de ron peleón, que esto merece el más grande de los brindis», dijo Javier, loco de gozo. Lola sirvió la comida quejándose de que a los frijoles les faltaba el aceite de oliva, al mojo de la yuca unos taquitos de beicon, pero que esos eran productos de la madre patria y tal vez Franco y Fidel, a pesar de padecer del mismo mal, no se avenían para nada. Pero todos se volcaron en halagar la mano que tenía Lola para darle ese toque único a su sazón y también en destacar los méritos de Eva, su talento y la estacada final, cuando se atrevió a comparar al Comandante con ella misma diciendo que tanto él como ella eran hijos de ricos y terratenientes.

—¡No me lo puedo creer! ¿Sonaste esa? —preguntó Javier. Oye, tú llevas las leyes en las venas, pero un par de cojones por ovarios. Evita, eres la mejor y más completa.

Eva, con su virtud natural de pudor y sencillez, se sonrojó hasta la raíz del pelo.

—Dejen de ponerme por las nubes —replicó—. Apelé a las fuerzas del amor. No hay más.

Lola les sirvió a Miguel y a Javi en fuentes en vez de platos y en vez de tenedor, colocó al lado de cada uno de sus hijos una cuchara sopera para que pudieran bajar el buque que les había puesto delante, diciendo que sus hijos estaban famélicos como dos pencos y tenían que alimentarse. A Mary, su nuera, le puso una copita de Viña 95 con una yema de huevo, «porque esta niña —dijo— come como un pajarito, pero trabaja en el campo como una negra esclava».

Eva, sentada en las piernas de Miguel, le daba de comer a su marido en la boca, mientras Miguelín, celoso, protestaba porque su papá no era ya un niño y en cambio a él, desde que era pequeñito, su mamá lo obligaba a comer solo.

«Pero vamos, Miguelín, ¿de qué te quejas? Si ya eres un hombrecito, el mes que viene cumplirás ya nueve años», le decían haciendo correr las risas de un lado a otro de la casa, igual que la brisa que venía del mar, que se adueñaba de todos los rincones volviendo a traer de nuevo «el rumor de una canción con su perfume de humedad».

Cuando más crecidas estaban las risotadas, el timbre de la puerta los hizo sobresaltar con un repique insistente. Las risas se cortaron de cuajo y quedaron suspendidas en el aire mientras un pensamiento de mal agüero se apoderó de la familia intimidándolos: «¿Será la gente del CDR?».

Pero el Bobby los tranquilizó al levantarse a observar por la mirilla.

—Es mi pareja; me tomé la frescura de invitarlo, aunque no sé si a estas alturas quedará algo en la cocina.

—En mi cocina, nunca falta un plato de comida para el que llega, y déjate de hablar de frescuras, Bobby, tú eres un hijo más de la casa —dijo Lola echándole el ojo al joven recién llegado y buscándole de inmediato un parecido con alguien de la pantalla. «Es igualito a James Dean, tiene una boquita chula y cara de rebelde, pero con causa», pensaba mientras el Bobby hacía las presentaciones.

—Se llama Antonio, pero yo le digo Ñico el Rico, no porque tenga dinero (no se asusten) sino porque está más rico que el chocolate.

Todos se echaron a reír y le estrecharon la mano a Ñico el Rico, que estaba ruborizado por las confianzas que el Bobby se tomaba. Miguel no desprendió de él la vista desde que lo vio llegar y cuando le tocó el turno de estrechar su mano dijo:

—Oye, chico, tú y yo ¿no nos hemos visto antes?

—Sí, nos conocemos, Miguel. Soy el mismo, el del papelito... Me alegra mucho verte en libertad.

—A ver si nos explican algo, porque parece que soy yo la única que está detrás del palo sin enterarse de nada —dijo Eva empezando a molestarse.

Entonces Miguel le tomó la delantera al Bobby con las explicaciones, dejando a la familia con la quijada caída de sorpresa y a Eva más asombrada que nadie.

Contó cómo el coronel Cañizares, desde que entró en las mazmorras del G2 se había obnubilado con Eva y cómo trató de chantajearlos haciéndoles creer que si Eva aceptaba acostarse con él, su marido saldría de allí en nada. Y al ver que no conseguía su objetivo fue que tomó represalias metiéndolo en La Cabaña. Él podía soportarlo todo, todo lo que soportó y de lo que no iba a hablar porque, a partir de la fecha en que estaban, empezaba la cuenta regresiva para intentar olvidarlo.

—Todo, menos pensar que mi mujer se dejara intimidar y claudicara. No paraba de decirme que haría lo que tuviera que hacer por sacarme del infierno cuanto antes. Por conocerla, estaba convencido que era capaz de eso y mucho más, y vivía sin resuello pensando que por más que me jurase que no lo haría, si ese hijo de la gran puta seguía apretándole la tuerca, terminaría por llevársela de rosca. Lo único que me devolvió el alma al cuerpo y las fuerzas que empezaban a agotárseme fue cuando este joven vestido de militar se acercó un día a mi celda y me entregó un papelito que traía estrujado entre los dedos. De repente pensé que se trataba de un salmo de la Biblia, pero enseguida caí en cuenta que era un mensaje en clave, muy similar a aquellos que me inventaba yo para decirles a ustedes por teléfono en los tiempos de Batista.

»"Esto es un juramento sagrado —decía Adán—, puede descansar tranquilo a la sombra del manzano. Eva no cederá a la mordedura de la serpiente por más que Satanás busque tentarla. Amén."

»Apenas terminé de leerlo, levanté la vista y busqué al joven militar, y lo encontré paseándose frente a mi celda. Por toda respuesta, me hizo un guiño con los ojos y levantó su pulgar en señal de entendimiento. Quemé el papel con un fósforo hasta que se hizo ceniza, pero lo grabé en mi mente palabra por palabra. Me hizo el mismo efecto balsámico que le hacían a Javier los ungüentos de Numotizine con que mamá frotaba su pecho para mejorarle el asma. No lo comenté con Eva porque salió muy disgustada conmigo de la última visita que tuvimos, debido precisamente a mi insistencia en hacer que jurara por nuestro hijo que no iba a ceder a las presiones del coronel. Luego, en los días previos a la vista, volví de nuevo a preguntarle. "Deja ya el tema, Miguel —me respondió—. El coronel me entregó el informe con los cargos sin decir ni jota. Debe andar con la cabeza en otras cosas, y tú y yo tenemos también que poner la cabeza en cosas más importantes: prepararnos para el juicio." Así que nos pusimos de lleno en lo nuestro y llegué a olvidar lo del papelito... hasta ahora, que no sé por qué me estoy imaginando que la manito suelta del Bobby ha tenido algo que ver con todo esto...

El Bobby, notando que la familia seguía con la boca abierta y sumida en estupor, se apresuró a los cuestionamientos que vislumbraba en las pupilas de Eva y dijo:

—El apellido de Ñico es Cañizares, es hijo de la bestia peluda del coronel; lo abandonó siendo un niño y nunca se ocupó de él ni tampoco de su madre. Su otro hermano se fue al Norte en una lancha. Cuando el coronel bajó de las lomas y volvió a saber de sus hijos, le entró la calambrina al enterarse no sólo que el mayor era gusano y apátrida sino que Ñico, el menor, parecía afeminado y flojito, y lo metió de cabeza en el ejército para volverlo machito. Ñico y yo nos enamoramos, y llevamos una relación clandestina desde hace más de un año. Al tanto de la situación de Evita y de Miguel y conociendo al coronel mejor que nadie y la mala saña que había en sus intenciones, se presentó ante su padre y le intercambió chantaje por chantaje.

O dejaba de coaccionar a Evita o él destapaba a voz populi su homosexualidad.

—Ahora entiendo por qué me dejó tranquila, por qué se mostró tan serio y amarró tanto la cara cuando me citó para entregarme el informe con los cargos —dijo Eva—. Lo que no entiendo es que me ocultaras esto, Bobby, que te guardaras para ti lo que tramaban.

—Perdona, Evita. No te importa que te tutee, ¿verdad? Para Bobby eres como una hermana y para mí lo eres también —dijo Ñico, interviniendo en la conversación por primera vez—. No es culpa del Bobby, sino mía. Fui yo el que le pedí que mantuviera lo nuestro en reserva y no te lo contará ni a ti. Dime, ¿qué hubieras pensado si el Bobby te hubiera dicho que yo era hijo del coronel Cañizares y que era militar como mi padre?

—Que no eras sino más que un seguroso, que tenía atrás el Bobby para vigilarnos. Tienes razón, Ñico. Hubiera pensado que te hacías pasar por amanerado y flojito, como dice el Bobby, para apoyar los planes de tu padre.

—¡Flojito! *Collons!* —exclamó Joaquín, saltando de la silla y estrujando al joven en un abrazo—. No sé cómo agradecerte lo que has hecho por esta familia. Si fueras mi hijo viviría orgulloso de lo muy hombre que eres, y me importaría un carajo que no te sintieras macho. La hombría se mide por los hechos, no por los genitales.

Hubo aplausos, lágrimas, abrazos que se alternaban entre apretujar y agradecer al Bobby y apretujar y agradecer a Ñico.

Por último el Bobby propuso un brindis por Eva, porque si la hombría, según Joaquín, se medía por hechos, en la figurita frágil y femenina de Eva cabía un señor en toda la extensión de la palabra.

—Ñico y yo hicimos nuestra parte. Fue sólo un aporte nuestro para que Miguel no fuera a cometer una... barbaridad. En fin, ya saben... Pero el coronel mentía, Ñico me puso en alerta. Su padre no tenía ninguna autoridad para sacar a

Miguel de La Cabaña. Todo el mérito es de su mujer. Tendríamos que elevarla a un pedestal.

A Eva la cargaron en peso y la pasearon en hombros por el comedor. Hasta que, ya entrada la madrugada, se percataron de que Eva y Miguel habían desaparecido del grupo y estaban en un rincón oscuro de la terraza, baboseándose con besos de moluscos y las bocas convertidas en ventosas.

Entonces cada uno decidió hacer mutis por el foro.

—Bueno, gente, vamos echando. Recuerden que el onceno mandamiento es no pasmar —dijo el Bobby.

Lola y Joaquín, sin siquiera despedirse consciente que dos son parejas y tres son multitud, regresaron a dormir nuevamente a su casa. De vuelta al hogar de toda la vida, donde llegaron tras casarse y donde nacieron y criaron a sus hijos, se besaron en plan «esta noche toca fiesta» y se hicieron el amor con la chispa que no había vuelto a chispear ni a refulgir de aquel modo desde que el Comandante acabó con la diversión y mandó a parar.

A la mañana siguiente, Lola se hincó de rodillas frente a la imagen de la Caridad del Cobre que presidía la sala de su hogar y le dio las gracias por haberle devuelto a su hijo.

«Perdona, negra santa, por las veces que me he peleado contigo, pero como madre que eres, espero que lo entenderás.» Y aunque los palos recibidos no alebrestaban como antes las musas de su inspiración ni la dejaban perfilar el velero plácido de los buenos tiempos, le dedicó —en medio de sus oraciones— un pensamiento a aquel humilde barquito que a los pies de la imagen de la santa Virgen navegaba contra viento y marea sobre las olas del mar. «Ya me conformaría yo con ese botecito tuyo, Cacha, con esos dos blanquitos y el negrito del medio que, por ser negrito, se nota que rema con más fuerza que los demás. Ay, si nos prestaras tu barco y tu negrito nos iríamos al Norte todos juntos con Javi, Mary y...» Pero reaccionó al instante. «¡Madre santísima! ¿Qué estoy diciendo, Cachita? Borra esto de mis ruegos. Perdona este mal pensamiento, estoy mal de la cabeza y no sé ni lo que pido.» Y fue a hacer los quehaceres temiendo que la santa fuera a castigarla por haberle pasado por la mente semejante atrocidad.

«¡Si Joaquín me oye, me come viva! Él, que tuvo que decir adiós a su tierra; despedirse de Cubita, sería matarlo en vida.» Rehuía pensar en que Javi, su niño consentido, al que se volcó en cuerpo y alma, dedicó los mejores años de juventud, tratando de aliviarle el asma, y al que sólo soltó de sus faldas para que entrara en la universidad, estaba esperando la salida para abandonar la isla, llevándose consigo a Quim, su nieto, y a Mary, su mujer, que de tan dulce que era ni hablaba por no ofender. No podía permitirse pensar que llegara el día en que tuviera que despedirse de ellos; la esperanza, posada en su corazón, cantaba sin parar, diciéndole que la hora de desprenderse de los suyos nunca llegaría. Algo tenía que evitarlo. Javi tenía razón en todo lo que decía, y razón también tendría al decir que, quien tú sabes, según meaba cambiaba de opinión. Igual las cosas se arreglaban, como decía su marido que con el paso de los días había vuelto a su manía de vivir pegado con cola delante del televisor escuchando los discursos recordistas del máximo líder. Los meses se le vinieron encima enfrascada en sus faenas domésticas, que ahora se simplificaban porque la cartilla de racionamiento no daba para jaleos de cocina. Joaquín había tenido que renunciar al ritual del *pantumaca*: la madre patria no mandaba aceite de oliva, los tomates escaseaban y el pan nuestro de cada día sólo se conseguía tras la cola kilométrica diaria, y para eso, una flauta por persona que se iba en mojar un par de mendrugos —sin mantequilla— en el café con leche que tocaba por la cuota y que tampoco alcanzaba (el jamón y el queso habían pasado a ser reliquias históricas). Los días y las noches se le venían encima sin líneas divisorias, riñéndole a Joaquín para que levantara el culo del sofá y la ayudara a barrer o al menos a regar las maticas del patio, porque salvo la cola del pan y los mandados de la bodega, no la ayudaba en nada más. Desistió de señalar en el calendario las fechas de celebraciones familiares: las madres, los padres, los cumpleaños y las fiestas navideñas que el Comandante se había encargado de desaparecer del calendario. El tiempo transcurría para ella sin aleteos de ilusión, trocado en hastío y desencanto, y debía ser por eso que cuando Joaquín levantó al fin el culo del sofá y entró cadavérico a la cocina, diciéndole que los estaban atacando, no fue capaz de concretar la fecha del día en que estaban, ni si eran meses o años los que habían sobrevolado su cabeza.

—¿Atacando? ¿Quién, Joaquín? No será que te patina el coco de tanto oír la cantaleta de quien tú sabes...

—Que no, nena. Que los yanquis han desembarcado por Playa Girón y están matando a la población de las carboneras de la Ciénaga de Zapata. Las milicias del pueblo le hacen frente y el Comandante en persona está al mando de las tropas que resisten la invasión.

La familia en pleno hizo piña frente al televisor de Lola, al tanto de las noticias.

—Yo te lo advertí, papá. Estaba cantado que los americanos no iban a quedarse cruzados de brazos ante el embargo de todas sus empresas y propiedades —dijo Javier—. Ahora será el pueblo uniformado el que derramará más sangre cubana. Han enviado niños de catorce añitos a combatir con las cuatro bocas. Óyelos hablar en las noticias sobre los nuevos mártires de la Revolución.

Miguelín oía a su tío y volvía de nuevo a dar rienda suelta a sus preguntas.

—¿Quiénes son los malos, avi?

—Los yanquis, nen. Tu tío sólo ve las cosas malas de la Revolución, pero hay que mirar el lado bueno. La campaña de alfabetización que hizo Fidel para enseñar a leer y escribir a todos los niños como tú, que eran guajiritos del campo y no conocían las letras ni la aritmética. Las escuelas gratis, la salud pública, la medicina para que entiendas, al alcance de los más pobres, las playas que antes eran sólo para blancos ricos y no podían pisar la gente de color, los negros para que entiendas. Fidel también ha dado cosas buenas a este pueblo, por eso el pueblo está dispuesto a dar la vida por Fidel y la Revolución.

—Pero Fidel no es bueno, avi. Metió preso a papá. Mi mamá lloraba mucho a escondidas, se encerraba en el baño para que nadie la viera llorando, pero yo sí que la oía.

Quedaron tan estupefactos con las palabras del niño, que por un momento dejaron de estar pendientes del televisor. Ninguno, y menos aún Miguel y Eva, se atrevieron a requerirlo esta vez ni a mandarlo a callar diciéndole que los niños hablaban sólo cuando meaban las gallinas, porque ya Miguelín era, como él mismo decía, un niño grande.

Joaquín intentó seguir pregonando las bondades de la Revolución, pero Eva tomó la batuta diciendo:

—Miguelín, lo de papá fue una equivocación; por eso, míralo, está aquí, libre, junto a nosotros. Fue algo injusto que ya pasó y queremos olvidar.

—Mamá, pero tú llorabas de miedo... Y yo también tenía miedo, por ti y por papá. Tito Bobby me decía que tenía que dar ejemplo y portarme como el hombrecito de la casa, hasta que regresara papá, y que los hombrecitos no lloraban. Por eso yo también me escondía para llorar.

Lola abrazó a su nieto, conmovida, y Joaquín se volvió de espaldas al niño de cara al televisor, estrangulando un sollozo. No había dudas. Miguelín, además de la veta intuitiva de su familia paterna, había heredado el talento leguleyo de la madre. Imbuido en sus pensamientos estuvo durante horas hasta que llegó la noticia que estremeció al pueblo de júbilo y le concedió un descanso a su corazón: la invasión había sido derrotada en apenas sesenta y ocho horas; los invasores, exiliados cubanos en su mayoría, declaraban que habían sido embarcados porque Kennedy; se había rajado en el momento decisivo y no había autorizado el respaldo militar y aéreo al desembarco de Girón.

El Comandante cambió a los mercenarios del imperialismo por toneladas de alimentos, medicinas y compotas, el pueblo volvió a reunirse en masa para pedir paredón para los traidores y apoyar a su máximo líder más que nunca. La invasión había sido un fracaso clamoroso que sólo sirvió para enardecer más a los revolucionarios y servirle en bandeja al Comandante el momento histórico que buscaba. Ante una muchedumbre compungida que rendía homenaje póstumo a los mártires de la gesta de Girón, el Comandante pronunció su discurso y declaró abiertamente todo lo que ya se venía avizorando pero que hasta entonces se había mantenido negando con rotundidad: la Revolución ya no era humanista, no era tampoco «verde como nuestras palmas», como él mismo había jurado una y otra vez. Era, en fin, lo que había sido desde siempre: socialista, marxista-leninista, roja como la bandera de los soviets, y al que no le gustara podía irse al vertedero de la historia que estaba a noventa millas. Los gusanos, los antisociales, la escoria, podían largarse cuanto antes y nunca jamás de los jamases volverían a pisar la patria que los vio nacer. Y como nunca jamás de los jamases fue aplaudido y vitoreado por las masas, que ya tenían nueva consigna para corear a pie de conga: «Somos socialistas pa'lante y pa'lante y al que no le guste que pise y arranque».

Aunque Lola tuviera la impresión de que la isla estaba detenida en un tiempo que no contaba en calendarios ni relojes, en octubre del 62 el tiempo dio un salto parabólico que haría saltar las alarmas cuando el Comandante en Jefe puso al mundo a un tris de una guerra nuclear. Radio bemba se hizo eco de lo poco que se sabía hasta entonces sobre el tema: en Cuba, los soviéticos tenían cohetes nucleares que apuntaban hacia el Norte, y la radio oficial vociferaba que sólo esperaban la orden del Kremlin para zumbarlos directo a la Casa Blanca. De las horas que vivió el pueblo de Estados Unidos, nada se sabía en la isla; tampoco interesaba lo que podía padecer el enemigo imperialista que pretendía desaparecer a los cubanos del mapa. Pero lo cierto fue que la crisis de los misiles desató una ola de pavor entre los ciudadanos de enfrente que se volcaban en acaparar alimentos y encontrar la salvación en los túneles cavados bajo tierra. Hasta la primera dama, Jackie Kennedy, que por aquellos días críticos andaba distanciada de su marido, por no poder ya con la cornamenta que le ponía el presidente con la Monroe y su larga lista de amantes, apareció de nuevo en los noticieros de Washington con su conjunto de Chanel para apoyar a su esposo en los cruciales momentos que vivía su país. Pero esta vez el rubio y apuesto señor Kennedy dio un golpe sobre la mesa, y tras un ir y venir de negociaciones con el Kremlin, llegó a un acuerdo con Nikita Kruschev (el bolo de la cabeza calva) y la amenaza nuclear concluyó en un pacto entre gobiernos: yo te quito los cohetes de Cuba y tú me quitas los que tienes en Turquía. ¿Xarachó, mister? Okey, tovarich.

—Dicen las malas lenguas que a quien tú sabes le ha entrado changó con conocimiento y una pataleta de tres pares de eso mismo que estás pensando —le comentó Lola a Joaquín—, y que mira si le ha dado fuerte, que está en candela con Nikita y echando pestes de los rusos por haberle llevado los cohetes. La gente aquí todo lo tira a choteo, ya sabes; los cubanos nos reímos hasta de nuestras desgracias. Con una guerra que estuvo a punto de estallar en nuestras narices y ya andan con el chistecito por la calle: «Nikita, Nikita, lo que se da no se quita». A mí maldita gracia me hace.

Pero fue por aquellos días que llegó la hora que rehuía siempre su mente y se negaba a creer que iba definitivamente a llegarle. Javier anunció a sus padres que ya tenía la salida del país que habían tenido que retrasar desde principios de año debido a lo que le había costado a Mary convencer a su padre, porque el ex magistrado Valverde en el último momento se resistía a dejar atrás su patria. Eso fue motivo de una gresca entre Joaquín y su hijo.

—¡*Collons*, Javier, qué bonito! Así que si no se largaron antes aprovechando la oleada de cubanos que salió por el puente aéreo, fue por no dejar atrás a tu suegro y en cambio no te importaba irte dejando a tus padres con tu hermano en La Cabaña. Sí, no me lo niegues, porque de haber convencido a Valverde te hubieras ido al carajo sin remordimientos de conciencia. Ya me decía yo que tanta demora en obtener el visado era por algo que tú nos ocultabas. ¡Hostia! Y yo que llegué a pensar que retrasabas la cosa porque querías esperar a que Miguel estuviera en libertad. ¡Joder! ¡Qué iluso soy!

Javier se deshacía en consideraciones, apelando a que no podía permitir que a su hijo lo educaran en el comunismo, y que el caso de Valverde era diferente al suyo como padre.

—Mi suegro es viudo y no tiene más que a Mary, su única hija. Si cayera enfermo y quedara solo entonces sí que nos quedarían cargos de conciencia. Tú en cambio tienes a mamá y por si fuera poco cuentas con Eva, Miguel y hasta con el Bobby, que te quiere como un padre. No es lo mismo. No compares con tal de hacerme sentir culpable.

—Vale, vale —le ripostó Joaquín—. Cuento con un familión y, claro, si caigo enfermo me sobra gente para limpiarme el culo. ¿No es eso? Tenías que haber añadido que cuento además con Pascual y con Herminia. Nada, hijo, todo un batallón.

Entonces Pascual y Herminia, que presenciaban la discusión, temblando como dos hojas dejaron caer el batacazo de que ellos también habían presentado los papeles y sólo esperaban por Javier para arrancar juntos.

Aquello fue el acabose. Joaquín estuvo soltando en catalán todo el repertorio de insultos y palabras gruesas que recordaba en su lengua materna.

Lola, Herminia y hasta la plácida rompieron a llorar. Mary volvió a echarse encima las culpas y la responsabilidad de la situación y lloró como no la había visto llorar desde la víspera de su boda, cuando se culpó también de haber contraído varicelas.

Joaquín, en medio del llantén colectivo, puso fin a su retahíla de insultos con una frase muy a la cubana:

—Pues acaben de largarse al carajo —dijo, y se encerró en su biblioteca de un portazo.

A pesar de la discusión y el enfado de su marido, Lola lo dispuso todo para despedir a la familia el fin de semana antes de la partida. Tenía el corazón partido, pero lo que más la desgarraba era oír llorar a su nieto Quim, que se le abrazaba a cada momento diciéndole entre sollozos que no quería irse a Miami ni estar lejos de sus yayos.

Lo que ocurrió después, según el decir de Lola, fue cosa de Dios. Sabido era que el hombre propone y Dios dispone y quién quita que Cachita no hubiera intervenido también en la trastada que les jugó el destino, cuando ese fin de semana con todo listo ya para la despedida y hasta Joaquín con los ánimos más aplacados, Javier llamó a su madre por teléfono para decirle que su suegro había sufrido un principio de embolia y la salida quedaba cancelada.

—O sea que se jodieron —dijo Joaquín secamente al conocer la noticia—. Ya ves tú, Dios castiga sin palo ni piedra.

—No hables así, Joaquín —le respondió Lola mientras se vestía a la carrera para irse al hospital a visitar al enfermo—. Es que tienen mala pata. Caray, cualquiera diría que están cagaos por las auras. Cuando iban a casarse cogieron varicela y ahora con las maletas ya hechas, al viejo Valverde le da un principio de embolia.

Pero en el fondo, ella misma se enfrentaba a la disyuntiva de no saber si alegrarse o condolerse. Por un lado le apenaba que el padre de Mary hubiera caído enfermo de gravedad. Le apenaba por Valverde, que era un buenazo, y por su nuera, que debía de estar llorando y haciéndose reproches, pero por el otro lado no podía evitar sentirse tranquilizada, imbuida por aquel alivio que le inundaba el corazón, al saber que ya no le esperaba el trance amargo y cruel del adiós. Quim dejaría de llorar y las aguas volverían a su cauce. Así que sólo restaba rogar a Dios porque Valverde se restableciera. «Aunque no vendría mal, Cachita, que pudieras retardar un pelín su recuperación, al menos hasta que pase el tiempo y a mi hijo se le borre de la cabeza la idea de irse, desunir nuestra familia y acabar rompiéndonos el corazón.»

Y pasó el tiempo, y pasó
un águila por el mar.

JOSÉ MARTÍ, *Los zapaticos de rosa*

Habrían de pasar tres años sin que el tiempo consiguiera borrar de la cabeza de Javier la idea de abandonar la isla para siempre. Por el contrario, lejos de renunciar a la idea, fue la idea la que llegó a posesionarse de su pensamiento y convertirse en una obsesión. La decepción por el viaje fracasado lo transformó en un ser irascible, agrio y malhumorado que nadie de su familia reconocía ya en el Javier de otros tiempos: alegre y extrovertido, con la palabra pronta y explícita que lo llevaba a lucirse ante todos con su labia irónica, precisa y ocurrente. Se había vuelto un hombre frustrado, que volcaba su amargura sobre todos los demás, irritándose por cualquier cosa y despotricando de la mañana a la noche contra el tema invariable de sus ensañamientos; la Revolución, Fidel Castro y el propio pueblo cubano eran sin lugar a dudas los protagonistas sobre los que descargaba toda la hiel de su partida abortada.

«Este pueblo da vergüenza, ha perdido su moral y sus valores humanos. Hay que verlos correr como carneros al llamado del pastor jefe, al que ovacionan en masa agitando banderitas y coreando a voz en cuello consignas y alabanzas. Como si fuesen ganados, corren a tirar piedras y manifestar su repudio al vecino indefenso que se abandona su país. No importa que le desmantelen su casa y le impongan el destierro de su patria. Nada importa con tal de congraciarse y ganarse favores con los CDR. ¡Ah!, pero no se pierdan la otra cara de esta gente, cuando hablan por detrás. Los primeros que corrieron despetroncados y que más saña hicieron de sus vecinos, amigos y familiares que se largaron al Norte, son también los que más murmuran a espaldas de su Comandante, poniendo en duda las mentiras que aplaudieron y corearon el día antes como si fuesen verdades. Esos mismos, ya lo verán, serán también los primeros en largarse y venderse al enemigo en cuanto los americanos vuelvan a abrir la talanquera con otro puente aéreo o algún puerto de la isla. En cuanto los del Norte den el pistoletazo de arrancada, saldrán también en manada, arrancándose la careta de la doble moral que reina en este país y se ha vuelto el bochorno de los que aún, como a mí, nos queda una pizca de razón y de vergüenza. Javier Alegret estará en la primera línea de meta, abriéndose paso así sea a codazo limpio entre las turbas. No quepo aquí. Dejé de pertenecer a esta gente. Desde enero del 59, estoy de más en esta isla del Caribe. Y ténganlo por seguro, en este segundo intento ni Dios me va a detener.»

Aquel aluvión de insultos, donde Javier lo mezclaba todo haciendo un arroz con mango, hacía que su familia se resintiera dándose por aludida y las discusiones se sucedían una tras otra.

Joaquín se enfurecía y le ripostaba a su hijo; lo acusaba de insolente y amargado, y hasta de hiriente y de cruel. Y así, sin parar mientes, permanecía horas de horas hasta que la fuerza misma de la cólera que lo embargaba le agotaba las palabras y decidía poner fin a la disputa pegando un portazo y encerrándose en su biblioteca.

Mary apenas decía palabra que no fuera para inculparse y hacerse responsable de todo lo que le estaba sucediendo a Javier a causa de la enfermedad de su padre.

Y hasta Lola, que siempre vio por los ojos del menor de sus dos hijos y que le concedía siempre la razón mirando la vida de acuerdo al color que Javier la viera, llegó a no aguantar más y se enfrentó a sus argumentos por primera vez.

—Javier, te haces insoportable. ¿No te das cuenta de lo que sufre tu padre, de lo que sufrimos todos, del daño que haces a los tuyos, al oírte hablar así? Parece que se te olvida que mal que te pese eres parte de esa gente que dices te avergüenza. Perteneces a este pueblo. Eres cubano, carajo, y por mucho que reniegues, eres hijo de esta tierra.

—Pero ¿qué dices, mamá? ¿No te das cuenta? Abre los ojos de una vez. Cuba ya ha dejado de ser nuestra. Cuba pertenece a Fidel Castro y a los que piensan como él.

Por si no fuera suficiente, le entró de buenas a primeras la taranta de decir que iba a enviar a Quim al Norte aprovechando la operación Peter Pan, un proyecto coordinado entre el gobierno de Estados Unidos y la Iglesia católica para sacar de la isla comunista a los niños cuyos padres tuvieran dificultades en salir de Cuba y evitar que los adoctrinaran como había ocurrido con los niños en el país de los soviets.

—Si Miguel oyera mis consejos, dejaría ir también a Miguelín. Los niños todavía están a tiempo. Es necesario que partan antes que los rojos acaben lavándoles el cerebro.

La noticia que trajo Javier esa tarde estuvo a un tris de producirle un síncope a Joaquín. Lola corrió a ponerle una pastillita debajo de la lengua y lo estuvo abanicando hasta que notó que recuperaba el color, la sudoración aminoraba y volvía a normalizarse su respiración. Luego, mirando a Javier como si fuera a comérselo, dijo:

—Ahora sé que al pobre Valverde le dio el patatús por lo mucho que debiste hostigarlo para que aceptara irse. Pero si tu padre se me muere por tu culpa, te juro que no respondo de mí.

Entonces Joaquín, con toda parsimonia, se levantó del butacón; sin pronunciar palabra caminó muy despacio hacia el centro de la sala, levantó en cámara lenta el búcaro con gardenias frescas que Lola siempre tenía en la mesita del centro y lo hizo trizas contra la pared. Por último resumió la situación en una frase:

—Si tú y Miguel deciden mandar a mis nietos por delante,

y ponerlos a merced de los curas, meteré a los niños en un zulo antes de permitir que lo hagan.

La cuerda se tensó al extremo de que Lola depuso sus ruegos a la Caridad del Cobre y fue a rogarles a Miguel y a Eva que intervinieran llamando a capítulo a Javier, a ver si entraba en razón y conseguían calmar los ánimos.

Miguel le habló a su hermano apelando a los sentimientos y al coraje que había caracterizado siempre a la familia en los malos tiempos, en las situaciones de peligro y en los momentos más trágicos. ¿Qué habría sido de todos ellos si les hubiera fallado el hermano comprensivo y el hijo valiente y leal que tenían en su Javi del alma? ¿Qué se había hecho de ese Javier que ya no parecía ser el mismo? Le aconsejó que debía buscar algo en que ocuparse porque tener la mente ocupada era la mejor manera de hacer frente a los embates del tiempo y los avatares de la vida. Seguir sin dar un palo al agua equivalía a sumirse en la amargura y la desesperanza. En primer lugar, le puso el ejemplo de Mary, volcada en asistir a su padre, en atender a su hijo y viviendo de la pensión de su viejo sin emitir ni una queja. En segundo lugar, citó de ejemplo a sus padres y los tíos, que habían vuelto a las cajitas, pisando con pie de plomo, porque de algo tenían que vivir y por más que se expusieran a que el ojo vigilante del CDR les metiera otra denuncia, seguían haciendo sus menús criollos esta vez directo a domicilio, tapiñándose, eso sí, y forrando con papel periódico las rendijas de las puertas y ventanas para que el olor de la carne de cerdo y el congrís no escapara de la cocina a la calle. ¡Carajo! Como si vender comida casera fuera traficar con mariguana. Pero había que adaptarse a la situación y bueno, qué remedio, los viejos se adaptaban. Luego le puso el ejemplo de Eva, una niña rica, con clase, belleza y elegancia. Una letrada con mayúsculas, con un aval del carajo para llegar a ser lo que quisiera, donde quisiera y como quisiera. Y había que verla vaciando su biblioteca, y cargando el maletero de su viejo Fordcito de libros para vender, y eso también con pie de plomo, porque si la cogía la policía intercambiando dinero con los libreros que le vendían a los turistas en La Habana Vieja, la alzaban por los aires a ella y a los libreros y encima le decomisaban el Fordcito, los libros y el dinero y le levantaban un acta en la estación por venta ilícita. ¡Joder! Ilícito tu carro, tu dinero y tus libros de toda la vida. Pero así estaban las cosas y a joderse tocan, porque si le decomisaban el Fordcito iban a pasarla peor que un forro de catre. Hambre y compañía. Su Fordcito, aunque cancaneaba un poco, le servía a él para botearlo y sacarse sus pesitos. No podían contar con el descapotable rojo de Eva y menos con el Mercedes del 58 que se había comprado él cuando todavía estaba en *La Nación*. Esos estaban durmiendo el sueño eterno en el garaje. Esos, de sacarlos a botear, levantarían ronchas al CDR. ¿Ronchas? No, pica pica, sarna roñosa, y allá irían matándose con el pitazo a la policía, así que con el Fordito viejo y comatoso había que bandeárselas y alquilarlo haciendo todos los días una ruta diferente para evitar que los guardias lo detectaran y le tomaran la chapa. ¡Coño! Como si alquilar tu carro fuera razón para criminalizarte y meterte en chirona. Y para chirona… primero muerto. Porque no era cuestión de querer dárselas de héroe, pero el calabozo del G2 y las mazmorras de La Cabaña no valían recordarse ni para citarlo de ejemplo. Había que tirar para adelante. Bueno, lo de para adelante y para adelante sonaba a consigna comunista, pero en fin, que la cosa estaba en echar a un lado el desaliento porque lo último que les quedaba era la esperanza y esa sí que no era roja, sino verde como las palmas y nadie se la podía jamás arrebatar.

Eva, por su parte, no se anduvo con paños tibios y fue directamente al grano. No le quitó la razón a su cuñado, al contrario. Reconoció que si alguien tuvo razón y ojo avizor para vislumbrar la hecatombe, ese fue él. No era cosa de tener o no tener la razón, sino el modo que tenía de decir lo que pensaba y a quién se lo decía. Sus padres no podían razonar igual que él razonaba porque lo veían sangrando por la herida y sangraban a la par que él. Mary estaba desbordada y era cosa de ponerse en su lugar y comprenderla; tenía un complejo de culpa que empezó con las varicelas y terminó en un síndrome agudo con la embolia de su padre. Había que pensar en los niños, pero mentarle a Joaquín los curas era como mentarle la madre. Nunca hablaba de sí mismo, pero si de algo llegó a hablar fue de los tiempos que él y el tío Pascual pasaron con los jesuitas. Aunque no entrara en detalles, con un poco de imaginación bastaba para suponer que padecieron injusticias y penalidades. Por último, le recordó los tiempos trágicos, cuando la muerte de Abel y la cólera de su padre al descubrir lo de ella con Miguel. Había sido un joven de su misma edad el que vino a dar la cara a costa de lo que le costara. Fue ese joven el que hubo de acompañarlos en el duelo, consolarles tanto al Bobby como a ella. Ese joven insistió en estar presente en el velorio y el entierro de su hermano, por más que el Bobby y ella misma le insistieran en que no estuviera, temiendo lo que podía sucederle. Ese mismo joven, noble y generoso, no faltó a una sola cita en casa del Bobby cuando Miguel estaba lejos. Venía noche tras noche con su novia a imprimir fuerza y levantar el ánimo de una joven embarazada, casada con otro hombre, transida aún por tantas pérdidas. ¿Dónde estaba ese joven que sabía hacer que su amiga y compañera de curso pasara del llanto a la risa oyendo sus parrafadas? ¿Dónde estaba ese Javier que no veía ni reconocía en el que tenía delante? Y fue entonces que buscando animarlo y transmitirle su fuerza como él hizo con ella en otros tiempos, volvió a hacer lo mismo que ya había hecho con Lola. El día que la conoció, sin siquiera saber el rumbo que tomarían sus vidas, le prometió una y otra vez aquello que finalmente cumplió. «Te lo prometo, Javi, te prometo de corazón que vamos a irnos de aquí. Si nos llega la oportunidad no vamos a desperdiciarla. Nos iremos todos juntos. No lo dudes.»

Javier parecía haber entrado en razón o al menos lo aparentaba. Pero su aspecto era preocupante. Andaba como un sonámbulo, encorvado y afligido, sumido en una mudez tan latente como alarmante. Miguel, intranquilo por la actitud de su hermano, hizo un aparte con su padre.

—Papá, no es mi intención asustarte, pero temo por Javier. Según Eva, que sabe más de términos médicos de lo que yo puedo saber en medio de mi ignorancia, estos silencios de Javi pueden derivar en una depresión neurótica. Alertado por mamá, le aconsejé que se pusiera a hacer algo, pero dime tú, ¿qué puede hacer? Siempre fue un niño consentido, el nene de mamá. Los ojitos de su cara. No sabe ni freírse un huevo y se siente fuera de todo; no tiene tema de conversación porque ya sabes que es monotemático. Pasó su juventud estudiando, fue un alumno brillante, destacaba por su labia y con esa misma labia nos daba a conocer sus leyes. Es un leguleyo nato, un talento; es lógico que esté frustrado y que la situación que vivimos lo sobrepase. Si te digo la verdad, a mí me sobrepasa también. No sé qué voy a hacer aquí, marginado como estoy por haber estado preso, ni tampoco qué decirle a Miguelín cuando viene con sus por qué esto y por qué aquello; desde pequeñito era ya un niño muy despierto. Heredó las leyes de su madre. En la escuela lo hacen repetir día tras día: «Patria o muerte. Venceremos». Como si la patria estuviera ligada a la muerte o fueran exactamente lo mismo. Me pregunta a quién tienen que vencer si en Cuba no estamos en guerra y que si el sueño de todos los cubanos, incluido el de los niños, la generación del hombre nuevo a la que aspira Fidel, debe ser el de morir en otras tierras del mundo como dice el Che que le ha dado por pregonar en sus discursos: el internacionalismo proletario. «Yo no sueño con morirme ni ser héroe, papá», me dice. «Mi sueño es ser cosmonauta y viajar a la Luna.» Tendríamos que ir pensando en irnos de este país, viejo, al menos por el bien de nuestros hijos. En cuanto a Javi, diga lo que diga, no le lleven la contraria. Necesita desahogarse o de esta enloquece.

—*Collons*, Miguel, ¿y dices que no querías asustarme? Me dejas de una pieza. Miguelín tendrá las leyes de su madre, pero en eso de soñar con la luna y apuntar alto, salió a ti. No te falta razón con lo de Javi. Ya tu madre y yo habíamos comentado el asunto y estamos como tú, muy preocupados. He llegado a desear que Valverde acabe de ponerse bien y que se vayan. Aunque se nos parta el corazón de pena, cualquier cosa es preferible a seguir viéndolo en el estado en que está. Pero conmigo no cuentes para eso de irnos de Cuba. No me incluyas en el paquete. Tu padre es intrasplantable, igual que ese naranjo del patio que los vio crecer a ustedes y como yo está enraizado a esta tierra.

En 1963, la despedida de año la hicieron en casa de Lola, y Mary trajo a su padre en sillón de ruedas. Estaba más delgada que un fideo, pero sus ojitos de miel brillaban de contentura al decir que su padre había recuperado el habla y que según el médico con un poco más de tiempo recuperaría también la movilidad de sus piernas. Era una enfermedad lenta, pero su padre era fuerte y luchador, seguía al pie de la letra los ejercicios que le indicaba su fisioterapeuta y conseguiría andar aunque tuviera que hacerlo con la ayuda de un bastón. Lola la escuchaba atentamente y el resto de la familia, con excepción de Javier, le daba ánimos tanto a Mary como al magistrado Valverde, que aun con la lengua enredada y haciéndose entender dificultosamente, agradecía con una amplia sonrisa los cumplidos animosos de todos los presentes.

De repente salió a relucir en la conversación el tema del asesinato del presidente Kennedy, ocurrido hacía un mes en Dallas, Texas, que había conmocionado al mundo entero y del que apenas se había hecho mención en los diarios de la isla. «Bueno —dijo el Bobby con un retintín irónico—. ¿Qué esperaban? El enemigo es el enemigo.»

Javier, que llevaba meses cabizbajo, encerrado en su mutismo silencioso sin emitir opinión, fue incapaz de contenerse. «Pues en el asunto de Kennedy, sí que le doy la razón a Fidel Castro. Para qué conmocionarnos. Kennedy no fue más que un cobardón que se cagó fuera del tibor cuando se echó para atrás y no apoyó a los cubanos del exilio que se jugaron la vida en Girón.»

Se hizo un silencio abrumador que sólo rompió la voz bronca y entrecortada de Valverde que con el puño en alto exclamó: «¡Ba... ba... basta, Ja... vier!». De inmediato, aferrándose con una fuerza inusitada a los brazos de su sillón de ruedas, hizo un intento por ponerse en pie volviendo a caer desplomado en el asiento mientras se hacía entender malamente con su lengua tropalosa. «Gra... cias a Dios que iiii... iluminó a Kennedy para que re... cu... reculara. ¡Carijo! Si llegan a bom... bom... bombardearnos, ni las cu... cu... cucarachas quedan para hacer el cuento. Pobre Cu... Cuba...», terminó diciendo, apretando las dos manos contra su corazón.

Entonces la plácida Mary le lanzó a su marido una mirada que nada tenía que ver con aquel arrobamiento de muchacha enamorada de otros tiempos. No necesitó decir ni pío para que Javier leyera en sus ojos lo que pasaba por su mente. Indeciso y descorazonado, se excusó diciendo que se iba al baño y en el baño, de cara al espejo, con las manos apoyadas en el lavamanos, pensó que por perder estaba perdiendo hasta el último reducto de sus sueños: el amor de su mujer.

En los primeros meses del 64 comenzó a correrse el runrún de que el Che Guevara había desaparecido de la vista pública, que no aparecía en la tribuna al lado de Fidel Castro y que según radio bemba había tenido sus conatos con el máximo líder y se había ido a entrenar guerrillas a otros países de América. Unos decían que andaba por su patria argentina, enfrascado en una guerra de guerrillas que terminó en fracaso; otros, que no estaba en Argentina sino en Uruguay camuflado con los tupamaros. Algunos lo hacían por Venezuela, Colombia o Guatemala. Otros tantos aseguraban que estaba en Nicaragua, infiltrado entre los sandinistas cumpliendo su ideal del internacionalismo proletario. Javier dejaba a Quim en la escuela, a Mary y a su suegro en el hospital para las sesiones de fisioterapia y se iba conduciendo hasta la Biblioteca Nacional frente a la Plaza de la Revolución, el único lugar en toda La Habana en el que podía dar riendas a su obsesión dedicándose a husmear en los archivos de los periódicos viejos, donde iba recopilando las promesas iniciales de Fidel Castro, que el propio Comandante se encargó de incumplir tiempo después. Llegó a recopilar tantas que de haber podido unirlas y editarlas podía haber conseguido un manual enciclopédico o un tratado psicológico sobre la Revolución cubana. Tenía que reconocer que «el Caballo», como apodaba el pueblo a su máximo líder por entonces, era un excelente estratega; dominaba como nadie la táctica de decir hoy una cosa y mañana decir otra, que era todo lo contrario. Ante la prensa extranjera era todo un campeón, poseía la habilidad de una anguila y simulaba responder los cuestionamientos más álgidos escapando por la tangente con un olímpico rodeo que terminaba siempre en los días del ataque al cuartel Moncada, que volvía a describir como una hazaña, o en aquella otra hazaña de sus años en la Sierra. Una especie de *déjà vu* que dejaba a los periodistas mareados y confundidos al punto de que ya ninguno recordaba qué era lo que le habían cuestionado. Su don histriónico, su verborragia excepcional y su magnetismo para aglutinar a las masas hacían que la mentira más inaudita llegara a ser creída como si fuera una lápida. Recopilando frases encontró una cita dicha por el Che en los días de la crisis de los misiles y la anotó textualmente en el bloc que siempre lo acompañaba y llevaba escondido en su bolsillo.

Si los cohetes hubiesen permanecido en Cuba, los hubiésemos utilizado contra el mismo corazón de Estados Unidos incluyendo a Nueva York. Nunca debemos establecer la coexistencia pacífica. En esta lucha a muerte entre dos sistemas tenemos que ganar la victoria final. Debemos andar el sendero de la liberación incluso si cuesta millones de víctimas atómicas.

Quedó escalofriado y hasta llegó a exonerar a las masas a las que había acusado de rebaños y manadas, tiempo atrás, diciéndose que probablemente el pueblo aplaudía llevado por la inercia del miedo y oía sin detenerse a escuchar o meditar. Muy pocos tendrían la cachaza de zumbarse la lectura de los interminables discursos de sus líderes, que tendían a marear y a confundir. Nadie que se detuviera —como él— a leerlos al dedillo y contara con dos dedos de frente podía vitorear sentencias llevadas por el fanatismo y el llamado a la venganza.

El Che, a su manera de ver, no difería demasiado de Fidel Castro. Tenía el mismo magnetismo para electrizar a las masas, poseía labia y le sobraba don de gentes con su mirada intensa apuntando siempre al horizonte y alzándose por encima de las multitudes más allá de cualquier límite. Su figura simbolizaba al combatiente auténtico y rebelde que pretendía hacer del hombre nuevo el héroe del siglo XXI capaz de llevar la Revolución cubana más allá de sus fronteras y liberar al mundo de la opresión imperialista. Era, como Fidel, un hombre con inteligencia y estudios. Uno médico y el otro abogado. Si algo los diferenciaba era que el Che no se iba por la tangente, como hacía Fidel, o al menos no le interesaba hacerlo. Lo suyo no era escurrirse como una anguila sino decir la verdad de todo aquello que pensara. La transmitía sin tapujos, y la decía a rajatabla sin importarle lo que el resto del mundo opinara de él y menos de qué modo le juzgara. Con tal de defender sus ideales haría lo que tuviera que hacer. Si para lograr vencer con su verdad había que fusilar, se fusilaba y si matando se liberaba al mundo del yugo imperialista no le importaba admitir públicamente que el odio sería su estandarte: «Tendremos el odio como factor de lucha, el odio intransigente al enemigo que impulsa más allá de las limitaciones naturales del ser humano y lo convierte en una eficaz, violenta y fría máquina de matar. Nuestros soldados tienen que ser así, un pueblo sin odio no puede triunfar sobre un enemigo brutal».

Ese era Ernesto Guevara en estado puro; a diferencia de

Fidel Castro, no pretendía dominar aferrándose al poder con una dictadura. Su intención era imponer sus ideales y esparcirlos por el mundo aunque le costara la vida intentando lograr esa batalla.

Todo lo que encontraba Javier, frase tras frase, lo iba anotando en un bloc que se guardaba sigiloso en el bolsillo, mirando hacia todos lados, temeroso de que alguien lo acechara y descubriera lo que hacía. No sabía siquiera por qué lo hacía, porque aparte de mostrárselo a Miguel, a Eva y al Bobby, a más nadie lo mostraba. Ni a su mujer ni a sus padres les hacía ya comentarios.

Miguel, tratando de quitarle hierro al asunto, le decía:

—Oye y ven acá, Javi. ¿Qué piensas hacer tú con toda esta fraseología? Espera, ya sé, cuando te hagas viejo con el talento que tienes podrás escribir un libro. Para entonces quien tú sabes... ya habrá muerto y esto aquí se habrá acabado...

—Ay, hermano, qué cosas tienes. El día que ese diablo se vaya de vuelta al infierno le tocará el turno a su hermanito Raúl, y luego a los hijos y a los nietos. Convéncete, brother, esto es una dinastía de nunca acabar. Por eso la gente se tira al mar sin importarles morir en el intento de escapar. Saben que aquí tienen la muerte asegurada. En Cuba, vivir es morir todos los días; morir de desesperanza, que es la peor y más lenta de las muertes.

El año 64 transcurrió con una lentitud pasmosa. Lola y Herminia, metidas en la cocina preparando el menú criollo de las cajitas, Joaquín y Pascual turnándose para llevarlos en el Buick directo a los domicilios que se los encargaban previamente por teléfono (en clave por si las moscas para no despertar sospechas). Miguelín y su primo Quim, en la escuela, jurando «patria o muerte, venceremos». Miguel metido en el mecánico haciéndole inventos al Fordcito, porque para los carros americanos no había piezas y más que botear él al Fordcito, era el Fordcito el que lo dejaba a él botado en cualquier esquina, exponiéndolo a que la policía sospechara que andaba alquilando y lo levantara en peso. Eva ya tenía casi vaciada más de la mitad de su biblioteca y sin el Fordcito no sabía ya qué hacer. Miguel le había advertido que no podían cargar de libros el maletero, porque mientras más peso llevara más se le ahogaba el motor y mayor era el cancaneo. Las únicas buenas noticias de ese año las trajo Mary, que llegó a casa de sus suegros echándole los brazos al cuello a Javier y repartiendo besos a todo el que encontró a su paso.

—¡Papá ya está dando pasitos! Dios es grande.

Javier la besó en la boca y ella lo besó a su vez como desde hacía mucho no habían vuelto a besarse.

—Entonces ya falta menos para que podamos irnos... —le deslizó él en el oído a su mujer.

Y ella, sin poder contenerse por más tiempo, susurró en el de su marido:

—Te tengo un notición. Hoy cuando dejé a papá en la sesión de fisioterapia, salí a tomarme un café, ¿y a que no sabes a quién me encontré en la cafetería desayunando? Pues a Ñico, sí, el del Bobby. Nos pusimos a conversar y me contó que se enteró por su padre, ya sabes... el coronel Cañizares, que las mazmorras de La Cabaña están que no cabe ni un alfiler de la cantidad de presos políticos que tienen encerrados. La cuestión es que, según Ñico, se anda diciendo en las filas del alto mando que Fidel le está dando vueltas a la idea de abrir las fronteras marítimas entre Cuba y Estados Unidos para obligar a los americanos a recibir a todos los que quieran irse con tal de hacer limpieza en la isla y salir de todo lo que ellos llaman escoria y gusanera. Se espera una desbandada y ahí, cielo, entramos nosotros; somos parte de esa gusanera.

—A dejar los secreteos, tortolitos —dijo Lola desde la cocina—, que estoy sirviendo la mesa.

Joaquín, que estaba frente al televisor en su trono de costumbre, los hizo bajar la voz.

—Miren, ahí está el Che, y radio bemba decía que había desaparecido y que se había peleado con Fidel. Ahí lo tiene. Está en la ONU dando un discurso.

Lola salió secándose las manos en el delantal y diciendo:

—Menos mal que no le mataron en una de esas guerrillas latinoamericanas por donde andaba metido. Mi hijo se va a ofender por lo que voy a decir, pero yo le tengo mucha admiración al Che. No se me olvida que es asmático como tú, Javi, y que además de ser argentino y médico, no tuvo reparos en venir a Cuba como uno más para luchar con los rebeldes en las lomas y jugarse la vida para tumbar a Batista. Eso es de mucho valor y mucho mérito.

—Calla, Lola, deja oír a ver qué dice —exclamó Joaquín molesto.

Allí en la pantalla del televisor estaba el Che aquel 11 de diciembre de 1964, con su mirada penetrante y traspasadora, la misma que captó el lente de Korda, recorrió el mundo entero y llegó a inmortalizarlo y convertirlo en un mito. Allí estaba vistiendo su uniforme verde olivo, todo un héroe entre los héroes guerrilleros. Hablando frente a los señores de las Naciones Unidas con aquella voz suya, cautivadora y persuasiva, que arrasaba a las masas como marea de sangre y de fuego: «Sí, hemos fusilado, fusilaremos y seguiremos fusilando. Nuestra lucha es una lucha a muerte. Nosotros sabemos cuál sería el resultado de una batalla perdida y también tienen que saberlo los gusanos».

—Tienes razón en admirarlo, mamá; lo que es franqueza y veracidad no le faltan —dijo Javier, enlazando a Mary por el talle.

Entonces Lola dejó a todos con la mesa servida esperando por ella hasta que la comida se puso patitiesa. Se había arrodillado de nuevo frente a la imagen de su virgencita y le pedía con todas sus fuerzas que les prestara el bote. «Sí, Cacha, mi santa, aquí hay que irse como sea o no quedarán vivas ni las cucarachas como dice el viejo Valverde.» Pero luego, más repuesta y ya sentada en familia, se le escapó en alta voz algo que no venía a cuento y que ninguno alcanzó a entender. «Borra, Cachita, borra... Es que las barbaridades que oigo me están achicharrando los sesos.»

El año 65, que la dictadura cubana denominó como el Año de la Agricultura, costumbre que se había adoptado desde el mismo año 59, el denominado Año de la Liberación, transcurrió sin señales de que lo que Ñico le había adelantado a Mary tuviera visos de hacerse realidad. Llegado el mes de agosto, Javier, carcomido de impaciencia, comentaba con su mujer que probablemente Ñico se había equivocado escuchando campanas sin saber dónde. Pero Ñico estaba en lo cierto: el 28 de septiembre, el Comandante en Jefe autorizaba la apertura de las fronteras marítimas entre la isla y el vecino del Norte, sin previa consulta ni aviso a Lyndon B. Johnson, el presidente de Estados Unidos, que se tomó la noticia con recelo y con sorpresa, lo que dicho en cubano equivalía a que al gringo se le cayó la quijada y le entró calambrina de sólo imaginar la nueva avalancha que se le venía encima a su país, pero no tuvo más opción que entrar como se dice de espalda. Mientras, los exiliados cubanos, que vivían a la que se te cayó en la isla, en cuanto supieron que el puerto de Camarioca estaba abierto a todos los que quisieran ir en busca de los suyos, dijeron a coro «¡allá va eso!». Y en menos de veinticuatro horas una flotilla de barcos comenzó a alinearse frente a las costas de Cuba hasta llegar a extenderse y unir Cayo Hueso con Camarioca, el puerto matancero de la isla comunista. Todos en fila india, unidos por la misma causa en común, rescatar a los seres queridos, muchos de ellos acabados de salir de las mazmorras castristas, para conducirlos al Norte revuelto y brutal, como lo llamaba el Comandante. Revuelto en dinero y brutal en comida, como le llamaban los cubanos que abordaban las embarcaciones.

En medio de la arribazón naval y la oleada de cubanos que salían por Camarioca, el máximo líder de la Revolución encontró el momento idóneo para desviar la atención de lo que estaba sucediendo en la isla y decidió darle a conocer al pueblo el día 3 de octubre de 1965 la carta de despedida que le había hecho llegar el Che, donde hacía renuncia de sus cargos en el Partido Comunista de Cuba, de su puesto de ministro, de su grado de comandante y su condición de cubano: «Nada legal me ata a Cuba. Sólo los lazos de otra clase que no se pueden romper como los nombramientos. Otras tierras del mundo reclaman el concurso de mis modestos esfuerzos. Yo puedo hacer lo que a ti te está negado por tu responsabilidad frente a Cuba. En los nuevos campos de batalla llevaré la fe que me inculcaste. Si me llega la hora definitiva bajo otro cielo mi último pensamiento será para este pueblo y para ti».

Y se despedía diciendo: «Hasta la victoria siempre: patria o muerte. Te abraza con fervor revolucionario, Che».

Aquello fue un batacazo para los hombres y mujeres del pueblo que tenían al Che Guevara como un ídolo, pero la maniobra del estratega en jefe funcionó una vez más. La gente desvió la atención del puerto de Camarioca, para centrarse en aquella despedida que dejaba a Cuba huérfana de un héroe de carne y hueso al que adoraban como un dios.

Javier era un punto y aparte; se ilusionaba tanto como se desilusionaba y se desesperaba tanto como era capaz de resistir y estirar su desesperación. Había hecho una telaraña de alambres y cables de cobre alrededor de todas las radios de su casa y las de la de sus padres para vencer la estática y el pitido insoportable de las emisoras que transmitían desde afuera y vivía con la oreja pegada a la bocina pendiente de las noticias que emitían por la Voz de América. No pasaban cinco minutos sin que viniera anunciando buenas y malas noticias: la mala era que el puerto de Camarioca lo cerrarían en cuarenta y dos días y ni él ni Mary contaban con ningún familiar allegado a noventa millas que los viniera a buscar en uno de los barquitos que llegaban; la buena era que Fidel extorsionaba a Lyndon B. Johnson, y le proponía liberar setenta mil presos políticos que tenía encarcelados en la isla a cambio de que liberara y enviara a Cuba los cubanos que tenían detenidos en varios países de Latinoamérica por actividades subversivas y participación en banda armada por participar en las llamadas guerras de guerrillas. Así que el presidente americano, que estaba en pleno conflicto bélico con Vietnam, y temía que se le armara la gorda con una tragedia en el estrecho de la Florida, aceptó el intercambio: «Yo le anuncio al pueblo de Cuba que aquellos que busquen refugio en Estados Unidos lo encontrarán. La tradicional vocación de Estados Unidos de otorgarles asilo a los oprimidos será mantenida en el caso de los cubanos».

Y para evitar el embudo de embarcaciones, abrió por vía aérea el Puente de la Libertad, que transportaba mensualmente entre tres mil y cuatro mil cubanos que desertaban de su patria.

A Javier le bastó escuchar las palabras de Johnson por la bocina de radio para estallar de alegría. «¡Esa es buena! ¡No! ¡Súper buenísima! —exclamaba exacerbado de júbilo—. ¡Ñooooo, al fin nos llegó la hora! Ahora o nunca.»

Esa misma noche Javier, Mary y hasta el viejo Valverde, que ya restablecido del todo se hacía entender y se valía por sí mismo, y había abandonado el sillón de ruedas para andar bastante firme con la ayuda de un bastón, hicieron acto de presencia en casa de Eva y Miguel.

—Evita —dijo Javier—, vinimos a convocar asamblea de familia, avísale al Bobby para que suba. Él también es parte de esta tribu.

Eva lo llamó por teléfono y el Bobby subió raudo y veloz, en pantuflas y en pijama, emburujado en una bata vieja y descolorida que en sus mejores tiempos debió haber sido muy lucida y estilosa.

—Bueno, estamos aquí para tomar una decisión definitiva —dijo Javier haciéndose con la palabra—. Ha llegado la hora de irnos del país y es nuestro deseo que nos vayamos todos juntos. Esto es como decir: patria o muerte, venceremos. Ahora o nunca, gente. Nos vamos o morimos. Tú me lo prometiste, Eva, ¿te acuerdas? Tuvimos una conversación hace lo menos un año y me diste tu palabra de que no dejaríamos escapar la oportunidad. Ha llegado el momento de que cumplas tu promesa.

Fue una suerte que Miguelín y Quim estuvieran en el cuarto estudiando para el examen de geografía que tendrían al día siguiente, porque cuando Eva iba a responder, entró Miguel por la puerta, grasoso y mugriento, con cara de mírame y no me toques y echando pestes de lo lindo.

—Hasta ahora he estado en el mecánico, traqueteando el Fordcito. Se le ha fundido el motor, y parece que ahora sí guindó el piojo. Tantos inventos han acabado con él. De esta nos morimos de hambre.

—Espera, brother, estoy aquí porque te traigo la mundial; siéntate y hagamos asamblea cederista.

—No jodas, Javier. Voy primero a darme una ducha y luego hablamos. Estoy embadurnado de grasa y apesto a chimpancé.

Pero Javier no pudo contenerse. Mientras Miguel se duchaba se metió en el baño detrás de él y se sentó en la taza del inodoro a darle la perorata. Que si había oído las noticias. Que si ya estaba enterado de que los americanos habían abierto el Puente de la Libertad, que sacaría alrededor de tres mil a cuatro mil cubanos mensuales. Que había llegado el momento de no dar ni un paso atrás. Miguel sacó la cabeza detrás de la cortina con la cara enjabonada y preguntó:

—¿Quieres decir que se van? ¿Cuándo?

—Quiero decir que nos vamos todos. Tu mujer tiene la misma idea que yo. Dale, ve y pregúntale.

Miguel salió a la sala a toda prisa, envuelto en una toalla con el torso al desnudo y, sentándose en el sofá, le pidió a Eva que le prendiera un cigarro. Ella se llevó dos a la boca y le pasó uno a su marido.

—Eva, dice Javier que tú le prometiste no sé qué y le dijiste que nos íbamos. Parece que se te olvidó papá, que no lo has tenido en cuenta en tus promesas.

Eva se envalentonó.

—Sí, se lo prometí y muy en serio. ¿Me oyes? No pienso en otra cosa desde que te metieron en La Cabaña. Tú y yo sobramos aquí, igual que el Bobby y que Javier, Mary y Valverde, que está dispuesto a dar el paso aunque sea con un bastón. Acabas de entrar por esa puerta diciendo que nos vamos a morir de hambre, que el Fordcito estiró la pata y mira, ¿qué quieres que te diga? Es lo mejor. Prefiero morirme de inanición a vivir temiendo que te pille la policía y te vuelvan a meter en chirona. Estamos en la mirilla del CDR, vivimos como delincuentes escondiéndonos de todos, igual que tus padres y tus tíos. Aquí hasta vender cucuruchos de maní, cacahuetes, como dice Joaquín, es un delito. Eso para no hablarte de los niños. ¿Sabes con la que me salió hace unos días Miguelín? Pues dice que ya no quiere ser cosmonauta, sino estudiar Derecho como yo para defender a los presos políticos, como hice yo contigo. ¿De dónde lo sacó? No me preguntes. Tu padre vive pegado al televisor las veinticuatro horas; a lo mejor oyó decir a Fidel lo de los setenta mil presos que le quiere cambiar a los americanos. Qué sé yo. Pero si se le ocurre soltar una de esas delante de un amiguito de la escuela, buenas las tenemos…

Miguel no la dejó seguir.

—¿Y qué propones, di?

—Convencer a tu padre. Eso, Miguel. Sé que es una decisión tremenda, que debe meditarse porque es definitiva, no hay vuelta atrás. Ya se sabe, ese hombre no para de decir que los que se larguen son apátridas y gusanos que van al estercolero de la historia a venderse al enemigo. Pero la oportunidad la pintan calva y no hay tiempo para pensar. Ahora o nunca, como dice Javi. Es bueno que ellos hayan venido a conversar con nosotros, a que lleguemos a un acuerdo. Si no tomamos la decisión ahora, por más que nos cueste, nuestros propios hijos nos lo van a reprochar toda la vida.

El viejo Valverde pidió la palabra alzando el brazo.

—Yo me ofrezco para convencer a Joaquín. No hay nada que valga más que los argumentos de un viejo para convencer a otro. Bueno, tu padre no es un cáncamo como yo, pero es mayor y le cuesta decidirse. Los jóvenes no se las piensan tanto como la gente entrada en años.

—No, Valverde, te lo agradezco de veras —respondió Miguel—, pero eso es cosa nuestra, mía y de Javier. Yo me encargo. Tienen razón, hay que irse, aunque les advierto que no lo haré dejando atrás a mis viejos.

Javier y Miguel aparecieron a la mañana siguiente en casa de sus padres. Lola estaba pegada al fogón y Joaquín frente a la tele.

—Llegan a tiempo para pegar la gorra, estoy haciendo el almuerzo —dijo la madre.

Pero ninguno de sus hijos respondió. Ni el olorcillo de la sazón de su madre despertó esa mañana el apetito voraz de Miguel. Otras voracidades traían los dos hermanos abrasándoles las tripas y los hacía intercambiar secreteos.

—Oye, Miguel, yo voy a hablar con mamá, pero a ti te toca entrarle al viejo.

—Joder, Javi. ¿Por qué será que a mí siempre me toca el hueso más duro de roer?

—Bueno, brother. No te quejes. Yo seré el nene de mami, pero tú eres el ojito derecho de papi, así que métele, que para luego es tarde.

Miguel se dejó caer en el sofá junto a su padre.

—Hola, hijo. ¿Has visto las noticias? Le han concedido el Nobel de Literatura a Mijaíl Shólojov, el de *El don apacible* y *El destino de un hombre*. Bueno, ya sé que no eres de leer, pero habrás visto sus novelas en el cine. *El destino de un hombre* de Serguéi Bondarchuk. ¿No la recuerdas?

—Sí, papá. Supongo. Ya sabes que no me gustan las pelícu-las rusas. Pero, esto… Bueno, yo venía para hablarte de otra cosa. Si puedes apagar la tele, te lo voy a agradecer.

Joaquín apagó el televisor y clavó sus ojos en los de su hijo.

—¿Pasa algo grave, Miguel?

—Sí, papá, se trata de tomar una decisión muy seria. Tú no digas nada y escúchame primero… Hasta el final. Yo nunca te he pedido nada. Me ha complacido satisfacerte y hacer todo lo que he podido por hacerte feliz a ti y ver feliz a mamá. Pero ha llegado el momento de pedirte que hagas por mí algo que de entrada sé que es mucho pedir, pero que de negarte me dejarías acabado. ¿Te acuerdas del pacto que hicimos bajo el naranjo del patio cuando me pediste que lo dejara todo y te dije que podías pedirme lo que fuera menos abandonar a Eva? ¿Te acuerdas de la tarde que estando yo herido en la Casa de Soco-rro me pediste que pensara en mamá, que no la hiciera sufrir porque tú no podías vivir sin ella?

—Al grano, hijo, al grano.

—A eso voy. Lo primero es decirte que, decidas lo que deci-das, yo nunca te voy a abandonar. Lo segundo es que de lo que tú decidas, depende la vida de mamá. Y lo tercero es que si esta familia se rompe con la ida de Javier, Mary y su nieto, a mamá se le partirá el corazón y tú lo sabes.

—¿Y qué me pides que haga? ¿Quieres que le ponga grille-tes en los pies para que no se nos vaya? ¿A qué viene todo esto, Miguel? No entiendo adónde quieres llegar.

—El asunto es que Lyndon B. Johnson, por congraciarse con el exilio cubano de Miami, que está que trina con el Parti-do Demócrata desde que Kennedy se negó a respaldar a la gen-te de Girón…

—A los mercenarios de Girón, querrás decir. Bitonguitos hijos de batistianos.

—Mira, viejo, me da igual si eran bitonguitos, batistianos o hijos de su puta madre. Te pedí que no me interrumpieras, que me dejaras terminar.

—Entonces no te andes por las ramas, hijo, y termina de decirme lo que hay.

—Lo que hay es que desde que este hombre se quitó la careta y dijo que esto era comunista...

—Socialista, que no es lo mismo.

Miguel respiró profundo, se llenó los pulmones de paciencia para no soltarle a su padre una barbaridad y continuó:

—Sin más rodeos, viejo. Los americanos han abierto un puente aéreo entre Cuba y Estados Unidos, para que todos los que no somos marxistas-leninistas ni estamos de acuerdo con esto que tú llamas socialismo abandonemos la isla. Le llaman el Puente de la Libertad. Javier y Mary ya están haciendo las maletas. Es la oportunidad perfecta, papá, para irnos todos juntos, de que el mar y la cabrona distancia no divida nuestra familia. Ya has oído a ese hombre. Es una ida sin vuelta, no permitirá a los gusanos apátridas volver a poner un pie en esta tierra. Yo no tengo ya que hacer aquí, no voy a encontrar trabajo. Necesito una recomendación del CDR y el CDR nos tiene a Eva y a mí por desafectos a la Revolución. Tú siempre me decías que los hijos no sabían lo que significaba ser padre hasta que no tenían sus propios hijos. Como padre, entenderás que me preocupen mi hijo y mi mujer. No voy a permitir que a Miguelín le sigan comiendo el coco con la ideología marxista ni que lo metan en una beca para adoctrinarlo y se lo lleven al campo a trabajar en el surco como hacen con los muchachos de secundaria, que los mandan a doblar el lomo en el culo de la isla para sacarles el quilo y pagarse los estudios que este hombre tiene la jeta de pregonar que son gratis.

—¿Estás dándome todo este rodeo para pedirme que nos vayamos de Cuba?

—Sí, papá.

—Pero... ¿has meditado bien lo que me estás pidiendo?

—Papá, son incontables las noches que llevo sin pegar ojo meditando esta decisión. Piensa en tus nietos. Si te niegas a irte y me obligas a quedarme, Miguelín y Quim se irán de todos modos.

—¿No te habrás vuelto loco y pensarás mandar a tu hijo con los curas?

—No; se irá con Javier, Mary y Valverde y con los tíos... El tío Pascual y la tía Herminia no han renunciado a su idea. Están pasándola negras, igual que mamá, cocinando a escondidas del CDR, que ya los denunció antes y los volverá a trabar. No enfurruñes la cara. No les sigas guardando rencor por habértelo ocultado antes. Por entonces yo estaba preso y tú delicado de salud; temían afectar tu corazón.

—¡Ah! ¡Mi corazón! *Collons!* Al fin alguien se acuerda de que tengo corazón. El corazón de tu padre, Miguel, no está aquí —dijo apuntándose al pecho—. Está en mi patria, allá quedó cuando me fui, pero en esta isla eché raíces y he sido muy feliz. Debías saberlo. Te he hablado de esto muchas veces.

—Claro que lo sé, viejo. Pero ¿serías feliz aquí sin tus nietos, Javi y los tíos? ¿Serías feliz viendo a mamá infeliz? Pues estarías obligado a fingir. Aquí hasta la felicidad es obligatoria. Estamos en el paraíso de los comunistas; los que no sean felices aquí, que se vayan al carajo.

—Volver a dejarlo todo, porque hasta la cama donde duermo la cuentan en el inventario antes de sellarte la casa. Decir adiós a mi biblioteca, a lo que ha sido mi vida; tirar mi vida entera por la ventana, para irme a vivir al paraíso del imperio, el país de las desigualdades, donde dan palos a los negros y desprecian a los latinos, el país invasor y guerrerista que masacra a los niños en Vietnam. Si algo bueno tiene la Revolución es las oportunidades que le ha dado al negro, a los humildes, a los que antes no tenían derecho a nada.

—No me vengas con charlas comunistas, papá. ¿De qué igualdades me hablas, de la ley del embudo? Porque ellos viven como marajás. Vete al Laguito, a ver si te dejan pasar. ¿Sabes quiénes son los nuevos dueños de las mansiones que quitaron a los ricos? La élite revolucionaria. En la casa que era de la familia de Eva, vive ahora un comandante, y en la finca de Mulgoba, vive un negro, sí, pero no un negro igual que los demás. Es un negrón con grados de general de las fuerzas armadas. ¿Se te olvida que tu hijo estuvo preso? Mira, no quiero sacar a relucir lo que pasé en La Cabaña, para que no pienses que te quiero tocar el lado flaco. Pero salvo el culo que no pudieron cogerme, me dieron por todos los lados en lo físico y en lo moral. A mí tampoco me convence el Norte, lo conozco, viví allí durante un año y cuatro meses, pero antes de seguir aquí, me voy con los esquimales. La otra opción que nos queda es irnos a vivir a España...

—¿Cambiar a Fidel por Franco? Ni lo sueñes.

—Entonces, papá, no hay más vueltas. Medítalo con tu conciencia, pero piensa en mamá...

Miguel se levantó del sofá y caminó hasta la cocina, donde Lola, que ya estaba al tanto del asunto porque Javier se había encargado de ponerla al corriente, le hizo muecas mudas a Miguel interrogándole con los ojos, tratando de que le dijera cómo habían ido las cosas con Joaquín. Pero Miguel no soltó prenda. Se encaminó hacia la puerta diciendo en alta voz:

—Javier, ¿vienes o te quedas a almorzar? Yo me voy, se me ha quitado el apetito.

Entonces, justo cuando estaba a punto de marcharse, oyó a su padre alzar la voz desde el sofá. Sin siquiera volverse para mirar a su hijo dijo:

—Miguel, quédate a comer. No hace falta que medite nada. Si vas a irte con los esquimales, tu madre y yo vamos detrás. Decisiones como estas no se meditan, se asumen.

Esa misma noche empezaron a hacer las maletas. En casa de Eva y Miguel, en casa de Joaquín y Lola, en casa de Pascual y Herminia y en casa de Javier y Mary. Recogían lo imprescindible, a sabiendas de que tendrían que prescindir de los mil y un detalles que habían formado parte de ellos mismos. Aquellas pequeñas cosas que engrandecieron sus vidas, y que por pequeñas que fueran significaban y valían por sí mismas más que las mil y una cosas grandes que ni valían ni significaban nada. En el piso del Bobby, Eva se encontró a Ñico, sorbiéndose los mocos, ayudando a liar bártulos y dispuesto a despedirse de su amor porque, como militar que era, tendría que buscar el modo de salir ilegalmente.

—Como ves, querida Evita, nos toca separarnos y llevar la peor parte —dijo Ñico vaciando las gavetas.

Eva suspiró antes de responderle.

—Esto es un trance muy duro y difícil de afrontar. Mi suegra todavía está lamentando a sus tres perros y al gato que se le murieron de viejos, pero como en este país les llamamos suerte a las desgracias, es una suerte que los tres animalitos pasaran a mejor vida porque yo me veo en el dilema de encontrar a quién le dejo a Lluna y a Estel, mientras consuelo a Miguelín, mintiéndole con la promesa de que pronto los mandaremos a buscar. Es tan triste todo esto, tan pero tan doloroso —dijo—. Nuestra isla tan hermosa, nuestra Habana tan querida...

Y abrazados los tres juntos se despidieron de Ñico entonando entre sollozos la habanera *Tú*, de Sánchez de Fuente:

Cuba, la isla hermosa del ardiente sol
bajo su cielo azul.
Adorable trigueña de todas las flores,
la reina eres tú.

La salida quedó fijada para el 17 de noviembre.

—Celebraremos las Navidades en familia como Dios manda. Miguelín volverá a tener Santa Claus y Reyes Magos, y Quim se enterará de que existen porque hasta esa ilusión les han quitado a los niños... —dijo Miguel, tratando de levantar el ánimo de la familia que andaba por los suelos.

Pero faltando sólo cuatro días para la partida, Eva irrumpió en casa de sus suegros tirándose de los pelos, con Miguel siguiéndole los pasos sin atinar qué hacer ni qué decirle a su mujer para calmar y detener la desesperación que la embargaba.

—Al Bobby se lo han llevado para Guanahacabibes. Vinieron a buscarlo anoche dos militares y le dijeron que el CDR lo tenía en la lista de los homosexuales del vecindario, y que era además un lumpen y un gusano. No dieron más explicaciones, ni a mí que bajé a su piso y me presenté como abogada. «Pero ¿adónde se lo llevan?». No me contestaron. Lo poco que sabemos es por Ñico que en medio de la locura, como es militar, pudo averiguar que se lo llevaban a los remates de la isla, donde salvo los mosquitos, el marabú y los tremedales, no se divisa ni un alma. Lo castigan por homosexual y lo mandan a hacer trabajos forzados a las zonas más inhóspitas de Pinar del Río.

—Esto es una venganza de tu padre el coronel por no acostarme con él y por jodernos el viaje. —Fue lo primero que le soltó Eva en la cara a Ñico, cuando se presentó en casa de Lola y Joaquín.

—No, Eva —dijo Ñico—. Mi padre no sabe lo mío con el Bobby y tampoco sabe nada de que ustedes se van de Cuba. Está lejos, en el Congo, apoyando a las guerrillas del Che Guevara. Esto es una orden de arriba, de Fidel y de Raúl, que son más machotes que nadie y odian a los maricones. Esto es sólo el comienzo de una redada. Están tramando algo todavía más gordo. Entre la gente de las FAR, se comenta que van a hacer un llamado al servicio militar obligatorio para los jóvenes a partir de los dieciséis y que ese será el pretexto para, a través de las denuncias de los CDR, meter en el jamo a todos los homosexuales, y de paso a los muchachos que no están en nada y que es lo mismo que decir: lumpen, gusanos y antisociales, lo peor está por llegar. Los van a encerrar en un campo de concentración como los de la China comunista; dicen que así van a crear al hombre nuevo, al hombre del siglo XXI, y que van a enseñar a hacerse hombres a los maricones.

—Pero, Ñico —dijo Lola—, ¿esa gente se cree que la mariconería es una enfermedad? Eso no es como cambiar de camisa, va con la condición de persona y no la cura ni el médico chino.

—¿Campos de concentración? Perdona, Ñico. No exageres. Lo único que te falta es decir que van a enviar a los homosexuales al crematorio —dijo Joaquín.

Entonces Eva se irguió como era su costumbre y dijo:

—Miguel, podemos ir deshaciendo las maletas, ni tú ni yo podemos irnos dejando al Bobby donde está.

—Pues Lola ni yo tampoco nos iremos sin ustedes —declaró solemnemente Joaquín.

—¿Y qué vamos a hacer? —preguntó Lola—. ¿Despedirnos de Javi y nuestro nieto y de Herminia y Pascual?

—Prepárate, mamá. Tendrás que sacar fuerzas de donde no hay. Miguelín también se irá con sus tíos. Eva y yo firmaremos su permiso de salida. ¿Verdad, cielo?

Eva se abrazó a su suegra y las dos rompieron a llorar.

A Miguelín no costó mucho convencerlo. Tanto Eva como Miguel odiaban mentirle a su hijo, pero peor que la mentira era la verdad. Le dijeron que se iba con sus tíos y el primo Quim y que pronto sus papás, los abuelitos y el tito Bobby se reunirían con ellos en Miami. Serían como unas vacaciones; un tiempo que se iría volando. Le hablaron de las Navidades, de los arbolitos, de Santa Claus y hasta de los camellos de los Reyes Magos. Y Miguelín, con solo trece recién cumplidos, confiaba en lo que le aseguraban sus padres con la inocencia propia de la edad. Se despidió de la familia en el aeropuerto, insistiéndole a la yaya que no llorara por gusto, puesto que pronto ella también iría con ellos para allá.

Eva se comió a su hijo a besos y le dejó toda la cara cubierta con las huellas de su pintalabios. Tanto ella como Miguel y el propio Joaquín mantuvieron los ojos secos, sonrieron y dijeron adiós a los críos hasta que los perdieron de vista como si fueran a verlos a la mañana siguiente.

Javier y Mary, Pascual y Herminia se despidieron sin lágrimas y sin palabras, con la pena engarrotada en las gargantas, para evitar alarmas entre los niños.

Lola sí lloró; no encontraba consuelo y hubo hasta que forcejear con ella para arrancarle a los nietos de los brazos y dejar que los niños entraran a la aduana.

Eva y Miguel esperaron a meterse en el auto para dar rienda al llanto del desconsuelo junto a Joaquín, que se abrazó a su afligida mujer con el corazón, o lo que quedaba de él, convertido en piltrafa.

—¿Qué pasa con este pueblo, está ciego? —dijo Eva con la voz quebrada por los sollozos—. Nos están arrancando el corazón, y nadie se conduele, a nadie le importa. La gente sigue ahí, dando vivas a Fidel.

Entonces Joaquín, buscando recomponer la piltrafa de su corazón, dijo:

—Ramón y Cajal, un médico aragonés que recibió el Nobel de Medicina, decía que razonar y convencer era una tarea difícil y que en cambio sugestionar resultaba fácil y barato. Los cubanos están sugestionados por su líder. Batista dejó un abismo de dolor y Fidel magnetiza y sugestiona a las masas. A mí mismo me ha tenido idiotizado frente al televisor. Ni siquiera la cárcel de mi hijo me hacía despertar de la hipnosis. Le he mirado a los ojos, y sé que Javier y hasta Miguelín vieron lo mismo que yo. Pero yo quería aferrarme a un último rayo de esperanza. Les prometo a los tres que a partir de lo de hoy y con lo que le han hecho al Bobby, la última luz de ese rayito se apagó. Murió dentro de mí.

Todos los animales son iguales, pero algunos son más iguales que otros.

George Orwell,
Rebelión en la granja

Nadie sabía. Nada se decía de lo que estaba sucediendo. Ni siquiera las familias de los que se llevaban tenían ni remota idea del castigo que les esperaba a sus hijos. La prensa oficial se limitaba exclusivamente a dar loas a la Revolución, respondía a los dictámenes del Estado, la patria y la bandera que tenían un único significado: el máximo líder y su Revolución marxista-leninista. Las noticias que llegaban al pueblo eran pocas y estaban distorsionadas. Esta vez ni radio bemba, que todo lo averiguaba, llegó a intuir qué motivaba las redadas que aprovechando las sombras de la noche se sucedían de un lado al otro de la isla. Tal como anticipó Ñico, oficialmente se dijo que era un llamado al servicio militar obligatorio, y se especificaron los puntos del país donde debían presentarse los jóvenes y no tan jóvenes comprendidos en la edad militar para inscribirse y acatar la nueva ley, que de no ser acatada sería penalizada con la cárcel. Al Bobby lo sacaron del campamento de la península de Guanahacabibes sin pisar la calle. Lo montaron en un ómnibus Leyland con otro grupo de hombres, en su mayoría homosexuales, que llevaban meses sometidos a trabajos forzados en los tremedales de Pinar del Río. Algunos, que no eran homosexuales, habían sido condenados a los castigos acusados de ser lumpens (la palabrita proletaria que les asignaba la Revolución a los que consideraba marginados por la sociedad y desafectos al régimen) y otros que inocentemente ni sabían por qué estaban allí, acribillados por los mosquitos y trabajando de sol a sol en los marabuzales.

Inocentemente también, se presentaron los jóvenes de dieciséis a treinta y cinco años, algunos que rozaban los cuarenta, pero también comprendidos en la edad militar, en los lugares asignados para el reclutamiento. Al Bobby, tras recorrer más de ciento ochenta kilómetros en un autobús precintado, sin comer, sin pegar ojo y sin siquiera beber agua, lo zumbaron entre la masa de muchachones que se encontraba aglutinada, comprimida y prensada como sardinas en lata, en el estadio de béisbol de la capital, en espera de que los oficiales pasaran lista y los llamaran. Lo que ninguno sabía era que las listas venían del CDR, que ya tenía señalados con nombre y apellido a los homosexuales, testigos de Jehová, católicos, melenudos, extravagantes, y hasta los fanes de la música de los Beatles que los cederistas consideraban lacras indeseables no afines al proceso revolucionario, afiliados al diversionismo ideológico del imperialismo, que se ajustaban a los epítetos de lumpens, gusanos, desafectos, escoria, antisociales y maricones. O sea, lo peor de lo peor de la evolución humana.

—Prepárense —les dijo Ñico a Miguel y a Eva cuando fue a verlos esa noche—. He conseguido ingeniármelas para que puedan ir al estadio de béisbol y ver al Bobby, antes que se lo lleven al campo de concentración de la UMAP, las Unidades Militares de Ayuda a la Producción. Amárrense los cojones, vengo de verlo y no es ni la sombra del Bobby que conocieron. No sé cómo me alcanzó el valor para disimular. He pedido que me asignen a los campos de trabajo forzado. La mayoría de los guajiros que ahora son oficiales del ejército y viven en La Habana de pachá rodando sus buenos carros y vacilando la vida en los ministerios con aire acondicionado, y queridas acomodadas en sus casonas del Laguito y el Nuevo Vedado, le huyen al verde del campo como a la peste, así que no me resultó difícil. «Este quiere hacer méritos o estrenar culitos gratis; te vas a dar gusto singándote palomitas», me dejaron caer... «Si te esmeras dando palos va y regresas de Camagüey con grados de general.»

—Ñico, ten cuidado. Te estás arriesgando a que te tiren para La Cabaña como me hicieron a mí por menos.

—No te preocupes, Miguel, sé bandeármelas, pero te digo lo mismo que te decía Eva a ti cuando estabas preso: por sacar al Bobby de donde van a meterlo, lo que yo tenga que hacer.

—Pero no resolveremos nada si te meten en el tanque, Ñico, insisto. Imagínate si descubren…

—¿Que soy maricón? No. Si algo le debo a la Revolución es que me ha enseñado a no fiarme ni de mi sombra. Pero te sorprenderían la cantidad de bugarrones que se nos sobran en el ejército. Se las dan de vozarrón y machos duros, pero les encanta dar por atrás. Tranquilo, Miguel. Voy a sacar al Bobby de esta y nos vamos a largar todos al carajo. Confía en Ñico. Yo también me mando y me zumbo.

Cercana a la madrugada Eva y Miguel llegaron acompañados de Ñico al estadio de pelota de La Habana. Tardaron en encontrar al Bobby en medio de la masa humana que había dentro y fuera del estadio. Finalmente, Ñico, con sus credenciales de teniente, logró localizar al Bobby en una de las filas de jóvenes que empezaban a subirse a los ómnibus que los conducirían a los campos de trabajo en la provincia camagüeyana y se las compuso para que Eva y Miguel pudieran acercársele. Por un momento a Eva le costó reconocerlo y cuando lo reconoció, las piernas se le doblaron. El Bobby, su alma gemela, su lazarillo de todas las tormentas, el rubio de ojos azules que su suegra comparaba con Monty Clift, no era más que puro hueso, con la cabeza pelona y con la ropa ripiada como un indigente. El hijo de un monarca del azúcar era sólo otro animal más de la manada. De Monty Clift, no quedaba ni el recuerdo. En su lugar había un joven vuelto viejo de repente con el cuerpo combado y retorcido que la miraba sin verla con los ojos fijos en el pan con tortilla que Eva logró pasarle gracias a Ñico, que se parapetó entre ellos y el guardia armado que vigilaba la fila que subía a los ómnibus. No intercambiaron siquiera un gesto de saludo. El Bobby, como si no la reconociera, le arrebató a Eva el pan de la mano y lo engulló de un bocado con la irracionalidad de un depredador. A Eva se le encogió el corazón; por una fracción de segundo creyó ver retratada en la figura y en el gesto desaforado de su amigo las crueles imágenes de los judíos que los nazis llevaban a los campos de concentración. Pero fue sólo eso, una fracción de segundo, porque sabía que si retenía el retrato de los judíos por más tiempo en su mente no podría hacerle llegar la cantimplora con agua helada que le traía para que se llevara en el viaje. Pudo alcanzar a ver cómo la nuez del Bobby ascendía y descendía en su huesuda garganta mientras bebía ávidamente de la cantimplora y cómo quedó detenida como la punta de un cuchillo en medio de su gaznate cuando el guardia que vigilaba la fila le arrancó la cantimplora de las manos, tras pegarle un culatazo. Ñico se interpuso entre el guardia y el Bobby. «Coño —le dijo—, esta lacra va para ser rehabilitada y hacer trabajos útiles a la Revolución. Si los matamos de sed no nos servirán para nada.»

—Usted perdone, teniente —dijo el guardia cuadrándose frente a Ñico—. Pero tenemos órdenes de arriba de impedirles llevar nada que pueda servir para armar una reyerta.

Ñico le dio al Bobby la cantimplora, lo dejó que acabara de beberse toda el agua, y aprovechó el momento en que él se la devolvía para decirle en un susurro:

—Nos vemos pronto. Estaré donde tú estés.

Los ómnibus, con las puertas y ventanas precintadas, arrancaron y se desató la histeria. Los familiares se lanzaban sobre los guardias, suplicando les dijeran por qué se llevaban a sus hijos o al menos a dónde los llevaban. La callada fue la única respuesta aparte de los empujones para que se quitaran del paso. Una madre llevada por la desesperación se colgó de la ventanilla de un Leyland, y tras ser atropellada tuvieron que sacarla en brazos, en medio de una estampida de alaridos de horror y de vehemencia.

Ñico partió con la caravana de Leyland a los campos de las UMAP, y Miguel y Eva regresaron solos a su casa, con un desgarro tan brutal que no les concedió ni el bálsamo de las lágrimas.

Miguel conducía su auto de regreso a casa sumido en el mutismo de sus propios pensamientos. Eva, enmudecida también, no podía apartar la imagen de su hermano Abel de la cabeza; volvía a oírlo decir aquella frase que solía decirles a ella y al Bobby en los tiempos de políticas inciertas que ahora, por muy inciertos que fuesen, la llenaban de añoranza. «El tiempo en este país se vive en puntos suspensivos. Mañana quién sabe lo que nos puede tocar.»

De haber sabido lo que les esperaba al Bobby y el resto de los jóvenes conducidos a las UMAP, Eva hubiera pensado que Ñico se había quedado corto de palabras. El viaje fue sólo el preludio de la odisea infernal que les aguardaba. Los más de quinientos setenta y un kilómetros del recorrido entre La Habana y Camagüey transcurrieron sin escala, lo que equivale a decir sin alimentos, sin agua, obligados a hacer sus necesidades más perentorias en la parte trasera del ómnibus o simple y llanamente encima de ellos mismos. Al calor asfixiante de los Leyland, con las ventanas cerradas y las puertas precintadas, se sumaba el olor insoportable del excremento y los orines que les producía vómitos por la hediondez inhumana y agobiante. Al llegar al campo se encontraron cercados por una larga alambrada de púas de más de dos metros de alto con las púas hacía dentro para evitar cualquier intento de fuga. Los que habían llegado semanas antes les advirtieron que estaban electrificadas. Le quitaban y ponían la corriente a su antojo para que nunca se supiera cuándo sí o cuándo no podrían achicharrarte si te lanzabas. El campo estaba presidido por un cartel gigantesco a manera de bienvenida: EL TRABAJO OS HARÁ HOMBRES.

El Bobby, meado, cagado y revuelto en su propio vómito, tuvo aún arrestos para leerlo y sonreír con sarcasmo. Era una analogía de aquel otro cartel que Hitler había ordenado colocar en el campo de concentración de Auschwitz, que decía irónicamente: EL TRABAJO OS HARÁ LIBRES. «Entre el viaje y el recibimiento no hace falta mucha imaginación para saber a qué atenerme», pensó.

En aquel campo, alambrado, electrificado, militarizado y vigilado hasta los dientes, reunieron a los recién llegados para leerles el reglamento. Lo primero fue humillarlos con una sarta de improperios vejatorios que se resumían en que estaban allí por ser seres tarados y repudiables que sobraban en las filas del pueblo revolucionario y que sólo gracias a la generosidad del máximo líder, Comandante en Jefe Fidel Castro, que tenía fe en crear al hombre nuevo, y a las bondades de su Revolución marxista-leninista, se les otorgaría la oportunidad de rehabilitarse mediante el trabajo, para formarse como hombres dignos del siglo XXI, como esperaba de ellos el camarada Fidel. Tras la charla inicial, el capitán dijo que serían divididos por escuadrones de ciento veinte hombres, y en escuadrones irían a los comedores, a la fosa que tendrían por escusado, dormirían en sus barracones sobre camas literas de saco de yute y troncos de madera, se ducharían el día que le tocara a su escuadrón y trabajarían en los campos de caña, «como dignos esclavos de la Revolución», se dijo el Bobby, según el lugar que le fuera asignado a su escuadrón. El de pie se daría a las cuatro de la madrugada, a todos los escuadrones por igual, y se les fijaría una meta en el trabajo, una cuota de rendimiento a cumplir en cada jornada. A quienes no la alcanzaran se les aplicaría una penalización para enseñarles que debían esforzarse al máximo si querían hacerse hombres. Todos los escuadrones recibirían clases del manual marxista de Konstantinov. «Donde además de hacerte un lavado de cerebro, te harán creer que desde el hombre de Cromañón hasta Beethoven y Mozart, fueron comunistas y cagaban rojo», se dijo para sí.

«Los testigos de Jehová que, apelando a su religión, se nieguen a jurar la bandera y a cumplir la disciplina militar serán condenados con penas de cárcel que pueden ir desde la cadena perpetua a la pena capital.» De sólo oír mencionar la pena capital al Bobby le craqueó todo el esqueleto, pero aún le aguardaba escuchar la peor parte que iba dirigida directamente a los eslabones perdidos de la cadena humana donde estaba comprendido él. Los homosexuales serían sometidos a experimentos científicos, donde los médicos darían cura a su enfermedad sexual, para rescatarlos del estado de perversión en que se encontraban. El capitán siguió dictando las leyes del campamento, pero ya el Bobby no escuchaba. Las jornadas como mano de obra esclava en los campos de caña y las espinas del marabú ya no le asustaban, las había transitado en Guanahacabibes durante cuatro meses y aunque ya no le quedaba cuerpo sino huesos, se creía capaz de afrontarlas. De no poder humanamente resistirlas, moriría y la muerte era preferible a seguir siendo esclavo de Fidel Castro y ahora, para más inri, ratón de laboratorio. La muerte era la única salida para poner fin al viacrucis que llevaba.

Con la idea del suicidio revoloteándole la cabeza como un batir de alas negras, se duchó y pasó al comedor. No le sorprendió la sopa aguachenta y las sardinas de lata que le sirvieron en la bandeja de aluminio. «Ya nada me turba ni sorprende, soy un hombre de experiencia», se dijo burlándose de sí mismo. En Guanahacabibes, se comía una gandofia igual o peor. Al lado suyo, se sentó un negrito cabeza de clavo, de ojos botados y más flaco que una calavera, ansioso de conversación. Se presentó diciendo que se llamaba Lázaro, pero que todos lo conocían por Babalú, porque era devoto de Babalú Ayé, San Lázaro, como denominaban los blancos al viejo de las muletas.

—Oye, socio, cómete toda la comí'a y echa a un la'o los malos pensamientos. Mañana te van a dar el de pie a las cuatro de la madrugada y si no comes te meten en la caja de pinotea.

443

—La muerte sería mi mejor aliada.

—¿Alia qué? Déjate de hablar mierda asere; mira, namá verte llegar, te vi que tenías detrás un santo claro. Estás iluminado por Obatalá, la Virgen de las Mercedes. Obatalá abre caminos y da luz a quien protege. Tú y yo vamos a salir de aquí vivos y sin que nos falte un pedacito. Ven acá, ¿tú estás aquí por mariquita?

—Sí, soy maricón, ¿por qué?

—Por ná, mi gambia, no me mires atravesao, que yo no tengo na'en contra de ustedes. Yo estoy aquí por santero, y mi religión me manda. Yo he venido a este mundo pa'ayudar a los demás. Así que pa'lo que te sirva, aquí me tienes.

—Gracias —respondió el Bobby a secas.

—Compadre, sácate esa sombra negra que tienes en la chola. Que aquí no pasa un día sin que saquen a uno con los pies por delante.

—Muchos suicidas, supongo… ¿Eh?

—Suicidas y de todo un poco. Con tal de salir de esto, la gente hace de todo. Lo mismo se mete un tajo con el machete y se arranca un pie que se corta los dedos o la mano entera, y luego va y le dicen al capitán que fue un accidente en el cañaveral. Cuando es un accidente de verdad, ¿tú crees que el capitán se lo cree? Pues no; los trata a patadas igual que a los demás. Los manda pa'la celda de castigo o los mete en una fosa con agua hasta el cuello y los deja pasar hambre, sed, frío o calor y sólo los saca cuando ya apenas respiran y están más muertos que vivos. Ayer mismo antes que ustedes llegaran se colgó un muchacho de diecisiete añitos na'má. Lo trajeron por melenú y por hippie, pero mentira, era porque querían que echara pa'lante a su papá. El padre es intelectuá, escritor, y el G2 parece que lo tenía en la mirilla. Al hijo lo cogió un guardia bugarrón y lo estuvo violando por el culo hasta que casi lo mata. El muchacho se puso como loco, acabó cediendo a las torturas y firmó el informe contra su padre y al final se quitó la vida, que es lo más bonito que nos ha da'o el de allá arriba.

La vida es primero que todo lo demás. Oye, por cierto, ¿cómo te llamas?

—Soy el Bobby, así a secas, y que sepas que no creo ni en la vida ni en el de allá arriba ni en la madre que me parió. Sin que te ofendas...

—¡Ñoooooo! Tú está cerrero, asere. ¿Qué bolá contigo? A ti te deben haber jodío mucho estos cumuñangas. A la legua se te ve que eres un blanquito fino, curto, y de buena cuna, pero no la cojas con Dios, socio. Cógela con quien tú sabes...

—Ven acá, Babalú, tú que te las sabes todas. ¿Tienes idea de qué son esos experimentos que dicen hacen con los homosexuales?

—Bueno, lo que sé me lo ha contado Bijirita, es un pajarito que ya ha pasado por eso. Pero a él lo cogieron de mingo, pero tú déjate guiar por mí. Y no te va a pasar na'de ná. La cosa es que te ponen una inyección de eso mismo que le ponen a los que tienen azúcar. Insulina, ¡equilicuá!, y te meten un corrientazo. Terapia de choque, según dice Bijirita. Es para ver cómo reaccionan tus estímulos cuando te pasan fotos de mujeres encueras y hombres con el cuero parao. Pero si tú te haces el volao cuando te ponen la foto de una hembra en pelotas con un buen par de tetonas y un buen culo, te dan premio y el premio está en no darte el corrientazo. Bijirita no estaba enterado de lo del premio, y por poco lo electrocutan. Pero tú ya sabes qué hacer cuando te pongan la foto de un tipo con el tolete zumbado. Por más buenote que lo encuentres, con decir que te da asco, ya te dejan por curado.

—Pero eso es la teoría de Iván Pávlov —dijo el Bobby temblequeando horrorizado—. ¡Es imposible! Pávlov experimentaba con perros...

—¡Ay, míralo a él! ¿Y qué somos nosotros aquí, mi santo? Animalitos de granja. Todo esto quien tú sabes... se lo ha copiado a los bolos. En la Siberia no experimentaban con perros sino con presos de carne y hueso como tú y como yo.

Al Bobby le empezaban a castañetear los dientes cuando un culatazo por el hombro casi lo mata del susto. Babalú miró de reojo al verde olivo que tenía Bobby detrás y se levantó con la bandeja haciéndose humo.

—Aquí se viene a comer y no a majasear dando palique. A recoger las bandejas, que faltan cinco minutos para la clase de marxismo. Arriba, flor silvestre, andando.

Bobby ni siquiera se volvió. Acababa de reconocer la voz que habría reconocido así estuviera en los confines del mundo. Sin tan siquiera mirarse, la mano de Ñico le deslizó un papel por debajo de la bandeja. Mientras, volvía a alzar la voz, diciendo: «Aquí tienes, flor silvestre, el cartón de cigarro que me dejó no sé quién de tu familia. Aquí está la tonga de cigarros sin cajetillas. Porque acá ni las cartas pasan sin abrirse. Ajila, ajila… mueve el culo que andas lento».

Bobby salió con los cigarros desperdigados dentro de un trozo de cartón, los dejó entre sus escasos enseres en el barracón y se fue directo al escusado para leer el mensajito de Ñico.

«Revisa cada noche entre el saco y los troncos de tu cama y allí tendrás algo mío. Mañana no irás a los cañaverales, he revisado la lista y estás seleccionado para los experimentos. No te me asustes. Resiste y finge que eres machito.» Le explicaba exactamente lo mismo que le había comentado Babalú. Le escribía con una letra apretada y diminuta, para que cupiera en el breve trozo de papel de china donde le coló el mensaje. «Tú eres hábil y buen simulador, no te me rajes. Ponte duro. Piensa que el amor lo puede todo y el nuestro superará lo que estamos pasando hoy, y mañana no será más que un mal recuerdo. No estás solo, estamos juntos los dos.»

El Bobby pasó la noche en blanco, pero había empezado a creer que Obatalá o alguien de allá arriba le estaba tirando un cabo y hacía por protegerlo. No sólo contaba con el amor incondicional de Ñico, sino con la milagrosa presencia del negrito Babalú, que lo había alertado y dado luz en el momento que el aleteo de la muerte ennegrecía su destino.

Fiel a lo aconsejado por Ñico y por Babalú, se presentó al experimento y lo superó sin contratiempos. Ante la imagen de una rubia despampanante con un culo de campeonato se frotó las entrepiernas, se deshizo en gemidos y fingió un orgasmo tan intenso que, de tanto meterse en su papel, llegó a pensar por un instante que lo de las mujeres iba en serio. Cuando le tocó el turno a un morenazo con un cuerpazo hecho a mano y un falo erecto como la torre Eiffel, se dio gusto haciendo arqueadas y clamando por una palangana porque el asco era tan fuerte que le había descompuesto el estómago y creía que iba a vomitar. Se libró de la terapia de choque, pero así y todo lo tuvieron sometido una semana entera pendientes de cada movimiento que hacía y hasta de la manera en que movía las nalgas al andar, para al final no darle ningún diagnóstico y quedarse sin saber si estaba curado del todo y se había vuelto macho de verdad. Cada noche a la hora de dormir, se llevaba una linterna al escusado y entre el cantar de los grillos y chicharras leía los papelitos de Ñico, que le devolvía al cuerpo el deseo de la pasión y al alma los deseos de vivir. A veces, eso sí, sentía que le faltaban las fuerzas para alcanzar la cuota de cumplimiento asignada doblando el lomo desde el amanecer bajo una solera infernal en las duras jornadas de mochar caña. Por suerte tenía a Babalú que, a pesar de su flaquencia, sacaba siempre un extra para echarle una mano en los cortes. Pero llegaba desfallecido y si no le tocaba a su escuadrón día de baño, se acostaba sin duchar con la pelusa hiriente de la caña hincándole por cada parte del cuerpo y se rascaba hasta hacerse sangre a pesar de saber que mientras más se rascaba, más picaba y sangraba. Los papelitos de Ñico comenzaron a amontonársele bajo el saco de yute de la cama, sin conseguir quemarlos como el propio Ñico le indicaba. «Hazlo cenizas, Bobby, que si nos cogen en esta entonces sí que no vamos a contarlo.» Entonces recurrió a su vieja astucia de embaucador y a sus habilidades natas de timador cinco estrellas. En las barracas no se permitía fumar ni encender fósforos, pero se podía hacer afuera; claro que él riesgo no estaba en fumar sino en que alguno de los guardias lo pescaran quemando papelitos con los cigarrillos. Así que se le ocurrió la idea de deshacer los cigarros y quedarse sólo con la picadura, que liaba en los papelitos de Ñico y según se los fumaba los quemaba. El propio Ñico, que por estar en el ajo captó enseguida el truco, fue a la barraca del Bobby y con un vozarrón de miedo le exigió que le mostrara dónde guardaba la picadura de tabaco.

—A ver, flor silvestre, enséñame por qué te entretienes en desbaratar los cigarros y liarlos en papel. ¿No será que estás fumando hierba?

—¿Hierba? Pero qué dice, teniente, de dónde voy a sacar yo mariguana.

—Déjate de hacerte el zorro que hay cultivos de maría por esta zona.

Entonces el Bobby, delante de todos los que estaban en el barracón, dejó que Ñico manoseara la picadura.

—Ya ve lo que le decía, teniente. Lo envuelvo en los papelitos porque así me duran más.

El teniente simuló un culatazo y el Bobby fingió un gesto de dolor.

—¡Pero si yo no he hecho nada, teniente! No me pegue —le dijo encogiéndose contristado como si fuese a llorar.

—Te pego porque me sale de los huevos, y porque eres blandengue y aquí las blandenguerías se quitan a golpes y culatazos. Cuádrate como un macho, coño.

Y el Bobby se cuadró ante Ñico sonando los talones.

Sin haberlo ensayado ni haberse puesto de acuerdo, tanto el Bobby como Ñico se sentían tan identificados en su amor que eran capaces de representar cada uno su papel y hacerlo con tal precisión y credibilidad que algunos compañeros del escuadrón empezaron a comentarle al Bobby que tenía al teniente puesto para él. «Oye, que lo tienes encarnao. Está metido contigo hasta las trancas. ¿Qué te cuesta darle el culo? Decídete de una vez, compadre. Así te quitará el ojo de encima, y quién quita que hasta te favorezca y te lleve cómodo. Oye, que no serás el primero ni el único al que un guardia bugarrón se lo coja. Aquí hay muchos protegidos que salen hasta de pase y los llevan súper chévere.»

«El ser humano es un animal de costumbres y yo, entre Guanahacabibes y las UMAP, me he ido animalizando al punto de acostumbrarme a vivir como una bestia que funciona por instinto. Finjo, simulo, actúo para luchar por preservar la vida o lo que me queda de ella. Al menos todavía conservo algo de mi integridad humana.» Recordaba aquella frase de Eva la última vez que se vieron estando él aún en libertad y preparando maletas para irse todos juntos del país: «Hemos llegado al límite de ver algo de suerte dentro de nuestra propia desgracia». «Me niego a llegar a ese límite, el peor de todos los límites, creerme privilegiado por estar aquí con Ñico y tener a Babalú para echarme siempre un cabo. No es justo consolarse con las desgracias ajenas. No puedo encontrar consuelo en saberme aún con vida en medio de tanta muerte, por no contarme entre los muertos que sacan de aquí calladamente día tras día. En tener todavía unidos todos los miembros de mi cuerpo en medio de los que se mutilan el suyo llevados por la locura de escapar de este campo brutal. Si algo humano queda en mí, es precisamente eso: el tener el corazón partido y sentir en carne propia lo que sufren los demás.» Lo mismo que Miguel, rechazaba pensar en Eva y su hijo para que no pudieran doblegarle el lado flaco durante los interrogatorios cuando estaba arrestado en las mazmorras del G2. El Bobby hacía de tripas corazón para que el remordimiento no provocara un derrumbe en su persona. Si algo le escocía el corazón era saber que Eva y Miguel se habían negado a partir aceptando desprenderse de su hijo antes de dejarle a él por detrás; que Lola y Joaquín sufrían por la separación de su hijo, sus hermanos y sus nietos. No, de sólo pensar en ello el alma se le consumía hasta el último rescoldo, y en ese último rescoldo era donde residían sus sentimientos. Si dejaba que su alma ardiera y se inmolara en la

449

hoguera de los inquisidores, dejaría morir su ternura, el amor y todo lo que aún lo sensibilizaba y conectaba con sus semejantes y con su propia humanidad.

Pero fue precisamente esa sensibilidad humana que se resistía a consumirse en las cenizas del tiempo la que habría de jugarle las peores de las pasadas.

Una tarde mientras estaba en el cañaveral en las labores del corte, Bobby vio pasar un caballo a todo galope por la guardarraya y tuvo la impresión de que llevaba a un hombre colgándole detrás. Salió machete en mano de entre las cañas temiendo que se tratara de un accidente, de alguien que se había caído del caballo y era arrastrado por el animal. Fue entonces que se dio cuenta de lo que pasaba. Los guardias atizaban a la bestia para que acelerara su carrera tirando sin compasión del hombre que colgaba de su lomo. Estaba por lanzar a los guardias el grito de «¡salvajes!», cuando Babalú se le echó encima, lo escondió entre las cañas y le tapó la boca con la mano hasta casi asfixiarlo.

—¡Cojones! ¿Te has vuelto loco, tú? ¿Quieres que te amarren a ti también al caballo, comemierda?

El Bobby parecía haberse sujetado las ganas de bronquearse con los guardias. Sabía que Babalú llevaba razón, aunque se los recomiera la impotencia.

—Yo estudié Derecho, ¿sabes?, porque me nacía de adentro hacer justicia y defender a la gente.

—Bueno, pues el Derecho puedes metértelo por el culo. Quien tú sabes... también es abogado y de derechos que no sean los suyos mierda y cepillo para los demás —le respondió Babalú mientras regresaban al campo cercado.

Allí los esperaba una escena dantesca. Los guardias estaban desamarrando del caballo al hombre que había sido arrastrado a lo largo de la guardarraya que volvía tinto en sangre.

—Pero si es Néstor, ese joven de nuestro escuadrón que es un alma de Dios y más noble que el pan.

—Oye, mi gambia —le dijo Babalú en un hilito de voz—.

Néstor es testigo de Jehová, y se niega a jurar la bandera y a cumplir la disciplina militar. Tú sigue de largo y calla boca.

Pero esta vez la boca de Bobby no se pudo controlar.

—Cabrones comunistas, ¿son ustedes el ejemplo para hacernos hombres? Ustedes no son personas, son fieras, bestias salvajes.

El culatazo inesperado que recibió por detrás casi le parte la nuca dejándolo sin sentido. Y así mismo, inconsciente, lacio y desplomado, lo cargó el guardia que le había pegado y con la ayuda de otro más lo tiraron como un fardo en la celda de castigo. Dos días tardó en recuperar por completo la consciencia y dos más permaneció a rastras por el suelo sin comer, bebiendo a lengüetazos de la pozuela de agua que le dejaban por debajo de la celda. Podía imaginar el dolor y la impotencia de Ñico, pero esos días le bastaron para calcular también su estado de indefensión. Ñico no podía hacer más de lo que hacía sin exponerse a que le dieran un tiro o cargaran con él directo para el paredón. No sabía ya a qué asirse para soportar lo que estaba soportando, y salió de la celda de castigo con el cuerpo desgajado y tan flácido y molido como la propia flacidez que sentía dentro del alma. Lo llevaron a la enfermería y allí pudo ver a Ñico. «Hola, flor silvestre», le dijo mientras el sanitario le colocaba una minerva en el cuello, magullado por el culatazo.

—Vine a buscar aspirinas...

—Están en la gaveta de la izquierda, teniente —le respondió el sanitario saliendo del cuarto de curas a fumarse un cigarro.

—Estaba muerto de angustia —dijo Ñico en voz baja mirando hacia todos los lados, temeroso de que alguien lo escuchara.

Le deslizó uno de los papelitos entre las sábanas, pero el Bobby, incorporándose con un gesto de dolor, ripió el papel entre sus manos.

—No quiero seguir en esto. No voy a permitir que te expongas más por mí... No voy a salir de aquí. Es inútil que te esfuerces.

Ñico volvió a mirar a todos lados y le dijo al oído:

—Mañana voy a La Habana, tengo una semana de descanso. Suficiente para hablar con tu familia, ponerla al tanto de mis planes y salir todos de aquí. Irnos todos al carajo. Te amo, ¿recuerdas? Te pido lo mismo que le pedías a Eva. Confía en mí con los ojitos cerrados.

En ese momento entró el capitán preguntando por el sanitario. Ñico se cuadró de golpe y dijo:

—Ahora mismo estaba aquí… debe de andar por allá fuera fumando. Yo ando buscando aspirinas, y no las encuentro. Tengo la cabeza que se me parte.

—Bueno, teniente, mañana ya toca descanso. Pero ¿dónde coño se mete ese sanitario?

—¿Algún problema, capitán?

—Lo de siempre, un mariconazo alardoso que nos montó una escenita queriéndose cortar las venas con un cristal. Na, que nos ha dejado un reguero de sangre en las duchas que no hay quien entre. ¿Y esta palomita qué? —dijo mirando al Bobby—. Levanta pronto el culito de la cama, que yo no acabo de tragarme que te hayas vuelto machito de la noche a la mañana. A ti te vamos a llevar de nuevo para el laboratorio y a ver si apretándote los huevos nos cantas quiquiriquí.

El capitán dio la espalda y salió dando voces al sanitario, y Ñico puso toda la carne en el asador al pegarle al Bobby un beso de lengua en la boca.

—Confía en mí —volvió a decirle.

A punto de salir, oyó al Bobby que le decía:

—No olvide las aspirinas, teniente.

—Gracias, flor silvestre —le dijo Ñico guiñándole un ojo y levantando su pulgar igual que había hecho con Miguel, para atizarle el ánimo cuando estaba en La Cabaña.

La desgracia tenía que ser muy desgraciada para que alguien pudiera ver en ella una pizca de suerte y fue eso lo que ocurrió ese domingo por la mañana, cuando el Bobby amaneció sin poder levantarse de la cama, con un vértigo de muerte en la cabeza que nublaba la vista y le entumecía la lengua. Tenía hinchados los párpados y no se sentía ni los brazos ni la cara; las manos, infladas como dos ubres de vaca, habían perdido el tacto y la sensibilidad, pero según Babalú los cielos se habían abierto y había llegado su hora.

—¿La de morirme?... —inquirió el Bobby con la lengua tropalosa.

—No, la de escapar de esta mierda.

Su cerebro embotado era incapaz de entender qué quería decirle Babalú. En el estado que estaba no podía suponer no sólo que estaba a punto de librarse del infierno sino que se estaba librando de presenciar la rebelión de los testigos de Jehová, que se había desatado antes que dieran el de pie a causa de las torturas a Néstor, que tras ser arrastrado por el caballo, y devuelto tinto en sangre, habían dejado sin limpiar y sin curar, tirado sobre su cama como un despojo indecente. La rebelión terminó, como era de suponer, con más castigos y torturas. De los cinco que se rebelaron uno colgaba desnudo del asta de la bandera cubana, otros dos —también desnudos— estaban contra la cerca con los cuerpos enrollados con alambres de púas y los dos últimos habían sido obligados a cavar sus propias fosas, las fosas donde fueron enterrados hasta la boca, mordiendo tierra y expuestos a la intemperie, lo mismo que sus compañeros, para enseñarles de una vez a ser patriotas, a acatar las órdenes del Comandante y no las de ese tal Jehová que nadie sabía ni un carajo dónde estaba y a ver si venía ahora ¿eh?, para sacarlos del hueco, descolgarlos del asta de la bandera y curarles las heridas de las púas. «Grítenle a ver si les oye, partía de fanáticos comemierdas.»

La situación con el Bobby era tan crítica que Ñico se enfrentó al capitán, con un envalentonamiento nada acorde con su cargo.

—Tendrá que mandar por un médico, tengo las tropas diezmadas en mi escuadrón. Flor silvestre está jodido, pero jodido seriamente, Bijirita tiene una pierna podrida por el machetazo que se dio y Néstor, después de lo del caballo, está casi inconsciente. Así no se puede, capitán, cumplir la cuota de rendimiento que se le ha asignado a mi escuadrón.

El capitán dio la orden de que trajeran al médico, y el médico, después de examinar al Bobby, a Néstor y a Bijirita, y a otros dos que se habían pegado tajazos en los cañaverales, dijo que él no se hacía tampoco responsable de lo que podía suceder con los jóvenes si no los trasladaban de inmediato a La Habana. Advirtió que lo del Bobby tenía muy mala pinta.

—Le han puesto un collarín que le ha empeorado la lesión que tiene en la nuca. Necesita radiografías, sospecho que tiene vértebras fracturadas y quién sabe si hasta lesión cerebral.

De Bijirita dijo que la pierna comenzaba a gangrenarse y que a Néstor no lo podía diagnosticar porque tenía contusiones múltiples y también requería rayos X y la atención de un neurólogo.

—Lleven urgente a La Habana a esta gente. Insisto en que no me hago cargo de lo que pueda pasar. Ni aquí hay condiciones para atenderlos ni tampoco en el policlínico de Ciego de Ávila y mientras más tiempo esperen... no serán médicos sino cajas de muertos lo que tendrán que encargar.

El capitán estalló en cólera. Y echó pestes de todos los colores.

—¡Me cago en diez, coño! Llevamos seis meses encerrados en este campo con esta lacra, castigados igual que ellos, sin ver a nuestra familia y sin meterla en la chocha de una hembra y ¿ahora qué? Nadie se hace responsable y me toca a mí cargar con los muertecitos. Ni cojones.

Ñico, cuadrado en atención frente al capitán, se atrevió a cuestionarle.

—Iguales no, capitán. Ellos, además de los seis meses sin ver la cara de un ser querido, llevan seis meses comiendo sardinas de lata, frías y llenas de moscas en los cañaverales, mientras nosotros comemos nuestros buenos bocaditos de jamón y queso y unos bistecs que se nos salen del plato.

—¿Eh? Me vas a salir ahora con lastimitas. No me jodas. ¿Qué pasa, teniente, le ha gustado algún culito de paloma y sale ahora en defensa de los maricones? No, si no me extraña, aquí los bugarrones andan sueltos. Normal, uno es hombre y cuando el cuero se endereza, y no hay una chocha a mano, es preferible templarse un culito rosadito que andar por las cochiqueras, escogiendo una puerca a quien metérsela o sonársela por un hueco a una mata de plátanos. No se me ponga colorado. Yo lo entiendo, templar es lo único que aquí no está penalizado. Mira, Ñico, vamos a hacer lo siguiente. Tú te ibas mañana lunes a La Habana, a verte lo de los dolores esos de cabeza. Estás quemado, muchacho... Ya lo sé. Pues te voy a poner un transporte para que te lleves a esos cinco que están por estirar la pata. No quiero bulla, te lo advierto, saldrán de madrugada sin que se enteren ni los guardias. Tengo noticias de que las cosas están feas. La claque de intelectualoides, extranjeros de renombre, los famosillos de siempre, han hecho pública una carta dirigida al Comandante en Jefe con la bullaranga de costumbre: que no esperaban esto de la Revolución, que ponga fin a los campos de concentración, a los hombres condenados a trabajos forzados. A los que sacan de aquí al paredón sin juicio previo. Coño, Ñico, hablan de nosotros como si fuéramos nazis. Se supone que se han enterado de que las UMAP existen porque los aviones espías, los enemigos del Norte que surcan y violan nuestro espacio aéreo, han tomado fotos y las están haciendo públicas pidiendo apoyo a la ONU, a la OTAN y a su pandilla para que intervengan y nos exijan respetar los derechos humanos. Nada, que ya la montaron. Te hago responsable de los que se van contigo. Si de alguien me fío es de ti. Estuve peleando bajo las órdenes de tu padre, el coronel Cañizares, y ese sí que es una roca. Bueno, debe de estar muy orgulloso de su hijo.

Ñico escuchó la cantaleta sin siquiera pestañear. No pensaba en otra cosa que en la pizca de suerte inesperada que daba un vuelco afortunado a sus planes de fugarse con el Bobby y le servía en bandeja la posibilidad de llevárselo sin riesgos.

—Bobby, nos vamos a La Habana. Ánimo. Resiste —le susurró Ñico al oído mientras el sanitario y un guardia lo subían en brazos al transporte que los trasladaría a la capital.

Pero el Bobby no lo oía… Se había rendido y puesto fin a su batalla.

> Estar preparado es importante, saber espe-
> rar lo es aún más, pero aprovechar el mo-
> mento adecuado es la clave de la vida.

ARTHUR SCHNITZLER

Ajenos al viaje sin retorno del Bobby, rumbo a La Habana, Eva y Miguel reunidos en casa de Joaquín y Lola miraban embobecidos y lacrimosos las últimas fotos de Miguelín y Quim, que Javier les enviaba desde Miami. Las caras de los abuelos eran un poema y las de Eva y Miguel se babeaban y deshacían en exclamaciones: ¡que mira lo crecido que están los niños! ¡Que Miguelín cada día estaba más alto y tenía ya aspecto de jovencito! Que en apenas un abrir y cerrar de ojos se les habían ido diez meses viéndolo crecer por fotos y que lo último que cabía arañarle al tiempo era la esperanza... Quim había enviado a sus yayos un dibujo donde pintaba a toda la familia tomada de las manos delante de una casita con el cielo y el mar como telón de fondo y la cara amarilla de un sol que brillaba y sonreía alegremente. Miguelín les había escrito una cartica a los abuelos, que encabezaba en catalán para que supieran que no había olvidado el idioma que le enseñó su avi; luego seguía en español, para que supieran que conservaba su lengua materna, y se despedía en inglés para hacerles saber que dominaba el habla de su patria de acogida. Contaba que estaba echando músculos como su papá y que estaba en el equipo de béisbol de la escuela y también en el de natación, que tenía muchos amigos, y que tanto la maestra como sus compañeros de clase le tenían por un muchacho muy inteligente porque era el único en todo el cole que, aparte del español y el inglés, podía hablar

457

catalán. Joaquín recurrió a su gesto de siempre: el de morderse los labios para contener el llanto que le apretaba el gaznate, pero no pasó por alto que su nieto al despedirse firmaba Migue sin el «lín», como si el haber arribado a los catorce años le hiciera reconocerse demasiado mayorcito para chiqueos, y lo suficientemente hombrecito para que lo siguieran tratando como cuando era pequeñín. A sus padres, Miguelín les escribía en español, y les decía que los extrañaba mucho a ellos, a los yayos y también a tito Bobby, que sus tíos le decían que pronto les darían la sorpresa y vendrían, pero que él se entristecía porque tardaban mucho en venir y eso a veces le daba por llorar, aunque era sólo a veces, y no debían preocuparse. Los cuatro se desarmaron sin poder ocultar más las lágrimas del dolor y el vacío desgarrador de las ausencias. Cuando lograron calmarse, Eva leyó en alta voz lo que contaba Javier en su carta:

Estamos bien de salud, trabajando los cuatro, y estudiando por las noches para sacar la reválida. Tenemos en planes poner un bufete de abogados, para cuando lleguen Eva y el Bobby trabajar juntos en ello. A Evita y al Bobby, revalidar el título y sacar el Board no les costará tanto como a mí y a Mary: estudiaron en una escuela americana y dominan el inglés a la perfección. Contamos con la ventaja de haber estudiado Derecho Internacional, que nos permite ejercer sin dificultades. Sólo hace falta que lleguen. Este país te ofrece muchas oportunidades si tienes tesón y ganas de echar pa'lante.

A Eva le comentaba que aunque entre el trabajo, los estudios y los niños no quedaba nada de tiempo, se había ocupado de mirarle los documentos donde aparecían las propiedades de su padre.

Los pude sacar de milagro, porque se entretuvieron en registrar tanto a Mary, que a mí me dieron de lado. A Mary se lo decomisaron todo, el anillo de compromiso y el de graduada, y hasta una pulserita de oro, finítica, que era el único recuerdo que le quedaba de su madre, se la arrancaron de la muñeca diciendo que no podía llevársela. Pero volviendo a lo tuyo Evi, tu padre además del chalet de Palm Beach, resulta que tiene otro en Coral Gables, la city beautiful de Miami, un barrio de película. En Coral Gable, viven la mayoría de los cubanos de clase alta que se fueron en el 59. ¡Coño, mira tú qué diferencia! En tu tierra, te despojan de lo tuyo y aquí el enemigo, los malos malísimos, te lo conservan intacto. Yo lo he visitado sin entrar porque necesito permiso de la dueña y heredera que eres tú, pero es una joyita, una residencia al estilo mediterráneo a trece minutos de Kendall adonde queremos mudarnos nosotros en cuanto cojamos un aire para salir de la sagüesera, como le llaman aquí al southwest de la Pequeña Habana, que no es más que una caricatura de lo que era la nuestra, la difunta ciudad donde vivimos, la que ningún cubano se resigna a creer que ha perdido para siempre y se aferra en resucitar en esta, su Little Havana, añorando ese día en que todo cambie y puedan definitivamente volver. Con la frente marchita no. De eso nada, los cubanos nunca bajamos la frente, nos abrimos paso como sea, levantamos una ciudad y la hacemos nuestra: con mangos, aguacates, mameyes y malanga, con helados San Bernardo, y cafecito cubano, jugamos dominó para vivir a la cubana mientras decimos, como Gardel, que veinte años no son nada con tal de volver a la patria, libre y sin amo. Evita, por ti queda. Tú dirás hasta cuándo hay que esperar para que vengan ustedes. Aprovechen, coño. Cuando la crisis de los misiles cerraron el puente aéreo y me dije: «Ahora sí que nos jodimos», pero el presidente Lyndon B. Johnson es un ferviente anticomunista y además de mantener abierto el Puente de la Libertad, se sigue pronunciando a favor de seguir tendiendo la mano a los cubanos que quieran escapar de lo que... bueno, ya sabes. Estamos bien, pero los necesitamos a ustedes. La familia es la familia.

Mary también les había puesto unas líneas, más o menos de lo mismo. Mucho trabajo, mucho extrañar, mucha nostalgia y muchas ganas de que vengan...

—Pero ¿no dicen en qué trabajan? —preguntó Lola.

—Ni lo dicen ni te lo van a decir —respondió Joaquín—. Los cubanos adolecen de ese mal. Se avergüenzan de decir que están haciendo trabajos que según ellos los denigran. Hasta mi hijo ha caído en semejante idiotez del orgullo herido. Yo llegué a este país limpiando inodoros y vaciando escupideras en las fondas, pero a mi hijo y a mi nuera les parece indigno trabajar limpiando suelos o detrás de un mostrador y contárselo a sus padres. *Collons!*, olvidan que su padre es también un emigrante que se enorgullece de sus hijos y ve en el trabajo su honra.

En ese justo momento sonó el timbre del teléfono. Eva respondió a la llamada y oyó la voz quebrada de Ñico.

—Eva, necesito que vengas urgente para acá.

—¿Para Camagüey? ¿Le pasó algo malo al Bobby?

—No, estamos en La Habana, en el hospital militar. Ven corriendo, el Bobby se nos muere —dijo, rompiendo a llorar.

Eva y Miguel llegaron al hospital militar de La Habana preparándose para lo peor, y lo peor fue exactamente lo que encontraron en la cama adonde Ñico los condujo. Lo que quedaba del Bobby era una penosa armazón de huesos, en un cuerpo cadavérico que apenas se sabía si todavía respiraba. Eva se volvió a Ñico, inculpándolo.

—¿Cómo has permitido que lo dejaran así? Lo han matado —dijo, apretándose la boca con su pañuelo para evitar ponerse histérica.

—¿Ustedes son de la familia? —preguntó una enfermera que entraba a la sala y se acercó a Eva apenada por el dolor que rezumaba su semblante.

—Soy su hermana —respondió Eva.

—Bueno, no te pongas así. El cuadro es feo, pero si vieras cómo llegan aquí los reclutas que salen del servicio militar.

Eva se dio cuenta de que la enfermera no sabía que el Bobby no era un recluta y que no venía de una unidad militar, sino que era un prisionero de las UMAP, y trató de hacer un esfuerzo por controlarse.

—Tu hermano va a salir de esta. Ya le hicieron radiografías y tiene fractura en dos vértebras cervicales, pero la lesión cerebral ha quedado descartada. La hinchazón de la cara y las manos se le irá bajando poco a poco en cuanto le vayan haciendo efecto los sueros. Es que los que lo atendieron se ve que no tenían recursos y lo hicieron mal, le pusieron un collarín que lo ha inflado como un monstruo aparte de lo flaquito que está... Pero ya verás que en un par de días está conversando contigo. Mira, ¿tú eres creyente? —le dijo bajando la voz.

—Sí, lo soy.

—Pues mira, m'hija, deja de llorar y dale gracias a Dios, porque los otros que trajeron están todavía peor. Al que le dicen Bijirita tuvieron que amputarle una pierna, que traía gangrenada, y la otra parejita que se cortó picando caña ha sufrido también amputaciones de dedos, manos y pies. El que dice que se cayó montando del caballo es el que más grave está, tiene un coágulo en el cerebro y lo están operando hace tres horas a ver si logran salvarlo. Tranquila, que tu hermano lo que es morirse no se va a morir.

Pasadas las primeras veinticuatro horas el Bobby comenzó a dar señales de vida, y doce horas más tarde, la cara se le desinfló, recuperó la sensibilidad de las manos y pudo reconocer a Miguel y a Eva, que junto a Joaquín y Lola, velaban al pie de su cama. Eva lo cubrió de besos y lo ensopó con sus lágrimas sin atreverse a abrazarlo temiendo que se desarmara.

—Tenerlos a los cuatro aquí, en medio de la desgracia, más que una suerte es todo un privilegio.

Fueron sus primeras palabras. Enseguida preguntó por Ñico, y Eva se vio en el aprieto de decirle que hacía dos días que no aparecía por el hospital porque se había ido disgustado con ella, que le echó en cara la culpa de lo que estaba pasando.

—Pero no es posible que la tomaras con él, Evita. ¿Cómo se te ocurre? De no ser por Ñico, yo no estaría haciendo el cuento.

—Y soltó a chorros la historia de su calvario hasta el más nimio y brutal de los detalles—. Ñico, por su condición de militar, se expuso durante seis meses a que lo descubrieran y le hicieran fusilar. Debe estar pasándola fatal, no saben lo penoso y tímido que es.

El desahogamiento del Bobby los puso a llorar lágrimas de sangre. Lola rezaba bajito y Joaquín, por vez primera, no se mordía el labio ni escondía ya de nadie su llanto bronco y hemorrágico.

Pero Ñico, al cabo de dos días, apareció finalmente en la sala del hospital. Entró serio y lacónico, besó al Bobby en los labios y salió directamente a la terraza para fumarse a solas un cigarro. Eva, con la culpa a flor de piel, siguió los pasos del joven para pedirle disculpas.

—Perdóname, Ñico. Debió ser la impresión. No quiero justificarme, sólo pedirte disculpas de corazón. El Bobby estaba loco por verte. Nos ha contado cómo te has portado con él. No sé cómo agradecerte…

—Oye, Eva, por favor, no sigas. No tienes que disculparte y menos agradecerme. Me parece que no entiendes nada. El sentimiento que nos une a mí y al Bobby es idéntico al que te une a ti y a Miguel. Lo que se hace por amor no se agradece. Al revés, el amor acaba en el instante que se empieza a agradecer.

En ese momento Miguel salió también a la terraza y encendió dos cigarros: uno para Eva y otro para él.

—Te iba a llamar, Miguel, necesito hablar a solas con ustedes. Tengo algo… que no sé cómo van a tomarse, pero es la única solución que he encontrado a este fardo de pesares. No sé ustedes, pero el Bobby y yo no podemos seguir jalando esta carreta. He hablado con el médico y me ha dicho que tanto el Bobby como los otros cuatro muchachos que han salido de esta milagrosamente están de baja militar. El doctor piensa que son reclutas, no tiene idea de que vienen de las UMAP. Parece que lo de las UMAP suena más en el extranjero que dentro de la isla, donde todo se oculta y nadie se entera de nada. Llamé al capitán y ordenó que mandara a los cinco a su casa, que no quería más lisiados y que le llevara las bajas, porque estarían pendientes de ser acusados por indisciplina y desacato a la autoridad. ¿Hace falta que les traduzca lo que esto significa?

—No —respondió Miguel—. Está más claro que el agua. Acaba de decirnos en lo que estás.

Entonces Ñico les explicó lo que planeaba. Su padrastro, que era como su padre porque desde que se juntó con su madre los crió a él y a su hermano y nunca le reprochó a él que fuese homosexual, hacía tiempo que deseaba abandonar el país. Desde que su hermano partió al Norte, su madre se moría de pena, aparte de estar pasando una hambruna del carajo, que él no se había desaparecido del hospital porque estuviera dolido con Eva, sino para ir hasta el puerto del Mariel donde vivían sus padres a cuadrar con ellos una salida por el mar. Mario, su padrastro, era un experimentado práctico que participaba desde los tiempos de Hemingway en los torneos de pesca. Se ganaba la vida ilegalmente, alquilando embarcaciones a turistas que venían a pescar. Tenía un yate velero, seguro, para navegar las noventa millas que los separaban de la Florida. El sábado estarían de guardia dos reclutas guardacostas que se harían de la vista gorda, por ser de allí del pueblo de Mariel, haberse criado con él como si fuesen hermanos y estar ya acostumbrados a hacerse los chivos locos cuando Mario se echaba al mar con los turistas. Todo estaba palabreado. Su padrastro se encargaría de cargar suficiente agua y provisiones para la travesía. Tendrían que salir de noche y llevar sólo lo puesto, porque si el CDR los veía sacando bultos o maletas, ahí mismo la jodían y no hacía falta decir que iban de cabeza para el tanque. Lo único que necesitaba era que ellos estuvieran dispuestos a asumir el riesgo y saber si sus padres también irían en el viaje.

—Pero el sábado es pasado mañana... —dijo Miguel, pensativo, mientras Eva, fuma que te fuma, los escuchaba espantada, pensando en la bóveda renegrida que eran el cielo y el mar cuando se unían en la noche.

—Sí, pasado mañana. Miguel, es nuestra oportunidad. La tomas o la dejas.

—¿Y tú me garantizas, Ñico, que es una embarcación lo suficientemente segura para viajar?...

—A ver, Miguel, a seguro se lo llevaron preso. Seguro no hay lo que se dice nada. Es un riesgo, ya lo sabes, pero sí, te garantizo que es un yate velero en perfectas condiciones para navegar.

Lola, a la que nunca se le iba una, salió a la terraza intrigada por los cuchicheos. Detrás venía Joaquín con un tabaco en la mano, diciendo que quería echar humo porque llevaba horas sin fumar.

—Al Bobby se lo llevó la enfermera para fisioterapia. Mañana le van a poner un collarín rígido que tendrá que llevar tres meses, pero el viernes le piensan dar el alta.

Ñico oyó lo que Lola les decía sobre el alta médica del Bobby y le hizo a Miguel y a Eva un guiño de complicidad.

Lola, tratando de meter la cuchareta como era su costumbre cuando le picaba la curiosidad, preguntó:

—¿He oído mal o estaban hablando de un velero dispuesto a navegar? Yo tuve por muchos años la imagen de un velero en mi cabeza, pero luego se me fue como se fueron los sueños cuando dejé de soñar.

Miguel no esperó más y puso a sus padres al tanto de sus planes.

—Si no vienen con nosotros, nos quedamos. El Bobby tampoco se irá y seguirá en las mismas o peor, irá a la cárcel... Es nuestra hora. Bueno, ya saben cómo pienso: los que se arriesgan ven una oportunidad en el peligro, los que no se atreven a asumir riesgos ven el peligro en cada oportunidad.

—¡Ese es mi hijo! Así se habla, Miguel. Hay un proverbio que dice que el valor de un acto se juzga por la oportunidad. Cuenta con tu madre y conmigo. Ya está dicho.

—Joaquín, pero ¿has perdido un tornillo? —preguntó Lola—. ¿Te creíste que lo del velero mío iba en serio? Si yo no sé ni nadar y le tengo horror al mar de noche. Esto me pasa por pedirle prestado el bote a la Caridad del Cobre. Sabía que me iba a castigar, lo sabía. ¡Mira que te pedí, Cachita, que borraras esa locura de mis ruegos!

—Pues parece que Cachita te ha tomado la palabra —respondió su marido—, y además con ese fondillaje tuyo seguro que si naufragamos, flotas.

—Ay, mira qué chistocito. Esto no es gracia, Joaquín. Te oigo y no te conozco.

—Se te olvida que ya una vez me tocó enfrentar el mar y asumir el peligro de lo desconocido.

—Pero entonces tenías diecisiete años. Ha llovido mucho desde esos días...

—Oye, nena, después de lo que le oí ayer al Bobby soy yo el que no me reconozco. Piensa en tus hijos, en tus nietos y en nuestros hermanos. Prefiero morirme en el intento de cruzar el charco que morir de pena sabiendo que no volveré a verlos.

Lola se puso a llorar, pero fueron las últimas lágrimas que volverían a verla derramar. Parecía que de repente se había armado de una coraza de acero luego de haberse pasado la madrugada postrada de rodillas frente a la imagen de la Caridad del Cobre. «Si tú lo has decidido, Oshún, será por nuestro bien. Te pedí prestado tu botecito y me has concedido el velero de mis sueños. Bendita seas siempre, madre de todos los cubanos. Espíritu del río, tortuga tamborera. Maferefun Oshún» —dijo orando en su lengua yoruba—. Maferefun mamá Oshún, no nos desampares. Que tu bendición nos alcance siempre.»

No había luna. La noche se presentaba retinta y hermética de oscuridad cuando entrada la madrugada cinco hombres y tres mujeres subieron a la embarcación donde, a costa de todo riesgo, confiaban en escapar. Los reclutas guardacostas se hicieron los desentendidos, tal como estaba acordado, y se echaron a la mar sin presagiar contratiempos. El Bobby, con el collarín rígido en el cuello, debilitado y apenas sin fuerzas aún para andar, era quizá el más confiado y fortalecido de todos, el que afrontaba el peligro de la travesía con el ánimo mejor dispuesto. Las fuerzas que faltaban a su cuerpo le sobraban en los arrestos del júbilo por saberse libre y el regocijo de encontrarse arropado por el cariño de aquellos que creyó no volvería a ver más. De vuelta a su buen humor, y percatándose de la mudez sobrecogedora que agarrotaba las gargantas, trató como de costumbre de inocular sus bríos al desabrimiento general. «Es una suerte que la noche esté como una boca de lobo; de haber luna, sería toda una desgracia.» Pero el hermetismo de la negrura, por más beneficioso que fuese dadas las circunstancias, era atemorizante y nadie se armaba de coraje siquiera para contestar. Lo único que rompía el silencio eran los bisbiseos de las tres mujeres al rezar. Carmela, la madre de Ñico, le pedía a la Virgen del Carmen; Eva al Niño de Atocha, porque era el santo de los niños y ella no tenía otra cosa que no fuera la última foto de su hijo Miguelín retratada en su cabeza; Lola se encomendaba a Oshún, resumiendo en ella todas sus energías, mientras apretaba en su mano la medallita de oro con la imagen de la Virgen que traía colgada al cuello con tantísima fuerza que llegó a sacarse sangre, y Joaquín, que no rezaba, se aferraba al long play firmado por Pau Casals, lo único que con unos cuantos libros de Tolstoi había logrado sacar de su casa, diciéndose que si la muerte lo sorprendía en alta mar, *El cant dels ocells* lo acompañaría hasta el final, tal como les había prometido a Eva y al maestro. Perdida la noción del tiempo que la imponente negrura

466

de la noche hacía parecer tan denso como apremiante, sintieron el ronroneo de un motor detrás de la embarcación y de inmediato el silbido de disparos.

—¡Métanse en los camarotes, rápido! —exclamó Mario, pegándole un acelerón al motor del yate.

—Es una lancha guardafrontera. Nos han descubierto y nos persigue pero no nos dará alcance, conseguiré esquivarla.

Salvo Miguel y Ñico, que se quedaron en cubierta, todos los demás se escondieron en los camarotes. Al miedo a la mar de noche se les unió el terror por los disparos que cada vez se hacían sentir más lejanos gracias a la velocidad supersónica que hacía volar el yate sobre las aguas. Rompiendo el amanecer, Mario se asomó al camarote anunciando con una sonrisa que el peligro había pasado. Salieron a cubierta encogidos y con el pavor encendido aún en la mudez de las miradas. El mar emergía de las sombras macizas de la noche exhibiendo su telar de azules apretados bajo la cresta del sol, que asomaba sobre el horizonte como una bola de fuego.

—¡Ya dejamos atrás las aguas territoriales de Cuba! ¡Bravo! —exclamó Mario, dando brincos de contento.

Lola se apretó a Joaquín y exclamó:

—¡Ay, Cubita, Cubita querida, cómo puede ser que nos dé alegría dejarte!

Joaquín, que aún no se libraba del susto, sintió un ramalazo de culpa erizándole la piel por haber arrastrado a su mujer en semejante aventura. «Ella que no sabe nadar y yo haciéndole burla y diciendo que podía flotar con sus fondillones.» Estuvo por preguntar si el yate contaba con botes salvavidas o por lo menos flotadores, dado el caso de que naufragaran. Pero se contuvo viendo la contentura de la gente, la del Bobby que se había abrazado a Ñico y la de Eva que se enlazaba al torso desnudo de Miguel, diciendo que cada hora que pasaba estaban más cerquita de su hijo. Miguel permanecía en cubierta pendiente del mar y besuqueando en la boca a su mujer que parecía absorta deslizando sus dedos entre la maraña del pecho de su marido, preguntándose cuánto había que amar a un hombre para que sus entrepiernas se crisparan con espasmos de placer en medio de una travesía tan angustiosa e incierta. Le vino a la mente el poema de Dulce María, que también en un momento donde todo estaba en juego escogió para enviarle a Miguel: «Eres de la raza del sol: moreno, ardiente y oloroso a resinas silvestres». Sintió pena por no haberse despedido de ella, pero no era posible decirle a nadie a lo que iban... A nadie absolutamente.

Lola, como si le adivinara el pensamiento, preguntó:

—Miguel, ¿falta mucho todavía? Tu hermano debe de estar que no vive esperando que lleguemos.

—Javier no sabe que vamos, mamá. Hubiera sido una imprudencia llamarlo por teléfono o mandarle un cable. Acuérdate que esta gente lo vigila todo; era un riesgo que no podíamos permitirnos.

—Tranquila, nena —le respondió Joaquín—. De todas formas cuando lleguemos se va a enterar.

—¿Y si no llegamos, Joaquín? ¿Quién le dará cuentas de que nos tragó el mar?

Eva que la oyó, temiendo que su suegra se desmoronara, propuso que debían cantar, pero Lola entonó aquel viejo lamento de Eliseo Grenet que decía: «¡Oh! Cuba hermosa, primorosa, ¿por qué sufres hoy tanto quebranto?». Y a todos se les encogió el corazón... Pero ahí mismo estaba el Bobby para venir en auxilio del desconsuelo por el adiós a la patria.

—Oigan, gente, arriba corazones. Vamos a cantar una rumbita sabrosona que miren qué mar y qué cielo tan azulito tenemos por delante. ¿Verdad, Mario?

—Sí, amigos, anímense. El mar está como un plato, no hay ni una nubecita en el cielo. El viento sopla a nuestro favor. Tuvimos que desviarnos por culpa de los guardafronteras, pero ya retomamos la ruta y enfilamos rumbo al norte. Voy a izar velas, así que venga esa rumbita que apenas en un par de horitas estamos pisando tierra.

Lola vio frente a sus ojos el velero de sus sueños tal como lo perfilaba en su imaginación, navegando plácidamente por una mar azul porcelana, bajo una brisa serena y un cielo sosegado y limpio, pleno de amor y esperanza. Con los ánimos en vilo dijo: «Venga, vamos a dar gracias a Cachita, háganme coro». Y ahí mismo empezaron las palmadas y hasta los meneos de culo mientras el Bobby hacía el acompañamiento tamborileando con sus dedos sobre la madera de los bancos de cubierta. «¡Y si vas al Cobre quiero que me traigas una virgencita de la Caridad, yo no quiero flores, no, yo no quiero estampas, lo que quiero es Virgen de la Caridad!»

Tan animosos estaban que Lola, preocupada como de costumbre por la comida familiar, se acordó de que estaban sin dormir y sin probar bocado y metieron mano a los panes con tortilla y las croquetas de ave (no de averigua, sino de ave auténtica) que había cocinado Carmela, tras robarse una gallina del vecindario, y que todos le alabaron porque les supo a gloria. Luego calmaron la sed con refresco de melón, porque ya era mediodía y el sol comenzaba a hacer estragos encendiéndoles la piel y enrojeciendo sus caras.

Cerca del atardecer y cercanos ya a las costas de los Cayos de la Florida, el tiempo se descompuso de ahora para luego como suele suceder en los mares del Caribe. El cielo se encapotó cubriéndose de nubarrones color acero y el mar comenzó a enfurecerse y a ofrecerle resistencia al yate con un devenir de olas. El viento cambió de rumbo y empezó a soplar en contra y se hizo fuerte como un puño cuando rompió el aguacero. La imagen del velero plácido desapareció en cuanto Mario arrió las velas junto con Ñico y Miguel diciendo:

—Vayan de nuevo a los camarotes. No se asusten; es sólo un contratiempo normal que ahorita mismo se pasa.

Entraron a los camarotes, sintiendo el batuquear de las olas golpeando el vientre del yate. Lola volvió a apretar en la palma de su mano la medallita de la Virgen de la Caridad y comenzó a evocar a Oshún en su lengua yoruba.

Eva, con el estómago vuelto al revés por los mareos, subió a cubierta en medio del bamboleo del oleaje, dando gritos a Miguel para que viniera a ayudarla. Mientras Miguel la sujetaba, vomitó por la cubierta al mismo tiempo que el Bobby, que había sufrido una fatiga cuando vaciaba su estómago y, recostado entre las piernas de Ñico, soportaba la inclemencia de las olas y el torrencial aguacero. Joaquín, que seguía en el camarote con la cabeza de Lola incrustada a su pecho escuchándola rezar sin tregua, se cubrió de un sudor helado y temió que su corazón le hiciera una de las suyas en medio del peor momento. «Chupen limón, para evitar los mareos», dijo Miguel, asomándose al camarote. Carmela se puso a rebanar limones con un cuchillo y Joaquín se exprimió el zumo de una rodaja en la boca sintiendo que los labios le sangraban, pero se le iba aplacando la sudoración.

Tal como predijo Mario, el temporal amainó con la misma brusquedad que había empezado. No había durado ni una hora aunque a todos les pareció que en aquella hora cabía una eternidad. Finalmente salieron a cubierta; el cielo había vuelto a despejarse y había parado de llover. El sol volvía a restallar los cuerpos con latigazos de fuego, pero la voz de Mario anunció la enhorabuena señalando a la gaviota que se había posado en el mástil.

—Bueno, saben lo que significa, ¿no? Esa gaviota nos dice welcome to Miami. Estamos frente a las costas. ¡Miren, coño! Esa puntica de tierra que se avizora allá alante es Cayo Hueso. Pero fíjense. Toma, Miguel, los anteojos. Ya se ve gente desde aquí, ¿ves? Deben de ser del servicio de guardacostas. ¡Coño llegamos, coño!

—¡Ñoooo! ¡Somos libres! —gritaban todos agitando en el aire sus camisas y pullovers mientras se abrazaban dando saltos de alegría.

El yate atracó en Cayo Hueso y los vecinos del pueblo que los vieron arribar corrían a recibirlos con gritos de alegría: «¡Ya son libres! ¡Libres! Bienvenidos a tierra de libertad». Todos sin excepción rompieron a llorar y los cubanos que ya habían pasado por lo mismo y superado el peligro de la travesía, compartían sus lágrimas, reviviendo la experiencia sufrida en carne propia. El servicio de guardacostas vino en su auxilio y cargaron con los ocho para darles atención médica inmediata. En medio de las euforias por haber sobrevivido y tocado tierra firme, ninguno era capaz de reconocer el estado real que presentaban, con la piel escocida por el salitre y el sol y la extenuación provocada a consecuencia del viaje. En el centro de atención de la Cruz Roja, le tomaron la tensión a Joaquín diciendo que la tenía por los suelos y le hicieron un electro pero descartaron que se tratara de un infarto. El Bobby sufrió un desvanecimiento y el médico, que era cubano y que había escapado también de los campos de las UMAP, se esmeró en cambiarle el collarín, que humedecido de sudor y agua salada le había escorado el cuello, llagándolo con sajaduras de sangrantes.

—Te pareces a Robinson Crusoe, compadre, eres hueso y pellejo. Si te tiran a leones, los leones te dan de lado y piden un café con leche. Aquí vas a engordar en una semana y luego tendrás que hacer dieta. Ánimo, ¿eh? Lo peor ya quedó atrás, borrón y cuenta nueva.

Miguel no se dejó revisar, dijo que estaba entero y que sólo necesitaba un teléfono para avisar a sus familiares. Marcó el número de Javier, y cuando sintió su voz, el estómago le dio un vuelco y los pelos se le erizaron.

—Javi, soy yo, Miguel, estamos aquí. Acabamos de llegar.

—¿Están dónde? Brother, te siento la voz como si estuvieras a mi lado.

—Es que estamos aquí mismo, en Miami. Los viejos y el Bobby vinieron con nosotros. Todos estamos bien. Hace falta que nos vengas a buscar.

De repente no escuchó más que los sollozos de Javi y luego, como si hablara con alguien de la casa, lo oyó exclamar:

—Es Miguel, están en... Miami. Todos, papá y mamá y el Bobby. ¡Cojones! ¡No puede ser! ¡Pellízcame, Mary, estoy soñandooooo!

Lo único que sabemos
es lo que nos sorprende:
que todo pasa, como
si no hubiera pasado.

SILVINA OCAMPO,
Única sabiduría

Remembranzas, sí. Impresas en las huellas de cada gesto, cada detalle, cada lágrima, pero palabras... no. Nunca fueron suficientes para describir con el correr de los años las emociones del encuentro. Miguelín, abrazado a sus padres que lloraban a la par que él. Quim, colgado de sus abuelos hasta casi estrangularlos. Javier y Mary y los tíos intercambiando abrazos, lágrimas y saltos de alegría con Miguel, con Eva, con sus padres, el Bobby y hasta Ñico y su familia a la que no conocían, pero era igual, eran cubanos sobrevivientes del naufragio del paraíso comunista y eso bastaba para tenerlos como suyos desde ya.

Los miedos y las tribulaciones de la larga travesía pasaron a ser historia antigua, para dar lugar al cuéntame tú que te cuento yo, que los dejó afónicos a todos de tanto cuenta que cuenta en el intento titánico de ponerse al día tras más de diez meses de días y noches de ausencias. Pasaron la noche hablando, bebiendo ron Bacardí (auténtico y con etiqueta) y brindando con las dos botellas de sidra El Gaitero que Javi guardaba en la nevera hechas dos piedras de hielo para el día de la llegada. El amanecer los sorprendió hablando y brindando sin que ninguno de los argonautas notara encima el cansancio ni tan siquiera se quejara de las noches pasadas sin pegar ni un pestañazo. Entrada ya la mañana, empezaron las primeras cabezadas y Mary decidió que había llegado el momento de repartir la familia en camas improvisadas. El hermano de Ñico, que vivía en Hialeah, vino a buscar con su auto a sus padres para llevarlos a su casa junto con Ñico y el Bobby. Lola y Joaquín se fueron al apartamentico de una sola habitación donde vivían Pascual y Herminia pegado al de Javier y Mary, que contaba con dos cuartos: el de los niños y el del matrimonio. Así que Miguel y Eva abrieron el sofá cama para dormir, y cayeron tan rendidos que no volvieron a dar de sí hasta dieciocho horas después cuando se fueron todos juntos a cenar a un restaurancito de comida cubana, en Little Havana, ya vestidos y acicalados también a la improvisada, con ropa de Mary y Javier, mientras que Lola y Joaquín vestían con la de Herminia y Pascual, que les quedaban holgadas de lo muy flacos que estaban. «Parecemos unos monos con esta indumentaria», pensó Joaquín, pero volvió a recogerse la lengua por temor a ocasionar gastos a su hermano y a su hijo, que a las claras se veía que no estaban lo que se dice boyantes. Sin embargo no pasó ni una semana para que los vecinos de Javi, en su mayoría cubanos exiliados como ellos, les tocaran a la puerta cargados de bolsas con sweaters, jeans, pullovers, zapatos y prendas de vestir, tanto de hombre como de mujer, que Joaquín muy apenado aceptó bajo protesta. «Déjese de boberías, mi viejo, que estamos entre cubanos que ya pasamos por lo mismo. Una mano lava la otra y las dos lavan la cara.»

Al cabo de una semana, superadas las euforias del encuentro y agotada hasta el punto final la narración de la odisea homérica, contada y vuelta a contar, cayeron en lo que siempre caían los recién llegados de la isla y empezaron a experimentar que eran marcianos y venían de un planeta llamado Cuba, que no pertenecía siquiera a la Vía Láctea. Joaquín había recuperado felizmente su ritual del *pantumaca*, pero se perdía con Lola dentro de los grocery store sin encontrar dónde estaban ni el aceite ni el pan y menos aún el jamón y el queso que les gustaba entre la variedad de jamones y quesos que veían en las neveras, y sin acertar cómo pedirlos preguntando en inglés con el que Joaquín, por falta de costumbre, y Lola, por no entender ni papa del idioma, no lograban aclararse. Durante varias semanas se estuvieron cuestionando qué significaban los cartelitos que decían WITHOUT TAXES. «Debe ser que no alquilan taxis por esta zona —decía Joaquín—, porque without significa que no hay.» Pero Lola le respondía: «Tendremos que salir de dudas y quitarnos el complejo de que se rían de nosotros. ¿Cómo no va a haber taxis en Miami? En este país hay de todo como en botica, Joaquín. Vaya, que no estamos en Cuba, donde los taxis dejaron de existir». *«Taxes, are not taxis»*, les decía el empleado de la tienda tratando de hacerse entender con el gesto universal que se hace con los dedos y que toda la especie humana interpreta como señal de dinero contante y sonante. Así que creyeron que significaba algo relacionado con los dólares pero se fueron más o menos en las mismas. En las puertas giratorias daban vueltas como un trompo sin encontrar la salida, y se quedaban como dos seres indefensos sin más opción que la de hacer el ridículo clamando auxilio en inglés: *«Help, help, please!»*, gritaba Lola a todo pulmón, y cuando era rescatada al fin, le soltaba a su marido: «Ves, no soy tan torpe. Al menos sé defenderme mejor que tú, que sabrás algo de inglés pero que prefieres quedarte mudo antes de pedir ayuda». Pero Lola lo mismo que su nuera Eva con ese espíritu de lucha común entre las mujeres fueron las primeras en despabilarse y ponerse las pilas. La madre de Miguel consiguió dejar de hacerse un lío con los electrodomésticos y se las arregló para tener la comida lista para cuando llegara Herminia de la fábrica de enseres deportivos donde trabajaba cosiendo uniformes de béisbol. Lista por naturaleza, llegó a entendérselas con la lavadora, que al principio pensó que se cargaba por cubos igual que la comatosa Westinghouse que tenía en Cuba y que tuvo que desechar por inservible. Como buena fan del cine, imitó a Scarlett O'Hara poniendo a Dios por testigo de que jamás de los jamases su familia volvería a pasar hambre, e hizo suyo aquel lema de la dinámica Escarlata de «no puedo pensar en eso ahora», y fue así que pospuso las nostalgias para más adelante por considerarlas un lujo que no podían permitirse. Eva, por su parte, tras dos meses durmiendo a la improvisada en casa de su cuñado se dedicó a mover papeles y poner en venta el chalet de su padre en Boca de Ratón.

«No voy a vivir en la casa donde mi padre se pegó un tiro. En cuanto levantemos cabeza nos mudaremos a la de Coral Gables. Le estamos haciendo un hueco a Javi y Mary, que se pasan la madrugada estudiando en la sala comedor y les apena encender la luz con nosotros durmiendo en el sofá», le decía a Migue, que había encontrado trabajo como chofer de un grocery store; se pasaba el día cargando cajas y llegaba desriñonado y molido de cansancio. En aquellos primeros meses, Eva se dio cuenta de que estaba embarazada. Había notado que le faltaba la regla antes de partir de Cuba, pero se lo achacó a los nervios y las tensiones del viaje. No se lo comentó a su marido hasta que él consiguió trabajo. Si bien los dos estaban locos por tener otro hijo, al menos Eva creía que este bebé se antojaba de llegar en el peor de los momentos. Pero Miguel opinaba todo lo contrario a su mujer.

—Me basto y me sobro como hombre para sacar adelante a mi familia. No quiero, y lo sabes bien, vivir a costilla del dinero de la venta de esa casa que te ha dejado tu padre. Trabajaré como un mulo y pondré algún negocio. No voy a permitir que trabajes en una fábrica de envasar frijoles Kirby como Mary, ni detrás del mostrador del Pizza Palace como mi hermano Javier, y menos en una heladería de esas donde pasas el santo día de pie, sirviendo bolas de helados como se le ocurrió hacer al Bobby para trabajar con Ñico y ahora por si fuera poco aparte de lo del cuello, se ha hecho un esguince en la muñeca. Nada de eso. Esta vez te vas a cuidar como gallo fino para que nuestro hijo nazca fuerte y saludable, crezca en un país con libertad y podamos recibirlo con toda la felicidad que se merece tanto el niño como nosotros.

—Así que piensas encerrarme en una urna de cristal. Voy a

ser la marmota de la familia. La sirve para nada. Ni se te pase por la mente, ¿me oyes? Terminé la universidad con mi barrigón a cuesta y me quemaré las pestañas. Me presentaré al examen del Board con el Bobby y montaremos un bufete de abogados como tienen pensado Javi y Mary, que acaban de revalidar su título. Esta vez no voy a renunciar por ti, por plegarme a tus caprichos. No, Miguel, déjame tener mi propio espacio. A pulso que me lo he ganado y bien que he demostrado que valgo como abogada.

—No discuto tu valía en tu profesión. Me consta mejor que a nadie. Pero no vengas ahora a sacarme lo mucho que te debo y todo lo que has hecho por mí. No vengas por ahí, Eva, y menos trayendo a mi hijo en las extrañas.

Discutieron hasta que Javi y Mary entraron por la puerta y los miraron asombrados.

Tanto ella como él se cortaron de repente, percatándose de que les apremiaba tener intimidad al menos para pelearse a sus anchas. Sin que ni él ni ella llegaran a vislumbrarlo acababa de centellear en el horizonte de sus vidas el que habría de ser el primer relámpago de sus discordias domésticas.

Eva puso oídos sordos a las advertencias de su marido y decidió mudarse cuanto antes. Diciendo que aparte de robarles intimidad a sus cuñados y privarse ellos mismos de la suya, cuando creciera su barriga no habría modo de que cupieran los dos en el sofá cama. Así que recogieron sus bártulos y se mudaron a la casa mediterránea de Coral Gables. Era una residencia preciosa que, aparte de una limpieza a fondo y deshacerse de las alfombras empolvadas un tanto cucarachentas, no necesitaba más que una mano de pintura. Al quitarle las fundas a los muebles los encontraron intactos y a las camas forradas con nylon sólo hubo que desempolvarlas. La casa cobró vida al airear las habitaciones, devolver el pulido a los suelos de parquet y a los mármoles del salón que agradecieron con creces el aseo.

—Por aquí ha pasado la mano de una mujer y una mujer

con buen gusto —dijo Eva cuando acabaron de adecentar su nuevo hogar.

Lola se prestó gustosa a hacer las labores del jardín, para que su nuera no tuviera que doblarse ni ponerse en cuatro patas en el estado en que estaba.

—Caray, Evita, mi corazón, esta casa es de película, y el barrio residencial con gente de mucho empaque. Van a vivir como antes.

Miguel se ariscó con el comentario de su madre.

—Pues a mí lo que es gustarme no me gusta para nada. No veo en ella mi hogar. Quién sabe la recua de querindangas del viejo diablo que pasaron por aquí. —Y por último, para acabar de echarles a perder el día dijo—: Y no quiero, óyelo bien, mamá, oír más comparaciones con los antes y los después. No quiero escuchar más la palabrita «antes» mientras esté yo presente.

Lola y Eva quedaron atónitas por el arranque desacostumbrado de Miguel, pero entusiasmadas como estaban con pon esto para aquí y pon esto para allá, y el mira qué bien se ve y el fíjate el toque que le da, le restaron importancia. Eva, pensando que todos los matrimonios tenían sus altas y sus bajas, y Lola, que a su hijo le empezaban a salir las secuelas de la cárcel y las angustias pasadas. Un cambio siempre era un cambio, aunque fuera para bien como lo era en este caso, pero era innegable que dolía ver los esfuerzos de toda la vida hechos añicos, aceptar que tu vida entera no había valido más que para dejársela a los comunistas. Nada, que costaba un mundo hacerse a la idea, por eso ella tomaba ejemplo de Scarlett O'Hara y se negaba a pensar en el burujón puñado de sus pérdidas. Las películas cuando eran buenas traían su moraleja y de todo se aprendía. Su hijo se iría componiendo y restañando con el tiempo sus heridas.

Los hombres de la familia vinieron en cuadrilla y dedicaron un domingo entero a limpiar la hojarasca y pulir las lozas de la piscina que tenía a Miguelín ilusionado, diciendo que en cuanto entrara el verano podrían llenarla de agua para traer a sus amigos. Cercano a cumplir sus quince años era todo un mocetón atlético y lindo a matar, con los ojos azules del abuelo catalán y la piel bronceada de su padre al que ya casi alcanzaba en estatura. Estaba renuente a que siguieran llamándolo Miguelín. Sus amigos lo llamaban Mike y lo más que aceptaba era que su familia, por serlo, lo llamara, Migue, sin el «lín». Porque ya andaba en líos de noviecitas y era toda una vergüenza que lo siguieran tratando como un niño. Era un chico aventajado en los estudios, brillante en las asignaturas de ciencias, y Eva tenía en mente que fuera a la universidad si por fin ponían el bufete y les iba con buen pie. Así que convalidó su título y se pegó a estudiar con el Bobby para sacar el Board en tiempo récord. Mientras, Miguel, que no tenía ni puta idea de qué carajo era el Board ni el más mínimo interés en averiguarlo, y que seguía empecinado en demostrar que podía mantener a su familia por sí mismo y que —según sus propias palabras— no iba a poner el culo sobre un bloque de hielo esperando a que su mujer vendiera el chalet del viejo diablo para vivir de mangazón como un blandengue a costa de su asqueroso dinero, se dispuso a trabajar en una empresa transportista que lo contrató como rastrero. Conducía horas nalgas y llegaba a casa pasado el amanecer con un kilometraje abusivo a sus espaldas, pero ganaba buen dinero. Llegaba muerto de sueño sin pensar en otra cosa que en recuperarse del cansancio con horas de cama y fue incapaz de percatarse de que su mujer, delgada y frágil por constitución, se asemejaba a un palillo de dientes con un globo terráqueo entre sus piernas. Tenía un barrigón de espanto, que alarmaba a la familia. Miguel se había sacado un seguro médico para garantizar los gastos del parto. Quería que su niño llegara al mundo sin contratiempos, que Eva y la criatura llegada la hora tuvieran la mejor atención. Aquel hijo habría de limar todas las asperezas entre ellos. Eva tendría que enfrascarse en sus labores de madre y volvería a ser la Eva de siempre. Evitaba hasta con el pensamiento pronunciar la palabra «antes». Pero Eva no paraba en sorprenderlo.

—No tendremos que echar mano a tu seguro, Miguel. La

prima de Mary, que es ginecóloga y trabaja en una clínica privada, me está atendiendo sin cobrar y me asistirá en el parto.

—Carajo; qué tranquilidad. En Cuba, tenía mucha fama; nuestro hijo nacerá en buenas manos.

—Nuestros hijos... Acabo de venir de su consulta y traigo dos... Un par de gemelos... Así que agárrate.

Miguel se quedó por un momento atónito con la sorpresa, pero enseguida se lanzó a abrazar a su mujer, y la apretó contra él todo lo que el barrigón le permitía. La cubrió de besos locos y se la llevó a la cama, donde siempre se disipaban sus discordias con aquella alquimia hechicera que no apagaba los ardores y la plenitud del sexo al punto de encontrar el modo de acoplar sus cuerpos y hacer el amor (barrigón por medio) con un gozo que no perdía el rumbo que los elevó a la gloria desde la primera vez en el asiento trasero de un Cadillac cola de pato.

Faltando escasamente tres meses para el parto, les llegó un golpe de suerte. El chalet de Boca de Ratón fue vendido en 838.000 dólares a un empresario americano que se enamoró de la propiedad a primera vista. El hombre poseía una cadena de tiendas en la Florida y dos sucursales bancarias en Brickell, la zona financiera de Miami, y apenas conocer la historia que arrastraba la familia, sus considerables pérdidas y la vida que llevaban en Cuba —siempre evadiendo el término «antes» que Eva sabía era sacrílego para su marido—, sintió tanta simpatía por aquella mujercita encantadora que parecía llevar un motor fuera de borda entre las nalgas para desplegar tantas energías cargando un barrigón apocalíptico, que decidió tenderles una mano y ofreció a Miguel trabajo como gerente de uno de sus bancos.

Eva reunió al familión para darles la noticia, y todos saltaron de contento. Todos menos Miguel, que se mantenía empeñado en hacerse el sangrón y Eva, porque no podía saltar con semejante barriga. Enseguida Javier sacó pareja de botellas de Bacardí y El Gaitero para celebrar. Lola, que vio los cielos abiertos, feliz por el acontecimiento que daría un giro inesperado en la vida familiar, sin poder contener su lengua por más tiempo soltó una de las suyas: «Gracias, Cacha, por tantas bendiciones. Volveré a dormir tranquila sabiendo que mi hijo no andará conduciendo rastras toda la noche, que volverá a andar trajeado luciendo cuello y corbata. Quién sabe, Evita, si tu padre ha lavado sus pecados allá arriba, el Señor le ha concedido su perdón y desde el cielo quiere recompensarte por todo el mal que te hizo en su día». Miguel no esperó a los brindis. Las palabras de su madre le hicieron tronar por dentro y hacer mutis por el foro. En medio de la explosión de entusiasmo, ninguno se dio cuenta de que había desaparecido por la puerta. Ninguno con excepción de Joaquín, que conocía a su hijo tan a fondo que nada de lo que hacía o dejaba de hacer le pasaba inadvertido.

La vida les concedió ese giro inesperado que Lola se apresuró en agradecer a la Virgen. Eva, más motorizada que nunca, se fue con sus cuñados y el Bobby a escoger un apartamento en Brickell para instalar el bufete. Se decidieron por uno en la sexta planta de un elegante edificio que tenía vistas al mar y que, a pesar de ser pequeño, era una monada, moderno, confortable y listo para entrar y decorar. Javi, con la ayuda de Eva, consiguió el crédito bancario para hacer realidad su sueño de comprarse una casita en Kendall. Eva le aportó lo que faltaba a sus ahorros para dar la entrada a la hipoteca y los acompañó también a mirar casas junto con sus suegros y los tíos, mientras Miguel volvía a salir por la puerta trajeado de arriba abajo para estrenarse en la gerencia de la sucursal bancaria donde iba a trabajar.

Con la barriga a la boca, Eva participó en la mudanza familiar. Habían adquirido una casita de sueño, con piscina y árboles frutales, con dos apartamenticos independientes que se comunicaban por el jardín con la casa de Javier, uno para Lola y Joaquín y el otro para el tío Pascual y la tía Herminia. Javier y Mary se salían de contentos y los suegros y los tíos no sabían cómo agradecer a Eva tantas bondades. Sólo Miguel, con el ceño enfurruñado, hacía comentarios sarcásticos. «Bueno, ahora mi mujer se ha metido a inversionista. Espero que con tanto traqueteo no vaya a parir a los gemelos en la calle.»

Eva hacía caso omiso a los comentarios de su marido y aún le quedaron energías para echarles una mano al Bobby y al Ñico con el traslado a la casita donde decidieron hipotecarse finalmente, sólo a diez minutos de la de Javier y de los viejos y a veinte de la de Eva y Miguel. Bobby iba cogiendo kilitos y estaba recuperado por completo de las fracturas cervicales y el esguince que se hizo en la muñeca, y volvía a parecerse al Bobby que había sido siempre, alegre, optimista y de tan buen humor que le sobraba para repartir a los demás. Ñico, que era todo un luchador y tenía conocimientos de mecánica, había dejado la heladería y puesto un tallercito para arreglar automóviles logrando hacerse de una buena clientela en poco tiempo. Tanto él como el Bobby ansiaban tener lo suyo. Hialeah, donde vivían los padres y el hermano de Ñico, les quedaba como a una hora de distancia de donde Ñico había instalado su taller y más aún del bufete de Brickell donde ya Bobby había empezado a trabajar con Javi, Eva y Mary. De nuevo volvía a hablar de aquello que siempre se negó a aceptar en los tiempos de las UMAP: lo de ver asomar la suerte en medio de los peores escollos. «Coño, si todavía fuera poco contar con un ángel como Eva, tenemos la suerte de ser cubanos. Nos podemos dar con un canto en el pecho por haber vivido en el infierno de los rojos, eso nos concede privilegios con la green card, y garantías especiales para trabajar mientras el resto de los latinos en vez de green se las ven black.»

Llegado el mes de mayo del 67, celebraron el día de las madres con todo el familión reunido y Eva fuera de cuentas; todavía con el motor en marcha, se quejaba de lo mucho que le faltaba por hacer en el bufete. Esa misma madrugada rompió aguas. Miguel, que creía tenerlo todo previsto y bien atado, el auto con el tanque hasta arriba de gasolina y la ropa colgada en una percha en la puerta del armario, se puso tan nervioso que no atinaba a vestirse y no encontraba la bolsa con los pañales y enseres de canastilla que Eva había preparado semanas antes. Salió disparado sin percatarse de que olvidaba en la mesita de noche las llaves del Chevrolet, y estuvo por estrellar el Chevrolet contra la puerta del garaje que olvidó abrir antes de sacar el auto. Estaba como un niño en vísperas de Reyes en espera de aquel regalo único que para él significaba el nacimiento de sus hijos. La doctora le permitió presenciar el parto y no sólo vivió en carne propia cada contracción de su mujer sino que pujó a la par que Eva, como si fuera él y no ella quien llevara a las dos criaturas en las entrañas. La primera cabecita que asomó fue de una niña; venía con un gorrito de pelo negro y era Eva en miniatura, pero faltaba el segundo, que tardó más en salir y que asomó un bracito como intentando aferrarse ya a la vida y saludar al padre que lo veía nacer perplejo y emocionado.

—Es un machito —le dijo la doctora limpiándolo y poniéndoselo en brazos.

Miguel se lo mostró a Eva, que tenía a su hijita colocada sobre el pecho, mientras le contaba los deditos y la revisaba con los ojos enternecidos y cuajados por las lágrimas. Entonces recibió a su otro hijo de los brazos de Miguel, y rompieron los dos a sollozar colmados de felicidad.

A la niña acordaron ponerle Gabriela y al niño le pondrían Abel, en recuerdo al hermano que Eva llevaba de por vida en su corazón. La familia celebró el acontecimiento con una intensa alegría, y lo primero que hicieron además de acunarlos y pasárselos en brazos según les tocara el turno fue empezar a chiquearles los nombres. Gabriela era nombre de persona mayor para una criaturita tan pequeñita, así que la llamarían Gaby, y Abel también les sonaba fuerte, así que le llamarían Abelín. Aunque al final se decidieron por Abelito, porque el recién estrenado hermano mayor puso el «ín» bajo protesta, diciendo que los ines eran cosas de cubanos de mal gusto, y que cuando el niño creciera le harían burlas en el cole y lo tendrían por ñoño y bobalicón.

Para Eva y Miguel fue reverdecer y ver retoñar su amor. Vivieron treinta días de sosiegos y ternuras. Miguel se extasiaba contemplándola amamantar a sus hijos. Hubiera querido tener tetas para amamantarlos él mismo. La teta fue lo único que se vio privado de ofrecerles porque salvo darles de mamar se aplicó en todas las demás tareas. Aprendió a cambiar pañales, a bañarlos en la palangana, a frotarles aceitico Johnson por el cuerpo, a sacarle los gases sobre su hombro, a mecerlos, arroparlos, y a levantarse con ellos de madrugada apenas los sentía jirimiquear. Con Eva volvía a desvivirse sin despegarse de su lado. La mimaba a la par que a sus pequeñuelos, la cubría de besos tímidos, besos de principiante, dulces, tibios y suaves. Se sentía feliz de saberla suya, de sentirla a su vera como debía ser y había sido... siempre. Estaba convencido de haberla rescatado sólo para él como una parte de sí mismo, amoldada a él como el río a su cauce, como la espada a su vaina... pero ya Dulce María no estaba para ser amiga y consejera, y Eva tampoco era la misma Eva de siempre, la Eva renunciadora, abnegada, que se volcaba en hacer feliz a su marido, en conseguir que realizara su sueño sin soñar el suyo propio. Había pospuesto ese sueño demasiado tiempo y había tomado una decisión irrevocable. El iceberg volvía a emerger y esta vez ya no era sólo la punta, sino una montaña helada que nadie podía quebrar. A los cuarenta días de parida se presentó con el Bobby al examen del Board y salieron victoriosos. Regresaron llenos de contento y Eva, sin pensárselo dos veces, acomodó a los gemelos en su auto, metió en el maletero todos los andariveles —sillitas gemelares, cochecitos plegables, moisés dobles—, y se fue con ellos a Brickell dispuesta a incorporarse al bufete donde alternaría el trabajo con los horarios de tetas.

Javier, Mary y el Bobby la recibieron sin asombros. No era cosa normal que una mujer recién parida y de gemelos para colmos tomara la decisión de cargar con dos lactantes a cuestas para enfrascarse en faenas que no fueran maternales, pero tratándose de Eva, no cabía asombrarse. Por lo demás los niños eran dos angelitos que apenas se hacían sentir; dormían y mamaban, mamaban y dormían, y no daban la lata armando perretas como era común en otros pequeñines.

El que sí se puso perretúo fue Miguel. Tenía la sensación de que un ave de rapiña se había colado en su casa robando del nido a sus pichones y desangrando sus sueños. Se fue al banco engrifado y regresó a casa como un gallo de lidia dispuesto a dar la pelea. Le armó a Eva la tángana, al punto de interrumpir el sueño de los bebés y el de Migue, que dormía en la habitación de los bajos buscando más independencia.

—Eres una irresponsable, ¿has perdido la cabeza? Te atreves a llevarte a mis hijos como si en vez de dos criaturitas recién nacidas fueran un par de cartuchos. Pero ¿te has creído que estoy pintado en la pared, que me he vuelto un monigote tuyo?

Eva también dio la pelea y se puso perretúa.

—Y tú, ¿eh? ¿Qué eres tú? Un egoísta, un machista que pretende atarme a la casa para que cocine, lave, planche y dé la teta. Mañana mismo viene una señora cubana que anda buscando trabajo a la desesperada para encargarse de hacer las faenas. He vivido para ti, pero ya llegó mi hora. Debería hacerte feliz verme feliz.

En los meses que siguieron las peleas no cesaron. Miguel se debatía entre las razones de Eva y las suyas, pero las suyas prevalecían siempre en las discordias. De vuelta a los enfrentamientos de corazón y conciencia, no sabía a quién seguir. «Eso te pasa por soltarle la soga a tu mujer y no amarrarla cortico —le decía su corazón—. La comadre se te ha vuelto jíbara y tú con tantas contemplaciones no le has hecho ver quién es el hombre de la casa, el que lleva los pantalones. Ahora no te quejes de que sea ella y no tú quien tenga la sartén por el mango.» La conciencia como siempre lo inculpaba: «Tu mujer tiene razón, eres un soberano egoísta. Eva lo ha dado todo por ti y ahora que te toca a ti atarte los cojones y darlo todo por ella, te pones en plan de víctima, de marido incomprendido y desolado. Además de egoísta, eres ingrato. Para no hablar de machista. Te crees el rey de la selva y los trogloditas del Caribe. ¡Ah! Pero te enamoraste de una mujercita de carácter, que se manda, se zumba y encarama. Acuérdate cuando se cortó la trenza y se peló a lo garçon para darte en la chola; acuérdate cuando a cuenta de todo riesgo te metió en su propio cuarto, de cómo se enfrentó a su padre con tu hijo en el vientre, de los peligros que corrió por ti. Ah, pero entonces era eso lo que te encantaba de ella, lo que te ponía el prepucio al rojo vivo. Era el temple de su coraje lo que te la ponía dura y te la pegaba al ombligo. Una niña modosita te la habría traído floja. Pues toma, la letrada que te defendió como una leona se merece volver a ponerse la toga y brillar como lo que es: todo un talento. ¿No eras tú el que decía que al hombre se le conocía por su manera de amar? ¿Dónde dejaste a ese hombre? Si te mides el amor no le llegas a Eva ni al calcañal».

La cama era el punto de contraste entre ellos. Miguel, sabiendo que en el sexo estaba la debilidad de Eva, se esmeraba en hacerle el amor demencialmente comandando las acciones. Le registraba con el filo de la lengua el botón rosa del clítoris hasta saberla martirizada de placer; ella clamaba clemencia gimiendo como una loca, pero él no le daba tregua y la seguía cosquilleando con su bigote sin parar hasta sentir el sismo de sus entrepiernas y la alerta de tsunami que precedía la marejada de sus orgasmos. Se levantaba como un toro bravo, con el pecho de par en par, henchido de satisfacción y orgullo, y se extasiaba contemplándola dormir, rendida al gozo del amor. Desnuda entre las sábanas como una diosa pagana que era suya y sólo suya.

Ese año Meyer, el americano dueño de las sucursales bancarias que compró el chalet de Boca de Ratón, ascendió a Miguel de gerente a director. Eva lo invitó a cenar y el hombre se deshizo en halagos. Que la cena había sido deliciosa, que vivían en una casa de cine y que se veía que el padre de Eva había sido un señor de muy buen gusto en lo que se refiere al estilo con que edificó sus residencias, y por último alabó a Miguel, diciendo que era un hombre íntegro, emprendedor, honesto y de su entera confianza. Miguel se pasó la cena sin decir ni esta boca es mía. Meyer se marchó y Eva, con la espalda aún contra la puerta, suspiró llena de orgullo por Miguel y se le ocurrió decirle:

—Ya ves cómo Dios es justo y corona tus esfuerzos.

Él soltó todo lo que tenía entre pecho y espalda como un desfogue imposible de retener por más tiempo.

—Pero ¿te has creído todo eso? Lo hace porque está muerto por ti. Vaya que se pasó en ponerte por las nubes y lanzarte miraditas. Te estuvo hasta vacilando el culo cada vez que te levantabas para ir a la cocina, y por si no le bastara, se dio gusto echándome en cara que vivimos a costilla de tu padre, de lo que te dejó en herencia.

—Pero si él no sabe nada de lo de papá… y tú…

—Qué sabes tú si lo sabe. Te diste gusto contándole la historia de tu vida acabado de conocerlo el mismo día que te compró el chalet.

—Mientes. Le conté de mi familia, de que habíamos tenido dinero y que lo habíamos perdido todo cuando llegó Fidel al poder. ¿Eso es pecado?

—Tú y yo teníamos un pacto: el de no tocar ni un kilo de esa herencia. De no permitir que tu padre ni estando muerto se entrometiera en nuestras vidas. Pero parece que tienes mala memoria o que tiras a mierda lo que prometes a tu marido. Su sombra está en esta casa, su casa.

—Estás imposible, Miguel. Cada vez que se nos abre una puerta, le pones una piedra por el medio. Te empeñas en verlo todo oscuro, en ver sombras que no existen. En ver mal todo lo que hago. No te entiendo. Tú nunca has sido así.

Un año antes, en 1967, que llegado el mes de octubre se había conocido la noticia del asesinato del Che Guevara en La Higuera, Bolivia. Las versiones eran varias, pero todas coincidían en que los guerrilleros habían sido delatados al ejército boliviano por los propios campesinos. Fue así que llegaron a seguir sus pasos hasta que, en un enfrentamiento en la Quebrada del Yuro, fue herido en una pierna y apresado de inmediato por los militares el día 8 de octubre y que veinticuatro horas más tarde, amarrado y a merced de sus captores, pusieron fin a su vida con una descarga de fusilería. En Cuba el pueblo se manifestó esta vez unido por un duelo auténtico y a partir de esa hora de dolor, el oficialismo cubano comenzó a llamarlo «guerrillero heroico» y muchos pueblos del mundo aparte de mitificarlo convirtieron su figura en un ícono y llegaron a inmortalizarlo como el paradigma de la lucha contra el imperialismo y la lealtad a su causa libertaria. Para los cubanos fue el ejemplo a seguir. Al «patria o muerte, venceremos», que repetían los pioneritos en los matutinos escolares, se le agregó la coletilla: «Pioneros por el comunismo seremos como el Che».

Radio bemba, que tenía una lengua tan larga como para traspasar fronteras y transmitir sus bolas y runrunes entre la península de la Florida y las costas de la otrora Perla del Caribe —que según el decir de algunos de perla no quedaba más que la semilla de un mamoncillo chupado por obra y gracia del Dios jefe—, le dio por correr la voz de que fue la ira acumulada que se apoderó del Comandante en Jefe, por el fracaso de las guerrillas bolivianas, lo que lo llevó a estallar de cólera un año después y pronunciar en septiembre del 68 aquel discurso enojoso que provocó una nueva desbandada de la isla haciendo que el bufete de Eva se viera desbordado de clientes y comenzara de repente su carrera cuesta arriba. La estampida se produjo por el llamado a la ofensiva revolucionaria, en la que el Comandante cargó contra los jóvenes que se hacían llamar «pepillos» y que, según él, no eran sino lacras sociales a las que se debía perseguir y hacer desaparecer de las calles de La Habana. La televisión de Miami transmitió parte del discurso de Fidel Castro en lo que hubo de llamarse «la noche de las tijeras largas». El Bobby, que había sido una víctima más de aquellas cacerías, se sentó pacientemente a oírlo por televisión. «Por ahí anda un espécimen, otro subproducto que nosotros debemos combatir. Muchos de esos pepillos vagos, hijos de burgueses, andan por ahí con pantaloncitos demasiado estrechos, algunos de ellos con una guitarra en actitudes elvispresleyanas. Y han llevado su libertinaje a extremos de querer ir a algunos sitios de concurrencia pública a organizar sus shows feminoides por la libre. Todos ellos son parientes: el lumpencito, el vago, el enfermito feminoide.» El Bobby sabía por experiencia propia lo que significaba ser clasificado dentro de aquella terminología furibunda del Comandante, de la que en pocos días se hizo eco tanto la prensa oficial cubana como la prensa extranjera. La cubana acusaba a esa lacra de entes antisociales influenciados por la penetración imperialista y así justificaba que el máximo líder hubiera ordenado cerrar todos los cabarets y nigthclubs de la capital, dejando a una ciudad sandunguera y noctámbula como La Habana asolada y sin alma, y a un pueblo como el cubano, alegre y rumbero por naturaleza, con la sensación de que por no dejar de quitarle y prohibirle, le habían quitado y prohibido hasta el oxígeno de respirar. Justificaban igualmente las redadas del sábado 25 de septiembre donde la policía, vestida de uniforme y de civil, y una turba de comuñangas comecandelas cayeron en pandilla a los jóvenes que se sacudían el tedio deambulando Rampa arriba y Rampa abajo o se reunían alrededor de la heladería Coppelia, donde fueron detenidos, apresados y despojados a tijeretazo limpio de sus melenas sin contar con las costuras rajadas de sus pantalones de caqui chinos, lo único que tenían para vestir y que estrechaban para adaptar a la moda de los pantalones tubo que ponían al Comandante frenético sin parar de discursear y cargar contra aquellos «pepillos» que con su «conducta impropia» buscaban convertir con sus poses y su indumentaria extranjerizante las calles habaneras en las calles de Miami.

En el bufete de Eva, el Bobby, Mary y Javier llegaban al agotamiento entre la cantidad de clientes que se agolpaba en el salón de espera y la bulla que hacían los cubanos recién llegados, que no paraban de comentar la noticia intercambiando anécdotas personales y emulando entre sí en ver quién la pasó peor, a quién le tocaron más pérdidas o le resultó más trágica la escapada. Pero una vez que se sentaban y entraban en materia, empezaba la segunda parte de la historia igualmente repetida y vuelta a repetir: que habían llegado con lo puesto, que les urgía empaparse en las leyes de Estados Unidos, y que buscaban abogados compatriotas que entendieran en cubano lo que habían padecido en su tierra y les informaran si podían solicitar la green card, reclamar el estipendio y el Medicare que les concedía el gobierno —malo malísimo— del Norte a los cubanos mayores de sesenta años que arribaban al país y si podían acogerse de inmediato a la ley de ajuste cubano que les daba derecho a residencia y trabajo en Estados Unidos. De los cuatro, fueron Eva y el Bobby los que se tomaron más a pecho los casos que les llegaban. Los clientes que ya tenían se los iban recomendando unos a otros y allá iban cada vez más paisanos buscando amparo en la fama que iban ganando Eva y el Bobby. Quienes los recomendaban, aseguraban que no eran abogados de tomarse los asuntos a la ligera, que eran personas muy humanas y sensibles y que cuando aceptaban un caso se dejaban la piel, yendo a por todas.

Metida en los embrollos de aquella oleada imparable de cubanos que no tenía para cuándo acabar, la tomó casi por sorpresa la llegada del hombre a la Luna que se tomó un respiro para presenciar con toda la familia reunida frente a la tele y su suegro en primera fila como era de esperar. En el instante que el comandante Neil Armstrong pisaba el suelo lunar, Joaquín se emocionó hasta las lágrimas, no tanto a decir verdad por la hazaña de los americanos ni por lo que aquel acontecimiento significaba para todo el planeta que vivía aquel momento expectante y con el corazón en vilo, sino porque le vino a la mente aquel día en que Miguel y Eva quedaron fulminados por el rayo del amor apenas verse y él le aconsejó a su hijo que no apuntara tan alto porque la luna era inalcanzable. Todos hacían comentarios y alababan a los cosmonautas. Migue recordaba los tiempos en que soñaba con tripular una nave espacial como el *Apolo 11* y llegar a la Luna mientras Miguel, muy callado pero emocionado a su vez, no hacía más que recordar a Bette Davis y Paul Henreid y aquella frase que a él le parecía insuficiente: «No pidamos la luna, tenemos las estrellas». Y fue en ese momento que su mirada se cruzó con la de su mujer y por una nonada de segundo depusieron sus diferencias para transmigrar de alma a alma el mismo pensamiento. Ella se aproximó a su marido y le dijo: «*Oh, Jerry, don't let's ask for the moon. The moon is here: in your heart*», y apuntó con su dedo al corazón de Miguel.

Sin embargo, a Eva la entrada del año 71 le dio de bruces en la cara, enfrascada todavía en un ir y venir de situaciones terribles que llegaron a sus manos en el bufete. Había casos de torturas a prisioneros políticos y de flagrantes violaciones de los derechos humanos que se presentaron en la ONU. Cuando levantaba la espada de la justicia no había quien se le resistiera. Se decía que los fiscales y los jueces de sólo oírla nombrar para defender a alguien, se echaban las manos a la cabeza sabiendo lo que les esperaba. Todo esto, en el plano doméstico, se tradujo en una cadena interminable de disgustos. Sus gemelos decían que era la mamá de los fines de semana, y Miguel, que sólo se veían para lavarse los dientes cuando se levantaban o se iban a la cama. No obstante, con excepción de algún que otro dardo lanzado al azar por Miguel, al que su mujer respondía con una indirecta fugaz, las peleas se espaciaron. Los weekend eran sagrados y se dedicaban a recrearse paseando con los niños y a reunirse en familia para almorzar o cenar. Y eso sí, en presencia de sus hijos y la familia, no se permitían fogonazos; entraban y salían de casa de sus padres como lo que siempre fueron: el matrimonio perfecto digno de imitar. Así que salvo Joaquín, que seguía con su costumbre de ver en los detalles más nimios lo que no veían los demás y que intuía que algo no funcionaba entre su nuera y su hijo aunque dado su carácter no se atrevía a preguntar, el resto de la familia celebraba y aplaudía con entusiasmo las gratas nuevas que les llegaban del hogar de Eva y de Miguel: que su hijo había ascendido a director del banco en que trabajaba; que su nuera tenía cada día más éxito como letrada y que vivía para hacer justicia a los cubanos que llegaban a veces sin cobrarles nada; que Migue, el nieto mayor, era el orgullo de la familia Alegret, que desde niño ya despuntaba como un prodigio y que ahora cercano a terminar el bachillerato tenía notas tan brillantes y se destacaba tanto por sus conocimientos que estaba entre los alumnos seleccionados para optar por una beca en Harvard; que Gaby y Abelito habían empezado el kinder y ya se esperaba de ellos lo mismo que de su hermano porque eran muy despiertos y nunca dieron que hacer de lo bien que se portaban. Los dos, lo mismo que Migue y Quim, además del español y el inglés conocían el catalán y se sabían de memoria las canciones que su avi les cantaba a la hora de dormir. *El meu avi* se la dedicaban a su abuelo y la cantaban en catalán y *La bella Lola* la cantaban en español porque iba dedicada a su abuela Lola, y se sentían tan inspirados que hacían que la familia la cantara a coro cuando estaban reunidos en la mesa y agitando las servilletas como si fuesen pañuelos en la parte que decía: «Ay, qué placer sentía yo cuando en la playa sacó el pañuelo y me saludó». Pero era la estrofa final la que arrancaba las lágrimas a toda la familia:

La cubanita lloraba triste
de veras sola y en alta mar
y el marinero la consolaba:
no llores, Lola, no te has de ahogar.

De nada valía que Miguel le pidiera a sus hijos que escogieran otra canción para cantarle a la abuela, porque *La bella Lola* le recordaba los malos ratos que pasó estando en el mar, y se entristecía al verse ella misma reflejada en la letra de la canción.

—Déjalos, Miguel —decía su madre—. Me encanta *La bella Lola* y no lloro de tristeza sino de emoción. Al final el velero de mis sueños fue real y, ya ves, Lola no llegó a ahogarse. Ni en mar ni en tierra... Que aquí hay Lola para rato, caray.

Presumía de sus hijos, sus nietos y sus nueras, feliz con la aparente felicidad que la rodeaba. Renuente a que el gorrión de las nostalgias la venciera a ella y a su marido, aprovechaban los fines de semana que los gemelos se iban con sus padres, para irse ella con Joaquín a cenar en un restaurancito chino, con farolitos a media luz, incienso y velitas perfumadas, que les devolvía los tiempos de juventud cuando eran novios y buscaban la intimidad de las penumbras para hacerse arrumacos. Se entendían con los chinitos por señas, porque los chinitos no sabían ni papa de inglés ni de español y ni decir de catalán, pero con esa disposición que tienen los asiáticos para adivinar los deseos de sus clientes sin requerir de palabras, siempre daban en el clavo y les servían a Joaquín su plato de gambas a la plancha y a Lola el pollo con salsa de almendras que tanto le gustaba. En el barrio los adoraban. Joaquín y Pascual, apenas caer la noche, se iban a echar sus partiditas de dominó en el vecindario. No eran hombres de bambollas ni parloteos, pero bastaba que prometieran algo para que ese algo se cumpliera con rigurosa formalidad, cosa que sorprendía a los cubanos que no tenían lo formal entre sus hábitos. Lola se desvivía en ayudar a las familias que recibían a los parientes que arriba-

ban por cualquier vía de escape. «Porque formales no seremos
—le decía a su marido—, pero lo que se dice en tirar un cabo,
en eso no hay quien nos gane a los cubanos.» Era una mujer
volcada, que sabía ponerse en la piel de los demás y cocinaba
de más para poder tocar en la puerta de al lado, de enfrente
o de la esquina, con un táper o una fiambrera plástica carga-
dita de frijoles negros, yuquita con mojo y carnita de cerdo, y
hasta una natillita, un arroz con leche o un tocinillo del cielo
que ella sabía hacer como nadie.

Empezando el invierno, el frío dijo aquí estoy, y les echó a perder a Gaby y Abelito su paseo del weekend. Eva solía decir que
los gemelos siempre se ponían de acuerdo para hacerlo todo
por duplicado, incluido enfermarse. Habían agarrado un res-
friado de pollo con moquillo que entre frío y mocos los hizo
quedarse en casa. Eva, para entretenerlos, se sentó con Gaby y
Abelito en el suelo frente al fireplace del salón y se puso a mostrarles fotos antiguas, de las de antes de… para que los niños
conocieran a su tío Abel, que había fallecido en un accidente, y
a sus abuelos maternos, Isidro y Carmen. La palabra «antes»
se hizo inevitable. A Gaby y Abelito les picaba mucho la curiosidad por aquella parte de la vida de sus padres de la que nunca
se hablaba y de la que nada sabían, y a Eva se le fue de las manos la situación teniendo que responder a sus preguntas.
   —Mamá ¿esa era la casa donde vivías tú antes? —preguntó
Gaby.
   —¿Tu papá y tu mamá tenían mucho dinero antes? ¿Estos
eran tú, el tito Bobby con el tío Abel de niños? —preguntó Abelito—. Ustedes tenían una finca grande con caballos. ¿Cómo
se llamaba antes ese lugar?
   —Se llamaba Mulgoba —dijo Eva, pensando en que a ella
nada más se le ocurría ponerse a sacar fotos, estando Miguel
en casa.
   La lluvia de antes y después hizo que Miguel, que miraba

un partido de pelota por televisión, se levantara iracundo del sofá y recomido de rabia preguntara a su mujer:

—¿De dónde sacaste tú esas fotos?

—Son las que le pedí al tío Pascual y a la tía Herminia que me trajeran. Las arranqué de los álbumes para traerlas nosotros, pero como no nos fuimos con ellos... se las di a los tíos. Son nuestros recuerdos, Miguel. Estoy haciendo un álbum para conservarlas.

—Nuestros recuerdos, tuyos serán. Óyeme bien, esconde ese álbum donde yo no lo encuentre. —Y levantando la voz con tono desafiante dijo—: Desaparécelas si no quieres tenerla conmigo.

En ese momento Migue, que estaba estudiando en su cuarto, salió y se enfrentó a su padre.

—¿Por qué le haces esto a mamá? Son sus recuerdos de familia. Los abuelos tienen la casa llena de fotos nuestras de cuando vivíamos en Cuba. ¿Por qué no la tomas con ellos en vez de tomarla con mamá? No entiendo lo que te pasa, papá. Eres injusto. No creas que no me entero de las pullas que le largas a mi madre. —Y volvió de nuevo a encerrarse en su cuarto pegando un portazo brutal.

Miguel se quedó amoscado por el enojo intempestivo de su hijo. Los gemelos lo miraban asustados y Eva recogía el álbum de fotografías, diciendo:

—Ya ves a lo que tú das lugar.

En los días que siguieron dejaron de buscarse en la cama y hablaban entre sí sólo lo imprescindible. Eva llegaba al bufete, afligida, con el rastro de las lágrimas nocturnas que derramaba a solas con su almohada. Mientras, Miguel dormía vuelto de espaldas en vez de como habían dormido siempre: con los dos cuerpos atados a un solo nudo de piernas y brazos.

El Bobby no tardó en notar que algo iba mal y se apresuró a interrogarla.

—Soy tu alma gemela, Evita, a mí no puedes negarme que entre tú y tu marido las cosas no están marchando.

Eva evacuó por los lagrimales los años de fricciones y desencuentros. Dijo que desde que llegaron a Miami, Miguel dejó de ser el Miguel de antes. Que vivían chocando como dos trenes a toda velocidad y que por la noche se iban a la cama y tenían un sexo onírico como si el colchón fuera el único rincón que aún los mantenía enlazados.

—Bueno, Evi. El colchón es el lugar más importante de la casa. Ya sé que no estás para bromas y no sé por qué no te habías franqueado conmigo durante todos estos años. Una vez Miguel me dijo que podía confiar en mí como confiaba en sí mismo; me duele que él tampoco me haya confiado lo que le está sucediendo. Algo venía yo sospechando porque hace tiempo, conversando con él, me puse a recordar las locuras que hacíamos para que ustedes se vieran y me soltó una frase que te confieso llegó a herirme. «No hablemos del pasado, Bobby. Éramos tan jóvenes entonces, y teníamos tantos sueños que... creíamos que el amor podía con todo. Pero los sueños se nos fueron al carajo y el amor se fue al limbo cuando extravió la ilusión.»

—Ya ves. Eso quiere decir que ya no me ama.

—No, corazón mío, quiere decir que tú te has dedicado a otras cosas y le has dado de lado al amor.

—Ah, y encima me culpas.

—Que no te culpo, mujer, que no es eso. El adiós a la tierra, a los recuerdos y a lo que fue nuestra vida no sólo se resume en pérdidas materiales, sino también en pérdidas del alma. Cada cual busca su mecanismo de defensa. Unos se pegan a estudiar y se entregan al trabajo como tú, y echan a un lado el pasado para enfrentar el presente y pensar en el futuro, pero Miguel no ha logrado lo que tú, no ha podido volver a ser el hombre de éxito que era en Cuba. Es posible que lleve todavía el pasado como un lastre del que no logra desprenderse y que no quiera que tú le traigas los recuerdos de un tiempo que no va a volver.

—Debías haberte metido a psicólogo y no a abogado.

—Atiende, Eva. Un amor como el tuyo y de Miguel sólo se ve en las películas. No pueden tirarlo por la borda y mirar hacia otro lado. Te vuelcas en todo el mundo, te enmarañas con los clientes, vives sus vidas antes que la tuya propia. Ahora estás metida en el drama de esa familia mexicana. Te pasas de bondadosa, mi niña, se puede ser bueno pero no demasiado.

—Son una familia humilde, se aprovechan que son indios y los tratan a patadas.

—Evita, necesitas irte de viaje a solas con tu marido. Fueron a Disney World con los niños. Los llevaron a Adventure City en California, al Cedar Point en Ohio. Han recorrido Estados Unidos con los gemelos pegados como dos mocos. ¡Coño! Vete con Miguel a un crucero por el Mediterráneo, ustedes dos solitos en plan honeymoon, mi santa. Sácale chispas a ese colchón y aparte de abrir las piernas ábrele tu corazón como me lo has abierto a mí. Es el hombre de tu vida, Eva. El de la piel morena que huele a resinas silvestres. Tu mulatón ricote y sabrosón. No dejes que venga una pelandruja y te lo levante. He ido al banco y he visto a su secretaria sacándole fiesta al bueno y pico de tu marido. Espabílate y ponte para esta.

No era cierto, pero la artimaña del Bobby logró buenos resultados. Eva corrió despavorida a su casa y a la hora de acostarse cuando Miguel se volvió de espaldas en la cama, ella fue quien lo buscó. Y sobra decir que lo encontró más rápido y más animado de lo que esperaba.

Intentó tomar el mando de las acciones, pero él la sorprendió diciendo que la cama era su reino y que ella tenía para reinar el resto de la casa. Se hicieron el amor a la tremenda, desbocados, galopantes; ávidos de tenerse, acariciarse y amarse. Ella, en un arrebato de pasión, le confesó que se moría por su hombre y él que se moría por su mujer, que estaba muerto de amor y de angustia por perderla. Cabalgaron toda la madrugada, se dijeron al oído todo lo que no habían vuelto a decirse desde los tiempos de antes de... Se prometieron mil cosas, entre ellas no volver a discutir y dejarse de bobadas (lo de las bobadas fue cosa de Eva). Hablaron de hacer un crucero por el Mediterráneo. Barcelona, la ciudad de su luna de miel. «Yo te prometí la luna —dijo él— y sólo te he dado hiel.» «Mi luna, mi miel y mi gloria eres tú», dijo ella resbalando en el oído de él aquel viejo bolero de Portillo de la Luz: «Bendito Dios, porque al tenerte yo en vida no necesito ir al cielo tisú si, alma mía, la gloria eres tú». Y él, por no ser menos, le susurró entre lamidos y besitos huérfanos repartidos por aquí y por allá, el bolero de Olguita Guillot que tantas veces oyera pensando en ella en la radio del cola de pato: «La noche de anoche revelación maravillosa que me hace comprender que yo he vivido esperando por ti».

Cantando se levantaron, volvieron a mirarse a los ojos y volvieron a andar tomados de la mano. Tomados de la mano y mirándose a los ojos asistieron henchidos de orgullo a la graduación de Migue, alias Mike para sus compañeros de bachillerato; henchidos de orgullo y con lágrimas en los ojos acompañaron a su hijo en el viaje a Cambridge, Massachusetts, el día que les tocó despedirlo en los preciosos jardines de Harvard donde aspiraba a licenciarse en Matemáticas. Regresaron diciéndose que extrañarían a su hijo a matarse, pero rebozaban felicidad y hacían planes para irse de crucero.

—Ahora que Migue no está, les dejaremos a Gaby y Abelito a los yayos y en cuanto salga del juicio de los mexicanos, nos dejamos de bobadas y nos vamos de honeymoon, tú y yo solitos.

Miguel, por primera vez, pidió a su mujer que lo pusiera al tanto de lo de los mexicanos. Eva le contó que eran un matrimonio humilde que trabajaban como mulos. Que un policía había violado a su hija de quince añitos, a la que sacó de una fiesta de mariachis, y la metió tras las rejas pretextando que la chica consumía drogas. Como no pudieron probarlo la soltaron, pero el padre de la niña se envalentonó y le metió un balazo al violador y que aunque no afiló la puntería y sólo le rozó un brazo, querían cobrárselas, deportando a su mujer y a su hija y metiendo al padre en chirona. Miguel sintió el mordisco de la culpa. Nunca se había interesado en lo que hacía su mujer.

No se había dignado a asistir a la vista de ninguno de sus juicios y no había vuelto a verla con la toga desde que se la puso para defenderlo a él.

—Pues yo si fuese a mi Gaby lo habría dejado en el puesto. Eres una mujercita única, por eso te amo como te amo. Iré a verte en ese juicio… Cuenta con ello.

—¿De verdad, Miguel? No sabes qué feliz me haces.

Pero el azar esta vez no sólo les jugaría una mala pasada, sino que se encargó de dejar demostrado que las bobadas de Miguel no eran tan bobas como Eva se pensaba. Su marido, que se había propuesto ayudarla en los días que la asistenta libraba, se fue esa mañana a hacer las compras al grocery y mientras llenaba el carrito, oyó detrás de los anaqueles una voz de mujer que sin dudas hablaba de Eva porque no cabía la coincidencia de que otra abogada con ese nombre y apellido tuviera un bufete en Brickell, viviera en Coral Gables y tuviera un par de gemelos. Así que se pegó a los anaqueles y puso oreja a lo que decían. A medida que escuchaba se le iba encrespando el genio hasta ponerle el hígado a la vinagreta.

—Yo te la recomiendo para que lleve el caso de tu marido. Es mi vecina y me consta que su fama como abogada no es puro cuento. Vive en la casa de al lado, una de las más hermosas de todo Coral Gables. Cuando se vino a vivir ahí, todo el vecindario de cubanos empezamos a indagar si era gente de dinero, porque claro, para vivir en una casa de película… Bueno, el caso es que sí, que heredó la casa del padre, un político de alto copete, dueño de varios ingenios de azúcar y podrido en plata. Yo no me acuerdo del caso, pero Orestes, mi marido, dice que sí, que le suena que el hombre se pegó un tiro por no sé qué lío con la mafia. Claro que su hija, la abogada, es punto y aparte. ¿Sabes a quién se parece? A la actriz de *Breakfast at Tiffany's*… Audrey Hepburn. Al fin me acordé, tengo la memoria perdida para los nombres. Pues bien, como te decía. Es toda una belleza, y no sólo en el parecido físico sino que se parece a la Hepburn también en lo de ser muy humana.

—Ven acá, mi amiga. ¿Y ese portento de mujer no tiene marido?

—Sí, niña, pero claro. Está casada con un tipazo de esos que cortan el hipo. Trabaja en un banco, creo; anda siempre muy trajeado, la verdad, pero para mí todo lo que tiene le viene por su mujer, que es la que heredó la plata del padre, porque entra y sale sin hablar con nadie en el vecindario, muy seriote. Se ve que es de esos maridos que ni pinchan ni cortan en la casa.

Hasta ahí llegó la oreja de Miguel. Salió directo al pasillo donde estaban las mujeres a punto de reventar y cantarles las cuarenta. «Par de chismosonas de mierda, auras tiñosas, víboras.» Dejándose llevar por lo que sentía y pensaba le bastaron dos zancadas para parapetárseles delante, dispuesto a ponerlas verdes escupiéndoles en la cara toda la bilis que le subía del hígado a la punta de la lengua. Las mujeres, al verlo con ganas de devorarlas, se pegaron el susto de sus vidas y se fueron echando un pie y preguntándose:

—¿Nos habrá oído? Por la cara que nos puso parece que lo oyó todo.

Entró a la casa bufando como un toro. Eva estaba en la cocina preparando la ensalada para servir el almuerzo.

—Cielo, te has demorado un montón. ¿Eh? ¿Y a ti qué te pasa? Traes una cara...

Miguel se explayó, despotricó, bufó y echó pestes hasta quedar sin aliento.

Eva, tomada por sorpresa, no supo cómo reaccionar. Y fue una frase tan trivial e insignificante para ella como cruel y trascendental fue para él, la culpable de hacer restallar entre los dos el rayo que desató el vendaval.

—No te reconozco, Miguel. No eres el mismo de antes...

Ella se arrepintió al instante diciendo que no quería decir lo que dijo y que lo dijo sin pensar y sin querer. Pero no hubo marcha atrás.

Para él en ese «antes» cabía todo un abismo. Y lo peor era reconocer que, en lo más profundo de ese abismo, dormía la mayor de las verdades que le habían echado en cara. Herido hasta las entrañas y cegado por la rabia del dolor, quiso herirla a su vez y soltó con toda intención la frase que remacharía el clavo.

—¿Y tú? ¿Eh? ¿Te reconoces a ti misma? Todos los días te miro y me pregunto qué hiciste de la mujer que era mi felicidad.

Entonces fue a ella a la que se le juntaron de golpe cielo y tierra. Totalizada de repente en aquel «era» que equivalía a dejar de ser y la reducía a la nada sepultando en los escombros de un «antes» su felicidad y la de él.

Por primera vez en los dieciocho años que llevaban de casados se negaron a dirigirse la palabra y decidieron dormir separados. Ella se mudó al cuarto de los niños, y él para no ser menos se fue al que Miguelín acababa de dejar desocupado en los bajos para irse a la universidad. Trataban apenas lo estrictamente cotidiano a través de papelitos que pegaban con un imán en la puerta del refrigerador.

«En el baño te dejé las cuchillitas Guillette al lado de la máquina de afeitar, y colgado en el closet tienes listo el traje azul por si lo quieres usar en la reunión del martes en el banco.»

«Ya está arreglado el grifo de la cocina, regulado el aire acondicionado y puesta la bisagra que faltaba en la puerta del jardín. ¡Ah!, en la entrada del jardín te dejé la matica de jazmín moñudo de la que estabas antojada y el saquito con abono que pediste para sembrar tus geranios.»

Cuando estaban en la mesa se valían de su hija Gaby para mediar entre ambos, y la niña, niña al fin, se tomaba como un juego el intercambio y les seguía la rima diciendo que aquello se parecía al cuento de la buena pipa, que todos sabían el comienzo pero que a nadie se le había ocurrido inventarle un final. «Mamá, dice papá que te quedaron muy buenos los frijoles negros y que gracias por no echarle... las hojitas esas que tú sabes no le gustan. ¿Cómo es que se llaman, papá?... Culantro.

Eso mismo.» «Papá, dice mamá que gracias por celebrarle los frijoles y que te aprovechen, pero... que sí, que les echó culantro.» Otras era la propia niña la que rompía la mudez interrogando a sus padres: «Mamá, ¿a ti y a papá les pasa algo?». «¿A mí? Nada, cielo, pregúntale a tu papi. Él sabe.» «Papá, ¿te pasa algo con mamá?» «¿A mí? Nada, corazón. Mami sabrá.»

Así estaban desde hacía cosa de un mes cuando llegó la noche de celebrar el sesenta y cuatro cumpleaños de Joaquín. Asistieron como si nada pasara. Pero no cruzaron miradas y mucho menos palabra. Cuando a Joaquín le agarró el gorrión y contó de un tirón en una noche la historia de su infancia en Cataluña que no había contado en años y que sus propios hijos conocían tan sólo por pinceladas, Eva y Miguel estuvieron atentos a la narración de principio a fin. Ella terminó llorando y Miguel sujetando a su padre porque lo vio tambalearse al ponerse en pie y temía que hubiera bebido de más. A la hora de bailar, Miguel bailó con su madre y Eva con su suegro, con el Bobby y con Javier. Joaquín, que desde que llegó a Miami había empezado a intuir cosas raras entre su hijo y su nuera sin atreverse a meter la cuchareta, animado como estaba por los traguitos de más y desinhibido del todo luego del desbordamiento que sacó a la luz su drama más personal, tomó a Miguel por un brazo y sentándose con él aparte, se atrevió definitivamente a indagar.

—Venga, hijo, comparte un trago a solas con tu padre. Desde los tiempos del naranjo del patio no intercambiamos confidencias.

—Son cosas del pasado, papá. Aquí se vive de otra manera; vanidad y dinero. No existe lo espiritual.

—Vaya, pues no te falta razón. ¿Y es algo relacionado con el espíritu lo que pasa entre tú y Eva?

Miguel sonrió y bebió de un tirón el trago que le había servido su padre.

—Pero ¿quién te ha dicho que entre Eva y yo pasa algo?

—A mí no trates de metérmela doblada, Miguel. Por más que lo intentes no me engañas.

—Oye, viejo, que no pasa nada. Lo cotidiano te puede. Entre el trabajo, los gemelos y el estrés de este país donde se vive a la carrera no quedan tiempo ni ganas de romancear.

No conforme todavía fue en busca de su nuera y le preguntó exactamente lo mismo que preguntó a su hijo. Ella, sin saber lo que Miguel había dicho, puso la misma excusa que él: el trabajo, los niños, el estrés... la cotidianidad.

Joaquín ladeó la cabeza con un gesto disconforme sabiendo que le mentían.

De vuelta a casa continuaron en las mismas. Los papelitos se sucedían bajo el imán de la nevera: «Te cosí el botón que le faltaba a tu camisa de rayas». «Tiré la basura, saqué al perro y podé el césped.»

A la hora del desayuno volvían a utilizar a los niños como intérpretes.

—Gaby, pregúntale a papá si quiere *pantumaca* o pan con mantequilla.

—Abelito, pregúntale a mamá si le sirvo zumo de naranja o zumo de melocotón.

Transcurridos veinte días, mientras Eva estaba por llevar los niños a la cama y Miguel recostado en el sofá miraba la televisión, sonó el timbre del teléfono con la llamada de Lola que lloraba a moco tendido diciendo que estaban en la clínica porque Joaquín había sufrido un infarto.

El secreto de la felicidad no está en hacer siempre lo que se quiere, sino en querer siempre lo que se hace.

LEÓN TOLSTOI

Ni siquiera el porrazo sorpresivo de la noticia y la incertidumbre que se apoderó de la familia en los días que siguieron, consiguió hacerlos mudar de parecer. Eso sí, renunciaron al intercambio de papelitos pegados al imán de la nevera y a valerse de los niños para que les sirvieran de intérpretes sin que mediara entre ellos ningún acuerdo que no fuera el que imponían de por sí las propias circunstancias. Ni ella ni él tuvieron a bien recordar el día que se juraron que tenerse el uno al otro era más que suficiente para que no existiera circunstancia o condición que llegara a separarlos, y lo que era aún peor: aparentaron desentenderse de ellos mismos para evadir del recuerdo los años en que la muerte se interpuso amenazando sus vidas, condicionó sus destinos y se encargó definitivamente de unirlos por encima de las más crueles y escabrosas circunstancias.

Ninguno de los dos consideró necesario discutir en alta voz lo que de hecho tenían ya decidido en lo más íntimo. Si en algo estaban de acuerdo era en eso; los reclamos del deber imponían dejar a un lado las demandas del amor. Por eso debió de ser que no sólo dejaron escapar los momentos que pudieron ser propicios, sino para deponer las armas o al menos para alcanzar una tregua en sus pendencias.

Uno de ellos fue cuando Eva, después de convencer a los gemelos de que en vez de hacer preguntas debían portarse bien, quedarse con la vecina y entender que mamá y papá tenían que ir a la clínica a cuidar del yayo Joaquín que se había puesto malito, subió al auto donde Miguel la esperaba y empezó a secarse a manotazos los primeros lagrimones que le corrían por la cara.

Él, tensado al volante, trató de evadir el vértigo de enternecimiento que le amelcochaba los sentidos y se apoderaba de su corazón siempre que la sabía quebrantada, desvalida o llorosa.

—Vamos, cálmate y sécate esas lágrimas —dijo, mirándola de reojo.

—Es que... no encuentro mi pañuelo —respondió ella con la voz entrecortada buscando dentro del bolso.

Él supo que era un pretexto porque el hálito de su fragancia de Chanel la traicionaba, escapando por la cremallera abierta del bolso como una tenue caricia que flotaba entre los dos.

—No disimules. Conmigo no tienes que fingir. Toma, usa el mío —dijo él con aspereza, sacando su pañuelo del bolsillo y preguntándose a sí mismo por qué ella no se enroscaba a su cuello, le abrazaba igual que antes y lloraba encima de él, acurrucada en sus brazos como había llorado siempre.

—¿Fingir? ¿Yo, contigo? Sólo eso me faltaba por oír. Guárdate tu pañuelo. Ya está. Acabo de encontrar el mío —respondió ella, sorbiéndose un último sollozo y pensando para sí lo mismo que pensaba su marido, pero a la inversa: «¿Por qué no me abraza igual que antes y me acurruca en sus brazos? Es él quien está fingiendo. Haciéndose el que no sabe que no era con pañuelos sino a besos como secaba siempre mis lágrimas».

El incidente del pañuelo en vez de atenuar la crispación no hizo más que agravarla. Tanto ella como él tuvieron que reconocer desconcertados que habían estado a un tris de sucumbir a la tentación de retroceder en el tiempo al centro de gravedad de sus amores. El único punto en común en el que ambos alcanzarían a reencontrarse y descubrir sin sobresaltos que aún seguían ocupando aquel espacio donde no existía otra razón de ser que fuese ajena a ellos mismos. Por supuesto, el que ninguno de los dos sucumbiera ni llegara a sobrepasar el tris dando su brazo a torcer fue motivo más que suficiente para atizar las brasas del resentimiento y prometerse en lo más íntimo que debían ser más cautelosos y medir ciertas distancias.

Con esa cautela esquiva ocuparon su puesto junto al enfermo, se turnaron para asistirlo y velarlo siete días y seis noches sin intercambiar palabra ni cruzar una mirada. Tan bien se las arreglaron para conducir la situación que ninguno a su alrededor llegó a sospechar que llevaran meses distanciados y resistidos a hablarse. Ninguno salvo el propio Joaquín, que ni aun estando en las últimas extravió su lucidez ni aquel tacto intuitivo que lo guió de por vida y que, más que una costumbre o una herencia genética, llegó a apreciar como un don. «Tú no me engañas, Miguel. Puedo leer en tus ojos lo que tu alma se calla. Recuerda que el reflejo más fiel de la conciencia es aquel que se transmite a través de una mirada.» Eso y más quiso decirle, pero consciente de que su aliento se quebraba en cada esfuerzo que hacía por hablar, trató de resumir su idea con una de aquellas frases que solía manosear en su memoria y acostumbrara a subrayar con tinta roja en las páginas de sus libros preferidos. Confiaba que su hijo interpretara su mensaje y lo acogiera como él en la retina del tiempo. Más allá de las fronteras del olvido y de la desmemoria ingrata de la muerte. La tenía en la punta de la lengua cuando la visión del viejo judío vestido de negro impenetrable se repitió ante sus ojos volviéndolo a tomar desprevenido, y al igual que la noche del infarto paralizó sus sentidos y le estranguló la voz. Sólo que esta vez no parecía un flashazo sustraído del recuerdo sino una presencia real que se sentaba en el borde de su cama, se encorvaba sobre él y le hacía un guiño cómplice que más que complicidad bien podía suponer una señal de advertencia.

Tenía la certeza de que no estaba soñando ni teniendo un espejismo, pero no debía de ser porque resultaba del todo inverosímil que nadie de su familia mostrara sorpresa alguna ni intentara espantar de su lado a aquella figura de infortunio que se había instalado entre ellos como uno más sin que nadie se inmutara. Fue entonces que se enfrentó a la verdad. Era la muerte la que había entrado en escena colándose por las hendijas de la puerta o de alguna ventana mal cerrada, y lo aguardaba posada al borde de la cama para llevarlo en volandas al otro lado del mar. No restaba más que dedicar a su hijo un último destello de conciencia y desplegar las alas del adiós como lo hacen las aves: emitiendo el canto silvestre de la tierra.

A pesar de que Joaquín había dispuesto en sus últimos deseos que quería unos funerales sin aspaviento ni excesos puesto que la muerte por sí misma no tenía la potestad de concederle ni más ni menos que lo que ya de por sí la vida le había concedido o denegado, a su familia le resultó imposible cumplir con su voluntad. Apenas se corrió la voz de que Joaquín Alegret ya no estaba entre los vivos, las condolencias y las ofrendas mortuorias se sucedieron al punto de que hubo que habilitar dos salones y alquilar cien sillas de tijeras extras para poder dar cabida al gentío que se dio cita en el velorio. Miguel no podía explicarse de dónde salían tantas caras extrañas. Pascual, el hermano de Joaquín, había avisado a los amigos catalanes del exilio en Miami y a los dos primos del exilio en Puerto Rico, y Miguel se había limitado a comunicar el fallecimiento a los más íntimos: al Bobby y a Ñico, que andaban por New York y tomaron un avión a la velocidad de un relámpago, a Meyer y sus compañeros del banco, a los cuatro cubanos y los dos gallegos que jugaban dominó con su padre los domingos, a los vecinos de la cuadra más allegados al matrimonio y poco más. No tuvieron en cuenta que los catalanes le avisaran a los vascos, los vascos a sus amigos gallegos y los gallegos a los canarios y asturianos. Ni que el Bobby, que no encontraba consuelo, además de traer a los padres de Ñico, viniera con Babalú, su entrañable compañero de las UMAP, que había llegado hacía tres meses a Miami, hecho leña tras doce días al garete en alta mar, espantando tiburones a fuerza de pegarles paletazos con los remos de la balsa, ni que él y Ñico, que desde que llegaron al Norte habían declarado abiertamente su homosexualidad, convocaran en pleno a la asociación de gays y lesbianas en el exilio, ni que los primos de Puerto Rico llegaran con tiempo suficiente para correr la voz entre los veinte o treinta cubanos, conocidos y exiliados que a su vez se encargaron de seguir corriéndola de boca en boca por todo el condado de Miami-Dade y sus zonas aledañas hasta llegar a oídos de los chinitos que servían en el restaurante donde les encantaba cenar a sus padres, les tenían en gran estima por ser muy buenos clientes y que también se avisaron entre sí para acudir al velorio. En resumidas cuentas, no contaron con algo que no debieron descartar y que se resumía también en cada gesto de afecto o frase de consternación que Miguel recibía de pie, desconcertado por aquel desfile de pésames que no tenía para cuándo acabar. Cada cual se expresaba a su manera, pero en total todos coincidían en un mismo denominador común. Su padre era un hombre de ley, humilde como ninguno y generoso hasta la médula y su señora madre ni se diga, su casa siempre dispuesta al que recién llegaba al exilio, ya fuese cubano o español. Nunca hacían distinciones entre los que huían de Franco o Fidel Castro. A los unos y a los otros los unía la misma desgracia. Para sus padres no había vara de medir. Todos venían a América en busca de lo mismo y llegaban a esta tierra como se llega al destierro, con una mano delante y otra atrás, y si algo no faltaba en su casa era eso, sí señor: una mano siempre tendida y un plato más para agregar en la mesa. Jamás se les oyó darse tono vanagloriándose de haber sido lo que todos sabían que la familia fue en la isla en otros tiempos y mejores circunstancias, claro está. Cuando Cuba era todavía la Perla de las Antillas y existía el roce social, las clases altas y el dinero a manos llenas. Que todo había que decirlo porque ahí, del otro lado del charco, no todos los cubanos podían calificarse de señores ni se comportaban como su madre y su padre, que aunque no fuese cubano de nacimiento lo era de corazón. No, señor. Ni por asomo. Algunos paisanos de medio pelo bastaba que levantaran presión y se mudaran de la sagüesera de Miami a un barrio de más categoría para que ya le mirasen a uno por encima del hombro, se tirasen el peo más alto que el culo (con perdón) y hasta le negaran el saludo si tropezaban con él por la calle, y de tirarte un cabo, nananina, como se dice también en buen cubano. De bien nacido era ser agradecido, y todos los que allí estaban presentes le debían lo suyo a la familia Alegret; allá los que mordieran la mano que se tendió para darles de comer en su momento. No era cuestión de poner cara de asombro porque viniera tanta gente a dar el último adiós a un hombre como Joaquín Alegret, que más que ser acogido en la gloria de los cielos debía tener reservado, desde ya, un puesto bien merecido a la diestra del que todo lo ve y lo sabe.

El desfile frente al féretro se prolongó toda la madrugada y sólo a media mañana se rogó a los asistentes que hicieran un alto para que la viuda y los hijos pudieran tener con el difunto unos minutos de intimidad familiar, puesto que apenas faltaban un par de horas para iniciar la salida del sepelio. Miguel todavía fue capaz de sujetarse las bridas del dolor y mantener su compostura, incluso cuando notó que su mujer lo buscaba con los ojos y Lola, desgarrada por la pena, se enlazó a sus dos hijos para quedar doblada con ellos sobre el cadáver al que cubrió de lágrimas y besos. Pero Miguel no permitió que el pesar, por más pesado que fuese, consiguiera doblegarlo. Desde que se escabulló por los pasillos de la clínica con la frase de Joaquín metida en el entrecejo, se prometió que sabría comportarse como su padre esperaba sin fallarle ni desmerecerlo dejando resquebrajar su entereza de guerrero y cabeza de familia o faltando a su deber de cumplir su voluntad hasta el más ínfimo detalle. Se desvivió por cumplirla con pulcritud meticulosa y no se concedió un respiro siquiera para probar bocado. Todo el día se sostuvo a sorbitos de café y caladas de tabaco y sólo entrada la noche aceptó a regañadientes media taza del caldo de gallina que una vecina de su madre repartió entre los asistentes, y eso por no hacerle el feo y parecer descortés. Le había tocado asumir el lado ingrato del duelo y las diligencias en frío, y las había transitado como siempre las transitan los dolientes, sumidos en esa especie de trance del que se espera despertar con el convencimiento de que todo no ha sido más que una oscura pesadilla. No podía concebir que el ser querido que acababa de perder pasara a convertirse en un trámite donde una vida entera se resumía de un plumazo con un apunte acuñado en un registro y se propuso hacer que su entierro, más que un ceremonial de rigor y de cumplido que al cabo de pocos días ya ninguno recordaba, fuese un tributo de despedida capaz de traspasar almas y permanecer acuñado en la memoria de todos los presentes.

Sin dudas lo consiguió. No hubo una sola alma de entre todas las que se dieron cita aquella mañana de mayo en el cementerio del condado que no permaneciera en vilo, sobrecogida hasta lo más hondo cuando en los minutos previos a la ceremonia de sepultura, Miguelito, el nieto mayor de Joaquín, retiró la señera catalana y la bandera cubana que cubrían el féretro de su abuelo, las dobló recogidas en un triángulo y caminó erguido como una estaca para entregarlas a su abuela Lola, que contó con los arrestos suficientes para recibirlas en sus brazos, apretarlas a su seno y elevar los ojos al cielo en una muda plegaria sin que flaquearan sus piernas. Tras el responso del cura y la despedida de duelo compartida entre cubanos y catalanes, se escuchó levitar en el silencio el primer gemido del violonchelo de Pau Casals interpretando *El canto de los pájaros* en el viejo disco de vinilo que Joaquín se había traído a Miami, como el recuerdo más preciado que consiguió rescatar cuando abandonó la isla para siempre. Los primeros gemidos de los asistentes tampoco se hicieron esperar; nacían de cada pecho a la par que los acordes en el chelo, transidos por la añoranza entonada en un canto que se diría volaba con alas propias arremolinando la quietud del viento sobre las frondas de los árboles donde el trinar de los pájaros se amoldó a su vez al coro de despedida dejándolos a todos lagrimeando en los pañuelos embebidos por la catarsis de aflicción.

Miguel, con el labio tembloroso, reprimía a duras penas el sollozo que le alacraneaba la garganta. Queriendo no recordar, hacía que los recuerdos le vinieran en oleadas. Revivía La Habana de los cincuenta y se veía a sí mismo retratado en las escenas tal como era él por entonces, cuando le daba gracias a Dios todos los días de su vida y le agradecía a la vida la gracia de tanta felicidad. Veía a su padre tal cual era, la noche que celebraron su cuarenta y nueve cumpleaños, risueño y satisfecho entre los suyos mientras él aguardaba impaciente que la fiesta se acabara para poder sorprenderlo con el regalo que quería entregarle a solas porque sabía que para su padre las sorpresas que mejor se saboreaban entre los seres queridos no eran las que se compartían en medio de festejos y barullos sino las que se recibían en la calma de la intimidad. Volvía a verlo recibiendo el regalo insospechado, tanteando y releyendo una y otra vez el sobre con las invitaciones para asistir al homenaje que le darían al maestro Pau Casals en el hotel Comodoro de La Habana sin creérselo del todo todavía, mirándolo agradecido hasta las lágrimas que le apuntaban en el borde de los ojos, las lágrimas que sólo se permitía cuando se sentía rozando el cenit de la plenitud. Lo veía como entonces, emperifollado, en su esmoquin negro, con Lola colgada de su brazo entrando al hotel Comodoro y él, detrás, con Eva, colgada también del suyo ocupando los puestos de cabecera que tenían reservados en la cena previa al homenaje. Podía verlo con los párpados entrecerrados escuchando embelesado al maestro interpretar en el chelo *El cant dels ocells*. Y luego, al terminar el concierto, levantarse de un salto del asiento y salir a toda prisa en medio de los aplausos, decidido a no marcharse sin antes presentarle sus respetos al maestro y mostrar su regocijo por conocerlo de cerca. Recordaba cada detalle como si lo estuviera viviendo; el primer saludo en catalán, el primer apretón de manos y el abrazo emocionado en que al final se fundieron, intercambiando nostalgias y compartiendo ideas y sentimientos afines: la patria, el exilio, la libertad. Recordaba el momento en que el maestro rubricó con su firma la carátula del disco con el canto de las aves que volaban en busca de refugio anidando del otro lado del mar, y cómo su padre se encargó de conservarlo intacto, sin una rayadura, igual que una reliquia sagrada, convencido de que llegada su hora sería el único compañero que habría de seguirle en el vuelo irreversible que emprendería hacia la eternidad.

El último gemido rasgado se desprendió del alma del violonchelo y permaneció cimbreando sobre la boca abierta de la fosa que habría de acoger los restos de Joaquín. A Miguel, la marea de recuerdos le había puesto las querencias a flor de piel y el dolor que a duras penas resistía se le volvió irresistible de repente y no atinó a hacer otra cosa que apiñarse entre los suyos y apretarse a su mujer, que respondió a su gesto sin cruzar miradas ni palabras porque el propio desconsuelo de la pena compartida se expresaba por sí mismo.

Con los pañuelos pegados a los labios sujetando los sollozos presenciaron descender el féretro a la fosa. Cada paletada de tierra que caía en la sepultura hacía estremecer a Miguel con la descarga de un escalofrío que lo iba recorriendo nervio a nervio. Fue entonces que ocurrió el imprevisto que nadie de la familia, y mucho menos Miguel, había alcanzado a prever ni a imaginar que ocurriera y fueron precisamente los dos hijos pequeños de Miguel los encargados de protagonizar la escena poniendo la nota más emotiva de la ceremonia, la que habría de dejar definitivamente esa huella memorable que él mismo pretendía que traspasara corazones y trascendiera en el recuerdo.

Hasta el último momento se había opuesto a que los niños asistieran al entierro del abuelo. Estando todavía en el velorio, oyó correr el runrún de que su mujer tenía intención de recogerlos bien temprano en casa de la vecina para llevarlos al sepelio, y oírlo y que se le subieran los demonios fue lo mismo. Pensó en armarle la bronca, pero con tal de no discutir con ella la emprendió a reproches con su hijo Miguelito, quejándose de que su madre se empeñaba en llevarle la contraria haciendo no sólo lo que le venía en gana sino lo que nunca se hubiera atrevido a hacer estando en Cuba, porque a ninguna persona normal y con dos dedos de frente se le podía ocurrir que unas criaturas que apenas levantaban tres cuartas del suelo presenciaran un enterramiento, aunque ese enterramiento fuera el de un familiar tan querido y cercano como lo era el abuelo. ¡Ah! Pero desde que vivían en Miami habían quitado a una para poner a otra, y esa otra se complacía en educarlos al estilo de vida americano; los criaba como si no tuvieran sangre cubana en las venas y para colmos sin que él contara para nada. Como si su propio padre fuera un monigote que estuviera de bonito pintado en la pared de la casa.

—No le bastó con contrariarme, haciéndote venir a ti de la universidad, sabiendo que estabas en exámenes. Ahora, sólo por mortificarme, se empeña en traumatizar a los niños metiéndolos en todo esto —dijo alzando tanto el tono de voz que de no haber sido por el entra y sale de gente que desfilaba frente al cadáver, hasta Lola lo habría escuchado y llamado la atención.

—Si mamá no te dijo nada fue porque sabía que te ibas a poner así. Siempre estás con lo mismo. En Cuba las cosas eran como eran y aquí son como son. Tú lo sabes. No sé qué tienen que ver en esto los americanos… a la primera que te montas, ya estás sacándolos a relucir y echándoles con el rayo. Tus hijos, mal que te pese, son de aquí. Así como suena, y con lo de las tres cuartas del suelo… apretaste. Y a mí, si mi madre no me avisa lo del yayo jamás se lo hubiera perdonado ni a ella ni a ti. ¿Lo oyes, papá? A la mierda los exámenes. Mamá ha hecho y sigue haciendo lo que tiene que hacer sin dejar de ser la misma… Eres tú el que en nada te pareces al de antes…

Cuando pasados los años Miguel repasaba en su mente lo ocurrido durante el entierro de su padre, no lograba deducir del todo si fue el alma descarnada que gemía en el violonchelo de Casals, el ramalazo de dolor de los recuerdos, los dedos de su mujer entrelazados a los suyos o todo junto a la vez. La causa de que esa mañana se le amainara por dentro el ventarrón y quedara tan en paz consigo mismo que hasta llegó a restarle importancia a la presencia de los niños en el entierro y no volvió a caer en cuenta de que estaban entre ellos hasta que los vio soltarse de la mano de la abuela Lola y hacer lo que hicieron finalmente.

Tan grande fue su sorpresa que trató de atajarlos con un gesto cuando los vio salir a la desbandada buscando entre el grupo de familiares a su hermano Miguelito y al primo Quim. Pero fue su mujer quien le atajó tirándole de la manga del traje.

—Déjalos, Miguel. Son niños y no conocen otra manera de decir adiós que la que entiende la inocencia.

Los dos nietos mayores de Joaquín guiaron a los gemelos hasta el montículo de tierra recién paleada donde, encubierta por las ofrendas fúnebres, yacía la lápida con el nombre del abuelo, y allí, unidos en un mismo haz, permanecieron los cuatro abrazados en medio de un enmudecimiento inquietante y prolongado que Lola aprovechó para persignarse, otros para imitarla en silencio con la señal de la cruz y los más para mirarse entre sí, intrigados por lo que iba a pasar si ninguno de los adultos se decidía a intervenir evitando que alguno de los chiquillos se atreviera a dar la nota haciendo una trastada. Pero la nota la dieron a capela cuando los cuatro comenzaron a cantar: «*El meu avi va anar a Cuba / a bordo del* Català, / *el millor barco de guerra / de la flota d'ultramar*»... Se la sabían de corrido en catalán porque entre todas las que solía cantarles el abuelo en su lengua era siempre la primera que sus nietos le pedían antes de irse a la cama, la última que le escuchaban una y otra vez cada noche estando ya acostados y la única que según el abuelo, a fuerza de repetir, hacía realidad el prodigio de que al fin el sueño los rindiera.

Miguel, con el corazón hecho una pasa, el pecho a punto de melcocha y enternecido hasta la raíz de las entrañas, no podía suponer que todavía le aguardaran imprevistos y menos que fuese su propia madre la que sonriendo entre las lágrimas se integrara al cuarteto de sus nietos, los volteara por los hombros frente a la cadena de ojos lacrimosos que estaban pendientes de la escena y comenzara a cantar *La bella Lola* en catalán.

Los primeros que se atrevieron a seguirla fueron los dos primos catalanes de Puerto Rico, y a ellos se les unió el tío Pascual que la cantó mitad en catalán, mitad en español para que los cubanos, los gallegos y los vascos pudieran también corearla. Luego se animaron Javier con su mujer, el Bobby y Ñico, la vecina de su madre que había traído al velorio el caldo de gallina y los chinitos y chinitas que servían en el restaurante, que encima de desentonar, chillaban también bastante pero que había que reconocer que para ser chinos y no saber ni papa de catalán ni español hacían un esfuerzo enorme. El mismo Miguel se sorprendió cuando reconoció su propia voz cantando el estribillo con Eva, que no sólo lo animaba apretando los dedos entrelazados a los suyos sino que lo miraba risueña con un fulgor de lumbre que desde hacía no se sabe cuántos años no le había vuelto a descubrir centelleando en los ojos.

Con ese fulgor en las pupilas, estuvo entre las primeras en sumarse al gesto espontáneo del tío Pascual y los dos primos catalanes de Puerto Rico que, sin dejar de cantar, comenzaron a agitar al aire sus pañuelos en un acto natural y efusivo que se fue transmitiendo entre las filas de los asistentes sin que quedara uno sólo que no se sumara gustoso al vaivén del aleteo. Las lágrimas dieron paso a las sonrisas, la tristeza se distendió de los rostros y hasta la muerte soltó su lastre de plomo y bifurcó su pesar abrumador hacia el cauce inocente de un adiós que parecía un hasta luego en el sentir de dos niños.

A un tris estuvo Miguel de decirle a su mujer que le agradecía en el alma el haberlo desafiado trayendo los niños al entierro y sólo un tris le faltó para decirle también que ella seguía siendo la única mujer capaz de hacerlo feliz, ayer, hoy, mañana y siempre en este mundo y en cualquiera de los mundos que pudieran existir fuera de la órbita terrestre. Tentado a caer estaba cuando ella, temiendo que él volviera a clavarle la ponzoña como acostumbraba a hacer, se anticipó en tomar la delantera en clavársela.

—Te conozco, Miguel; sé que estás esperando que lleguemos a la casa y nos quedemos a solas para echarme en cara todo.

—¿Yo? ¿Echarte en cara?... No sé de qué estás hablando —dijo él pasmado por la sorpresa.

—No te hagas. Sé bien lo que estás pensando. Pero sabes, me da igual. Tu padre no quería que malgastásemos las lágrimas en penas, y pensé en los niños... en *El meu avi*, en la alegría con que siempre se la cantaba a sus nietos y se me ocurrió que con esa misma alegría sus nietos debían cantársela. No sé si hice bien o si hice mal, pero lo peor es que volvería a hacerlo por mal que te lo tomaras.

—¿Yo? ¿Tomármelo a mal? ¿Quién dice eso? —volvió a preguntar él cada vez más asombrado.

—Miguelito me lo dijo. Sé que además de poner a tu hijo de vuelta y media por estar del lado de su madre, le hablaste barbaridades de mí. Ves, una se entera de todo. Así que si vas a hablar para herirme mejor seguimos sin hablarnos —le dijo soltando la mano que él aún retenía atrapada entre las suyas, y volviéndole la espalda salió andando a toda prisa para encerrarse en el auto llorando a más no poder.

Así que las cosas estaban en las mismas cuando volvieron a la casa. El único cambio sensible estaba dado por la ausencia de Joaquín, que no vendría más por las noches a fumarse su tabaco con Miguel y tomarse su traguito de ron Bacardí en la terraza, ni a llenar con su paciencia la impaciencia que se apoderaba de ellos cuando no conseguían que los niños se durmieran como sólo era capaz de conseguirlo el abuelo con sus sagrados prodigios. También echaban en falta el alboroto de los niños, que se habían quedado por unos días acompañando a la abuela Lola para hacerle menos triste la tristeza, y también a Miguelito, que había tomado un taxi a la carrera para ponerse al día con los exámenes que tras pensarlo mejor decidió no seguir tirando a mierda. La casa se les vino encima repleta de vacíos y clamorosos silencios, pero ya fuese por no abrir las heridas del pasado, remover las del presente o por la absurda insensatez de no enfrentar el pasado y el presente sin marcarlo con un antes y un después preferían seguir enquistados en su hermética mudez.

Ella, por hacer algo, decidió que no tenía sentido seguir durmiendo en el cuarto de los niños y se mudó de nuevo a su habitación de los altos y él, sin saber qué hacer, optó por hacer lo mismo, y del cuarto de Miguelito pasó a ocupar su puesto en la cama al lado de su mujer. Eso sí, ella, vuelta de espaldas a él y él, de espaldas a ella, aunque sobraba decir que ella, previéndolo todo, extremó las precauciones poniendo una almohada de por medio para evitar que entre vuelta y vuelta ocurriesen imprevistos.

A la mañana siguiente, cuando Miguel bajó a desayunar, encontró pegado al imán de la nevera el papelito donde Eva le explicaba que se había ido a casa de Lola, que allá lo esperaban a la hora de almorzar y que no dejara de leer la frase de León Tolstoi que le había dejado escrita en un segundo papelito que estaba bajo el imán.

Miguel la leyó con una mezcla de intriga e indiferencia mientras se preparaba el café con leche y untaba una rebanada de pan con mantequilla. No tenía del todo claro dónde ubicar al tal Tolstoi. Le sonaba de oídas pero no tenía ni idea de si era un filósofo griego, un emperador romano o un antiguo magistrado de la Audiencia Nacional. Supuso que debía de ser un sabio porque la frase contenía sabiduría y hasta cabía meditarse, desde luego, siempre que uno no estuviese con un padre acabado de enterrar. Empezó a beber el café con leche contrariado, diciéndose que no caería en la trampa que Eva le tendía porque alguna intención habría detrás del tal Tolstoi y la puñetera frasecita para traerlo y llevarlo a su antojo como siempre. Frunció el ceño y volvió a leerla: «El secreto de la felicidad no está en hacer siempre lo que se quiere, sino en querer siempre lo que se hace». Y fue en esa segunda lectura que la voz de su padre le llegó como una bofetada. Volvió a escucharlo diciendo en catalán las dos únicas palabras que él alcanzó a entender de su último mensaje —secret y felicitat—, y le bastó un sacudión de cabeza para ubicar a Tolstoi entre los escritores rusos preferidos de Joaquín. La leyó y releyó no se sabe cuántas veces hasta que las lágrimas coaguladas en sus ojos gotearon sobre el papel, escurrieron la letra menuda y apretada de su mujer y desflecaron la escritura. Pero sabía que sobraba releerla porque la había fijado a la mente y prendido al corazón. Lo invadió un sentimiento regresivo de inocencia que lo remontó a la infancia y lo hizo creer por un instante que no era Tolstoi sino su padre el autor de aquella frase y que la había escrito únicamente para dedicársela a él. Y fue con ese sentimiento infantil impregnado de ternura que arrancó a llorar esa mañana y se aventuró en la búsqueda de los álbumes con las fotos familiares, los mismos que le ordenó a su mujer que encerrara y desapareciera de su vista. Llorando como un chiquillo echó abajo los armarios, revolcó los cajones, vació las estanterías hasta que al fin dio con ellos y pudo llorar encima de cada foto evacuando el caudal de los recuerdos amordazados en la mente. Lloraba todavía cuando pasado el mediodía sonó el teléfono y escuchó la voz de su mujer preguntarle alarmada:

—¡Por Dios, Miguel! ¿Te pasó algo? Nos tienes con el credo en la boca. Desde hace más de una hora te esperamos para comer... ¿No leíste el papel que te dejé en la nevera?

Así van cayendo las hojas de un árbol oto-
ñal, sin que él lo sienta; la lluvia, el sol y el
frío resbalan por su tronco, mientras la vida
se retira lentamente a lo más recóndito. El
árbol no muere, espera.

HERMANN HESSE, *Demian*

Eva dejó a la familia con la comida servida sobre la mesa y
tomó el auto a toda velocidad para irse a su casa. Los sollozos
rotos de Miguel no dieron lugar siquiera a que pudiera contestarle. Sabía que la muerte de Joaquín le había dejado deshecho
y que había enfrentado a solas los preparativos del velorio y el
entierro con entera fortaleza sin que ella se dignara siquiera a
confortarlo con una sola palabra en medio de su soledad. «He
sido una necia, una burra», y al mirarse en el espejo retrovisor
por un instante, la otra Eva, la que vivía tras los ojos del espejo
y residía en su conciencia, le respondió: «Eso, eres más terca
que una mula, siempre lo has sido. Miguel peca de simplón e
intransigente, pero tú, Evita, no lo niegues, te pasas de orgullosa y porfiada. Si dos cabalgan en un caballo, uno debe ir detrás.
Lo dijo Shakespeare, no yo, pero aplícatelo, mamita, porque
eres tú la que siempre cabalga delante y a los maridos, por ser
hombres, les gusta llevar las riendas. Ya sé que suena a machismo, pero coño, ¿qué te cuesta, cedérselas por un rato? Caray,
te crees que lo de prenderte el cigarrito con el suyo era porque
se creía Paul Henreid. De eso nada, monada, era para demostrarte que era él y no tú quien llevaba los pantalones. Oye, te
habrás desentendido haciéndote la chiva loca, pero eso de que

digan en el barrio que tu marido ni pincha ni corta, es muy fuerte. Vaya, que ser marido cuchara no le gusta ni al más zocotroco de los maridos y menos aún al tuyo, que trae al cromañón en el mapa genético». Hablando todavía con su conciencia, entró a la casa y se encontró a Miguel en el sofá, con una montaña de colillas en un cenicero de la mesita de la sala, hojeando los álbumes de fotografías y llorando como no había visto llorar nunca ni a su hijo Miguelito ni tampoco a los gemelos. Empezaron por intercambiar las culpas, de las culpas pasaron a las justificaciones, de las justificaciones a los reproches, de los reproches a una pausa de amnistía y la amnistía cedió paso a las reflexiones. Él entendía que no era merecedor del perdón de su mujer. «Que te he fallado, coño. Soy un mierda, un egoísta.»

Y ella, que tampoco merecía el perdón de él. Que por no dar su brazo a torcer lo había dejado a solas en los momentos más duros sin servirle tan siquiera de consuelo en su naufragio interior.

Llegados al punto de las reflexiones, Eva, dispuesta y consentidora, se sentó al lado de su marido en el sofá y lo obligó a mirarla tomándole la cara entre las manos.

—Atiéndeme, cielo. No hemos sido capaces de reconocernos a nosotros mismos en lo que éramos antes... Sí, Miguel, tenemos que partir de que hubo un antes y un después. La vida nos cambió de lugar, de ritmo, nos empujó a romper pactos, a anteponer la realidad a nuestros sueños. ¿Te acuerdas cuando me decías «si la vida nos da la espalda le tocaremos el culo»? Pues no supimos hacerlo, ni le tocamos el culo ni las narices. El destino nos hizo una emboscada. Decidimos vivir sin patria con tal de no resignarnos a vivir con amo. Nos fuimos a sabiendas que no había vuelta atrás. La Cuba de antes, la nuestra, la que tú y yo vivimos en las buenas y en las malas, ya no existe. No podemos resucitarla, ni aquí ni en ningún otro lugar. Vive sólo en los recuerdos, en la retina gráfica del alma, pero tú y yo estamos aquí con las manos enlazadas como raíces de carne, unidos al tronco de un mismo árbol. Puede que el viento nos deshoje, que nos cubra de nieve en el invierno, que nos embistan vendavales. Pero nuestro árbol no muere, Miguel. Está en pie y nos aguarda...

—He vivido con el pasado hecho presente —dijo él—. No podía soportar que nadie me recordara algo que yo quería olvidar a pesar de tener siempre fijo en la mente. Me han faltado las fuerzas para hacer por ti lo que tú hiciste por mí. Me sentía reducido de tamaño, empequeñecido ante tu perseverancia, ante la grandeza inquebrantable de tu voluntad. Incapaz de demostrarte que al igual que antes, yo lo podía todo, que podía dártelo todo, complacerte comprándote un penthouse con vista al mar, regalándote los ojos con una nueva sorpresa como la de levantar de las ruinas la finca de Mulgoba. Nunca he sido hombre de odios, a tu padre lo perdoné no me acuerdo desde cuándo, pero aquí la impotencia me encogió la vida y llegué a pensar que se burlaba de mí, que volvía a interponerse entre nosotros para reclamar venganza. Tú dirás que son bobadas, pero coño, no sé cómo he podido vivir con todo esto por dentro y más que todo cómo he vivido sin ti. No, no me lo niegues, tú vivías a tu manera, a distancia, como si a ti y a mí nos separaran también noventa millas de por medio. No te culpo, ni busco justificarme, pero tú no estabas y yo me moría por ti.

—La culpa es compartida, lo sé. Pero yo también te buscaba y sólo te encontraba en la cama. Estabas hosco y arisco y yo esperaba tu apoyo en mi profesión. Una vez, cuando renuncié a trabajar con Javier en su bufete para estar contigo en lo de la tienda y el periódico, te dije que yo había estudiado por amor, que mi carrera era parte de mi sueño y esperaba encontrar tu comprensión. No la tuve; chocaba con la pared de hielo que ponías entre nosotros. ¿Sabes? No he vivido en todos estos años. He estado muerta sin ti.

Retornaron a los viejos tiempos, a los amores tiernos y sosegados de antes de… Miguel volvió a encender el cigarrillo de ella con el suyo, a extasiarse con la curva de sus nalgas, con la línea de su espalda, con su hociquito de Bambi. Volvió a emitir el do de pecho hasta sentirlo rebotar en las paredes, vibrar en los cristales de las ventanas, recorrer cada espacio de la casa y flotar al aire libre penetrando con su eco en los tímpanos de la vecina que decía que él no pinchaba ni cortaba.

Hablaban de Joaquín todo el tiempo, como si mientras más tiempo pasara más presente lo tuvieran y más aún lo extrañaran. Lola lloraba por ratos desconsolada, pero volcarse en sus nietos era su mayor consuelo. Solía decir que Joaquín no se había ido, que lo sentía andar tras ella velando siempre sus pasos y que cuando se dejaba abatir por la tristeza le jalaba de los pelos diciéndole: «Nena, esta separación es sólo un paréntesis, lo estoy preparando todo aquí arriba para ir pronto a buscarte».

Y vuelta a sus ocurrencias de siempre, agregaba: «Va y en el cielo no hay mulatas de ojos amarillos ni fondillonas como yo, que son las que le gustan a él, y por eso no me deja llorar a mis anchas para que no se mustien mis ojos y me conserve guapetona para lucirme allá arriba cuando venga a mi encuentro».

En medio de su luto y su dolor, aún le quedaban fuerzas para animar a su nuera diciendo que ganaría el juicio de los mexicanos. «Ya verás, Evita, sacarás libre a ese pobre hombre y a su familia. No es porque seas mi nuera, pero eres un portento y la justicia personificada. Joaquín te quería como una hija y desde el cielo velará siempre por ti.»

Llegado el día de la vista, Eva puso a dormir sus nervios y se irguió sobre sí misma. Recordó aquella ocasión en que Miguel le prometió que la acompañaría al juicio y ella le dijo que saberlo allí con ella la haría inmensamente feliz. Pero creyendo que había olvidado su promesa, desistió de insistir. Tenía para sí que el amor era una fuerza espontánea que nacía del alma misma y no de la inercia de los compromisos. Así que como Miguel no tocó el tema y se limitó a darle un beso diciéndole que todo iría bien, no pensó más en ello; tomó el auto y se fue con la cabeza puesta en lo suyo.

A las diez de la mañana entró a la sala con la toga puesta y el pelo recogido en su rabito de mula. Vio que el Bobby, sentado entre Javier y Mary, le levantaba el pulgar y eso la hizo acrecentar fuerzas para iniciar la pelea. Ocupando ya su puesto al lado del acusado, sintió una vocecilla infantil preguntando: «Pero ¿de verdad esa es mi mamá?». Y se volvió con sorpresa viendo entrar a su marido con Gaby y Abelito de la mano acompañados por Lola, que también le hizo un gesto de venga, que tú eres la campeona, mientras su marido le lanzaba un beso risueño con los dedos.

Lola, que seguía encuera con el inglés, le preguntaba constantemente a su hijo que le iba traduciendo lo que decía su mujer. Eva se batió con el fiscal a sangre y fuego, interrogó a los testigos de la acusación incluyendo al policía violador, que se presentó a declarar con el brazo en cabestrillo y con toda desfachatez diciendo que la chica lo sedujo y que su único error había sido dejarse llevar y hacer su papel de hombre. Eva presentó ante el juez y el jurado las fotos de la brutal golpiza recibida por la joven, junto con los resultados del examen médico donde se hacía constar que había sido víctima de una violación. Se atrevió a subir al estrado primero al padre de la víctima, acusado de disparar al policía, y después a la propia víctima, una muchachita mexicana de apenas quince años, a la que a pesar de su evidente timidez y las lágrimas de vergüenza que derramaba constantemente, Eva, a fuerza de paciencia y preguntas bien pensadas, consiguió que diera testimonio de la bestial agresión a la que fue sometida. Llegando al final del interrogatorio, la niña no pudo más y rompió a llorar, derrumbada de dolor.

Miguel le explicó a su madre que era evidente que los miembros del jurado estaban conmovidos por el testimonio de la jovencita y eso era un punto a favor, al que Eva sabría sacarle partido.

El fiscal, un norteamericano rubio de ojos azules, orgulloso de su raza, utilizó la raza en su alegato frente al jurado limpiando la imagen del policía agresor también norteamericano y rubio de ojos azules, mientras echaba fuego y azufre sobre los indios mexicanos, ladinos por naturaleza y entregados a la droga y la delincuencia, que entraban a Estados Unidos violando todas las leyes impuestas por las fronteras y que, como esta familia, vivían indocumentados como era común entre los latinoamericanos, y como en el caso del acusado, se tomaban la venganza por su cuenta.

Eva no se amilanó. Aprovechó la alusión racial del fiscal para empezar su alegato, acercándose a la muchachita mexicana. Tras de arremangarse la manga de la toga, tomó un brazo de la víctima y lo puso junto al suyo. «Aquí, señores del jurado, tienen la diferencia a la que se refiere el señor fiscal. Ella tiene la piel más morena que la mía. Yo por ser de origen cubano, y venir de un país comunista, enemigo del gobierno americano, entré con mi familia a este país también ilegalmente, pero a pesar de no haber nacido aquí como esta jovencita, me concedieron todos los derechos que a ella y su familia india se le niegan bajo la amenaza de la deportación.» Soltó el brazo de la joven, que la miraba con ojos de azoramiento, y puesta frente al tribunal dijo: «Hace algún tiempo vi una película basada en hechos reales que trata de un caso que tiene con el de mi defendido similitudes y diferencias. Las diferencias están en que el padre de la película era negro, y mató de un balazo al hombre blanco que violó a su joven hija negra. Aquí no tenemos muertos. El agente del orden, como ustedes han visto, está sólo con un hombre herido y goza de la suficiente salud como para presentarse en esta sala, declarar con entera desvergüenza, burlándose de la víctima y de los miembros del jurado. Ahora voy a hablarles de las similitudes con la película en cuestión. Una joven india menor de edad ha sido violada; su padre, indio también, se toma la justicia por su mano y agrede al violador. Pues bien voy a pedirles que hagan lo mismo que hizo el jurado en la película. Todos los padres que estén juzgando este caso en este tribunal, cierren por un momento los ojos, pónganse una mano sobre el corazón y visualicen en esta jovencita a sus propias hijas; visualícense también ustedes mismos en el lugar de ese padre que van a absolver o condenar y por último olviden el color de piel de la víctima y supongan por un momento que fuera como vuestras hijas norteamericanas y blancas. No sé ustedes, señores del jurado, pero yo estoy convencida de que mi defendido es la víctima, y que el que debería estar aquí en su lugar debía ser el agresor de su hija».

Los doce miembros del jurado todavía permanecían ensimismados, con los párpados cerrados y las manos sobre el corazón, cuando Eva dio por finalizado su alegato. Buscó los ojos de Miguel que, paralizado por el arrobamiento, fue incapaz de sumarse al aplauso general que retumbaba en la sala.

Sentada junto a su defendido, esperaron la sentencia.

El hombre fue declarado absuelto de todos los cargos y el jurado, además de fijar una indemnización en metálico para la víctima, propuso como compensación que se les otorgara tanto a los padres como a la hija el derecho a residir legalmente en Estados Unidos que dejaba invalidado el castigo de la deportación.

Miguel, emocionado y con dos lagrimones corriéndole por la cara, observó cómo aquel hombre de raza india que parecía cargar sobre sus hombros un mundo de pesares y a las claras se veía que no se hallaba dentro del traje del Bobby que seguramente le había conseguido Eva, se abrazaba a su letrada quebrado por los sollozos, mientras la madre y la hija cubrían las manos de Eva de lágrimas y de besos.

Luego vinieron los abrazos del Bobby, Javier y Mary, de sus hijos que se la comían a preguntas; el de Lola, que en medio de su llantén de emoción dijo: «Siempre lo he dicho: del cine siempre se aprende y se saca una moraleja». Miguel se quedó para el final y apenas salir de la sala, le deslizó en el oído: «No me perdono. Coño, no puedo. He sido un cabrón, un egoísta de cojones. Pero te aseguro que no me cabe un alpiste en el culo de orgullo y felicidad».

La pegó contra la pared y la besó en la boca con uno de aquellos besos de moluscos que les dejaba los labios como sorbidos por ventosas. Y la tomó de la mano separándose del grupo, queriéndola tener para él solo y susurrarle al oído toda la exaltación que sentía ensanchándose en su alma.

El Bobby, viéndolos tan acaramelados y a sabiendas que no los veía así desde antes de... volvió a advertir a la familia que el onceno mandamiento era no pasmar. Se llevaron a los gemelos consigo después de prometerles un helado de chocolate zangandongo de esos que tanto les gustaban y mamá sólo les dejaba probar en contadas ocasiones porque los hacía engordar.

Eva y Miguel se subieron al Chevrolet y Eva soltó amarras a todas las emociones juntas a la vez y lloró acurrucada entre los brazos de su hombre mientras él le secaba las lágrimas a besos como antes... como siempre... como nunca dejaría que llorase más sin él.

Intentando que ella se calmara, prendió un par de cigarrillos y se echaron a reír recordando aquellos primeros besos suyos que presenciaron Bette Davis y Paul Henreid. Miguel, como de costumbre, encendió la radio del automóvil y escucharon la voz de Compay Segundo, cantando una canción de los tiempos de los tibores de palo que decía: «En el tronco de un árbol una niña grabó su nombre henchida de placer y el árbol conmovido allá en su seno a la niña una flor dejó caer».

—¿Sabes, cielo? Esa canción me recuerda cuando estábamos como Adán y Eva desnudos en aquel paraíso del Bosque de La Habana y a ti se te ocurrió grabar nuestros nombres en un árbol, dentro de un corazón sin flecha, porque la flecha significaba herida, daño y quebrantamiento y nuestro amor superaría todo; sanaría cualquier herida, se elevaría sobre la cima del daño y el dolor. Me pregunto si aún estará en pie ese árbol y conservará ese corazón nuestro.

—No lo dudes, Miguel. La vida pasa de largo, se retira lentamente y parece que se encogiera en lo más recóndito de nuestros cuerpos. Pero el corazón conserva nuestros nombres y el árbol nuestro no muere. Espera...

Tarragona, 10 de marzo de 2015

El meu avi va anar a Cuba
a bordo del Català,
el millor barco de guerra
de la flota d'ultramar.